W0022657

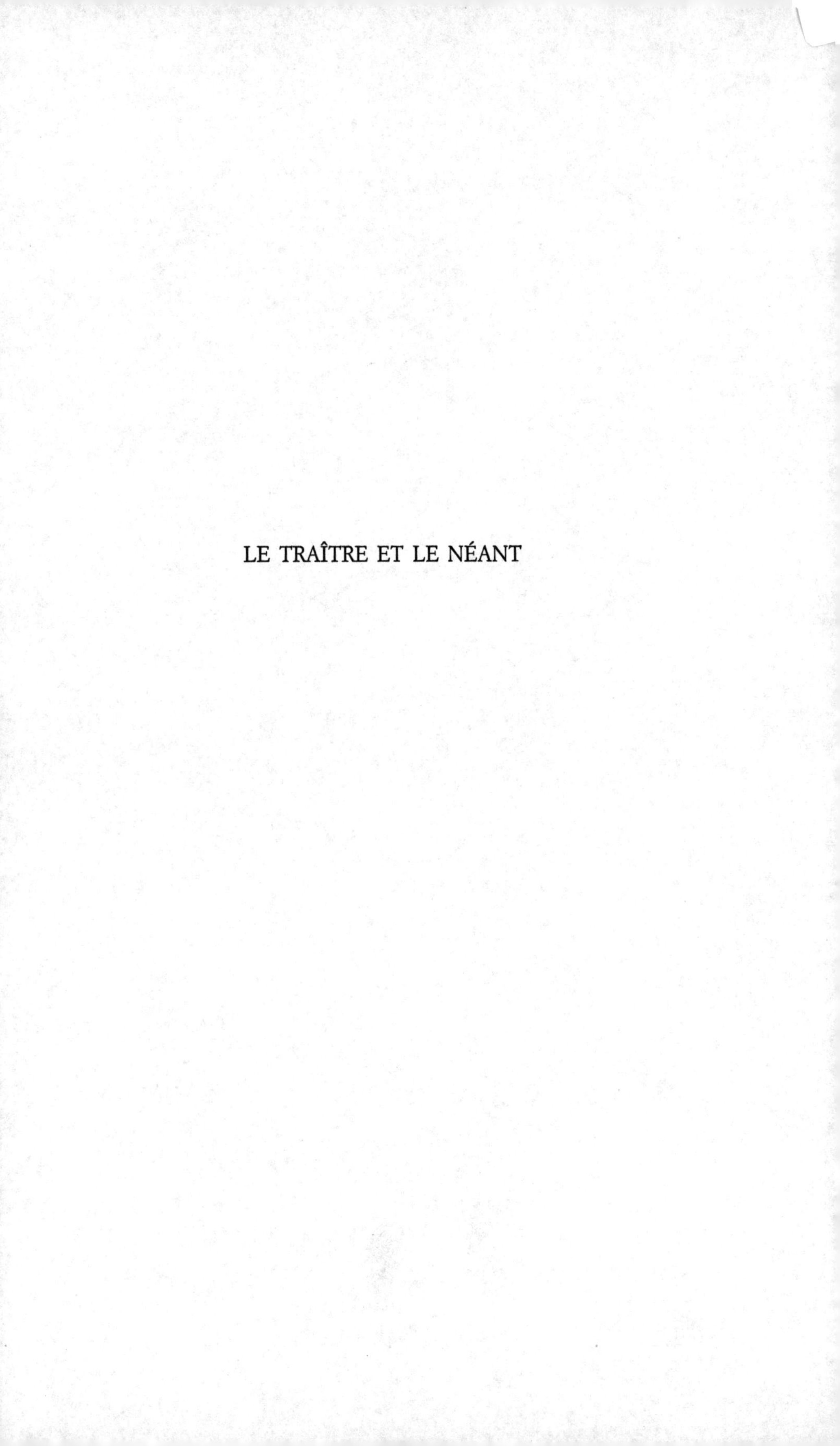

LE TRAÎTRE ET LE NÉANT

Gérard Davet et Fabrice Lhomme

Le traître et le néant

Fayard

Couverture : Nuit de Chine

ISBN : 978-2-213-70530-9

Dépôt légal : octobre 2021

À mes deux trésors, Emma et Natacha,
si présentes pour leur papa ;
à la mémoire de mon oncle Pierre, que j'admirais tant.

F.L.

À Sylvie ; trente ans déjà, trente ans encore !

G.D.

« Une culture de l'interrogation ne peut pas être non plus celle du soupçon. Cette distance légitime, c'est celle qui existe entre le pouvoir et le contre-pouvoir, et la proximité à laquelle nous avions pu parfois nous habituer, je pense, n'était bonne ni pour le pouvoir politique, ni pour l'exercice du métier de journaliste. Parce qu'elle a consisté parfois à donner plus de place à des propos d'antichambre qu'aux propos tenus de manière officielle. C'est encore parfois le cas lorsque ces propos d'antichambre continuent d'exister, ça n'est pas une bonne règle démocratique parce que l'exclusivité de cette confidence à un moment saisie finit par prendre plus d'importance que l'expression publique soupesée des dirigeants politiques. La volonté légitime de questionner un texte, une politique, je ne la remettrai jamais en cause, mais cette obsession de vouloir comprendre le contexte pour ne jamais parler du texte ou de l'action n'est pas légitime. Savoir si je prépare mes vœux de jour, de nuit, s'ils seront debout, assis, couchés, n'a aucun intérêt et, je crois pouvoir vous le dire, ce n'est même pas les questions que se posent les Français. C'est donc une question à laquelle je ne réponds pas. »

Palais de l'Élysée, 4 janvier 2018.
Premiers vœux du président
Emmanuel Macron à la presse.

Préface

LOOKING FOR MACRON

« Le langage politique est destiné à rendre vraisemblables
les mensonges, respectables les meurtres,
et à donner l'apparence de la solidité
à ce qui n'est que vent. »

George Orwell

Au mois d'octobre 1996, le comédien américain Al Pacino marqua les esprits avec la sortie aux États-Unis d'un film documentaire dont il était à la fois le scénariste, le réalisateur et l'acteur principal.

Baptisé *Looking for Richard* (*À la recherche de Richard*), le long métrage rendait hommage à William Shakespeare, à travers des séquences filmées de *Richard III*, des extraits de répétitions et autres interviews de comédiens liés à la pièce favorite de l'interprète de *Scarface*.

L'œuvre, parmi les plus fameuses de Shakespeare, décrit l'ascension puis la chute de Richard III, tyran sans scrupule (1452-1485) qui s'ouvrit le chemin du trône d'Angleterre en assassinant ses proches, y compris des membres de sa famille. « J'ai bien l'intention de prouver que je suis un méchant [...]. J'ai tramé des intrigues, je suis retors, traître et faux », fait dire le dramaturge anglais à son détestable héros.

Trois ans avant *Looking for Richard*, en 1993, Emmanuel Macron, lycéen à Amiens, 15 ans mais déjà féru de théâtre, montait sur scène, dirigé par une certaine Brigitte Trogneux, sa future femme, de vingt-quatre ans son aînée. Il jouait, déguisement à l'appui, le rôle d'un épouvantail – déjà, le goût du camouflage.

Cet ouvrage aurait pu s'appeler *Looking for Macron*, tant il s'apparente à une quête, celle d'un homme insaisissable – et de sa politique, qui ne l'est pas moins –, prêt à (presque) tout pour conquérir puis conserver le pouvoir.

Bien sûr, Emmanuel Macron n'est pas un despote, il n'a pas de sang sur les mains. Mais, à l'instar de Richard III en Angleterre, il s'est emparé de la couronne de France après avoir, sans le moindre état d'âme, piégé et dupé – personnellement comme idéologiquement – une grande partie de ceux dont il semblait proche. Comme Polonius dans *Hamlet*, ou Macbeth dans la pièce éponyme, tous deux coupables de régicide, il a usé de moyens parfois déloyaux, brisé tous les tabous, afin d'assouvir son inextinguible ambition.

Jusqu'à « tuer » le père, le souverain qui l'a fait, ce François Hollande qui, amer mais enfin lucide, confiera un jour : « Il m'a trahi avec méthode. »

La « méthode » évoquée par Hollande, mais aussi ses conséquences, sont au cœur du livre-enquête que vous avez entre les mains. Elles ont inspiré ce titre, *Le Traître et le Néant*, clin d'œil, bien entendu, à *L'Être et le Néant*, ouvrage fondateur de Jean-Paul Sartre, l'un des papes de l'existentialisme, mouvement philosophique et littéraire selon lequel l'homme n'est pas prédéterminé, mais libre de son destin…

Le Traître et le Néant, donc. Évidemment, ce titre choquera, et pas seulement en macronie. Excessif, donc insignifiant, clameront les macronlâtres. Pourtant, après des années d'investigations, il nous a paru résumer à la perfection la trajectoire foudroyante de cet animal politique non identifié. Emmanuel Macron n'a-t-il pas trahi son mentor, puis ses idéaux supposément de gauche, pour accéder à l'Élysée ? Et n'a-t-il pas sciemment fait exploser le décor politique hexagonal, sans jamais songer à le redessiner – il n'est qu'à voir les résultats des élections municipales en 2020 ou régionales en 2021 –, pour promouvoir une action centrée sur sa seule personne, débouchant sur un désert idéologique inédit sous la Ve République ? En installant un face-à-face vénéneux entre lui et Marine Le Pen, l'apprenti sorcier Macron, qui a poussé l'exercice solitaire du pouvoir à son climax, a pris le risque insensé de placer l'extrême droite comme seule alternative…

Nous avons enquêté sur Jacques Chirac, Nicolas Sarkozy ou François Hollande, personnalités si différentes, aux idées parfois opposées, mais parfaitement « cernables » sur le plan humain et au positionnement politique identifiable, tracé ; il était donc logique de partir à la recherche de leur étrange successeur. Un homme à la fois évanescent et impalpable. Le premier politicien virtuel, en quelque sorte. Nous n'avons pas souhaité lui demander d'entretiens : une présidence vue de l'intérieur, nous l'avions déjà fait, dans un précédent ouvrage… Et puis, ça tombe bien, il n'avait manifestement pas très envie de nous voir. Nous lui avons simplement adressé une liste de questions portant sur des faits précis ; nous n'avons jamais obtenu de réponse.

Le secret lui va si bien. Après tout, comme le notait avec malice Paul Valéry, « la politique, c'est l'art d'empêcher les gens de se mêler de ce qui les regarde ».

Il faut l'avouer : nous sommes restés perplexes, malgré nos quelque trente-cinq ans de carrière, devant la fulgurante ascension de l'actuel chef de l'État, déconcertés par ses zigzags idéologiques ; n'étions-nous pas finalement, nous aussi, de cet « ancien monde » tant moqué par lui ?

Au terme de plusieurs années de recherches et d'entretiens, cet ouvrage espère lever le voile sur le « mystère Macron » – et sur le macronisme, l'un se résumant à l'autre, et réciproquement. Pour ce faire, nous avons eu accès à de nombreux documents, mis au jour des faits inédits, reconstitué des scènes, interrogé plus d'une centaine de témoins – à l'exception notable des principaux « chapeaux à plumes » de la macronie, qui nous ont d'emblée déclarés *personae non gratae*. Des consignes, et même des oukazes, ont été proférés en ce sens, cela nous a été confirmé à plusieurs reprises. L'économiste Marc Ferracci, par exemple, joint au téléphone le 16 novembre 2020 : « Je vous aurais volontiers parlé, d'autant que je vous l'avais promis, mais on a reçu consigne aussi bien de l'Élysée que de Matignon de ne pas donner suite à vos demandes, a avoué cet intime du couple Macron. Je n'ai pas le pourquoi du comment, mais j'imagine que c'est lié à votre précédent livre [*"Un président ne devrait pas dire ça*[1]*…"*]. Je suis désolé, mais je dois m'inscrire dans un collectif. »

On a fait sans lui. Comme sans Macron. Et sans les autres membres de la « garde rapprochée ». Tant pis.

Ou, plutôt, tant mieux. Après tout, que nous aurait apporté le témoignage d'un président de la République qui a lui-même intimé aux journalistes de ne pas s'intéresser aux dessous de son action ? Qu'aurait-on pu attendre du premier cercle macronien, peuplé de thuriféraires et/ou de technocrates biberonnés à la langue de bois ?

Pour autant, nous avons essayé d'enquêter sans *a priori*, bien conscients de la responsabilité qui nous incombait, celle de ne pas nourrir le « tous pourris », d'éviter de mettre

1. Stock, 2016.

dans le même sac un républicain et les extrémistes de tout poil. On le sait trop bien, l'action d'un chef d'État ne se résume pas à ses erreurs, ni à ses défauts, et tous les présidents de la République ont eu leurs grands moments. Son désir éperdu d'Europe, comme son activisme sur la scène internationale – en Afrique notamment –, peuvent être mis au crédit de Macron. Il a su, aussi, lustrer l'image économique de la France, ou sauver nombre de PME de la faillite, *via* le « quoi qu'il en coûte ».

Mais notre travail de journalistes est d'éclairer les zones d'ombre. Enquêter, c'est d'abord choisir, assumer les impasses pour s'en tenir à un angle. En l'occurrence, il s'agissait de répondre à cette question majeure qui taraude tant de nos concitoyens : de quoi Macron est-il le nom ? Le tout sur la base de témoignages documentés, « sourcés », comme toujours dans nos investigations.

En gardant aussi en tête que l'Histoire, à l'image de l'œuvre de Shakespeare, est tragique. Richard III, poignardé puis lynché sur un champ de bataille, a fini dans un bain de sang. Son squelette a été découvert, plus de cinq siècles après son assassinat, au mois de septembre 2012, dans le sous-sol d'un parking de Leicester, au centre de l'Angleterre. Au même moment, un jeune inconnu, Emmanuel Macron, prenait son envol à l'Élysée. Tout juste embauché comme conseiller du nouveau suzerain, mais l'œil rivé sur son sceptre…

Déjà Richard III perçait sous Emmanuel Ier.

Prologue

Au commencement fut Pierre Moscovici.

Il l'ignore – et le regrette – sans doute, mais c'est bien lui qui, le mercredi 17 avril 2019, au détour d'un entretien pour *Le Monde*, nous a mis sur la piste. Dans notre quête du macronisme, cet homme onctueux et sûr de son intelligence se trouvait en tête de liste des personnalités à interroger. Après tout, celui qui était pour quelques mois encore commissaire européen faisait un peu figure de témoin idéal. Sociologiquement parlant, ne présentait-il pas tous les atours du parfait macroniste ? Représentant de l'aile droite du PS, longtemps dans l'ombre de Dominique Strauss-Kahn, europhile convaincu, techno pur jus passé par la voie royale Sciences Po-ENA-Cour des comptes… Et puis, « Mosco », comme Macron, avait participé en 2012 à la campagne présidentielle victorieuse de François Hollande, alors…

À vrai dire, c'est pourtant sans grande illusion que nous nous étions rendus dans ses bureaux parisiens de commissaire européen aux Affaires économiques et financières, en bas du boulevard Saint-Germain, face au Palais-Bourbon. Le souvenir cuisant d'une interview empreinte d'une pure langue de bois, accordée deux ans plus tôt lorsque nous animions une émission politique sur Radio Nova, nous avait plutôt échaudés. Quelle ne fut pas notre surprise, nos dictaphones à peine allumés, de découvrir un Moscovici authentique, saignant, désinhibé même, multipliant les *punchlines* et les piques envers un Emmanuel Macron dont il pensait avoir percé la véritable nature !

Rapidement, à notre grand étonnement, l'entretien vira à l'acte d'accusation. Le tempéré Pierre Moscovici en procureur impitoyable du macronisme, on avait pensé à tout, sauf à ça ! Surtout, tel un boxeur dont chaque coup porterait, l'ancien député du Doubs, aujourd'hui patron de la Cour des comptes, étayait sa démonstration de manière implacable.

Au sortir d'une heure et demie d'entretien et saisis d'un léger vertige, un double constat s'imposait à nous : l'homme à la tête de l'État n'était sans doute pas celui que les Français croyaient avoir élu en mai 2017 ; mettre au jour son vrai visage et, partant de là, celui du mouvement qu'il incarne, devenait une mission primordiale. Une gageure, aussi.

Pierre Moscovici a fait la connaissance d'Emmanuel Macron à la mi-2011, par l'entremise de l'influent Gilles Finchelstein, directeur général de la Fondation Jean Jaurès et poids lourd de l'agence Havas. Une personnalité, parmi tant d'autres, qui a préféré éviter de nous recevoir.

À l'époque, Mosco vient de faire le deuil de son maître à penser, Dominique Strauss-Kahn, dont les frasques new-yorkaises, en mai 2011, ont eu raison des ambitions présidentielles. Il a intégré l'équipe de campagne de François Hollande, comme ce jeune prodige dont tout le monde lui rebat les oreilles, un certain Emmanuel Macron. « Je le croisais, se souvient Moscovici. Il était en lien direct avec François Hollande, mais il n'était pas dans les équipes que je dirigeais. Il était l'homme de François. »

Intronisé ministre de l'Économie et des Finances après la victoire de Hollande en mai 2012, Moscovici fait véritablement, à ce moment-là, la connaissance d'Emmanuel

Macron. À 34 ans seulement, ce dernier est déjà propulsé à l'Élysée en qualité de secrétaire général adjoint, tout spécialement chargé des questions économiques. D'emblée, l'expérimenté apparatchik du PS est estomaqué par le côté irrévérencieux du jeune homme. « Macron ne tient jamais un rendez-vous, il annule tout, tout le temps, avec un arbitraire absolument incroyable qui confine à l'inconscience. Un rendez-vous avec Emmanuel Macron, c'est deux jours à l'avance ; si c'est six mois avant, il est annulé de façon quasi systématique ! » cingle-t-il d'entrée. « Une gestion d'agenda à l'image du reste… », ajoute-t-il, visant cette fois sa présidence, puisque le « maître des horloges » a continué d'être fâché avec la sienne une fois élu à la présidence de la République.

Tous les mardis, à 17 heures, Moscovici participe à une réunion d'une heure à l'Élysée avec Hollande, à laquelle le « chouchou » du président assiste les trois premiers quarts d'heure. Moscovici est frappé, comme tant d'autres, par le charme naturel du personnage.

Très vite, toutefois, c'est un autre Macron qu'il voit prendre forme sous ses yeux : un jeune loup aux dents longues, « avec un système de pouvoir personnel déjà bien développé, car il avait un certain nombre de technos dont il était proche par génération qui travaillaient dans mon cabinet ». Le ministre de l'Économie découvre ainsi que son plus proche collaborateur, le directeur de son cabinet, le terne mais si efficace Alexis Kohler, incarnation parfaite du conformisme technocratique à la française, passe plus de temps dans le bureau de Macron que dans le sien ! Il n'est pas le seul : « Dès que je cherchais un conseiller, s'émeut Moscovici, on me répondait : "On est à l'Élysée"… dix à quinze heures par semaine ! Des réunions jusqu'à minuit ! Il y avait déjà cette concentration des pouvoirs, avec ce goût excessif de François Hollande pour les questions économiques et fiscales. Emmanuel tissait sa toile, mais de là à en faire un président de la République quatre ans après, c'était juste inimaginable… »

« Les Français ne l'aiment pas. Il ne les connaît pas, il ne leur ressemble pas. »

Au fil des mois, Moscovici apprend à découvrir ce jeune homme à l'ambition insolente dont il assure être resté imperméable au magnétisme, lui. « Je n'ai jamais perçu le côté charismatique d'Emmanuel Macron, et je ne le perçois toujours pas, claque-t-il. C'est un personnage séduisant, qui vous regarde avec ses grands yeux bleus et vous séduit en tête-à-tête, il est charmant, agréable, mais je ne l'ai jamais trouvé charismatique et je le trouve toujours "frêle". Je n'ai jamais changé d'avis, et je n'ai d'ailleurs pas voté pour lui au premier tour de l'élection présidentielle de 2017. Tout en sachant que j'étais beaucoup plus proche d'Emmanuel que de Benoît Hamon, mais un certain nombre de comportements, l'histoire, la menace de disparition du parti socialiste – qui se confirme depuis – font que j'ai fait mon dernier vote ce jour-là de discipline de parti, sachant qu'Emmanuel allait être au deuxième tour. »

Mosco poursuit son raisonnement : « Les Français voient un jeune homme brillant, vif, mais il a un charisme pour élite. C'est le sentiment qu'il va faire la politique qu'ils attendent. Il est enfin l'homme qu'ils ont attendu si longtemps après des présidents de droite conservateurs comme Chirac, hétérodoxes comme Sarkozy : enfin ! voilà l'*establishment*, le politiquement correct… Le libéralisme a son président, il est assis à l'Élysée : il comprend son langage, la technocratie, l'argent. » Le coup est rude et plutôt inattendu venant de Moscovici, mais le plus cruel est à venir : « Il sait aussi utiliser un langage intellectuel à l'occasion, rarement en réalité. Ça séduit. Il a un bloc élitaire, 15 à 20 %, mais, sorti de ça, les Français ne l'aiment pas. Il ne les connaît pas, il ne leur ressemble pas. »

Promu commissaire européen en novembre 2014, Moscovici observe ensuite d'un œil plus lointain la lente déliquescence du quinquennat Hollande, rongé de l'intérieur, miné par les divergences idéologiques, mais aussi les guerres d'egos. Et bientôt par les ambitions de moins en moins dissimulées d'Emmanuel Macron, qui va succéder à Mosco, à Bercy, après la parenthèse Montebourg, close le 25 août 2014. « Et puis est arrivée cette histoire incroyable, raconte Moscovici, ce ministère qu'on lui a offert, et là a démarré l'aventure, qui était inscrite probablement depuis longtemps dans sa tête, mais dont Hollande lui a offert l'opportunité. »

Il se souvient. Sourit, un peu tristement.

« J'étais à Bruxelles, je n'étais pas dans l'affect avec François ou Emmanuel, donc le côté trahison ne m'irritait pas, comme cela a pu irriter des membres du gouvernement ou du parti socialiste. Je le constatais de manière assez clinique. J'ai très tôt vu qu'Emmanuel menait une aventure personnelle. Je l'ai vu dans son comportement, les petites phrases qui créaient une image, le décalage constant avec le président de la République, tout ça était extraordinairement frappant. Quand il a fait son interview avec la phrase : "Je ne suis pas son obligé" [*en avril 2016*], je voyais encore François tous les mois, comme commissaire européen, et l'on parlait beaucoup politique, à ce moment-là. Je lui disais : "François, écoute, il faut que tu mettes de l'ordre dans ta maison. Quelque chose est en train de se passer. Ton Premier ministre [*Manuel Valls*] n'est pas loyal, ton ministre de l'Économie est en train de mener une stratégie personnelle…" Je ne voyais pas

Macron aller jusqu'à la présidentielle, jusqu'à être élu, mais créer une perturbation. »

Moscovici, comme tant d'autres, avait beau tenter de dessiller François Hollande – « Tu es le patron, à toi de le remettre d'équerre », lui enjoignit-il plus d'une fois –, rien n'y fit : le chef de l'État avait les yeux de Chimène pour son impertinent protégé, quitte, telle l'héroïne du *Cid*, à lui pardonner l'irrémissible.

« Donc, reprend le président de la Cour des comptes, je l'avais averti de cette double déloyauté, et de plus en plus. Il voyait le comportement personnel, mais je pense qu'il y voyait aussi une forme d'avantage. En fait, Valls et Hollande se sont trompés tous les deux : Manuel exploitait Macron en espérant que Macron consolide son image de modernité, et Hollande exploitait Macron en pensant qu'il allait bloquer Valls sur la modernité et créer une autre offre… En réalité, Macron s'est engouffré entre les deux, il les a marginalisés tous les deux – on pourrait penser à d'autres mots plus vulgaires ! »

À la mi-2016, Moscovici le sent bien, le fauve Macron ne rentrera plus dans sa cage : son appétit de pouvoir est trop insatiable, et tant pis s'il doit dévorer son maître. Le remettre fermement à sa place, voire le congédier du gouvernement ? Trop tard. Macron a créé en avril son propre mouvement, En Marche !

Il a été trop loin, trop vite, trop fort. Macron est devenu intouchable. Moscovici : « Quand le mouvement d'opinion est né après l'été, Hollande disait : “Je ne peux pas le faire pour le moment, je suis trop faible, je le ferai le moment venu, mais il ne me trahira pas, il n'ira pas jusqu'au bout.” Mais, à un moment donné, le problème n'était plus de le remettre à sa place : il fallait le virer ! Il est parti au moment où il voulait partir, ayant suffisamment fait sa pelote. Ce n'est pas possible de faire un truc comme cela, de créer un mouvement ! François espérait que ce serait un mouvement qui viendrait l'aider… Mais on voyait bien que ce n'était pas un mouvement qui viendrait en soutien. Il fallait sanctionner. Macron viré en juillet, ce n'était rien. » Au passage, Moscovici lâche un double tacle : « Macron et Hollande ont quand même des points communs, une caractéristique commune : ce sont de mauvais dirigeants, de mauvais chefs d'équipe. »

Mais Macron passe l'été 2016, multipliant les provocations avec une jubilation quasi perverse, comme s'il cherchait à pousser Hollande à la faute, pour endosser l'habit confortable du martyr… Pour Mosco, la visite au Puy du Fou est celle de trop.

« Je vois François fin août, quand Macron va chez Philippe de Villiers. Là, je dis : "C'est juste intolérable." Le mec qui se marre, à côté de Philippe de Villiers, royaliste, anti-européen, qui écrit un livre quasi négationniste sur l'histoire, révisionniste plutôt… Ce type-là n'est juste pas fréquentable pour un homme qui est à gauche. » Consterné, Mosco soupire : « Ces images où ils sont en train de s'esclaffer… »

« Il faut que tu sévisses », dit-il alors à Hollande.

« Je ne peux pas », répond ce dernier.

« Deux jours après, rappelle Moscovici, Macron choisit son image, son calendrier, et, même après sa démission, François continue de croire qu'il ne va pas aller au bout de son aventure. Je pense que François Hollande avait déjà perdu totalement confiance en lui, il ne savait plus où il habitait. Je ne sais pas exactement à quel moment il a renoncé, mais *de facto*, à compter de juillet 2016, il a un comportement de *loser*. Dès mars 2016, Macron cherchait des soutiens ; il s'est dit avec moi : "Tiens, en voilà un." J'ai dit à Hollande : "C'est toi le patron, remets-le à sa place ; le mec, il est en train de monter sa boutique et elle n'est pas pour toi, et comme tu es déjà très faible…" »

Hollande, si roué et si naïf à la fois. Une proie idéale pour le fils prodigue mué en Œdipe. Trahison ? Le (gros) mot est lâché. Moscovici réfléchit, avant de se faire l'avocat du diablotin : « Cette histoire de traîtrise ? Emmanuel vous dirait : "Je n'ai pas trahi Hollande, il fallait se débarrasser de lui, il avait perdu ; la seule façon pour le progressisme, voire la gauche, de relever le gant était qu'une offre alternative arrive, et il fallait procéder comme ça, parce que de toute façon François n'abandonne jamais si on ne l'y oblige pas…" »

« On n'a jamais vu sous la Ve République un gouvernement aussi faible. »

Mais Moscovici se reprend vite ; ses mots sont d'autant plus durs que prononcés froidement : « Si l'on se place de l'autre point de vue, du type qui est un conseiller, fabriqué par le président, devenu ministre par le président, racontant au président : "Je suis avec toi, comment peux-tu penser que ce meeting était contre toi ?", en train de l'empapaouter dans de l'amour et, au final, le tuant, c'est quand même un cas d'école ! Il n'y en a pas eu beaucoup. Il y a eu Chirac/Balladur, mais, avec Macron, cela a été plus violent. Un cas d'école parfait, qui dit beaucoup de la personnalité du jeune homme. C'est quelqu'un dont les affects sont très tournés vers lui-même, c'est une personnalité extrêmement spéciale, et il fallait pour gagner des qualités hors du commun : une confiance en soi invraisemblable, le goût du risque, l'intuition, une forme de courage, tout laisser tomber pour ça, de l'inconscience, car c'est une histoire qui ne devait pas arriver. Le problème, c'est que ces qualités pour gagner sont des défauts pour gouverner. C'est-à-dire que "qui a trahi a peur d'être trahi", d'où l'extraordinaire médiocrité du personnel dont il s'entoure. On n'a jamais vu sous la Ve République un gouvernement aussi faible. »

Maintenant qu'il est lâché, Moscovici ne retient plus ses coups. « Macron n'a pas rompu avec le passé, juge-t-il. Il mène une politique très limpide, passéiste, très vieille politique. C'est quelqu'un qui se défie des autres, peut-être parce que lui-même a donné l'occasion de se défier. Quand on a fait ça, appelons cela une transgression, on peut toujours penser qu'une personnalité de qualité peut vous rendre cette pièce, et quand on a utilisé une opportunité, on peut penser qu'un autre est capable de l'utiliser aussi, et il ne faut pas lui donner l'occasion. » Mosco conclut son réquisitoire : « La trahison de Hollande, c'est un truc qui les regarde tous les deux, ça ne me regarde pas. La trahison est personnelle. Il n'a pas trahi la gauche, il a tué un président qui s'était mis en situation mortelle. »

Le patron de la Cour des comptes règle le sien avec ce président dont tout le monde loue l'intelligence, mais qu'il juge manifestement surcoté, plus habile que subtil, tance son entourage, lui aussi surfait à l'en croire. « Il dirige avec un tout petit noyau, on a connu des technos plus costauds, assène l'ancien député. Deux de mes anciens conseillers techniques sont ministres : Julien Denormandie et Cédric O sont des garçons très brillants, il y a trois ans ils étaient conseillers techniques à Bercy, mais ils n'ont pas de corpus… Gabriel Attal était l'attaché parlementaire de Marisol Touraine ; Griveaux, Guerini, Séjourné, c'était la *babyclass* dans la campagne primaire de DSK en 2006, issus de mes groupes d'experts, de mon cabinet. Ils sont tous très bons, mais pour diriger le pays, encore faut-il le connaître. Il leur fallait dix ans de plus, et d'autres expériences. Sans être aussi conservateur que François, ce qui manque à Macron, c'est que de ce pays, il y a des choses qu'il ne connaît pas. Je suis bien placé pour en parler. »

Issu d'une bourgeoisie intellectuelle immigrée à Paris (un père roumain, une mère d'origine polonaise), le jeune Moscovici a fréquenté les meilleurs lycées de la capitale, les milieux les plus huppés, côtoyé les esprits les plus fins de l'intelligentsia parisienne… Bref, un pur produit de l'élite républicaine. Oui, mais, comme il le confie avec lucidité : « Je ne connaissais rien à la France ! Le jour où Jospin m'a dit : "Maintenant, tu es secrétaire national du parti [*en octobre 1995*], et tu vas aller te faire élire là-bas"… » Là-bas ? Dans le Doubs, sur les terres farouches de la France « d'en bas », où il deviendra député en 1997 et sera plusieurs fois réélu. « Je ne prétendrai jamais vivre comme un ouvrier de Sochaux, mais je sais comment il vit, assure-t-il. Un gars comme moi, élu vingt ans à Sochaux, je n'ai pas besoin de savoir que l'ouvrier qui habite dans la banlieue de Montbéliard, qui prend sa bagnole au diesel le matin, il n'est très chaud ni sur les 80 kilomètres-heure, ni sur la taxe carbone ! Il y a des choses élémentaires : les 5 euros sur les APL, ou la suppression de l'ISF. Comment voulez-vous que le consentement à l'impôt existe quand ils ont le sentiment que les plus gros ne paient pas ? »

L'ex-commissaire européen, militant de la Ligue communiste révolutionnaire dans sa prime jeunesse, en vient à l'essentiel de son analyse du macronisme : « Emmanuel a hypnotisé Hollande, il lui a fait croire qu'il était de gauche. À certains égards, il n'est pas totalement de droite quand même. Il est populiste chic, un populiste de l'élite, un populiste de velours. Tout est centré sur lui, il a un logiciel qui est celui d'un énarque très libéral sur le plan économique, mais, après, tout peut tourner. D'ailleurs, il est en train de tourner : la suppression de l'ENA est un truc populiste, supprimer les avantages d'un ancien président de la République, c'est populiste… Il cherche à établir un lien direct entre lui et son peuple totalement "désintermédié", le système politique n'existe pas au milieu, le parti est une vitrine, les députés sont des clones, au gouvernement ce sont des figurants, les intermédiaires sont négligés… Ce qui fait qu'on ne peut pas l'appeler populiste vraiment, c'est qu'il est retenu par les institutions, il a une éducation. Mais c'est un populiste *mainstream*. Ce qu'il veut faire avec ça, c'est une politique très classique, au fond. Je ne dirais pas qu'il est centriste. Centriste, c'est quelqu'un qui s'accommode. Il ne s'accommode pas. Il ne cède jamais rien à personne. Macron, c'est une aventure, il y a un côté bonapartiste, une petite équipe, des adaptations constantes, on bouge tout le temps, le cap n'est plus lisible… L'électeur de gauche, lui, il ne peut pas s'y retrouver. C'est un énorme tacticien ! C'est comme ça qu'il a gagné la présidentielle, c'est comme ça qu'il dirige. Et il navigue. Il est beaucoup plus tacticien que stratège. Ce n'est pas un idéologue. »

« Il peut raconter ce qu'il veut, sa culture philosophique est "gentille". »

Pourtant, *a priori*, et il le concède d'ailleurs volontiers, Moscovici avait tout pour s'entendre avec Macron, dont il partage l'europhilie. « Mais le type de comportement qui a été utilisé, le débauchage, le "et droite et gauche", ne m'ont pas mis à l'aise, et c'est la raison pour laquelle je n'ai pas rejoint l'aventure, alors qu'on aurait pu penser que, commissaire européen, énarque moi-même, je pouvais être proche de ça », confie-t-il.

Il se souvient d'une visite du prometteur ministre de l'Économie venu le trouver à Bruxelles, en mars 2016. Fidèle à son habitude, le futur président multiplie les amabilités, les marques de respect et les demandes de conseils, surjouant l'humilité du novice en politique.

Moscovici a encore en tête leur échange.

> Moscovici : Écoute, prends une circonscription, il y en a qui te sont offertes, prends la tête du courant social-démocrate du parti socialiste, moi je suis prêt à t'aider, j'ai vingt ans de plus que toi, j'ai encore des troupes, prends tout Bercy, vire Michel Sapin, qui est quand même un incapable notoire, et tu sors de là comme Giscard, tu conduis une aventure de reconstruction de la gauche.
> Macron : C'est très intéressant, tout ça… Je ne vais pas faire comme ça !

Commentaire attristé de Mosco : « Et on ne s'est pas revus… »

Cet opportunisme, à en croire Moscovici, Macron le revendique, en tout cas dans leurs discussions : « Il est très franc, on se parle, il n'y a rien que je vous dis qui va le surprendre. Il me dit : "Mais pourquoi est-ce que je vais m'occuper de la gauche ? Ce n'est pas un problème pour moi." La droite est vulnérable, donc hop, on la travaille… »

Le procureur Moscovici n'a pas tout à fait terminé son œuvre. « Emmanuel, lance-t-il, a une volonté de pouvoir incroyable, démente, que personne n'a, ce sont des choses qui à moi m'ont manqué complètement, mais par contre, intellectuellement, il n'est pas exceptionnel : il est hypermnésique, hyper-énergique, il ne dort pas, mais il y a des choses qu'il ne comprend pas. Il peut raconter ce qu'il veut, sa culture philosophique est "gentille", sa culture littéraire très datée. Mais il est éblouissant de volonté. Sa volonté de pouvoir et sa séduction emportent ses capacités intellectuelles, car il y a beaucoup de gens qui sont au-dessus. »

Conclusion : « Macron, ce n'est pas l'histoire de la gauche, c'est un homme qui a eu une intuition extraordinaire, a saisi une opportunité formidable, avec un talent pour ça, avec aussi tout ce qu'il faut de cruauté, de froideur, qui exerce le pouvoir avec ses limites, et qui du coup n'a plus grand-chose à voir avec la gauche. Mais la gauche n'est pas un problème pour lui ; le parti socialiste actuel est une assurance-vie pour Macron ! »

Ce prologue a son propre épilogue : quelques semaines après cet entretien, Pierre Moscovici se manifesta auprès de nous. « J'aimerais échanger avec vous sur les propos que vous souhaiteriez m'attribuer. J'ai en effet encore une fonction qui m'astreint sinon à la réserve, du moins à une certaine retenue, à l'égard de l'exécutif seulement », nous fit-il ainsi savoir par texto. Nous lui répondîmes que, comme nous lui avions indiqué, nous ne lui ferions pas relire ses propos, conformément à nos habitudes. En contrepartie, nous enregistrons chacun de nos entretiens afin de garantir l'authenticité de leur restitution.

Certaines de ses déclarations furent ainsi publiées dans *Le Monde* en août 2019, dans le cadre d'une série sur la gauche. Cette fois, l'inquiétude de Moscovici vira à la fureur *via* un SMS nous accusant d'avoir « abîmé [sa] relation avec l'exécutif de façon sans doute décisive ». Au téléphone, il se fit plus précis : « Vous êtes irresponsables, votre article va me coûter la Cour des comptes. »

De fait, alors qu'il devait être nommé à la tête de la prestigieuse institution de la rue Cambon fin 2019, à l'échéance de son mandat européen, Pierre Moscovici fut placé au « purgatoire » par le président de la République, furieux de ses confidences au *Monde*. Après une longue période de pénitence, « Mosco » obtint finalement le poste de ses rêves en juin 2020.

Macron avait finalement accepté de passer l'éponge.

Sans imaginer un seul instant que Moscovici, à défaut d'éclairer Hollande, avait su, en revanche, nous donner une envie. Celle de savoir, et comprendre.

Pas « irresponsables », mais journalistes, tout simplement.

I

Le traître

Chapitre 1

L'ASCENSION

« Je ne crois pas qu'il soit sincère, tout est construit. »
Gaspard Gantzer,
ex-conseiller de François Hollande

Être. Ou ne pas être. Macron a choisi, très tôt.

Être.

« Je ne crois pas qu'il soit sincère, tout est construit », attaque d'emblée Gaspard Gantzer, camarade de Macron à l'ENA. Attablé dans un café emblématique de Montparnasse, l'ex-conseiller de François Hollande à l'Élysée, témoin parfait, étaie son raisonnement, relève des détails. Insignifiants pour certains, mais qui en disent tant. Par exemple, cet entraînement avec les joueurs de l'Olympique de Marseille, en août 2017, où l'on voit le président se mettre en scène, ballon au pied. « Macron n'a jamais joué au foot de sa vie, je le saurais ! » s'exclame Gantzer. Comme il se souvient de Macron se vantant, devant un journaliste du *Parisien*, d'avoir couru un marathon. Évidemment, le journaliste, lui-même marathonien, lui demande son « temps » sur les 42,195 kilomètres. C'est un grand classique, tous les marathoniens amateurs connaissent leur performance, à la seconde près. Réponse de Macron : « En gros, 4 heures… »

Or, vérifications faites par le journaliste, que nous avons contacté, aucune mention de sa présence, dans aucune compétition. Brumeux. Comme sa propension à entretenir, longtemps, le flou sur sa candidature avortée à l'École normale supérieure de la rue d'Ulm. Ainsi est Macron.

Pour l'homme qui tua « Liberty » Hollande, quand la légende est plus belle que la réalité, on imprime la légende.

Partir de rien et tutoyer les sommets de la société, cela reste l'apanage de quelques-un(e)s. Et ce drôle de passetemps requiert des qualités particulières, dans l'Hexagone. Ils se (re)connaissent, les gens de cette trempe. Entre parvenus, au sens littéral du terme, on se renifle, on se coopte sur fond d'opportunisme et de confiance en soi. On devine, sans avoir besoin de s'épancher, les trésors de volonté et d'intelligence situationnelle qu'il faut développer, les quelques basses manœuvres et assassinats en haute société auxquels il faut consentir, aussi. Pour se constituer *le* bon réseau.

Avec, évidemment, la séduction comme potion de base.

Il n'est pas question de se livrer à l'exercice un peu contraint de la biographie. D'autres s'y sont déjà risqués, souvent avec rigueur ou talent. Non, seuls les ressorts de la montée en puissance du jeune Macron nous intéressent ici. Racontés par ceux qui le connaissent le mieux. Il est à cet égard des scènes, des instantanés, qui résument une vie, un caractère.

Cet oral d'entrée à l'ENA, en 2001, par exemple. À l'époque, Macron, tout droit venu d'Amiens, se régale à Sciences Po Paris, fréquente assidûment *Le Basile*, café historique de la rue Saint-Guillaume, et se nourrit de philosophie en lisant Machiavel, pour les besoins de son double cursus à l'université de Nanterre – et plus si affinités...

Seule entorse à un parcours d'étudiant brillant : ce double échec, cuisant, au concours d'entrée à Normale Sup, le Graal des intellectuels. Cette blessure d'amour-propre a longtemps rongé celui qui aimerait tant incarner le prototype du président-philosophe.

Il se « rabat » donc sur l'ENA. Le préfet Joseph Zimet, qui sera, vingt ans plus tard, le directeur de sa communication à l'Élysée, a assisté à cet oral d'entrée. Comme d'autres étudiants, d'ailleurs. Zimet, que nous avons rencontré, n'a pas souhaité s'exprimer publiquement sur son ancien collègue d'amphi. Mais tous, lui le premier, se souviennent de cette question, lancée par un docte professeur, portant sur l'influence turque en terre d'Asie centrale. Manifestement, Macron n'avait pas suffisamment bûché cette question géopolitique. Il aurait pu/dû sécher, s'empourprer, bafouiller.

Tel n'est pas Macron.

Sa réponse, à peu de chose près ? « Écoutez, je suis désolé, je ne vois pas bien où vous voulez en venir, vous avez une autre question ? »

Bluff et culot. Déjà, la bonne vieille technique, qui sera utilisée à l'envi lors des grand-messes post-Gilets jaunes en 2019 : pour ne pas sembler décontenancé, il suffit de ne pas répondre, de faire passer l'interlocuteur pour un importun moins calé que vous – sur un ton certes sympathique –, puis de reprendre le contrôle de la discussion. À 20 ans, Emmanuel Macron maîtrise déjà les codes de la communication, voire de la manipulation. En y ajoutant un sourire désarmant, une vivacité intellectuelle évidente. Et une audace absolue.

L'ENA, dès lors, n'est qu'une étape de plus. La promotion Léopold Sédar Senghor (2002-2004) est particulièrement agitée. La section CFDT compte près de 60 membres ; le classement de sortie est même annulé, à la demande des élèves, qui viennent de vivre un bouleversement politique : l'accession, en avril 2002, de Jean-Marie Le Pen au second tour de l'élection présidentielle. De quoi déclencher des vocations politiques.

Moins de dix ans après leur sortie de l'école, pas moins de dix-sept élèves de cette promotion occuperont d'ailleurs les postes clés de la République, notera *Le Monde*.

Le réseau, toujours.

Parmi ceux-ci, Emmanuel Macron. À l'ENA, on le surnomme « André Rieu », tant son look cheveux longs – chemises improbables – foulards bigarrés fait furieusement penser au barde néerlandais. « Il avait une tête d'étudiant tchèque venant de passer à l'Ouest », s'esclaffe la directrice d'alors, la diplomate Nathalie Loiseau – future ministre aux Affaires européennes de Macron. Elle s'amusera, juste après l'élection présidentielle de 2017, à revisionner une vieille vidéo datant de 2002, celles des années insouciantes à Strasbourg, à la recherche d'images éventuellement compromettantes. Peine perdue. On y voit le jeune Macron souriant, détendu. Mais en contrôle total. Sachant en permanence où se situe la caméra.

Ça la frappe encore, aujourd'hui.

Il n'est pas le plus brillant à l'ENA. On a interrogé plusieurs de ses camarades de promotion : très curieusement – ou pas –, nombre d'entre eux ont exigé l'anonymat pour nous parler. Ce sera en effet une constante, dans cette enquête. Macron est craint. Fidèles à nos principes, nous ne les citerons pas entre guillemets, mais nous avons pu, en règle générale, vérifier leurs assertions. Et obtenir des témoignages assumés, malgré tout.

À Strasbourg, Macron passe son temps avec Gaspard Gantzer, futur conseiller en communication de François Hollande ; Mathias Vicherat, bientôt directeur du cabinet de Bertrand Delanoë puis d'Anne Hidalgo à la mairie de Paris, aujourd'hui secrétaire général de Danone ; Aurélien Lechevallier, dont il fera son conseiller diplomatique à l'Élysée ; Sébastien Jallet, actuel directeur du cabinet de la ministre de la Citoyenneté Marlène Schiappa ; Aymeric Ducrocq, directeur financier d'EDF ; et, enfin, Frédéric Mauget, en poste au Crédit municipal de Paris. Un petit monde de « mecs », déjà. Même si Macron admire l'agilité intellectuelle de Marguerite Bérard, le « cerveau » de la promotion, et se méfie de l'austérité très efficace de Sébastien Proto, futur proche conseiller de Nicolas Sarkozy.

« Il a un talent de séduction sur les personnes de pouvoir plus âgées que lui qui est sans équivalent dans le monde ! »

Les soirées se terminent généralement à *L'Académie de la bière*, parfois dans des bars à karaoké, où Macron fait valoir ses talents en matière de chanson française, son humour, sa bonne « descente », et surtout son endurance, surhumaine de l'avis général ! Au petit matin, le teint frais, il rejoint les locaux de l'école, donne du « ma poule » à ses amis, claque la bise à chacun, jusqu'au gardien de l'institution. Ses camarades connaissent sa passion pour son ex-prof de français à Amiens, Brigitte Trogneux, mais il ne se confie pas. Exubérant et secret à la fois. Proto, comme d'autres, observe le phénomène, qui se réclame tantôt de Laurent Fabius, parfois de Dominique Strauss-Kahn, un peu de Michel Rocard, et beaucoup de Jean-Pierre Chevènement, tout en vantant sa proximité avec le philosophe Paul Ricœur. Bref, on ne sait pas trop où le situer, et cette ambiguïté – déjà – lui va très bien.

« On était admiratifs de sa capacité à rayonner au-delà de sa capacité de travail, relate Gantzer. Il n'était pas le plus intelligent : Proto était devant, comme Bérard… »

Entre rivalité et amitié, la promo bâtit sa propre légende, à l'instar, près de vingt ans plus tôt, en 1980, de la promotion Voltaire, celle des Villepin, Hollande, Royal…

Les stages défilent, l'étudiant envoûte ses interlocuteurs, rôde son pouvoir d'attraction… Avec une très nette prédilection pour les aînés. L'accordéoniste André Verchuren n'y résiste pas ; on verra souvent Macron à ses côtés, en concert. Le sévère haut fonctionnaire chiraquien Bertrand Landrieu tombe aussi sous le charme, à l'occasion d'une rencontre en préfecture. Aux mariages des uns et des autres, il volette de table en table, charmant, encore et toujours, les parents et grands-parents. « Il a un talent de séduction sur les personnes de pouvoir plus âgées que lui qui est sans équivalent dans le monde ! » s'exclame Gaspard Gantzer. Est-ce naturel, surfait, intéressé ? Personne ne sait vraiment. Macron, dès cette période, s'exprime donc beaucoup, mais se livre peu.

À l'ENA, en ces années 2002-2004, on ne cherche pas encore à percer à jour les mystères des uns, les ambitions des autres. Les stages s'effectuent avec des préfets, des ambassadeurs, qui restent à distance, notent et délivrent des appréciations. Toujours avec le contrôle et la retenue qui vont de pair avec la haute fonction publique. Macron, c'est différent. « Son préfet, son ambassadeur, étaient tellement impliqués dans leurs relations avec Macron qu'ils l'ont appelé plusieurs fois avant son oral pour le soutenir, se rappelle Gantzer. Il avait établi une sorte de lien de quasi-dépendance avec eux. Et il avait eu 10/10, la note parfaite. Avec ce commentaire : “Élève charismatique”. Il leur renvoie l'image de leur propre jeunesse, de leur fougue. Je n'arrive pas à faire des blagues de cul avec des gens qui ont trente ans de plus que moi, Macron le fait parfaitement ! »

L'ENA n'est jamais qu'une école d'imitation, où l'on singe les hauts fonctionnaires, les diplomates… Comme en témoigne son succès dans les bars à karaoké, Macron possède ce don. Ses « amis » d'alors se rappellent d'ailleurs son talent pour reproduire le son de la trompette, façon Brassens.

« Il était très bon pour la mise en lumière des rapports auxquels il avait contribué, c'est un talent. »

À la sortie de l'ENA, le futur président dispose déjà d'une jolie aura. Il lui reste à conquérir Paris. Le plan de bataille est prêt. D'abord, choisir l'Inspection générale des finances (IGF). Au Conseil d'État, on disparaît trop vite, trop facilement, dans les limbes du droit et de l'administration. Alors qu'à l'IGF, si l'on mène bien sa barque... tout est possible ! Seul *hic* : il va falloir donner quatre ans de sa vie à ce corps d'élite, c'est le contrat passé avec l'administration. Le jouvenceau Macron déboule donc à Paris. Les choses sérieuses commencent. Dans la capitale, trois hommes font et défont les carrières des ambitieux : les conseillers rivaux Jacques Attali et Alain Minc, avec, en sous-main, tel un chaperon bienveillant et influent, Jean-Pierre Jouyet, le patron de l'IGF. En éblouir un est la promesse d'un avenir doré.

Lui envoûtera les trois.

Avec l'énarque Pierre Cunéo comme aimable tuteur, à peine plus âgé que lui, Emmanuel Macron est chargé de sa première mission de vérification de comptes, dans l'univers de l'aide à la construction. « Il a été mon esclave personnel, sourit Pierre Cunéo. Ça s'est très bien passé. Il a clairement un truc. » La mission se termine, traditionnellement, par un copieux dîner. Ce sera au restaurant

Le Train Bleu, gare de Lyon, à deux pas de Bercy. Les langues se délient. « Il a une capacité à s'intéresser au mec en face, note Cunéo. Je pense que c'est sincère. En tout cas, il y a un moment où c'est sincère. » Macron s'ouvre, cette fois. Enfin, un peu. Et parle de politique. « Il me disait : "Moi, ça m'intéresse, la politique, d'être élu." Député de Picardie, ou maire du Touquet, c'étaient des trucs dans lesquels il voulait se projeter », se souvient son premier boss à l'IGF.

Macron gravit les premiers barreaux de son échelle personnelle. Minc, c'est fait. Jouyet aussi. Il coche les cases, méthodiquement. Il fréquente les Gracques, ces beaux esprits, hauts fonctionnaires centristes qui se rêvent progressistes ; il place quelques textes à la revue *Esprit*, côtoie l'historien Patrick Weil… De l'entrisme, partout. Proto, Vicherat, ses anciens condisciples de l'ENA, l'observent se mouvoir, discrètement. « Il était très bon pour la mise en lumière des rapports auxquels il avait contribué, c'est un talent », ironise Cunéo. On se remémore la phrase de Gantzer : « Tout est construit », chez Macron. À l'IGF, il passe du temps dans le bureau de Jouyet. Cigares, whiskey, il a troqué le foulard tendance « baba cool » de ses jeunes années pour un impeccable costume gris souris de haut fonctionnaire.

Fini, le look « amish ».

En 2007, Nicolas Sarkozy est élu président de la République. Proto, Bérard, Jouyet, quittent l'IGF pour repeupler les ministères. Voilà Macron propulsé numéro deux du prestigieux corps de l'Inspection, chargé de répartir les missions. « C'était le plus jeune dans le grade le plus élevé », rapporte Pierre Cunéo. À droite, on pense bien à le recruter. Éric Woerth, ministre du Budget, joue les chasseurs de têtes bien faites et sonde le directeur de son cabinet, Sébastien Proto : « Est-ce qu'il n'y aurait pas d'autres gens de talent à faire monter, pour nous aider à réaliser toutes ces réformes ? » Réponse de Proto : « Il y a bien Macron, il est très bon, il est à l'Inspection, il faut voir s'il en a envie… »

Mais Macron, à l'époque, lorgne plutôt vers la gauche.

Enfin, pas tant que ça.

Car se présente la chance de sa vie : la création par le président Sarkozy, à l'été 2007, de la Commission pour la libération de la croissance française. Elle est confiée aux bons soins de l'essayiste Jacques Attali, ex-conseiller de Mitterrand, ex-banquier, ex-enseignant… Ex-tout, en fait. Il a eu cent vies, espère bien en avoir mille autres. Cet homme d'influence(s) est un accélérateur de carrières hors pair, doté de ses nombreuses entrées dans les univers politique et économique, multipliant les livres, les conférences, les réceptions à son domicile, où l'on aime à se retrouver dans un entre-soi tout à fait confidentiel. Il n'est certes « que » conseiller d'État, ce qui lui vaut le mépris à vie d'Alain Minc. Mais, avec Jouyet et donc Minc, il est le troisième homme qui compte dans la capitale, celui qui peut tout débloquer, subodore Emmanuel Macron. Il va donc falloir l'impressionner, pour mieux le conquérir, lui aussi.

La routine.

Il lui suffit d'un rendez-vous. Attali est d'emblée impressionné par la *vista* intellectuelle du jeune fonctionnaire. Il lui confie d'ailleurs le poste stratégique de rapporteur général adjoint de la commission. C'est essentiellement par lui que tout transite. Il n'a pas trente ans ! Autre énarque, Thomas Cazenave – futur candidat en 2020 à la mairie de Bordeaux pour En Marche ! – fréquente aussi ce cénacle, puisqu'il est chargé de rédiger et mettre en forme le chapitre « emploi » du rapport Attali. Et c'est à cette occasion qu'il découvre Macron. « Il avait une forme de grande maturité, de capacité à interagir très vite avec des ministres, de grands patrons, à être crédible, confie Cazenave. Je disais toujours d'ailleurs, dès 2007, qu'il serait un jour président de la République. » Le prophète Cazenave voit même dans cette période les prémices d'une forme de matrice idéologique. « Quand on relit le rapport Attali, et quand on lit le programme de Macron en 2017, je pense qu'il y a une vraie continuité », assure-t-il.

Pour bien comprendre la trajectoire macroniste, et tous nos interlocuteurs l'ont seriné, il faut revenir à ces années 2007-2008, période charnière entre l'IGF et la découverte du monde de la finance. C'est là que se sont nouées des relations décisives dont Macron fera le meilleur usage, au fil du temps. Qui trouve-t-on au sein de cet aréopage qui siège au palais du Luxembourg ? Des patrons alors à leur pinacle, tels René Carron, PDG du Crédit Agricole, Anne Lauvergeon, à la tête du directoire d'Areva, Claude Bébéar, fondateur d'Axa, François Villeroy de Galhau, président de Cetelem… Mais aussi des intellectuels-scientifiques, comme Boris Cyrulnik, neurologue, Éric Le Boucher, alors éditorialiste au *Monde*, ou encore l'académicien Erik Orsenna. Cela phosphore sec, chaque semaine, pour aboutir à 316 propositions, en janvier 2008 : suppression des départements, baisse des cotisations sociales, fin du principe de précaution, levée de l'interdiction de la vente à perte, libéralisation de l'implantation des grandes surfaces commerciales, instauration de fonds de pension « à la française », réduction de la fiscalité pesant sur le secteur de la finance…

À défaut d'être vraiment magique, une authentique potion libérale, mâtinée d'un zeste de protection sociale, dans le domaine du logement notamment. De fait, Thomas Cazenave n'a pas tort, on trouve déjà dans le rapport final l'ébauche du « en même temps », futur leitmotiv macronien. Orsenna revit la période avec gourmandise : « Jacques Attali, que je connais depuis toujours, a donné tout, il a été le meilleur de Jacques, il s'est dédié complètement. On s'est entendus magnifiquement… » Avec, à la baguette, en metteur en scène de son propre rôle, cet énarque pas comme les autres. Prêt à utiliser chaque micro-occasion pour plaire, briller et conquérir. Parfaire le réseau, surtout. Orsenna ne tarit pas d'éloges : « Macron prenait des notes, il suivait tout ça. Avec passion, efficacité, gentillesse. Lumière. Et plus émerveillé qu'aucun autre membre… »

Nul doute que l'exercice a effectivement pu passionner Macron. Et lui donner quelque idée pour le futur. Il prend date, en effet, pour la suite. Un exemple ? Guillaume Liegey. Parfait inconnu pour le grand public. Une sorte d'icône, aujourd'hui, pour les connaisseurs, en matière d'ingénierie politique. En 2007, il n'est pas encore cet ultra-spécialiste des logiciels – patron de la société Explain – permettant de décrypter la vie des citoyens, et donc d'anticiper leur vote. Il est alors un simple consultant ; à peine commence-t-il à comprendre que les partis politiques vont devoir se réinventer, avec de nouveaux outils informatiques, pour perdurer. « J'ai rencontré Macron quand j'étais chez McKinsey & Company, un cabinet de conseil, explique Guillaume Liegey. La commission Attali a "staffé" une équipe de consultants. J'ai réussi à être dans cette équipe, j'étais dans le pool de rapporteurs que Macron coordonnait, je faisais des analyses. » Entre les deux hommes, très vite, une synergie s'opère. Liegey s'engouffre dans le sillage de Macron. Le pacte mutuel n'est pas formalisé, mais il y aura bien une clause de revoyure dans l'affaire. « Il est hyper pro et parle aux stagiaires comme il s'adresse aux patrons du CAC 40, il gère bien ses équipes », témoigne le consultant.

On le retrouvera, évidemment, aux premières loges de l'aventure politique, dix ans plus tard. Comme les *McKinsey boys*, désormais omniprésents dans l'administration remodelée par le président Macron.

La politique, justement. Peu de gens savent à quel point Emmanuel Macron maîtrise, aujourd'hui, la carte électorale française, ses multiples complexités. Cette remarquable connaissance a pris racine, là encore, en 2007. Car la commission Attali, c'est aussi l'occasion rêvée de parcourir le territoire. Demandez à Didier Guillaume, futur patron des sénateurs socialistes – il deviendra ensuite ministre de l'Agriculture du gouvernement d'Édouard Philippe (2018-2020). C'est lors des déplacements de la commission Attali en province qu'il a découvert Emmanuel Macron. « Je l'ai vu lorsqu'il est venu dans les réunions en Rhône-Alpes ; à l'époque, moi, j'étais un modeste baron local, départemental… », se souvient Guillaume. Qui ajoute : « On voit bien que de toute façon il y a ceux qui dirigent et ceux qui font, et déjà, à l'époque, Emmanuel Macron, ce n'est pas le parfait technocrate sorti de l'ENA. Macron, c'est plus qu'un technocrate, c'est plus qu'un énarque, c'est plus que tout ça. » Il est très vite soufflé par l'aisance hors norme du personnage.

« Il y a quand même quelqu'un qui a créé Macron ! Attali, quel que soit l'événement mondial, c'est lui. »

Guillaume saura s'en souvenir. Et en profiter, lui aussi.

Ce qui n'est pas le cas de tous ceux qui ont croisé sa route. L'actuel patron du Medef, Geoffroy Roux de Bézieux, faisait partie des membres initiaux de la commission, au titre de président de Croissance Plus, une instance de représentation des PME. « J'étais le jeune patron sympa, à l'époque ; depuis, ça a bien changé », s'amuse-t-il. Macron ? « Il était brillant, etc. Mais bon, de là à imaginer qu'il deviendrait président de la République… non. »

D'autant que Macron hésite encore, à l'aube de sa destinée. Est-il Eugène de Rastignac, ce pur ambitieux provincial aux dents longues immortalisé par Balzac ? D'autres le rangeraient plutôt dans la catégorie Bel-Ami, *alias* Georges Duroy, l'opportuniste prêt à tout pour conquérir le pouvoir parisien. Ressent-il ce frisson intérieur dépeint par Maupassant ? « Il demeurait sous l'obsession de son image, décrivait l'auteur de *Boule de Suif*, comme il arrive quelquefois quand on a passé des heures charmantes auprès d'un être. On dirait qu'on subit une possession étrange, intime, confuse, troublante et exquise, parce qu'elle est mystérieuse. »

Cette furieuse « obsession », doublée d'une envie irrépressible de « possession », Macron entend bien la faire fructifier, en tout cas. D'ailleurs, notera plus tard le quotidien *Les Échos*, lorsqu'il sera temps de se quitter, en janvier 2008, tous les patrons de la commission Attali proposeront un job à Macron !

Conclusion, sur le mode amer-ironique, de Michel Sapin, ministre des Finances de François Hollande : « Il y a quand même quelqu'un qui a créé Macron ! De toute façon, Attali, quel que soit l'événement mondial, c'est lui… »

Mais, d'abord, Macron doit mettre un pied en politique. Attali le présente en 2008 à François Hollande, premier secrétaire du parti socialiste pour encore quelques mois. « Il était dans la commission Attali désignée par Sarkozy, nous raconte l'ex-chef de l'État. Jacques Attali aurait très bien pu le présenter à Sarko. S'il lui avait dit : “Je suis de droite et j'aimerais bien avoir une carrière tout de suite”,

Attali, qui avait de bons rapports avec Sarkozy à cette époque, aurait pu le faire. » Mais non, Macron a du flair et, éventuellement, un léger tropisme de gauche. En tout cas, à l'époque.

« Il voulait être candidat aux législatives de 2012, dans le Pas-de-Calais, assure Hollande. J'étais encore premier secrétaire. Il avait sa maison au Touquet. C'est quelqu'un qui voulait s'engager dans la vie politique. Et au parti socialiste. »

C'est intéressant, Jacques Attali n'a pas les mêmes souvenirs. « Une circonscription électorale ? Ce n'était pas du tout la préoccupation d'Emmanuel, dit Attali. Il n'a jamais été question de ça, mais pour qu'il travaille avec Hollande. François était candidat à la candidature. »

Là où François Hollande croyait rencontrer un jeune homme pressé, mais désireux de commencer ses humanités par le bas, à l'ancienne, *via* une circonscription au fin fond de l'Hexagone… En réalité, il allait favoriser la gestation d'une sorte d'Alien politique, une drôle de bestiole prête à le croquer, dix ans plus tard. Les proches de Hollande constatent, impuissants, l'intrusion d'un nouveau venu dans le système : « Il était dans le truc d'Attali, toute cette bande-là », soupire Stéphane Le Foll, maire PS du Mans, ex-ministre de Hollande, et viscéralement allergique au macronisme. « Le rapport Attali, ajoute Le Foll, c'est comme ça qu'il arrive dans ses bagages. Attali d'ailleurs le dit, il le vend à Hollande. Mais ça, c'est tout ce microcosme, fasciné par les grandes écoles, une forme de parisianisme total, qui vit comme ça, qui se coopte, avec l'idée que c'est là que ça se situe, que ça se passe, c'est là qu'il y a de la réflexion, de l'intelligence. Et voilà, Attali a dit ça à Hollande, et il l'a fait, il l'a pris… La preuve, c'est que moi je ne connaissais pas Macron et que j'ai commencé à entendre qu'il était dans l'équipe à la fin de l'année 2011. »

Mais nous n'en sommes pas encore là.

Comme le résume crûment François Hollande, et dans sa bouche ces mots prennent une signification plutôt méprisante : « Ensuite, il entre dans la banque… »

Jacques Attali

Le guide

Il se délecte de cette scène, encore et toujours.

Jacques Attali nous la narre sans se faire prier ; à ses yeux, elle définit si bien Emmanuel Macron, dont l'ascension fulgurante n'aurait sans doute pas été possible sans son entremise.

Attali est l'homme qui maîtrise et confectionne le destin des autres, en tout cas des puissants. Une sorte de Geppetto, dont les prometteuses marionnettes prennent vraiment vie, pour accomplir leur destin. Quitte, pour certaines, à ce que leur nez s'allonge.

Nous sommes au crépuscule de l'été 2016.

Emmanuel Macron ne parvient pas à obtenir sa liberté auprès de François Hollande, un chef de l'État toujours mystérieux sur ses intentions pour l'élection présidentielle de 2017. L'impétueux ministre de l'Économie fait tout pour se faire éjecter avec fracas du gouvernement Valls, histoire d'endosser le confortable costume de victime. Hollande ne se laisse pas faire, il n'est pas le plus mauvais dans ce jeu de poker menteur, entre périphrases, fausses amabilités et vraies ambiguïtés. Macron multiplie donc les visites à l'Élysée.

La dernière rencontre, le 30 août 2016, celle où Macron décide de claquer la porte, tourne au fiasco, entre non-dits et jeu de dupes. Avec Jacques Attali en arbitre, lointain et intéressé. « Emmanuel est venu porter sa démission, nous raconte-t-il aujourd'hui. François Hollande a demandé à Emmanuel : "Naturellement, en sortant, tu vas dire que tu soutiens ma candidature présidentielle ?", Emmanuel a répondu : "Non." François, après, me dit : "Tu te rends compte, il m'a dit qu'il ne me soutenait pas !", et Emmanuel, lui, m'a dit : "Vous vous rendez compte, il pensait que j'allais le soutenir !" »

Éternel Jacques Attali, toujours, entre malice et mégalomanie, à arpenter les antichambres du pouvoir, à frayer avec les puissants, mais surtout à favoriser leur destinée.

Jacques Attali, 78 ans le 1er novembre 2021, n'a plus l'âge de la modestie. Pas sûr qu'il l'ait jamais eu, d'ailleurs. On lui demande de nous désigner, en début d'entretien, son président favori parmi ceux qu'il a propulsés, Sarkozy, Hollande ou Macron… La réponse claque : « Lequel j'ai préféré ? Celui que vous n'avez pas nommé. Et que j'ai fait aussi, d'une certaine façon : Mitterrand. » Attali a effectivement été directeur de la campagne présidentielle de François Mitterrand en 1974, il avait alors 30 ans seulement. Puis son conseiller spécial à l'Élysée, pendant deux septennats (1981-1995), tout en cornaquant un jeune espoir du PS : François Hollande.

On l'a rencontré à deux reprises, pour ce livre ; c'était bien le minimum, tant l'homme recèle de secrets – et de certitudes. Il reste, en dépit des années, ce Rubik's Cube humain, se revendiquant toujours de gauche, mi-politique, mi-homme d'affaires, sans compter une œuvre prolifique d'écrivain, construite à ses heures perdues, et une démarche jamais démentie : inventer l'avenir, tout en incarnant le passé.

Pas si simple.

Macron, il l'a connu à l'été 2007. Dans le cadre de la Commission pour la libération de la croissance française voulue par Nicolas Sarkozy, nouvel homme fort de la droite et fraîchement élu président de la République. On parle ici, vous l'aurez deviné, de la « commission Attali ». Lorsqu'il lui est proposé de présider cette structure de réflexion chargée d'influer sur la future politique économique de la France, Jacques Attali exige, auprès du président Nicolas Sarkozy et de son Premier ministre François Fillon, de pouvoir choisir ses rapporteurs. « Je n'ai aucun nom, se souvient-il, mais je souhaite des gens qui ne soient pas dans les cabinets et qui soient les meilleurs possible, du Conseil d'État et de l'Inspection des finances. Ils m'ont donné trois noms à l'Inspection, trois noms au Conseil d'État, et j'en ai choisi deux, dont Emmanuel. Qui, à l'époque, pour moi était neutre, même s'il m'avait laissé entendre qu'il était plutôt de gauche, mais il ne s'est pas du tout manifesté comme tel. »

On comprend certes mieux aujourd'hui les raisons de cette réserve…

Macron laisse sourdre un apparent penchant de gauche, il vaut mieux avec Jacques Attali, mais la France est gouvernée par la droite. Donc, rester prudent. Toute séduction réussie est aussi affaire de précaution oratoire. Avec Jacques Attali, c'est un mariage de raison. Entre cerveaux puissants, on s'entend. Macron n'est que rapporteur général adjoint, mais il est dans la place.

Trois ans, seulement, après sa sortie de l'ENA.

Il côtoie dans ce cénacle ses futurs proches, tous déjà très influents, tels l'économiste Philippe Aghion, l'avocat Jean-Michel Darrois, et une brochette d'industriels ou hommes d'affaires : Serge Weinberg, Pierre Ferracci, et surtout celui qui fera sa fortune quelques années plus tard – patience –, Peter Brabeck-Letmathe, PDG de Nestlé, le géant suisse de l'agroalimentaire. Macron ? « C'est un être d'exception, assure Attali. J'avais devant moi quelqu'un qui connaissait tout ! Et j'ai une admiration pour sa chance, son intelligence, sa loyauté à mon égard, qui a été parfaite. » N'a-t-il pas, avec le recul du temps et de l'expérience, le sentiment d'avoir été, comme tant d'autres, un simple barreau sur cette échelle destinée à hisser Macron au sommet ? « Non ! C'est moi qui l'ai utilisé au départ ! » s'insurge, légèrement vexé, Jacques Attali. Qui insiste : « Macron ne m'a rien demandé, il n'a jamais cherché à m'utiliser. Il ne m'a jamais dit : "Venez avec moi contre François [*Hollande*]", jamais ! »

Il aime à répéter qu'Emmanuel Macron le vouvoie. « Parce qu'il a été mon collaborateur », sourit Jacques Attali, qui connaît le poids symbolique des mots.

« J'ai dit à Emmanuel : "Hollande ne veut pas de vous. Partez !" »

Les deux hommes ne se quitteront plus. Attali sait bien que son rival de toujours, le rusé Alain Minc, traîne aussi dans les parages. Pareil potentiel ne laisse personne indifférent, les deux bonnes fées du Tout-Paris entourent et chaperonnent Macron. Minc s'en mêle à son tour, donc. L'essayiste et conseiller du CAC 40, proche de Sarkozy, se charge de l'avenir financier de Macron, en le catapultant dans les étages luxueux de la banque Rothschild & Co. De son côté, Jacques Attali pousse son protégé dans les bras de François Hollande. À l'époque, celui-ci n'est pas encore désigné candidat officiel du PS : nous sommes fin 2010, l'« accident » DSK ne s'est pas encore produit. Mais, en mai 2011, le patron du FMI est arrêté au Sofitel de New York, accusé de viol par une femme de chambre, Nafissatou

Diallo. Il est éliminé de la course présidentielle. Hollande peut hisser la grand-voile.

Macron, poussé par Attali, a misé sur le bon cheval socialiste, lui qui, pourtant, en toute logique, aurait dû appartenir à la galaxie strauss-kahnienne. « Je l'ai présenté à François, qui l'a pris dans son équipe de campagne. Et François Hollande l'a pris à l'Élysée, ce qui pour moi était surréaliste », résume Attali.

Au printemps 2012, un déjeuner réunit le nouveau président de la République, François Hollande, l'incontournable Jacques Attali, et le tout sémillant secrétaire général adjoint de l'Élysée, Emmanuel Macron. « François ne savait pas comment ça marchait, sourit Attali. Donc j'ai passé le déjeuner à expliquer le mode d'emploi des procédures de base de la présidence de la République. Je ne savais pas que je le faisais pour les deux en même temps ! »

Macron s'ennuie très rapidement. C'est une constante, chez lui. « Il s'impatientait beaucoup, il trouvait que ça n'avançait pas assez vite », confirme Attali. Ce dernier le verrait bien devenir ministre. Il s'en ouvre à François Hollande. « Il me répond : "Jamais, jamais ! C'est un technocrate, un technicien comme les autres. Il n'y a aucune raison qu'il soit ministre !" Même, à un moment, lorsqu'il a été question du départ de Jean-Marc Ayrault de Matignon, je lui ai proposé de prendre Emmanuel comme Premier ministre, il y a eu une ambiguïté dans la conversation, il m'a dit : "Emmanuel ? Tu veux dire Manuel ?" »

Car, en effet, c'est bien Manuel Valls qui entre à Matignon, le 31 mars 2014. Avec un Macron qui déprime sévèrement, en enfant gâté, trop doué pour végéter dans les combles, fût-ce ceux de la présidence de la République. Attali : « J'ai dit à Emmanuel : "Hollande ne veut pas de vous. Partez !" On a commencé à regarder ce qu'il pourrait faire… » Après deux ans à l'Élysée, Macron quitte son bureau niché dans une soupente du palais et décide de s'inventer un avenir dans l'enseignement numérique.

En août 2014, pourtant, Jacques Attali revient déjà à la charge auprès de François Hollande, Bercy est libre et prêt à s'offrir au premier énarque-banquier venu, car l'incoercible Arnaud Montebourg vient d'être mis à la porte par Manuel Valls. Et c'est d'ailleurs ce dernier qui finit par obtenir la nomination de Macron au ministère de l'Économie, au forceps, tant Hollande reste dubitatif et ardu à convaincre. La politique, pour lui, c'est une expérience qui s'acquiert, un métier qui s'apprend. Et Macron n'est qu'un novice, dans ce domaine. Pense-t-il... « Il s'est aveuglé, constate Attali. Pour la raison typique d'un politique qui ne croit qu'à la légitimité électorale. Il ne le voyait pas du tout. »

Depuis Matignon, Valls, lui, le voit très bien. Il découvre la machine Macron, mélange de hardiesse et de pure attraction. Lucide, le Premier ministre comprend rapidement que le nouvel hôte de Bercy est pétri d'ambition. « Valls m'a appelé trois jours après, rapporte Attali. En me disant : "Dis-moi, ton copain, il faudrait qu'il se rappelle qu'il est un ministre 'technique'..." » Sous-entendu, il semble que le poulain soit déjà un bel étalon, pénétré de son propre talent. Il mord allégrement sur le territoire de ses collègues du gouvernement, vitupère les 35 heures... « Tu n'as pas du tout compris de qui tu parles », se marre, *in petto*, Attali. Il sait, lui.

De là à imaginer le nouveau ministre prêt à conquérir l'Élysée, il y a quand même un gouffre. Attali devine l'appétit de son protégé, sent qu'il a une confiance inébranlable en son propre destin. Il en est encore plus certain au sortir d'un déjeuner, au printemps 2016, à Bercy. À l'époque, l'écrivain-conseiller phosphore sec. Il désespère de François Hollande, qu'il juge mollasson et encalminé, plombé par son impopularité. Du coup, il prépare un programme pour l'élection présidentielle de 2017, et le met à disposition de qui voudra… Cela s'appelle « France 2022 ».

« Ne me mettez pas en situation de dire du mal de lui. »

Hollande passe son tour, il faudrait déjà qu'il soit candidat à sa réélection. Macron, lui, ne se fait pas prier. Lors de ce déjeuner, Alexis Kohler, devenu le bras droit du ministre, et Brigitte Macron, toujours présente aux côtés de son époux quand c'est important, se sont joints aux agapes. « J'ai senti qu'il était décidé, relate Attali. Et, à ce moment-là, il me dit : "Moi, je suis tenté d'y aller, qu'est-ce que vous en pensez ?" Je lui pose deux conditions. "Premièrement, soyez loyal avec François. Deuxièmement, ayez un programme !" Après, j'ai fait une très forte campagne auprès de tout le monde. »

Attali commet pourtant un impair de taille. Lors d'une conférence organisée par l'hebdomadaire *Challenges*, il déclare ceci, le 13 mai 2016 : « Macron n'incarne que le vide. » De quoi fâcher, évidemment, le futur président, d'autant qu'il ajoute : « Quelqu'un qui ne se dit ni de gauche ni de droite, c'est qu'il est de droite ! » Avec le recul, tout cela était plutôt bien vu – prémonitoire, même.

Mais, à cette date, la sentence attalienne tombe fort mal à propos. L'entourage de Macron écarte sans égards excessifs l'ancien conseiller de Mitterrand. Attali en conserve une vraie séquelle. Depuis, il fait très attention à tout jugement porté en public sur l'action de l'actuel chef de l'État. Histoire que la ligne directe avec l'Élysée, déjà parasitée ces temps derniers, ne soit pas définitivement débranchée.

Ainsi, quand on le revoit, à l'automne 2020, il semble sur ses gardes. Pas question pour lui de critiquer l'entourage de Macron, ces ministres sans charisme, ces députés si peu politiques, ces conseillers « technos » coupés du pays, cet appareil d'État qui patauge dans la crise sanitaire… Attali se hasarde simplement à lâcher une phrase qui vaut son pesant de mépris et de symbole : « Mitterrand était tellement mégalomane qu'il ne craignait pas de s'entourer de gens de talent. » Dont lui-même, bien évidemment.

Macron, donc, n'aurait pas su composer ses équipes, élyséenne, gouvernementale, parlementaire… Mais Attali ne le dira pas. Du moins explicitement. « Ne me mettez pas en situation de dire du mal de lui, je ne le ferai pas ; entre sembler être un imbécile et être indiscret, il y a longtemps que j'ai choisi », nous prévient-il, narquois. Il se tait, donc, et ne confie rien des discussions qu'il assure avoir très régulièrement avec l'hôte de l'Élysée.

Tout juste accepte-t-il de reconnaître ce que les Français ont compris depuis longtemps : « Macron n'est pas un homme de gauche. » Mais son engagement européen le ravit toujours, et quelques réformes trouvent grâce à ses yeux, même s'il ne cesse de déplorer la suppression de l'ISF. « J'ai voté pour lui, dit-il. Je n'ai pas dit que je voterai pour lui la fois prochaine. Je reste un homme de gauche. » Il a apprécié, aussi, la carrure rassurante d'Édouard Philippe.

Pas étonnant : c'est lui qui a trouvé son futur Premier ministre à Macron. Pour le coup, il ne se fait pas prier pour restituer l'épisode, qu'il date de février 2017. « Emmanuel m'a invité à dîner un soir, et le dîner a commencé en discutant de l'après. Il m'a dit : "Je n'ai pas de Premier ministre." Je pense qu'il avait quelqu'un qui venait de lui claquer dans les doigts, et l'idée m'est venue dans la conversation de lui parler d'Édouard Philippe, que je connaissais bien, et je lui ai dit : "Écoutez, il y a quelqu'un que je trouve pas mal à droite, qui est Édouard Philippe. – Ah, je ne le connais pas, vous le connaissez ? – Je le connais très bien, c'est un homme droit, enfin, c'est un homme de droite…"

Il me dit : "J'aimerais bien le rencontrer." Donc j'appelle Édouard, qui me dit : "Moi, je ne peux pas en ce moment, je serai prêt à le voir après le premier tour." Et donc ça s'est fait après le premier tour, et ils ont trouvé un accord entre eux, auquel je n'étais pas mêlé... »

À quoi tient une destinée politique ? Peut-être à l'organisation au Havre, ville dont Édouard Philippe est le maire, du LH Forum, initié par l'association Positive Planet, elle-même fondée par Jacques Attali ? Tous ces micro-réseaux qui ne cessent jamais de s'entrecroiser font la France de toujours, celle qui compte vraiment.

Ce qu'a si bien compris – dès 2002 – Emmanuel Macron, tout juste débarqué d'Amiens.

Comme il a très vite saisi l'importance de laisser une trace glorieuse, soigneusement entretenue par une armée de panégyristes. Un peu comme Mitterrand, lointaine référence. Attali, encore, rapporte cette dernière anecdote sur son « vrai » grand homme, remontant à 1981 : « Après son élection, on est allés se promener, comme on le faisait souvent. On est allés, cette fois-là, pas loin, puisqu'on descendait les Champs-Élysées vers la Concorde, sur le trottoir de droite, pas le trottoir de gauche. Je me souviens très bien, il me dit : "C'est qui, les deux jeunes gens que vous avez pris avec vous ?" Je lui dis : "Qui ?" Il me dit : "Ségolène..." Je lui dis : "Ségolène Royal et François Hollande ?" Il me dit : "Parlez-moi d'eux." Je lui dis : "Pourquoi voulez-vous que je vous parle d'eux ? Vous ne les verrez jamais, puisque vous ne voyez de toute façon personne en dehors de ceux qui sont au même étage que vous, des deux ou trois qui..." Il me dit : "Parce que j'aime bien savoir quelque chose des gens qui parleront de moi dans trente ans." Il avait donc cette obsession-là, tout de suite, de savoir... Il agissait en fonction de ça. »

À l'en croire, Emmanuel Macron serait de la même veine. « Emmanuel, depuis le premier jour, se donne comme mission de savoir quelle trace il laissera dans l'Histoire », assure-t-il.

S'il devait manquer, un jour, de volontaires pour conter l'aventure macroniste, on pourra toujours compter sur Jacques Attali.

L'homme qui survit à toutes ses créatures.

Chapitre 2

La fortune

« Une espèce de Mozart de la finance ?
Rien du tout, en fait ! »
Bernard Mourad, banquier,
proche de Macron

Emmanuel Macron s'apprête à prendre possession de son nouveau bureau, dans les étages poussiéreux de l'Élysée. Il s'est rallié à ce pouvoir socialiste balbutiant qui va gouverner la France, après cinq années d'un sarkozysme échevelé. Un investissement plus qu'un choix de cœur. Sacré parcours en tout cas, sept ans seulement après sa sortie de l'ENA.

Mais à 8 h 49, ce lundi 14 mai 2012, il prend tout de même le temps d'expédier un mail à ses ex-collègues de la banque d'affaires Rothschild & Co. « Chers tous, écrit le tout neuf secrétaire général adjoint du président socialiste François Hollande, je vais quitter ce soir la banque, après près de quatre années passées à vos côtés. J'ai beaucoup appris [...]. J'espère que les prochaines années vous apporteront le succès mérité. Je ne serai pas loin. Amicalement. Emmanuel. »

Voilà que Macron s'apprête à négliger l'avertissement de Maupassant, dans *Bel-Ami*, encore : « Tous ces gens-là, voyez-vous, sont des médiocres, parce qu'ils ont l'esprit entre deux murs – l'argent et la politique. » Pas grave. L'énarque-banquier fonce, sûr de ses forces. Il va passer de l'univers de l'argent à celui de la politique.

D'un pouvoir l'autre. Les frontières sont poreuses.

Effectivement, lors des années à venir, Emmanuel le banquier ne sera jamais loin de Macron le politique. Mais n'anticipons pas. Il se prépare donc à intégrer, en mai 2012, le premier cercle du président de la République, après plusieurs années passées à tricoter pour David de Rothschild des fusions ou des rachats, toujours un peu dans l'ombre. Mais il a faim de pouvoir.

Et de lumière.

Dès 2007, ne retrouvait-on pas déjà sa trace dans les boucles de mails élaborant les aspects économiques de la campagne de Ségolène Royal ? « Le premier souvenir que j'ai de lui, c'est dans le bureau de Ségolène Royal, candidate battue, se remémore Michel Sapin, ami et ex-ministre de François Hollande. Attali était venu le lui présenter. Il était le scribouilleur du groupe. »

Printemps 2012, donc. Pour Macron aussi, le changement, c'est maintenant. Il se repasse le film de ses années dans la banque. Quatre ans, déjà, qu'il a rejoint l'institution bancaire de la rue de Messine, au sortir de la commission Attali. Il n'a pas négligé, pour autant, d'assurer ses arrières, *a priori* dans l'idée, déjà, d'investir le champ politique. Il ressort de cet intermède financier les poches pleines, avec 2,4 millions d'euros accumulés en moins d'un an – selon un décompte de BFMTV –, à la faveur d'un *deal* à 9,1 milliards d'euros.

Lequel ne doit rien au hasard.

Rappelez-vous. Parmi les membres de la commission Attali, on trouvait quelques belles pointures. Dont le PDG de Nestlé, Peter Brabeck-Letmathe. Très vite, ce patron alors âgé de 64 ans, du genre peu commode et impressionnant, est ébloui par le rapporteur général adjoint, de trente ans son cadet. Le *tycoon* d'origine autrichienne pilote son avion privé, skie comme un dieu... Une figure forte du business mondial. « Emmanuel avait commencé à lui parler » à l'époque de la commission Attali, se souvient l'avocat d'affaires Jean-Michel Darrois, lui aussi membre de cette assemblée de notables. Un an plus tard, en 2009, on retrouve ce même avocat à la tête d'une autre commission de réflexion, sur les professions juridiques cette fois. Qui prend-il comme rapporteur ? Emmanuel Macron, forcément. « Dans ma commission, il y avait le directeur juridique de Nestlé, un ami, Hans-Peter Frick, nous confie Darrois. Un soir, je le raccompagne à son hôtel, et je lui dis : "Écoute, Emmanuel est banquier, ce serait bien que tu lui ouvres les portes de Nestlé." Très sympathiquement, il l'a fait, d'autant que le président Brabeck se rappelait d'Emmanuel, qui est du coup allé là-bas. Il a fait son boulot de banquier-séducteur, et ils l'ont engagé pour les conseiller sur une très grosse affaire, aux USA. » Il s'agit en l'occurrence du projet de rachat de la division nutrition infantile de l'américain Pfizer. Un très gros coup. Le prodige de Rothschild multiplie les allers-retours à Vevey, en Suisse, pour convaincre *in extremis* le *board* de Nestlé d'aligner les milliards afin de coiffer sur le poteau Danone, épaulé par Lazard frères, la banque – ça tombe bien – de son meilleur ennemi, Matthieu Pigasse.

Non seulement Macron décroche la timbale financière, en avril 2012, mais en plus, au passage, il étend considérablement son réseau. Il plaît, vraiment, à tel point que Nestlé lui propose le poste de directeur financier. Macron décline, il n'a aucune envie d'aller s'expatrier en Suisse. Mais il a marqué les esprits.

Trois ans seulement après son entrée chez Rothschild & Co.

C'est en 2008 qu'il a découvert ce « métier de putes ». Car voilà comment, au bout de quelques mois, Macron, en cynique décomplexé, qualifie ouvertement son nouveau job. Et ça lui convient très bien, apparemment. En quittant l'Inspection des finances, en 2008, il a pourtant tenté la voie plus sage de la banque classique. Il postule ainsi chez Morgan Stanley, où il décroche un entretien d'embauche avec un cadre de la banque américaine, Bernard Mourad. « Le type est encore très jeune et n'a pas fait ses preuves, nous rapporte le banquier, devenu plus tard patron d'Altice. Je lui ai dit : "Peut-être qu'un Rothschild ou un Lazard saura mieux faire avec un profil comme toi." Il a un truc, amical, qui ne s'est jamais démenti… » Macron repart avec le 06 de Mourad, ça lui servira plus tard, et va toquer à la porte de l'institution Rothschild, à quelques dizaines de mètres. Là-bas, il sait qu'il est très attendu, de toute façon. Serge Weinberg, Jean-Michel Darrois, ses influents « amis » de la commission Attali, mais aussi le consultant Alain Minc, lui ont préparé le terrain. « On s'était dit qu'il avait un pouvoir de séduction très fort sur les vieux messieurs », s'amuse Darrois, paraphrasant Gaspard Gantzer – et tant d'autres… François Henrot, le patron de la branche française de cette banque, notamment spécialisée dans les fusions-acquisitions, pressent qu'il va accueillir un phénomène en son sein.

Même si Macron a tout à apprendre de ce métier très spécial.

En 2008, Emmanuel Macron commence donc au bas de l'échelle, en qualité de gérant. Relativisons. Les barreaux de l'échelle restent dorés à l'or fin. Le salaire est en effet très confortable, mais ce qui importe, dans ce métier à part, où l'on compte « ses » opérations de fusion-acquisition comme autant de scalps, c'est l'entregent. Il faut se créer une réputation. Banquier d'affaires, c'est enquiller les contacts, manœuvrer en coulisses, enjôler, de déjeuners en dîners, le sourire de rigueur, l'arrogance affichée juste comme il faut. Il n'y a pas de règles, c'est la jungle, tous les moyens sont bons, il suffit juste de convaincre l'interlocuteur, le patron, et savoir surtout se rendre indispensable.

Très vite, le petit milieu parisien se met à bruire. Il se dit que Rothschild & Co. abriterait « un Mozart de la finance ». Un énarque au culot insolent, au talent dévastateur. Les concurrents, tel Matthieu Pigasse, dix ans de plus et déjà un joli palmarès chez Lazard, s'agacent de cette aura naissante.

À part son réseau relationnel, certes déjà exceptionnel, Macron n'a en réalité aucune raison de jouir de ce titre de gloire. « Ce qui est marrant, c'est l'espèce de fantasme du jeune loup de la finance, confirme Bernard Mourad. Il a fait deux ans de banque d'affaires [*quatre en réalité*], il a fait un *deal* avec le mec de Nestlé qui était dans la commission Attali. Une espèce de Mozart de la finance ? Rien du tout, en fait ! »

Ceux qui le connaissent depuis l'ENA observent pourtant Macron dans ses œuvres. Avec délectation. Ils devinent déjà ce qui va se passer. Si Macron devait être un nouveau génie, disent-ils *mezza voce*, il serait celui des relations humaines, sans aucune contestation possible.

« Il avait un CV assez vide, et il doublait tout le monde par la file de droite. »

C'est que, dans les couloirs de l'établissement, son ascension est météorique. Jusqu'à décrocher le statut d'associé-gérant. « Rothschild a tout de suite été séduit par lui, témoigne Darrois. Il a progressé très vite. » Rapidement, le bureau de Macron change d'emplacement. D'autant qu'il passe évidemment une bonne partie de son temps dans celui de ses supérieurs, jusqu'à squatter l'étage de François Henrot, le boss respecté. L'étoile Macron ne peut briller qu'au plus près du soleil.

Jeune banquier alors, Nicolas Heurtebize se souvient très bien du passage de Macron chez Rothschild, où il est lui-même resté plus de dix ans. Marquant. « C'était un séducteur assez incroyable, relate-t-il. Il arrivait à se mettre tout le monde dans la poche, aussi bien le vieux de chez Rothschild que le petit jeune. »

Pourtant, au départ, ce n'était pas gagné. Le CV de l'énarque n'avait pas de quoi impressionner ses concurrents-collègues, issus de prestigieuses écoles, eux aussi. Et même de Normale Sup, parfois.

« Il avait un CV assez vide, et il doublait tout le monde par la file de droite, abonde Heurtebize. Et donc, il y avait eu des commentaires assez acerbes. » Contre lesquels Emmanuel Macron déploie son arme de conviction massive : le charme. En quelques semaines, son bureau devient *the place to be*. Qu'importe s'il rédige peu, et pas toujours brillamment, ses rapports ou ses notes. Il passe son temps en rendez-vous, et décroche des résultats. « Banquier d'affaires, c'est aller voir des clients, et puis les draguer », résume crûment Jean-Michel Darrois. C'est parfaitement dans les cordes de Macron. Et puis, il y a cette faculté à braver les heures de sommeil. « Il m'envoyait des mails à des heures pas possibles », s'amuse Heurtebize. Autre qualité essentielle : sa capacité à réfléchir vite, et bien.

Tous, chez Rothschild, se souviennent de réunions débutant à 22 heures, où Macron, sur le *paper board*, couche ses idées, réécrit les documents de base, pour finir vers 6 heures… et enchaîner avec les réunions matinales. Bluffant.

Heurtebize décrit d'autres scènes, vécues. Il a des flashes, parfois, revit ses instants passés avec Macron. L'énarque manie un langage de charretier, jure, tient des propos qui lui vaudraient quelques soucis avec les ligues de vertu d'aujourd'hui. Mais dès qu'il s'agit de rédiger, de porter à l'écrit, il redevient extraordinairement prudent. Comme s'il anticipait l'avenir. « Sur les mails, il faisait hyper gaffe, raconte son ex-collègue. Par contre, à l'oral… »

Et Heurtebize de conter un épisode qu'il juge emblématique. Macron a un rendez-vous téléphonique avec un interlocuteur indien. Une nouvelle fois, plusieurs de ses collègues se sont invités dans son bureau. Il se donne en spectacle, démontre son incroyable aisance intellectuelle. Fait le show. « De temps en temps, le *call* [*l'appel*] s'arrêtait avec l'Indien, il y avait un blanc dans la conversation, se souvient Heurtebize. Macron balançait un truc, l'Indien se marrait, il repartait tout seul dans son monologue. Macron appuyait sur *mute* [*muet*], tout le monde se marrait… » Parce que dans le même temps, tel le dieu Shiva aux quatre bras, le banquier ouvre son courrier, allume un cigare, balance une plaisanterie à la femme de ménage de passage dans son bureau… Macron en démonstration, sur scène. « Il était extraordinaire », reconnaît Heurtebize, dix ans plus tard, des étoiles dans le regard.

Parallèlement, le prometteur banquier mène sa barque dans le marécage politique, louvoie entre Minc et Attali. Il va dîner chez les Darrois, couple qui compte, à Paris. L'avocat et sa femme, la photographe Bettina Rheims, invitent même les Macron dans leur résidence secondaire, près de Deauville. Accompagné de son épouse Brigitte, le néo-banquier se révèle un brin intimidé, au départ, avec ses chemises à grand col. Mais, rapidement, il se décoince.

Et là, Darrois fait un constat : « On le sent ambitieux. Et elle, c'est la même chose ! Il nous dit très vite qu'il veut faire de la politique, mais qu'il préfère gagner de l'argent avant, pour se sentir ensuite complètement libre. » Le couple Macron reçoit aussi à Paris, dans son appartement du XVe arrondissement, des tablées soigneusement choisies, cloisonnées. Par exemple, les Darrois sont souvent conviés avec le futur directeur de Sciences Po, Frédéric Mion. Plus tard, à l'Élysée, ils seront invités à dîner avec les Weinberg et les Rothschild. À cette époque, Darrois présente Macron à son grand ami, l'ex-Premier ministre Laurent Fabius. Qu'est-ce qui distingue Macron de ses anciens condisciples de l'ENA, qui s'égaillent dans les allées du pouvoir ? « Il est peut-être plus intelligent, mais au fond, vous donnez un coup de pied dans un réverbère, et il y en a douze qui tombent, constate Darrois. Non, il a quelque chose en plus. Le charisme. Ce don, quand vous regardez les gens, comme ça, dans les yeux… »

Sa nature, disent ses détracteurs, se révèle pleinement lors de l'épisode peu glorieux du rachat du journal *Le Monde*, en 2010, où il conseille les journalistes d'un côté, et pactise discrètement sur l'autre versant, avec des repreneurs menés par Minc. Cette affaire-là est si révélatrice qu'elle mérite d'être restituée par le menu. Tout simplement parce qu'elle en dit beaucoup sur Macron et son art consommé du travestissement, pour employer un euphémisme.

Septembre 2010. Les journalistes du *Monde* cherchent désespérément un repreneur, pour sortir le groupe de la déconfiture financière. Alors membre de la Société des rédacteurs du *Monde* (SRM), Adrien de Tricornot accepte l'aide d'Emmanuel Macron. Ce dernier se propose aimablement de conseiller gratuitement la SRM. Par pur amour de la presse, prétend-il. Le banquier de

Rothschild et les journalistes se rencontrent, le contact passe. L'homme est sympathique, convaincant, compétent… Pourquoi se méfieraient-ils ? Deux offres sont en lice : le trio Pierre Bergé-Xavier Niel-Matthieu Pigasse d'un côté, et le duo Claude Perdriel-Prisa (un groupe de presse espagnol) de l'autre. Normalement, Macron est censé agir au mieux des intérêts de la SRM, en arbitre désintéressé.

En fait, ça ne l'empêche pas, dans l'ombre, d'opérer aussi pour… Alain Minc, conseil du duo Perdriel-Prisa !

« Je l'ai entraîné chez Prisa, je l'ai ensuite retourné pour *Le Monde*, il devient notre banquier », assume aujourd'hui Alain Minc. « Il soutenait la SRM, mais il avait pris parti pour nous, confirme Claude Perdriel. Dans la bataille que l'on a eue avec Niel-Bergé-Pigasse, c'était notre conseiller. »

Ou plutôt leur cheval de Troie.

Très vite, Pigasse pressent l'embrouille. Il découvre un jour, presque par hasard, que les éléments de langage fournis par Macron à la SRM proviennent directement des bureaux d'Alain Minc ! Maladroitement, en effet, Macron a adressé à la SRM un courrier dont la signature, identifiable dans le format Word, est celle de… l'assistante d'Alain Minc. Gênant. Stupéfait, Matthieu Pigasse montre le courrier à Xavier Niel, obligé de constater qu'il émane bien de la secrétaire de Minc.

« Ce type est un enfoiré, il joue contre nous. »

Le meilleur ou plutôt le pire, c'est cette scène cocasse, rapportée par le site Streetpress, qui se déroule le 3 septembre 2010, au 10, avenue George-V, dans l'un des quartiers les plus huppés de la capitale. Les membres de la SRM se retrouvent sur le seuil de cet immeuble haussmannien, après une longue réunion avec Pierre Bergé, et s'apprêtent à repartir quand Adrien de Tricornot aperçoit Emmanuel Macron, pourtant non convié à ce rendez-vous, sortir des locaux, lui aussi, mais en compagnie… d'Alain Minc. S'ensuivra une partie de cache-cache surréaliste et surtout fort embarrassante pour Macron, qui se défile, se réfugie illico dans le bâtiment haussmannien qu'il vient de quitter, se planque dans les étages, pour être finalement débusqué par le journaliste de la SRM. Il fait d'abord mine d'être en ligne avec un correspondant sur son téléphone portable, puis ment de façon éhontée, comme un enfant pris la main dans le pot de confiture.

> Tricornot : Que fais-tu ici ?!
> Macron : J'attends des clients.
> Tricornot : Tu attends des clients, comme ça, sur le pas de la porte ? Pourquoi tu ne rentres pas ?
> Macron : Bah, parce qu'en fait on nous prête des locaux ici, mais j'ai pas encore la clé…

Or, il se trouve que les bureaux d'Alain Minc se situent précisément à cette même adresse ! Le forfait est donc signé. Pigasse en concevra une définitive détestation de Macron. « Le double jeu, c'est ce qui le définit », confie-t-il alors à ses proches, avant de lâcher à Niel : « Ce type est un enfoiré, il joue contre nous. » Niel le calme, imaginant que Pigasse, aveuglé par sa haine de Macron, en rajoute. Le patron de Free, d'ailleurs, reverra avec plaisir le banquier de Rothschild, qui tentera même de l'entraîner dans une opération impliquant la société Darty. En pure perte.

C'est l'époque où Macron intègre aussi l'équipe de campagne de François Hollande, et participe aux réunions liées au projet économique du futur candidat socialiste à l'élection présidentielle. Choix étonnant, d'ailleurs, effectué avant même la défection de Dominique Strauss-Kahn. Macron, c'est une constante dans son parcours, sait depuis toujours humer le sens du vent.

Tous ses amis le dissuadent de soutenir Hollande, il n'en a cure. Et le futur président socialiste se réjouit, pour sa part, de cette opportunité. « Lorsque je suis candidat pour la primaire, il vient spontanément, et je ne suis pas encore investi, nous raconte Hollande. Donc je n'ai aucun doute. On pourrait dire : “C'est un choix d'opportunité”, car il savait bien finalement que j'allais peut-être être désigné, mais il y avait Strauss-Kahn, il aurait pu faire d'autres choix. » Macron participe donc aux réunions organisées par Michel Sapin, à la brasserie parisienne *La Rotonde*, dont il fera bientôt son QG. « Je l'ai vraiment connu le jour où il est arrivé dans mon petit bureau de l'Assemblée, explique Sapin, qui l'avait juste croisé lors de la défaite de Royal, en 2007. Il était chargé par Hollande de travailler sur le programme économique, dans le cadre de la primaire socialiste. »

Le dialogue est courtois.

> Macron : Voilà, je suis disponible.
> Sapin : Vous gagnez quand même beaucoup d'argent, ce n'est pas la même chose en politique !
> Macron : J'en ai gagné suffisamment, maintenant je suis prêt à donner de ma personne pour le bien commun.

Cet amateur de football va effectivement « mouiller le maillot » durant la campagne.

« Il a apporté la part ultra-réaliste du programme de Hollande, explique Sapin. Celui qui assurait l'équilibre, c'était moi. Ce n'était pas si simple de travailler avec Macron. Mais il était complètement dévoué, avec une intelligence, une capacité d'écriture. »

« Le message qu'ils me font passer, c'est : "Il faut que Macron soit secrétaire général de l'Élysée." »

Entre Laurent Fabius, Jérôme Cahuzac et Pierre Moscovici, le banquier se crée son propre espace. Attire les regards, les attentions. Notamment de François Hollande. Et qu'importe, pour le candidat socialiste, si le redouté Alain Minc – toujours lui – cornaque le prodige. Il ne se méfie pas. Et, une fois élu, lui confie le poste de secrétaire général adjoint à l'Élysée, plus spécifiquement dévolu aux affaires économiques.

Peut-être n'a-t-il pas trop eu le choix. Son ancien ministre du Travail, François Rebsamen, nous rapporte cette conversation édifiante : « En janvier 2012, Hollande me dit : "Tu devrais prendre contact avec les grands patrons." Bernard Attali [*le frère de...*] m'appelle : "François, on a un club, on reçoit un invité jusqu'à 22 heures, c'est secret, et puis après on débriefe et l'invité s'en va." Il y avait des grands patrons, progressistes. » Rebsamen accepte l'invitation. « Le message qu'ils me font passer, poursuit-il, c'est : "Il faut que Macron soit secrétaire général de l'Élysée. Si Hollande est élu, dis-lui que nous, on n'a qu'une demande à formuler : que Macron soit secrétaire général à l'économie." Je vois François, qui me demande : "C'est le seul message qu'ils t'ont fait passer ?", je lui dis : "Oui, le seul." »

Avant d'être l'élu des Français, Macron a été celui de la finance… dont son candidat, François Hollande, va pourtant bientôt faire son « adversaire »…

Apparemment en tout cas, le message a été bien reçu par Hollande. Déjà conquis.

L'ex-président témoigne : « Il a accepté de venir à l'Élysée. Il aurait pu dire : "Je suis bien dans ma banque, je gagne très bien ma vie, je pourrais t'aider en te donnant des conseils sans quitter cet emploi…" Mais il vient ! »

La confiance un peu candide de Hollande sera longtemps de mise. Lorsque nous interrogerons au cours de son quinquennat, à plusieurs reprises, le président socialiste sur Macron, il le défendra systématiquement : « Je pense que Macron est authentiquement de gauche. Et qu'il l'est depuis très jeune. Le choix qu'il a fait de venir travailler pendant la campagne avec moi et avant même que la primaire soit engagée, le choix qu'il a fait de venir travailler ici, alors qu'il avait sa vie professionnelle comblée, à tous points de vue, y compris sur le plan matériel, prouve bien qu'il a un engagement, et que cet engagement est sincère. » Hollande semble réellement très impressionné par les sacrifices financiers consentis par Macron. Et par le personnage.

Son conseiller Gaspard Gantzer peut en témoigner : « Quelques mois avant la présidentielle de 2012, Macron m'avait dit qu'il soutenait Hollande ; il l'avait dit comme un truc analytique, il n'était pas fasciné par le bonhomme. En gros, il dit : "C'est le meilleur d'entre eux, je pense qu'il va gagner", mais il n'y avait pas d'admiration. Alors que Hollande, il était fasciné, il le trouvait drôle, solaire. » La finance n'est donc pas encore l'adversaire ; le discours du Bourget, ce sera pour un peu plus tard. Les chiffres sont connus, fournis par l'intéressé lui-même : entre 2009 et 2014, Macron aura gagné 3,3 millions d'euros, payant 1,4 million d'euros d'impôts. C'est donc un millionnaire qui entre à l'Élysée.

Il va certes y gagner moins bien sa vie.

Mais le Tout-Paris se dispute ses faveurs, et ça n'a pas de prix. Gaspard Gantzer, à l'époque conseiller du maire de Paris Bertrand Delanoë, se souvient d'une scène marquante : « Hollande est élu, j'accompagne Delanoë, comme c'était mon rôle, sur Europe 1. Et comme toujours, avant ou après l'interview, il y a une petite pause entre Elkabbach [*intervieweur de la radio*] et son invité, la conversation vient sur les collaborateurs du président… »

> Delanoë : Oui, il a un très bon collaborateur qui est Nicolas Revel.
>
> Elkabbach : Mais il a aussi un jeune homme, Emmanuel Macron, vous verrez, on en entendra beaucoup parler.
>
> Delanoë : Mais je le connais très bien aussi, c'est un ami.
>
> Elkabbach : Ah non, non, je le connais depuis plus longtemps que vous !

Gantzer est interloqué. « Et là, je me dis : "Quand même !… J'assiste à quelque chose qui est incroyable." Ils étaient en train de se disputer l'amitié d'un gamin de 30 ans. Donc je me dis, il crée un truc… En fait, Delanoë connaît aussi Macron puisqu'il avait déjeuné avec lui quelques semaines auparavant, Mathias Vicherat et moi le lui avions présenté. »

Macron est sur la voie royale. En l'espace de huit ans, il a trouvé le moyen de s'enrichir, sans sacrifier aucun de ses pions, en se rendant indispensable, ou en le faisant croire.

Il tient le centre de l'échiquier.

La seule position qui vaille pour gagner la partie.

Alain Minc

Le mentor

Jean-Pierre Jouyet s'impatiente, en ce début d'été 2017. S'inquiète, aussi. Les jours passent. Et si Emmanuel Macron ne tenait pas sa promesse ? Pourtant, tout est prêt pour sa nomination à l'ambassade de France à Londres ; il a eu le temps, dès le début de l'année, depuis son ancien poste de secrétaire général de l'Élysée, de peaufiner les détails de la suite à donner à sa carrière dans la haute administration.

Mais rien, calme plat, aucun signe du tout nouveau président de la République, qu'il a pourtant largement aidé à gravir les marches du pouvoir : que ce soit à l'Inspection générale des finances, dès 2004, puis à l'Élysée, en mai 2012, auprès de François Hollande, et enfin lors de sa nomination à Bercy, deux ans plus tard, il a couvé Macron. Que se passe-t-il ?

Jouyet décroche son téléphone et appelle celui qui sait. L'un des rares à détenir les clés du cerveau d'Emmanuel Macron.

Alain Minc.

Le conseiller politique, homme d'affaires et essayiste transmet le message d'impatience au chef de l'État. « Je ne l'appellerai pas », répond Macron. Jouyet est le meilleur ami de François Hollande, qu'il vient de trahir avec méthode et fracas. Il y a des limites à la duplicité. « Mais dis-lui qu'il sera nommé la semaine prochaine, il a ma parole ! » promet-il à Alain Minc.

Le 4 septembre 2017, Jean-Pierre Jouyet est effectivement nommé, par décret, ambassadeur extraordinaire et plénipotentiaire de la République française auprès du Royaume-Uni. Il a fallu insister, mais il est récompensé de son affection jamais démentie envers Macron. D'autres n'auront pas cette chance.

Les déçus de Macron forment une légion.

Aurélien Lechevallier, par exemple. Compagnon d'armes à l'ENA, son colocataire et très proche ami des années estudiantines. C'est le Quai d'Orsay qui va le propulser conseiller diplomatique adjoint à l'Élysée. Pas Macron directement. Quant à Marc Ferracci, témoin de mariage des Macron, cheville ouvrière de la campagne présidentielle, il finit par décrocher *in extremis* au printemps 2017 un poste de conseiller auprès de Muriel Pénicaud, ministre du Travail. « Emmanuel ne renvoie jamais l'ascenseur », déplore régulièrement Jacques Attali auprès de ses amis. Affaire de rectitude morale, peut-être.

Mais ça interroge, sur le plan humain.

Minc n'est pas plus surpris que ça. Il connaît par cœur son Macron. Avec l'avocat François Sureau, ils se partagent encore aujourd'hui la délicate tâche de conseiller, guider, voire réprimander à l'occasion le président.

Minc raconte leur première rencontre, en 2004. Tout frais inspecteur des finances, Macron vient se faire adouber par le conseiller du Tout-Paris : « Il me fait la visite du jeune inspecteur au vieil inspecteur. Les ambitieux font ça. Je leur demande toujours : "Qu'est-ce que vous serez dans trente ans ?" Il me répond : "Je serai président de la République." Je me suis dit : quel blanc-bec ! Macron, il n'est pas ambitieux ; il est habité. »

Aujourd'hui, à 72 ans, Minc peut se permettre de porter un regard tout à la fois lucide et précautionneux sur son protégé. Rencontré à deux reprises dans son bureau parisien de l'avenue George-V, il a d'abord exigé de pouvoir relire ses citations. Avant d'assumer crânement ses propos, finalement. Prolixe, disponible, il décrit avec un art consommé de la « petite phrase » les dessous de la politique façon Macron. D'où sa popularité parmi les journalistes politiques, qui font son siège pour tenter de décoder le macronisme, concept nébuleux s'il en est. Quand vous lisez « un proche de Macron » ou « un visiteur régulier du président », ne cherchez pas plus loin, c'est très souvent Minc qui s'exprime. Sous couvert d'anonymat.

Avec nous, il lève le voile. Surtout, ne pas mésestimer le poids de l'énarchie : « C'est un système fermé où les plus accomplis des anciens recherchent les jeunes qui seront les plus accomplis. C'est un système de reproduction interne sélectif. » Il n'y a pas de place pour le hasard, dans cette petite France.

De fait, Macron doit beaucoup à Alain Minc. Déjà, sa fortune.

S'il fait irruption chez Rothschild & Co., en 2008, c'est avec la recommandation expresse de Minc. « Je lui ai conseillé d'aller chez Rothschild, rapporte le consultant. Je lui ai dit : "Pour faire de la politique, il faut avoir un peu d'argent de côté. Le seul endroit où on peut gagner de l'argent, c'est la banque d'affaires. Et je ne peux pas t'envoyer chez Lazard, car dans ton espace il y a Pigasse." Je n'ai pas arrêté de le suivre. »

Matthieu Pigasse, c'est l'ennemi. Aussi brillant que Macron, beaucoup moins prévisible, une pile électrique parfaitement incontrôlable. Les deux hommes vont s'affronter directement lors du rachat du journal *Le Monde*, en 2010. Macron, on l'a vu, joue double jeu, conseillant les journalistes tout en poussant les pions d'Alain Minc, qui milite en faveur du groupe de presse espagnol Prisa. Le trio Pigasse-Niel-Bergé va finalement l'emporter. Mais une inimitié féroce est née à cette époque. Minc assure que Pigasse serait allé, dans la foulée de sa victoire, réclamer la tête de Macron à son patron, David de Rothschild. Pigasse dément formellement, mais l'anecdote est révélatrice.

« Il a fait carrière avec les vieux. Après, il n'aime que lui… »

De toute façon, Minc a déjà choisi son poulain. Macron a évidemment sa préférence. « Macron, sa vie en témoigne, il a quelque chose de différent, estime l'essayiste. Il n'est pas spécifiquement plus intelligent, il est plus ouvert, et il est habité par son destin, alors que les autres sont vaguement habités par leur ambition. » Très vite, il décrypte son mode opératoire : « Il a un charme fou, en particulier sur les vieux. Il a fait carrière avec les vieux. Les vieux le savent, mais ce n'est pas grave. » Avant d'ajouter cette précision implacable : « Après, il n'aime que lui… »

Macron maîtrise sa destinée, quitte à jouer à quitte ou double. Quand il choisit de s'engouffrer dans le sillage de Hollande, en 2011, Minc est estomaqué. « Je lui avais proposé d'entrer au cabinet de Sarko, se souvient l'homme d'affaires. Il m'avait dit : "Non, je suis de gauche, quand même…" Quand il choisit d'aller chez Hollande, je lui dis : "C'est un pari perdant, tu ne veux pas que je t'envoie chez Martine Aubry ?"… » Minc entretient à l'époque de bonnes relations avec la maire de Lille, en lice pour la primaire socialiste. Macron rétorque : « Je ne la supporterais pas ! » Macron se met donc dans la roue de l'outsider Hollande. Bien vu.

À partir de mai 2012, il grimpe quatre à quatre les marches de la gloire. En commençant, déjà, par celles du palais de l'Élysée, où il est nommé par le nouveau président. Exigeant, qui plus est, le statut de secrétaire général adjoint. Pas question de se cantonner à un rôle de simple conseiller économique. Là encore, Alain Minc s'étonne de l'outrecuidance du banquier : « Il se met à travailler pour Hollande, il a négocié pour être secrétaire général adjoint, c'était contraire à toutes les traditions. C'est un type en acier. » Pourtant, le consultant lui recommande de ne pas se montrer trop gourmand. Réponse claire de Macron : « S'il [*Hollande*] ne veut pas, je n'y vais pas ! » Conclusion de Minc : « Il a confiance en son étoile. Je lui ai dit mille fois qu'il avait signé un CDI avec la providence… »

Nouvelle preuve au début de l'été 2014. Emmanuel Macron a quitté l'Élysée, agacé par les atermoiements de François Hollande. « Il est l'artisan du pacte de responsabilité, clairement, témoigne Alain Minc. Hollande a raté toutes les portes avec Macron ; s'il l'avait nommé secrétaire général de l'Élysée… » Mais Hollande a préféré opter pour le rassurant Jean-Pierre Jouyet, son ami de toujours.

C'est un désaveu pour Emmanuel Macron, qui décide de voler de ses propres ailes.

Il se tourne, encore une fois, vers ses deux protecteurs. Attali lui prodigue donc quelques conseils et ouvre son carnet d'adresses pour lui trouver des universités prestigieuses où dispenser un lucratif enseignement. Minc, de son côté, se charge de l'intendance, de la création des statuts d'une société. Jusqu'à la fin du mois d'août 2014, moment choisi par Arnaud Montebourg pour brandir, un dimanche, sa « cuvée du redressement », au nez et à la barbe du duo Hollande-Valls. « Le vendredi précédent, Macron est chez moi, raconte Minc. Je le mets en face de mon expert-comptable pour qu'il l'aide à créer sa société de conseil. Il n'avait pas un client. Il avait juste trouvé un poste d'enseignant à Berlin, et moi je lui avais déniché un poste d'enseignant à la London School of Economics. »

Le CDI avec la providence est encore d'actualité. Car François Hollande passe outre ses réticences et nomme Emmanuel Macron à Bercy, le 28 août 2014. Le nouveau ministre de l'Économie n'a aucune expérience, pas de troupes. Il est, déjà, ce piètre manager en ressources humaines que les Français apprendront plus tard à découvrir, au gré de ses choix hasardeux en matière de nominations : Griveaux, Loiseau, Collomb… C'est ainsi que Macron envisage de désigner, comme directeur de son cabinet, l'expérimenté François Villeroy de Galhau, un ex-membre de la commission Attali. « Tu es complètement con, lui lance Minc, tu ne vas pas prendre un directeur de cabinet qui a vingt ans de plus que toi, qui a une position supérieure dans l'establishment… » *Exit* le haut fonctionnaire pressenti ; l'incolore mais si efficace Alexis Kohler, jeune pousse de Bercy, fait son apparition dans l'entourage immédiat de Macron. Les deux hommes ne se quitteront plus.

« J'aurais signé le certificat de décès, car il est mort ! »

Minc va ensuite faciliter un rapprochement stratégique avec le vrai grand homme politique de sa vie, l'ex-président Nicolas Sarkozy. Il a deviné les points communs entre ces deux surdoués, l'un comme l'autre assoiffés de pouvoir. Macron l'appelle, après avoir partagé un premier déjeuner avec l'ancien chef de l'État : « Je n'ai jamais compris ton estime pour Sarko. Maintenant, je comprends ! » Pas la peine de chercher bien loin : c'est affaire, avant tout, de puissance intellectuelle, mais aussi de brutalité, chacun dans son style ;

l'un l'exhibe, quand l'autre la dissimule. Les deux hommes se sont tourné autour, se sont jaugés avant de se juger dignes l'un de l'autre. Quand Minc tresse des louanges à Macron, il qualifie aussi Sarkozy de « sublimement intelligent, avec des intuitions renversantes ». Pourquoi s'étonner, dès lors, que ces fortes personnalités s'accordent à merveille ?

Très vite, Macron s'ennuie à Bercy. Il s'émancipe, constate que François Hollande n'a pas changé, toujours à tortiller, à peser le pour et le contre… Et toutes ces lois qui lui passent sous le nez. Le Premier ministre Manuel Valls se méfie de lui, l'engueule ouvertement à l'Assemblée nationale, devant les caméras. « Tu sous-estimes tout ce qu'ils me font, confie-t-il à Minc. Tu ne vois pas comme ils me traitent… »

Le ministre ne saurait se nourrir d'amertume. Il est temps pour lui, une nouvelle fois, d'oser. De bousculer les codes d'un jeu réservé aux anciens. « J'ai essayé de le freiner », rapporte Minc. Qui lui dit : « Laisse passer 2017, prépare 2022, prends une grande ville. »

Il est même question, un temps, de guigner la mairie de Marseille. C'est en tout cas le fol espoir du consultant. Aiguillonné en ce sens par un certain… Bernard Tapie, ancien président de l'OM et désormais patron du quotidien *La Provence*. Minc : « Tapie, un jour, m'appelle pour me dire : "J'ai un message à faire passer à Macron, est-ce que tu peux lui passer ?" Je préviens Macron : "J'ai un message pour toi de Tapie, il veut que tu viennes à Marseille…" » Tapie nous a démenti cet échange. Mais c'est Tapie…

La repartie du ministre de l'Économie est vive. Claire. « Non, tu n'imagines pas à quel point le système est vermoulu, il faut aller plus vite. » Il est déjà trop tard, en effet. Le processus est lancé. La petite équipe constituée autour de Macron s'agite, prépare les réunions de lancement du mouvement En Marche !

Minc a un peu de mal avec cette démarche. Les OPA, il connaît, mais là… c'est du jamais vu. « Tu ne peux pas faire ça ! » intime-t-il à Emmanuel Macron. Qui répond à son démiurge, cinglant : « Qu'est-ce que j'en ai à foutre ? Chacun est libre. Et, de toute façon, Hollande ne peut pas se représenter. Chacun pensera que je l'ai achevé, mais je n'ai rien fait ! » Et de lâcher cette phrase, cruelle et définitive : « J'aurais signé le certificat de décès, car il est mort ! »

Impossible de faire entendre raison à Macron. D'autant qu'Alain Minc est, au fond, intimement persuadé que la faillite menace l'entreprise Hollande, incapable de freiner les envies d'ailleurs de son ministre de l'Économie, bloqué par ses propres barrières, claquemuré dans un palais de l'Élysée aux allures de corbillard. « Macron a servi Hollande, il a le sentiment que le contrat a été respecté, juge avec le recul Alain Minc. À l'été 2016, on sait tous que Macron va se présenter. À la rentrée 2016, Hollande aurait dû nommer Macron Premier ministre. Il n'a à s'en prendre qu'à lui-même ; Macron n'aurait pas pu dire non. Le vrai coupable, c'est Hollande. » Pour tous, la trahison est tout de même consommée, évidente. Mais Macron réfute le terme. « Macron considère qu'il n'y a pas de traîtrise ; moi, si. Il est d'une dureté incroyable », reconnaît Minc.

La campagne présidentielle s'emballe à peine lancée. Un boulevard s'ouvre, le phénomène Macron déferle sur le pays. D'autant que Hollande a renoncé, le 1er décembre 2016. Une décision inéluctable, Macron en était intimement persuadé.

Il est vrai qu'il a tout fait pour.

Alain Minc, lui, se range derrière Alain Juppé, question de pure fidélité personnelle. « J'ai soutenu Juppé, convient l'essayiste. Macron en était meurtri ; moi, je voulais qu'il lui succède. Il était quand même très jeune. Dès que Juppé est battu, je donne un entretien au *Journal du Dimanche*, pour dire que je soutiens Macron. Le vendredi d'avant la parution, je lui envoie un texto : "Lis le *JDD*, tu seras content !" Réponse : "Enfin !!!!!!!!!" »

« Il est entouré de zombies ! »

La campagne devient folle, entre la victoire surprise de Benoît Hamon à la primaire socialiste, celle de François Fillon à celle de la droite, puis le déclenchement de l'affaire Pénélope, l'envolée de Marine Le Pen… Juppé et Sarkozy éliminés, Hollande « forfait », Fillon affaibli… Les planètes s'alignent. Même le madré François Bayrou tombe dans l'escarcelle de Macron. Alors qu'il ne savait pas à quoi s'attendre du centriste, le jour de son ralliement, le 22 février 2017 ! « J'étais au tennis, le jour de la conférence de presse de Bayrou, raconte Minc. Macron m'appelle : "Est-ce que tu as une idée de ce qu'il va dire ?" Je réponds : "Tu devrais le savoir mieux que moi…" Il ne savait pas à 1 heure, Bayrou le prévient à 2 heures. C'est une force qui va, Bonaparte en Italie… »

Le 7 mai 2017, Emmanuel Macron a gagné son pari. Conquis le pouvoir suprême. Son équipe investit l'Élysée. Une armée de conseillers bardés de diplômes. Jeunes, trop jeunes. À la fois suffisants… et insuffisants. Minc y va de son conseil : « Il te faut un vieux qui traîne dans les couloirs, un type qui est au courant de tout, qui peut te dire de te méfier d'untel. Tu l'as, avec Jean-Paul Delevoye… » La réponse de Macron est sans équivoque : « Je ne veux pas de vieux à l'Élysée ! » Sa fréquentation assidue des anciens a brutalement cessé. Sans doute juge-t-il ne plus avoir besoin de « parrains », maintenant qu'il a atteint son but.

Minc essaie aussi d'infiltrer dans l'équipe gouvernementale Ségolène Royal, qui ne demanderait pas mieux. Macron rétorque aussi sec : « Elle sera ingérable. » Le dispositif déployé autour de son poulain interpelle l'homme d'affaires. Trop léger. D'autant qu'il le sait tout à la fois tueur à sang froid et timoré, car tiraillé par ses fidélités envers ses compagnons de campagne. « Il n'ose pas, témoigne Minc, il est très faible dans la gestion des hommes. Il n'est entouré que de zombies ! »

S'il en est un, cependant, avec qui Macron ne fait pas mine de pactiser, c'est bien François Hollande. La passation de pouvoir est d'une extrême froideur. Le nouveau chef de l'État bat froid celui qui lui a mis le pied à l'étrier – une attitude dont il ne se départira jamais, les années suivantes.

Au grand dam d'Alain Minc, d'ailleurs.

Un jour, le consultant va rendre visite à l'ancien président, rue de Rivoli, dans ses locaux d'ex. Hollande s'ouvre, un peu, et confie son désarroi : « Pourquoi Macron me traite-t-il plus mal que Sarko ? » Minc grimpe ensuite dans sa voiture et appelle Macron, sur le mode : « Tu pourrais faire un effort, quand même… » Là encore, le président a la repartie acérée : « Pas question. Sarko, il est sorti de la politique, j'ai une relation utile avec lui. Hollande, c'est le secrétaire général clandestin du PS, c'est donc un adversaire politique. »

Macron, animal politique à sang froid. Clairvoyant et calculateur à la fois.

Durant le quinquennat, Minc sera de toutes les crises, à ses côtés. Les Gilets jaunes, la loi sur les retraites, le départ d'Édouard Philippe, la gestion de la crise sanitaire… Parfois, il aura, même en public, la dent dure. Sûr de ses positions, et de sa capacité à dire ce qui fâche. « Macron progresse moins que je ne l'espérais, assène Minc. Il gouverne mal. Les Anglo-Saxons parlent de la *policy*, la grande politique, et de *politics*, la cuisine politique. Macron est fait pour la *policy*, pas la *politics*. » Il croit bon de nous préciser :

« Vous savez, je n'attends rien de lui, je ne lui demande pas de renvoi d'ascenseur. »

Minc trouve à Macron, quoi qu'il en soit, des qualités dont les autres – sauf Sarkozy, évidemment – paraissent dépourvus : « Ce mec est courageux. On peut lui faire des tas de reproches, mais, même physiquement, il est courageux. Il va vers les gens qui l'interpellent, il aime la baston. Et il comprend très bien l'international, parce que l'international, c'est au fond une affaire d'intelligence. Et il est très intelligent. » Tant pis s'il rechigne à admettre ses erreurs. « Il se construit au pouvoir », plaide Alain Minc.

De quoi lui laisser de l'espoir pour un second mandat.

Avec Minc dans son ombre, bien sûr.

Chapitre 3

Le double jeu

« Macron, il a observé comment Hollande fonctionnait, qu'il n'avait aucun affect, et aucune reconnaissance envers qui que ce soit ; et il a fait pareil ! »

Ségolène Royal, ex-ministre

Place Beauvau, fin du mois d'août 2014.

Bernard Cazeneuve, propulsé ministre de l'Intérieur après un sans-faute au Budget, accueille le « bizuth » du premier gouvernement Valls, Emmanuel Macron, nommé à Bercy. L'ambiance est chaleureuse : Cazeneuve est un homme discret, courtois et spirituel, quand Macron, tout en œillades et sourires complices, n'a pas son pareil pour mettre dans sa poche ses interlocuteurs. Bernard Cazeneuve s'empresse de donner trois conseils à un nouveau ministre de l'Économie tout ouïe – croit-il en tout cas : « 1 – L'État est tout, nous ne sommes que peu de chose. 2 – N'oublie pas qui t'a nommé. 3 – Méfie-toi de la presse. » Trois conseils qu'Emmanuel Macron, apparemment convaincu, s'empressera pourtant, comme nous l'a confié Bernard Cazeneuve lui-même, de… ne pas suivre – surtout les deux premiers.

La scène est révélatrice d'un trait de caractère structurant chez Emmanuel Macron, notamment dans les premiers temps de sa construction politique, ces années 2012-2014, à l'Élysée : côté pile, une capacité à se montrer amical, affectueux, complice, conciliant avec chacun, et ce dès la première rencontre. En un mot, cet homme serait la bienveillance même. Il en a même fait une marque de fabrique, sa pierre philosophale électorale.

Quelques années plus tard, en avril 2016, sur France 2, ayant compris le bénéfice évident d'un tel affichage, il déclare par exemple : « Depuis dix-huit mois, j'ai une règle de vie, pour les femmes et pour les hommes, comme pour les structures, c'est la bienveillance. Donc je n'ai pas besoin, pour exister, de dire du mal des autres. » Même principe en décembre 2016, sur la chaîne Public Sénat : « Je crois en la bienveillance en politique. » Ou encore en février 2017, en meeting à Lille : « J'ai toujours cultivé la bienveillance, avec l'espoir secret, chevillé au corps, que ce soit contagieux. »

Au fil de nos rencontres avec différentes personnalités ayant approché Macron, les mêmes mots reviendront d'ailleurs dans la bouche de nos interlocuteurs, invités à qualifier l'actuel chef de l'État : sympathique, séducteur, chaleureux, tactile dès le premier contact… « Ce n'est pas un cliché, c'est authentique ! nous confirme le patron des députés En Marche !, Christophe Castaner. La force d'Emmanuel Macron, c'est qu'il a cette capacité d'empathie, de lien, et je pense que tous les gens qui le rencontrent la première fois savent qu'ils sont la personne la plus importante du monde. »

Mais, côté face, le « vrai » Macron aurait en réalité peu à voir avec cette pieuse image, celle d'une créature miséricordieuse baignant dans l'altruisme et la compassion. La députée de Paris (LR) Rachida Dati, dans son style *cash*, nous avait avertis : « Macron, je le connais depuis longtemps, c'est un gosse de riche, qui a tout réussi, qui a le bon réseau, qui connaît parfaitement l'administration, et qui n'est pas un gentil. Il ne faut pas être dupe, c'est pas un gentil mec. » Macron, ou l'homme qui a su constituer son armée de mercenaires... tout en revendiquant officiellement la bienveillance comme mode d'action.

De fait, ses années « Élysée », entre 2012 et 2014, seront surtout celles de l'ambiguïté absolue.

Jean-Christophe Cambadélis, baron-apparatchik socialiste s'il en est, s'en rendra compte, trop tard. Il n'est toujours pas près d'oublier son face-à-face à Bercy, fin août 2015, avec le phénomène, tout juste auteur d'une sortie provocatrice sur les 35 heures. « Je sors de l'ascenseur, il m'accueille devant la porte, me prend par l'épaule, et vas-y que je te passe une main, une deuxième main, que je t'emmène... J'ai quelques heures de vol, quand même... Je me dis : "Bon, d'accord, c'est quoi le sujet ?" Et on a une discussion... »

« Ce qui me frappe ? reprend "Camba". Il parle, bouge dans tous les sens, en fait des tonnes. Je ne comprends pas bien. Et, tout d'un coup, il s'assoit, commence à parler. Et je suis frappé par son regard. Extrêmement dur. Pas là. Les yeux de Thatcher et le déhanché de Jackson. »

Cet homme « double », ils sont nombreux à l'avoir découvert à l'occasion de sa première période élyséenne, lorsqu'il œuvra comme adjoint (mai 2012-juillet 2014) auprès du secrétaire général Pierre-René Lemas. Macron fonctionnera en duo avec Nicolas Revel, l'autre secrétaire général adjoint. Revel et Macron avaient fait connaissance en janvier 2012 au cours d'un repas organisé par un ami commun. Un déjeuner parfaitement détendu, au cours duquel la présidentielle à venir s'invite bien entendu au menu. Macron dissimule parfaitement ses ambitions, allant jusqu'à confier à Revel : « Tu sais, Hollande est un type qui ne construira pas son équipe élyséenne sur son équipe de campagne. »

Nommé Premier ministre en mai 2012, Jean-Marc Ayrault avoue ne pas s'être méfié le moins du monde du brillant techno – du moins au début. Manuel Valls lui-même, alors ministre de l'Intérieur, ne cache pas vraiment être tombé sous le charme : « Je ne le connaissais pas avant son arrivée à l'Élysée. On s'était peut-être croisés dans un ou deux dîners, mais enfin, honnêtement, je ne le connaissais pas. À l'Élysée, le personnage était plus que sympathique : séduisant et drôle. Assez en lien avec Aquilino Morelle, qui est, comme vous le savez, mon ami. » Aquilino Morelle, nommé conseiller politique du président Hollande le 15 mai 2012, avant de tomber en disgrâce deux ans plus tard pour un motif dérisoire mais symbolique : avoir fait venir un cireur de chaussures à l'Élysée.

Immédiatement dans son élément sous les ors élyséens, le caméléon Macron fait vite l'unanimité, à grands coups d'œillades et de bourrades dans le dos, embrassant comme du bon pain les secrétaires, jetant des regards complices aux huissiers… Quant à ceux conviés dans son bureau, ils ont régulièrement droit à sa formule favorite – ça l'est toujours –, idéale pour gonfler d'importance ses visiteurs : « Comment tu sens les choses ? » Bref, le jeune secrétaire général adjoint rayonne littéralement. Mais, surtout, il observe.

Un jour, il confie à son ami Mathias Vicherat, connu à l'ENA, être atterré par le niveau des ministres du gouvernement Ayrault, mais aussi par l'indécision et les louvoiements du président Hollande lui-même. « Si c'est ça, moi aussi, je peux y aller », lâche Macron. Il voit déjà plus grand. Autre connaissance de l'ENA, l'actuel député socialiste des Landes Boris Vallaud, nommé à son tour secrétaire général adjoint à l'Élysée fin 2014, se souvient de l'incroyable familiarité de Macron vis-à-vis de Hollande : « Moi, j'arrive auprès de Jean-Pierre Jouyet pour travailler pour un président de la République que je ne connais pas, là où Macron le tutoie, lui fait la bise, lui tape sur le ventre… » À vrai dire, Vallaud n'est pas tant surpris que cela. « C'est quelqu'un qui avait déjà une aura considérable, qui avait réussi ce tour de force qu'on raconte sa légende à sa place ! rigole-t-il. Dès l'ENA. Déjà, avec Paul Ricœur. Moi, je disais : je suis plutôt Ricard que Ricœur. On ne savait pas qui était le collaborateur de qui, d'ailleurs ! » Philosophe, Paul Ricœur, mort en 2005 à l'âge de 92 ans, avait fait sur ses vieux jours d'Emmanuel Macron son assistant et confident.

> *« Je l'ai toujours trouvé hyper* fake*,*
> *il y avait un truc qui sonnait faux. »*

Au fil des mois, sous le regard d'abord agacé puis carrément rageur de son supérieur, ouvertement méprisé, Pierre-René Lemas, députés, hommes d'affaires, personnalités du spectacle ou des médias défilent dans le bureau de l'envoûtant conseiller dont le microcosme susurre le nom.

Parmi eux, Xavier Niel, puissant patron de Free. À peine intronisé secrétaire général adjoint, Macron l'invite à l'Élysée. Très à l'écoute, comme toujours, Macron, déjà surnommé « le buvard » pour sa capacité hors norme à vampiriser les (bonnes) idées des autres, boit les paroles de l'iconoclaste homme d'affaires aux chemises immaculées. Ce dernier lui indique que s'il y a un domaine qu'il maîtrise, c'est celui des nouvelles technologies ? « Super, quand il y a des mecs de la tech qui viendront à Paris, fais-les venir à l'Élysée ! » lance Macron à Niel. Et ce sera le cas. Durant deux ans, Niel convoie régulièrement les prodiges de la *Silicon valley* dans le bureau du secrétaire général adjoint du président de la République. Et ceux qui tapent dans l'œil de Macron sont immédiatement « traités » : un petit texto à Hollande, qui ne peut rien refuser à son protégé, et hop, les voici reçus dans le bureau présidentiel. Les Américains adorent. Hollande aussi. Quant à Niel, il est aux anges... Un coup de maître.

Macron, ou l'art de se rendre indispensable.

Mais certain(e)s se méfient. Fleur Pellerin, ministre des PME et de l'Économie numérique entre 2012 et 2014, fait partie des rares personnes à avoir rapidement percé à jour ce trentenaire décidément un peu trop empathique. Après avoir quitté le gouvernement, elle confiera à un proche : « J'ai toujours été mal à l'aise en sa présence, je l'ai toujours trouvé hyper *fake*, il y avait un truc qui sonnait faux. »

Ségolène Royal aussi a la dent dure, exécutant, devant nous, en une seule phrase, à la fois son ancien compagnon François Hollande et son successeur à l'Élysée. « Macron, nous confie-t-elle, il a observé comment Hollande fonctionnait, qu'il n'avait aucun affect, et aucune reconnaissance envers qui que ce soit ; et il a fait pareil ! »

S'il est un homme susceptible de décrypter la mécanique macronienne, c'est sans doute le vibrionnant Gaspard Gantzer. Chef, de 2014 à 2017, de la communication de Hollande à l'Élysée – une gageure, pour ne pas dire un sacerdoce, vu la tendance très hollandienne à communiquer en direct avec les journalistes, nous sommes bien placés pour en témoigner ! –, condisciple d'« Emmanuel » à l'ENA, son parcours en fait un interlocuteur de choix. « Macron, quand il est à l'Élysée comme conseiller, a fini par se dire que Hollande n'était pas si fort, et que lui serait capable de faire le job aussi bien, si ce n'est mieux, commence Gantzer. Je me rappelle, je me retrouve à un déjeuner, il a une liberté de ton vis-à-vis du PR absolument incroyable, quoi ! En gros, "il aurait fallu faire comme ci, il faut faire comme ça...". Un peu bizarre quand même, je trouve même ça dingue. Et je vois qu'en réalité il a sa propre stratégie d'image, de com', etc. »

Gantzer se dit encore aujourd'hui bluffé par « ce talent unique – je n'ai jamais vu ça – de séduction sur les personnes de pouvoir plus âgées que lui. Moi, ça m'a toujours intrigué, et fasciné. Donc je me dis : il crée un truc, quand même. Et quand j'arrive à l'Élysée au bout de deux ans, je vois la fascination que Macron exerce, du côté de Hollande, Jouyet... Et je me dis : putain, il est quand même fort... Il refait le coup de l'amitié et, à chaque fois, ça marche. À chaque fois ! » Charmeur impénitent, ou manipulateur narcissique ?

L'un n'empêche pas l'autre, *a priori*...

La France influente patiente devant l'entrée de son bureau. Nous-mêmes, en pleine préparation de notre livre sur la présidence Hollande, avons cet échange, par SMS, avec ce conseiller si prometteur : « On nous parle si souvent de vous qu'il va bien falloir se rencontrer un jour ! » tente-t-on le 1er janvier 2014. Réponse le jour, ou plutôt la nuit même, à 0 h 50 : « Avec plaisir, même si je me demande bien ce que tant de gens peuvent vous dire ! À bientôt donc. EM. » Très réactif, ce Macron.

Finalement, nos routes ne se croiseront jamais.

Durant ses deux années à l'Élysée, il se rend, évidemment, très souvent avenue George-V, à Paris, pour déverser son trop-plein d'agacements auprès de l'homme d'affaires Alain Minc. Pas vraiment le meilleur ami de François Hollande. « Il venait me voir tôt le matin, à 7 h 30, raconte Minc, on passait une heure ensemble, il allait à une réunion de cabinet ensuite. Puis Hollande lui disait : "Qu'est-ce que tu faisais ce matin à 7 heures chez Minc ?" Je l'ai dit, un jour, à Hollande : "Écoute, pas la peine de me faire espionner ; si tu veux que je te dise quand je vois Macron, je peux te le dire..." » Hollande nous le confirme, aujourd'hui : « Je découvre – je l'engueule d'ailleurs – qu'il voit Minc régulièrement ! » Le dialogue est vif. Hollande : « Qu'est-ce que tu fais avec Minc, qui est notre ennemi, qui est partout à Paris, qui dit que ce qu'on fait est le pire !? » Réponse gênée de Macron : « Justement, c'est pour empêcher qu'il en dise trop. »

Mais le chef de l'État ne s'émeut pas plus que ça de ce potentiel rival de l'intérieur prospérant dans l'ombre. C'est aussi le jeu pervers du pouvoir, celui où l'on orchestre les ambitions, en anticipant les trahisons. Il nous le confiera, en 2020 : « Cela m'a été rapporté bien plus tard, oui, ça complotait, les gens qui passaient dans le bureau de Macron étaient un peu surpris d'entendre critiquer les choix qui étaient faits, sur la taxe à 75 %, l'attitude à l'égard des entreprises, etc. »

Dès le printemps 2013, le remuant secrétaire général adjoint se démultiplie ; il se mobilise ainsi pour saborder un projet de loi primordial aux yeux de Hollande et visant à réguler les activités bancaires. La rapporteure du texte gouvernemental, la députée socialiste Karine Berger, aura droit à un coup de téléphone d'Emmanuel Macron l'incitant à renoncer aux amendements susceptibles d'inquiéter ses amis banquiers, nombreux à voir d'un très mauvais œil cette loi destinée à séparer au sein des banques les activités spéculatives de celles utiles à l'économie !

Le secrétaire général adjoint a le sens de l'œcuménisme – ou du raccourci. Il peut, dans la même journée, voir Minc et fréquenter la CGT, avec qui il a lié connaissance, par l'entremise de Pierre Ferracci, un patron du genre social. Ce qui lui vaut d'ailleurs les remontrances, là encore, de François Hollande.

Les huissiers du palais se souviennent d'une algarade : un jour, Hollande apprend par inadvertance que l'éphémère patron de la CGT, Thierry Lepaon, est de passage à l'Élysée, dans le bureau d'Emmanuel Macron. Étonnant. Gênant, même, les relations Hollande-CGT étant notoirement glaciales. « Qu'est-ce qu'il se passe, Lepaon est là ? » s'énerve le président. « Oui, il est chez Macron », répondent ses secrétaires. « Convoquez-le-moi avec Macron, qu'est-ce que c'est que cette histoire ? » Hollande en est aujourd'hui persuadé : « Il utilisait son activité de secrétaire général adjoint pour constituer un vaste réseau, qui allait des milieux d'affaires aux *people*. Il fonctionne comme ça, et ça lui ouvrait tous les possibles… »

Bien vu. Mais trop tard, beaucoup trop tard. Car à l'époque, une nouvelle fois, Hollande, malgré plusieurs alertes, ne s'émeut pas de l'activisme de son conseiller. Et puis, ses admonestations ne sont pas suivies d'actes concrets. Gaspard Gantzer, devenu à cette date le conseiller en communication du chef de l'État, décrypte très vite le comportement de son ancien ami des années ENA. « Je ne pense pas que Macron admirait Hollande, répète-t-il ; pour lui, c'était un moyen à un moment donné… »

« Je veux gagner de l'argent pour être riche avant d'entrer en politique. »

Depuis sa vigie de Matignon, le premier locataire de Matignon du quinquennat Hollande, le consensuel Jean-Marc Ayrault, lit également assez vite dans le jeu du protégé du président. « On savait qu'il était assez libéral, dit-il. Macron était agréable, pas dogmatique dans son approche. Ça plaisait à Hollande, ça le rassurait. Et puis il était séducteur. En fait, Macron travaillait ses réseaux avec Arnaud Montebourg et Aquilino Morelle, un drôle de personnage celui-là… C'étaient des manœuvriers. »

Plus intrigant qu'intriguant, Macron bénéficie de fait de puissants soutiens, dont l'apport lui a été précieux au moment de négocier son poste à la présidence de la

République : hors de question pour lui d'un vulgaire poste de conseiller économique. Macron, du haut de ses 34 ans, veut d'emblée monter en grade.

Il sait choisir ses « amis » : Henry Hermand et Claude Perdriel, par exemple, sont des hommes d'affaires aussi influents qu'opulents. L'avocat Jean-Michel Darrois, autre compagnon de route, n'a pas oublié la confidence livrée par Macron époque Rothschild : « Je veux gagner de l'argent pour être riche avant d'entrer en politique. » À défaut de s'enrichir en mettant un pied à l'Élysée, il lui fallait au moins un statut prestigieux, confirme l'avocat.

Le remuant conseiller ne manque pas une occasion de se faire remarquer. Pas toujours en bien. À l'Élysée, son activité débordante en irrite plus d'un. Pierre-René Lemas, par exemple, exaspéré de voir la République défiler dans le bureau de son adjoint. « Lemas est raide dingue de jalousie ! » s'amuse dès cette date, auprès de ses amis, l'autre secrétaire général adjoint, Nicolas Revel.

Si Macron insupporte Lemas, en revanche, avec son *alter ego* Revel, les relations sont fluides. Les deux hommes avaient été présentés par Mathias Vicherat lorsque ce dernier travaillait avec Revel auprès du maire (PS) de Paris, Bertrand Delanoë. Entre ces deux esprits brillants, ça a *matché* immédiatement. Surnommés dans les couloirs du palais « les deux Formules 1 », Macron et Revel ont parfois du mal à masquer leur mépris pour le tandem Hollande-Lemas, deux hommes qu'ils jugent ne pas être à la hauteur – en tout cas, pas à la leur. Vicherat, en visite à l'Élysée, rapportera avoir été stupéfait d'entendre Macron parler en termes très durs de François Hollande. Une fois président, au moment de choisir un successeur à Édouard Philippe, en juillet 2020, c'est du reste auprès de son ami Revel que Macron prendra conseil, au point de l'imposer comme directeur du cabinet de l'inexpérimenté Jean Castex.

Tandis que le « président normal » s'enfonce rapidement dans l'impopularité, la fusée Macron organise méticuleusement les préparatifs de son prochain décollage. Surtout, ne négliger aucun détail – ni personne.

Au fil des mois, la réputation de Macron ne cesse de grandir, au gouvernement et plus largement dans le monde politique bien sûr, mais surtout dans les cercles qui gravitent autour du pouvoir, financiers notamment. Parmi l'aile gauche de l'équipe gouvernementale constituée autour de Jean-Marc Ayrault, doutes et interrogations commencent à affleurer s'agissant de ce conseiller un peu trop fougueux, bientôt soupçonné d'être le cheval de Troie du « Grand Capital » au sein du pouvoir. À tort ?

« Faire venir des gens comme Macron, c'est incompréhensible, s'indigne encore Aurélie Filippetti, alors ministre de la Culture. Mais on s'en rend compte tardivement. Petit à petit, je découvre qu'il est très bienveillant… vis-à-vis des gens du monde de l'argent, il ne veut pas se les mettre à dos, comme Marc Ladreit de Lacharrière [*notamment patron de l'agence Fitch et "bienfaiteur" de François Fillon*], parce qu'il a une agence de notation. Ça me déçoit de sa part. Au fond, il leur a laissé beaucoup de place et d'influence. Beaucoup de choix ont été faits parce qu'il ne voulait pas se mettre ces gens-là à dos. Macron est un caméléon, plastique, faisant tout pour séduire son interlocuteur. » Y compris un président de la République dont il guigne la place. « Le problème de Hollande, lâche Filippetti, c'est qu'il a une fascination pour les technos, parce qu'il est lui-même techno. Jamais, avant lui, les énarques n'ont eu autant de pouvoir. Tapis rouge pour les énarques, les grands corps… »

Et les puissants en général.

Telle est la conviction de Delphine Batho. Ministre de l'Écologie de juin 2012 à juillet 2013, elle assure que, dès le départ, Macron lui « met des bâtons dans les roues. Sur le gaz de schiste, j'ai eu en face de moi un tandem Macron-Montebourg. Macron était clairement pour le gaz de schiste. Les conseillers de l'Élysée suivant l'énergie bossaient pour Macron. Sur l'arbitrage anti-gaz de schiste, je les ai contournés, je suis passée par Revel et Lemas. Il y a eu un déjeuner où Macron arrive une demi-heure en retard, il veut me convaincre qu'il faut autoriser la recherche sur le gaz de schiste. Et commence ensuite, vers mai-juin 2013, la grosse campagne de *Batho bashing* orchestrée par Matignon ».

« Campagne » qui aboutira à son départ du gouvernement Ayrault.

« Il racontait des trucs super intimes sur Hollande, c'était moche. »

Cette révoltée permanente a encore en tête sa première rencontre, dans son bureau de ministre de l'Écologie, avec Macron. « Ça se sentait qu'il posait des questions pour lui. C'étaient des questions d'un mec qui préparait le prochain quinquennat, pas des questions pour maintenant. » Batho insiste : « Il est sur tous les dossiers en coulisses, il s'agite. Il est totalement pro-patrons de l'énergie. Et sur les permis miniers. Il donne l'ordre à mon cabinet de signer des permis d'hydrocarbures en Île-de-France. Moi, j'ai la certitude que c'est du gaz de schiste, même si ce n'est pas présenté comme ça. Je refuse de signer, c'est quelques jours avant que je sois virée… Le 3 juin 2013, ma directrice adjointe de cabinet me dit que je ne peux pas refuser de signer. Heureusement que j'avais enlevé la machine à signer, sinon cela aurait été fait à ma place ! Et ma directrice adjointe finit par m'avouer qu'elle a des appels de Macron : “Si vous ne signez pas, vous allez avoir de gros problèmes.” Je lui ai répondu : “Qu’est-ce qu’ils vont faire ? Qu’ils me virent, je ne signe pas ça…” »

Et Delphine Batho de conclure : « Il y a des patrons qui me répètent, dès 2013, que Macron veut devenir président de la République. »

Longtemps figure de l’aile gauche du PS, avant de rallier La France insoumise en 2018, Emmanuel Maurel est encore plus clair. Pour le député européen, Macron est purement et simplement le représentant de la haute finance. « Moi, témoigne-t-il, Macron, on m’en parle très tôt. Je me souviens d’un repas avec de grands patrons du CAC 40, dès 2012 ; c’est d’ailleurs là qu’on voit la puissance des capitalistes… J’étais à l’époque vice-président de la région Île-de-France chargé de la formation professionnelle et de l’apprentissage. Et donc, je me retrouve à un dîner avec de grands patrons du CAC, de très gros patrons du CAC 40, et les mecs se mettent à parler d’Emmanuel Macron – je ne savais même pas qui c’était ! – en disant : “Il est prometteur, c’est un gars bien…” Donc, il avait été repéré. Par les capitalistes. C’était avant la victoire de mai 2012. Après, je lis des portraits élogieux dans la presse, “le génie”, “le Mozart de la finance”, et tous ces trucs totalement délirants… »

Et, tout ce temps, Macron dégoise, encore et toujours.

Février 2014. En plein psychodrame intime (sa liaison clandestine avec Julie Gayet a été rendue publique, entraînant sa rupture avec sa compagne Valérie Trierweiler), François Hollande doit honorer l’invitation du couple Obama à Washington. Mathias Fekl, alors simple parlementaire socialiste, fait partie de la délégation. Il sympathise dans l’avion avec Macron, dont il déguste les plaisanteries… mais aussi les vacheries. De retour à Paris, les deux hommes se retrouvent pour un petit déjeuner dans une brasserie de la rue de Varenne.

Devant un Fekl ahuri, Macron « passe tout son petit déj' à déblatérer sur François Hollande, comme le rapporte l'ancien député. Non-stop. Alors que je suis un jeune parlementaire, il dit : "Il ne prend aucune décision, il passe tout son temps à réactualiser ses dépêches AFP, il passe ses dimanches à faire ça…" Il daube sur lui tout le temps ! Devant un type qu'il ne connaît pas… C'est pour ça que je me suis toujours méfié de lui. Et il m'embrasse, m'appelle "ma poule" très vite… Il y avait un côté "Regarde comme je suis libre, je te dis même tout ce qui se passe à l'intérieur du palais"… C'est énorme comme il se joue des autres. Il le fait à tout le monde. Ça marche, car il n'y a rien de mieux qu'être flatté par un jeune brillant. Il racontait des trucs super intimes sur Hollande, c'était moche, il disait qu'il était "mou, nul…", etc. C'est la seule raison pour laquelle je me suis méfié de lui : gros séducteur, il tape dans le dos, grosses ficelles, mais disant des choses qu'il ne doit pas dire… Je me suis dit : il comptera dans le paysage, je n'ai jamais vu aussi politicien que lui en fait, jamais vu, contrairement à son image, un type plus démago que ça, incroyable ! » Et Fekl de livrer une clé de compréhension psychanalytique : « Macron, il n'a pas trop de surmoi. Il est totalement désinhibé, en fait. C'est une forme de force. »

Ainsi, en petit comité, le chef de l'État va jusqu'à injurier ses adversaires, comme la maire de Paris, Anne Hidalgo, qu'il ne peut pas supporter.

Fraternel et affectueux lorsqu'il est avec le président de la République, Macron ne cesse en dehors de laisser suinter le mépris que lui inspire l'hôte de l'Élysée. Dirigeant historique de Havas, proche de Valls mais brouillé avec Hollande depuis vingt ans, Stéphane Fouks peut en témoigner. Il a encore en tête cette invitation à venir boire un café au palais avec Macron, tout juste nommé conseiller du président, et qu'il connaissait à peine. Un peu surpris, le communicant lui répond : « OK, mais tu sais, ce serait peut-être mieux de ne pas faire le café à l'Élysée, mais ailleurs. D'abord parce que l'Élysée, ça n'a plus un charme extraordinaire pour moi, j'en connais tous les recoins. Et puis, vu mes relations avec Hollande, tu es vraiment sûr que tu veux me voir à l'Élysée ? »

Macron ne se démonte pas. Le communicant commence à comprendre la psychologie de Macron, celle d'un type introduit à l'Élysée, mais pour mieux se construire dans l'anti-modèle de Hollande. Les deux hommes conversent, pendant des heures, et le président en prend pour son grade. Drôle de conseiller, quand même. Qui s'émeut, lors de la parution en avril 2014 d'un article de Mediapart sur Aquilino Morelle, évoquant le cireur de chaussures qu'il avait fait venir à l'Élysée. Fouks, à Macron : « Écoute, tu sais bien que ce genre de papier ne peut pas être fait sans l'aval de l'Élysée, au plus haut niveau. » Macron lui rétorque : « Est-ce que tu me conseilles de partir avant que je sois le prochain sur la liste de leurs assassinats ? »

Il y aurait donc deux Emmanuel Macron : côté pile, un type solaire et charitable à qui rien ni personne ne résiste ; côté face, un personnage calculateur, voire médisant, tout en dissimulation. Un être complice et duplice à la fois.

Le Dorian Gray de la politique française.

Printemps 2014. Au bout de deux ans, le pouvoir socialiste semble déjà exsangue, et l'Élysée, ballotté par les tempêtes, a tout du bateau ivre.

Les deux « jumeaux » Revel et Macron, tentés très tôt de quitter le palais, ont pourtant résisté longtemps à la tentation, misant sur un changement de Premier ministre, idée dans l'air depuis la fin 2013 déjà.

Mais, à deux reprises, Macron essuie un sévère revers.

Lorsque le 31 mars 2014 Valls succède à Ayrault, alors qu'il sait que le nouveau locataire de Matignon a proposé à

Hollande de le nommer secrétaire d'État au Budget, Macron reste pourtant à la porte du gouvernement. Hollande lâche à Revel : « Jamais de la vie, j'en fais un problème de principe, on ne nomme pas les collaborateurs qui n'ont pas fait de politique au gouvernement ! »

Moins de deux semaines plus tard, c'est au tour de Lemas, le supérieur direct de Macron, de faire ses valises. Hollande hésite entre promouvoir Macron ou nommer son ami Jean-Pierre Jouyet. Là encore, il s'en ouvre à Revel. « Moi, lui dit ce dernier, je nommerais Macron parce qu'il va mettre de l'énergie dans le système. » Mais Hollande choisit son vieux copain. Il se justifie auprès de Revel : « Tu comprends, il connaît tellement de monde, il a un réseau formidable… » Réplique de Revel : « À mon avis, Macron a un réseau tout aussi considérable ! »

L'orgueilleux Macron vit mal ce double outrage. Il confie à son camarade Revel : « Je me barre, je construis ma sortie pour ne rien devoir à personne et m'autonomiser. »

Aujourd'hui encore, Macron s'arc-boute sur cette approche supposément « bienveillante » de la vie politique dont il dit avoir fait son mantra. Après tout, n'est-ce pas logique pour ce féru de philosophie, les vertus de la bienveillance ayant été célébrées par Aristote ? Il s'est d'ailleurs vanté d'avoir suivi les cours d'agrégation du philosophe Francis Wolff, prof à l'École normale supérieure, portant précisément sur le disciple de Platon. Nous avons été à sa rencontre. L'éminent professeur ne se souvient pas de cet élève, refusé par deux fois à Normale Sup. Mais, après tout, son séminaire était aisé d'accès…

« Je ne vois pas ce qui, dans le macronisme, peut rappeler Aristote », oppose devant nous le professeur Wolff, assis à son bureau, entouré de centaines de livres et d'un vélo elliptique. Conclusion ironique du professeur Wolff : « Il est probable que Macron ait suivi mon cours sur Aristote… dont il n'a pas dû tenir beaucoup compte. »

Le philosophe grec avait pourtant vu juste, il y a si longtemps : « Ce n'est pas un ami que l'ami de tout le monde. »

« *Quand je vais revenir, je vais tout péter !* »

Nous voici parvenus à la mi-2014. Secrétaire général adjoint de l'Élysée, Macron savoure sa gloire naissante. Il s'apprête pourtant à quitter son poste, d'ici une dizaine de jours. Deux ans à peine après son arrivée au cœur du pouvoir. Mais pour l'heure, le jeudi 29 mai 2014, à Copenhague, il déguste la reconnaissance en mondiovision de ses pairs.

Le voilà donc au Danemark, pour la réunion annuelle de la conférence Bilderberg, une confrérie aussi sélecte que discrète : cent trente jeunes personnalités venues du monde entier réunies en un même lieu, sans protocole, tenues par une seule règle : on peut tout y dire, puisqu'il est interdit de rapporter les propos échangés en interne. La France a droit à deux invitations. Fleur Pellerin, secrétaire d'État chargée du commerce extérieur, a été, elle aussi, cooptée pour intégrer ce prestigieux cénacle. Elle accompagne donc le conseiller présidentiel.

Quand celui-ci prend la parole, elle regarde avec angoisse autour d'elle. Interloquée. Presque paniquée. Heureusement, personne n'enregistre les propos de Macron. Car celui qui est encore le collaborateur de Hollande se livre à une critique, façon bazooka, de la politique du président qu'il est supposé servir. Rien ne trouve grâce à ses yeux. Sans la moindre gêne apparente, il dézingue celui qui l'a fait.

Fleur Pellerin nous a confirmé cette scène. Tellement significative.

De retour du Danemark, Emmanuel Macron fait, quelques jours plus tard, ses adieux à l'Élysée, en comité restreint. François Hollande passe une tête, lors de la petite cérémonie. Et plaisante, à sa manière, subtile et caustique, lors d'un discours improvisé, où il met en relief la visibilité médiatique déjà très forte de Macron, par rapport à la sienne, celle pourtant d'un président de la République.

Michel Sapin, son ministre et ami, est présent. « Ce qu'on n'aime pas chez les conseillers, dit-il aujourd'hui, c'est quand ils font les "unes" de journaux. Or, Macron fait déjà la "une" du *Nouvel Observateur*. Là où j'ai commencé à dire les choses, c'est quand on n'a pas compris pourquoi il quittait l'Élysée. Il fait ce pot étonnant, où Hollande lance cette plaisanterie, en se mettant en scène, sur le mode : "Mais qui est ce gars à côté de Macron ?" Ça m'a paru étrange… »

Nicolas Revel, collègue de bureau de Macron, est présent, évidemment. Guère surpris, pour sa part. Avec Macron, ils s'étaient de toute façon promis, un énième soir de désarroi, de quitter l'Élysée au plus tard en janvier 2014, désarçonnés et même désemparés – se répandent-ils dans les petits cercles parisiens – par l'incurie du pouvoir socialiste, et les tergiversations de François Hollande, cet entre-deux politique qui ne leur convient pas. Les milieux du pouvoir ont compris, déjà, que Hollande n'était plus vraiment le seigneur en son propre palais…

Car, vingt-quatre mois après son arrivée au cœur de l'exécutif, en qualité de secrétaire général adjoint, Macron a su développer son réseau, s'acheter des fidélités. Tisser sa toile.

En juillet 2014, alors qu'il a acté son départ de l'Élysée pour mener des projets personnels, notamment dans l'enseignement, le fidèle Stéphane Le Foll le croise, par hasard, à Matignon. « Je devais voir Valls pour caler le plan d'aide à l'élevage et, au moment d'entrer, Valls ouvre la porte, et c'est Macron qui sort. Et donc, là, il fait comme d'habitude, il embrasse tout le monde, et il me dit : “Quand je vais revenir, je vais tout péter.” Quand il me dit ça, ça m'alerte, même si sur le coup je ne comprends pas bien. Mais c'est en fait après, quand il reviendra au gouvernement, que je comprendrai la phrase. »

Ce n'était pas une promesse en l'air.

Stanislas Guerini

Le soutier

Crâne déjà dégarni malgré ses 29 ans, visage anguleux et sourire avenant, Stanislas Guerini se presse, comme des dizaines de milliers de Parisiens, place de la Bastille, le dimanche 6 mai 2012, soir de sacre hollandais. Anonyme, remarquablement inconnu.

Une décennie plus tard, l'ancien militant socialiste est patron du parti majoritaire, En Marche !, une promotion inespérée pour cet homme couvé comme tant d'autres macronistes dans le nid strauss-kahnien. Il est critiqué, y compris dans ses rangs, pour son manque de charisme, sa faible envergure, ses résultats déplorables ?

Aucune importance, Guerini fait partie du premier cercle d'Emmanuel Macron, et cela vaut tous les sésames. C'est son « ouvrier » spécialisé, le soutier sur qui l'on peut compter, en toutes circonstances, celui qui a assisté, aux premières loges, à la naissance du « phénomène ». S'il doit sauter, faute d'avoir su performer aux élections intermédiaires, eh bien, il disparaîtra, sans états d'âme excessifs. *In fine*, il sera récompensé, il le sait.

On le rencontre dans les locaux du parti, et il donne le sentiment d'incarner, physiquement et intellectuellement, les défauts et qualités supposés de la macronie. Autour de lui, ça s'affaire, c'est jeune, connecté, enthousiaste. Guerini semble sûr de lui, il est souriant, persuadé de tenir la bonne trajectoire, et si tout se passe mal – les Gilets jaunes, le Covid, un parti inexistant... –, c'est que les autres n'ont pas compris. C'est un « premier de cordée » qui mettrait les mains dans le cambouis, et ce, depuis toujours.

Les Français ont – difficilement – appris à composer avec lui. Pas sûr que l'inverse soit vrai. Il y a comme un malentendu, encore. Illustré par cette sentence, signée Ismaël Emelien, son ami de toujours : « N'oublions pas que 80 % des gens détestent les hommes politiques. Moins tu ressembles à un homme politique, plus tu vas parler à des gens qui comprendront ton langage. » Emelien lui a raconté, cent fois, le premier journal télévisé de 20 heures de Macron, sur France 2, où le futur chef de l'État vante la création d'En Marche !

Guerini : « Ils font le truc avec Laurent Delahousse, ça dure de cinq à dix minutes, et Ismaël dit : "C'est génial, c'est parfait, c'est exactement ce qu'on s'était dit, le ton, les mots." Et là, il sort du plateau et Delahousse lui dit : "C'était complètement raté, c'est une interview ratée." Autour du plateau, les journalistes disent : "Tout ça pour ça." Ismaël me dit : "À ce moment-là, je suis effondré, j'ai dû me planter complètement." Et derrière ils font un sondage Médiamétrie, et ça cartonne, adhésions, etc. Et Ismaël me dit : "Là, je me dis que nous avons raison, et qu'il ne faut jamais se laisser embarquer dans la sphère journalistique et politico-politique qui nous enferme, les gens n'écoutent même plus." C'est très vrai. » Arrogance ou réalisme cru ? Guerini, en tout cas, a appliqué la méthode Emelien. Résultat ? En près de cinq ans de macronisme débridé, il n'est pas certain, n'en déplaise à Emelien et consorts, que Guerini et ses amis de LRM soient parvenus, en contournant la « sphère » honnie, à mieux parler aux Français.

C'est en cela que l'histoire de Guerini nous intéresse : elle épouse à merveille celle du macronisme. L'homme fait clairement partie de la matrice originelle ; il a assisté à la discrète montée en puissance de celui qui, une fois Hollande élu, est entré à l'Élysée par la petite porte, dans le sillage du – trop – discret secrétaire général, Pierre-René Lemas. Une ombre dont Macron devint vite le halo…

« J'ai voté de bon cœur François Hollande, mais je ne croyais pas à 100 % à ce qui était porté, confesse aujourd'hui Guerini. Disons que j'admire le candidat parce que je pense qu'il a été un très bon candidat, c'est un très bon orateur de meeting, c'est vrai qu'il sait enflammer. »

C'est pourquoi, ce 6 mai 2012 où c'est la fête à la Bastoche, Stanislas Guerini, accompagné de ses potes Benjamin Griveaux, Cédric O et Ismaël Emelien, futurs barons de la macronie, se fond dans l'enthousiasme populaire – ce n'est pas si courant.

À l'image de ses camarades, « Stan », né en 1982, n'est pas exactement un enfant du peuple. Un père diplômé de Harvard, ex-patron d'Air Products France, une mère ingénieure chez Google, il a suivi le cursus doré École alsacienne-lycée Henri-IV-HEC, avant de fonder sa propre entreprise de panneaux solaires, puis d'intégrer une multinationale.

Lui aussi est entré en politique par le versant strauss-kahnien, au milieu des années 2000. Il se souvient : « J'avais des amis d'amis, dont un avait été assistant parlementaire de DSK, on m'avait passé sous le manteau la note qu'il avait faite pour la Fondation Jean Jaurès sur l'égalité réelle, ça m'avait parlé totalement ! D'ailleurs, "pour l'égalité réelle" préfigure beaucoup ce qu'Emmanuel Macron a ensuite apporté dans la vie politique française, avec d'autres mots, un logiciel un peu différent, mais sur la société de mobilité, d'émancipation, etc., je trouve que le fond idéologique est très commun entre ce que portait DSK en 2006 et ce que Macron a apporté ensuite. »

Guerini entre en contact avec Olivier Ferrand, alors secrétaire général de « À gauche en Europe », le *think tank* de DSK, abritant Pierre Moscovici ou encore Michel Rocard, et présidé à l'époque par Marisol Touraine. « Il y avait là Griveaux, une des premières personnes que je rencontre, dit-il. J'ai fait un stage de trois mois, et là, j'ai la révélation d'un monde passionnant. Tout se passe déjà dans un appartement situé rue de la Planche, dans le VIIe, où DSK a réussi à réunir, de Cambadélis à Moscovici, les "deux jambes", l'un pour Socialisme et Démocratie, qui était le courant, et l'autre pour À gauche en Europe, qui était le *think tank*. Et donc ces deux mondes de technos et de militants cohabitent joyeusement dans l'appart' de la rue de la Planche ; je m'y investis totalement, jour et nuit, c'est la passion, je me trouve petite main de la moitié des économistes de gauche de France que je lisais dans mes manuels quelques mois auparavant. »

« Comment on fait une formation politique en mettant l'adhérent vraiment au cœur du truc ? »

Guerini est frappé, comme beaucoup, par « l'agilité incroyable de DSK dans ces moments-là ». « Il arrive en réunion, décrit Guerini, il engueule quand les mecs lui disent des trucs trop politiques en leur disant : "C'est pas votre job, dites-moi ce que vous pensez sur le fond", etc. Un truc d'une agilité intellectuelle dingue, avec DSK comme un poisson dans l'eau. Il est très impressionnant. »

Guerini est alors déjà très proche d'Ismaël Emelien. « Benjamin [*Griveaux*] était un peu plus senior dans l'équipe, confie-t-il, il était déjà davantage dans une trajectoire politique, il y avait un binôme avec lui et Mathias Fekl, plus Christophe Borgel. » Avec Emelien, Guerini travaille surtout sur le fond, nourrissant le blog du hiérarque socialiste, nommé Blogdsk.net. « Ça me semblait incroyable d'écrire des posts de blog pour DSK, aller dans son bureau, lui faire valider… » Guerini a des études à terminer, mais, comme il est bon organisateur, il s'investit dans les meetings, avec Anne Sinclair, compagne de DSK, Christophe Borgel, futur député socialiste, ou l'incontournable et « sur-influent » Ramzi Khiroun, l'homme des médias et accessoirement l'éminence grise d'Arnaud Lagardère.

Du coup, Guerini s'investit de plus en plus, s'inscrit en 2004 au PS, convainc son pote Cedric O de le rejoindre… « On forme une bande de jeunes, poursuit-il, on est les couteaux suisses, on fait tout, petites mains, préparer les discours, etc. C'est une toute petite équipe, en autarcie totale, différente d'En Marche !… C'était plein d'enseignements, puisque ensuite on fait la primaire de novembre 2006, où rien ne se passe comme prévu, contrairement à ce qu'avaient théorisé tous ceux que j'adore comme Christophe Borgel… La campagne se passe bien, on finit par y croire, mais on se fait totalement ratatiner. » L'ouragan Ségolène Royal et sa « bravitude » sont passés par là, Strauss-Kahn perd la primaire, il doit faire une croix sur la présidentielle de 2007. « La politique, ce n'est qu'une affaire de dynamique, c'est ce qu'on découvre, philosophe Guerini. On est dans un état gazeux, tout est inflammable et la vitesse incroyablement accélérée, dans l'effet toboggan comme dans l'effet remontée. » La claque est dure à avaler. « Dix ans après exactement, lorsque Macron se présentera, on s'enverra un petit SMS avec Ismaël pour se dire : la route reprend, d'une certaine façon ! » se souvient Guerini.

Il a surtout beaucoup appris. « Au PS, à l'époque, on ne fait que de la "pol'", déplore-t-il, les adhérents sont secondaires ; ça, c'est un véritable enseignement pour la suite, et pour moi un défi aujourd'hui à la tête du mouvement : comment on fait une formation politique en mettant l'adhérent vraiment au cœur du truc, ce qui n'est pas facile. D'ailleurs, on n'y est pas encore du tout, on a même été assez déceptifs à ce titre-là. » Guerini insiste, quitte à surprendre : « La grosse inspiration pour moi, c'est cette campagne 2006. On la mène à l'envers, pas sur le fond, où là je n'ai rien à enlever, mais en termes de stratégie de campagne, ça n'a pas été organisé comme cela aurait dû et on voit la machine Désirs d'avenir, à l'époque "hors parti", qui renverse la table et installe une candidate [*Ségolène Royal*] que nous on estimait n'être pas la bonne, et *a posteriori* pas prête, sans minimiser son intellect... »

La défaite de son premier maître à penser consommée, Guerini, un peu dépité, prend du recul avec l'univers politique, crée sa société à Grenoble, où il travaille comme un forcené, reste en contact purement amical avec Emelien et Griveaux... Dominique Strauss-Kahn, lui, s'envole pour les États-Unis et la direction du Fonds monétaire international. « Ismaël garde un lien privilégié avec lui, et reste dans le travail des idées avec Gilles Finchelstein, très proche de DSK, raconte Guerini. Je reste un passionné et très observateur, mais je ne vois pas dans l'offre politique de l'époque quelque chose qui me donne envie de m'engager, je vois qu'on est retombés dans les courants, les compromis, et que rien ne se dégage alors que DSK avait profondément fait bouger le logiciel socialiste, l'a challengé, adapté à l'économie du XXIe siècle, à la mondialisation, aux nouvelles formes de travail... »

Et Macron, dans tout ça ?

« Macron, j'en entends parler très tôt, répond Guerini. Par Ismaël. Qui le voit à un moment où il y a des réflexions sur 2012, quand DSK réfléchit à son retour. Je pense que

Macron participe à quelques réunions, et Ismaël le rencontre à ce moment-là, en 2010-2011… Ismaël, j'imagine, l'a vu deux ou trois fois, et un jour il me dit : "J'ai rencontré un type… ça vaut le coup ! C'est vraiment la mécanique de Strauss…" N'oublions pas que, pour nous, DSK prépare son retour, on se dit que c'est le type qui va devenir "PR". Mais Ismaël me dit : "Macron, c'est vraiment la mécanique du chef – parce qu'on disait à l'époque 'le chef' pour DSK –, mais avec encore un truc en plus…" » C'est à cette époque qu'Emelien, décidément subjugué par Macron, fait allégeance par texto interposé : « Emmanuel, si un jour tu décides de faire de la politique sur ton nom, tu auras un droit de tirage sur mon temps. » Réponse illico : « Bien pris pour le droit de tirage, je saurai en faire bon usage ! »

« Emmanuel, c'est un boulimique, et il n'a pas d'enfant, il dort quatre heures par nuit. »

Le quinquennat Sarkozy virant au vinaigre, la gauche a un boulevard pour 2012 ; du coup, le duo Emelien/Finchelstein prépare le terrain pour DSK, les deux hommes travaillent même, dès le début de 2011, sur sa déclaration de candidature à la prochaine présidentielle. Les sondages plébiscitent le patron du FMI, attendu en France comme le messie de la gauche, la piste d'atterrissage semble cette fois parfaitement balisée… Et puis, comme le résume pudiquement Guerini, « la déflagration arrive ». Le supersonique DSK ne décollera jamais de sa base new-yorkaise, le jet a implosé avant même le décollage, dans une chambre d'un grand hôtel de *Big Apple*, laissant toute une armée de militants perdus, hagards, sonnés… Parmi eux, Stanislas Guerini. Il prend une nouvelle fois de la distance avec la politique militante, qui lui apporte décidément trop de déceptions. Toujours lié à Griveaux et Emelien, il part gagner de l'argent dans le privé. Et assiste donc comme spectateur désengagé à la victoire de l'outsider Hollande.

« À cette date, je ne connais toujours pas Emmanuel Macron, raconte-t-il. Il prend ses fonctions à l'Élysée, mais Ismaël, lui, le voit de plus en plus fréquemment à ce moment-là, parce que Macron fait un travail de fond, y compris idéologique. Il fait ce travail qui manque et qui s'est toujours fait hors du PS ces dernières années, ce qui l'a affaibli et l'a tué puisque ce qui se passait d'intéressant était en dehors. » Confidence instructive : à peine nommé adjoint de Pierre-René Lemas, Emmanuel Macron, 34 ans seulement, supposément en charge du suivi pour le président de la seule politique économique du nouveau pouvoir, caresse manifestement déjà un projet autrement ambitieux. S'il se garde bien d'en faire état, il a un destin à accomplir. Un destin à sa hauteur. National.

Présidentiel.

« Le soir tard, Emmanuel Macron réunit des gens, les intellos, etc., et il leur demande de l'aider à réfléchir à un logiciel de pensée, pour avoir un logiciel systémique complet, confirme Guerini. Après, c'est connu, mais Emmanuel, c'est un boulimique, et il n'a pas d'enfant, il dort quatre heures par nuit… Ça laisse effectivement du temps pour préparer quelque chose ! Et donc, oui, il réfléchit très activement à ce moment-là, Ismaël y participe de plus en plus activement, avec Gilles Finchelstein à un moment, puis de plus en plus avec Ismaël, qui me raconte au fur et à mesure. »

Car, entre-temps, Guerini est revenu en région parisienne, et le hasard veut qu'il soit voisin d'Emelien, à Puteaux, siège de Havas, où travaille son ami. « Avec Isma, on est à cent mètres l'un de l'autre ! Donc on déjeune trois fois par semaine ensemble, et il me raconte au fur et à mesure. Il me dit : “Ce gars est absolument incroyable, il va apporter quelque chose, j’en suis sûr.” Donc il travaille de plus en plus pour lui, lui écrit de plus en plus de notes… » En clair, à en croire le témoignage, on ne peut plus crédible, de Guerini, le mythe d’un Macron presque contraint de se dévouer pour se lancer dans la bataille présidentielle fin 2016 afin de sauver la gauche du désastre annoncé est une gigantesque imposture, ou plus exactement un beau gros mensonge parfaitement orchestré sur le plan marketing.

« Le regard de Macron sur le fond du quinquennat de Hollande est parfois dur. »

Inévitablement, Emelien finit par présenter Guerini à son gourou. Enfin. « Il m’a reçu une demi-heure à l’Élysée, il avait été très “Macron”, c’est-à-dire que, pendant une demi-heure, vous avez l’impression d’être le seul à exister au monde, ce que tout le monde raconte très bien de ses premiers entretiens avec Macron, mais c’est objectivement vrai ! s’extasie Guerini. C’est quelqu’un qui est très séduisant, et qui a le goût de capter l’intérêt de ses interlocuteurs. Ensuite, Isma démarre son boulot avec Emmanuel. Dans les coulisses, Isma me dit : “C’est incroyable, parce que parfois tu bosses avec des gens et tu as des déceptions un peu quotidiennes, mais là, c’est le contraire : chaque jour, je suis plus impressionné par mon patron, par ce qu’il porte…” »

Ce n’est plus de l’admiration, mais de la dévotion.

Pourtant, mi-2014, un contretemps vient perturber le projet macroniste ; son appétit grandissant se heurte au périmètre dans lequel il est cantonné, à l’Élysée. « Il faut que je fasse autre chose », confie-t-il à ses proches. « Son champ est restreint, opine Guerini, mais, de ce que me raconte Ismaël à ce moment-là, sans aucune aigreur. On connaît l'ambition de Macron, donc il décide de créer une boîte avec Ismaël et Julien Denormandie ; ils vont assez loin, ils font des statuts, un logo, Ismaël m'en parle, c'est l'excitation de sa vie : "C'est incroyable, on va créer une boîte", etc. Emmanuel aurait abrité ses activités d'enseignement, un projet autour des *mooks*, les projets d'enseignement en ligne, des activités de conseil de "macro-éco". »

À l'Élysée, Macron fait ses valises le 15 juillet. Deux années durant, il a très habilement constitué son réseau, marabouté la plupart de ses nombreux visiteurs, mais son parler *cash* lui vaut certaines inimitiés, ce dont Guerini ne disconvient pas.

Macron ministre ?

C'est que son projet d'enseignement en ligne va tourner court : la situation politique hexagonale rebat les cartes. L'histrion Montebourg rend chèvre l'exécutif, il est évincé ; l'heure de Macron, nommé à sa place le 24 août 2014, a sonné.

Le jour du remaniement marqué par l'exclusion de Montebourg, Stanislas Guerini déjeune justement avec Ismaël Emelien. Ce dernier est interrompu par un texto d'Emmanuel Macron : « Cher Ismaël, dans l'hypothèse où dans deux heures je serais nommé ministre de l'Économie, est-ce que tu me suivrais ? »

Ismaël Emelien ne dit jamais non à Emmanuel Macron.

Malgré les réticences de François Hollande, Manuel Valls, persuadé que ce jeune homme dynamique lui sera un allié précieux dans son combat pour dépoussiérer la vieille gauche, lui a obtenu un poste en or. Le chef de l'État socialiste a fini par se ranger à l'avis de son Premier ministre.

Il n'a pas fini de ruminer son choix.

« Hollande semble regretter, ça doit être difficile de vivre avec ce sentiment, ça crée un ressentiment extrêmement fort dont il n'arrive pas à sortir aujourd'hui, analyse Guerini. Mais le ressentiment, c'est ne rien comprendre à ce qu'attendent les gens. Sur la détestation et la rancœur, on ne construit rien. Nous, c'est un projet positif. Le regard de Macron sur le fond du quinquennat de Hollande est parfois dur, parce qu'il l'a vécu de l'intérieur, ces non-arbitrages, qui ont donné une absence de visibilité… »

Peut-être, mais *quid* de la reconnaissance du ventre, à défaut du cœur ? « Il ne serait pas président de la République si c'était le cas, rétorque franchement Guerini. Macron, c'est quelqu'un de séduisant et dans l'affect, mais, au-dessus de tout, il a l'envie d'agir pour le pays, il met l'aspect des sentiments derrière. C'est le côté grandeur et dureté, il a les deux. » Quant au parti socialiste lui-même, que Macron a sciemment ravagé, Guerini plaide non coupable, sans beaucoup convaincre… « Détruire le PS n'était pas notre objectif ; élargir notre offre, oui », argumente-t-il ; il ajoute tout de même : « Pas de naïveté là-dedans, on veut détacher ceux du PS avec qui on veut avancer et on estime qu'il y a des choses à faire, mais on n'est pas obsédés par l'idée de faire exploser l'appareil PS. Je me rappelle qu'on passe du temps avec Ismaël sur une enquête du Cevipof en 2017 : incroyable, le niveau de défiance vis-à-vis des partis politiques. C'est là, l'offre ! On est obsédés par ça. Le parti ? Pfff, ça ne me touche pas en tant qu'organisation. Il y a des gens que j'estime beaucoup au PS, des gens extrêmement sincères. Mais je ne vois pas où est l'enthousiasme, l'appareil est très abîmé… »

Désormais en place à Bercy en cette fin d'été 2014, Macron, après avoir posé ses jalons durant deux ans à l'Élysée, va pouvoir prendre son envol. Faire exploser le PS ?

Le conduire à imploser suffira bien.

Chapitre 4

L'ARGENT TROUBLE

« Un tel système peut être interprété comme un pacte de corruption. »
Olivier Marleix, député LR

Il y a eu un court silence, un peu embarrassé. L'entretien avec Olivier Marleix, dans un bureau discret au cinquième étage des éditions Fayard, était largement entamé lorsque soudain, comme pris d'une frayeur rétrospective, le député (LR) d'Eure-et-Loir s'est brutalement arrêté au milieu d'une phrase, alors qu'il évoquait le profil des financiers de la campagne présidentielle d'Emmanuel Macron, sujet sensible s'il en est.

– Au fait, vous me direz la valeur de notre entretien… c'est du *verbatim*, vous l'écrirez quand même, ou…
– Nous, ce qu'on fait, on enregistre nos entretiens, et voilà.
– Bon, il faut que je sois plus précis et moins imprudent dans mon expression orale !

On avait pourtant prévenu l'élu – comme tous nos interlocuteurs –, nous ne recourons jamais aux citations anonymes, et nous enregistrons tous nos entretiens afin de garantir la véracité des propos tenus par les personnes interviewées. L'anecdote est surtout révélatrice de la crainte qu'inspire toujours, dans notre monarchie républicaine, le fait de s'en prendre au « souverain », y compris lorsque l'on siège dans l'opposition.

À sa manière, Olivier Marleix est un lanceur d'alerte. *A priori*, rien dans son parcours ne le prédisposait à ce rôle. Fils d'Alain Marleix, un baron du défunt RPR tendance Pasqua et spécialiste incontesté de la carte électorale (il fut plusieurs fois secrétaire d'État sous Chirac puis Sarkozy), cet homme de 50 ans au large crâne dégarni est parvenu à sortir de l'ombre de son père, dont il a hérité la fibre gaulliste sociale. Membre de divers cabinets ministériels, il a été conseiller à l'Élysée sous Nicolas Sarkozy – dont la photo orne toujours son bureau, à l'Assemblée. Le voici, désormais, chargé de tricoter le programme politique de LR, en vue de 2022.

Depuis 2017, cet élu discret, peu connu au niveau national, est surtout l'un des plus sévères contempteurs du macronisme, incarnation selon lui à la fois de la primauté donnée aux appétits privés au détriment de l'intérêt général et d'un mondialisme débridé, accusé de dépecer la France de ses plus beaux joyaux, comme en témoigne son essai, paru en février 2021, *Les Liquidateurs*[1].

En clair, selon lui, avant même son accession à l'Élysée, Macron aurait bradé une partie du patrimoine stratégique industriel hexagonal pour favoriser de riches et influents amis. Marleix va plus loin : après avoir présidé de manière très offensive à partir d'octobre 2017 une commission

1. Éditions Robert Laffont.

d'enquête chargée d'examiner les décisions de l'État en matière de politique industrielle, il va jusqu'à évoquer des faits de « prise illégale d'intérêts » et de « corruption », soupçons dont il a fait part début 2019 au procureur de Paris. Ce dernier conduit depuis deux ans et demi une enquête cherchant à vérifier les accusations du député, à un rythme de... sénateur, du moins à en croire Marleix. « J'imagine que ça doit être le procureur nommé par Emmanuel Macron, il n'a pas dû mettre ce dossier-là sur le haut de la pile, comme tous les dossiers qui concernent le quinquennat Macron, d'ailleurs », attaque Marleix, visant Rémy Heitz, nommé à la tête du parquet de Paris fin 2018.

Marleix n'est pas seul dans son combat, puisque l'association anti-corruption Anticor a depuis également saisi la justice de faits similaires, faisant peser sur le chef de l'État la menace, si ce n'est de poursuites à court terme – il bénéficie de l'immunité pénale le temps de son mandat –, en tout cas d'investigations embarrassantes...

« Il faut savoir que durant les seules deux années qu'Emmanuel Macron a passées à Bercy (août 2014-août 2016), c'est l'âge d'or des fusions-acquisitions en France, relance Marleix. Vous avez quatre boîtes du CAC 40 vendues, ce n'est pas rien : c'est 10 % du CAC 40 qui est vendu à ce moment-là ! Alstom à General Electric (GE), Alcatel à Nokia, Lafarge à Holcim et Technip à FMC – vente extrêmement douteuse là aussi, c'est la petite boîte qui rachète la grosse, et tout ça est tellement foireux que, d'ailleurs, trois ans après, on est en "défusion". Les trois premières ventes, à l'évidence, sont des ventes qui n'ont pas pu se faire sans la signature d'Emmanuel Macron, ministre de l'Économie. Chaque fois, ça relevait du dispositif dit des IEF, c'est-à-dire les autorisations des Investissements étrangers en France, dans le cadre de l'article L151-3 du

Code monétaire et financier, qui requiert la signature du ministre de l'Économie. »

Si les opérations financières d'envergure potentiellement douteuses sont nombreuses aux yeux de Marleix, l'une d'elles concentre tous ses soupçons : la cession de la branche énergie d'Alstom au géant américain General Electric, en novembre 2014. « C'est juste la boîte qui fait les turbines de nos cinquante-six réacteurs nucléaires, ironise Marleix. Il n'y a pas de doute sur le fait qu'Alstom, pour être vendu, avait besoin de l'autorisation du ministre de l'Économie. Il y a les réacteurs nucléaires, et aussi évidemment toutes les turbines de propulsion de nos sous-marins nucléaires et du *Charles de Gaulle*... C'est cette nature stratégique qui impose la signature du ministre. » De fait, les dirigeants d'Alstom, en cédant la branche énergie du groupe à General Electric, ont livré à l'entreprise américaine son activité la plus importante, pour un montant d'environ 12 milliards d'euros.

C'est cette transaction, au cœur des investigations de la commission d'enquête parlementaire, qui a été dénoncée à la justice à la suite du signalement effectué par le député LR, au titre de l'article 40 du Code de procédure pénale qui enjoint à tout fonctionnaire ou autorité constituée de dénoncer à la justice un crime ou un délit porté à sa connaissance. L'opération de cession, qui a fait l'objet d'enquêtes journalistiques fouillées, dans *Le Monde*, Mediapart ou *Marianne*, laisse de fait au minimum perplexe.

Dans son courrier au procureur du 14 janvier 2019, Olivier Marleix rappelle le contexte de l'affaire, et notamment « le poids de la procédure menée par le Department of Justice (DOJ) des États-Unis » contre le groupe industriel français. En décembre 2014, Alstom, alors dirigé par Patrick Kron, a fait l'objet d'une amende record de près de 700 millions d'euros dans le cadre d'une procédure de

« plaider-coupable ». « Le groupe, rappelle Marleix au parquet, a avoué avoir payé durant les dix années précédentes [*donc 2004-2014*] 75 millions de dollars de pots-de-vin pour remporter 4 milliards de contrats », et ce dans différents pays, de Taïwan à l'Indonésie en passant par l'Égypte ou l'Arabie Saoudite, comme l'a révélé l'ONG française Sherpa.

« Montebourg s'était très vraisemblablement fait doubler par Macron en 2014. »

Or, première bizarrerie soulignée par Marleix dans son courrier à la justice, « les autorités judiciaires françaises n'ont jamais ouvert d'enquête sur le groupe et les responsabilités éventuelles de ses dirigeants ». D'où cette double interrogation : les dirigeants d'Alstom ont-ils cédé aux sirènes de GE en échange de la clémence de la justice américaine, mais aussi de son homologue française ? Patrick Kron conteste de manière véhémente cette thèse défendue en revanche par l'un de ses anciens cadres, Frédéric Pierucci, emprisonné pendant plus de deux ans aux États-Unis pour la corruption par Alstom d'un intermédiaire en Indonésie, et auteur en novembre 2019, avec le journaliste Matthieu Aron, du livre *Le Piège américain*[1].

Autre grief pointé par la commission d'enquête, le plus embarrassant pour Emmanuel Macron, la procédure de contrôle des investissements étrangers « a été contournée » lors de la cession de la branche énergie d'Alstom à GE. Évoquant explicitement un possible « pacte de corruption », Marleix écrit : « Le ministre de l'Économie en poste au moment de l'annonce de la vente d'Alstom Power [*Arnaud Montebourg*] semble avoir été court-circuité par la

1. Éditions JC Lattès.

présidence de la République. » Et plus spécialement par le secrétaire général adjoint de l'Élysée, un certain Emmanuel Macron, devenu à son tour... ministre de l'Économie lors de la signature finale du rachat, le 4 novembre 2014.

« Au cours de la commission d'enquête, il est apparu en fait assez clairement que, effectivement, Montebourg s'était très vraisemblablement fait doubler par Macron en 2014, que tout ça s'était joué dans son dos », nous confirme Marleix.

L'affaire trouve sans doute sa source deux ans plus tôt.

Le 23 octobre 2012, alors que Macron a été intronisé à l'Élysée comme conseiller de Hollande depuis six mois, l'Agence des participations de l'État (APE), placée sous la tutelle de Bercy, diligente en toute discrétion une étude – y figure la mention « Secret » –, réclamée au cabinet de conseil en stratégie américain AT Kearney. Le tout dans le cadre d'une « procédure d'urgence ». La commande révèle le souhait du groupe Bouygues, actionnaire de référence, de céder sa participation au capital d'Alstom et prie le cabinet de conseil d'évaluer « les avantages et inconvénients résultant d'un changement d'actionnaire pour l'entreprise ».

Pour Olivier Marleix, pas de doute, c'est à cette période que tout se noue. « Kron envoie l'un de ses collaborateurs voir l'Élysée – et l'Élysée, pour moi, c'est Macron – pour lui présenter le schéma de principe d'une envie de se désengager, de vendre », nous déclare le député LR.

« Et l'élément de preuve que j'ai que l'Élysée était dans la boucle dès ce moment-là, ajoute-t-il, c'est qu'ils réclamaient à David Azéma, patron de l'APE, une étude, qu'on découvre par hasard pendant la commission d'enquête, dont personne n'a jamais entendu parler, la fameuse étude commandée à AT Kearney de manière très secrète. Et cette commande d'une étude qui vaut quand même 200 000 euros est passée directement par l'APE. C'est une incongruité !

Puisque l'État n'était plus actionnaire, il n'y avait aucune raison de demander ça à l'APE ; c'est à la DGE [*Direction générale des entreprises*] qu'il faut commander ce genre d'étude, normalement. Le fait que ça a été fait à l'APE, c'est donc une demande qui est arrivée chez David Azéma. David Azéma qui est, de notoriété publique, très proche de Macron, et qui, à l'époque, a la réputation de travailler dans le dos de Montebourg, avec Macron, secrétaire général adjoint de l'Élysée, en lien direct… »

Reste à établir qui précisément a diligenté l'étude ayant permis *in fine* à GE de mettre la main sur Alstom Power. Curieusement, devant la commission d'enquête, la plupart des protagonistes semblent avoir été frappés d'amnésie… David Azéma, par exemple, a assuré face aux parlementaires : « Je ne sais pas si la demande est venue du ministère de l'Économie, de l'Élysée ou de Matignon. » Difficile d'être plus vague… Une chose est certaine : qu'il s'agisse du ministre de l'Économie, Arnaud Montebourg, du secrétaire général de l'Élysée, Pierre-René Lemas, ou du Premier ministre, Jean-Marc Ayrault, tous ont juré devant la commission ne pas en être à l'origine et, s'agissant de la vente elle-même, avoir été mis devant le fait accompli. La conclusion du député Marleix est limpide : « L'auteur de cette commande était le secrétaire général adjoint de la présidence de la République de l'époque, qui a joué un rôle personnel, actif et déterminant sur ce dossier. Cet affairisme dans le dos du ministre est quand même en soi déjà problématique, compte tenu notamment des enjeux. »

« Macron est intervenu en amont dans cette vente, en sous-main, sans en informer le ministre de l'Économie, et ma conviction, c'est qu'il l'a fait tout seul, il n'en a même pas informé Hollande », martèle Marleix, qui déplore de ne pas avoir pu recueillir les explications du principal intéressé, devenu entre-temps président de la République… Entendu le 11 mars 2015 devant la commission des affaires économiques, Macron, encore ministre, avait toutefois juré que « le gouvernement avait été mis devant le fait accompli » et « s'était trouvé face à un projet totalement ficelé ».

Pour Olivier Marleix, cette explication « relève de la fable ».

Omniprésent en amont, mais dans l'ombre, Macron est intervenu, cette fois très officiellement, en aval, puisque c'est donc lui qui, devenu ministre de l'Économie en août 2014 à la place de Montebourg, a formellement donné quelques mois plus tard son autorisation à la cession d'Alstom, en dépit d'une offre de l'allemand Siemens.

Olivier Marleix le rappelle utilement : « L'intérêt des parties à l'opération de convaincre les pouvoirs publics d'accorder leur autorisation est immense, puisque leur rémunération dépend fréquemment, par *success fees* [*commissions*], de la finalisation des opérations. »

De fait, à l'occasion de la cession d'Alstom Énergie à General Electric, l'entreprise française a versé la coquette somme de 265 millions d'euros (hors taxes) pour payer des intermédiaires ! « Et il est difficile d'imaginer que GE n'a pas mis au moins autant d'argent sur la table », affirme Olivier Marleix, désireux de connaître le montant total des commissions versées aux intermédiaires sur l'ensemble des opérations autorisées entre août 2014 et août 2016, lorsque Macron détenait le portefeuille clé de l'Économie. Période de frénésie financière intense au cours de laquelle, outre les opérations Alcatel, Lafarge, Technip et donc Alstom déjà évoquées, Bercy a avalisé la cession de Safran Identity à l'américain Advent-Oberthur, STX-Chantiers navals à l'italien Fincantieri et même l'aéroport de Toulouse-Blagnac à la Chine. Au total, plusieurs dizaines de milliards d'euros d'actifs d'entreprises stratégiques françaises.

Olivier Marleix ne décolère pas : « Enfin, là, il s'agit de la protection du patrimoine de la nation, sur lequel les ministres sont censés être responsables ! Il y a une dimension de trahison, sur le thème : “Je ne contrarie pas le cours des affaires, même si c'est une entreprise stratégique pour l'indépendance nationale”... »

C'est à ce moment de l'entretien que Marleix aborde l'aspect le plus sensible de l'affaire. Dans son courrier à la justice de janvier 2019, le député indiquait : « M. Macron, devenu candidat à la présidence de la République, a bénéficié en 2016 et 2017 d'un montant de dons record pour sa campagne. » Il soulignait au passage qu'« une enquête préliminaire a été ouverte en novembre 2018 sur les dons reçus par le parti En Marche ! pendant la campagne présidentielle de 2017 ».

« Le deal *General Electric, c'est Macron qui le fait, il était secrétaire général adjoint. »*

Or, parmi les généreux contributeurs de la campagne du futur président, nombre de personnes physiques ou morales ont perçu de juteuses commissions à l'occasion de la cession d'Alstom Énergie. S'appuyant sur les premières exploitations des *MacronLeaks*, cette fuite de données internes à la campagne de Macron en 2017, Marleix se dit « assez stupéfait de trouver dans la liste des donateurs et des premiers bénéficiaires des levées de fonds de la campagne, des organisateurs et des premiers donateurs des dîners de levées de fonds, des noms qui sont ceux que je trouve dans la colonne des gens ayant eu des *success fees* dans cette affaire Alstom/GE ».

En effet, la consultation de la liste des principaux donateurs de la campagne présidentielle du fondateur d'En

Marche !, à laquelle nous avons eu accès, révèle des éléments dérangeants. Notamment l'omniprésence d'anciens comme actuels cadres ou associés-gérants de la banque d'affaires Rothschild & Co. Établissement grassement payé – aux côtés de la Bank of America – par Alstom pour l'opération de cession à GE, mais aussi ancien employeur d'Emmanuel Macron (entre 2008 et 2012).

« Une banque d'affaires, elle n'est rémunérée qu'aux *success fees*, résume Marleix. Si la vente ne s'était pas faite – en clair, s'il n'y avait pas eu la signature d'Emmanuel Macron pour avaliser cette vente, puisque au final c'est lui qui l'autorise –, la banque Rothschild n'aurait rien perçu. Sa signature, elle a une importance considérable. Et donc c'est assez problématique de retrouver dans la liste des principaux financeurs de sa campagne un certain nombre d'associés qui ont eu eux-mêmes intérêt à cette vente… »

Ministre de l'Intérieur (2012-2014) puis Premier ministre (2014-2016), Manuel Valls confirme le rôle prééminent joué par Emmanuel Macron dans la cession d'Alstom. « Le *deal* General Electric, c'est Macron qui le fait, il était secrétaire général adjoint, nous assure-t-il. Macron et moi, on accompagne Montebourg pour qu'à la fin des fins Montebourg porte ce choix – ce n'est pas le sien au début, qui est le choix Siemens/Alstom. Moi, je me rends compte que le choix de Macron et de Hollande, c'est GE. Pas parce qu'on touche des pots-de-vin, mais pour des raisons de concurrence ! Emmanuel porte ce truc-là, on va convaincre Montebourg, on lui parle, on va, Macron et moi, un samedi matin à Bercy pour ça. » L'ancien Premier ministre insiste : « Macron a mené la négociation avec les Américains et Clara Gaymard », à l'époque l'épouse de l'ancien ministre de Chirac, Hervé Gaymard, présidait la filiale française de General Electric entre 2006 et 2016.

Restait à connaître l'opinion du chef de l'État de l'époque. François Hollande ne s'est pas fait prier pour nous livrer le fond de sa pensée. Selon lui, « l'affaire éclate, car il y a eu un contact entre Kron et GE. On est mis devant le fait accompli. Je convoque tout le monde à l'Élysée. Il y a Valls, moi, Macron, Kron, Bouygues. On met en cause Kron. Lui dit : "On en a absolument besoin." On regarde s'il y a d'autres repreneurs possibles. La lobbyiste Clara Gaymard joue un rôle déterminant. Elle fait du lobbying, elle est payée pour ça, nous présente le PDG de GE, qui prend des engagements. Macron ne se dévoile jamais complètement. Même s'il est peut-être déjà convaincu que ce doit être GE, il ne le fait pas apparaître. Montebourg est pour la solution Siemens. Dans les deux cas, Alstom perdait son autonomie pour la partie énergie. Ce qui faisait que GE avait plus d'arguments, c'est qu'il était présent sur le territoire, et notamment à Belfort. Même Chevènement était favorable à cette solution, et Macron-Chevènement, ça marche. Siemens, ce qui les intéressait, c'était tout Alstom. Le SPD m'avait approché en ce sens – Merkel ne s'était pas signalée. Mais GE était déjà installé en France, et GE offrait des conditions très favorables à l'emploi. J'ai arbitré pour GE, je le revendique. Je n'ai pas le souvenir que Macron ait fait pression sur moi. Il essayait de ménager la chèvre et le chou. Même sur Florange, il faisait croire à Montebourg qu'il était pour les nationalisations. Quant au rapport demandé par Macron, c'est ce que dit Marleix : il n'était pas possible de commander un rapport par l'Élysée, car l'Élysée n'a aucun crédit pour commander quelque étude que ce soit, il ne pouvait la faire passer que par l'APE ». Hollande le confirme, les « rapports de Macron avec Azéma étaient bons », et insiste sur le fait que, de son point de vue,

« Alcatel, c'était plus grave comme fusion : là, on a perdu totalement le contrôle »...

L'inévitable Stéphane Fouks a conseillé GE lors du rachat d'Alstom ; il vole logiquement au secours de Macron et nous affirme que ce dernier a posé des conditions très dures pour que le *deal* soit accepté.

Des arguments peu à même de convaincre le « détective » Marleix. Au fil de ses investigations, il a découvert qu'« il n'y a pas eu que la vente d'Alstom. Vous avez quand même, à un moment, un petit doute sur à quoi ont servi toutes ces ventes, dans quel état d'esprit elles ont été organisées. Pour Lafarge, principale cimenterie française, avec un gros chiffre d'affaires, il y avait un vrai risque, quand même, que là aussi Bercy bloque l'opération, donc il y a forcément eu un contact entre l'actionnaire de référence de Lafarge et Emmanuel Macron. Or, là aussi, ce qu'on découvre, c'est que Lafarge avait un actionnaire de référence dont l'héritier a été l'un des premiers organisateurs des dîners de levées de fonds de Macron »... Se serait-il agi pour Macron de conclure des ventes du patrimoine stratégique hexagonal pour servir ses intérêts politiques propres ?

« Oui ! tranche Marleix. C'est : "Je peux me faire des obligés, car je peux rendre toutes sortes de services..." Et, dans ce cas-là, il y a un niveau de lecture très factuel, c'est la prise illégale d'intérêts, c'est-à-dire, quand vous avez eu à prendre une décision sur le sort de telle entreprise, et que cette décision est favorable à quelqu'un, ce quelqu'un n'est pas censé vous renvoyer l'ascenseur sous quelque forme que ce soit. »

Marleix le rappelle au passage, comme nous l'ont raconté plusieurs témoins : « À la même époque, Macron faisait parfois deux dîners par soir à Bercy... Et quand on sait que 90 % de ces dons, dans l'ordre de grandeur, viennent d'un très petit nombre de donateurs, qui ont donné le maximum, qui ont pris soin de donner aussi au parti, parce que donner à la campagne, ça ne suffisait pas, la campagne c'est 4 500 euros par donateur, et quand on donne au parti, on peut donner 7 500, on peut même donner 7 500 et 7 500 quand on est un couple, et 4 500 et 4 500 pour la campagne de Macron. Ils ont eu des dons des riches, c'est évident… »

« Je trouve que c'est un mélange des genres extrêmement malheureux, pour le moins. »

Le député LR va plus loin, et affirme qu'« un tel système peut être interprété comme un pacte de corruption ». Pour être bien sûr d'être compris, il précise sa pensée : « Le pacte de corruption, c'est si vous considérez que ce système est un système organisé. Or, ce n'est pas juste l'affaire Alstom, puisqu'il y a eu un nombre de ventes qui ont été un peu précipitées, organisées, accompagnées, pour que tout ça se fasse très vite, de manière extrêmement fluide, sans que jamais l'État lève le petit doigt, avec des conséquences désastreuses. À aucun moment vous n'avez tant de ventes de boîtes de ce type, qui font entre 5 et 10 milliards d'euros ; or vous en avez plusieurs qui apparaissent à ce moment-là. Sur la place de Paris, normalement, vous en avez une tous les cinq, sept ans, pas plus. Là, vous en avez eu quatre en deux ans ! Donc, tout ça donne quand même un peu le sentiment qu'à son arrivée à Bercy, le ministre de l'Économie s'est dit : “Qu'est-ce qu'on a en portefeuille ?”, et : “Qu'est-ce que je peux faire ?”… D'ailleurs, c'est le métier de banquier d'affaires : “Qu'est-ce que je peux faire *matcher*, où est-ce qu'on peut créer du business en proposant à des gens de faire des acquisitions ?”… »

Inarrêtable maintenant qu'il est lâché sur ce sujet qui l'obsède et le scandalise, Marleix conclut : « Quand je me suis rendu compte que le rôle personnel joué par Emmanuel Macron dans la cession d'Alstom et dans les autres ventes était, de manière évidente, susceptible de poser un certain nombre de questions au regard du financement de sa campagne, j'ai saisi le parquet sur ces deux sujets : un éventuel pacte de corruption sur les ventes et la campagne, et pourquoi il n'y a jamais eu de poursuites en France sur les affaires qui ont donné lieu à un plaider-coupable aux États-Unis. »

« Des gens qui ont bénéficié grâce à Macron d'honoraires considérables et qui ont mobilisé leurs réseaux pour donner de l'argent. »

Dénonçant un conflit d'intérêts « très gênant », Marleix observe enfin que « le collaborateur du cabinet de Macron à Bercy en charge des dispositifs de contrôle des investissements à l'étranger, celui qui maniait la signature du ministre sur ce genre de dossiers, c'était Julien Denormandie, directeur adjoint du cabinet. Or, on retrouve ensuite Julien Denormandie comme président de l'association de financement de la campagne présidentielle de Macron. Je trouve que c'est un mélange des genres extrêmement malheureux, pour le moins ».

Un « mélange des genres » dont le député Marleix ne désespère pas qu'il trouve, *in fine*, une traduction pénale, tout comme les autres faits dénoncés à la justice. Il n'est pas le seul. Sa collègue de l'Assemblée, la patronne de Génération écologie, Delphine Batho, a soulevé un autre lièvre en marge de cette tentaculaire affaire Alstom. En juin 2019, la députée des Deux-Sèvres a saisi à son tour le procureur de Paris, au titre de l'article 40, des faits portés à sa connaissance au cours de ses activités de parlementaire. En l'occurrence, il apparaît qu'une aide de 70,3 millions d'euros a été accordée à General Electric Energy Product pour l'achat de quatre turbos alternateurs destinés à une centrale en Irak, au premier semestre 2016. Or, selon des révélations de *L'Obs*, le conseiller en affaires industrielles et financement des exportations au cabinet d'Emmanuel Macron au ministère de l'Économie était, jusqu'en septembre 2016, un certain Hugh Bailey.

Ce haut fonctionnaire a donc supervisé l'attribution de cette aide conséquente à GE ; or, constate Delphine Batho, « bien qu'il n'ait probablement pas pris cette décision seul, il apparaît qu'il est devenu, un an et deux mois après, successivement directeur des affaires institutionnelles de General Electric France, depuis novembre 2017, puis directeur général depuis avril 2019 ».

Plus gênant, l'ancienne ministre de l'Écologie (2012-2013) relève que la commission de déontologie de la fonction publique, saisie du placement en disponibilité de Bailey en novembre 2017 pour exercer chez GE, n'avait pas été informée de « la garantie export accordée à General Electric début 2016 alors que Bailey était conseiller en charge de ce dossier ».

Dans le jargon administratif, on appelle cela du « pantouflage » ; mais, en termes pénaux, cette pratique peut relever de la « prise illégale d'intérêts ». Rien ne permet d'affirmer pour l'heure que la ligne jaune a été franchie, mais c'est cette incrimination qu'a reprise Anticor, au soutien de Delphine Batho, dans une plainte avec constitution de partie civile déposée auprès du doyen des juges du tribunal judiciaire de Paris en février 2021. Un moyen de contraindre la justice à agir en désignant un juge d'instruction, le signalement de la députée effectué en juin 2019 n'ayant eu aucune suite. Décidément…

L'association anti-corruption a eu recours au même procédé dans le dossier principal, à savoir les faits de corruption admis aux États-Unis par les dirigeants d'Alstom : constatant l'inertie du parquet national financier, saisi une première fois par l'association en juillet… 2019, la présidente d'Anticor, Élise Van Beneden, a déposé plainte avec constitution de partie civile le 21 décembre 2020 pour « corruption », obtenant ainsi, là encore, la désignation automatique d'un juge d'instruction. Peu loquace, le parquet financier s'est borné à nous confirmer le 20 mai, *via* sa secrétaire générale, Emmanuelle Fraysse, que, « concernant le dossier Alstom, l'enquête diligentée par le PNF porte sur les infractions suivantes : corruption d'agent public étranger, corruption, trafic d'influence, prise illégale d'intérêts ».

« Les dossiers Alstom semblent en sommeil, déplore Me Étienne Tête, le conseil d'Anticor. Il y a une thématique politique quand même, parce que la justice a été capable de sortir très rapidement l'affaire Fillon, mais là, des affaires qui datent de près de trois ans, les laisser pourrir, alors que le type est président de la République, sans qu'il y ait au moins de la transparence, des investigations poussées, etc., c'est choquant. »

D'autant, comme le résume l'avocat lyonnais, que cette affaire Alstom, ce sont désormais quatre dossiers distincts. « D'abord, égrène Me Tête, le volet américain, avec l'accord de Macron, alors secrétaire général de l'Élysée, contre Montebourg, pour vendre à GE. Le deuxième volet, qui est un peu l'innovation d'Anticor : si les gens plaident coupables aux USA pour corruption et que ça a entraîné la condamnation de la personne morale, en droit français, il n'y a pas de responsabilité de la personne morale sans personnalité physique pour être responsable. Et, comme ce sont des intérêts français, on peut les poursuivre en France. La troisième affaire est celle soulevée par Marleix, qui pointe tous ces gens autour de l'affaire Alstom ayant reçu des commissions phénoménales pour faire ces transactions et que l'on retrouverait parmi les financeurs de la campagne présidentielle de Macron. On peut se poser la question de sa capacité à monter, alors qu'il n'avait pas de structure partidaire, un financement de sa campagne en si peu de temps. Vous dites : moi, je supprime l'ISF, et notamment l'ISF des fortunes économiques non immobilières, pour favoriser les banques. Donc vous promettez ça, et vous trouvez des gens qui vous donnent 5 000 ou 7 000 euros pour votre campagne électorale, puisque c'est ce qu'ils versent en un an ou deux pour l'ISF ! On voit bien toute l'ambiguïté du système. Ça peut être cela ou, plus pervers, des gens qui ont bénéficié grâce à Macron d'honoraires considérables et qui ont mobilisé leurs réseaux pour donner de l'argent. Et si on est limité à titre individuel, il y a la femme, le cousin, la tante, etc. Enfin, il y a le quatrième volet, concernant Hugh Bailey, qui a travaillé pour Alstom et finalement se retrouve salarié par General Electric. »

Plusieurs de ces affaires sont donc désormais entre les mains de la justice, dont Olivier Marleix, Delphine Batho comme Étienne Tête espèrent qu'elle éclairera d'un jour nouveau un pan caché du macronisme. À condition que les autorités judiciaires fassent preuve d'un minimum de diligence – ce qui est loin d'être le cas, semble-t-il.

Ainsi, le parquet de Paris, qui centralise les principales procédures Alstom (sauf l'affaire du « plaider-coupable » aux États-Unis, gérée au PNF), ne semble pas très allant, au point de susciter la colère d'Olivier Marleix au printemps 2021. Dans une lettre du 1er juin que nous nous sommes procurée, le député d'Eure-et-Loir fait part de son impatience au procureur de Paris. « Par un courrier en date du

14 janvier 2019, j'ai porté à votre connaissance, en qualité de député ayant présidé la commission d'enquête parlementaire sur les conditions de la vente d'Alstom, conformément à l'article 40 du Code de procédure pénale, des faits susceptibles de constituer une infraction, écrit Olivier Marleix à Rémy Heitz. Le 29 mai 2019, j'étais entendu par les enquêteurs de l'Office central de lutte contre la corruption et les infractions financières et fiscales de la police judiciaire, afin de préciser les termes de ce signalement. Deux ans et demi après mon signalement, pouvez-vous m'indiquer quelle suite lui a été réservée ? »

« Après réflexion, le parquet de Paris ne souhaite pas communiquer sur ce(s) dossier(s). »

La personnalité du procureur de Paris, Rémy Heitz, et surtout les conditions de sa nomination, fin 2018, nourrissent les interrogations. Rémy Heitz, 54 ans, est passé par le parquet et le siège, mais aussi par des fonctions politiques. Étiqueté à droite, réputé pour sa prudence, voire sa frilosité dans le traitement des affaires sensibles, le magistrat fut délégué interministériel à la sécurité routière entre 2003 et 2006, l'un des chantiers prioritaires du président Chirac. Il a surtout été nommé, en août 2017, une fois Macron élu, à la tête de la Direction des affaires criminelles et des grâces, un poste stratégique au sein de la chancellerie, le DACG (directeur des affaires criminelles et des grâces) voyant remonter toutes les procédures mettant en cause des personnalités. Moins de deux ans plus tard, il était promu à la tête du parquet le plus puissant de France. Dans des circonstances particulièrement discutables.

L'Élysée fut en effet accusé d'être intervenu dans cette nomination. En juillet 2018, la ministre de la Justice de l'époque, Nicole Belloubet, alors garde des Sceaux, avait auditionné trois autres candidats. Or, à l'étonnement général, tous furent recalés. Pour une raison simple, à en croire *Le Monde* et *Le Canard enchaîné* : aucun n'avait satisfait le chef de l'État. Le 24 septembre, un nouvel appel à candidatures fut donc lancé, et Rémy Heitz sortit miraculeusement du chapeau présidentiel. De quoi provoquer un tollé au sein de la magistrature.

« Ce n'est pas exactement comme ça que les trucs fonctionnent », proteste Nicole Belloubet. Désormais retirée de la vie politique active, l'ancienne ministre de la Justice a accepté de nous livrer sa version des faits : « Quand vous avez un poste emblématique qui se libère, vous recevez plusieurs candidats qui vous présentent un projet, puis vous regardez ce qui va bien ou pas. J'en ai reçu trois, les trois étaient très bien, mais au même moment des postes se sont libérés et il m'a semblé que le candidat auquel j'avais pensé comme procureur de Paris [*Marc Cimamonti*] serait mieux au poste de procureur général de Versailles. Du coup, on a rouvert les candidatures pour Paris, et mon directeur des affaires criminelles et des grâces m'a dit : "Moi, ça m'intéresserait", et on a trouvé qu'il faisait parfaitement l'adéquation. » « On » a trouvé ? Cela signifie-t-il que le chef de l'État a bien eu son mot à dire ? Nicole Belloubet ne le nie pas : « Sur le procureur de Paris, le président, évidemment, regarde ; mais, de toute façon, c'est lui qui nomme, c'est lui qui signe, et il regardait ce qu'il signait, il m'a demandé plusieurs fois des explications d'ailleurs à l'occasion de certaines nominations. »

Pour l'ancienne locataire de la place Vendôme, la suspicion entourant ces nominations très sensibles est inévitable. « Moi, je souhaite qu'il y ait un avis conforme du CSM avant toute nomination au parquet, c'est pour ça que je me suis battue pour cette réforme. Comme ça, si le CSM considère que la nomination de Rémy Heitz, ça ne va pas, le garde des Sceaux est obligé de suivre l'avis du CSM. C'est la fameuse révision constitutionnelle à laquelle le président de la République s'était engagé et qu'on n'a jamais faite, hélas. Je le regrette… »

Elle n'est pas la seule.

« Il est sidérant que ce pouvoir ne mesure pas combien la démocratie gagnerait à retirer à la garde des Sceaux le pouvoir de proposition des procureurs – et des juges – et à le confier à un Conseil supérieur de la magistrature (CSM) rénové », s'indigna ainsi en octobre 2018 le Syndicat de la magistrature (classé à gauche), en apprenant les conditions contestables du parachutage de Rémy Heitz à Paris. « Cette prérogative de nomination des magistrats crée les conditions du soupçon permanent sur leur indépendance réelle, ajoutait le SM. Elle est ici mise en œuvre, de manière décomplexée, pour exiger une allégeance personnelle, par un exécutif qui n'ignore pas que le nouveau procureur de Paris devra suivre de nombreuses procédures sensibles impliquant des proches du pouvoir. » Le Syndicat de la magistrature ne croyait pas si bien dire.

Questionné sur la gestion par le parquet de la capitale de l'affaire Alstom, le conseiller en (non-)communication du procureur de Paris, Vincent Plumas, nous a fait savoir par SMS, le 25 mai 2021 : « Après réflexion, le parquet de Paris ne souhaite pas communiquer dans ce(s) dossier(s). » L'Élysée, non plus, n'a pas donné suite à nos questions.

L'embarras du parquet est manifeste. L'article 11 du Code de procédure pénale dispose, rappelons-le, que, « afin d'éviter la propagation d'informations parcellaires ou inexactes, ou pour mettre fin à un trouble à l'ordre public, le procureur de la République peut, d'office et à la demande de la juridiction d'instruction ou des parties, rendre publics des éléments objectifs tirés de la procédure ne comportant aucune appréciation sur le bien-fondé des charges retenues contre les personnes mises en cause ».

Manifestement, le procureur de Paris préfère la discrétion. D'ailleurs, au moment où nous bouclions notre enquête, il n'avait toujours pas pris la peine de répondre à Olivier Marleix. Avant l'été 2021, le garde des Sceaux Éric Dupond-Moretti a décidé de promouvoir Rémy Heitz au très convoité poste de procureur général de Paris.

Matthieu Pigasse

L'adversaire

Ils se haïssent. En tout cas, IL le hait.

En privé, Matthieu Pigasse n'a pas de mots assez durs pour Emmanuel Macron, son meilleur ennemi. Le monde de l'argent comme celui de la haute finance ou des fusions-acquisitions n'ont de secrets ni pour l'un ni pour l'autre. Mais, selon Pigasse, ils n'entretiennent pas avec cet univers, les mêmes rapports. Pour lui, Macron rime d'abord avec opacité.

Les deux hommes, énarques, se connaissent très peu, pourtant, ils se sont à peine croisés. Mais tant de choses opposent/rapprochent ces deux banquiers d'affaires... Ils se regardaient déjà en chiens de faïence quand l'actuel chef de l'État officiait chez Rothschild & Co. tandis que Pigasse, de dix ans son aîné (il a 53 ans), œuvrait pour le concurrent numéro un, la banque Lazard frères. Les deux hommes se sont notamment affrontés – à distance – au moment où Macron est parvenu à convaincre le géant Nestlé de faire confiance à Rothschild, quand Pigasse roulait pour Danone.

Actionnaire à titre individuel du *Monde*, c'est surtout en cette qualité que, deux ans plus tôt, Matthieu Pigasse pense avoir mis au jour le « double jeu » de l'ancien ministre de l'Économie, dont il juge la personnalité à l'image de sa politique : celle d'un homme trouble passé maître dans l'art de la dissimulation, un pur technocrate surjouant la transgression, un vrai conservateur issu de la bourgeoisie du Nord grimé en progressiste.

Pigasse a accepté, pour les besoins de cette enquête, de s'exprimer *on the record* sur le président de la République. Ses propos, pesés et même soupesés, doivent aussi se lire entre les lignes, celles qui dessinent le fossé séparant ces deux personnalités si dissemblables. Précisons aussi que s'il est l'un des actionnaires principaux du *Monde*, dont nous sommes les salariés, nous écrivons évidemment en toute liberté, comme toujours – au *Monde*, nous pouvons en témoigner, jamais Matthieu Pigasse, ni d'ailleurs aucun actionnaire, ne s'est permis d'intervenir dans le contenu éditorial.

Si elle remonte à leur concurrence frontale des années Rothschild/Lazard, l'inimitié entre les deux énarques, entérinée au moment du rachat du *Monde*, est presque physique, instinctive. Souvent qualifié de « banquier punk », oxymore dont l'origine se trouve dans l'admiration qu'il voue au mythique groupe anglais The Clash, Matthieu Pigasse, physique d'ascète et regard laser, cultive un côté iconoclaste assumé – une posture, cinglent ses détracteurs –, vomissant le conformisme bourgeois dont Emmanuel Macron lui semble être la caricature ultime.

Se définissant comme un authentique homme de gauche (cet ancien collaborateur de Dominique Strauss-Kahn confie même avoir voté Jean-Luc Mélenchon au premier tour de la présidentielle de 2017), Pigasse voue aux gémonies Macron, ravalé au rang d'opportuniste sans foi ni loi et, pire, sans convictions. Ou plutôt aux convictions fluctuantes, évolutives.

Symétriquement, chez les macronistes du premier cercle, on se gausse presque ouvertement de Pigasse, dont l'hostilité à leur chef relève, à les en croire, de la pure jalousie. L'ancien associé-gérant de Lazard, dont les ambitions politiques étaient alors notoires, n'aurait pas supporté de s'être fait doubler par Macron en 2012 pour intégrer le nouveau pouvoir hollandais.

« Macron, commence Pigasse, aurait sûrement été un très grand banquier, parce qu'il a l'intelligence des situations, mais il est resté peu de temps chez Rothschild et était en réalité sur un *focus* autre. Rothschild était pour lui comme une transition. La première – et dernière – fois que je l'ai rencontré, c'est au début de la campagne du *Monde*. C'était une réunion dans un café organisée par Xavier [*Niel*], ça a duré moins d'une heure. On ne s'est plus jamais vus, sauf une fois pendant la crise grecque, je l'ai croisé avec Yanis Varoufakis, que j'avais accompagné au ministère des Finances, dans le hall d'accueil. »

« Il est pour moi le produit le plus pur de l'élitisme français, au sens du microcosme parisien. »

L'épisode du *Monde*, évoqué précédemment, et le double jeu joué par Macron vis-à-vis de la Société des rédacteurs du *Monde* (SRM), structure garante de l'indépendance totale de notre journal, ont à jamais vacciné Pigasse, déjà peu en confiance avec ce personnage qu'il ne « sent » définitivement pas. « J'ai trouvé étrange, compte tenu de la proximité qu'il avait avec Minc et qui était connue de tous, que Macron conseille la SRM », lâche-t-il. « Étrange » ? Le mot est faible. Lorsqu'il découvre l'affaire, Pigasse, ahuri, s'en ouvre à son partenaire dans l'aventure du rachat, Xaviel Niel. Le patron de Free ne semble pas plus inquiet que cela et rassure Pigasse. Mais, pour ce dernier, l'épisode est surtout révélateur de la vraie personnalité de Macron, dont il ne cessera ensuite de se méfier. Y compris s'agissant du positionnement politique du futur chef de l'État.

Macron se dit « et de droite et de gauche » ? « Pour moi, Emmanuel Macron n'est ni de droite ni de gauche, mais socialement conservateur », rétorque Pigasse. Avant d'assener : « Il est pour moi le produit le plus pur de l'élitisme français, au sens du microcosme parisien » – comprendre au sens péjoratif du terme. « C'est le fils spirituel de trois personnes qui ont contribué à le construire, ajoute-t-il. Dans l'ordre : Attali, Minc, Jouyet. Ils ont en commun d'être de la même génération, et "ni de droite ni de gauche", comme l'illustrent leurs propres histoires personnelles. Il a bien sûr une énergie et une détermination incroyables, et il a su voir l'espace entre droite et gauche et la faillite des partis traditionnels. Mais il y a aussi un système qui à un moment l'a choisi, l'a pris et l'a placé là, et dont il a su jouer. »

Emmanuel Macron aurait donc été « placé » au plus haut niveau de l'État par « un système »…

La charge est violente, et pour le moins inattendue venant d'un banquier d'affaires. Dans le collimateur de Pigasse, quelques grands patrons de gauche, soupçonnés d'avoir servi de carburant au bolide Macron : Serge Weinberg (ancien patron du groupe Accor et de Sanofi), François Roussely (ex-président d'EDF), Gérard Mestrallet (Engie, Suez…) ou encore Paul Hermelin (PDG de Cap Gemini)… Et bien sûr l'incontournable Jean-Pierre Jouyet, spécialiste du grand écart, puisqu'il fut ministre de Sarkozy avant de devenir numéro deux de l'Élysée sous Hollande. De quoi inspirer Macron.

L'arrivée de ce dernier en qualité de secrétaire général adjoint à l'Élysée, en mai 2012, dans la foulée de la victoire de François Hollande, a de toute évidence prodigieusement agacé, voire choqué, Matthieu Pigasse. Lui-même connaissait parfaitement le nouveau président de la République, qu'il avait eu pour professeur à Sciences Po, puis surtout connu en tant que premier secrétaire du PS (1997-2008), Pigasse étant alors collaborateur au cabinet de Dominique Strauss-Kahn puis à celui de Laurent Fabius, à Bercy. Pigasse et Hollande se sont vus au début du printemps 2012, un mois avant l'élection présidentielle, à la demande du candidat socialiste, alors en *pole position* pour succéder à Sarkozy.

Attablé au bar du *Lutetia*, Hollande s'enquiert d'abord des intentions du trio « BNP » (Pierre Bergé, Xavier Niel, Matthieu Pigasse) s'agissant du quotidien acquis par les trois hommes deux ans auparavant. « Qu'est-ce que vous voulez faire du *Monde* ? » le questionne ainsi Hollande. Surtout, Pigasse croit comprendre que le futur président n'entend pas, une fois élu, s'entourer d'ex-strauss-kahniens. En clair, Pigasse se dit qu'il va devoir faire une croix sur ses espoirs d'intégrer le nouveau staff élyséen et, au passage, sur ses ambitions politiques.

« Tu fais une erreur tragique, vous confiez des responsabilités importantes à quelqu'un qui n'est pas de notre camp. »

« Je n'ai sûrement pas dit que je ne voulais pas d'anciens strauss-kahniens, il y en avait plein autour de moi ! proteste François Hollande. À aucun moment je ne lui ai demandé ce qu'il voulait faire avec moi, lui-même s'est placé comme s'il était à part, il n'a pas fait d'offre de service. Pigasse n'avait plus envie de faire de la politique. »

En tout cas, Hollande choisit comme secrétaire général adjoint Macron, à ses yeux moins dangereux qu'un Pigasse, trop marqué politiquement.

Près de dix ans plus tard, Pigasse n'en est toujours pas revenu ; devant nous, il s'interroge encore à voix haute :

« Pourquoi Hollande choisit-il quelqu'un qui a été rapporteur de la commission Sarkozy ? Comment quelqu'un de gauche, qui explique que son adversaire, c'est la finance, choisit-il quelqu'un qui a travaillé avec la droite et qui est banquier ? »

Petite précision tout sauf accessoire : lorsqu'il évoque la Commission pour la libération de la croissance française, dite commission Attali, du nom de son président, et dont Emmanuel Macron fut rapporteur adjoint, en 2008, Matthieu Pigasse prend toujours soin de la qualifier de « commission Sarkozy »...

Deux ans après son entrée à l'Élysée par la petite porte, le secrétaire général adjoint est spectaculairement promu au ministère de l'Économie. Cette fois, le loup est au cœur de la bergerie, s'inquiète Pigasse, persuadé depuis le départ que Macron cache son jeu. Il lui reproche de se faire passer pour un homme de gauche qu'il n'a jamais été, selon lui. Avant même la nomination de Macron à Bercy, Pigasse met en garde le futur Premier ministre, Manuel Valls – les deux hommes se connaissent alors depuis une vingtaine d'années déjà. Preuve de cette proximité, Valls nommé à Matignon, Pigasse est la première personne qu'il reçoit. L'associé-gérant de la banque Lazard tente de dissuader Valls de nommer Macron. « Tu fais une erreur tragique, vous confiez des responsabilités importantes à quelqu'un qui n'est pas de notre camp, qui ne partage pas les mêmes valeurs », lance Pigasse. « Tu as tort, tu te trompes », lui répond Valls. Pigasse insiste : « Vous faites n'importe quoi, il y a du Jouyet derrière. » En vain.

À la fois ulcéré et impuissant, Pigasse assiste, les deux années suivantes, à l'inexorable montée en puissance du locataire de Bercy, dont les provocations répétées à l'égard du duo Hollande-Valls l'insupportent au plus haut point. Les multiples erreurs et l'impopularité croissante de Hollande également, à tel point qu'il commence à s'activer en coulisses, dès la rentrée 2014 et jusqu'au printemps 2016, pour éviter un retour de la droite au pouvoir.

Fait méconnu jusqu'alors, le banquier échafaude un projet un peu fou, avec la complicité de trois hommes : Stéphane Boujnah, président d'Euronext, Gilles Finchelstein, directeur général de la Fondation Jean Jaurès, et un certain… Ismaël Emelien. Il s'agit de lancer un nouveau mouvement politique, en dehors des partis existants, basé sur de simples citoyens et des personnalités issues de la société civile.

Cela ne vous fait penser à rien ?

Un nom est même trouvé : « Premier Jour ». Un programme de gouvernement est élaboré, un plan de communication mis au point, un site internet (premier-jour.fr) imaginé… L'affaire est sérieuse. Nous sommes parvenus à nous procurer la première ébauche du projet de texte fondateur de « Premier Jour ». Daté du 23 septembre 2014, le *draft* commence par ces mots : « Nous ne nous résignons pas. Au moment où s'effondre la confiance dans l'action publique, où s'enracine le doute collectif, où s'affaiblissent les institutions de la République, où s'installe le repli communautaire, où s'érode l'autorité démocratique, et où gronde une colère de moins en moins silencieuse, il existe dans notre pays des énergies et des volontés multiples prêtes à agir ensemble pour redécouvrir le chemin des ambitions collectives. » Le texte parle d'« enraciner notre horizon collectif dans une Europe renouvelée », d'« agir pour faire à nouveau du travail un espace d'émancipation individuelle », ou encore de « rétablir la crédibilité de la parole publique »… On croirait lire du Macron !

Mais Pigasse ignore que ce dernier est allé plus vite que lui : en avril 2016, le ministre de l'Économie annonce la création d'En Marche !, coupant l'herbe sous le pied à son rival. Pigasse s'est fait doubler comme un bleu. Il est convaincu que ses partenaires du projet « Premier Jour », notamment Emelien, roulaient en fait pour son ennemi juré. De quoi le faire rager encore davantage contre ce Macron décidément sans scrupule, dont les méthodes semblent déteindre sur les collaborateurs les plus proches…

Au cours de l'été 2016, Pigasse a encore un échange musclé avec le Premier ministre à propos de ce Macron qui lui sort décidément par les yeux. Mais la discussion vire au dialogue de sourds.

> Pigasse : Je ne comprends pas pourquoi vous ne le virez pas, vous êtes fous !
> Valls : On le contrôle, il serait beaucoup plus dangereux à l'extérieur, il est tenu.
> Pigasse : Mais non, il vous crache dessus en permanence et ça finira mal.
> Valls : Pas du tout ! Il ne partira pas.
> Pigasse : Il partira et vous trahira tous !

De fait, fin août 2016, Macron rompt avec Hollande et s'apprête à partir à l'assaut de l'Élysée. En novembre 2016, il publie en vue de la présidentielle son livre-programme, *Révolution*[1]. À tort ou à raison, Pigasse vivra le choix de ce titre comme une pure provocation. Car lui-même avait publié, quatre ans auparavant, un ouvrage titré… *Révolutions*[2].

La suite est connue : Macron réussit le hold-up politique du siècle au printemps 2017, validant les prédictions du Cassandre Pigasse. Une fois son ennemi intime installé au sommet de l'État, ce dernier commence à prendre peur :

1. XO éditions.
2. Plon, 2012.

et si l'ancien banquier de Rothschild réglait ses comptes avec lui ? Ses craintes vont se cristalliser autour du *Monde*. Il lui revient rapidement aux oreilles, notamment après la révélation dans les colonnes du quotidien, en juillet 2018, de l'affaire Benalla, que la ligne éditoriale du journal, jugée hostile à l'exécutif, hérisse le chef de l'État. De fait, l'Élysée fait passer des messages, à intervalles réguliers : la présidence n'apprécie pas le traitement réservé au « patron » par notre journal. Le secrétaire général Alexis Kohler, de même que le conseiller mémoire du président, Bruno Roger-Petit, s'en ouvrent par exemple à plusieurs reprises à Xavier Niel. Macron lui-même lance un jour au patron de Free, sur le ton de la rigolade : « Tu sais quoi, il y a une rumeur à Paris qui dit que mon meilleur ami contrôle *Le Monde* ; eh ben, ça se voit pas ! »

Une chose est certaine : comme nous l'avons déjà souligné, conformément à leurs engagements, ni Niel ni Pigasse ne sont jamais intervenus dans le contenu éditorial du journal.

Pigasse, lui, goûte peu les plaisanteries du chef de l'État. Il confiera bientôt à son entourage sa conviction que l'Élysée a agi en sous-main pour convaincre en 2018 la banque Palatine de l'abandonner en rase campagne. Palatine, dont l'un des dirigeants – et ce n'est pas forcément neutre à ses yeux – est François Pérol, un proche de Nicolas Sarkozy, soutenait la société de Pigasse, LNEI (Les Nouvelles Éditions indépendantes, structure qui, en plus de ses participations au capital du *Monde*, contrôle notamment *Les Inrockuptibles* et Radio Nova). La banque a réclamé en urgence le remboursement des 25 millions d'euros prêtés en 2010 à Pigasse pour lui permettre d'investir dans *Le Monde*. Un soudain lâchage en règle qui a poussé Pigasse, menacé de surendettement, à céder une partie de ses parts du *Monde* à un magnat tchèque, Daniel Kretinsky.

Macron, là encore, aurait joué un rôle, dans l'ombre, au moment de l'apparition de cet homme d'affaires, pressenti pour entrer au capital du quotidien aux côtés de Matthieu Pigasse. L'Élysée aurait tout fait pour faire capoter l'opération, c'est du moins la thèse de Pigasse, afin de contraindre le banquier, étranglé financièrement, à lâcher définitivement *Le Monde*.

« Avec les médias, il a une relation ambivalente de séduction/menace. »

Dans un courrier adressé en septembre 2019 au Pôle d'indépendance du groupe *Le Monde*, qui représente les journalistes au capital, Pigasse justifie de devoir céder à Kretinsky 49 % de sa société Le Nouveau Monde (LNM) – par laquelle il détient ses parts dans le quotidien *Le Monde* et les magazines qui y sont attachés, dont *Télérama* ou *Courrier international* – du fait « de charges financières nouvelles et de pressions de natures diverses ». Une petite phrase lourde de sous-entendus.

En clair, Pigasse se forge alors une conviction : en faisant jouer son puissant réseau banquier, Macron a tout fait pour l'évincer purement et simplement du *Monde* dans l'espoir d'en rendre seul propriétaire Xaviel Niel, supposément plus malléable… Paranoïa ? Pas forcément, à en croire François Hollande, qui nous confie : « Macron a peut-être incité Niel à écarter Pigasse, ce à quoi Niel était prêt, à mon sens. »

Si Xavier Niel n'a pas voulu s'exprimer publiquement, son entourage réfute catégoriquement cette thèse. De son point de vue, la banque Palatine s'impatientait que Pigasse ne s'acquitte pas de ses dettes, vieilles de sept ans déjà, et n'aurait eu d'autre choix que de demander leur remboursement, jusqu'à menacer de saisir les propres fonds du patron de Free. En effet, Niel s'était porté caution de Pigasse et le pressait aussi d'honorer sa dette. Macron n'aurait donc, selon cette version, joué aucun rôle dans le lâchage de Pigasse par la banque Palatine. Contacté, François Pérol nous a confirmé cette version des faits. « Non », nous répond-il sèchement par SMS, l'Élysée ne l'a pas poussé à lâcher Pigasse. Quant à la banque Palatine, elle nous a indiqué ceci par l'entremise de la responsable de sa communication, Maria Krellenstein : « Secret bancaire oblige, nous ne commentons pas les cas clients. »

Sur ce sujet ô combien sensible, Matthieu Pigasse ne veut pas s'étendre, il conserve ses certitudes pour lui. Mais lorsqu'on évoque le rapport entretenu par Emmanuel Macron avec les médias, sa réponse mérite d'être examinée avec attention : « Il ne s'en désintéresse pas, c'est même tout l'inverse. Avec les médias, il a une relation ambivalente de séduction/menace. La séduction, c'est le charme, le fait de prendre le temps, de parler, de rencontrer, etc. La menace, ce sont les déclarations offensives et parfois agressives. »

Le président de la République menacerait donc la presse en général, et *Le Monde* en particulier ? Matthieu Pigasse n'en dira pas plus, mais certaines déclarations se passent de sous-titres.

S'il a quitté Lazard frères fin 2019, Pigasse est resté dans l'univers de la banque d'affaires. Il a été nommé en avril 2020 à la tête de la filiale française de Centerview Partners, banque américaine spécialisée dans les fusions-acquisitions, la grande spécialité de Pigasse. Fondé en 2006, l'établissement compte plus de 400 employés, et aurait conseillé des clients pour un montant total supérieur à 3 000 milliards de dollars de transactions. On est définitivement assez loin de l'univers punk, mais Matthieu

Pigasse assume ses contradictions. Et ses obsessions – son obsession : Emmanuel Macron. « La question aujourd'hui, conclut-il, est de savoir comment tout cela va finir : Le Pen *versus* le reste du monde incarné par lui ? »

Chapitre 5

LE DÉPUCELAGE

« L'idée que je fais le 49.3 pour emmerder Macron me scandalise, mais ils l'ont imposée ; comme quoi, parfois, le récit marche beaucoup mieux que la réalité. »
Manuel Valls, ex-Premier ministre

Le Premier ministre Manuel Valls grimpe à grandes enjambées l'escalier d'honneur, salue rapidement les huissiers, patiente quelques instants dans le salon d'attente.

Palais de l'Élysée, lundi 25 août 2014, 8 heures du matin.

La porte à double battant s'ouvre, à sa droite, et François Hollande lui fait signe d'entrer.

La veille, Arnaud Montebourg et son complice Benoît Hamon ont défié ouvertement le président socialiste avec leur « cuvée du redressement », témoignage de leur opposition au virage pris en faveur de la politique de l'offre. Leur sort est scellé, encore convient-il de les remplacer immédiatement ; d'où ce rendez-vous matinal, il ne faut pas laisser le doute s'instiller dans l'esprit des Français. Manuel Valls n'a qu'une idée en tête : imposer Emmanuel Macron à Bercy. Valls pressent que laisser l'ex-secrétaire général adjoint de l'Élysée en liberté non surveillée, c'est lui ouvrir le champ des possibles. Et puis, même s'il s'en méfie un peu, il l'aime bien. Entre ambitieux, on se comprend.

Des bruits revenaient aussi constamment à Valls. Macron était mécontent, vexé. Il guignait le poste de secrétaire général de l'Élysée, au moment du départ de Pierre-René Lemas, fin mars 2014. Son collègue de bureau, Nicolas Revel, avait eu beau plaider en sa faveur, peine perdue. Hollande n'avait pas voulu. Trop « collaborateur ». Il avait plutôt choisi son meilleur ami, Jean-Pierre Jouyet. Valls, ensuite, s'y était collé, en essayant, déjà, de placer Macron à Bercy, comme secrétaire d'État au Budget. Échec, là encore. Il était jugé trop techno, pas assez politique… Les amis les plus proches de Valls, comme Stéphane Fouks, en contact étroit avec Macron, l'ont averti de son courroux naissant.

Avec le départ de Montebourg, l'occasion rêvée est enfin là.

Le Premier ministre connaît son Hollande. Toujours, contourner l'obstacle. Il propose d'abord Gérard Collomb à Bercy. « Non, trop à droite ! » répond le président. Et le patron de gauche, Louis Gallois ? Pas mal. Mais il est injoignable, en déplacement en Chine, or il faut aller vite. « C'est là où je lui propose Macron, rapporte Valls. Il me dit : "Oui, je vais l'appeler", ça veut dire qu'il n'était plus hostile à cette idée… Il l'appelle, puis revient en me disant : "Il me pose des conditions…" » Macron, l'impétueux, l'insolent, se fait désirer. Hollande n'en revient pas. Valls, dans le bureau présidentiel, tente l'opération de la dernière chance. « Je lui dis : "Attends, je vais pisser", je sors, j'appelle moi-même Emmanuel, je lui dis : "Écoute, tu ne peux pas faire ça, saisis l'occasion…", Macron pose des conditions sur son champ d'action. »

Surtout, Macron est préoccupé. Il vient de donner une interview fracassante à l'hebdomadaire *Le Point*, dans laquelle il pourfend le dogme des 35 heures, un tabou à gauche.

« Macron ? Pourquoi tu as mis Macron ? »

Lui qui avançait jusqu'alors caché avait cru possible, en retrouvant sa liberté, de poser quelques jalons pour son avenir politique. Revenir dans le giron du pouvoir socialiste, et se renier ? Valls nous confirme l'inquiétude de Macron, qui craint les répercussions de son interview. « Il me dit : "Oui, mais les 35 heures..." Je lui réponds : "Allez, oublie tout ça, viens, et puis on verra." Voilà, c'est comme ça que ça se passe. »

Michel Sapin, ministre des Finances, n'est pas dans la confidence. Lui qui se serait bien vu seul maître à bord du paquebot Bercy. Le lendemain matin, il pénètre dans le bureau de François Hollande. Et découvre le nouveau casting. Interloqué. « À chaque fois qu'il y avait des noms de personnes susceptibles de devenir ministres, confie Sapin, on demandait au ministre des Finances de faire un *screen*, une radiographie, pour voir s'il n'y avait pas de problèmes fiscaux. Ainsi, j'avais dit dans un premier temps : "Non, pas Thévenoud [*futur secrétaire d'État*]." Là, on ne me demande rien. »

« Hollande me tend la liste ensuite, poursuit Sapin. Je commence par regarder où je suis, je suis devenu quatrième dans l'ordre protocolaire, je descends, et je vois Macron. Je dis : "Macron ? Pourquoi tu as mis Macron ? – C'est bien, tu sais, pour l'entreprise...", me répond Hollande. Et après je vois Thévenoud... » Sapin s'en ouvre à Hollande, qui pâlit : « Comment, il n'a pas réglé ses affaires ? »

Trop tard. Jean-Pierre Jouyet, tout content de la promotion gouvernementale de son protégé, a déjà gagné, sourire aux lèvres, le perron de l'Élysée, pour délivrer le verdict présidentiel et annoncer la composition du nouveau gouvernement. Neuf jours plus tard, Thomas Thévenoud devra quitter son secrétariat d'État au Commerce extérieur, pour cause de « phobie fiscale ». Il avait juste omis de payer ses impôts.

Michel Sapin a d'autres soucis. Il imagine déjà de plus gros ennuis à venir. L'ambiguïté propre à François Hollande, c'est son quotidien depuis des décennies. Il sait son pouvoir dévastateur. « La première fois, il m'avait demandé mon avis, insiste Sapin. Là, je le connais par cœur, il ne m'a pas demandé mon avis parce qu'il avait mis Macron. Il savait que cela me poserait problème. Je me demande pourquoi il revient. Pour moi, c'est une alerte. Valls avait insisté. Il trouvait que je n'étais pas suffisamment pro-entreprise. »

La future « cohabitation » à Bercy débute sous de bien mauvais auspices. Macron, lui, s'en fiche. Totalement.

Il a à peine dormi, de retour de villégiature, après une courte nuit au ministère de l'Intérieur, où Bernard Cazeneuve l'a gentiment hébergé, en lui prodiguant ses fameux trois conseils – notamment celui de toujours se souvenir de qui l'a nommé. Dès le mardi 26 août, Macron est donc propulsé à Bercy. Frais comme un jeune goujon frétillant, il tient un discours parfaitement calibré lors de la passation de pouvoir avec son « ami » Montebourg : après tout, ils avaient bien pactisé lors de l'affaire de Florange, en 2012. L'équilibriste Macron était proche, alors, des « gauchistes » Aquilino Morelle et Arnaud Montebourg.

Ce mardi 26 août, il adresse quelques clins d'œil à l'assistance, puis se met au travail. Pas de temps à perdre. Macron est lancé dans son entreprise de charme.

Et de conquête.

Au début, tout se passe bien. « C'est un très bon ministre, convient même Sapin. Macron a fait un travail en dentelles. »

À l'époque, la majorité socialiste à l'Assemblée nationale commence déjà à s'effriter, bien avant la déchéance de nationalité et la loi Travail. Les « frondeurs » sont encore timides, mais ils viennent de recevoir un renfort de poids, Benoît Hamon, tout juste débarqué du ministère de l'Éducation nationale. Macron a une mission, impérative : faire passer sa loi sur « la croissance et l'activité », qui prévoit de libérer l'économie française de ses supposées pesanteurs. Ce projet avait été préparé par Arnaud Montebourg, il est repris et élargi par son successeur : les barèmes prud'homaux et les dommages et intérêts vont être désormais plafonnés en cas de licenciement même abusif, le travail du dimanche sera étendu partout où cela deviendra possible. De quoi mécontenter l'aile gauche du PS. 10 756 amendements sont déposés lors de la discussion parlementaire. Macron s'attelle à la tâche.

Convaincre, c'est son premier talent.

L'ancien Premier ministre socialiste Jean-Marc Ayrault, redevenu simple membre du gouvernement, assiste du quai d'Orsay à la performance : « J'ai vu comment il travaillait. Très intelligemment. Brillamment. Séducteur. Il était allé devant les députés socialistes, il avait raconté l'histoire du quinquennat, les premières mesures, c'était habile, il rassurait les députés. Il y a passé des jours et des nuits. Comme s'il avait une expérience de vieux routier de la politique… » Et pour cause, il est conseillé en sous-main, briefé par le roublard Julien Dray notamment. Histoire de rassurer l'aile gauche du PS, il prend comme rapporteurs les « emmanuellistes » Richard Ferrand et Stéphane Travers. Malin.

« Je le vois beaucoup travailler au Parlement, où il passe un temps fou, se souvient Matthias Fekl, successeur de Thévenoud au secrétariat d'État au Commerce extérieur. Sur sa loi, il y est tout le temps, la nuit ; en trois mois, il rattrape ce que d'autres mettent vingt ans à faire. Tous ses rapporteurs sont séduits, ils étaient tous d'extrême gauche avant ! Il fait le taf. » Ayrault opine : d'après lui, c'est à ce moment-là que « Ferrand "tombe amoureux" de Macron. Il est bluffé par les capacités d'écoute et de compromis de Macron ».

À la buvette de l'Assemblée, devant un verre de vin blanc, voire un vieux whisky, l'apprenti ministre vogue d'un interlocuteur à l'autre, déploie tous ses atours. Les députés sont très sensibles à certains détails. Par exemple, sur les conseils avisés de son conseiller de l'ombre, le socialiste Julien Dray, il s'exprime sans notes dès qu'il doit répondre à une question. À l'aise comme un vieux briscard, il jaillit du banc des ministres, l'œil rieur et la mèche coquette. « Dray est très important, confirme Fekl. Il se fait jeter après, comme un malpropre… » Valls observe le phénomène à l'œuvre. Comment rivaliser ? La question ne va pas tarder à se poser.

D'abord, il faut faire voter cette loi. Emmanuel Macron passe des heures en compagnie de Benoît Hamon. Qui semble apprécier ces débats de fond, même si tout paraît l'éloigner du libéral qui sommeille en Macron. Il se souvient : « On avait une discussion passionnante dans l'hémicycle, il m'oppose le droit de travailler le dimanche, et moi je lui dis : "Votre philosophie relève de ce qu'on appelle la différence entre la liberté positive et négative…" Le droit au repos dominical, c'est la gauche ; le travail le dimanche, c'est la droite. Donc on a des moments passionnants ; en même temps, je débats quand même avec un mec de droite, c'est flippant ! »

Macron effectue brillamment le service après-vente, il libère son agenda, campe au Palais-Bourbon. Jean-Marie Le Guen, secrétaire d'État chargé des relations avec le Parlement, cornaque lui aussi ce nouveau venu dans l'arène politique, qui apprend décidément très vite. « Pendant toute la préparation de la loi, dit-il, Macron fait un travail extraordinaire, il prend quinze rapporteurs qui sont des chieurs, Ferrand, le représentant d'Emmanuelli en Bretagne... »

Toujours la même technique à l'œuvre : ensorceler ; trianguler ; et thésauriser.

Quelques-uns restent rétifs. Comme Jean-Marc Germain, un « frondeur », par ailleurs mari d'Anne Hidalgo. L'ex-inspectrice du travail, elle-même idéologiquement proche de Martine Aubry, exècre cette droite déréglementée qui ne dit pas son nom – pis, qui progresse à couvert. Son inimitié avec Macron date de cet épisode. Depuis, d'ailleurs, la maire de Paris évite de prononcer son nom ; elle se contente, en petit comité, de parler de « l'autre con »... Il en a autant à son égard.

« Ils me prennent pour une quiche ! »

La petite entreprise Macron progresse. « J'ai rencontré Macron pendant deux heures, nous explique Germain. Il a passé du temps avec nous, c'est comme ça qu'il a fait basculer Richard Ferrand. Je lui ai expliqué ce qu'était le travail du dimanche. Il ne comprenait pas. Il ne voyait qu'un truc : la modernité. "Je viens de comprendre ce que tu me dis, c'est par démagogie par rapport à vos électeurs", me dit Macron. Je lui réponds : "Tu ne comprends pas. Pour nous, il y a autre chose que la consommation, il faut des règles collectives." Au bout de deux heures, ce qui en est ressorti pour lui, c'est que les députés étaient des démagos... »

Cela devient une évidence : il n'y aura pas de consentement mutuel dans ce divorce entre la gauche dite progressiste, blairiste, mondialisée, et l'autre, campée sur ses valeurs et ses acquis.

Reste que, à force de négociations, Macron et Hamon pensent trouver un accord, le week-end du 13 février 2015. Le vendredi soir, à la buvette des députés, Macron, devant un verre d'alcool fort, accepte un amendement amené par la gauche dure. Le travail du dimanche sera bien étendu, mais uniquement sur la base du volontariat, et avec un plafond salarial minimal, rehaussé pour les heures supplémentaires. Benoît Hamon : « Je lui dis : "Écoute, si tu mets ce plancher-là, je ne dis pas qu'on votera pour la loi, mais la plupart de ceux qui sont contre, ils s'abstiendront." On sort, et il me dit : "Ce n'est pas moi qui peux prendre cette décision, c'est Valls… Je vois avec lui, je reviens vers toi." On se quitte le vendredi soir… » Benoît Hamon attend, patiente, retient ses troupes. Il passe quelques coups de fil, calme les « frondeurs ». « Je sens que ça va tanguer, mais qu'on devrait peut-être pouvoir y arriver, raconte-t-il. Après, et je ne suis pas débile quand même, j'attends le coup de fil. Samedi, les heures passent, rien. Et j'ai le Grand Jury sur RTL le dimanche. Et je n'ai aucun rappel. Moi, je sais que s'ils ne me rappellent pas… Je me dis : ils me prennent pour une quiche ! »

Le dimanche, en direct, Benoît Hamon annonce qu'il ne votera pas la loi Macron. Coup de tonnerre. Conciliabules au sommet de l'État. « Ça nous a surpris, dit Valls. On ne voit pas venir le coup. » Le compromis patiemment tissé par le ministre de l'Économie vole en éclats. « Mon interprétation, décrypte aujourd'hui Hamon, c'est que Valls a refusé de céder aux frondeurs, en se disant : "Je vais les tordre", toujours dans cette logique de tordre, presque par la brutalité, physiquement, ceux qui lui résistaient, ce qui est l'histoire de sa vie, quand même, à Manuel… Je n'ai pas eu un seul appel. Après, ils disent qu'elle passait, la loi ; moi, je pense qu'elle ne passait pas. »

C'est l'heure des comptes, en tout cas. La fébrilité règne. Entre les abstentionnistes, les opposants déclarés, les récalcitrants discrets, les députés qui, telles Karine Berger ou Valérie Rabault, refusent de donner leur sentiment avant l'heure du scrutin, impossible de tabler sur un vote assuré. La solution du recours à l'article 49.3, qui permet de passer en force en ignorant le vote des parlementaires, fait son chemin dans l'esprit de l'exécutif. « Ça ne sent pas très bon, convient Le Guen. Karine Berger se déchaîne de haine, elle est dans un état de rage avancé vis-à-vis de Macron… Je me retrouve au Nouvel An chinois, le lundi soir, à l'Élysée, avec Hollande. Je dis : “On n'a pas de majorité, ou alors elle est très incertaine.” La décision, elle est prise par Hollande, pas par Valls. »

C'est pourtant le Premier ministre qui va se charger du sale boulot. C'est lui qui, le mardi matin, essaie de convaincre, une dernière fois, les députés socialistes.

La réunion du mardi 17 février 2015 est houleuse. Valls s'agace, s'empourpre, éructe. Menace. Cela se joue à quelques votes. La crédibilité du gouvernement est en péril. Macron est persuadé que « sa » loi peut passer, *in extremis*, sans l'appui des « frondeurs ». Il a su ratisser au centre de l'échiquier politique – cela lui sera d'ailleurs utile, plus tard. « Était-il le mieux placé pour faire les comptes ? » interroge Michel Sapin. « Ç'aurait été un vieux routard comme moi qui dit : “Ça passe”, je l'aurais cru. C'est lui qui dit : “Ça passe”, je comprends tout à fait que Manuel Valls et François Hollande ne veuillent pas prendre le risque. Cela demande une connaissance de l'hypocrisie et du double langage qu'il n'avait pas. »

À l'époque, peut-être. Et encore… Depuis, dans ce domaine aussi, l'élève surdoué a su rattraper son retard.

Boris Vallaud, actuel député socialiste, vient seulement, en ce début d'année 2015, de prendre ses marques à l'Élysée, en tant que secrétaire général adjoint. Il a succédé à… Emmanuel Macron. Un personnage qu'il connaît bien, pour l'avoir côtoyé à l'ENA. Ils ne sont pas proches, mais cela n'empêche pas Vallaud de reconnaître les mérites de Macron dans cette affaire : « Moi, je pense que ça passait sans 49.3. Vincent Feltesse [*conseiller politique de Hollande*] avait fait le compte, et ce que j'entendais à l'époque, c'est que ça passait. Sous le couvert de : "Prenons nos précautions, ne prenons pas de risque", en réalité, c'était une affirmation d'autorité de Valls. Peut-être était-ce aussi une façon de dire à Macron : "Ta loi est passée grâce à moi, et pas seulement par le seul fait de ton talent, de ta capacité à convaincre…" » Même Jean-Marc Germain l'admet : « Sans le 49.3, je pense que la loi Macron passait, on s'était engagés à s'abstenir. »

Vincent Feltesse insiste, les pointages étaient serrés, mais cette fichue loi Macron pouvait surpasser les obstacles dressés sur sa route, sans avoir besoin de brutaliser les parlementaires : « Le 49.3… À la sortie de l'hémicycle, mardi, il y a Le Guen, Valls, Macron, Cambadélis, on est dix ou quinze… Dans nos pointages, on est entre quatre et sept voix d'avance, ce qui est considéré comme insuffisant. Et Valls décide d'utiliser le 49.3. » D'un côté, chez Macron, le goût du risque, cette appétence pour le pari. Le banquier d'affaires couve toujours sous le politique. Et de l'autre, chez Valls et Hollande, des dizaines d'années d'expérience, l'école du principe de précaution politique qui, parfois, peut pénaliser la prise de décision.

Alors, le 17 février 2015 dans l'après-midi, à l'Assemblée nationale, le Premier ministre annonce le recours au 49.3, au grand dam d'Emmanuel Macron. C'est sa première grande déception politique.

Déception, ou leçon ?

Futur patron de LRM, Stanislas Guerini suivait l'affaire de près, à l'époque, *via* son ami Ismaël Emelien, proche conseiller de Macron à Bercy. Il témoigne de l'onde de choc : « Au moment du 49.3, très clairement, quelque chose de très politique se joue. On me raconte des réunions de groupe au Parlement, où le texte doit être voté… Valls arrive en réunion de groupe et hystérise le truc, en menaçant, il jette sa montre d'énervement… Macron fait le job jour et nuit, et voit le truc exploser devant lui. Valls impose le 49.3, qui est totalement subi par Macron. Et là, Macron comprend que d'autres choses se jouent. Il a des déceptions personnelles : Hamon, des parlementaires de droite, du centre droit… Il découvre les rouages de l'Assemblée. Cela renforce sa détermination à dire : "Il faut y aller." »

« Macron est né d'une frustration, et de la bêtise de Manuel Valls. »

Jean-Marie Le Guen balaie l'argumentation : « Macron, il ne faut pas le prendre pour Dieu le Père, il ne connaît rien à tout ça, il ne connaît pas les députés du groupe, il ne veut pas apparaître comme celui qui n'a pas su convaincre ; il va après trouver un coupable, Valls. On n'allait pas faire un vote à blanc. Si la loi ne passait pas, il était mort. Il est gentil, Emmanuel, mais si Valls avait vraiment voulu le tuer, il le laissait avancer, et l'autre, il était mort ! Je lui ai expliqué : "Il y avait un risque, et si tu avais pris la balle, tu ne t'en relevais pas…" »

Ce rôle autoritaire, aux confins d'une jalousie naissante, autant vous dire que Manuel Valls refuse de l'endosser. Encore aujourd'hui, parlez-lui de ce 49.3, et vous obtiendrez un agacement prononcé, typiquement vallsien : regard noir, mâchoires contractées, le feu aux joues. Il ne supporte pas qu'on puisse le dépeindre en père Fouettard envieux des talents politiques de son cadet. « C'est dégueulasse ! s'emporte-t-il devant nous. Je me rends compte que l'entourage de Macron raconte une histoire, qui ne correspond pas à la réalité. Ça, je vous l'assure. L'idée que je fais le 49.3 pour emmerder Macron… Pfff… C'est une idée qui me scandalise, mais ils l'ont imposée ; comme quoi, parfois, le récit marche beaucoup mieux que la réalité. Mais jamais. Jamais ! »

Valls nous livre sans rechigner sa version des faits : « On fait les comptes, et l'équipe de Macron nous dit : "Ça passe." Et moi, je demande à Bruno Le Roux [*patron des députés PS*], à Jean-Marie Le Guen – je suis désolé, mais je leur fais plus confiance qu'à Emelien ou à je ne sais pas qui –, et ça ne passe pas. Ça ne passe pas ! Alors, on prend le risque ou pas ? Et Hollande me dit : "On ne prend pas le risque." Et ça m'embête ! »

Jusqu'au dernier moment, et même après la séance du mardi consacrée aux questions au gouvernement, Manuel Valls tente de rameuter ses troupes, de pousser à la concorde. « Moi, je n'ai aucune envie de passer un 49.3, parce qu'on ne l'a même pas prévu, parce qu'on est obligés de convoquer un Conseil des ministres en catastrophe. Et on calcule, et on me dit : "Oui, les frondeurs, ils ne veulent pas." J'essaie de convaincre les trois MRC, qui me disent non. Valérie Rabault et sa copine [*Karine Berger*] me disent : "On ne te le dit pas, on ne sait pas." Et après Rabault dira : "Ah, mais une partie de la droite voulait." Bon, d'accord, avec l'appui de la droite… Donc, on réfléchit, je n'annonce pas le 49.3, on laisse passer les questions au gouvernement et, à la fin, je dis à Macron : "Écoute, ça ne passe pas." »

Fin de l'histoire, 49.3 de rigueur, donc. Un sourd ressentiment se répand dans les couloirs de Bercy. Tant d'efforts pour un si maigre résultat… Est-ce bien sérieux, cette tambouille politique à l'ancienne ?

Du coup, assez vite prévenu du courroux de Macron, et se sentant visé au premier chef, le Premier ministre décide de mettre les choses à plat. Il convoque le ministre de l'Économie. « Je lui dis : “Mais c'est quoi, cette histoire ? Que dit ton entourage ? Pourquoi ?”, etc. Je sens bien qu'il y a un truc, je le sens bien. Jamais il ne me le dira. Jamais. »

Et pourtant.

Pour le jeune homme pressé qu'est Macron, après le poste de secrétaire général et un maroquin ministériel qui lui ont échappé, c'est une troisième désillusion profonde. L'enfant gâté du pouvoir ne supporte pas que l'on se refuse à lui.

Ségolène Royal, revenue au gouvernement en 2014 comme ministre de l'Environnement, constate les dégâts, sans prendre de gants : « Macron est né d'une frustration, et de la bêtise de Manuel Valls. À son endroit. Macron pense que le 49.3 que met Valls est contre lui. Ce qui est le cas. Ça passait à très peu. »

En experte de la communication calibrée, Royal juge que l'affaire, finalement, a profité au ministre de l'Économie : « Politiquement, c'est un bon coup pour Macron. C'est apparu comme un rapport de forces, les gens s'en fichent que ce soit Valls ou Macron, comme c'était une loi qui s'appelait loi Macron… Pourtant, quand les lois portent le nom d'un ministre, en général, c'est parce qu'on ne sait pas ce qu'il y a dedans… »

C'est un Macron fâché, amer, mais conquérant et libéré de toute entrave, qui trace désormais sa route, en solitaire. « Macron en a voulu énormément à Valls et Hollande, conclut Jean-Marc Ayrault. Ça se voyait au Conseil des ministres ; et Macron qui me faisait des confidences, type : “Ce n’est pas possible”, etc. »

Un tempérament de Judas n’est pas né en ce début d’année 2015.

Il s’est simplement renforcé.

Julien Dray

Le précepteur

Il aime les montres de luxe, la politique, le poker, les amis fidèles.

Le psychodrame de la loi Macron, c'est à la fois son succès et son échec.

Il a bâti sa vie sur le triptyque intuition-réflexion-organisation. Après avoir été député socialiste, conseiller « officieux » de plusieurs présidents, fondateur de syndicats, créateur d'associations, fomenteur de complots politiques, inspirateur de séries télévisées, et l'on en passe, Julien Dray, 66 ans, est en proie, désormais, au vertige du vide. Il a été pendant vingt-trois ans conseiller régional d'Île-de-France, il continue à cachetonner sur CNews, mais cet hyperactif se demande quel avenir, aujourd'hui, s'offre à lui. Alors, il est tentant de se tourner vers le passé.

Et vers Emmanuel Macron.

L'actuel président lui doit en partie son éducation politique. Dray serait, dans les vieux films, l'oncle sympa qui conduit le neveu puceau au bordel, pour lui apprendre les rites de passage à l'âge adulte. L'apprentissage commence en douceur, comme souvent avec Julien Dray, qui se mue d'abord en précepteur cool. Des instants volés à un agenda, des conversations abruptes, sans fin, au cœur de la nuit. Nous sommes en 2014. Dray est revenu en grâce au sein de l'exécutif au début du quinquennat de François Hollande, quand le président socialiste a fait progressivement le grand ménage dans son entourage. *Exit* les Pierre-René Lemas, Valérie Trierweiler, Vincent Peillon, puis bientôt Arnaud Montebourg et Benoît Hamon ; le président socialiste, de plus en plus isolé, se replie en terre mieux connue. Jean-Pierre Jouyet à l'Élysée, Jean-Christophe Cambadélis à la tête du PS, et Julien Dray en conseiller occulte.

Un rôle dans lequel il excelle.

« Il a un entourage jeune qui n'a connu que des succès, qui a un regard très méprisant. »

Au printemps 2014, Macron quitte l'Élysée et, conseillé par Minc et Attali, envisage de se lancer dans l'enseignement. « Il monte sa boîte et me dit : "Viens, c'est marrant si on fait un truc ensemble", rapporte Dray. Et puis il est rattrapé par la crise avec Montebourg en août 2014, il n'avait pas prévu d'être ministre. Il tente l'expérience en ne pensant pas qu'il va faire une carrière politique. Il assure alors ne pas être fasciné par le monde politique, ce qu'il a vécu à l'Élysée l'a un peu douché. Mais il va se prendre au jeu, se mettre en mouvement. Il n'est pas découragé par Hollande. C'est le fils chéri de Hollande. Vraiment. Je les ai vus ensemble, quoi que dise Hollande... »

Et si quelqu'un sait décrypter François Hollande, c'est bien Julien Dray.

Le 26 août 2014, Emmanuel Macron est officiellement nommé ministre de l'Économie. « Juju » – le sobriquet qui désigne Dray, depuis des temps immémoriaux – débarque à Bercy, royaume des technocrates et autres têtes bien faites. Autant dire que l'ancien gamin de banlieue, grande gueule et bon vivant, fondateur de SOS-Racisme lors des années

Mitterrand, détonne, dans cet univers aseptisé. « J'allais à Bercy voir Macron le samedi après-midi, se rappelle Dray. On était copains, je l'aimais bien, il a du talent. Mal conseillé, mal utilisé. » À l'époque, Julien Dray n'a pas encore de choix cornélien à faire entre son ami François Hollande et un nouveau venu, Macron. Il dort peu, mal. Du coup, ses nuits sont rythmées par des conversations avec l'insomniaque de Bercy. Cela lui évite d'avoir à croiser l'entourage du ministre de l'Économie. « Il y a des gens qui ne m'aimaient pas chez Macron, rapporte Dray. Le directeur du cabinet, Alexis Kohler, j'étais un zombie pour lui. Je le voyais, avec ses parapheurs... Les autres, Julien Denormandie, Ismaël Emelien ou Stéphane Séjourné, c'était sur le mode : "Tonton Juju, raconte-nous..." Mon sentiment, c'est que c'était trop tôt pour lui. Il avait besoin de se coltiner à la réalité du terrain. Il a un entourage jeune qui n'a connu que des succès, qui a un regard très méprisant, genre : "On sait où on va, vous êtes le vieux monde." La réalité les rattrape aujourd'hui. »

Julien Dray dispense ses cours de rattrapage politique, des travaux très pratiques, à un étudiant vraiment talentueux. Et tant pis s'il se sent vampirisé. « Je n'ai pas eu le sentiment d'être utilisé par Macron », réfute-t-il pourtant. Ils seront si nombreux, ces compagnons de route, tout au long de notre enquête, à nous tenir ce genre de propos. « Hollande, oui, il m'a utilisé, corrige Dray. Macron ne m'a jamais rien demandé. La nourriture était réciproque, c'était un challenge pour moi d'aller vers un type sans culture politique, qui n'a pas les mêmes codes, et d'arriver à peser. Il écoutait. Je me suis énervé avec l'affaire Gad [*quand Macron parle des "illettrés" de l'abattoir breton*], ou les 35 heures [*mesure critiquée publiquement par Macron*], il se fait piéger. Il est merdeux. On parle ensemble de l'unité de la gauche. Il me dit : "C'est quoi, l'unité de la gauche ?

Comment on peut faire l'unité avec les communistes ?" En même temps, il apprend : la CGT, les communistes, la gauche plurielle… » Macron progresse, ingurgite, assimile. Que ce soit aux échecs ou au judo, l'esprit est le même. Utiliser la force de l'adversaire pour mieux la retourner contre lui.

Macron découvre cette grammaire. Dray : « Quand il fait sa première émission forte à la télé, il est face à Philippe Martinez, et son premier penchant, c'est d'aller à la baston. Et il ne fait pas ça, ce qui surprend Martinez. Il lui dit : "Travaillons ensemble", Martinez est déstabilisé. » Macron, depuis son passage à l'Élysée, a su développer ses relais au sein de la centrale syndicale, il sait comment parler à ses représentants. Les amadouer.

« Tu me mets dans la merde, pourquoi tu te barres ? »

Le vieux socialiste tente d'attirer son « disciple » vers sa matrice de toujours, le parti socialiste. La manœuvre ne fonctionne pas. « Avec mon éducation mitterrandiste, le job, c'était de le faire venir, de l'intégrer à la machine, de le faire évoluer, de le faire s'ancrer territorialement. Ce n'est pas Macron qui a trahi, c'est la machine socialiste qui a été incapable d'intégrer un mec comme ça. Et Hollande a trouvé plus malin que lui. » Car, début 2016, le président socialiste a encore un atout maître dans son jeu. Quitte à choquer son camp. Avec le passif de la loi Travail ou de la déchéance de nationalité, de toute façon, il est impopulaire ; il pourrait donc tenter un pari. Nommer Emmanuel Macron à Matignon, tant Manuel Valls paraît lessivé, après une année d'attentats, et de démêlés avec les « frondeurs ».

Mais Hollande maîtrise Valls. En tout cas, il sait pouvoir compter sur sa loyauté. Est-ce envisageable avec son ministre de l'Économie, si populaire, si indiscernable, aussi ? Ce dernier ne reçoit que des signaux négatifs, on lui escamote sa loi Macron 2, aucune promotion ne lui est promise… On le relègue en deuxième division, même si ses écarts de comportement restent tolérés. Il ne compte plus. « Macron a compris que, dans le jeu, l'enfant chéri ne le serait plus, explique Julien Dray. Il a considéré qu'il devait jouer sa carte, et il ne l'a pas jouée déloyalement. »

Le 30 août 2016, Emmanuel Macron claque la porte. Il quitte le gouvernement, sans même faire semblant de respecter François Hollande. Voilà Julien Dray bien embêté. L'élève semble avoir dépassé le maître, en matière de coups fourrés. Dray : « J'arrête de parler à Macron quand il se barre, parce que j'ai l'air d'un con, moi ! Je lui ai dit : "Tu me mets dans la merde, pourquoi tu te barres ?" Et on se reparle quand Hollande annonce le 1er décembre qu'il n'est pas candidat. Il m'envoie un SMS, des copains m'appellent, me disent : "C'est le moment d'y aller." Et moi, je leur dis : "Démerdez-vous, je n'en ai plus rien à foutre." Par amitié, j'aurais pu le faire. »

C'est aussi affaire de sentiments, comme souvent avec Julien Dray. L'homme est bourru, retors. Mais sympathique. Avide de relations avant tout humaines. « J'aimais bien Macron, assume-t-il. Humainement, un vrai bon copain, on parlait de tout librement, jamais une réflexion désagréable. Il prenait soin de moi, comme d'un grand frère, quand je n'allais pas bien, que j'étais malade… Il était inquiet, m'engueulait si je ne donnais pas de nouvelles, il a remis mon fils dans une logique d'études. Les gens changent… »

Lui, non. Il voit donc Hollande renoncer, Emmanuel Macron grimper dans les sondages, Fillon dégringoler. Dray n'avait pas prévu ce vaste jeu de chamboule-tout. « Je pensais que c'était trop tôt pour Macron, la présidentielle, et qu'il ferait mieux d'être loyal avec Hollande jusqu'au bout, peut-être même jouer un rôle important dans la campagne, directeur de campagne par exemple, de travailler une circonscription, de se faire élire député et de préparer le coup d'après. Chose avec laquelle il n'était pas en total désaccord, parce que, quand il commence son mouvement, il n'est pas certain qu'il va gagner. »

Julien Dray a tout connu, tout vécu, aux côtés de François Hollande. Cela compte, à ses yeux. Même s'il n'a pas été payé en retour. Il sera donc le dernier grognard à accompagner le président socialiste sur le départ, lors de la passation de pouvoir. En se glissant dans sa voiture officielle, pour un ultime tour de piste un brin lugubre, rue de Solférino, là où se trouvait encore le siège du parti socialiste. « Je ne dois rien à Hollande, je suis libre… », dit-il. Mais fidèle, contrairement à ses amis de toujours, les autres conseillers de l'ombre, les Robert Zarader, Philippe Grangeon, passés très tôt dans le camp Macron. « Zarader, Grangeon, toute la bande me dit : “Hollande n'est pas candidat, viens !” raconte-t-il. Politiquement, je ne sens pas le coup. Je ne regrette rien. Après, j'aurais pu peser… »

Et « peser », c'est ce qu'il a toujours voulu faire.

Avec Macron, les liens sont plus distants, aujourd'hui. Le président a un peu de difficultés, désormais, à accepter les remontrances. À effectuer des *mea culpa*. « Il a du mal à faire la part entre la critique et la discussion politique suivie », explique gentiment Julien Dray. En expert, il dissèque les évolutions du personnage. « Je pense qu'il est en construction perpétuelle. Et qu'il n'est pas très bien entouré… parce qu'il n'a pas cherché à bien s'entourer. » Il sait bien ce qui lui manque, au fond : « Des gens qui ont de l'expérience, et de la distance », résume Dray.

La première équipe, celle des Benjamin Griveaux et compagnie, a pourtant été débarquée. Remplacée par une autre, qui lui ressemble trait pour trait. Philippe Grangeon a quitté l'Élysée, lui aussi, las, après avoir contribué à remettre d'équerre la présidence, bouleversée par la séquence des Gilets jaunes. Dray échange, de temps à autre, avec le président. Lui prodigue encore quelques conseils. S'il en est un qui sent les aspirations populaires monter… Mais il ne fréquente plus vraiment cette sphère.

Il avait revu Macron en juillet 2017, deux mois après son intronisation sur le trône tant convoité. « On a refait un peu l'histoire, mais sans plus, se souvient-il. Le seul truc marrant, c'est les huissiers qui, en me voyant revenir, m'ont dit : “Ah, vous revenez ?” J'ai dit : “Non…” »

Pas tout de suite, en tout cas.

Chapitre 6

La drôle de guerre

« Objectivement, à ce poste-là, quand on veut tordre le cou à la finance, Macron, ce n'est même pas une erreur de casting, c'est l'anti-casting ! »

Benoît Hamon, ex-candidat PS à l'élection présidentielle

« On va couper les couilles du petit marquis ! »

La menace, proférée dans les couloirs de Matignon, est répétée à Emmanuel Macron. Le « petit marquis », la cible, c'est bien lui. François Patriat, actuel patron des sénateurs LRM, témoigne du climat ambiant, en 2015. Macron est à Bercy depuis quelques mois, il dérange déjà le camp Valls. On ne s'en cache même plus, et Patriat, qui a clairement basculé côté Macron, se fait l'écho de l'hostilité ambiante. « Macron était maltraité en permanence, à Bercy, affirme-t-il. Ça l'avait ulcéré, on lui avait répété la phrase. »

À l'Assemblée nationale, Benoît Hamon n'est pas vraiment surpris. Il connaît son Macron, il n'est pas soluble dans le socialisme. « Une tête de pont du patronat, oui, dit-il. Mais autonome, ce n'est pas un mec sous perfusion, ce n'est pas un pantin. Objectivement, à ce poste-là, quand on veut tordre le cou à la finance, Macron, ce n'est même pas une erreur de casting, c'est l'anti-casting ! »

À l'Élysée, François Hollande est pourtant rapidement conquis par son ministre de l'Économie. Il y a aussi une dimension affective à ne pas négliger. Conseiller politique du président, Vincent Feltesse a observé la relation se tisser entre les deux hommes. « Quand on les voyait fonctionner ensemble, se souvient Feltesse, il y avait du brio intellectuel, une connivence, une vraie affection. Les relations Macron-Hollande sont irrationnelles, les deux y ont perdu. Hollande a tendance à accorder sa confiance à des gens qui le trahissent, et à ne pas accorder sa confiance à des gens qui mourraient pour lui. Dray, Le Foll, il leur dirait : “Va te faire sauter sur une mine”, ils iraient même s'ils bougonneraient. Alors que Valls et Macron… »

En clair, entre Hollande et Macron, c'est une relation fusionnelle… mais à sens unique.

À Bercy, le ministre de l'Économie dispose d'une grande liberté de manœuvre. Il en use. Les médias sont comme envoûtés, et les Français apprennent à connaître cet étrange impétrant. Il est jeune, présente bien, son couple peu commun crée une sorte d'effervescence… D'ailleurs, les instituts de sondage, très rapidement, le désignent comme un prétendant aux plus hautes responsabilités. Le bouillonnant ministre, lui, multiplie les dérapages. Souvent contrôlés. D'autres, un peu moins. Le 17 septembre 2014, sur Europe 1, il parle de l'abattoir Gad en des termes peu diplomatiques : « Il y a dans cet abattoir une majorité de femmes, il y en a qui sont pour beaucoup illettrées ! » Tollé général.

« C'était maladroit de dire ça, s'insurge l'ancien conseiller spécial de Hollande à l'Élysée, Bernard Poignant. On ne parle pas comme ça. Il a eu une très bonne formation professionnelle, mais pas encore une bonne formation politique ! » « J'étais porte-parole du gouvernement, se rappelle de son côté Stéphane Le Foll, j'ai dit : "C'est pas ça qu'il veut dire", et tout ça... Pfff, je regrette. J'ai été loyal, mais... Je me suis dit : "Vraiment, ce mec... Ce n'est pas son truc, tout ça." » L'écart ne cause aucun préjudice durable à Macron, qui bénéficie d'une forme d'immunité médiatique. À l'Élysée, Boris Vallaud, qui vient de le remplacer comme secrétaire général adjoint, est l'un des premiers à tirer le signal d'alarme.

Le TGV Macron file bien trop vite, il risque de faire dérailler l'exécutif.

« La première fois qu'il y a un sondage où Macron était testé pour la présidentielle, rapporte Vallaud, je dis à Jouyet [*secrétaire général*] : "Tu peux dire au président que c'est le début de ses emmerdes !" J'ai senti les choses, il y avait un certain nombre de collaborateurs au cabinet de Macron avec lesquels j'avais gardé quelques liens et qui me disaient l'intention de Macron d'une certaine manière d'étouffer Hollande, pour qu'il tire lui-même le constat de son impossibilité de se présenter. Il se vivait plutôt en recours absolu, par une forme d'étouffement, médiatique et politique. »

En 2015, les barricades se mettent en place. D'un côté, Matignon et le dernier carré des « hollandais », méfiants par nature ou par intérêt. Sur le qui-vive. De l'autre, une équipe qui s'érige autour de Macron, parfaitement sûre d'elle-même, de ses forces. Un alliage hétéroclite d'entrepreneurs – Xaviel Niel –, de patrons – Maurice Lévy, Serge Weinberg –, d'avocats – François Sureau, Jean-Michel Darrois –, d'ex-fans de Strauss-Kahn – Griveaux, Guerini, Emelien –, et de bonnes fées du CAC 40 – Attali, Minc. Et tant de médias en pâmoison...

Avec l'utilisation du 49.3, le climat s'est considérablement tendu. Pour Macron, désormais, Valls est l'ennemi.

Une forme de paranoïa s'installe à tous les étages de Bercy, où les différents ministres commencent à se plaindre des activités souterraines de Macron. Les Axelle Lemaire, Martine Pinville, Christian Eckert, se font remonter les informations. Puis les transmettent. Les couloirs du ministère bruissent de rumeurs. Même Jean-Marc Ayrault, depuis le quai d'Orsay, est averti, entre deux voyages. « Macron travaillait ses réseaux, raconte-t-il. Sapin voyait beaucoup de choses se passer. Ça inquiétait. Les choses étaient très avancées, déjà. »

« Il attire plus la lumière que toi, tu es un peu jaloux... »

Bernard Poignant confirme, et détaille. « C'est Sapin qui avait mis François en garde sur Macron depuis bien longtemps, parce que Sapin le voyait à Bercy, assure l'ancien conseiller de Hollande. Je me souviens, j'étais dans mon petit pigeonnier à l'Élysée, Sapin avait un rendez-vous avec Hollande, Michel passe me voir et me dit : "Il va se faire avoir..." Et, allusion à une formule de Hollande qui lui avait dit : "Avec Macron, on va ratisser large, c'est l'histoire du râteau", Sapin a cette phrase : "Mais le râteau, tu vas te le prendre dans la gueule !" Il est celui, à mon avis, qui a le plus alerté Hollande sur la préparation de la candidature de Macron. »

Mais, à l'été 2015, le ver Macron a fait son nid dans le fruit socialiste, déjà passablement abîmé.

Le ministre des Finances-lanceur d'alerte Michel Sapin tire une nouvelle fois le signal d'alarme devant Hollande, lors d'une réunion discrète. « L'avantage à Bercy, s'amuse aujourd'hui Sapin, c'est que les chauffeurs et les cuisiniers vous parlent plus que les conseillers ! Il se passait des choses...

Dans l'emploi du temps du ministre de l'Économie, la part "ministre de l'Économie" diminuait de plus en plus, et la part "rencontres diverses" n'a pas cessé d'augmenter. Il a fait des shows à Bercy qui n'avaient plus rien à voir avec son job de ministre. » La réponse du président le décontenance : « OK, il attire plus la lumière que toi, tu es un peu jaloux… » Entre colère et remords, Christian Eckert, alors secrétaire d'État au Budget, nous lâche : « Après, on se dit : "J'aurais dû voir…" C'est venu progressivement. Par exemple, il demandait des nouvelles des enfants, il le faisait bien. Trop bien. Je n'ai pas été dupe de ça. Mais Michel Sapin était plus en alerte que moi. » De fait, le ministre des Finances, lui, se méfie presque immédiatement de son homologue intronisé à l'Économie en août 2014. Au sein du « paquebot » de Bercy, l'atmosphère devient vite irrespirable. Installé au cinquième étage, Eckert, coincé entre le bureau de Macron, situé au troisième, et les appartements privés du jeune ministre de l'Économie, au sixième, compte les coups. Si, comme le confirme Eckert, « très rapidement, Sapin a essayé de savoir ce qui se passait », en l'occurrence quel (double) jeu jouait Macron, lui-même a longtemps laissé le bénéfice du doute au ministre de l'Économie. « Tard en 2015, je me rends compte, confesse-t-il. Il y a beaucoup d'allées et venues, soit au troisième étage dans son ministère, soit au sixième dans son appartement. Tout Paris venait, les écrivains, les chanteurs, les philosophes, il y avait beaucoup de monde… »

Ses soupçons s'aiguisent encore lorsque lui-même emménage à Bercy, après avoir été provisoirement hébergé au ministère de l'Intérieur. « Quand j'ai habité Bercy, le personnel me parlait, les collaborateurs aussi… » L'activisme mondain de Macron n'est pas seulement voyant, il est carrément suspect. « Connaissant désormais le personnage, analyse *a posteriori* Eckert, il programmait les choses depuis le début, il ne laissait rien au hasard. Il faisait le maximum de réceptions. Au septième, il y avait un apéritif dînatoire, davantage ministériel, puis il se rendait à un dîner privé, quinze convives qu'il rejoignait au milieu, ça s'est passé plusieurs fois, pour se finir ensuite à *La Rotonde*, avec un troisième cercle ! Quand il est parti en août 2016, il avait consommé le crédit de l'année. Au milieu de l'année ! À ce point-là, c'est rarement le cas... »

Une fois son ennemi intime parti, Sapin « a regardé de près pour faire un travail d'investigation », assure Eckert.

Concrètement, le ministre des Finances a cherché des traces d'éventuelles dérives financières, imputables à l'ex-ministre de l'Économie. De quoi alimenter une psychose chez certains macronistes... Quelques semaines plus tôt, *Le Canard enchaîné* l'avait nourrie en révélant l'existence de négociations entre l'administration fiscale et Macron, qui ont conduit l'ex-banquier d'affaires à s'acquitter à titre personnel de cet ISF dont il ne voulait déjà plus entendre politiquement parler. Évidemment, parmi les proches du fondateur d'En Marche !, les regards se sont tournés vers Bercy, nécessairement à l'origine de la fuite, selon eux.

« Fillon était tellement grillé que, pour eux, il ne restait plus que Macron. »

Eckert repousse catégoriquement ces soupçons. « Il y a eu en effet l'affaire de son ISF, avec l'évaluation de sa maison, se souvient-il. Mais, neuf fois sur dix, il y a une discussion sur la valeur des biens, quand vous contrôlez l'ISF. Tous. La tendance à sous-évaluer les biens est permanente. Mais le fait que ça ait fuité n'est pas normal. Si je demande le dossier Macron, comment va réagir mon administration ? Je me suis interdit, et mon directeur de cabinet y veillait, qu'on m'apporte des dossiers individuels. Le dossier Macron ne m'est pas remonté. »

Là encore, l'incident, mineur, en dit long sur la folle tension régnant alors à Bercy. Au moment de son départ du gouvernement, Macron ne supportait plus le duo Sapin-Eckert. Et réciproquement.

La crise grecque va permettre à Hollande de découvrir les drôles de penchants de Macron pour les jeux de l'ombre.

Le 5 juillet 2015, un référendum voulu par le Premier ministre grec, Alexis Tsípras, voit le « non » l'emporter. Les Grecs rejettent le plan d'austérité imposé par les Européens. Crise ouverte en Europe, à tel point que la Grèce est à deux doigts de se faire éjecter de la zone euro. François Hollande s'attelle à sauvegarder les intérêts d'Athènes. Il charge son ministre des Finances et ami Michel Sapin d'apporter un soutien concret à Tsípras. C'était compter sans Macron ! Adepte de la diplomatie parallèle, le ministre de l'Économie court-circuite les efforts de son voisin de Bercy. Avec, en guise de *missus dominicus*, son nouveau camarade, l'animateur et journaliste Stéphane Bern ! « Je connais très bien Alexis Tsípras, nous confirme ce dernier. À un moment, Tsípras m'a demandé d'entrer en contact discrètement, sans que ça passe par les circuits officiels ; il n'avait pas très envie que les… comment dire, les Insoumis grecs soient au courant qu'il avait envie de rencontrer Emmanuel Macron. »

« Macron m'a foutu le bordel dans le gouvernement. »

L'animateur organise le rendez-vous. Alexis Tsípras se rend discrètement à Paris, dîne chez Stéphane Bern. « Le lendemain matin, il devait prendre un petit déjeuner chez moi avec Emmanuel Macron, et malheureusement il y a eu des indiscrétions, il y avait BFMTV devant la maison, nous raconte Bern. Donc, j'ai dit à Emmanuel : "Écoute, ne te pointe pas, ce n'est pas la peine." Tsípras, au lieu d'aller voir François Hollande, il voulait rencontrer Macron. Il me l'avait dit, Tsípras – bon, ça n'engage que lui –, qu'il préférait discuter avec Macron plutôt qu'avec Hollande. » L'insolite ministre grec des Finances, Yanis Varoufakis, pourtant sur une ligne beaucoup plus radicale encore que celle de Tsípras, s'est pris, lui aussi, d'un vif intérêt pour Emmanuel Macron. Les deux hommes se parlent, se voient. S'apprécient. Macron et Varoufakis vivent une improbable lune de miel.

La carpe libérale se marie très bien au lapin gauchiste.

Benoît Hamon en témoigne : « Varoufakis me dit : "Macron, c'est Macron, mais celui qui me dit la vérité, c'est Macron, et ceux qui me mentent, c'est Sapin et Hollande ! Ils mentent à Tsípras !" »

À Bercy, Michel Sapin, pourtant chargé officiellement de démêler la pelote, se sent contourné. Il demande à François Hollande de taper du poing sur la table. « Il avait créé un lien avec Varoufakis, comme quoi les obsédés des médias finissent par se ressembler, persifle Sapin. Il avait voulu mener une négociation parallèle, à côté de celle que moi je menais. Tsípras avait vu Hollande, et lui avait dit : "C'est quoi, cette histoire ? Varoufakis me dit qu'il pourrait, avec Macron…" Mais tout est remis au carré avec Valls. »

Car le Premier ministre fait de nouveau valoir son autorité.

Valls doit jouer les arbitres, en permanence. « Sapin et Eckert, sur Macron, ils n'en pouvaient plus, nous confie l'ex-Premier ministre. À Bercy, ils voyaient des choses, les dîners, le *bling-bling*, ils considéraient que Macron était déloyal. Macron m'a foutu le bordel dans le gouvernement. Macron était libre, et pas les autres. »

De fait, le ministre de l'Économie n'épargne personne. Pas même le tout-puissant Laurent Fabius, alors solidement campé au ministère des Affaires étrangères. Le 14 juillet 2015, Fabius finit, avec ses pairs, par obtenir un accord historique avec l'Iran. C'est alors à qui se rendra le plus vite à Téhéran, afin de bénéficier des meilleures retombées médiatiques. Matthias Fekl se souvient : « Le ministre allemand Sigmar Gabriel, à ce moment-là à l'Économie, part très vite avec une délégation d'entreprises, et Macron essaie de faire le voyage avec lui pour griller la politesse à Fabius ! Qui négocie depuis deux ans ! En Conseil des ministres, Fabius fait un rapport, puis dit : “Le ministre allemand de l'Économie s'est empressé de faire une visite là-bas sans en informer son collègue des Affaires étrangères, chose qui serait impensable en France !” Paf, shoot pour Macron ! »

Mais le trublion de Bercy vit mal l'affront. « Quand il comprend que ce n'est pas lui qui va conduire la délégation, il va à l'Assemblée nationale, où il fait une déclaration… », rapporte Fekl. De fait, le 22 juillet 2015, lors d'une audition au Palais-Bourbon, Macron lâche, en guise d'avertissement aux entreprises françaises susceptibles de profiter de l'accord iranien : « La précipitation n'est pas une réponse à la naïveté. » Fureur de Fabius. Commentaire *a posteriori* de Fekl : « Aller jusqu'à déconseiller ça, c'est hallucinant, ça dit des trucs sur le type… »

À chaque sortie du Conseil des ministres, des conciliabules se créent. Avant d'arpenter le gravier de la cour d'honneur, et de faire semblant de sourire aux photographes, les ministres les moins capés, à voix feutrée, se lancent des : « Ah oui, toi aussi… », une allusion aux manœuvres peu amicales de Macron dont ils ont été victimes.

Fleur Pellerin, ministre des PME et de l'Économie numérique, se souvient, par exemple, d'avoir dû insister lourdement auprès de François Hollande pour faire nommer son ancien collaborateur Sébastien Soriano – au profil professionnel idoine – à la tête de l'ARCEP, une institution chargée de réguler les télécommunications. Macron, de son côté, poussait la candidature d'un ancien de… Rothschild, tout en promettant son soutien à sa collègue du gouvernement ! Quand elle devient ministre de la Culture, elle découvre cette fois, avec un agacement à peine dissimulé, la propension de Macron à inviter à des repas très privés tout le microcosme du cinéma.

À Bercy, les ministres les moins importants sont priés de courber l'échine. Cambadélis avait vu juste : le déhanché de Michael Jackson, le regard de Margaret Thatcher.

Allure cool, cerveau de tueur.

Secrétaire d'État au Numérique de 2014 à 2017, Axelle Lemaire pourrait longuement parler des coups bas du camp Macron. Elle avait accepté de nous rencontrer, et puis, plus de nouvelles. Dommage, elle aurait pu nous détailler cette anecdote, livrée par Matthias Fekl. Celui-ci nous raconte comment Macron a essayé « de magouiller pour que la loi Lemaire passe au moment où elle va accoucher, pour qu'elle ne puisse pas être à l'Assemblée » ! Dans quel but ? « Pour la faire, lui, parce que c'est quand même chic d'être rapporteur de la loi numérique. Et, pour elle, c'était évidemment plus compliqué si elle était en train d'accoucher. Axelle, qui est une battante, elle les a défoncés, elle s'est battue pour que ce soit sa loi. Ils ont poussé jusqu'au bout, c'est lamentable. » Manuel Valls confirme l'épisode : « Macron a essayé de piquer la loi numérique à Lemaire, totalement. »

C'est un fait : Emmanuel Macron bénéficie d'un permis de parler, mais aussi d'agir. Illimité. Gaspard Gantzer, alors patron de la com' présidentielle, découvre cette étonnante licence : « Je me suis retrouvé plusieurs fois, sur demande de Hollande, à défendre Macron ! C'est ça le paradoxe, c'est invraisemblable, c'est Hollande qui défendait Macron en permanence. Il y avait des rivalités avec Valls, je défendais les deux, je disais aux journalistes : “Mais non, ce n’est pas grave.” Je voyais bien que Macron s’organisait. Hollande, c’est toujours la même technique politique, que moi j’aime bien pour le coup : il pense qu’on peut étouffer les gens par le câlin. »

La preuve, Hollande va même songer à accorder à son ministre de l’Économie une nouvelle promotion au sein du gouvernement, et ce alors que l’équipe Macron fourbit ses armes contre lui. Et contre Valls, bien entendu. En toute discrétion. Julien Dray en témoigne : « À Bercy, Macron est sous tutelle. Alors il va repousser les murs de son ministère, tenter de prendre de l’ampleur. Sapin ne va pas apprécier. Il y a une guerre sourde. À partir de ce moment-là, il me dit : “Ça va, j’ai compris…” Il sait que c’est fini, qu’ils ne lui ont pas fait de cadeaux, il a identifié l’ennemi. » Ou, plutôt, les ennemis : Hollande et Valls.

Sa phrase préférée, répétée en boucle à ses amis, dont Dray ?

« Ils me cherchent… »

Ils vont le trouver.

Mais cette drôle de guerre n’a pas encore débouché sur un conflit armé. Quelques escarmouches vont précipiter l’affaire.

Nous sommes les témoins directs d’une scène essentielle. Il est 19 heures. François Hollande nous reçoit pour dîner, à l’Élysée, le jeudi 27 août 2015.

Il nous prévient d’emblée qu’il devra s’absenter quelques instants avant de passer à table. Un rendez-vous important, calé à 19 h 30. Il doit voir secrètement le patron de la CFDT, Laurent Berger, un allié fidèle et exigeant depuis le début de son mandat. Une drôle d’idée à lui soumettre. « Je le vois discrètement, pour le remplacement de Rebsamen, nous confie alors le chef de l'État. Il y a l'hypothèse Macron. Je pense qu'il [*Berger*] va être réticent. »

Hollande envisage de nommer Emmanuel Macron ministre du Travail. En plus de ses fonctions à l'Économie ! François Rebsamen, le titulaire du poste, s'apprête à démissionner, il veut retrouver la mairie de Dijon ; il faut donc lui trouver un successeur en urgence, alors qu'une loi sur le travail est dans les tuyaux, et qu'elle promet de bousculer le PS. Or, à cette date, Hollande ne manque pas une occasion, devant nous, de vanter l'action de son ministre de l'Économie. « Il y a deux choses qui font la force de Macron, nous expose-t-il ainsi ce soir-là. Un, il n'est pas du système politique, donc on le croit – ça en dit long… Et deux, il est jeune, donc il met un peu de nouveauté. » Mais de là à lui confier la mise en œuvre d'une nouvelle loi appelée à déboussoler un peu plus l'électorat socialiste… Lui, le nouvel entrant en politique, fils de bourgeois, non encarté, énarque, en provenance directe de chez Rothschild !

Hollande frétille d'envie : « Si c'est accepté. Si ça ne paraît pas être une provocation. Mais je vais essayer de tester. » Il s'agit, dans l'esprit du président, de créer un effet « jeune », de remettre de la dynamique dans la machine gouvernementale. « Pour mettre de la force, de l'envie, du mouvement, nous dit-il. C'est là-dessus que ça va se jouer. Pour montrer que c'est vraiment la priorité. On y met l'élément qui est supposé le plus dynamique, et puis je pense qu'il a un peu épuisé son domaine à l'Économie. Il a fait voter sa loi. J'ai peur qu'il ne vienne sur les domaines du ministère du Travail. »

Traduction : quitte à avoir installé au gouvernement une tête brûlée, autant qu'elle soit aux commandes de l'ensemble de son secteur, histoire d'éviter de nouvelles querelles interministérielles. Les couacs, Hollande en a soupé.

Une heure plus tard. 20 h 30. Justement, il est temps de dîner. Nous sommes attablés devant une soupe de crevettes et croustillants pimentés, bientôt suivie d'une côte de veau corrézien à la sauge, pommes cocotte, et puis d'un saint-honoré vanille-cassis. Avec un château Le Bon Pasteur 1998 (Pomerol). Nous ne sommes évidemment pas là pour ripailler, mais pour questionner le président.

Sur Macron, notamment.

Il s'invite peu au menu, finalement. Le boss de la CFDT a pourtant fait la moue, quelques minutes plus tôt, dans le bureau du président. « Tu fais comme tu veux, mais je ne sens pas les choses, a-t-il dit à Hollande. Il faut avoir une fibre, une connaissance du monde du travail, du côté des salariés... » Ce qui n'est pas exactement le profil de l'ancien banquier d'affaires. Berger n'est donc franchement pas enthousiaste à la perspective de négocier les conditions d'application d'une future loi sur le travail avec un libéral de la trempe de Macron... Peut-être, aussi, a-t-il déjà eu des échos du discours de clôture de l'université d'été du Medef, tenu par ce même Macron. « La gauche a cru que la France pouvait aller mieux en travaillant moins, c'étaient de fausses idées », s'est permis le ministre de l'Économie, en terrain conquis devant un parterre de patrons hexagonaux.

Le vendredi 4 septembre 2015, nous revoyons François Hollande pour un nouvel entretien. L'hypothèse Macron au ministère du Travail a fait long feu. Son discours enflammé devant des patrons enamourés a eu raison de ses ambitions.

L'ex-Premier ministre Manuel Valls nous l'assure, aujourd'hui : « Laurent Berger, qui avait un très bon rapport avec Hollande et moi, avait dit : "Non, ce n'est pas possible, Macron au ministère du Travail..." » Aucun doute, c'est bien Laurent Berger qui a opposé son veto à une promotion d'Emmanuel Macron. Ne cherchez pas plus loin la détestation vouée par l'actuel chef de l'État aux corps intermédiaires, en particulier à la CFDT. Ils sont, pour lui, au mieux, des empêcheurs de réformer en rond ; au pire, les fossoyeurs de l'économie française.

Hollande nous explique les raisons pour lesquelles il a alors finalement renoncé à agrandir le périmètre du ministre de l'Économie : « J'avais senti, avec les échos qui me revenaient, les organisations syndicales ne pas adhérer à cette idée. Donc, avant même qu'il n'ait fait cette sortie [*au Medef*], il ne m'était pas apparu que c'était possible de faire ce choix. La polémique qui a suivi ses propos a fait que cela n'avait même plus de sens, cela aurait été vécu comme une provocation. »

« T'es un connard, tu m'emmerdes, Valls ! »

Pour autant, Hollande ne lui tient pas rigueur, à ce moment-là, de ses propos devant le patronat : « Macron n'est pas quelqu'un qui cherche à se faire une existence politique au détriment du gouvernement. Ce n'est pas vrai. Il n'a pas de perversité ; il peut avoir de la maladresse, mais il n'a pas de perversité. » Entre indulgence et aveuglement, Hollande pardonne encore tout à son protégé, si dissipé mais tellement talentueux, n'est-ce pas…

Emmanuel Macron apprend très vite la mauvaise nouvelle. Son nom avait beaucoup circulé, agité les rédactions, avant ceux d'Alain Vidalies ou de Stéphane Le Foll. La promotion lui passe sous le nez. Une nouvelle gifle publique, une de plus.

Sans parler des embrouilles routinières : il avait déjà été désavoué, avant même le départ de Rebsamen, lors des différentes réunions de calage préalables à la présentation de la loi. La question, alors, est de déterminer qui va endosser sa paternité. Un point essentiel, pour les ministres ambitieux. « Dans la presse, je lis que Macron va être celui qui porte le texte, raconte Rebsamen. On fait une dernière réunion à l'Élysée. » Où volent les noms d'oiseaux…

> Valls : Il est bien entendu, monsieur le Président, que c'est Macron qui représentera le gouvernement au banc.
> Rebsamen : Qu'est-ce que tu dis, Manuel ?! C'est assez simple, c'est moi qui serai au banc sur la partie travail, ça ne peut pas être autrement, sinon c'est fini.
> Valls : Tu fais chier, Rebs !
> Rebsamen : T'es un connard, tu m'emmerdes, Valls… Vous m'emmerdez, et si c'est comme ça, moi, je démissionne.

François Rebsamen quitte la réunion en cours. « Je m'en vais, confirme-t-il, je claque la porte. Hollande me court après : "Laisse, je vais arranger ça." Je rentre au ministère. François me rappelle le soir et me dit : "Ce sera toi au banc, j'ai tranché." Ça s'est passé comme ça, j'avais gagné l'arbitrage. »

Étonnez-vous, après ces passes d'armes, que Macron s'estime maltraité. Peu considéré, à tout le moins. C'est le propre des enfants gâtés de la politique.

Il leur faut tout, tout de suite.

Mais Macron ne s'avoue pas vaincu. Il décide donc de se battre en interne. On ne veut pas de lui pour porter la future loi Travail ? Celle qui risque de bouleverser le quinquennat en s'en prenant à quelques supposés immobilismes bien français ? Pas grave. Il y aura d'autres occasions. À ce propos, n'a-t-il pas justement en stock, dans ses cartons, une loi sur les opportunités numériques dans l'économie, baptisée loi NOÉ ? De quoi reprendre le dessus sur l'adversité et marquer quelques points sur le plan médiatique. Pour Macron, l'opportunité est en réalité moins numérique que politique.

C'est dans ce contexte délicat que François Hollande choisit finalement, le 2 septembre 2015, l'inexpérimentée Myriam El Khomri pour incarner la réforme du Code du travail. Manuel Valls, à Matignon, surveille du coin de l'œil l'excité de Bercy. Valls fulmine. Le 49.3 sur la loi Macron a, contre toute attente, profité au ministre de l'Économie. Dans l'esprit des députés, mais aussi de l'électorat, Macron a su mener avec abnégation, à l'Assemblée, un méritoire travail de persuasion, effectuer ses premières armes avec brio. La petite musique qui s'installe joue en sa faveur, il aurait en fait été victime de la jalousie d'un Premier ministre ombrageux… « Macron est devenu le chouchou des journalistes, pas Valls », relève Rebsamen. Et qu'importe si la réalité est, comme toujours, bien plus nuancée.

Observatrice attentive de ces joutes très masculines, Ségolène Royal, depuis le ministère de l'Environnement qu'elle occupe alors, décode les comportements de ses collègues : « Macron prend le point, et Valls est très surpris. Valls me dit : "Tu vas voir, je vais faire du Macron sans Macron." Il fait sa loi Travail et, pensant être plus malin que Macron, ce qui n'est pas le cas, il met cette pauvre El Khomri, qui n'est qu'une victime collatérale abominable de tous ces hommes, qui n'est pas équipée. » Royal tentera bien, à sa manière, rugueuse, de mettre en garde la nouvelle ministre, propulsée au milieu d'un combat d'egos : « Je lui ai dit : "Tu n'as que des hommes autour de toi, ils se servent de toi, ils s'essuient les pieds sur toi, tu vas ressortir exsangue, sauve-toi de là." Elle ne s'en est pas sortie, ça lui est aussi monté à la tête, elle s'est dit : "Je vais m'en sortir..." Ils ont chargé la barque. »

Pendant quelques semaines, c'est une guerre larvée. Macron se démène pour imposer sa loi NOÉ. François Rebsamen, avant de quitter son ministère, a vu le mécanisme autodestructeur se mettre en place : « Macron a lancé une nouvelle loi, qu'il a appelée Macron 2. À l'entrée du Conseil des ministres, Valls a dit : "Monsieur le Président, c'est une facilité, mais je voudrais vous rappeler que les ministres n'ont pas vocation à laisser leur nom à une loi qu'ils défendent au nom de la République." Hollande a répondu : "C'est tout à fait exact, et je ne veux plus entendre ce genre de choses." La rupture était consommée. Et là, Valls s'est dit : "Je vais l'avoir dans les pattes, mais je suis le plus fort." Hollande donnait systématiquement raison à Valls. » La successeure de Rebsamen, El Khomri, hérite de la situation conflictuelle. « Il y a un gros plan com' d'Emmanuel Macron, se souvient-elle. Moi, mon interprétation, c'est que NOÉ était vide, surtout de la com'. Et je pense que Valls commence à se dire : "On n'a droit qu'à un seul 49.3 : avec NOÉ et la loi Travail, comment on fait ?" »

Emmanuel Macron a beau s'agiter, l'Élysée et Matignon estiment de concert qu'il va falloir faire un choix. En effet, l'exécutif se débat, pris dans des filets inextricables, fin 2015, avec des « frondeurs » qui se sentent pousser des ailes et une impopularité croissante. Du coup, l'article 49.3 devient une bouée de secours potentielle. À ne surtout pas gâcher. Mais on ne peut s'en servir qu'une seule fois par session parlementaire. Entre la loi NOÉ et la loi Travail, le choix est vite effectué. « Macron voulait une seule loi qu'il portait, lui, rapporte Valls. Il voulait une Macron 2. Mais, avec Hollande, on lui a dit : "Avec une deuxième loi Macron, on aura un deuxième 49.3 parce que c'est toi. Et on aura besoin d'un deuxième 49.3 probablement pour la loi Travail." La loi numérique, on l'a donnée à Lemaire. Hollande et moi, on considérait qu'il avait compris, mais après il y a eu toute la petite musique de l'entourage. Ils construisaient déjà… »

Les attentats de novembre 2015 viennent balayer ces chicaneries. L'heure est à l'unité nationale. On entend peu, en cette fin d'année 2015, les sons dissonants. Même si la promesse de la mise en œuvre de la déchéance de nationalité vient battre en brèche le consensus voulu et brièvement obtenu par le président de la République. Dès janvier 2016, Macron doit enterrer définitivement sa loi NOÉ.

Nouvelle déconvenue.

« C'est dégueulasse de l'avoir traitée comme ça. »

Robert Zarader, conseiller tout à la fois de Macron et de Hollande – une performance –, estime que tout s'est joué à cet instant : « Il y a ce moment, qui est à mon avis déterminant, où Valls décide de ne pas donner suite à une espèce de "Macron 2" et choisit El Khomri pour porter les réformes, où il évacue un certain nombre de propositions de Macron. C'est une forme d'humiliation de Macron [*traité comme*] le vilain petit canard, c'est-à-dire qu'il essaie d'isoler Macron par rapport au PS, à l'ensemble du gouvernement… »

Place nette est faite à la loi Travail. Macron est éjecté du dispositif. Il ne pourra pas accoler son nom à une nouvelle loi, et s'il s'imaginait pouvoir en présenter au moins une partie, depuis le banc du gouvernement à l'Assemblée, il doit là aussi remiser ses prétentions.

Le 17 février 2016, un avant-projet de loi, aux tonalités plus que libérales, est transmis au journal *Le Parisien*, qui le publie. L'affaire met le feu aux poudres, d'autant que l'hypothèse d'un 49.3 est clairement évoquée. Qui l'a transmis au quotidien ? El Khomri a sa petite idée : « Il y a un acte de sabotage, nous dit-elle. Le 17 février, un projet de loi qui n'est pas le bon qui sort dans *Le Parisien*... Il a été donné par l'un des douze ministères réunis trois semaines avant, on me dit que c'est Bercy... »

Des semaines, déjà, qu'elle s'escrime à lutter contre les inflexions libérales voulues par Macron. Combien de fois croit-elle avoir emporté un arbitrage, avant de s'entendre dire un peu plus tard par son collègue de Bercy : « Ouais, mais moi, tu sais, j'ai vu Hollande, je pense qu'il est plutôt de mon côté, je l'ai vu dimanche... » Jean-Marc Ayrault se souvient : « J'en ai parlé à El Khomri, elle ne voyait rien passer, elle m'a dit un jour : "J'ai perdu tous mes arbitrages." C'est dégueulasse de l'avoir traitée comme ça. C'était la partie de bras de fer. »

Myriam El Khomri est contrainte au grand écart perpétuel, il lui faudrait trois jambes, entre Macron, Hollande et Valls, qui pratique la surenchère permanente, tout à sa lutte énergivore contre le ministre qu'il a pourtant installé, six mois plus tôt. L'hôte de Matignon « muscle » la loi Travail, ajoute des articles, de quoi mécontenter les syndicats, notamment la CFDT. Ayrault assiste au gâchis, de loin. « Valls me dit : "La loi Travail, je vais aller très, très loin." Il y avait une compétition, à qui serait le plus libéral. Macron, lui, me disait : "Ça ne peut pas continuer, on va dans le mur, ça va être un échec absolu", il critiquait Valls et Hollande. » Marisol Touraine, ministre de la Santé, se rappelle l'ambiance. Tendue. Et cette confession de son ami Valls, un jour d'engueulade prononcée : « Je suis obsédé par la montée en puissance de Macron. » Elle ajoute : « Valls a été aveuglé par son idéologie de républicanisme intransigeant. Cela devenait pesant. Et par sa rivalité avec

Macron, qui l'a amené à être plus extrême. C'était devenu une obsession. »

Avec le recul, Valls a mené un nécessaire travail introspectif. Il en convient, aujourd'hui : « On est trop dans le "truc" avec Macron, moi et mon équipe. Je fais une erreur, je suis aveuglé par la concurrence, ou par la compétition, et par son attitude. »

Reste qu'en cette fin d'année 2016, c'est un étrange trio qui vampirise l'actualité politique française. À Bercy, un ministre désormais en liberté incontrôlée. À l'Élysée, un président empêché. À Matignon, un Premier ministre sur les nerfs. Qui se sait sur la sellette. À tel point que se pose la question de son remplacement par… son meilleur ennemi. Macron.

Au palais présidentiel, les réunions s'enchaînent. Vincent Feltesse, conseiller politique du président, se remémore ces instants : « On a pas mal travaillé sur l'hypothèse Macron ou Cazeneuve à Matignon, avec Hollande. Les réunions du samedi midi étaient les plus stratégiques, on pousse pour que Macron soit à Matignon. Valls tendait inutilement les choses. L'implosion est due aussi à des relations humaines à la con. »

Dans le secret du bureau d'angle, celui qui est réputé « rendre fou », Hollande freine, comme toujours, à l'évocation de l'hypothèse Macron à Matignon : « On n'a pas les mêmes convictions politiques, dit-il en petit comité. C'est respectable, mais Macron est pour la suppression du CDI, pas moi. Et on ne peut pas changer de Premier ministre en état d'urgence, les gens ne comprendraient pas. » Finalement, rien ne se passe. Malgré les pressions intéressées de nombre de visiteurs du week-end, qui sentent un vent mauvais parcourir les couloirs du pouvoir. « S'il met Macron Premier ministre, ça change la suite de l'histoire… Et ce n'est pas faute, pour un grand nombre d'entre nous, d'avoir défendu cette hypothèse ! » raconte Robert Zarader.

Encore une occasion ratée. Celle de trop. Hollande est décidément incapable de donner « le baiser qui tue ». Il ne sent pas ce qui se trame. Il ne comprend pas les aspirations de son ministre de l'Économie. Il ne tient pas compte des avertissements qui lui remontent de toute part. Ce curieux président n'a jamais été ministre, malgré son envie ; il a toujours été un soldat loyal du PS. Comment dès lors pourrait-il deviner ce qui s'ourdit dans son dos, à Bercy ? Et, aussi, ce sentiment récurrent d'humiliation éprouvé par Macron ? « Les huit derniers mois, jusqu'à son départ du gouvernement, c'était systématiquement une défaite, puis une défaite… », souligne Rebsamen.

La déception est souvent le meilleur carburant de la trahison. Mais celle-là était tellement prévisible, annoncée, même…

Nous avons exhumé cette note confidentielle du 12 novembre 2015, rédigée par le conseiller spécial du président, Bernard Poignant. Destinée au seul François Hollande et intitulée « Le cas Macron », elle dit ceci : « On le verrait bien en 2020 ou 2021 à la tête d'une grande collectivité française. […] Il ne faut ni gâcher le potentiel d'Emmanuel Macron, ni le décourager à poursuivre son chemin politique. » Seul commentaire en retour du chef de l'État, griffonné sur la note : « Garde cela pour toi. » Le sous-entendu est clair : le président Hollande espérait conserver au chaud Macron, parfait joker pour sa campagne de réélection, en 2017.

Mais, en politique comme aux cartes, s'il est une figure susceptible d'abattre le roi, c'est bien le joker.

MANUEL VALLS

Le rival

Le dîner des cadors socialistes s'éternise, à l'Élysée.

Ce mardi 5 janvier 2016, l'ambiance est morne. Hollande est piégé par sa proposition de la déchéance de nationalité, sur fond d'urgence terroriste, et la loi Travail cause déjà de sérieux dommages politiques. Les proches du président tentent d'échafauder des stratégies. Le cas d'Emmanuel Macron s'invite rapidement dans la conversation. Le téléphone portable de Manuel Valls vibre. Il décroche.

Au bout du fil, son conseiller en communication à Matignon, Harold Hauzy, qui l'alerte. Une nouvelle galère en perspective. « Je sors, nous raconte Manuel Valls, et lui me dit : "Il y a un problème, y a une interview de Macron demain dans *Le Monde*…" »

Les interviews des ministres sont généralement relues au sommet de l'État avant publication, c'est la – désolante – règle en vigueur. Pourquoi désolante ? Tout simplement parce que les propos des interviewés sont systématiquement retouchés, atténués, modifiés.

La preuve.

« Il me l'envoie, je la lis, reprend Valls. C'est une interview où il est pour la proportionnelle, où il se tape la déchéance de nationalité, où il fait une critique de ce qui est en train d'être fait… » Fureur du Premier ministre. « Je l'appelle en lui disant : “Mais enfin, c’est impossible que tu racontes ça, ça ne va pas…” Je l’engueule, les autres qui sont en train de dîner m’entendent, ils doivent se dire : “Ouh là, Valls, il ne doit pas être content.” Et donc je vais chercher Hollande. »

Le dîner s’interrompt. Encore un coup de ce maudit Macron. Valls au président : « Écoute, il faut que tu parles avec Macron… » Hollande s’exécute, il demande illico au ministre de l’Économie de revoir sa copie, en catastrophe. Hollande, ensuite, lance tout content à Valls : « Tu as vu comment je lui ai parlé ?! »

Cinq ans après, Manuel Valls en rit encore. Jaune. « Tu parles, il ne l’engueule pas… Mais il réussit à lui faire changer l’interview. Et moi, je lui dis : “Mais tu te rends compte, il ne va pas publier ça, mais toi, tu as le texte ! Tu sais quelle est sa pensée, en tout cas sa pensée brute !”… » La séquence fera date, dans l’esprit de Valls. L’entretien paraîtra le lendemain. Avec une allusion édulcorée à la déchéance de nationalité, sur le mode : solidarité gouvernementale de rigueur.

Cet épisode raconte sans doute mieux qu’aucun autre l’étrange relation qui unit – aujourd’hui encore – Manuel Valls et cet homme qu’il a nommé, promu, aidé, puis vilipendé.

Entre les deux, quinze ans d’écart. Mais, surtout, un fossé politique. Valls, c’est un produit chimiquement pur du PS. Conseiller régional socialiste dès 1986, maire de banlieue (à Évry, dans l’Essonne), conseiller de deux Premiers ministres socialistes, Michel Rocard (1988-1991) et Lionel Jospin (1997-2002), député, ministre de l’Intérieur… Il a suivi le parcours du militant doué et appliqué, révisé les grands classiques, lu tout Mitterrand, Jaurès et Clemenceau. Ce cursus l’a construit, comme son parcours d’homme, né catalan, venu en France par choix, par envie.

Cette histoire l’oblige.

Un tel itinéraire, Macron l'enfant choyé en est à des années-lumière. Il n'a jamais manqué de rien, a fréquenté l'élite dès son plus jeune âge, s'est affranchi très vite de toute contrainte, sociale ou professionnelle. Il est lumineux quand Valls reste ombrageux. Compose quand Valls impose. Tortueux quand Valls fonce, en ligne droite. Ces deux hommes n'ont aucune histoire en commun.

« Nous, on sait qu'il est en train de recueillir des fonds ! »

Comment s'étonner, dès lors, que tout cela explose finalement à la face du monde médiatique, le 10 mai 2016, sur les bancs de l'Assemblée nationale ? En pleine séance de questions au gouvernement, le Premier ministre dégoupille. Il vient de décréter l'utilisation du 49.3 pour la loi Travail, c'est déjà un vrai souci, et voilà que le député LR Georges Fenech l'interroge perfidement sur une potentielle levée de fonds opérée un mois plus tôt, le 10 avril 2016, à Londres, par Emmanuel Macron, pour son tout récent mouvement, En Marche ! Le matin même, une interview du ministre de l'Économie au quotidien *Sud-Ouest* l'a déjà passablement agacé, car Macron y fustige notamment une « caste politique ». Mais laquelle ?

Celle du PS et de ses ténors, les Valls et Hollande ? Sans doute.

Valls décide de prendre la parole. Macron se tient coi. Entre les deux hommes, figés, Michel Sapin, ministre des Finances, et Myriam El Khomri, ministre du Travail, contemplent les dégâts. Valls prend d'abord sur lui et intime à Macron un rappel à l'ordre de faible intensité : « Ce que je souhaite, et ce que nous souhaitons tous, et c'est le cas, c'est que les membres du gouvernement soient pleinement et totalement engagés dans leurs tâches », lance-t-il au micro. Puis il se rassoit.

Et cette fois laisse libre cours à son tempérament, croyant à tort être hors de portée des micros ! D'abord, il tance Macron sur son voyage à Londres : « Si c'est écrit dans la presse, et que c'est faux, il faut alors être précis, et faire corriger… » Puis il est question de l'interview donnée à *Sud-Ouest* : « C'est inacceptable. Pourquoi tu dis ça ? » attaque Valls. « C'est Juppé que je visais », se défend Macron. « Mais alors, dis-le ! Dis-le ! » assène le Premier ministre. Les médias se feront un plaisir de décrypter les propos des deux hommes.

Valls en convient aujourd'hui, il est tombé dans le piège de Macron. L'agressivité contre la rouerie, il n'avait aucune chance de s'en sortir.

Nous l'avons longuement interrogé. À Barcelone, d'abord, là où il s'est réfugié ces dernières années. Trois heures passées en sa compagnie devant quelques spécialités catalanes dans un restaurant où il a ses habitudes. Puis, à Paris, à nos domiciles respectifs, au cœur de la pandémie. Paris, qu'il visite de plus en plus souvent, récemment encore pour la parution de son livre, *Pas une goutte de sang français*[1]. Mais si, pourtant, « la France coule dans ses veines », comme le précise la jaquette de la couverture, c'est d'abord la politique qui l'irrigue. Et ses ambitions, jamais vraiment assouvies.

Il est temps de tout mettre à plat. Sa cohabitation avec Macron, en premier lieu. Et cette scène primitive, au Palais-Bourbon, en mai 2016. Qui lui revient souvent en mémoire. Testostérone de rigueur.

« Je suis monté au front pour le défendre, proteste Valls. Nous, on sait qu'il est en train de recueillir des fonds ! Et je le dis à Hollande ! » Les propos sur la « caste politique »

1. Grasset, mars 2021.

du ministre de l'Économie ? « Macron me dit : "Je me suis payé Juppé", je lui dis : "Mais, même Juppé, pourquoi tu tapes, les grands élus, les élites ? Mais tu es qui pour parler des grands élus comme ça ?" Il parle de Collomb, des gens comme ça… » Cinq ans après, Valls ne comprend toujours pas. Ce type d'agissements est très éloigné de son propre logiciel, assure-t-il. « Honnêtement, dit-il encore, un Premier ministre qui a un ministre ayant un autre agenda que celui du président de la République pour être candidat… Ce que j'ai compris, moi, dès le mois de février… »

Il y a eu, aussi, une autre dispute un peu ridicule, que nous a narrée Ségolène Royal. Elle était alors placée entre les deux hommes, sur le banc du gouvernement, déjà, à l'Assemblée. Un article est paru le jour même dans le journal *Les Échos*, titré sur « la croissance en berne » dans l'Hexagone. Valls, courroucé, qui tente par tous les moyens de relancer l'économie, sans grand succès, s'en prend alors à Macron : « Ah bon, elle est en berne ? Et ta quéquette, elle est en berne ? » lance-t-il à son ministre, clairement suspecté d'avoir alimenté l'article. Macron s'étrangle. Et lâche à sa collègue de banc : « Moins en berne que la sienne… Ils veulent la guerre ? ils l'auront. »

Entre Macron et Valls, la collaboration a viré à la cohabitation. À Bercy, le camp Macron se retranche. L'ennemi est désigné : c'est Valls et son entourage, accusés de répandre sur le futur candidat les pires calomnies, sexuelles ou financières. Valls lève les yeux au ciel et dément, sans ambiguïté : « Je dis souvent que mon cabinet n'avait pas été suffisamment méchant ! Pas suffisamment tacticien. Participer à ça, pfff… Il y a eu d'autres trucs, hein, l'affaire de Las Vegas [*un dossier judiciaire lié à un déplacement controversé de Macron pendant la campagne présidentielle*], tout ça, ce n'est pas venu de chez moi, c'est venu de Bercy, donc vraiment… On l'a même protégé sur ses histoires en

Grande-Bretagne. Quand il va chercher de l'argent. » Tout est prétexte à querelles, dans les deux camps, on se prête les pires arrière-pensées.

Il reste des traces, encore aujourd'hui, du 21 novembre 2015, ce jour où – une semaine après les attentats – Macron va donner le sentiment de chercher des circonstances atténuantes aux djihadistes hexagonaux : « Le terreau sur lequel les terroristes ont réussi à nourrir la violence, à détourner quelques individus, c'est celui de la défiance », affirme le ministre, évoquant une part de responsabilité de la société française dans cette violence aveugle. Le *timing* est pour le moins maladroit. C'est surtout un pavé lancé pleine face à Valls, lui, le laïc absolu, l'adversaire de l'islamisme, lui, surtout, qui a encaissé *de visu* le choc des attentats.

« J'ai demandé plusieurs fois sa tête à Hollande, oui. »

Valls, aujourd'hui, juge sévèrement les positions du Macron d'alors. À l'époque, nous dit-il, « Macron se planque. Oui, parce qu'il a autour de lui cette équipe de gauche-droits de l'homme qui, sur l'immigration, l'islam, n'est pas du tout sur ma ligne – et qui d'ailleurs n'est plus la ligne du président aujourd'hui, si j'en crois ce que je lis, il évolue. Mais il veut se distinguer de moi sur ces questions sociétales, ça fait partie des éléments dont je me rendrai compte ».

Le feu couve. Le Premier ministre fait le siège du président. Il faut sévir. Rapidement. Ou il sera trop tard. Valls : « Je suis alors persuadé qu'il va partir pour la présidentielle de 2017. Parce que la Mutualité. J'ai demandé plusieurs fois sa tête à Hollande, oui. » Qui se refuse à trancher, dans tous les sens du terme. Hollande ne veut, ne peut croire à la traîtrise en marche. « *A posteriori*, Macron tente sa chance et il a réussi, estime Valls. En politique… je ne peux pas parler de trahison. Il a joué, il a gagné. Moi, je ne suis pas dans un rapport affectif à Hollande. Mais il a berné totalement Hollande. Il a fait de la politique. Macron a compris ce que moi je ne comprends pas, durant toute cette période 2016 : que Hollande ne serait pas candidat. »

Le Premier ministre, claquemuré à Matignon, tente de sauver le quinquennat socialiste du marasme. Après tout, la baisse du chômage est enfin effective, des réformes importantes ont été menées, qu'importent les 49.3… Il s'imagine que, à la faveur d'une circonstance favorable, Hollande peut encore espérer se représenter, voire, sur un malentendu, l'emporter. Valls continue de travailler, même s'il se sait menacé. Ils sont nombreux, dans l'entourage du président, à militer pour son remplacement par Macron lui-même.

De quoi rendre encore davantage furieux Manuel Valls.

Jusqu'au dernier moment, c'est un curieux jeu du chat et de la souris qui se déroule. Qui sera le chat ? Et la souris ?

Macron ne veut pas démissionner, il préférerait être écarté, se présenter comme le ministre persécuté, sacrifié sur l'autel des convenances, de la médiocrité générale. Du « vieux monde », comme il dit. Alors, il ment. Encore. À Valls, qu'il voit tous les vendredis, il confie, trois jours avant de démissionner, qu'il ne compte pas partir du gouvernement.

« Il m'a fait les poches, mais c'est comme ça… »

Et puis, le 30 août, il officialise. Enfin. Il déguerpit de Bercy. Les semaines suivantes, il essaie de rester sous les radars, sans vraiment annoncer sa candidature à la prochaine élection présidentielle.

Valls tente alors de jouer sa carte, comme on sort un va-tout. Il met à profit notre livre, publié début octobre 2016, pour rompre avec Hollande, lui expliquant qu'il s'est discrédité, s'est épanché à l'excès, a trop révélé des arcanes du pouvoir… Il s'engagera bientôt dans la course à l'Élysée, sans jamais comprendre à quel point lui aussi est usé, affaibli.

Une perte totale de lucidité générale au sommet du pouvoir.

C'est Benoît Hamon, vainqueur de la primaire à gauche, qui reprend le flambeau socialiste. Contre toute attente. Début 2017, c'est la bérézina annoncée. Hamon ne décolle pas dans les sondages. François Fillon est encalminé par l'affaire du Penelopegate. L'un de ces moments de flottement où la France balance, ne sait plus à qui se donner, à quel politicien se vouer. « …Et moi, je me prononce pour Macron. Il m'a fait les poches, mais c'est comme ça… »

Fidèle à ses convictions, pas trop fâché aussi, peut-être, de provoquer cette gauche tendance Hamon et son cortège de « frondeurs » qu'il exècre, voilà Valls qui, également, succombe aux délices du reniement. Il « oublie » son engagement de voter pour le vainqueur de la primaire de la gauche. Il dit le regretter, aujourd'hui. Mais du bout des lèvres.

Lorsque Valls se présente, une fois Macron élu, aux élections législatives de juin 2017, les macronistes ne lui font pourtant aucun cadeau. « Je suis candidat, car je ne veux pas être viré par mes électeurs, une sorte d'orgueil personnel, admet-il franchement. Et je veux choisir mon destin. Je n'imagine pas que ce sera aussi violent de la part des macronistes… » Macron est à l'Élysée. Valls arpente en boitant les barres des cités de l'Essonne : il s'est foulé une cheville. Tout un symbole. Le nouveau pouvoir, arrogant au possible, dénie toute existence à l'« ancien monde ».

Valls ? Une relique, emblématique d'une époque révolue. Les proches du nouveau chef de l'État se moquent ouvertement de lui sur toutes les ondes. C'est tout juste s'il ne doit pas adresser son CV à l'équipe chargée des investitures. « Ils font une erreur, constate-t-il. En m'humiliant, ils suscitent une toute petite sympathie à mon égard. Je suis quand même un ancien Premier ministre, on ne peut pas me traiter comme ça. À la fin, ils sont obligés de me prendre, mais ils m'ont castagné, quand même. Un type comme Fekl, je lui en veux pour le restant de ses jours. Un type que j'avais nommé ministre, il dit : “Je ne voterai pas Valls !” Qu'est-ce que je lui avais fait ? » En dépit des obstacles, il est réélu député.

Et puis, finalement, Valls, que la déprime menace, s'exile en 2019 pour partir à la conquête de Barcelone. Là encore, un pari perdu. D'avance, celui-là. Pourtant, élu simple conseiller municipal plutôt que maire, il guérit doucement de ses nombreuses blessures politiques. Se remarie avec une très riche héritière. On le voit, sur les vidéos du mariage, vêtu de blanc, danser avec sa belle. Il semble heureux. Évidemment, le virus de la politique reste en lui, sourd, dormant. Il suffit que les attentats reprennent pour que Valls soit invité, de nouveau, sur les plateaux de télévision, où il porte avec une constance non démentie sa parole décomplexée, soulignant que les faits, dramatiques, ont plutôt tendance à lui donner raison. Jusqu'à accepter, à la rentrée 2021, un poste de chroniqueur sur BFMTV.

Mais où le situer, désormais, lui qui a soutenu aux régionales de 2021 Valérie Pécresse contre la liste de gauche, en Île-de-France ? Il n'est nulle part. Donc partout.

Chapitre 7

La conjuration

*« Je crois que vous n'avez pas lu l'*Art de la guerre *de Sun Tzu. L'un de ses préceptes, c'est de ne jamais intégrer les contraintes de l'adversaire. »*

Emmanuel Macron, chef de l'État

Un petit mot oublié dans un placard du « paquebot » de Bercy, siège du ministère de l'Économie, et tout aurait pu basculer.

Automne 2015. Rendus fébriles par un surcroît d'excitation, les macronistes de la première heure, réunis dans un appartement parisien bourgeois, ont, dans le plus grand secret, fini par coucher sur un bout de papier cartonné le nom retenu pour le futur mouvement de leur leader : ce sera « En Marche ! ».

La conjuration est lancée.

Brigitte Macron, (omni)présente dans la petite assemblée, s'exclame : « Ah, les garçons, est-ce que je peux garder le carton ? Ça fera un beau souvenir… » On ne dit pas non à Brigitte. Elle s'empresse de ranger dans un placard, à son retour à Bercy, le petit carton en question.

Quelques semaines plus tard, le ministre de l'Économie et son épouse accueillent à dîner, dans leurs appartements ministériels, François Hollande et sa compagne Julie Gayet. César est encore très loin de s'imaginer qu'il va dîner chez Brutus.

Curieux, le couple présidentiel fait le tour du propriétaire. Le lieu est spectaculaire, il surplombe la Seine ; la nuit, la vue est enchanteresse. Au hasard, Julie Gayet ouvre un placard et tombe… sur le carton siglé « En Marche ! ». « Mais elle ne réalise pas et referme le placard », sourit aujourd'hui Stanislas Guerini, à qui Brigitte Macron s'empressera, hilare, de rapporter l'anecdote.

La conspiration, après tout, ce sont les conjurés qui en parlent le mieux. Nombre d'entre eux, passant outre les oukazes présidentiels, ont accepté de le faire. Ils ont appartenu, deux années durant, à une loge secrète dont le rôle aura été décisif dans l'ascension vers le pouvoir du Grand Maître de Bercy, œuvrant dans l'ombre pour leur idole, sapant consciencieusement de l'intérieur la seconde partie du quinquennat de François Hollande dont ils étaient supposés être, pour la plupart, des soutiens…

Car le triomphe inattendu de Macron, c'est d'abord le récit du retour de fortune d'un groupe d'amis surnommé « la bande de la Planche ».

Ils ont été recrutés, façon *Les Douze Salopards*, par Emmanuel Macron et son disciple préféré, Ismaël Emelien. Choisis pour le libéralisme qu'ils ont implanté et enfoui en eux, sans même s'en douter parfois. Pour leurs convictions à géométrie variable, aussi. Ils ont surtout un avantage certain : ils n'ont jamais été que des « petites mains », des seconds couteaux sans grande envergure politique, parfois versés dans le ressentiment car écartés, voire méprisés par le PS. Bref, ils sont revanchards et opportunistes, le profil parfait pour trahir.

Ils n'ont pas su s'imposer, ou conquérir leur place au soleil ? Macron va se charger de leur fournir leur quart d'heure de gloire. Et même un peu plus que ça.

Benjamin Griveaux, par exemple. Rencontré avant ses déboires, ambiance *Sexe, mensonges et vidéo*, il nous raconte avec une sincérité confinant au pur cynisme sa conversion au macronisme naissant, écrasant au passage, sans vergogne, le corps déjà bien esquinté du président socialiste François Hollande.

Macron/Griveaux. Ces deux « jumeaux » en politique sont de la même année (1977). Profils de premiers de la classe – surtout Macron –, technos purs et durs, le charme et l'assurance des âmes bien nées. Mais si le premier éblouit, l'autre déplaît. Au PS, Griveaux, dans l'équipe du candidat Hollande en 2012, n'a pas que des amis.

« Réfléchissez à quelque chose qui nous permette de peser très fortement sur l'élection présidentielle de 2017. »

« Macron, j'ai dû le croiser pendant la campagne présidentielle de 2012, lors d'une grande réunion à la Maison de l'Amérique latine avec tous les économistes du programme, je m'occupais des questions sociales, se souvient Griveaux. Je ne le connaissais pas du tout, juste son talent par copain interposé. Le type fait une synthèse à la fin de la réunion qui est assez bluffante. » Benjamin Griveaux, nommé conseiller chez Marisol Touraine après la victoire de Hollande, recroise Macron dans les couloirs du ministère de la Santé. « Je crois que tu as eu un fils », lui lance le nouveau secrétaire général adjoint de l'Élysée. Griveaux, encore ébahi : « On ne s'était jamais vus ! Je me dis : ce mec… » D'emblée impressionné, il mord à l'hameçon.

Fin octobre 2015, Ismaël Emelien, confident d'entre les confidents de Macron, passe un coup de fil à Griveaux :

« Emmanuel aimerait bien te voir. » Le voici le samedi après-midi suivant à Bercy, en compagnie de Macron, Guerini et Emelien. Deux heures de discussion à bâtons rompus sur la situation du pays, l'avenir des partis politiques… « Il me demande ma vision de l'état du PS, comment je vois la prochaine présidentielle, explique Griveaux. Ce n'était pas neutre, bien sûr, on sentait l'ambition, mais ce n'était pas formalisé. » Normal, ça l'est rarement, chez Macron. Ce dernier lance à ses hôtes : « Réfléchissez à quelque chose qui nous permette de peser très fortement sur l'élection présidentielle de 2017 ; j'en ai ras le bol que les débats soient confisqués par les campagnes, celle de 2012 était un référendum contre Sarkozy. »

Macron touche juste : Griveaux fait partie de ces militants socialistes convaincus de l'usure des partis, et tout particulièrement du leur.

« Il a aussi vu Cédric O et Adrien Taquet, poursuit-il, ils n'étaient pas là le même week-end. Et on se réunit, toute cette petite bande-là – il y avait aussi Julien Denormandie –, pour réfléchir à ce qu'on fait. » Au sortir de son premier rendez-vous avec Macron, Griveaux a appelé sa femme : « Il est possible que je refasse un tout petit peu de politique, trois fois rien. J'ai rencontré un type assez hors norme, intelligent, très bien, très courageux, il n'a pas d'attaches, il n'est pas lié. »

Au tour ensuite de Guillaume Liegey, le logisticien du groupe. Tout complot doit comporter un artificier. Désireux d'incarner la modernité sur tous les plans, Macron décide de contacter la *start-up* LMP, spécialisée dans l'exploitation du *big data* et autres algorithmes. LMP, comme les initiales de ses trois fondateurs : les Français Guillaume Liegey, Arthur Muller et Vincent Pons se sont rencontrés à Harvard avant de participer bénévolement à la première campagne victorieuse de Barack Obama, en 2008 aux États-Unis, puis d'apporter leur écot à celle de Hollande, quatre ans plus tard.

Liegey se souvient : « Je publie un article au cours de l'été 2015 : *"If political parties were start-up"*. En gros, c'est comment est-ce qu'on pourrait transformer la façon de faire de la politique, pas seulement en campagne électorale, mais aussi en dehors. » Liegey envoie son papier à Macron – rencontré au moment de la commission Attali – et fait la connaissance dans la foulée d'Ismaël Emelien. Qui, flairant le bon filon, le rappelle fin août 2015 : « Tiens, on réfléchit à un truc… Est-ce que tu peux venir à une réunion ? » D'après Liegey, « c'était dans un café, près de Bercy. Il y avait Ismaël et d'autres. Le "truc" n'est pas du tout clair ».

Dans un premier temps, Liegey s'entend dire : « On aimerait bien lancer un mouvement pour que les gens puissent s'engager pour des causes, mais pas politique. » Rapidement, le discours évolue : « On ne part pas pour être candidat, mais si des gens peuvent être motivés pour une cause, ils peuvent être motivés pour une campagne. » Liegey raconte en détail à Emelien et ses proches les dessous du succès de la première campagne présidentielle d'Obama, souvent présentée comme un modèle de modernité politique.

Tout pour plaire, ce garçon.

Pour Adrien Taquet, tout a vraiment commencé, aussi, à la rentrée 2015. Taquet, l'homme sans qui rien n'aurait été possible. Encore une tête bien faite, un premier de la classe également né, décidément, en 1977. 1977, l'année de naissance du punk et des têtes pensantes du macronisme – cherchez l'erreur.

Une seule tache tout de même dans le CV de cet enfant des beaux quartiers parisiens : s'il est – évidemment – diplômé de Sciences Po, lui a raté l'ENA. Forcément strauss-kahnien dans les années 2000, il a surtout rejoint, à partir de 2004, le tout-puissant groupe Havas, *via* l'influent

Gilles Finchelstein, pour devenir en 2008 directeur associé d'Euro RSCG.

Il reçoit donc un appel de l'inévitable Ismaël Emelien, croisé à la Fondation Jean Jaurès et chez Havas. « Je travaille avec Emmanuel, on est en train de réfléchir un peu à ce qu'on fait, et à ce qu'il pourrait faire, on aimerait que tu réfléchisses avec nous », lui propose Emelien. Passionné de politique même s'il fait carrière dans la com', Taquet accepte, non sans quelques réserves : « Je ne connais alors pas Macron et j'en ai une image superficielle. Je dis à Ismaël : "Je vois bien sur quel plan économique il est, ça me convient, mais je ne vois pas sur quel plan sociétal il se situe, et ça compte pour moi : je suis de gauche. Je veux le rencontrer…" »

Aussitôt dit, aussitôt fait, Emelien organise un déjeuner, un samedi d'octobre 2015, dans les appartements privés du ministre de l'Économie, à Bercy. Sont présents, outre Macron, Cédric O, Julien Denormandie. Et Brigitte, bien sûr. Apparemment, le courant passe. Taquet commence à intégrer la bande des « mormons », comme seront bientôt surnommés les zélotes du macronisme, les Guerini, Griveaux, Denormandie… « Tous se connaissaient à peu près, je suis la pièce rapportée », observe drôlement Taquet.

« Cette élection mérite mieux que ça, le retour de Sarko, Hollande et tout, c'est pas possible. »

Guerini, donc, est déjà dans la place. Le futur patron d'En Marche ! découvre rapidement qu'« il y a d'autres initiatives en parallèle, ses amis Hermand, Peyrelevade… Et Macron lance l'idée d'une fondation. Il se dit : on ne va pas créer un parti, il faut arrêter avec l'offre politique et créer un truc pour les gens. Emelien nous dit : "Est-ce que vous êtes partants pour consacrer quelques heures par semaine, voire par soir, connaissant le patron… ?” On dit : “OK.” Et il nous dit : “Rendez-vous samedi.” C’est la deuxième fois que je rencontre Macron, en septembre 2015. On se retrouve, il nous expose avec une détermination totale le fait qu’il est prêt à aller très, très loin, qu’il prendra tous les risques, que la vie politique française vaut mieux que ça, et qu’il faut renverser la table. Nous, on est comme des dingues, c’est tout ce qu’on pense. Jamais on n’a parlé de Hollande qui allait ou pas se représenter ».

La petite bande est au complet. Soudée, efficace, discrète. Secrète, même.

Très vite naît l’idée de créer une structure.

Selon Taquet, « c’est Emmanuel qui en parle. Avec l’idée de faire un mouvement qui vient du bas. Pas un parti, mais un mouvement. Macron nous dit : “Je dois incarner au final la société civile”, ce qui n’est pas intuitif, vu son profil. Les partis sont en train de plonger, avec un désinvestissement des Français, il se dit qu’il y a une offre nouvelle à créer. Je me souviens de débats : si on lance ce mouvement qui part du bas, très *grassroot* [*sic*], est-ce qu’il en prend la tête ? Ce n’était pas tranché. Il me demande de réfléchir au nom, *via* Ismaël ».

Taquet se réunit avec les autres membres de la bande, travaille sur le fond, la stratégie. Et donc le nom du futur mouvement.

Nanti d’un poste à sa mesure à Bercy, Macron bâtit méthodiquement sa conquête. À la rentrée de septembre 2015, Emelien, O, Griveaux et Guerini déjeunent ensemble. Emelien est clair au cours du repas : « Emmanuel est de plus en plus déterminé à construire une offre politique nouvelle, on ne peut pas laisser l’élection de 2017 telle qu’elle est en train d’aller, ceux qui sont là ne renverseront pas la table. »

Stanislas Guerini insiste devant nous sur un point important : Emmanuel Macron active plusieurs réseaux, imperméables les uns aux autres. « Il n'y avait pas une bande unique qui bossait, ce n'est pas vrai ; Macron, il a fait bosser plein de monde, partout, témoigne-t-il. On était, nous, ceux qui bossaient sur l'outil qu'allait devenir En Marche ! Il parle de l'élection en disant : “Cette élection mérite mieux que ça, le retour de Sarko, Hollande et tout, c'est pas possible… On ne peut pas laisser le pays aller là, je veux peser sur cette élection.” Ismaël est l'agent de liaison. Macron n'a pas de tabous. Quand il nous dit : “Je lèverai toutes mes hypothèques”, je ne savais pas que ce serait également vrai d'un point de vue financier. On se lance corps et âme, on lui fait rencontrer des gens. “Je veux réfléchir à de nouvelles formes d'engagement”, nous dit-il. On organise des dîners à Bercy avec des personnalités inspirantes. Syndicalistes, créateurs de boîtes, associatifs, intellectuels, historiens… On démarre notre première boucle sur Telegram. On a tous des boulots, mon patron n'était pas hyper à l'aise ! J'ai deux vies en même temps. Je croise Ismaël ou Macron vers une heure du matin, je découvre l'homme qui ne dort pas… »

Nimbé d'une aura presque irrationnelle, le gourou Macron fascine ses adeptes, à grands coups de concepts abscons, d'aphorismes brillants ou de savantes références historiques. À croire, se disent certains de ses affidés, qu'il a appris le dictionnaire des citations par cœur – il en est capable.

Au cours d'un déjeuner, il fait ainsi la leçon à sa cour : « Je crois que vous n'avez pas lu l'*Art de la guerre* de Sun Tzu. L'art de la guerre, l'un de ses préceptes, c'est de ne jamais intégrer les contraintes de l'adversaire. Et vous ne faites qu'intégrer les contraintes, arrêtez avec ça, on va faire notre chemin ! » Un sentier balisé de dîners, au point de rendre fou Michel Sapin, son homologue de Bercy. Macron reçoit à tour de bras, les Zèbres, La France des Solutions, Le Média positif, des fondations… « Notre constat, résume Guerini, c'est que des gens qui font des trucs extraordinaires, il y en a plein. »

Et de lâcher cet aveu révélateur : « On lui dit : tu dois être leur cheval de Troie, dans le monde politique, pour tout faire péter. » Adepte du contre-pied, Macron réplique du tac au tac : « OK, mais on va faire différemment. » « Le cahier des charges, c'est de prendre les partis politiques et de faire tout à l'inverse », traduit Guerini.

Réputé incapable de tenir sa langue, Griveaux-le-bavard s'empresse de transmettre son enthousiasme à ses proches. Il aurait pu, à son corps défendant, trahir les « conspirateurs », tant il se répand dans Paris. Ainsi, il ne peut s'empêcher de plastronner auprès du secrétaire d'État au Commerce, le socialiste Mathias Fekl : « On est en train de faire un truc, Macron a demandé à me voir, je suis au cœur du dispositif… »

Le vote de la loi Macron en 2015 et les oppositions stériles qui se sont manifestées à cette occasion ont dépité le ministre de l'Économie, de plus en plus convaincu d'avoir un espace politique, à condition de la jouer fine.

« On voit qu'il y a des choses sur lesquelles s'entendre sans mettre le pays à feu et à sang, raconte Griveaux. Or, ce qui frappe Macron, c'est que la moitié de l'hémicycle vote contre sa loi. C'est fou, il a passé 500 heures en commission ! C'est le ministre le plus présent à l'Assemblée nationale, plus qu'aucun autre. Et malgré ça, malgré des accords, des discussions en commission, le vote, c'est un vote partidaire. Ça le rend fou. Il dit : "Ça n'a pas de sens." Quand on n'est pas d'accord, OK, mais sur ça… Et c'est de là que naît l'envie de tout faire sauter… » « Ces types-là ne partagent plus les mêmes idées, c'est un syndicat de copropriété », cingle encore Griveaux, à destination des leaders des partis traditionnels.

« C'est là qu'on a trouvé le nom En Marche !, autour d'une bouteille de rhum. »

À cette époque, selon Griveaux, Macron confie à ses – encore – maigres troupes : « Les idées que je porte doivent peser dans le débat. » Mais encore ?

« Il ne nous dit pas : "Je suis candidat", précise Griveaux. Donc, qu'est-ce qu'on fait ? Le PS ? Jamais de la vie, c'est un astre mort. On peut faire une fondation, un *think tank* ? On connaît par cœur, on sait faire, mais c'est un truc d'intellectuels de salon. Et on comprend tout de suite que si on veut gagner la bataille des idées, enfin, c'est de l'éducation populaire… En Marche !, c'est le seul vrai parti politique de ce pays ! » s'enthousiasme Griveaux, avant de s'interroger à haute voix : « C'est quoi, les trois fonctions d'un parti politique ? »

Devant nos mines interrogatives, retrouvant ses penchants un brin farauds, il savoure son effet. Et la réponse fuse, triomphante et professorale : « Cours de première année à Sciences Po – on est de bons élèves, nous ! – : un, ça sélectionne des candidats ; deux, ça crée du débat et ça met des idées dans la vie politique ; et trois, ça anime la vie locale. Des comités, sections, fédérations… Les grands partis ne sélectionnent plus leurs candidats, ce sont des primaires, merci ! Nous, on a fait exactement ça : on sélectionne nos candidats de manière très verticale, et on assume totalement le truc. Les idées, elles sont produites *in house*, et pas à l'extérieur. »

Si, selon les propres termes de Griveaux, « Macron ne verbalise pas sa candidature », elle s'impose de plus en plus comme une évidence au cours de l'année 2016. « Je l'accompagne sur des déplacements début 2016, je vois les gens, des gamins des quartiers… Ça ne s'apprend pas à l'école, il aimante les gens. Vous l'avez, ou vous ne l'avez pas. »

Mais encore faut-il donc s'accorder sur le nom du mouvement en gestation.

Chaque soir ou presque, c'est l'effervescence dans l'appartement d'Adrien Taquet, choisi car le plus grand de tous et véritable QG de la bande de la Planche. Guerini, O, Griveaux se reçoivent aussi les uns chez les autres, et communiquent uniquement sur une boucle dédiée de l'application cryptée Telegram. Mais le centre névralgique, c'est bien la cuisine de Taquet, alors à la tête d'une agence de publicité. « C'est là qu'on a trouvé le nom En Marche !, autour d'une bouteille de rhum, on ne s'est rendu compte qu'après que, En Marche !, c'étaient les initiales d'Emmanuel Macron », soutient – à tort, on le verra – Griveaux. « On avait mis des *Post-it* sur le frigo, dit-il encore, on a tâtonné, on a *brainstormé*… » Les macronistes en général, et Griveaux en particulier, raffolent des anglicismes.

Au fait, qui a eu l'idée de ce nom ? « On ne le dit pas, tranche Griveaux, pour une fois laconique. Car on s'est promis qu'aucun d'entre nous ne tirerait la couverture à lui. Aucun n'écrira un livre. Cette histoire, c'est une affaire d'amitié collective, ce qui a beaucoup manqué aux autres partis. » Et de citer « le Chef », un grand classique en macronie où l'allégeance au patron est une donnée de base : « Un parti, comme disait Macron, c'est l'amicale des boulistes, sans l'amitié et sans les boules ! »

En fait, c'est Adrien Taquet qui a trouvé le concept. « Se pose la question du lien entre le mouvement et Macron, nous confirme Taquet. C'est là que je pars des initiales : une des façons d'avoir le lien subliminal, c'est d'avoir ses initiales dans le nom. Après, il y avait tout un discours sur les verrous qui bloquent la France, donc l'idée de mouvement. Et par ailleurs je voulais, dans tous les signes qu'on émettait, être différent de ce qui existait. Il fallait que le nom ne soit pas dans la même grammaire que les autres. En croisant ces trois trucs-là, vous arrivez sur En Marche ! C'est ce raisonnement que je fais à mes petits camarades, et c'est là où je leur dis : "En fait, il y a En Marche !", j'avais trouvé le nom ! Il y en avait deux autres… »

Griveaux confirme ce dernier point, et joue sans déplaisir les mystérieux : « C'est En Marche ! qui a été choisi, mais il y avait d'autres noms. C'est secret, on ne sait jamais, ça pourrait servir. Pour la phase 2. On est assez sûrs de nous sur le choix. »

De fait, les macronistes sont assez sûrs d'eux.

Stanislas Guerini se charge d'éventer le secret tout relatif entourant l'un des autres noms envisagés : « Taquet écrit un truc, il avait mis un Post-it sur son frigo, se souvient-il. On réfléchissait à plusieurs solutions. "66 M", par exemple, pour 66 millions de Français, un truc conceptuel, qui traduisait l'idée que chaque Français doit avoir sa chance. »

« C'est pas possible que ça s'appelle En Marche ! Ça rappelle la Grande Marche sur Rome de Mussolini ! »

Le nom définitif adopté, Adrien Taquet esquisse des croquis pour le logo. « Nous étions en novembre 2015, raconte-t-il. J'avais placardé les noms au mur des trois angles. En Marche !, c'était le seul avec ses initiales. Et le logo, c'était son écriture, pas une typo. Pour être différent, je dis à Macron : "Il faut que ce soit toi qui l'écrives." Il y avait une planche avec tous les logos des partis : ils se ressemblent tous. Et puis, il y avait la question de la couleur. C'est signifiant, la couleur. Tout le monde utilisait le logiciel *Nation Builder* pour créer des sites internet, donc ils se ressemblent tous. Je dis : "Il ne faut pas qu'on fasse ça", et donc on a créé notre propre outil. L'exemple que j'avais, c'était Apple. Le site est très blanc, et ce qui est mis en majesté, c'est le produit. Pas de fioritures, on est centré sur le discours, avec pas mal de texte. Les pancartes de couleur viendront dans les meetings. J'ai demandé à ce qu'on ait des couleurs pop, modernes, que ça pète. »

En macronie, le marketing précède l'idéologie, voire s'y substitue ; question d'époque, sans doute.

La bande, pas peu fière, présente son œuvre à Macron. « On se met d'accord, on choisit les trois noms, et on va lui présenter le dimanche suivant, relate Taquet. Et lui, tout de suite, va sur En Marche ! Il n'a aucun doute. Il nous challenge aussi, il y a d'autres références, la marche des beurs, la *Marseillaise*… Il est assez convaincu. Il y a une phrase de Saint-Exupéry – il est lettré, je me suis dit qu'il la connaissait – qui dit : "Dans la vie il n'y a pas de solutions, il y a des forces en marche, il faut les créer, et les solutions suivent…" »

C'est Brigitte Macron qui choisit finalement En Marche ! En effet, l'unanimité n'est pas immédiate ; l'avocat François Sureau, membre de la bande quoique proche de François Fillon (en macronie, tout devient possible), n'est franchement pas fan. Au cours d'un déjeuner, il s'emporte : « C'est pas possible que ça s'appelle En Marche ! Ça rappelle la Grande Marche sur Rome de Mussolini ! La définition du fascisme, c'est le mouvement, sans direction… »

L'avocat, homme de culture, jette un froid, ses objections portent. « À ce moment-là, pour nous, le nom est flingué, opine Guerini. Et là, Brigitte dit : "Moi, j'aime bien."

L'argument historico-intellectuel est balayé. » Encore une fois, ce que Brigitte Macron veut…

Volontarisme et vacuité, les deux mamelles du macronisme sont déjà présentes, en jachère. Ne reste plus qu'à les faire prospérer.

Tout va aller très vite : la machine est lancée, rien ni surtout personne ne pourra plus l'arrêter.

Surtout pas François Hollande, susceptible de s'inquiéter de voir son protégé s'affranchir si rapidement. Il suffira de le manipuler. Un jeu d'enfant pour Macron, selon Taquet : « Il va lancer le mouvement, qui ne peut qu'élargir la surface actuelle, c'est ce qu'il raconte à Hollande. Je pense qu'il sait qu'il faut être en mesure de se mettre en configuration de [*se présenter*]… mais qu'il y a des variables. Il ne formalise pas. En tout cas auprès de moi. Il constate qu'il y a une désaffection de l'électorat de gauche. »

« C'était discret, volontairement,
pour que Hollande ne l'apprenne pas. »

Il faudra une discussion après un meeting à Amiens, sa ville natale, pour que Macron, enfin, se découvre un peu auprès de ses comparses. Et encore, à sa façon, allusive. « Je me souviens du dîner après Amiens où il nous dit de manière implicite qu'on y va… Du coup, ma boîte a bossé pour le mouvement, elle était rémunérée pour, a fait le site internet… J'ai pris du champ quand lui a démissionné, le 30 août 2016. »

« Est-ce qu'il y serait allé si Hollande avait été candidat ? conclut Taquet. Je pense que oui. »

Le 23 décembre 2015, Ismaël Emelien rappelle Guillaume Liegey. Atmosphère conspirative au programme : « Est-ce que je peux t'appeler sur un téléphone que personne ne connaît ? » Décontenancé, Liegey propose le numéro de sa mère, domiciliée à Strasbourg, où il séjourne alors pour les vacances de Noël. Il n'a rien oublié de l'échange téléphonique.

> Emelien : Écoute, on va lancer un parti politique, ça va s'appeler En Marche !, est-ce que tu veux nous aider ?
> Liegey : Ben ouais.
> Emelien : Par contre, tu n'en parles à personne, pas à tes associés.
> Liegey : Ma femme ?
> Emelien : Oui, ta femme, OK

Début janvier 2016, Liegey rencontre Adrien Taquet, découvre la maquette du site, la petite équipe déjà au travail… « Il y avait plusieurs réunions par semaine, un comité de pilotage, se souvient-il. Ma contribution, c'était : qu'est-ce qu'on fait au moment où on lance le mouvement ? J'avais fait un *bench mark* de tous les mouvements qui s'étaient lancés en France, Nouvelle Donne, etc. Il y avait deux trucs qu'ils avaient ratés : le financement, ils vivotaient avec de petites équipes ; et ils n'étaient pas ancrés. Présents dans les médias, au début, OK, mais il faut ancrer. Si c'est juste un truc médiatique, ça ne va pas rester. »

Devant le premier cercle des macronistes, Liegey donne une leçon de stratégie politique arrimée à son époque, compare l'opinion publique à un iceberg : « Il y en a une petite partie qui s'exprime, qui a accès aux gens de pouvoir, et une grosse majorité plus passive. Ce sont ces gens-là qu'il faut écouter, il faut aller les voir, faire du porte-à-porte, pas pour leur dire : "Votez pour moi", mais pour leur poser des questions, en particulier dans les quartiers où l'on ne croit plus à rien. »

Emelien, Taquet, Griveaux, Guerini et les autres sont enthousiastes. On s'échange des mémos, Macron bien sûr est mis dans la boucle, assistant à certaines réunions dans son appartement de fonction, posant de multiples questions… Liegey, basé alors à Londres, prend bientôt l'habitude de faire l'aller-retour en Eurostar le samedi, le temps d'un déjeuner chez le ministre de l'Économie. « C'était discret, volontairement, pour que Hollande ne l'apprenne pas, sourit Liegey. C'était clair, tout le monde savait où on allait, même si rien n'était formalisé. »

Car, jusqu'au bout, Macron entretient le mystère sur ses ambitions. Cloisonner, toujours cloisonner. Seule Brigitte est vraiment dans la confidence, sans doute au nom du célèbre proverbe : « Secret de deux, secret de Dieu ; secret de trois, secret de tous ».

Guerini l'admet : « Jusqu'au bout, le fait qu'il veuille être candidat, sincèrement, il ne nous en parle pas. À moi, jamais. Je me mets sur le lancement du mouvement, la structuration territoriale. Je choisis les 100 premiers référents, plus de 10 000 personnes nous répondent. On prépare tout, le site, etc., dans le plus grand secret. Même si mon nom fuite. On lance et ça prend de façon incroyable. Je suis de moins en moins dans le cercle politique autour de Macron. On choisit les référents en province, deux soirées successives avec Emmanuel et Brigitte, où défilent sur PowerPoint les profils. On choisit les 100 premiers cadres. Ismaël me parle de la démission à partir de l'été 2016. » Soit au dernier moment…

Car, comme l'explique Griveaux, le génie tactique et le talent manœuvrier de Macron n'auraient pas suffi à garantir le succès de l'entreprise, il fallait aussi s'assurer de sa confidentialité : « Ça ne se savait pas avant avril 2016, sinon on nous aurait mis des bâtons dans les roues. Tout passait par Telegram ; quant à la Fondation pour le renouvellement de la vie politique française, elle est déposée avec mon nom et celui de Cédric O chez Laurent Bigorgne [*patron de l'Institut Montaigne,* think tank *libéral*]. Macron n'apparaît pas, sinon tout l'appareil d'État aurait su… Macron reste totalement en dessous des radars. »

Les comploteurs sont de plus en plus nombreux, pourtant.

Intarissable, Griveaux explique encore : « On fait émerger les talents d'un clic. Ça se met en place en avril 2016, quand on lance En Marche ! Il y avait la double adhésion, vous pouviez être membre du PS et d'En Marche !, ce qui a rendu fou Cambadélis, il écrivait des lettres tous les quinze jours en disant : “Attention, je vais vous virer…” On les obligeait à faire les purges, c'était un cauchemar pour eux. »

Manifestement, Griveaux, sourire ironique à l'appui, ne boude pas son plaisir en se remémorant ces longs mois où, en mettant un soin maniaque à duper les éventuels espions « hollandais », la jeune garde macroniste a monté sa petite boutique en jouant avec les nerfs des dirigeants du PS.

À l'époque, ils sont encore et toujours sous-estimés, méprisés, même par les « macron-compatibles » du PS, type Christophe Castaner : « C'est les orphelins de DSK qui cherchaient un nouveau héraut, confie ce dernier à propos des “mormons”. Donc on est sur du *forum shopping*, là, on n'est pas sur une construction politique au service de Macron ! Griveaux, ce n'est pas un groupe politique, c'est un groupe de technos au service d'une vision politique. »

Arrive le meeting fondateur de la Mutualité, en juillet 2016. « Après la Mutualité, en face, ils commencent à flipper, s'amuse Griveaux. Il y a quand même beaucoup de monde, il se passe quelque chose. Il y a Valls qui dit : “Il est temps que ça cesse”… » Entre fausse charité et vraie condescendance, Griveaux assure, presque compatissant : « Je mesure, pour cette génération, la colère… “C'est quoi, ces sales gosses ? Nous, on s'est tapé pendant vingt-cinq ans les allers-retours dans les circonscriptions, les banquets, les réunions… Et eux…” Ça crée de la jalousie, de la rancœur. Le type, il a cramé toutes les étapes. Mais Macron a toujours été maître des horloges, il avait pris sa décision. Et nous, on n'avait déjà plus de doutes depuis un certain temps, c'était pour partir à la présidentielle, bien sûr. C'était évident. »

Au prix d'une trahison assez inédite dans l'histoire de la Ve République. Griveaux soupire : « La trahison… Est-ce que la fidélité, c'est de se dire qu'un président empêché depuis un certain temps doit absolument être le candidat ? C'est ça, la fidélité ? Non, je ne crois pas. »

Dernier arrivé dans la bande, Sylvain Fort, un communicant qui en 2012 a œuvré, dans l'ombre, pour la campagne de réélection de Nicolas Sarkozy. Une contradiction purement apparente, tant l'ancien et l'actuel présidents ont de choses en commun…

« L'espèce de dévoilement de la candidature reste, de mon point de vue, ultra-ambiguë. Ils avancent masqués. »

Sylvain Fort se rappelle avoir été convoqué par le publiciste Maurice Lévy en juin 2016. « Le candidat, c'est Macron, on m'a demandé de lui trouver un communicant dans Paris », lâche sans ambages le patron de l'agence Publicis, membre du club Le Siècle, du Forum économique mondial et autres institutions aussi élitistes qu'influentes. Lévy a repéré l'« élu », celui dont la candidature et surtout l'élection rassureront cette « finance » dont Hollande avait fait son « adversaire » lors de sa campagne victorieuse, en 2012…

Sylvain Fort rencontre le couple Macron à Bercy quelques jours plus tard. « L'idée à ce moment-là est d'accompagner En Marche ! Il ne parle pas de présidentielle », rapporte-t-il, avant d'ajouter : « Tout se construit en discrétion. » Fort discute aussi avec Philippe Grangeon, conseiller en communication politique et membre du premier cercle, échange avec Denormandie, Emelien… Et revoit Macron. « Il est très séducteur et a le regard qui transperce, mais ils font tous ça, les grands businessmen, nuance Fort. Et il a une attention véritable. À Hénin-Beaumont, il voit une dame qui fait des bières. À la sortie, une journaliste lui demande : "Comment s'appelle la dame qui fait des bières ?" Il lui a répondu, donné le nom et de la dame, et des bières ! »

À la fin du mois d'août 2016, toujours dans l'ignorance exacte des intentions de Macron, Fort reçoit un coup de fil du candidat putatif : « J'ai réfléchi, j'ai trois questions à vous poser : Comment vous voyez le traitement des journalistes ? Comment vous voyez la campagne ? Comment vous voyez votre statut à En Marche !? » Fort improvise quelques arguments et s'entend répondre : « Passez à mon bureau le 28 août. » Et voilà notre homme, un peu perdu à Bercy, noyé dans une assemblée « avec des gens que je ne connais pas ». Macron arrive très en retard, une habitude chez lui, mais cette fois il a une bonne excuse : « Il venait de présenter sa démission à Hollande ! » s'exclame Fort, qui n'en est toujours pas revenu. « Personne ne m'a jamais dit quoi que ce soit. Je me retrouve là, comme ça. L'espèce de dévoilement de la candidature reste, de mon point de vue, ultra-ambiguë. Ils avancent masqués. »

Le lendemain, lundi 29 août, nouvelle réunion autour du patron. Fort : « Il a revu Hollande, ils se sont parlé, et il lui a redit : "Tiens, au fait, je vais quitter le gouvernement." Et

Hollande lui répond : “Ça, on en reparlera”, et il tourne les talons. Macron nous raconte la scène, on était sidérés, lui le premier. Cette réunion à Bercy, on devait décider la suite de la démission. Mais ça a d'abord été un échec, le coup n'est pas parti. On était dans le désarroi. »

Finalement, le mardi soir, les *Macron boys* quittent définitivement Bercy et, le mercredi, ils emménagent dans les locaux loués par En Marche ! « Il y a l'équipe de la rue de la Planche, et les anciens du cabinet Denormandie et Séjourné, on est peu nombreux, se rappelle Fort. Je ne suis jamais revenu à mon agence de com', j'ai fini par avoir un contrat de consultant. »

Et Macron a consenti, enfin, à lui confier son secret, le mieux partagé de Paris : oui, il sera candidat, et même contre Hollande s'il le faut. En Marche ! peut s'installer dans la tour Montparnasse, le plus haut gratte-ciel de Paris. De quoi prendre de la hauteur, et voir loin, surtout. Jusqu'au palais de l'Élysée, en tout cas.

Christophe Castaner

Le groupie

Toute conspiration nécessite de bons traîtres. Christophe Castaner sera l'un des premiers. Cet homme à la convivialité contagieuse cumule les surnoms familiers, et ce n'est pas forcément bon signe.

De fait, ils ne sont pas toujours flatteurs.

Le plus répandu, y compris dans les rangs de La République en Marche à laquelle il s'est rallié voilà cinq ans, c'est incontestablement « le Kéké ». Un sobriquet venu de son Midi natal désignant un personnage vantard et un poil vulgaire, qui a tendance à « faire le cake » ; à droite, ils sont d'ailleurs nombreux à l'avoir baptisé « Cakestaner », quand Marine Le Pen le voit en « Rintintin ».

Au PS, où l'on affiche un sourire crispé lorsqu'il s'agit d'évoquer la trajectoire de ce militant socialiste passé avec armes et bagages chez Macron dès 2016, après l'avoir traité de « Simplet », puis de « Bel-Ami », on préfère le qualifier basiquement de « renégat ».

Sinon, pour tout le monde, notamment dans son charmant bastion de Forcalquier (Alpes-de-Haute-Provence) dont il fut maire de 2001 à 2017, c'est « Casta », tout simplement. On ignore si Emmanuel Macron lui a aussi attribué un surnom, mais si tel était le cas, « le couteau suisse » ou, un peu moins valorisant, « le pompier de service », s'imposeraient.

Pour avoir rompu les amarres brutalement avec sa famille politique d'origine afin de se rallier dès le début de l'aventure au panache macronien, « Casta » y a conquis le droit d'entrer dans le premier cercle du « Chef », à qui il a fait allégeance totale, y gagnant des postes prestigieux auxquels il n'aurait jamais pu prétendre en restant au parti socialiste. Au cœur du complot échafaudé par les premiers macronistes afin d'évincer le président Hollande de l'Élysée au profit de leur champion, Casta s'est montré particulièrement efficace.

Sa polyvalence et son absence d'états d'âme ont surtout été très utiles au nouveau chef de l'État à plusieurs moments décisifs de son quinquennat, durant lequel le natif d'Ollioules, dans le Var, aura successivement été secrétaire d'État chargé des relations avec le Parlement et porte-parole du gouvernement d'Édouard Philippe, Premier ministre un peu trop populaire, puis délégué général de La République en Marche, ministre de l'Intérieur et enfin président du groupe LRM à l'Assemblée après l'avènement du vaporeux Jean Castex à Matignon.

Uniquement des postes clés, confiés à l'un des plus zélés grognards de la macronie, celui à qui Macron a pardonné une jeunesse *borderline*, puisqu'il s'approcha de la pègre marseillaise – « J'ai été sur le fil du rasoir », avouera-t-il un jour. Celui aussi que le chef de l'État soutint sans faille après que le ministre de l'Intérieur eut été pris en flagrant délit en galante compagnie, dans une discothèque, en pleine crise des Gilets jaunes… De quoi s'assurer un groupie capable de nous garantir sans ciller, et contre toute évidence : « Non, il n'y a pas eu de trahison » de Macron vis-à-vis de Hollande. Avant de justifier l'attitude de son patron : « Il a fait en sorte d'être une alternative politique possible. Et selon moi une alternative politique possible à la gauche, parce que sinon, sans Macron, c'est François Fillon qui est président de la République. »

Vous ne trouverez aucune trace de contrition chez Castaner.

« La mort du PS, elle ne vient pas de Macron, il n'est la cause de rien, affirme-t-il. Il sent les choses, pense qu'il y a un espace, un besoin – peut-être que lui pense qu'il y a un espace, et moi un besoin. Macron est quelqu'un qui a fait deux paris, auxquels je ne croyais pas forcément : celui du dépassement politique par rapport aux pôles gauche et droite, et celui du fait qu'on pouvait gagner une présidentielle sans "bon vieux" parti politique. Ces paris-là, il les fait très tôt, à un moment où il ne théorise pas la possibilité d'aller à la présidentielle, c'est un sujet qu'on n'abordait pas forcément, même en tout petit cercle ; pour moi, ce n'était pas le sujet de toute façon puisque je ne croyais pas une seconde, quand je me suis engagé avec lui, qu'il allait gagner la présidentielle. »

On n'est évidemment pas obligé de le croire sur parole, mais une chose est certaine : le matelot Castaner a rejoint la barque macroniste quand c'était encore un frêle esquif, loin du paquebot qu'il allait devenir. Il souligne par ailleurs, sûrement à juste titre, que les germes de l'implosion de la gauche sont bien antérieurs à l'irruption du zébulon Macron. « Quand Valls dit qu'il y a deux gauches irréconciliables, moi, j'ai toujours considéré qu'il y avait deux gauches irréconciliables au sein même du PS, expose-t-il. Notamment sur la question de l'Europe. On a mis la poussière sous le tapis, sans se positionner, car, comme c'est un sujet de crispation, on fait ce qu'on sait faire de mieux au PS : on n'en parle pas ! »

C'est donc, du moins à l'en croire, un parlementaire socialiste (il a été élu sous cette étiquette, en juin 2012, député de la 2e circonscription des Alpes-de-Haute-Provence) déjà désabusé qui rencontre, au début du quinquennat Hollande, Emmanuel Macron, nommé secrétaire général adjoint de l'Élysée : « J'étais venu pour un dossier d'entreprise, une grosse boîte, chez moi, avec des difficultés et un risque de départ à l'étranger. Je ne trouve pas de réponse à Bercy, alors que je suis très proche de Michel Sapin, donc je finis par me dire : il y a le petit jeune dont tout le monde parle, à l'Élysée, je vais aller le voir, je fais le député de base, quoi. »

« Je vais voir un techno et je découvre quelqu'un qui a le goût de la politique. »

Le coup de foudre est immédiat. L'hypermnésique Macron l'impressionne d'emblée : « Et là, dans son bureau, je tombe sur un type qui connaît le dossier, il passe quatre à cinq minutes à m'expliquer ce qu'il me propose de faire pour éviter le départ de l'entreprise, et ensuite il commence à me parler… » Surtout, à sa grande surprise, le secrétaire général adjoint lui paraît d'emblée beaucoup plus passionné par les enjeux nationaux. « Il m'interroge, comme quoi il s'intéressait à la vie parlementaire, sur le groupe qu'on animait avec Olivier Faure, révèle Castaner. Un groupe de sociaux-démocrates proches de Jean-Marc Ayrault qu'on réunissait deux fois par mois à la questure, avec une cinquantaine de députés, où l'on invitait un certain nombre de personnes : Guillaume Pépy, Christophe Chantepy, des ministres… Bref, un groupe de réflexion, plus nombreux que les frondeurs, mais on ne cherchait pas à peser. Donc il s'intéresse déjà à ça ; je vais voir un techno et je découvre quelqu'un qui a le goût de la politique. »

Et surtout du réseau.

Castaner, pourtant joueur de poker confirmé, souvenir de ses années sulfureuses du côté de Manosque, ne voit pas clair au début dans le jeu de Macron. Il est vrai que le futur chef de l'État pratique plutôt le bonneteau.

Avec le recul, Castaner estime que ce groupe informel, « Macron, ça l'intéresse, parce que, d'après moi, il pense déjà à une structuration possible, et quelle place, quel rôle il pourrait avoir dans cette structuration. Mais il ne m'en parle pas comme ça ». Emmanuel Macron n'est en effet pas du genre à dévoiler ses atouts au premier venu… Il juge, jauge le potentiel de ses interlocuteurs, puis les teste, l'air de ne pas y toucher. Avec Casta commence une série d'échanges réguliers, coups de fil, textos, l'habituel : « Qu'est-ce que tu penses de ça ? », ou son inévitable variante : « Comment tu sens les choses ? »…

Une fois installé à Bercy à l'automne 2014, Macron déploie son réseau, ou plutôt ses réseaux, qu'il prend bien soin de cloisonner, car l'homme est d'une méfiance maladive. « On avait toujours des discussions, mais il ne formalise rien. Il peut se sentir à l'aise dans ce groupe de réflexion, sachant qu'en parallèle il y en a un autre, dans lequel je n'étais pas, le Pôle des réformateurs, avec Gérard Collomb, Jean-Marie Le Guen, avec lequel il prend langue aussi. Notre groupe, ce n'est pas un projet de conquête et de poids politique, contrairement à celui des réformateurs. »

Les mois passent, et la tension ne cesse de croître au gouvernement entre le ministre de l'Économie et le Premier ministre Manuel Valls. Inquiets, de nombreux hiérarques socialistes se démènent pour ancrer définitivement dans leur vieux parti cette personnalité rafraîchissante et, surtout, populaire, une denrée rare au sein de l'exécutif hollandais ! Non sans arrière-pensées d'ailleurs, selon Castaner : « À Marseille, c'est Patrick Mennucci [*ex-député PS*] – à mon avis, il n'était pas mandaté – qui fait ça, sur la circonscription de Sylvie Andrieux. Inutile de vous dire que c'est une façon de tuer Macron ! Je me souviens que Macron m'avait appelé en me disant : "Patrick Mennucci m'a proposé ça, qu'est-ce que t'en penses ?", je lui avais dit : "Reste à la maison !" » Castaner certifie que Macron s'est réellement posé la question d'une candidature à l'échelon local. « Moi, par exemple, témoigne-t-il, sur Marseille, il m'a interrogé parce qu'il savait l'enseignement qu'il pouvait retenir, de Mitterrand à Hollande, celui de l'enracinement territorial, donc il s'est interrogé... »

À un moment, la rumeur parisienne prête à Macron l'ambition de prendre la tête de liste des régionales en région PACA. Christophe Castaner, candidat pressenti, le dissuade une nouvelle fois : « Je me souviens de l'avoir appelé et de lui avoir dit : "Franchement, si t'y as un intérêt et envie, je me retire immédiatement pour toi et je suis ton directeur de campagne, mais, objectivement, je ne suis pas sûr que ce soit l'idée du siècle..." » Avant de concéder : « Mais, de toute façon, ça ne l'intéressait pas du tout, il n'était pas dans ce schéma-là. »

En clair, Macron fait du Macron : il laisse ses interlocuteurs se découvrir, fait mine de prêter une oreille attentive à toutes les propositions, sachant par avance qu'il va les décliner. On en revient au poker : le bon joueur tente d'abord de décrypter le jeu de ses partenaires et retarde au maximum le moment où il devra dévoiler le sien, en général lorsqu'il pense la partie gagnée... En expert, Castaner approuve le constat, à sa façon : « Ses ambitions politiques ? On était alors dans l'interrogation, je ne l'ai jamais vu formellement formuler la chose, ça viendra plus tard... »

Et encore, jamais de manière explicite.

Quand on lui demande à quel moment Macron a décidé de se présenter à la présidentielle, Castaner plisse le front, hésite : « Ça, c'est compliqué, parce que le petit groupe – on n'était pas nombreux – qui se réunissait dans sa cuisine… Disons que ça a commencé au printemps 2016, ces réu'… »

Sauf que Benjamin Griveaux, lui, évoque l'automne 2015… « Oui, mais Griveaux, est-ce que c'était pour Macron ? Pour qui c'était ? s'interroge franchement Castaner. C'était pas tout à fait la même chose, eux étaient dans la construction, dans un groupe de pensée… »

De toute façon, à en croire les souvenirs de Castaner, Macron, lorsqu'il lance son mouvement En Marche !, en avril 2016, veut se tenir à distance des purs politiques, si peu en cour dans l'opinion publique. Un vrai coup de marketing… politique. « Le seul élu qui est là, un peu par hasard, c'est François Patriat, et en plus on ne sait pas pourquoi il est là, parce que Macron ne voulait pas de politiques », rigole Castaner, qui échange à cette période des SMS avec le futur chef de l'État.

> Castaner : C'est bien, ton truc, mais tu le fais avec qui ?
> Macron : Avec toi !
> Castaner : Ça ne va pas suffire !

« En tout cas, juge l'ex-ministre de l'Intérieur, à ce moment-là, Macron ne veut pas formaliser, car il pense que les politiques peuvent être un poids dans cette construction, qui doit être une structure de réflexion, mais pas une structure politique qui mène à la présidentielle. Or, s'il met des politiques, des députés, tout de suite on est dans une construction présidentielle et pas idéologique. Donc il nous tient un peu à l'écart… » Ou plutôt, en bon conspirateur, il compartimente au maximum, avec un talent frisant la schizophrénie.

Car Castaner découvre que, « très vite, à côté de ceux qui réfléchissent sur En Marche !, il commence à réunir des politiques. Parce qu'il se rend compte, au bout d'environ un mois et demi, qu'il a quand même besoin d'avoir un peu de terrain. Et il y a d'autres groupes, Jean-Jacques Bridey [*député PS*] anime un groupe qui commence à structurer des députés, des sénateurs, il y a plusieurs groupes comme ça, mais Bridey, par exemple, il n'est pas dans le cercle de la "cuisine" de la rue de la Planche, dans lequel il y a Nicole Bricq, François Patriat, Richard Ferrand, Gérard Collomb… Réu tous les quinze jours. Mais personne ne dit : "Tu es candidat à la présidentielle." Le sujet ne se pose pas… ».

Ou, plutôt, personne ne se risque à le mettre sur la table, le *boss*, mitterrandien en diable, cultivant l'ambivalence à loisir.

« *On savait qu'il était fliqué par l'étage voisin ! Sapin, il comptait tout, les repas, les dépenses…* »

« C'était une forme de tabou, convient Castaner. Personne n'osait déclencher le truc ! Et moi, je me souviens de ma discussion politique avec lui, au printemps 2016, elle est de lui dire – parce que je ne crois pas à l'hypothèse qu'il aille à la présidentielle et qu'il la gagne – que j'ai besoin de quelqu'un qui crée en France le pôle démocrate dont on a besoin. Et le PS me paraît empêché de faire ça. Je sors des régionales de 2015 [*il s'est retiré au second tour au profit de la droite afin d'éviter la victoire du FN*], j'ai vu comment il fonctionnait. Donc je lui dis : "Voilà, moi, je veux bien t'accompagner, mais imaginons que tu sois candidat à la présidence, imaginons que tu ne gagnes pas – en lui disant que je pense qu'il n'a aucune chance ! –, est-ce que ton engagement, du coup, il dépasse l'élection présidentielle ? Parce que moi, je veux bien t'accompagner, je veux bien peut-être contribuer à fragiliser le PS en étant avec d'autres qui créent une autre offre politique, mais si c'est pour que tu t'en ailles comme d'autres l'ont fait, je me souviens de Bayrou avec ses 18 % en 2007..." Bref, comment on traduit en structuration politique, c'est super dur... Et là, il me répond : "Il faut construire quelque chose sur quinze ans." Et alors là, je dis : banco ! Qu'il gagne la présidentielle n'était pas mon sujet à ce moment-là ; moi, mon sujet, c'était qu'il manque à la France un pôle démocrate, progressiste, etc. »

L'ex-maire de Forcalquier est incapable de situer le moment où Macron lui a dévoilé clairement ses intentions – sans doute jamais, en fait... Embarrassé, il hésite, lance vaguement : « Les choses sont écrites avant le meeting de la Mutualité de juillet 2016, sans le dire... »

Casta le concède volontiers, cette atmosphère conspirative, ces réunions en cachette, tout cela revêtait un parfum d'excitation indéniable. « Oui, sourit-il, vous êtes à la table de la cuisine et vous vous projetez sur le fait de créer quelque chose de nouveau en politique... Richard Ferrand, lui, avait intégré très tôt qu'Emmanuel Macron serait président de la République. Je ne savais pas si c'était de la méthode Coué ou quoi, mais c'était en tout cas le seul d'entre nous ! »

Richard Ferrand, pourtant étiqueté emmanuelliste, soit à la gauche du PS, premier supporter du libéral Macron, fait la preuve d'une remarquable souplesse idéologique...

« Oui, mais ça, c'est la force de Macron, explique doctement Castaner. Il a cette capacité de séduction qui fait que tous ceux qui ont travaillé avec lui, par exemple pour la loi Croissance et activité, qui ont passé des heures avec lui, sont tombés raides dingues. Il a cette capacité-là, il crée des fidélités, il sait envoyer le texto qui va bien, avoir l'intention qui va bien… »

Si le président Hollande fait preuve d'une cécité troublante, plusieurs de ses proches se méfient de l'outrecuidant ministre de l'Économie – son homologue des Finances, Michel Sapin, par exemple. « On savait qu'il était fliqué par l'étage voisin ! opine Castaner. L'autre, Sapin, il comptait tout, les repas, les dépenses… Ses notes de frais ? Ils les ont balancées dans la presse ! »

Du coup, les « comploteurs » se font le plus discrets possible. « Oui, on n'est pas cons ! rigole Castaner. Et puis, quand arrive l'automne 2016, tout le monde sait vraiment. Je me souviendrai longtemps, en septembre, j'ai Barbara Pompili, ministre du gouvernement [*secrétaire d'État chargée de la biodiversité précisément*], qui vient dans les Alpes-de-Haute-Provence, et qui, devant mon préfet, m'explique que je fais une faute, que ce n'est pas viable, etc. Ça, c'est le discours auquel on a tous droit. » Manifestement, Barbara Pompili est revenue à de meilleurs sentiments à l'égard de la macronie puisque, depuis juillet 2020, elle est ministre de la Transition écologique dans le gouvernement Castex.

« Nous, en gros, on a un seul objectif, c'est l'empêchement de Hollande. »

Retour à l'automne 2016. Dans l'entourage de Hollande, certains s'activent pour empêcher la fusée Macron de décoller. À la manœuvre, Christian Pierrel, chef adjoint du cabinet du président de la République, surnommé « le sniper anti-Macron ». « Pierrel, raconte Castaner, il appelle mes collaborateurs parlementaires pour leur dire : “On va le tuer”, donc on sait qu'il y a cette pression-là. »

La petite entreprise macroniste, organisée en microstructures sans lien entre elles, prospère d'autant plus que, dans l'entourage du ministre de l'Économie, ils sont de plus en plus nombreux à penser que Hollande ne sera pas en capacité de se représenter... notamment grâce au travail de sape de leur chef.

« Oui, admet Castaner, nous, les proches, on l'a intériorisé, sans le dire à Emmanuel Macron, parce qu'on sait cette relation particulière qui existait entre les deux, mais on ne la maîtrise pas, elle n'appartient qu'à eux, Macron en parle assez peu, ce n'est pas le sujet. »

Toujours cette obsession macronienne de ne pas se découvrir...

Castaner lâche finalement cet aveu empreint d'une sincérité désarmante : « Et donc nous, en gros, on a un seul objectif, c'est l'empêchement de Hollande. De sorte que, Hollande n'y allant pas, on règle ce problème-là. » Voilà qui est clair : des élus socialistes, et pas des moindres, ont bien savonné la planche de leur président. « Et puis, reprend Castaner, nous pointant du doigt, il se trouve que c'est vous qui l'avez empêché ! Ce n'est pas nous, mais votre livre, *"Un président ne devrait pas dire ça..."* Quand il tombe en octobre, on sait que le problème de l'empêchement est posé, et résolu. Votre livre nous a soulagés ! Nous, à ce moment-là, on sait qu'il y a l'empêchement... Donc c'est vous, et c'est lui [*Hollande*]. »

Macron, lui, n'aurait donc rien à se reprocher.

De toute façon, même si Hollande avait décidé de se représenter plutôt que de jeter l'éponge, comme il l'a fait le 1er décembre 2016, Castaner en est convaincu, Macron n'aurait pas fait machine arrière : « Ah oui. À ce moment-là, c'est trop tard. La machine est en marche. La force de la campagne de Macron, c'est qu'il a toujours eu un temps d'avance : il n'attend pas la décision de François Hollande pour se prononcer, il n'attend pas que la primaire de la droite aboutisse pour se prononcer… Même contre Juppé, Emmanuel Macron aurait gagné, ça, j'en suis convaincu, mais il n'y va pas parce c'est Fillon ou Juppé, de même qu'il n'attend pas Hollande, mais parce qu'il veut porter quelque chose… On a toujours veillé à ne jamais attendre et à avoir toujours un temps d'avance, une expression d'avance… Il a été maître de son rythme. »

Admiratif, toujours, il se souvient, les yeux brillants, de cette tournée du candidat Macron à Wattrelos en septembre 2016 : « Dominique Baert, député-maire (PS) de l'époque, il vous raconte que jamais il n'avait vu une telle liesse populaire, c'était le Tour de France, et le maillot jaune, c'était Macron qui passait ! »

Extatique, le groupie.

Chapitre 8
La liquidation

« Il a piqué et à Rocard et à Strauss-Kahn ;
il a piqué les hommes de Strauss-Kahn,
il a piqué les idées de Rocard. »
François Patriat, sénateur LRM

Dans tout héritage, il existe un moment de vérité : c'est celui de la réunion familiale, dans l'étude du notaire, à l'instant de la lecture du testament. Nous y sommes.

Michel Rocard et Dominique Strauss-Kahn, les deux grands « disparus » du socialisme – l'un au sens propre, l'autre au sens figuré –, ont-ils vraiment légué tous leurs biens à Emmanuel Macron, comme le prétendent régulièrement les dévots de l'actuel président de la République ? Il est permis d'en douter…

Voici par exemple ce que DSK lui-même confiait, il y a un an, à l'un de ses intimes : « Sais-tu pourquoi Gérard Collomb n'a jamais été ministre d'un gouvernement socialiste ? Pourquoi Richard Ferrand, député vingt ans, n'a jamais été ministre ? Pourquoi Christophe Castaner, député vingt ans, n'a jamais été ministre ? Parce que ce sont des burnes ! Macron s'est entouré de burnes ! »

Quant à l'héritage de Michel Rocard, et à ses liens avec Macron… Il suffit de relire certains SMS que nous avons échangés, au cours de cette enquête, avec la veuve de l'ancien Premier ministre, Sylvie Rocard : « Bien sûr, je connais beaucoup de choses sur ces relations depuis l'arrivée de EM à Paris. Mais, à la différence de Michel, Macron me ferait payer. Et Michel n'est plus là pour me protéger. Vous comprendrez. De plus, je suis très déçue de leur [*le couple Macron*] comportement envers moi. »

DSK et Rocard n'ont donc pas désigné d'héritier.

Si Dominique Strauss-Kahn n'a jamais donné suite à nos messages, nous avons en revanche entretenu une curieuse et surtout frustrante correspondance – par textos interposés – avec la veuve de Michel Rocard, ce personnage emblématique de la gauche française dont Emmanuel Macron a assuré à plusieurs reprises s'être inspiré. Nous savions que, dans l'entourage de l'ancien Premier ministre socialiste (1988-1991) de François Mitterrand, cette « captation d'héritage » passait plutôt mal. Le même sentiment habite les fidèles de Dominique Strauss-Kahn, autre figure marquante de l'histoire du parti socialiste. Ils sont nombreux à être agacés de voir Macron présenté comme le continuateur de l'œuvre de l'ancien patron du FMI.

Liquidateur, plutôt ?

Premier réflexe, demander des précisions à Sylvie Rocard sur les liens ayant supposément uni son défunt époux, disparu le 2 juillet 2016, et l'actuel chef de l'État. On a essayé. Elle n'a pas souhaité poursuivre plus avant nos échanges. Et nous respecterons sa volonté, en taisant certaines de ses phrases, qui trahissent un vrai désarroi.

Elle nous a fourni quelques pistes, cependant. Notamment lorsqu'il s'est agi d'évoquer le millionnaire Henry Hermand, « protecteur » et financier d'Emmanuel Macron, des années après avoir fait de Michel Rocard son protégé. Hermand est également mort en 2016, moins de quatre mois après Rocard, le 5 novembre précisément. « La secrétaire de Henry Hermand sait beaucoup de choses, mais elle est partie à la retraite », nous a tout de même indiqué Mme Rocard. De plus en plus intrigant…

« Elle avait les cendres de Michel Rocard dans sa voiture. »

Une certitude, Mme Rocard s'agace lorsque l'on dépeint Macron en fils spirituel de son mari : « Non et non. Si, pour Henry Hermand, Macron était le fils dont il rêvait, ce n'était pas du tout le cas de Michel. Il le trouvait intelligent, cultivé. Revoyez les pages du *Point* trois semaines avant sa disparition. » On s'est exécutés.

Dans l'hebdomadaire, le héraut de la deuxième gauche évoquait effectivement, en des termes assez froids, la filiation rocardienne revendiquée par Emmanuel Macron, mais aussi par Manuel Valls : « Ils le font tout le temps, c'est gentil à eux et je les en remercie… Mais ils n'ont pas eu la chance de connaître le socialisme des origines, qui avait une dimension internationale et portait un modèle de société. »

C'est gentiment dit, mais assez clair, sur le fond. Circulez, il n'y a vraiment plus rien à voir, faites d'abord vos humanités, en socialisme et en politique, et on en reparlera…

On a alors repensé aux confidences de François Patriat, « macronmaniaque » revendiqué, successivement rocardien puis strauss-kahnien, revenu de tout du haut de ses 78 printemps, nous racontant les dessous du meeting fondateur de la Mutualité, le 12 juillet 2016. Sylvie Rocard, veuve depuis dix jours, se sentait manifestement encore en phase avec Macron. « C'était archi-plein, se souvient l'ex-élu socialiste, désormais sénateur LRM. Dans l'assistance, il y avait Henry

Hermand, dans son fauteuil roulant. Il m'a dit : "Macron, c'est un homme d'État..." »

Parmi les personnalités conviées à l'événement, Sylvie Rocard, donc. Et Patriat de conter cette anecdote surréaliste, dont un psychanalyste ferait sans doute son miel : « Elle n'arrivait pas à se garer, et elle avait les cendres de Michel Rocard dans sa voiture ! Il avait été incinéré l'avant-veille et elle voulait les emmener en Corse. Hermand m'a dit : "Va chercher Sylvie, elle a les cendres de Michel dans la voiture et ne sait pas où se parquer !"... »

Macron triomphant sur les cendres de Rocard...

Patriat, qui a connu Rocard en 1964, avant de succomber au charme macronien un demi-siècle plus tard, l'assure : « Il y avait un père spirituel pour les deux – ça ne veut pas dire un protecteur –, c'est Henry Hermand. Je l'ai vu les derniers mois, j'étais allé dans son bureau plusieurs fois, il m'avait dit : "Il faut les réunir." Il ne croyait plus en Rocard, parce qu'il était en fin de vie, et il le savait. Mais il avait reporté tous les espoirs qu'il plaçait sur lui en Macron, qu'il poussait à se présenter. » Jusqu'à financer Macron, et à l'aider sur le plan personnel.

« Je pense, reprend Patriat, qu'en fin de compte Macron a mis en musique le rocardisme. Et il l'a fait avec un talent et une énergie inouïs, et avec un côté humain que n'a jamais eu Rocard. Rocard, il voyait un mec, il ne se rappelait même pas qu'il était rocardien, il ne se souvenait de personne, il ne reconnaissait personne ! Quand il buvait du vin, il disait : "Il est bon, ton bordeaux", il venait de Bourgogne... » Et le vieux sénateur de tracer un pont avec Dominique Strauss-Kahn, chaînon manquant dans la supposée filiation Rocard-Macron : « Macron a puisé chez les rocardiens, parce que les rocardiens se sont retrouvés autour de lui, et aussi chez les strauss-kahniens, parce qu'à ce moment-là Rocard n'était déjà plus. En fin de compte, il a piqué et à Rocard et à

Strauss-Kahn ; il a piqué les hommes de Strauss-Kahn, il a piqué les idées de Rocard. On est bien d'accord là-dessus. Mais il ne les a jamais trahis : ça, ce n'est pas vrai. »

Macron, parfaite synthèse entre Rocard et DSK ? Macron, créateur de la « troisième gauche » ? L'hypothèse laisse sceptiques la plupart des témoins interrogés dans le cadre de notre enquête.

Et pas seulement les politiques.

Christophe Prochasson, par exemple. Président de l'École des hautes études en sciences sociales (EHESS), où il est entré comme maître de conférences en 1991, cet historien est un spécialiste incontesté des soubresauts de la gauche et notamment du PS, dont il est un compagnon de route. Il nous reçoit dans son bureau d'angle au dernier étage de l'EHESS, avec vue sur le boulevard Raspail embouteillé. Il se montre particulièrement loquace au moment d'évoquer la supposée filiation avec Michel Rocard.

« C'est la représentation la plus courante, convient-il. Mais je crois que c'est quand même une posture et un héritage largement inventés. De Michel Rocard, on a sans doute le plus souvent la représentation d'un socialiste modéré, raisonnable, qui a essayé de composer le socialisme avec le monde moderne, et c'est de cette image-là, très sommaire et très tronquée, qu'effectivement Emmanuel Macron s'est voulu l'héritier. Mais Michel Rocard, c'est bien autre chose, c'est bien plus que ça. »

Il ne faudrait pas beaucoup pousser Prochasson dans ses retranchements pour accuser Macron d'usurpation d'identité… politique.

« Michel Rocard, illustre Prochasson, c'est quand même le militant engagé, avant même la création du PSU, à l'intérieur de la SFIO, contre la guerre d'Algérie, auteur de ce rapport qui dénonce les camps de regroupement, qui prend des positions extrêmement en rupture avec son milieu, adossé à des convictions morales et politiques fortes, puis alliant le PSU avec l'idéal autogestionnaire, qui est à mon avis un héritage un peu oublié, quand même, par Emmanuel Macron. »

« DSK est assassin sur Macron. Il lui en veut beaucoup d'avoir flingué la gauche. »

Conclusion sans appel de Prochasson : « Rocard se situe dans l'histoire longue de la gauche ; évidemment, Emmanuel Macron en est très, très loin. Et il rejoint Rocard quand Rocard est bien éloigné de tout cela, dans un moment historique où la gauche est dans une phase de délitement, où elle a perdu ses repères traditionnels et sa mémoire aussi. Je ne crois pas du tout qu'il puisse se dire appartenir à ce courant, au-delà de ses fréquentations superficielles de Michel Rocard et de Jacques Attali… »

Voilà pour Rocard. On se gardera bien de faire parler les défunts, mais il n'est vraiment pas certain que l'ancien Premier ministre aurait adoubé Macron président de la République.

Et *quid* du legs de Dominique Strauss-Kahn ?

Si DSK n'a pas souhaité nous livrer son sentiment, certaines confidences puisées dans son entourage laissent penser que, là encore, Macron a dérobé le sceptre de la « gauche réaliste » longtemps brandi par l'ancien patron du FMI, plus qu'il ne lui a été transmis. Le banquier d'affaires Matthieu Pigasse, ennemi revendiqué de l'actuel chef de l'État et proche de Strauss-Kahn, affirmait ainsi récemment en petit comité : « Il n'y a aucune relation particulière entre DSK et Macron. DSK est assassin sur Macron. Il lui en veut beaucoup d'avoir flingué la gauche, et il pense le pire de la politique qui est menée. »

Macron et DSK ont certes échangé à plusieurs reprises, depuis l'accession du premier nommé à l'Élysée. Mais sans chaleur, ni affinités particulières.

En privé, l'ancien ministre de l'Économie, des Finances et de l'Industrie dans le gouvernement de Lionel Jospin, entre 1997 et 1999, ne mâche pas ses mots, en effet. Il se dit consterné par la politique conduite par le chef de l'État, mais aussi par la faiblesse de ses principaux ministres ou ex-ministres venus de la gauche. Certains de ses anciens lieutenants ne sont pas moins sévères.

« Macron n'est pas un continuateur, c'est un récupérateur. »

Bébé strauss-kahnien, Pierre Moscovici réfute lui aussi fermement la filiation DSK-Macron, brandie un peu trop facilement selon lui. « Macron n'a jamais été strauss-kahnien, martèle le président de la Cour des comptes. Il a pris le talisman du réformisme économique, mais il n'est pas de gauche modérée. Le fait de choisir Hollande [*auprès de qui Macron s'est engagé dès 2010*] plutôt que Strauss-Kahn est assez typique, parce qu'en réalité il est strauss-kahnien dans sa tête, mais il choisit Hollande, car il se dit : “Il vaut mieux être le premier, j'achète à la baisse, je prends un type dont je peux m'emparer du cerveau, alors que l'autre, je serai un parmi d'autres…” »

Le réflexe du banquier d'affaires qu'Emmanuel Macron n'aurait finalement jamais cessé d'être.

S'il s'est éloigné de Dominique Strauss-Kahn depuis des années, Pierre Moscovici continue de le placer plusieurs coudées au-dessus du locataire actuel de l'Élysée, soupçonné d'avoir capté – puis trahi – l'héritage à la hussarde. « DSK, c'est un type qui a imprimé quelque chose, qui a du charisme, incontestablement. Il a une intelligence conceptuelle, ça va vite… Pour le coup, un mec comme Macron ne m'a jamais bluffé intellectuellement – je ne me sens pas du tout inférieur à Emmanuel Macron sur un plan intellectuel. Je ne me sens pas non plus inférieur à DSK, mais il y a des moments quand même où tu te dis : "Whaou, où est-ce qu'il va chercher ça ?!" Faut pas jouer avec lui aux échecs, c'est fatigant ! Vous en sortez laminé ! »

S'agissant de la supposée continuité avec l'ancien président du FMI, à en croire Moscovici, Macron « n'est pas un continuateur, c'est un récupérateur. Mais il a pris ce que les Français attendaient de DSK, le mec qui réconcilie la crédibilité et la gauche. Macron a pris la crédibilité, il a pris une petite musique de gauche, et puis il l'a tirée dans un "et de droite et de gauche", qu'il a ensuite fait tourner à droite, mais bon… Pour des raisons encore une fois strictement tactiques ».

Autre strauss-kahnien historique, Jean-Marie Le Guen, ex-secrétaire d'État de François Hollande, abonde. Évoquant les anciens strauss-kahniens passés dans le camp Macron, il note d'abord ceci : « Il est normal que des strauss-kahniens se retrouvent dans l'offre politique de Macron, c'est logique. Surtout le Macron du départ, le Macron de la campagne, qui est quand même un Macron nettement plus centre gauche. » Avant de préciser sa pensée : « Ils étaient dans l'orbite strauss-kahnienne, mais, par rapport à ce que pense Strauss-Kahn – j'en ai parlé avec lui –, ils sont sur un mode classiquement social-libéral, qui n'est pas, contrairement à ce qu'on en pense, le logiciel strauss-kahnien, ou plutôt de Strauss-Kahn lui-même. »

L'ex-député de Paris le rappelle, « le strauss-kahnisme va se développer dans les années 2000 comme le prolongement du jospino-rocardisme. DSK va chevaucher le courant deuxième gauche, rocardien, etc., et lui donner un leader et un espoir, mais ses fondamentaux sont première gauche, en fait : républicain, sens de l'État… Ce n'est pas le social-libéralisme ». Et quand on sonde Le Guen sur les pensées profondes de son tuteur en politique, il rit d'abord : « Je crois qu'il est très prudent sur le fait de parler du strauss-kahnisme ! » Le Guen, l'un des rares à être restés en relation étroite avec DSK, précise : « Pour en avoir parlé avec lui il n'y a pas longtemps, il est clair qu'il ne se situe pas sur cette problématique deuxième gauche, il est beaucoup plus étatiste, beaucoup plus jacobin, républicain… »

DSK ne se reconnaîtrait donc pas dans le macronisme ?

La réponse de Le Guen fuse : « Non, je ne crois pas. Il a dû voter Macron, mais je ne pense pas qu'il s'identifie. »

On est loin de la candeur d'un Stanislas Guerini nous confiant, plein d'espoir, lorsque nous lui demandions si DSK se félicitait de l'action menée depuis 2017 : « Je ne sais pas. Mais je crois qu'il est content, de ce que j'ai entendu, parce qu'il avait une certaine affection pour cette bande de jeunes, et je pense qu'il ne doit pas être mécontent de se dire que tout ça était imbibé de strauss-kahnisme ! Il regarde d'un bon œil ce que fait Emmanuel Macron, et avec un œil affectueux pour ses anciens “jeunes”… »

Rien n'est moins sûr, apparemment.

Ni Rocard, ni DSK, donc. Macron a été déshérité.

Un ultime message de Sylvie Rocard vient l'entériner : « Bon courage à vous. Car je ne voterai jamais pour lui. »

Philippe de Villiers

Le camelot

Michel Rocard, Dominique Strauss-Kahn et… Philippe de Villiers. Des tenants de la gauche « réaliste » au souverainisme à la sauce vendéenne : Macron est définitivement le champion toutes catégories du grand écart idéologique.

Villiers, donc.

La discussion a démarré sur des bases aussi encourageantes qu'inattendues, à *La Rotonde Montparnasse*.

« Moi, j'ai un principe : il n'y a pas de *off* », nous a annoncé d'emblée notre hôte, assis à la table 205, une table d'angle située au fond à gauche de la salle du premier étage, avec vue imprenable sur le carrefour Vavin. Un peu à l'écart des autres tables, la 205 est l'une des plus prisées de *La Rotonde*. L'ancien député européen a son rond de serviette à la célèbre brasserie, où les patrons lui donnent encore du « Monsieur le Président », rapport à ses vingt-deux années passées à la tête du conseil général de Vendée – il aime cette déférence. Un habitué, tout comme de nombreuses personnalités, parmi lesquelles un certain Emmanuel Macron, qui y a fêté par avance, de manière ostentatoire, sa victoire annoncée lors de la présidentielle de 2017.

Philippe de Villiers a ses aises, ici. Tel un maquignon de retour de foire, il jauge, soupèse. À la façon d'un éternel camelot en politique, prêt à vendre ses pacotilles au prix de l'or pur, pour peu qu'on veuille bien lui prêter une oreille attentive. Et tant qu'il s'y retrouve…

Entre Macron et Villiers, c'est dans cet établissement aux sièges et tentures vermillon que tout a commencé, cette idylle *a priori* incongrue entre le symbole du libéralisme mondialisé et le souverainiste vendéen tendance « catho-tradi ».

L'apôtre du « nouveau monde » et le réac assumé.

Le mariage forcé n'a pas duré, Villiers s'est même senti tellement berné qu'il en a conçu une certaine amertume, mais cette union éphémère et improbable en dit long sur les invraisemblables contorsions idéologiques dont l'actuel président de la République a fait sa marque de fabrique.

« Il envoie un message à la droite conservatrice, souverainiste, pour pas cher. »

D'abord intrigué, fasciné, puis finalement écœuré par Emmanuel Macron, le fondateur du parc historique vendéen du Puy du Fou flingue d'emblée, fidèle à sa promesse d'éviter la langue de bois : « Il y a un effondrement de la classe politique, et En Marche ! est le symbole de ça, parce que les gens d'En Marche ! n'apportent pas de vision. » Avant d'ajouter, à l'adresse du chef de l'État : « Macron n'a pas le sens de la France. Son éblouissement au Puy du Fou m'a montré qu'il était dans la découverte de quelque chose qui était très loin de lui. » Mais revenons à la genèse de leur histoire.

À *La Rotonde*, donc.

Printemps 2016. Installé pour dîner à sa table favorite, Philippe de Villiers voit surgir Gérard Tafanel, propriétaire avec son frère Serge de la brasserie, successivement martyrisée par les Gilets jaunes radicaux, un incendie puis enfin le confinement, durant le quinquennat Macron dont l'établissement est un peu devenu le symbole, à son corps défendant. « Le ministre de l'Économie est en bas avec sa femme, il voudrait vous voir, il serait content de vous parler », l'informe le patron de l'établissement. Étonné, Villiers décline poliment. La scène se reproduit plusieurs soirs. Finalement, poussé par la curiosité, Villiers se décide. Un soir, sur le coup de 23 heures, il descend l'escalier en bois du restaurant et, au lieu de se diriger vers la sortie, face à lui, tourne immédiatement sur sa droite : niché sous les marches, un box pour deux, à l'écart des regards indiscrets – l'alcôve où le couple Macron avait ses habitudes. « Et là, raconte Villiers, Brigitte me dit : "Ah, Philippe de Villiers, j'ai lu votre livre !" Elle parlait de mon ouvrage, *Le moment est venu de dire ce que j'ai vu*[1], un best-seller dans lequel j'étrillais quand même son mari, ce que je lui rappelle ! »

Brigitte Macron éclate de rire, et insiste pour faire asseoir Villiers à la table du couple. D'abord gêné, ce dernier accepte. « Et là, dit-il, Macron est volubile, chaleureux, charmant, rapide, incisif, drôle, en tout cas simple… » Bref, le pourfendeur des « technocrates européistes » dont son interlocuteur serait le meilleur représentant est ébloui – il n'est ni le premier, ni le dernier… « J'aimerais tellement venir au Puy du Fou », s'enthousiasme Macron. « Ah, c'est mon rêve ! » renchérit son épouse.

Large risette du vicomte, qui invite le Tout-Paris depuis des années.

« Rien n'est plus facile, vous m'appelez au mois d'août », leur lance Villiers, avant de prendre poliment congé, légèrement désarçonné. Aujourd'hui, pourtant, il jure n'avoir « jamais été dupe du numéro de charme » de Macron : « Je sais que si je fais venir le ministre de l'Économie ès

1. Albin Michel, 2015.

qualités, c'est une bonne chose pour le Puy du Fou ; ma religion, c'est le Puy du Fou ; donc il vient dans l'épuisette, je l'accueille ! » L'ancien candidat aux présidentielles de 1995 et 2007 sous les couleurs du Mouvement pour la France (MPF), le parti souverainiste dont il fut le fondateur, ajoute : « C'est aussi tout bénéfice pour Macron, car après avoir rendu hommage à Jeanne d'Arc quelques semaines avant, avec le Puy du Fou, il envoie un message à la droite conservatrice, souverainiste, pour pas cher. »

A priori, l'alliance contre-nature a tout du gagnant-gagnant.

Mi-août 2016. Philippe de Villiers sirote son rituel Ricard chez l'un de ses deux frères, Bertrand, dans leur Vendée natale. Son antique téléphone portable sonne : « Allô, c'est Emmanuel. Voilà, on comptait venir samedi, est-ce que c'est possible ? On vient deux jours, on devrait dormir sur place. » Un peu surpris par le ton familier du ministre de l'Économie, le fondateur du complexe de loisirs donne son accord et raccroche. « Et, là-dessus, mon frère me dit : "Attends, il faut quand même savoir : il vient en visite privée ?" Alors je le rappelle et je lui dis : "Visite privée ? – Non, pas du tout..." »

L'œil gourmand, Philippe de Villiers s'empresse de restituer les confidences de Macron, qui lui aurait dit : « Je viens pour trois raisons. La première, c'est que je veux avoir un long échange avec vous. Deuxièmement, je veux rendre hommage au fleuron français, donc je veux toute la presse. Et, troisièmement, je veux aussi montrer à Hollande et à toute la bande que je les emmerde. »

Invérifiable, évidemment. Mais tellement crédible.

Pas peu fier de son effet, Villiers traduit, au cas où l'on ne parlerait pas encore le Macron couramment : « Je comprends qu'en fait, venir au Puy du Fou, pour lui, c'est une démarche, il fait l'école buissonnière. Et, en fait, ce sont les prolégomènes de sa candidature. »

La suite est connue : plus disruptif que jamais, le ministre de l'Économie débarque avec son épouse dans le parc d'attractions le vendredi 19 août 2016 en fin de journée et, devant la presse, rend un hommage appuyé à l'« entrepreneur culturel » Philippe de Villiers, dont il salue la « réussite économique ».

« *Quand vous n'avez pas de de convictions, vous pouvez passer une soirée avec de Villiers…* »

Pourtant, jamais un ministre d'un gouvernement socialiste n'avait voulu mettre les pieds dans ce parc fondé en 1978 par un homme positionné aux confins de la droite extrême et de l'extrême droite. Aux journalistes qui s'étonnent de sa présence, Macron lâche : « Pourquoi c'est étonnant ? », avant de livrer cette confidence parfaitement provocatrice et donc savamment calculée : « L'honnêteté m'oblige à vous dire que je ne suis pas socialiste. » Le propos fera scandale à l'Élysée et surtout à Matignon – c'était le but –, et rendra inéluctable sa démission du gouvernement Valls ; le divorce sera d'ailleurs acté dix jours plus tard.

François Hollande n'a rien oublié de cet épisode à la fois destructeur et fondateur. « Quand il va voir de Villiers, nous confie-t-il, je m'en rappelle très bien, je lui dis : “C'est invraisemblable que tu sois avec ce type-là.” Il était déjà parti d'une certaine façon. C'est là qu'on a découvert le Macron qui n'a pas de de convictions, capable de tenir des propos sur la monarchie, le corps du roi, la France éternelle, la basilique de Saint-Denis… Au nom de l'érudition, on dit des bêtises quelquefois. Quand vous n'avez pas de convictions, vous pouvez passer une soirée avec de Villiers, il est assez caustique, comme Luchini, mais vous n'avez pas une relation politique avec lui, vous n'entrez pas dans trop de confidences avec de Villiers. C'est comme prendre Darmanin ministre de l'Intérieur : quand on a des convictions, y compris celles mises dans son livre *Révolution*, vous ne prenez pas Darmanin ! Vous prenez un préfet, une personnalité assez forte, pas Darmanin. Mais, pour cela, il faut avoir de la cohérence politique. »

Si l'épisode scelle la rupture de Macron avec l'exécutif, avec Villiers, en revanche, c'est la lune de miel. « La journée se passe très, très bien, se souvient l'ancien député européen. Il assiste au spectacle, enthousiaste, Brigitte encore plus que lui, elle sautille comme une gamine. »

Dithyrambique, Macron rivalise de compliments devant son hôte : « Quelle ferveur », répète-t-il, émerveillé – ou faisant semblant de l'être. « Là, je me dis : le mec, c'est un professionnel », avoue Villiers. Le dîner arrive, le couple Macron partage la table de Philippe de Villiers et de l'un de ses sept enfants, Nicolas, placé par son père à la tête du parc historique.

« Le dîner commence à 19 heures, et le spectacle de la Cinéscénie est à 23 heures, donc ça dure longtemps, s'étonne encore le souverainiste. Et on va reprendre la conversation après la Cinéscénie, qui se termine à minuit et demi. Et lui, il ne veut pas se coucher ! Brigitte ira se coucher vers 2 h 30, et lui vers 3 h 30. On trinque avec toute l'équipe du Puy du Fou et, incroyable, cet homme, qui est le maître des horloges, il ne fait pas attention au temps. » Celui que ses détracteurs surnomment parfois « le fou du Puy » n'a pas oublié, en tout cas, la première question de Macron, à peine attablé face à lui : « Comment vous sentez la France, vous ? » Le Vendéen n'en est toujours pas revenu. Il narre la suite : « Je me tourne vers Nico, surpris par la question. On échange un regard pour dire : attends, il se fout de ma gueule, là. Et je dis : “J'imagine que vous avez des instruments qui vous permettent de la sentir mieux que moi ! La France va très mal, elle est au bord de l'abîme, dans tous les domaines." Et là, Brigitte fait : "Tu vois." En fait, Brigitte, pendant tout le repas, elle fait ça : "Tu vois." Par exemple, à un moment donné, je lui sors une phrase alambiquée : "Celui qui sera élu, c'est celui qui saura cueillir l'écho de la France de l'intime." Et là, elle dit : "Ah !", et lui, il dit : "Note !" Et elle retient, parce qu'il me la ressortira après, cette phrase. »

Le reste de la soirée sera à l'avenant. Macron bombarde de questions son hôte, invraisemblable *spin doctor* réactionnaire d'un ministre phare d'un gouvernement de gauche : « Qu'est-ce qu'il faudrait faire ? Qu'est-ce qui ne va pas ? »… Trop heureux de l'aubaine, Villiers ne se fait pas prier. Le dialogue qui s'ensuit entre les deux hommes est assez surréaliste. Il est restitué par Villiers, qui aime à se mettre en scène ; il n'est donc pas exclu que quelque exagération ait pu se glisser, mais il concorde avec les récits livrés par tant de nos témoins…

> Villiers : C'est simple, on ne va pas parler de la libération des entreprises, ça c'est une évidence, tout le monde le dit, et personne ne le fait, mais il y a deux problèmes majeurs : il n'y a plus d'État, et il y a la question de l'identité, avec l'islam. Donc, est-ce qu'un président va s'occuper de ces sujets-là ?
> Macron : Moi !
> Villiers : Ah, parce que vous allez être candidat ?
> Macron : Dans la banque, on dit : « Je prends mon risque. »
> Villiers : Vous êtes jeune, vous pourriez attendre le prochain coup.
> Macron : Non, non, tout de suite.

Échange étonnant à tout point de vue. Sur la forme, car dévoiler dans ce cadre ses ambitions est pour le moins audacieux, mais encore plus sur le fond. Car, à en croire Philippe de Villiers, « Macron est d'accord avec [lui] sur tout ! ». « Je lui dis qu'il faut restaurer l'autorité de l'État, précise-t-il, un État dépouillé de ses fonctions secondaires, qu'il faut revenir à la France gaullienne, etc. Et puis, après, je lui dis qu'il y a un problème d'identité, que l'art de vivre à la française est menacé, qu'on ne peut pas accepter les horaires décalés dans les piscines, que tout ça fait qu'on est en train de couler… »

Bref, des thèmes chers à l'extrême droite.

« Tout ça, je lui dis avec force, et il est complètement d'accord avec moi », insiste Villiers, pas près d'oublier cette discussion irréelle, au cours de laquelle Macron évoque à plusieurs reprises Hollande. « Avec des phrases méprisantes », à en croire Villiers. « À la sortie du dîner, conclut ce dernier, d'abord je me dis : il ne sait pas grand-chose, visiblement, on a l'impression qu'il découvre des trucs que personne ne lui avait dits avant. Et, ensuite, je me dis : il est quand même très sous l'emprise de Brigitte, qui commente en permanence. »

Les deux hommes échangeront à nouveau le samedi matin, autour d'un petit déjeuner. « On continue à parler, poursuit Villiers. À aucun moment il n'émet une réticence s'agissant de mes idées. Et non seulement ça, mais il me dit : “C'est des gens comme vous qui devraient être au pouvoir…” »

Les deux hommes, désormais complices, restent en contact à la suite de l'épisode « puyfolais ». Quelques semaines après sa visite, Macron appelle Villiers, qui donne sa version de la conversation : « Je traversais Les Herbiers, et il me dit : “Je vais annoncer ma candidature. Qu'est-ce que vous feriez à ma place ?” Je lui dis : “Moi, à votre place, je ferais comme Chirac en 1976, je dirais : je n'ai pas les moyens de ma politique, etc., vous voyez ?" Il me dit : "Ah oui, d'accord." Finalement, il ne va pas me suivre, mais il m'appelle pour ça. Donc, je me dis : incroyable, on franchit un cran, là ! »

L'improbable itinéraire commun se poursuit durant la campagne présidentielle, puis après l'accession de Macron à l'Élysée. « Le soir de l'élection, assure Villiers, j'envoie un message à Brigitte. Et Brigitte me rappelle en me disant : "Je vous passe Emmanuel." Il sort de la pyramide du Louvre. Je lui parle trente secondes, et il me dit : "Merci, Philippe." C'est surréaliste… »

« Édouard Philippe, il ne va pas m'emmerder longtemps. »

Le héraut de la droite identitaire et le nouveau chef de l'État restent en contact *via* le très jeune Vendéen (27 ans seulement) Jean Gaborit – qui n'a jamais donné suite à nos appels. Intime du « Vicomte », Gaborit a d'abord fait office de simple attaché de presse à l'Élysée avant d'être promu chef adjoint de cabinet du président, dont il a géré les « affaires privées » à la place d'un certain Alexandre Benalla, puis de rejoindre Éric Dupond-Moretti place Vendôme en qualité de chef de cabinet. Mais Villiers et Macron échangent beaucoup directement, et le Vendéen se départit rarement du ton *cash* dont il est coutumier. Ainsi, un dimanche matin de 2019, au cœur de la tempête des Gilets jaunes, le chef de l'État s'entend expliquer au téléphone que l'exécutif est « totalement à côté de la plaque » dans la gestion de ce mouvement social atypique et violent.

Puis vient la crise du Covid, au printemps 2020. Villiers comprend que son parc chéri va devoir fermer ses portes, perspective insupportable à ses yeux. Alors, profitant de sa connexion directe avec Macron, il débute un intense travail de lobbying, bombardant de coups de fil, textos et autres courriers le chef de l'État, l'informant notamment du risque de dépôt de bilan encouru par le parc. « Il n'en est pas question, je ne laisserai pas tomber le Puy du Fou, je demande à Édouard Philippe de régler le problème », lui aurait répondu Macron. Villiers raconte la suite : « Le 14 mai, il me dit : "Édouard Philippe va vous appeler à 21 heures." Notre conversation dure une heure et un quart, Philippe me dit : "Non, vous êtes fermés, pas question d'ouvrir. Faites appel à vos actionnaires." Je lui dis : "On n'a pas d'actionnaires." Alors là – le gars est susceptible –, il me dit : "Vous dites n'importe quoi." Donc on se frite. » Ni une ni deux, Villiers enjoint au chef de l'État d'arbitrer en sa faveur.

« Le dimanche 17 mai, je retiens la date parce que je m'en souviens bien, Macron me rappelle, poursuit Philippe de Villiers, et il me dit : "C'est très bien, mercredi, je passe le Puy du Fou en Conseil de défense. Donc, Édouard Philippe, il ne va pas m'emmerder longtemps." Dans cette conversation du 17 mai, il me dit deux choses. Premièrement : "Je passe le Puy du Fou en Conseil de défense, parce que ça, c'est de ma compétence", et deuxièmement : "Ils ne comprennent rien, ils vont faire crever le pays." Il ajoute : "Vous la connaissez, Philippe, cette droite molle, européiste, vous savez comment ils sont…" Donc moi, je sais à ce moment-là qu'Édouard Philippe, c'est fini. »

Philippe de Villiers l'affirme : « Pendant une longue période, Macron reproche sévèrement à son Premier ministre, non seulement de lui voler la vedette, mais de vouloir imposer au pays un confinement prolongé. Il veut m'expliquer : "S'il ne tenait qu'à moi, on aurait tout rouvert depuis longtemps…" » Macron, à en croire Villiers, aurait donc arbitré contre son Premier ministre en faveur d'une figure du souverainisme…

Nous avons consulté les textos échangés à cette période clé entre Villiers et Macron, lorsque le premier espérait que le second déjugerait son Premier ministre et autoriserait la réouverture rapide de son parc. Le 20 mai 2020, à 14 h 33, Villiers écrit : « Cher Emmanuel, pas de nouvelles. Fumée blanche ? » Suivi, cinq minutes plus tard, d'un deuxième message : « Cher Emmanuel, vous m'aviez promis la décision pour le Conseil de défense de ce matin. Le PM a parlé d'une décision le 25 mai. Vous retardez de deux jours. On n'a plus confiance en personne. » À 16 h 06, le chef de l'État répond au fondateur du Puy du Fou : « Non. Décision prise ce matin en Conseil de défense : on commence dès aujourd'hui le travail en vue de la réouverture. Mandat est donné au préfet de commencer le travail dès aujourd'hui. »

Le 10 juin, pour faire bonne mesure, Villiers offre son nouveau pamphlet antimacroniste, *Les Gaulois réfractaires demandent des comptes au nouveau monde*[1], au chef de l'État, à qui il griffonne cette dédicace : « À Emmanuel Macron. Puisque vous avez appelé chacun à "se réinventer", voici donc ce "petit manuel de réinvention" préparé par mes soins comme une trousse d'urgence à votre intention. Faites-en bon usage, s'il vous plaît, dans l'esprit même de nos échanges, toujours vifs et amicaux. Afin que le "monde d'après" permette de relever la France, au bord de l'abîme. Avec mon attention respectueuse et amicale. »

Le 2 juillet, Emmanuel Macron répond par courrier à en-tête de la présidence de la République à son « cher Philippe » : « Je tiens à vous remercier pour votre envoi. Je lirai, soyez-en assuré, avec attention votre ouvrage. »

1. Fayard, 2020.

Avant d'ajouter à la main, au feutre noir, cette précision très « en même temps » : « Nous connaissons nos désaccords, mais nous savons aussi ce qui nous lie. À bientôt. Amitiés. »

Entre-temps, le 11 juin, le Puy du Fou a été le premier complexe de loisirs à être autorisé à rouvrir au public. Le lobbying incessant du souverainiste a payé. Pourtant, très vite, les relations entre le Vendéen et le chef de l'État vont virer à l'orage. La réouverture au public de la Cinéscénie, fierté du parc, suivie d'un reportage de BFMTV mi-juillet mettant en lumière le non-respect des distances de sécurité entre les spectateurs, provoquent une nouvelle polémique. Cette fois, finis les passe-droits, le président ne veut plus se mouiller. Le divorce Macron-Villiers est acté.

« Il saute sur tout ce qui bouge, c'est un chien fou. »

« Macron a pris peur, déplore ce dernier. Il me dit : "Là, je ne peux pas." Et, depuis, on ne s'est plus parlé. »

L'inattendue romance entre les deux hommes s'achève brutalement, dans un fracas de vaisselle cassée.

Comme brusquement dégrisé, le fondateur du MPF largue du jour au lendemain les amarres avec le chef de l'État, dont il dit avoir alors mis au jour la vraie nature. « Sa personnalité est incroyablement changeante, et il est toujours, toujours dans l'instant, soutient-il. À aucun moment il ne fait d'anticipation. Il se repose sur l'intuition, l'instant, l'instinct. En fait, on croit qu'il écoute, mais pas tant que ça. Il se croit très intelligent, et il est assez peu sensible aux influences, hormis celle de Brigitte, elle se croit tout permis. Et lui, il ne mesure pas les décisions qu'il prend. Il saute sur tout ce qui bouge, c'est un chien fou. »

Filant la métaphore marine, il juge que Macron navigue « sur une coquille de noix qui, en haute mer, avec une dextérité à nulle autre pareille, échappe à toutes les écumes et se rétablit. Mais il n'y a pas d'ancrage. Sur l'affaire du Covid, par exemple, on voit qu'il y a un va-et-vient permanent ».

Désormais contempteur en chef du macronisme, l'ancien député européen prend pour exemple un sujet qui lui tient tant à cœur, ou plutôt l'obsède : « Pour avoir parlé avec lui de la question de l'islamisation depuis son élection, il y a eu quatre phases ! En quatre ans ! La première, il m'a dit : "Vous avez raison, c'est une question centrale, la civilisation française", etc. On disait, lui et moi, des choses basiques : il faut faire respecter en France l'art de vivre à la française… Après, il m'a expliqué que cette idée du communautarisme, ce n'était pas stupide, ça permettait d'avoir la paix. Et puis, troisième position, il recommence dans l'autre sens, et puis, après, on a la loi sur le séparatisme… Donc, ça, c'est typiquement lui. Sur tous les sujets, c'est comme ça. »

Même sur l'Europe, à en croire Villiers. En mars 2019, il est invité à dîner à l'Élysée par le président et son épouse, à qui il offre un exemplaire dédicacé de son livre, *J'ai tiré sur le fil du mensonge et tout est venu*[1], ouvrage radicalement antieuropéen. « Il l'a lu, rapporte Villiers, et il m'a dit, les yeux dans les yeux : "Convaincant !" Il m'a dit : "Je suis d'accord avec vous. Schuman, Monnet, tout ça, ils ont voulu faire une Europe sans les nations, et on ne peut pas faire l'Europe sans les nations" », témoigne Villiers, toujours aussi étonné, deux ans plus tard. « Après avoir lu mon livre, reprend Villiers, il me dit : "Alors je découvre que vous avez – d'une manière très discrète, je n'étais pas au courant – rencontré Orban, vous avez dîné avec lui…" Je lui dis : "Oui, j'ai passé un long moment, j'ai passé trois

1. Fayard, 2019.

heures avec lui", et je raconte. Il me dit : "C'est un type formidable. – Ah bon, vous trouvez ?" Et il regarde Brigitte, Brigitte me regarde, elle voit la surprise, et elle me dit : "Oui, c'est le plus intelligent." On est là, tous les trois, à table… Et après, à Bruxelles, il dénonce le populisme… »

Un mouvement dont l'« illibéral » nationaliste Viktor Orban, Premier ministre de Hongrie depuis 2010, est l'une des figures en Europe.

D'après Philippe de Villiers, Emmanuel Macron, qu'il dépeint pourtant en girouette, ne serait pas cynique pour autant : « Il est au premier degré, en fait. C'est la phrase de l'Ecclésiaste : "Malheur au royaume dont le roi est un enfant et dont le prince festoie dès l'aurore." Le prince, c'est lui. C'est un enfant. Et il est sincère. Ce qui me frappe, c'est justement qu'il est dans l'instant, parce que, comme il n'a pas d'enfants, il ne se projette pas. Pas du tout. »

Et le vicomte de livrer une énième anecdote : « Un jour – c'est incroyable –, il m'appelle et me dit : "Voilà, j'organise à Chambord, avec toute ma famille, un rassemblement, je vais leur faire la surprise, je voudrais avoir des fauconniers. Est-ce que vous auriez deux, trois fauconniers ?", etc. Alors, on a envoyé les fauconniers, c'était pour ses beaux-petits-enfants ou pour ses petits-neveux, je ne sais pas quoi… Donc, tout est jeu. »

« Nous sommes une vieille famille de chevaliers français. Et donc, là, vous venez de m'insulter. »

C'est avec la famille Villiers que le chef de l'État est en fait désormais brouillé. Car avec l'autre frère de Philippe, le général Pierre de Villiers, Emmanuel Macron s'est fait un ennemi à vie. Dès le début de son quinquennat. Le chef d'état-major des armées s'est retiré en Vendée après sa démission surprise, le 19 juillet 2017, motivée par un différend avec le président de la République sur le budget des armées. À la veille du défilé du 14 juillet, le chef de l'État avait vivement tancé en public le militaire pour des propos tenus devant la commission de la défense de l'Assemblée. Un recadrage violent vécu comme une humiliation. Et dont Philippe de Villiers nous révèle les dessous.

Selon lui, « le lendemain ou le surlendemain » de l'épisode du 14 juillet, « Macron, en fait, se ravise – sous l'influence de qui, on ne sait pas – et il demande à voir Pierre à La Lanterne, discrètement. Il le voit, et il lui dit : “Il faut rester.” Et, en gros, il lui dit : “Et si vous partez, moi, je vous nomme dans un poste qui vous permettrait d'avoir, en termes d'émoluments…” Il utilise ce mot-là ! Il lui propose d'avoir une très belle retraite ! Et Pierre répond : “Monsieur le Président, ma décision était prise, mais là, vous venez de franchir la ligne rouge, parce que vous ignorez tout de ce que je suis et de ce qu'est ma famille. Nous sommes une vieille famille de chevaliers français. Et donc, là, vous venez de m'insulter…” »

En clair, le général – qui n'a pas souhaité nous répondre – aurait eu le sentiment que le président tentait d'acheter son silence. Sans cela, confiera-t-il à son frère, il aurait été prêt à ravaler sa fierté et à ne pas démissionner…

Pour se justifier, Macron assurera plus tard à ses proches avoir sanctionné l'insolent général parce qu'il n'avait pas supporté qu'il humilie régulièrement son prédécesseur, François Hollande. L'argument paraît pour le moins surprenant. D'ailleurs, interrogé par nos soins sur ce point, Hollande a ouvert des yeux ronds : « Non ! Jamais. Villiers, il était pénible, il râlait pour son budget, mais il négociait ses arbitrages, il était totalement loyal, il m'a organisé quand je suis parti une réception à l'École militaire, et m'a même offert un sabre ! Non, vraiment, il a été très respectueux, très correct, alors qu'il n'avait rien à attendre. Là où il avait gardé sa liberté de parole, c'est lorsqu'il allait défendre son budget devant les deux assemblées, mais il était dans son rôle… » Pour l'ex-président, avoir congédié ainsi le militaire relève « de l'inconscience ». « Macron pouvait virer Villiers, assure Hollande, mais pas l'humilier devant tout le monde un 13 juillet. Quand on est dans l'armée, même ces militaires qui ne sont pas de grands démocrates, la première règle qu'ils vous enseignent, c'est que vous ne faites aucune réflexion à un de vos subordonnés devant les autres, pas devant les troupes. C'est fondamental dans l'armée. Convoquer Villiers, oui, mais pas devant des attachés militaires, des chefs d'état-major étrangers, des ambassadeurs… »

Mais Macron n'a jamais connu les « joies » militaires, ni les codes de la vie en entreprise.

Pour Philippe de Villiers en tout cas, Emmanuel Macron ne serait finalement rien d'autre que le produit de l'« *establishment* financier ». Évoquant ses années chez Rothschild, le Vendéen nous dit : « C'est un banquier. Et banquier, c'est quelqu'un qui gagne de l'argent avec de l'argent. C'est une vocation, banquier. Et il reste banquier. Bernanos disait : "Une société de la décadence, c'est une société qui substitue les moyens aux fins." L'argent, c'est un moyen. Le mec, il vit d'un moyen comme si c'était une fin. Et il arrive en politique. »

Le moment est venu de se quitter, l'intarissable Philippe de Villiers a trouvé le temps d'avaler son Ricard, puis un tartare-frites (surgelées, malheureusement) et un dessert. Avant de prendre congé, l'orgueilleux Vendéen insiste encore : non, il n'a pas été aveuglé par Emmanuel Macron. « Moi, glisse-t-il en se levant, j'ai été habitué très tôt : très jeune, j'étais stagiaire en Corrèze avec Chirac. Et, dans l'entourage de Chirac, on me disait : "Surtout, ne crois pas à ce qu'il dit !" J'ai été habitué à ne pas croire. Donc, Macron, je n'y ai jamais vraiment cru. »

On n'est certes pas non plus obligés de croire sur parole le fondateur du Puy du Fou.

Mais l'écouter, oui. Car, au-delà de l'anecdote, des scènes narrées avec un certain brio et parfois sans doute un peu d'emphase, Villiers raconte bien ce qu'est devenu Macron, en si peu de temps. Il n'a rien de l'héritier de Hollande, du fils de Rocard ou du descendant de DSK. Il est mouvant, en perpétuelle construction. Son idylle avec le vicomte l'atteste ; au-delà d'une vraie attirance, celle qui unit les êtres sans tabou, Macron a su capitaliser sur Villiers, séduire, dès la fin du mois d'août 2016, la droite. En tout cas, une certaine droite. Plus précisément, sa frange la plus dure.

Puis s'en éloigner, quand il n'en avait plus besoin. Le roi n'avait plus l'usage de son camelot préféré.

Chapitre 9

L'ASSASSINAT

« On était à 300 ou 400 kilomètres de Paris, en Bretagne, on achète un truc d'alcool à brûler dans une supérette et on brûle les docs sur le goudron ! »

Alexandre Benalla,
ex-chargé de mission de Macron à l'Élysée

Surtout, ne pas laisser de traces.

C'est le dernier acte, la trahison finale. Le crime parfait.

Emmanuel Macron redouble de précautions, à l'automne 2016. « En voiture, il ne téléphonait pas, il n'utilisait que Telegram », se rappelle Alexandre Benalla, qui a su s'insérer dans le dispositif de sécurité du futur candidat à l'élection présidentielle. « Il se méfiait, y compris de nous, raconte le futur chargé de mission élyséen. Pendant la campagne, il prend un certain nombre de notes, je me souviens d'un déplacement, il prend ses papiers, répond par SMS en regardant ses notes, après il les déchire, les met par terre et me dit : "Alex, ça, destruction." Je me souviens, alors qu'on repartait à l'aéroport, il commençait à me faire confiance, il était très précautionneux. On était à 300 ou 400 kilomètres de Paris, en Bretagne, on achète un truc d'alcool à brûler dans une supérette et on brûle les docs sur le goudron !

C'était des docs de stratégie de campagne, des éléments de langage, etc. Des documents En Marche ! »

Macron ne laisse rien au hasard. C'est la seule méthode valable pour assouvir une folle ambition, surtout lorsqu'elle est dissimulée.

Prenons cette rencontre, discrète, qui remonte à la période charnière 2014-2015, alors qu'Emmanuel Macron vient de prendre ses quartiers à Bercy. Au cours d'une discussion avec Jean-Louis Beffa, l'un des plus puissants patrons français, passé par Saint-Gobain ou encore Engie, le nouveau ministre lâche, tout de go : « Je vais me préparer pour la présidentielle. »

Réplique de Beffa : « Ah oui, pour 2022… »

Macron le coupe : « Non, non, 2017. »

Contacté, l'industriel nous a certifié n'avoir « aucun souvenir d'un tel échange ». Pourtant, début juin 2015, ce même Beffa répétera ensuite à un interlocuteur de choix, lors d'un déjeuner d'affaires, ces propos de Macron, à la virgule près. Ce convive s'empressera d'ailleurs, dans la foulée, de prévenir Manuel Valls. Réaction du Premier ministre : un rire, franc. L'impudent de Bercy viserait ainsi l'Élysée, sans passer par les cases PS, mairie, députation, conseil régional… ? Impensable.

L'échange est instructif : s'il s'est déclaré officiellement candidat à l'élection présidentielle à Bobigny (Seine-Saint-Denis), le 16 novembre 2016, la candidature d'Emmanuel Macron était actée depuis un long moment, bien avant le lancement, le 6 avril 2016, de son mouvement En Marche !, suivi, le 30 août, par sa démission du gouvernement Valls. S'il a rarement été aussi explicite qu'avec Jean-Louis Beffa, y compris devant ses proches, Macron a envoyé suffisamment de signaux, s'est épanché trop souvent auprès de diverses personnalités pour que l'on puisse souscrire à la thèse de l'homme élu par accident, profitant d'une série d'événements aussi imprévisibles que favorables à ses intérêts. Nombre des témoins rencontrés pour les besoins de cette enquête le confirment : le crime de lèse-majesté visant à ravir la couronne du souverain en place était prémédité de longue date.

Lui a affirmé, un jour de février 2018, devant la presse présidentielle, avoir conquis le fauteuil présidentiel « par effraction ». Une confidence en forme d'aveu. Car le dictionnaire Larousse ne laisse aucune place à l'ambiguïté : « L'effraction, qui constitue un délit, est une circonstance aggravante de certaines infractions : vol, violation de domicile… »

En l'espèce, un assassinat politique en bonne et due forme.

Ce meurtre avec préméditation, la plupart de nos interlocuteurs n'en ont eu la confirmation – voire, parfois, la simple connaissance – qu'*a posteriori*, tant Macron a l'art de brouiller les pistes et de ne surtout pas formaliser les choses. En effet, toute stratégie, pour une trahison parfaite, obéit à certaines règles. D'abord, avancer à couvert, voire appâter le camp ennemi. Ainsi, Emmanuel Macron n'aura de cesse de faire croire à ses collègues ministres ou aux patrons du PS qu'il pourrait volontiers, un jour, se laisser tenter par une trajectoire politique bien classique, à l'ancienne. De quoi contenter Hollande, et le conforter dans son schéma : on ne peut guigner la présidence de la République sans avoir fait ses preuves sur le terrain, implanté au plus près des militants… Macron va donc, en tacticien hors pair, faire mine d'étayer cette conviction très « hollandaise ». Sun Tzu, sa référence, l'a théorisé : « Tout art de la guerre repose sur la duperie… »

Tout commence donc avec François Hollande. Dès sa première rencontre avec Macron, en 2008, il propose à l'inspecteur des finances de s'engager sous les couleurs du PS, au Touquet, où le parti est puissant.

Macron élude, il le fait si bien…

Mais, six ans plus tard, Hollande est toujours dans cet état d'esprit. Il pense que son nouveau ministre de l'Économie, tôt ou tard, devra emprunter les sentiers balisés du parcours politique des plus orthodoxes. Dès 2012, son fidèle conseiller, Bernard Poignant, a déjà vanté auprès du secrétaire général adjoint de l'Élysée les charmes d'une entrée en politique par la base. Une circonscription, où qu'elle soit. Là encore, à plusieurs reprises, Macron abonde, avec tact et douceur.

« Bien sûr… » « Pourquoi pas… » « Un jour… » « Évidemment… »

Ses interlocuteurs jouent la carte des sentiments. Amiens, sa ville d'origine, lui est ainsi offerte, sur un plateau ou presque.

« Tu vas te faire défoncer la gueule si tu fais ça, avec le label Rothschild. »

Au mois de décembre 2013, quelques jours avant Noël, Poignant croise Macron dans les couloirs du palais. Sourire complice et tutoiement chaleureux, le secrétaire général adjoint lance : « Passe me voir, on va parler un peu des municipales. » Poignant s'exécute. « Je lui parle d'Amiens, se rappelle-t-il, il me dit : "Qu'est-ce que t'en penses ?", je lui dis : "Le plus simple, c'est que tu te rapproches tout de suite de la section socialiste d'Amiens" – réflexe vieux monde ! –, "d'abord parce qu'ils ont peut-être déjà désigné quelqu'un", etc. Mais il ne répond rien du tout, j'imagine qu'il tâtait le terrain… »

Emmanuel Macron, de fait, hésite. En parle à Nicolas Revel, son *alter ego* à l'Élysée. « Tu vas te faire défoncer la gueule si tu fais ça, avec le label Rothschild », le met en garde Revel. « Tu as raison », opine Macron, qui décline, aussi, une circonscription dans les Hautes-Pyrénées, où il a des attaches affectives.

Une fois installé à Bercy, en août 2014, Macron les voit tous défiler dans son bureau, les barons socialistes. François Rebsamen, ministre du Travail, repère bien sûr le potentiel. Tente de l'attirer dans sa région. « Je lui avais proposé une circonscription à Dijon, se rappelle-t-il. Il était devenu le chouchou du gouvernement. Ça l'intéressait, mais pas plus que ça. Il ne se dévoilait pas. »

Myriam El Khomri, alors secrétaire d'État à la Ville, se souvient d'un déplacement avec Macron : « Le 6 juillet 2015, je l'emmène à Marseille, il vient avec moi dans les banlieues. Il imprime avec les habitants des quartiers. Je dis à Macron qu'il devrait se présenter à Marseille. » Elle lui glisse même, à l'oreille, entre deux bains de foule : « Tu devrais être maire, ça te tannerait le cuir. » Il laisse dire. « Il écoute. C'est un séducteur… », rapporte, après tant d'autres, Myriam El Khomri.

Macron à Marseille… On en rit encore, dans les rangs macronistes. Avec cette morgue qui peut les caractériser, souvent. « Macron à Marseille ? L'essentiel, c'est qu'ils l'aient cru. Il faut toujours se laisser plein d'options ouvertes », ironise ainsi l'homme qui s'imagina maire de Paris, Benjamin Griveaux.

C'est au tour, ensuite, du sénateur socialiste du Nord Patrick Kanner d'entrer en scène. Devenu ministre des Sports en août 2014, il va, au moins à deux reprises, proposer des points de chute fiables à son homologue de Bercy. « J'avais négocié un lieu d'implantation potentiel, dans le bassin minier, dans le Pas-de-Calais. C'était fin 2015… » La discussion, une nouvelle fois, vire au monologue. « Tu sais, si François est réélu, tu seras peut-être son Premier ministre. Mais s'il n'est pas réélu, il te faut un terrain, un territoire, des racines », plaide le ministre socialiste. Pas de retour, côté Macron. Jamais. Mais quand Kanner se rend, un jour, au ministère de l'Économie, pour une conférence de presse tournant autour du cyclisme français, il s'aperçoit que Macron connaît tous les intervenants, des élus locaux aux coureurs. « Le travail préparatoire avait été fait, sourit aujourd'hui Kanner. Quelque chose se préparait dans sa tête, manifestement… »

C'est que Macron reçoit à tour de bras, à Bercy. Il s'ouvre à ses proches de ses ambitions, de ses déceptions, aussi. Bernard Mourad, l'ami banquier, se rappelle un déjeuner où le ministre se plaint de son statut : « C'est un job qui a dû être sympa, il y a vingt ans », se lamente-t-il. Il profite de tout et de tous pour développer son réseau relationnel. Quand Thomas Thévenoud, ex-député et ancien attaché parlementaire, est nommé secrétaire d'État au Commerce extérieur, maroquin dont le périmètre a été rattaché au Quai d'Orsay, il reçoit un conseil de son ministre de tutelle, Laurent Fabius : « Allez à Bercy rencontrer le jeune Macron. Mais méfiez-vous, il va vous faire du charme pour récupérer le Commerce extérieur. » Erreur sur toute la ligne. Macron s'en fiche parfaitement. En revanche… « Moi, j'aimerais bien rencontrer des députés, lui indique Macron. Tu les connais tous, ce serait bien que, de temps en temps, on aille ensemble à la buvette… »

Sun Tzu, toujours : « Tout le succès d'une opération réside dans sa préparation. » Macron a alors besoin de faire voter sa future loi. Mais il nourrit surtout d'autres desseins, bien plus ambitieux.

En attendant, le bal des prétendants continue. En février 2016, Jean-Christophe Cambadélis, le patron du parti socialiste, le convie à un bureau national extraordinaire du PS. Macron décline. Ce n'est pas sa première rebuffade. Des mois, pourtant, que le premier secrétaire fait son siège. Pour une fois qu'un tel prodige émerge, comment passer à côté ? Dès 2015, il tente de le recruter. Mais, en septembre 2015, un énième échec l'interpelle. Le dialogue est annonciateur d'événements pour le moins contrariants pour le patron des socialistes.

> Cambadélis : Qu'est-ce que tu veux ? Tu veux être député, Premier ministre ? Une région ? Tu peux jouer un rôle considérable, ramener à Hollande des gens qu'on ne peut pas atteindre. Parce qu'on est ringards, qu'on est le PS…
> Macron : J'y ai pensé : je vais faire un club !
> Cambadélis : Pourquoi tu ne prends pas le parti radical ? On aurait besoin d'un parti radical qui ne soit pas sur nos plates-bandes…
> Macron : Non, je vais faire un truc nouveau, je vais réunir des gens. Mais il faut qu'on fasse ça en bonne intelligence, avec François, qu'il le sache.

En sortant de Bercy, « Camba » appelle le chef de l'État.

> Cambadélis : C'est quand même bizarre… Ton gars, trois fois je lui parle de toi, trois fois il parle de lui ! Tu connais les gens : d'habitude, ils font la révérence devant le président. Il prépare quelque chose.
> Hollande : Mais non. Comment tu peux dire ça, ce n'est pas parce qu'il veut faire son truc… À son âge, tu faisais la même chose au PS !
> Cambadélis : Justement, je préparais quelque chose !

Camba n'a pas tort : Macron est déjà très avancé dans son projet. Il n'avait, bien sûr, aucune intention de rallier un parti qu'il pensait condamné. Didier Guillaume, son ex-ministre de l'Agriculture, un rallié de la première heure, après avoir longtemps soutenu Valls au sein du PS, en témoigne : « À aucun moment il n'était possible de récupérer Macron. Macron embrigadé par le PS, ce n'était plus Macron, il ne faisait plus du macronisme, et c'était mort. » Ils sont nombreux, les agents doubles de l'époque. Thomas Cazenave, directeur adjoint du cabinet de Macron à Bercy de 2014 à 2016, par exemple. Secrétaire général adjoint à l'Élysée de François Hollande de novembre 2016 à juin 2017, il va conseiller dans le même temps Emmanuel Macron, son ami depuis l'ENA. Très tôt, Macron lui a tenu un propos très clair, en le recrutant parmi ses troupes : « Ça va secouer ! »

« Il y a un coup à jouer. Il n'y a personne, Hollande est quand même très affaibli. »

Macron a eu l'ambition, l'envie d'être président de la République. C'est venu très tôt, souvenez-vous de sa déclaration à Alain Minc, en 2007. Ensuite, il a méthodiquement construit l'appareillage nécessaire. Enfin, il a mis son plan en œuvre. En mettant quelques proches dans la confidence.

Décembre 2015. Serge Weinberg, l'un de ces patrons réputés proches de la gauche, qui a quasiment imposé Macron chez Rothschild & Co., puis à l'Élysée, organise un dîner chez lui. Sont présents les Macron, mais aussi l'avocat Jean-Michel Darrois et sa femme, la photographe Bettina Rheims. « Macron arrive, raconte Darrois. Et il dit : “Voilà, vous êtes les premiers, je veux votre avis. J'ai envie de me présenter à l'élection présidentielle. Qu'est-ce que vous en pensez ?" Celle qui l'appuie le plus, c'est ma femme, elle lui dit : "Vas-y." Serge dit : "Tu devrais attendre un peu…" »

Mais Macron est un homme pressé. Il annonce à ses hôtes la création à venir de son propre mouvement politique.

Weinberg, une nouvelle fois, lui conseille la prudence. En vain. Macron a déjà encaissé trop de déceptions. Il est question d'ego, aussi. Et d'un diagnostic sec. « Il y a un coup à jouer, lance Macron. Il n'y a personne, Hollande est quand même très affaibli. » Les enfants de la politique sont cruels.

Le samedi 2 avril 2016 est justement l'un de ces instants délicieusement mensongers que Macron accumule comme d'autres collectionnent les timbres. Ce jour-là, à l'Élysée, une réunion destinée à préparer la campagne de réélection de François Hollande est mise sur pied. Macron est présent. « Je vais lancer un truc », glisse-t-il à Feltesse, entre deux portes. En Marche ! est prêt, dans les starting-blocks, avec l'équipe de Bercy.

Gaspard Gantzer, conseiller en communication de Hollande, est présent à la réunion, au cours de laquelle plusieurs sondages préélectoraux sont étudiés. Il raconte : « Macron arrive en retard ; le sujet, c'est quand même la campagne présidentielle de Hollande ! Macron ne dit pas grand-chose et, à la fin, il prend Hollande par le bras et lui dit : "Tu sais, je t'avais parlé du *think tank* que je voulais créer… avec la jeunesse… voilà, je le lance la semaine prochaine." Il le vendait comme un truc microscopique. Il la lui fait bien, quoi… »

Hollande s'enquiert, un peu surpris, auprès de son conseiller politique, après la réunion : « Macron me dit qu'il t'en a parlé ? » Feltesse est contrarié. Il se sent instrumentalisé. Macron ne lui a rien confié de ses intentions réelles. Juste ces quelques mots, avant la réunion, où le locataire de

Bercy a débarqué au tout dernier instant, peu concerné par le sujet – et pour cause ; il en partira du reste prestement, avant les autres participants. Ailleurs, déjà.

Stéphane Le Foll n'a pas fait le déplacement, lui, le fidèle des fidèles de Hollande. « Il considère que foutre Macron n'est pas une bonne idée, explique Feltesse. Il sent le danger. » Cela fait longtemps, déjà, que le ministre de l'Agriculture a alerté le président de la République.

Il n'aime pas Macron, sur le plan humain. Ils n'ont, c'est vrai, rien en commun. Mais, surtout, il devine, ressent presque physiquement le parfum entêtant d'une trahison en devenir. « Il préparait sa boutique, déplore aujourd'hui Le Foll. Il était ministre de l'Économie pour être candidat. Il a compris qu'il était sur le trampoline pour prendre de l'énergie et sauter. Je le dis à Hollande, il sent bien que le truc est en train de lui échapper. Mais, autour de lui, des gens travaillent pour Macron, Ségolène [*Royal*] la première. Il a perdu tous ses repères. » Constat amer. Partagé par Julien Dray, Gaspard Gantzer et Vincent Feltesse, lors d'un énième dîner, au printemps 2016, au palais présidentiel. « Il est en train de t'échapper, dit Dray à Hollande. Il est en train de t'arriver la même chose qu'avec Ségolène pour la campagne 2007, tu as cru que tu pourrais l'instrumentaliser et finalement… »

Hollande sourit. Tristement.

Ils ont raison, tous ces soldats un peu fourbus. En avril 2016, Macron envisage bien de lever des fonds pour sa future campagne, lors d'un déplacement à Londres. Il s'en ouvre à son ancien collègue de l'Élysée, Nicolas Revel, resté un ami, l'une des rares personnes pour lesquelles il a un vrai respect intellectuel. Or, en ce début du mois d'avril 2016, Hollande a prévu de s'adresser aux Français.

Les deux événements ne paraissent guère compatibles.

« Tu es complètement dingue », lui dit Revel. Macron se raisonne : « Tu as raison… » Mais il lui déroule aussi, ce jour-là, le scénario des mois à venir : « Hollande, c'est terminé, son lien avec les Français est rompu, et il ne s'en remettra jamais, ce n'est pas possible. Il ne pourra pas se représenter, donc le PS va partir à gauche. Juppé à droite n'est pas du tout aussi incontournable qu'on le dit. C'est ouvert à droite. Enfin, le système est épuisé, les gens en ont ras le cul. Je considère qu'il y a un espace, un moment qui n'est pas dans cinq ni dans dix ans, donc je saute sur le truc. » Voilà. Les choses sont dites. Sun Tzu avait vu juste.

Le ministre de l'Économie a su repousser les avances, sans fâcher quiconque. Sans jamais, surtout, perdre de vue son objectif secret.

« Tu me compares à Macron ? Je n'ai plus rien à faire ici ! »

Pourtant, comme Revel, Weinberg ou Darrois, d'autres ont également eu le privilège d'être informés en amont des intentions de l'ancien inspecteur des finances. Le milieu des affaires était très averti des intentions de Macron. Les médias s'en font l'écho. Seul Hollande finalement est demeuré sourd et aveugle. Volontairement peut-être.

Le 25 juin 2016, Macron se dévoile un peu plus, encore, puisqu'il se confie à quelques électrons libres de la gauche. Tels Dany Cohn-Bendit et Romain Goupil, à l'occasion d'un débat sur l'Europe, organisé à Sciences Po. « Sans me connaître, il vient me voir, raconte le cinéaste. Il me prend le bras, et il me dit : "Romain, je vais me barrer du gouvernement. C'est sûr, je ne sais pas encore la date, mais il faut qu'on se voie, qu'on discute ensemble…" »

Jusqu'à, mais oui, Éric Ciotti, très droitier député (LR) des Alpes-Maritimes, qui fera curieusement partie, lui aussi, des privilégiés destinataires des confidences de Macron ! L'actuel questeur de l'Assemblée nationale ne risque pas d'oublier cette discussion avec celui qui était encore ministre de l'Économie. C'était, dans son souvenir, « vers le 20 juillet 2016, une semaine après l'attentat de Nice ». Les deux hommes parlent politique. Ils s'apprêtent à se quitter. Éric Ciotti a une dernière question à poser à ce personnage à la fois parfaitement impénétrable et totalement désinhibé. Il restitue l'échange.

> Ciotti : Et toi, qu'est-ce que tu vas faire ?
> Macron : Moi, je serai candidat.
> Ciotti : Mais… et Hollande ?
> Macron : Hollande ne sera pas candidat.

En juillet 2016, certains estiment, malgré tout, encore possible de rattraper Macron par la manche. Jean-Marie Le Guen, secrétaire d'État chargé des relations avec le Parlement, va le voir à Bercy. « Tu vas créer un parti, lui lance Le Guen. On va essayer de négocier, ou on va tous être battus par la droite. Il faut que tu aies un groupe, on va te trouver trente députés… » Réponse de Macron, qui a su lire la situation politique mieux qu'aucun autre : « On verra à la rentrée. »

En face, dans le camp Hollande, l'énervement monte d'un cran.

On sent bien, en ce début d'été 2016, que Macron est sur le sentier de la gloire. Il est en conquête, mais une conquête, après tout, ce n'est pas obligatoirement une guerre. Le grognard Stéphane Le Foll a lancé un mouvement pour dépasser le PS et propulser Hollande : « Eh Oh La Gauche ! »

Le sujet Macron devient obsessionnel, toutes les discussions tournent autour de l'intenable ministre de l'Économie. Lors d'une réunion à l'Élysée, Hollande, une nouvelle fois, fait mine d'ignorer le danger. « Qu'est-ce que vous reprochez à Macron ? Il a créé une association, mais Eh Oh La Gauche !, ce n'est pas une association, peut-être ? » Le Foll devient cramoisi, s'emporte, balance sa serviette sur la table. « Tu me compares à Macron ? Je n'ai plus rien à faire ici ! »

Le 12 juillet 2016, Emmanuel Macron lâche les chevaux. À la Mutualité, il effectue une spectaculaire démonstration de force. C'est aussi une claque assenée à François Hollande. Le ministre des Finances, Michel Sapin, intime alors à son ami chef de l'État : « Tu le fous dehors, sinon c'est lui qui va prendre l'initiative. »

Peine perdue.

Encore une fois, comme Sisyphe et son rocher, Le Foll repart à l'assaut. Il tente de ramener le président de la République à la raison, de lui ouvrir les yeux.

> Le Foll : Il prépare son départ !
> Hollande : Non, non…
> Le Foll : Tu fais ce que tu veux… Mais qu'un ministre fasse un meeting pour laisser entendre qu'il va être candidat, la veille du 14 juillet, si tu ne lui dis pas de partir… alors il aura un avantage, c'est qu'il pourra partir parce qu'il l'aura décidé, pas parce que toi, tu l'auras décidé. Et toi, après, tu dis quoi ? « Ben, c'est dommage… » ?

Le Premier ministre Manuel Valls et le président François Hollande s'entretiennent. Il est question, bien sûr, de congédier Emmanuel Macron. Valls s'en souvient très bien :

« C'est vrai que le 12 juillet, jour de la Mutualité, on a un dîner, c'est un mardi soir, et je lui dis : "Il faut que tu le vires demain ! Avant le 14 juillet !" Et il me dit : "Je ne veux pas parce que je passerai mon 14 juillet à ne parler que de ça", ce qui est un argument que j'entends. Et, de toute façon, le 14 juillet a été marqué par de tragiques événements… » En l'occurrence, le sanglant attentat de Nice, qui contraint Hollande à reléguer le boulet Macron bien loin de ses préoccupations. Le ministre de l'Économie, pour sa part, ne peut plus envisager de quitter le gouvernement dans ce climat dramatique. C'était pourtant son intention.

Les positions sont figées par le fait d'un triste hasard.

« Macron, il a eu Hollande à l'affection, et c'est ça qui est terrible. Hollande l'aimait. »

L'été passe. Mais, dans les derniers jours d'août, tout se précipite. Drôle de tragi-comédie dans les rangs de l'exécutif. Chacun sait que Macron va s'envoler. Mais de quelle manière ? Comme un aigle, en majesté ? Ou façon oisillon, sans ailes, prêt à se crasher ? Le vendredi 26 août, nouvel entretien de routine entre Valls et Macron. Le locataire de Bercy donne le change, une dernière fois. « Je ne pars pas », assure-t-il sans ciller au Premier ministre. Culotté, jusqu'au bout.

Puis les choses se décantent. En quelques heures.

Gaspard Gantzer a assisté à cet étonnant manège.

« Le lundi 29 août au soir, décrit Gantzer, Macron va voir Hollande dans son bureau, et il lui dit : "Oui mais non… non mais oui… je ne suis pas bien, je n'ai pas d'espace." Mais il ne lui dit pas : "Je pars." Et donc Hollande lui dit : "Eh bien, réfléchis, voilà, et on se reparle…" Et, le lendemain, Macron lui fait le coup de la rupture par SMS :

"Écoute, je pars." Il ne lui dit pas en face. Et Hollande en fait une histoire d'hommes, il lui dit : "Viens me voir." Ce qui signifie en fait : "Dis-le-moi en face…" Parce qu'il sait que l'autre a quand même une faiblesse humaine. »

Voilà Macron contraint de se déplacer, une nouvelle fois, à l'Élysée. « Hollande me l'a raconté, dit Gantzer. Quand Macron vient le voir, il lui dit : "Je te soutiendrai à la présidentielle" ! Limite : "Je fais ça pour t'aider" ! Et ça, c'est vrai qu'on sous-estime tout le temps la capacité de duplicité des gens ! Parce que ça semble énorme, quand même… » Il y a de la tristesse, des sentiments humains qui se mêlent à de la basse politique. « Vous savez, quand on se fait arnaquer, on n'en est jamais fier, philosophe Gantzer. Parce qu'en fait, Macron, il a eu Hollande à l'affection, et c'est ça qui est terrible. Hollande l'aimait. Il l'aimait. Il y avait un truc affectif entre eux. Mais que d'un côté. Parce que Macron, il n'avait aucun attachement pour Hollande ! »

Une relation à sens unique qui va plonger Hollande dans une impasse.

Car Macron a bien la volonté ferme de tenter sa chance dès le prochain scrutin présidentiel. Il est sûr de son fait : Hollande ne pourra se représenter. Un pronostic en forme de prophétie autoréalisatrice. En attendant, il faut continuer de donner le change. Reprendre sa liberté, certes, mais ménager ses arrières. Berner le PS, une dernière fois. C'est si facile… Olivier Faure fait figure de parfaite victime. « Je suis allé discuter avec Macron pour savoir ce qu'il portait, en novembre-décembre 2016, rapporte l'actuel patron du PS. Je lui dis : "Tu vas venir dans la primaire de la gauche, ou tu vas te présenter en dehors de cette primaire ?" Il est tout sauf le type franc qu'on croit connaître, il me répond : "Tes arguments sont justes, tu as raison…" Il est très conciliant avec tout le monde. La réalité est qu'il n'a jamais pensé se présenter à la primaire. Il était dans un exercice de séduction avec tout le monde, et prêt à tenir à chacun le discours qu'il voulait entendre. » Un exercice dans lequel Emmanuel Macron semble imbattable.

Le 16 novembre 2016, cette fois, il abat enfin ses cartes : il déclare sa candidature à l'élection présidentielle. Avant même que le chef de l'État fasse connaître sa propre position. C'en est fini de Hollande, esseulé, qui, le 1er décembre 2016, annonce avec une voix d'enterrement aux Français sa décision : il ne sera pas candidat à sa réélection.

Les jours et les nuits, à l'Élysée, ne seront alors plus qu'une longue fin de règne, entre amertume et blues présidentiel. Lors d'un dîner, Hollande lâche enfin le mot qu'il se refuse tant à prononcer. Didier Guillaume, alors patron des sénateurs socialistes, a assisté à la scène. Mieux, il l'a retranscrite. Car il note tout, depuis toujours. Il raconte : « J'ai été au dîner où il a dit : “C'est un traître.” Je me rappelle très bien de cette note, les quatre points de Hollande ce soir-là, et le troisième point, c'est : “Il m'a trahi.” Donc, c'est clair, Hollande a pensé que c'est une trahison. Et c'est le troisième point de son intervention dont je me rappelle très bien : “Il m'a trahi avec méthode…” »

Tous les macronistes, ensuite, défileront devant les micros, pour réfuter la thèse de la félonie, sans convaincre grand monde. Macron-Judas.

Le traître.

François Hollande

Le pigeon

Emmanuel Macron vient d'apparaître à l'écran, en léger différé de l'Élysée. Nous sommes le mardi 24 novembre 2020, en début de soirée.

Le président de la République annonce un déconfinement progressif, son discours s'étire sur de longues minutes. Assis à nos côtés, son prédécesseur, François Hollande, ne le quitte pas des yeux. Moment fascinant. Quand deux présidents se toisent, par téléviseur interposé.

Le regard fixe, Hollande écoute, silencieux, puis commente, en expert : « Il est trop long, comme toujours… »

C'est ainsi, ces deux-là seront toujours unis… et séparés. Unis, pour avoir tous deux exercé la charge la plus lourde qui soit, mais aussi car l'un, Hollande, a mis le pied à l'étrier à l'autre, Macron. Et séparés, car le second a « méthodiquement » trahi le premier. En le traitant, ensuite, par l'indifférence. Pire, le mépris. C'est peut-être ça, le plus humiliant, pour Hollande. Il se revoit, trois ans et demi plus tôt. Encore locataire de l'Élysée, en instance d'expulsion.

Dimanche 14 mai 2017. Emmanuel Macron pénètre d'un pas assuré dans le bureau présidentiel, où François Hollande lui a fait place nette. Quelques cartons traînent encore. Surprenante passation de pouvoirs. Les caméras sont au-dehors, les témoins aussi. Il ne reste que deux présidents, deux hommes, qui auraient pu/dû être amis et alliés, nonobstant leur quart de siècle de différence d'âge.

Dialogue embarrassé, entre deux professionnels du non-dit.

> Macron : Les choses se sont passées, comme elles se sont passées…
> Hollande : Ça ne me fait pas plaisir, mais ça aurait été pire si ç'avait été Le Pen, Fillon, Sarkozy ou Juppé !
> Macron : Je vais mettre Collomb ministre de l'Intérieur.
> Hollande : Je ne pense pas que ce soit le meilleur choix…
> Macron : Je ne peux pas faire autrement, après tout ce qu'il a fait pour moi !
> Hollande : Contre moi, plutôt…

Les deux hommes ne se sont que très brièvement parlé, depuis cet échange. Toujours de manière formelle, obligée, empesée. À l'occasion de cérémonies officielles ou de circonstances exceptionnelles. « Ça va, pas trop dur en ce moment ? » s'est même enquis Hollande, le 11 novembre 2020, lors d'une commémoration.

Sincèrement compatissant, jure-t-il.

Il reste pourtant, chez l'ancien président socialiste, une profonde blessure intime, même si le temps s'est écoulé, un peu trop lentement pour ce qui le concerne. Aujourd'hui, il ne souhaite plus s'exprimer publiquement sur son successeur ; ce ne serait pas très fair-play, pense-t-il. Et probablement mal interprété. Mais nous l'avons rencontré, plusieurs fois, pour les besoins de cette enquête. Nous avons revu, aussi, ses proches. Fouillé, enfin, nos propres archives, exhumé nos nombreux entretiens avec lui ces dernières années, dont certains inédits.

De quoi reconstituer la genèse d'une relation singulière.

Il en veut à Macron, évidemment. Mais pour des raisons très politiques, surtout : « Macron, je ne lui reproche pas d'avoir joué la partie, de s'être prétendu loyal, nous disait-il encore. Après tout, c'est la politique. Non, l'autre tromperie, c'est de nous avoir fait croire qu'il était de gauche ! Il mène une politique de droite. » Cette dernière duperie, il n'est pas prêt à la lui pardonner.

Il rembobine le fil de leur relation. Dès son élection à l'Élysée, le nouveau président socialiste fait venir Macron, comme secrétaire général adjoint. Un poste stratégique, où Macron va pouvoir laisser libre cours à son tempérament, sa vraie nature. Agir, certes, mais aussi séduire, construire un réseau. « Il allait vers où l'intérêt pouvait se présenter, sans conviction établie », glisse méchamment Hollande. Un ambitieux, c'est certain, mais d'un genre particulier, au cœur d'une petite entreprise conjugale, tant Brigitte Macron est indissociable de son destin. L'idée, c'est de préempter le petit milieu parisien.

Ce qui ne choque pas Hollande. Il les voit comme un couple étonnant, rare, chassé d'Amiens en raison de sa différence, qui tente ensuite de s'implanter dans la capitale.

Rien de scandaleux, après tout.

Ce Macron, décidément, il l'apprécie. Il aime son côté solaire, ce charme presque diabolique. Un Gérard Philipe qui aurait bifurqué vers la politique. Il goûte son aisance aussi, surtout à l'oral. Car il lui trouve tout de même des défauts, notamment à l'écrit. Ils savent tous, dans ce microcosme moqueur, que Macron a échoué par deux fois au concours de Normale Sup. Ils ne lui en parlent jamais, mais ils en discutent entre eux. Ils savent que cet échec est toujours pour lui une meurtrissure.

Quelques malentendus s'installent. Hollande, président, fait peu de cas des états d'âme de ses collaborateurs. À peine se souvient-il d'un instant fugace, resté vivace dans l'esprit de Macron.

« Tu ne vas pas régler le problème grec avec Varoufakis, laisse faire Sapin ! »

Un jour, celui qui est encore secrétaire général adjoint de l'Élysée apprend le décès de sa grand-mère adorée, celle à qui il voue un culte presque irrationnel depuis qu'elle a remplacé sa famille proche, quand elle est venue à lui manquer en raison de ses choix de vie si personnels. Macron ne raterait les obsèques pour rien au monde ; du coup, il zappe une réunion à l'Élysée.

Hollande : Où étais-tu ?
Macron : J'ai enterré ma grand-mère.
Hollande : C'est triste…

Macron est vraiment dévasté. Et Hollande ne compatit guère. Ce n'est pas un animal politique façon Chirac, qui aurait su prendre son collaborateur par l'épaule. Il passe à autre chose. Pas Macron.

Leur relation se développe ainsi, au gré, malgré tout, d'une authentique connivence intellectuelle. Et de petites engueulades. De déceptions, aussi, surtout côté Macron, frustré et orgueilleux.

C'est ainsi qu'il lance son OPA sur la politique française. Sur une base de ressentiment et d'ambition contrariée. En secret, cela fait des semaines qu'il a imaginé les fondations de sa propre boutique, En Marche !, avec les jeunes déçus du socialisme rocardien ou strauss-kahnien. Ou encore certains élus socialistes de seconde zone, plus expérimentés, pour qui Hollande n'a que mépris : Gérard Collomb, François Patriat, Christophe Castaner, Richard Ferrand… En mars 2016, Macron vient en toucher un mot à François Hollande. Avec l'habileté qui caractérise ce maître de la dialectique.

> Macron : Ça va être bon pour toi, on va élargir, avec une double appartenance PS/En Marche ! Les gens vont pouvoir travailler pour les deux structures, tout ça pour la bonne cause.
> Hollande : Il faut faire très attention, que ce soit très maîtrisé. Tu vois ça avec le parti socialiste, en bonne intelligence.

Un pied dedans, un autre dehors. Le ministre de l'Économie accorde maintenant des interviews dissonantes à jet continu. Il égratigne les 35 heures, la déchéance de nationalité, la politique fiscale… À Matignon, Valls est furibard. Chaque interview est prétexte à relecture assidue en amont de la publication. Il appelle Hollande : « Je ne peux plus les corriger, ce n'est plus possible. Le type est en train de vriller ! »

Le 14 avril 2016, Hollande décide donc de marquer le coup. Lors d'une interview télévisée, il remet son intrépide ministre à sa juste place : « C'est, entre nous, non pas simplement une question de hiérarchie, il sait ce qu'il me doit, c'est une question de loyauté personnelle et politique. » Le professeur Hollande a tapé sur les doigts de l'élève dissipé ; il se pense tranquille, pour un moment. Erreur.

« Il faut que tu partes ! Dis-le-nous franchement ! »

Une semaine plus tard, la communicante de Macron transmet à Gaspard Gantzer, le conseiller presse de François Hollande, une nouvelle interview du ministre, accordée au groupe EBRA pour la presse de province. Difficile de modifier quoi que ce soit : l'équipe de Macron a pris soin de transmettre le texte *in extremis*, juste avant la publication. Y figure la phrase : « Je ne suis pas son obligé », visant le chef de l'État. Pas de chance pour Macron, il est justement ce soir-là en réunion à l'Élysée avec Valls et… Hollande. Le conseiller Gantzer déboule dans le bureau du président, évoque l'entretien à paraître et la petite phrase provocatrice. Macron se fait penaud : « Ah, mais je n'ai jamais dit ça, moi, vraiment jamais ! » Valls contemple la scène, mâchoire serrée. Ce ministre a décidément un « culot d'acier », pour reprendre l'une des formules favorites de Chirac. Hollande insiste : « Tu préviens l'AFP que tu n'as jamais tenu ces propos ! » Le ministre opine. Mais se borne à regretter publiquement « une phrase sortie de son contexte ». Pas vraiment un démenti… Il en remet même une couche, empreinte à la fois d'hypocrisie et de cynisme : « On ne veut sortir qu'une phrase de son contexte, parce que certains souhaitent affaiblir le président de la République. C'est insupportable. »

Personne n'est dupe.

Le 12 juillet 2016, c'est le meeting de la Mutualité, où Macron, avec des accents messianiques, promeut vraiment son grand barnum. Il enchante, fait rêver, crée une attraction.

Valls, vindicatif mais lucide, apostrophe Hollande : « Il faut le virer ! » À nouveau, le président tente de désamorcer la mèche lente. À sa façon. Sans jamais intimer réellement quoi que ce soit.

La pire des méthodes, avec Macron.

> Hollande : Si tu veux partir, pars, tu n'as pas assez de liberté !
> Macron : Non, non. Je veux rester. Je suis loyal, il n'y a pas de raison. J'ai encore du travail à faire, il faut que je le finisse.
> Hollande : Il faut que tu partes ! Dis-le-nous franchement. Je pense que tu n'as aucune chance, mais tu le fais !

L'attentat de Nice deux jours plus tard vient mettre – provisoirement – un terme à l'algarade. Il existe des situations qui obligent. Qui contraignent à l'humilité. Mais, durant l'été, Macron profite des moyens de l'État pour continuer à garnir les rangs de son écurie.

À la mi-août, il déjeune à Biarritz avec Frédérique Espagnac, sénatrice PS et, surtout, une vraie proche de François Hollande, dont elle fut l'attachée de presse. Cette fois, le ministre de l'Économie se montre clair : il dit à sa convive sa ferme volonté de se présenter à l'élection présidentielle. Dès 2017.

Évidemment, Espagnac fait remonter l'information illico, auprès de Julien Dray, Manuel Valls et François Hollande. Celui-ci convoque Macron à l'Élysée, à la fin du mois d'août. Une nouvelle fois, le ministre de l'Économie joue sa carte préférée, celle de l'ambivalence et du janotisme.

Hollande : Dis que tu ne seras pas candidat, que tu pars faire une offre politique, et que, bien sûr, « si François Hollande est candidat, je ne le serai pas ! »
Macron : Je ne le dirai pas comme ça…
Hollande : Si tu fais ça contre moi, tu n'as aucune chance. Non pas que moi, j'en aie une, mais on perdra tous les deux. Ce que tu gagneras, tu le prendras essentiellement sur moi. Tu peux espérer préparer l'avenir, mais, en fait, tu auras été le sabordeur de ton propre camp.

Le ministre regagne Bercy. Incrédule. Il rapporte à son équipe la discussion. Contre toute attente, il n'a pas été « licencié ». Il va donc devoir prendre ses responsabilités. Le voici de retour à l'Élysée. Où, cette fois, il formalise son départ du gouvernement. Le 30 août, un communiqué consomme enfin l'inéluctable rupture.

« La créature m'a échappé, nous dira Hollande, bien plus tard. Macron m'a fait les poches, mais le système médiatique est tellement complaisant en sa faveur… » La blessure narcissique est béante. Au point que, devant nous, Hollande préfère parler d'une « déception », plutôt que d'une trahison. Comme si admettre sa propre cécité lui était insupportable. Le 1er septembre 2016, nous sommes dans le bureau du chef de l'État. Une dernière fois.

Notre soixante et unième entretien avec lui dans le cadre de notre livre d'enquête sur son quinquennat.

On a recensé ses nombreuses déclarations tirées de nos multiples entretiens ces dernières années, toutes liées à Macron, car on n'a eu de cesse d'interroger le président à son propos depuis 2014, voyant, comme tout le monde, monter l'effervescence autour du ministre de l'Économie. Devinant, aussi, son opportunisme politique. Hollande nous a successivement dit, sur Macron, ceci : « Il n'est pas dans une stratégie personnelle sur le plan politique » ; « Je pense qu'il ne sera pas candidat » ; « Macron, c'est moi » ; « Macron est un être qui n'est pas duplice » ; « Je pense que Macron est authentiquement de gauche ».

La liste est longue, et accablante, *a posteriori*.

On repense aussi à cette confidence, livrée en octobre 2015, alors que nous l'interrogions sur les « frondeurs » : « Le plus dur, ce n'est pas les gens qui vous traitent mal, ça fait partie de la politique. Le plus dur, c'est les gens qui vous trahissent. Vous pensez qu'ils vont être là, mais ils ne sont pas là. C'est le plus dur. La trahison. Ce n'est pas la même chose que de dire du mal… »

Mais, ce 1er septembre 2016, c'est un Hollande touché, humainement atteint, qui nous parle. « Moi, en le nommant, j'ai voulu renouveler, nous confie-t-il, mais c'était pour préparer la suite. 2022, par exemple. » Et ce dernier constat, enfin clairvoyant : « Macron avait programmé sa sortie. »

Quelques jours plus tard, le 13 septembre précisément, le chef de l'État prend connaissance d'une note de son fidèle conseiller et ami Bernard Poignant, qui lui écrit ceci : « Il faut maintenant que tu accélères ta candidature, il ne faut pas entrer en compétition avec Macron, ainsi toute candidature extérieure sera de division. » Mais Hollande fait la sourde oreille, il entend se décider le plus tard possible, accepte même le principe de se soumettre à la primaire de la gauche prévue pour janvier 2017… Autant d'erreurs dont il paiera le prix fort. Car, dans l'ombre, son ancien secrétaire général adjoint s'active, lui.

Dès lors, la fin de l'année 2016 ne sera plus qu'une longue humiliation. Un président en fin de règne. Sans avenir, sans troupes. Il s'est fait berner, abattre en plein ciel, déplumer, puis rôtir au four. Le pigeon parfait.

Le 1er décembre, François Hollande annonce qu'il ne se représentera pas à l'élection présidentielle. À l'instant de l'allocution télévisée de celui qui l'a propulsé au cœur du pouvoir, Macron est sur l'antenne de RTL, dans l'émission de Marc-Olivier Fogiel. Un journaliste en qui il a vraiment confiance. C'est d'ailleurs ce même Fogiel qui a obtenu, quelques semaines plus tôt, l'exclusivité de la déclaration de candidature de Macron. *Poker face* devant les micros. Pas un muscle de son visage ne tressaille. Macron mime l'impassibilité totale, confronté à la soudaineté de la décision de Hollande. Il l'avait anticipée, ou plutôt précipitée, depuis longtemps. C'est simplement hors antenne que Sylvain Fort, son conseiller en communication, discernera un léger vertige dans l'attitude corporelle du futur président.

Nous ne verrons plus François Hollande pendant de longs mois, après cet automne 2016. Tenus à l'écart par son entourage. Par le président lui-même, aussi, très conscient d'avoir créé sa propre déchéance, en acceptant de se livrer totalement, dans un exercice inédit de transparence qui s'est, cruel paradoxe, retourné contre lui. Pendant ce temps, il a observé le parcours sans faute de Macron, durant la campagne présidentielle. Admiratif, peut-être, de cette virtuosité. Depuis trois ans, en revanche, Hollande est inquiet.

« Macron ne trouvera personne pour se faire trouer la peau à sa place. »

Il ne se prive pas de s'exprimer, souvent, tout en se gardant d'attaquer trop frontalement son successeur. Il a eu cette phrase, tout de même, le stigmatisant en « président des très riches ». La formule est brutale ; elle a marqué les esprits, sans doute parce qu'elle a touché juste. Il ne comprend décidément pas cet « aventurier », comme il le qualifie désormais, en privé. « Il n'aime pas la politique, dit-il encore. Il faut aimer la politique. » Il le compare parfois à Édouard Balladur, ce Premier ministre qui, en 1995, a cru se faire aimer de Français qu'il ne connaissait absolument pas. Une chimère politique. L'ex-président voit aujourd'hui en Macron un « personnage romanesque », mais surtout un « ignorant » en politique, qui périra de son principal défaut : « Il ne représente que lui-même. » Si peu reconnaissant envers ses divers soutiens, au fil des ans, qu'il s'est progressivement isolé.

L'ex-président les connaît bien, les déçus du macronisme, il les rencontre par brassées entières. Il juge aussi Macron « inélégant » vis-à-vis de son propre mandat ; il lui pardonne encore moins d'avoir pactisé avec son ennemi Sarkozy, d'avoir mis en scène cette complicité dérangeante, sans jamais montrer en retour la moindre considération à l'égard de celui qui l'a nommé conseiller à l'Élysée, puis fait ministre de l'Économie. Macron commet cette erreur – qui fut aussi celle de Hollande : il ne « traite » pas assez les femmes et les hommes qui surent être ses soutiens, à un moment ou à un autre de son cheminement. Il n'est qu'à écouter cette morgue teintée de mépris, propre aux macronistes, quand il s'agit de parler des années Hollande. S'entourer de courtisans, trop compter sur son propre jugement et son intelligence, ne suivre que ses penchants naturels... Les anciens présidents connaissent cette pente fatale, suivie par Emmanuel Macron. « Ça finira mal », assure désormais Sarkozy à ses proches. Dont Rachida Dati, qui, elle aussi, nous avait confirmé ce sombre pressentiment : « Sarko est persuadé que Macron va se planter. »

Hollande, lui, est sûr que, dorénavant, Macron « ne trouvera personne pour se faire trouer la peau à sa place ». Parole de connaisseur. Il regarde le couple Macron de loin, maintenant. Avec Jouyet, Valls, parfois, ils rient d'« Emmanuel et Brigitte », ce duo qui leur a piqué la place. Ils se souviennent de ce dîner, à l'Élysée, vers la fin du quinquennat Hollande. Où Philae, l'imposant labrador présidentiel, s'est jeté sur le sac à main de Brigitte Macron, déchiquetant par jeu les lunettes de l'épouse de celui qui n'est encore que ministre de l'Économie. Furieuse, la future première dame. Hollande s'excuse, bien sûr, mais enfin, ce ne sont que des lunettes. Et ce n'est qu'un chien. Quelques jours plus tard, il nous l'a confirmé, Hollande recevra la facture de la paire de lunettes de Brigitte Macron. L'ex-président soupire : « Il faut oser, quand même... »

Chapitre 10

La rumeur

« C'est plutôt chez Valls que j'entendais des horreurs sur Macron. »
Stéphane Bern, animateur TV

Les petits déjeuners de l'hôtel Bristol restent incontournables au cœur du Triangle d'Or parisien.

Il faut compter 85 euros par personne pour se goberger, à deux pas de l'Élysée, dès 7 heures du matin. Outre la finesse des mets, ces agapes sont réputées, aussi, pour la qualité des clients attablés sous les lustres de *L'Épicure* ou du *Jardin Français*. De fait, on y trouve tout ce que la capitale compte de personnalités – ou qui pensent l'être. En octobre 2018, une curieuse rencontre s'opère dans ce cadre luxueux.

À une table, tranquillement installé, Alexandre Benalla, l'ex-garde du corps de Macron ; il est devenu à la fois célèbre et infréquentable trois mois plus tôt, après la révélation par la journaliste Ariane Chemin dans *Le Monde* de ses frasques, place de la Contrescarpe à Paris. Un peu plus loin dans la salle, Philippe Villin, banquier-consultant influent, ex-patron de presse, ami intime de Nicolas Sarkozy, en pleine discussion avec Aquilino Morelle, l'ancien conseiller de François Hollande.

Tout d'un coup, Villin se lève, fait quelques pas, et mitraille Benalla de photos à l'aide de sa tablette numérique. L'ex-membre du cabinet de Macron bondit, s'approche de l'opportun. Il est costaud, Benalla, et on le sait sanguin – ça lui a coûté cher, le 1er mai 2018. Il lui tend finalement la main.

Villin la refuse. Dialogue surréaliste, que nous ont rapporté les deux hommes, au mot près.

> Villin : Ça va ? Tu t'amusais bien avec Macron ? Des gens comme vous n'ont rien à faire à l'Élysée, avec l'argent de mes impôts.
> Benalla : Vous êtes raciste ?

Les serveurs sont interloqués. Et gênés. L'incident s'arrête là, cependant, même si Villin ira se plaindre à la conciergerie. Simple anecdote ? Pas tout à fait. Car il existe un sous-texte à cet échange bref, mais musclé. Villin est suspecté de répéter, partout, que Benalla a été l'amant d'Emmanuel Macron. D'où, selon lui, la promotion de ce dernier à l'Élysée, dès l'élection de mai 2017.

« La rumeur gay, concernant Macron, c'est Villin. »

Petit retour en arrière, deux ans plus tôt. D'abord, qui est vraiment Philippe Villin, à l'automne 2016, alors qu'Emmanuel Macron vient de larguer les amarres gouvernementales pour prendre son propre envol politique ? Énarque, ex-patron du *Figaro* et de *France-Soir*, Villin affirme conseiller une bonne partie du CAC 40 ; et c'est probablement véridique, on trouve sa trace dans nombre de *deals* industriels récents. Il est aussi le tourmenteur préféré d'Emmanuel Macron. Celui qui déverse son fiel dans les dîners mondains qu'il prend grand soin d'organiser dans ses appartements. Il est riche, propriétaire de cinq hôtels. Son passe-temps préféré ?

Taper sur Macron. Là où ça fait mal, quitte à verser dans le glauque.

À l'automne 2016, il est celui qui s'en prend, directement, à l'image immaculée du futur président. Une communication bien réglée ne peut se satisfaire d'un tel trublion, aussi bien introduit dans les milieux qui comptent. Il est gênant, ce si bien nommé Villin, c'est une écharde plantée dans le talon de l'ex-ministre de l'Économie. D'autant qu'il s'attaque à la montagne Macron par son versant intime, le plus vulnérable, forcément. Car Benalla en est certain : « La rumeur gay, concernant Macron, c'est Villin. » Nous avons longuement interviewé le banquier-consultant, lui-même homosexuel revendiqué. Son obsession : démasquer la supposée « homosexualité cachée » de Macron. Et briser, au passage, le mythe d'un Macron transparent, qui n'aurait rien à dissimuler.

Il a bien failli réussir.

Il est vrai que le président contrôle jalousement son image. Il la construit depuis si longtemps. Il n'a rien laissé au hasard, a surmonté les obstacles, dupé Hollande, fasciné les médias, engrangé les soutiens… La communication, il pense la maîtriser à la perfection. Il doit être et rester ce fringant quadra, un Kennedy des temps modernes au sourire millimétré et au discours offensif. Le seul aspect que Macron n'a pas su, voulu ou pu gérer, à l'époque, c'est donc la rumeur, insidieuse, sordide, visant son orientation sexuelle.

Non pas que ça lui importe tant que cela.

Au fond, il s'en fiche, disent tous ses amis. Nous aussi, d'ailleurs. Cette affaire nous intéresse seulement pour ce qu'elle révèle de Macron. Outre la détestation parfois irrationnelle qu'il suscite, elle laisse entrevoir des failles dans sa volonté de tout contrôler s'agissant de son image. Et son agacement, quand la belle machine vient à connaître des ratés, juste avant son élection. Déjà qu'il avait dû se livrer à une rare opération de transparence sur les centaines de milliers d'euros accumulés chez Rothschild & Co., le voici désormais, en pleine campagne, contraint de lutter contre des bruits d'alcôve, nauséabonds et envahissants. Relayés parfois en sous-main, sous le mode de l'insinuation, par la presse, pour qui il n'a que dédain.

Après notre ouvrage sur le quinquennat de son prédécesseur, dont il a détesté ne serait-ce que le principe au point de l'ériger en contre-modèle au moment de mettre en place sa communication à l'Élysée, c'est aussi ce fatras de rumeurs – sans compter les fuites des *Macronleaks* – qui expliquera, ensuite, son aversion non dissimulée envers les médias. Et sa réaction, brutale.

Mais, d'abord, il faut terrasser les ragots. Une autre scène, pendant la campagne présidentielle, cette fois. On retrouve Macron, début 2017, à *La Rotonde*, son antre parisien. Autour de la table, les anciens soixante-huitards Dany Cohn-Bendit et Romain Goupil, inséparables, tombés depuis peu en pâmoison devant le candidat. « On discutait de tout, se souvient Cohn-Bendit. Et, à un moment, Romain lui demande : "Vu les rumeurs, est-ce que tu es homosexuel ?" Comme ça. Et Macron répond : "Écoute, non, je ne le suis pas ; si je l'étais, je le dirais." » Mais les dîners parisiens bruissent désormais de cette pseudo-information. Ses conseillers, tel Sylvain Fort, lui font remonter, avec tact, cette tendance du microcosme à dégoiser sur sa vie intime.

Macron déteste agir sous la contrainte, et ne pas anticiper les événements. Croyant pouvoir mettre fin aux médisances, le candidat doit donc se livrer à un délicat exercice médiatique, le 6 février 2017, au théâtre parisien de Bobino. Lors d'un meeting organisé par ses soutiens, il lance : « Pour mettre les pieds dans le plat, si dans les dîners en ville, si dans les boucles de mails, on vous dit que j'ai une double vie avec Mathieu Gallet [*alors président de Radio France*] ou qui que ce soit d'autre, c'est mon hologramme qui soudain m'a échappé, mais ça ne peut pas être moi ! » Entre aveu involontaire et lapsus révélateur, la référence à son « hologramme » aurait dû nous mettre la puce à l'oreille.

Puis, évoquant « celles et ceux qui voudraient faire courir l'idée que je suis duplice, que j'ai des vies cachées ou autre chose », Macron ajoute devant ses fans : « C'est désagréable pour Brigitte [...] comme elle partage tout de ma vie, du soir au matin, elle se demande simplement comment physiquement je pourrais ! »

Cette tirade/bravade, plutôt crâne, s'il la mûrit depuis quelque temps, il s'était bien gardé d'en faire part à ses équipes. « Il a fait son annonce au débotté, au feeling », confirme Sylvain Fort, son conseiller en communication de l'époque. C'est que le candidat-président mesure les dégâts causés par cette rumeur. Notamment, d'abord, dans son couple. « J'en ai parlé avec Brigitte, confie Fort. Ça la blessait vraiment. »

Et puis, il se sait ciblé, en pleine campagne, et il aimerait bien comprendre d'où viennent ces attaques pernicieuses. Il interroge ses amis. Il compte nombre d'homosexuels dans son entourage, ils lancent également leurs propres investigations.

Un temps, sans la moindre preuve, le cabinet de Manuel Valls à Matignon est désigné comme le coupable évident.

Les « rumeurs » proviendraient notamment de deux conseillers du Premier ministre. « Alors, moi, d'abord par principe, jamais ! s'insurge Manuel Valls, ulcéré lorsque nous lui rapportons ces soupçons. Et jamais cela n'est venu à mes oreilles. Je pense que Villin a fait un travail dans le Tout-Paris, il lui en voulait beaucoup. » Stéphane Bern, ami de Valls mais aussi de Macron, nous l'assure : « Je n'ai jamais entendu cela chez Manuel Valls, jamais. » En tout cas sur le plan des ragots visant l'orientation sexuelle de Macron ; pour le reste, il existe bien une réelle animosité entre les deux camps, à l'époque : « C'est plutôt chez Valls que j'entendais des horreurs sur Macron », opine l'animateur. Mais jamais, jure-t-il donc, à propos de sa vie privée. « C'est Philippe Villin qui a lancé ça. C'est lui qui banderillait le plus violemment », croit aussi savoir Bern.

« Il n'a rien à faire chez les socialistes, c'est juste un collabo. »

Macron compte donc un ennemi déclaré. Et ils ne sont pas si nombreux alors, tant, en 2016-2017, il surfe sur ses récentes conquêtes amicales ou professionnelles, et ce dans tous les secteurs. Il n'a pas encore eu besoin de renvoyer l'ascenseur, n'a pas créé de désamour. Ce Villin, il le connaît, un peu. Un type qu'il a croisé, parfois, lorsqu'il était secrétaire général adjoint de l'Élysée. Villin lui rendait visite, de temps à autre, et ce dernier aime à nous rappeler la phrase préférée de Macron, quand il accueille à cette époque un visiteur de confiance : « Dis-moi ce qu'on pense de moi en ville… »

Le différend remonte à 2015. Au 27 août, plus précisément, devant les patrons du Medef, réunis pour leur université d'été. Macron, ministre de l'Économie de Hollande, démolit le dogme des 35 heures avec une jubilation palpable. « Une rupture de solidarité », pour Villin, qui envoie un texto à Alexis Brézet, le patron du *Figaro*, qu'il juge un peu trop admiratif envers le pétillant ministre : « S'il est libéral, il n'a rien à faire chez les socialistes, c'est juste un collabo. C'est sa seule ambition qui l'anime, il n'est que *fake* [...]. On le fusillera à la libération, en mai 2017. Il ira enseigner l'économie aux Vanuatu... » Violent, on en conviendra. Sauf que, par erreur, le SMS aboutit sur le portable de... Macron. Qui s'empresse de le faire circuler auprès de ses amis, tel Alain Minc, avec ce commentaire grinçant : « Amusant ». Villin assume sa méprise et adresse un nouveau SMS à Macron : « Fausse manœuvre [...]. Mais c'est vraiment ce que je pense. » Au moins, c'est clair. La grande crainte du banquier : assister à la mise sur orbite, en 2017, d'un candidat présumé de gauche, mais parfaitement en phase avec les électeurs de droite. Qui viendrait, par exemple, ruiner les chances de son ami Nicolas Sarkozy.

Il n'avait pas totalement tort, pour le coup.

Suivront quelques autres rafales de SMS, une rencontre fortuite – au *Bristol*, évidemment – où Macron lui aurait dit : « Je ne suis pas rancunier », et enfin, en avril 2016, une tribune publiée par *Le Figaro*, où Villin étrille celui qui est encore ministre de Hollande, le qualifiant d'« hallucination collective ». Dans l'équipe Macron, à l'époque, on a feint l'indifférence. Mais on n'a pas aimé le fumet de la campagne présidentielle. Les proches du futur président ont notamment détesté la campagne pour le second tour. Cette sensation que toutes les paroles se valaient. « On a vécu une immense solitude médiatique dans l'entre-deux-tours, qui nous a sidérés, explique Fort. Il n'y avait plus de boussole ; Macron ou Le Pen, c'était pareil. J'en étais physiquement malade. »

L'important, chez ces gens-là, c'est la mise en scène, tout pour l'image, pour le futur président et son entourage. L'irrationnel, ils ne comprennent pas. D'où l'agacement provoqué par Philippe Villin et ses piques à répétition. Quant aux rumeurs intimes, Macron les juge, à juste titre, franchement insupportables. « Il est très… tactile, explique Marc-Olivier Fogiel, qui a pas mal fréquenté le couple présidentiel. Avec les mecs, avec les filles. Je sais que, au moment de la rumeur, il se refaisait le film, justement, et il disait : "Les photos, tu peux tellement tout leur faire dire." En tout cas, il était sur-sensibilisé à ce sujet-là, pas du tout parce que la rumeur était fondée, mais parce que des photos pouvaient prêter à équivoque. »

Rien n'a vraiment changé, depuis. Quand François Hollande, plus tard, sur le plateau de « Quotidien », sur TMC, ose dire, à propos de la relation Trump-Macron, que « Macron est plutôt passif dans le couple », le président y voit, encore et toujours, une allusion perverse à sa vie privée. Cette sortie, « c'est ce qui a le plus marqué Macron », témoigne le communicant Robert Zarader, qui échange avec le chef de l'État. « C'est blessant, ça joue sur les rumeurs… »

Villin, aujourd'hui ? L'élection de mai 2017 l'a déprimé, profondément : il a assisté, consterné, à l'intronisation de Macron et, depuis, il n'a de cesse de le poursuivre de sa vindicte. Au point, en vue du scrutin de 2022, de soutenir activement et matériellement Xavier Bertrand, souvent présenté comme l'un des rares à pouvoir challenger le chef de l'État sortant. Villin est encore et toujours le grain de sable dans la mécanique macroniste, depuis son exil volontaire sur l'île de Madère. Parce que, pour le reste, Emmanuel Macron a su bloquer les sorties de route, les embardées des déçus de sa présidence. « Macron n'a aucune fidélité envers les gens », assène Villin. Qui, nous en sommes témoins, colporte encore et toujours les rumeurs sur la prétendue « homosexualité cachée » de Macron, tout en refusant d'assumer totalement ses « accusations ».

Mais ce nauséeux barnum a provoqué une réaction forte chez Macron. Et tant pis pour l'immense majorité des journalistes qui font très correctement leur travail : à l'Élysée, aussitôt installé, Macron ferme tout à double tour. Déménage de force les journalistes accrédités, installés depuis si longtemps dans une salle de presse peu confortable, mais bien placée, dans les bâtiments mêmes de la présidence. Quatre ans plus tard, même si les reporters accrédités ont obtenu de réintégrer le palais, sa vision des choses n'a guère évolué. Ses ministres relaient docilement sa vision de la France, en cherchant à tarir les sources de la presse, déclenchant des procédures internes, voire judiciaires, afin de colmater les fuites. Du coup, et c'est un fait notable, rares sont les informations à dévoiler les dessous de sa présidence.

« Macron n'apprend pas le pays dans la presse, leur vision ne lui apporte rien. »

Le 15 janvier 2020, lors de ses vœux aux médias, une cérémonie traditionnelle qu'il abhorre, il dénonce même les « simili-journalistes » et l'« esprit de lapidation » qui caractériserait, selon lui, un pan de la presse. Olivier Bost, président de l'Association de la presse présidentielle, lui répond : « Vous avez eu sur la presse des mots incompréhensibles. Chercher à identifier les sources, c'est s'en prendre à la liberté de la presse. » Comme rappelé dans l'incipit de cet ouvrage, deux ans plus tôt, en 2018, lors de ses premiers vœux aux journalistes, Macron, authentique *control freak*, avait annoncé la couleur et décrété qu'ils n'avaient pas à s'intéresser aux coulisses du pouvoir.

Sylvain Fort était encore, à l'époque, son conseiller en communication, avec la revêche Sibeth Ndiaye. On interroge Fort, en 2019, sur la conception macronienne de la communication présidentielle. « Sa seule théorie, nous dit-il, c'est de ne pas faire Davet-Lhomme [*allusion à notre livre* "Un président ne devrait pas dire ça..."]. Ça l'a marqué. Vous êtes responsables directs de sa doctrine. Il a retiré les doigts de la prise de manière totale. Il considère que le président est responsable de sa propre parole et qu'il ne peut la remettre entre les mains de tiers. » On nous l'a suffisamment répété au cours de cette enquête : la parution de notre ouvrage, à l'automne 2016, aurait durablement ancré le chef de l'État dans une conviction : les journalistes sont une espèce dangereuse, susceptibles de vous apporter de gros ennuis pour peu qu'on les laisse fouiller dans les tiroirs du pouvoir. Au mieux, ils sortent des informations non « contrôlées ». Au pire, ils relaient des rumeurs.

Pourtant, le journalisme factuel reste le meilleur contrepoison aux racontars et autres *fake news*.

« À l'Élysée, insiste Fort, les écoutilles ont été fermées avec les journalistes. Macron n'apprend pas le pays dans la presse, leur vision ne lui apporte rien. » C'est une constante, aussi, de ce nouveau pouvoir qui s'est installé à l'Élysée. Les Ismaël Emelien, Sylvain Fort, Alexis Kohler... Surdiplômés, convaincus de leur propre savoir de manière générale, et en matière de communication en particulier. Ils n'ont plus besoin des médias, encore moins des fameux « corps intermédiaires », pensent-ils. Pourtant, ils se sont aussi construits en instrumentalisant la presse, en la gavant, pendant la campagne. Macron juge également qu'il est très facile de manipuler les médias, quitte à les mépriser ensuite. Le 15 février 2017, en visite à Alger, il qualifie la colonisation de « crime contre l'humanité ». Tollé général. « Il s'en est rendu compte, rapporte Marc-Olivier Fogiel, alors chargé de la principale tranche horaire de RTL. J'échange directement avec Macron, et il me fait venir, à ce moment-là, au QG de campagne pour désamorcer ce truc. Donc l'"interview" qui fait retomber le truc, on la fait ensemble, et ça a eu lieu directement avec lui. Et après, quand je le revois, c'est quand je vais dîner à l'Élysée, lui déjà président, avec le chanteur Mika. »

Les chaînes d'info, et BFMTV en tête, sont particulièrement scrutées à l'Élysée, à compter du printemps 2017. « Je pense qu'en fait il est assez classique, explique Fogiel, il n'aime pas cette époque médiatique de la spontanéité. Je pense qu'il est très classique dans plein de choses, finalement, notamment dans une époque qui va trop vite. »

Devenu patron de BFMTV, Fogiel ne se souvient pas d'avoir encouru les foudres du pouvoir. Ce qui était vrai à l'époque sarkozyste, marquée par un interventionnisme débridé, ne serait plus d'actualité. « On a fantasmé sur ce qu'étaient mes véritables relations avec lui, soupire Fogiel. Je n'ai jamais dîné avec lui avant qu'il ne soit président, jamais, pas une fois. Je suis allé voir Kohler [*secrétaire général de l'Élysée*], qui m'a dit ce qu'il pensait d'un certain nombre de trucs. Je n'ai jamais reçu un avis direct d'Emmanuel Macron, il est très distant. »

Tout juste le journaliste converse-t-il parfois avec Brigitte Macron. « Le week-end, comme elle fait souvent, et pour prendre un peu le pouls, rapporte le directeur général de la première chaîne d'info en continu. Mais elle ne m'a jamais parlé directement de BFM, elle ne m'a jamais rien demandé sur BFM. » Probablement Macron a-t-il encore en tête l'avertissement amical que lui avait adressé l'un de ses soutiens de la première heure, le vieux lion Claude Perdriel, patron du magazine *Challenges* : « Ne déclarez pas la guerre aux journalistes, ils ne vous le pardonneront jamais. »

En fait, Macron a su les séduire, puis les rudoyer. La rumeur s'est tue, momentanément, même si Villin continue de déverser son fiel. Les journalistes ? Il saura les flatter de nouveau.

Quand il en aura besoin.

« Mimi » Marchand

L'entremetteuse

Elle arrive, en survêtement noir à longs cordons, se mouche toutes les deux minutes, tout en tirant sur une longue cigarette.

C'est une tornade blonde de 74 ans, à la voix cassée par les années, les excès aussi, probablement. Michèle Marchand, dite « Mimi » pour la Terre entière – on l'appellera donc ainsi –, est une sorte de mythe chez les paparazzis. Une menace vivante, également, pour un tas de *happy few*, à travers Bestimage, son agence de revente de photos, tant elle connaît leurs travers. Beaucoup a été dit et écrit à son sujet. « À 99 %, c'est bidon », lâche-t-elle. On se gardera d'alimenter la machine à fantasmes. Quelques certitudes : elle a été garagiste, elle a aussi fait de la prison, tenu des établissements de nuit, fréquenté des truands. Elle a encore été récemment mise en cause par la justice, jusqu'à être réincarcérée au printemps 2021 (elle a été remise en liberté fin juillet), pour n'avoir pas respecté son contrôle judiciaire : poursuivie pour « subornation de témoin » et « association de malfaiteurs », il lui est reproché d'avoir « monté » pour *Paris Match* une « interview » suspecte de Ziad Takieddine, un intermédiaire effectivement très peu fiable qui semble avoir joué un jeu trouble dans le dossier du possible financement libyen de la campagne présidentielle 2007 de Sarkozy.

Une affaire opaque au possible, à l'image de l'intermédiaire d'origine libanaise. Le but de l'opération médiatique, selon les juges ? Inciter Takieddine à retirer ses accusations visant Sarkozy, dont Michèle Marchand est proche.

Comme elle l'est du couple Macron, et c'est tout sauf une coïncidence.

En tout cas, dans les locaux de la société de Mimi, à Levallois-Perret (Hauts-de-Seine), où nous l'avons rencontrée avant ses derniers déboires judiciaires, ça file droit.

« Faut un *car-shoot* ! » hurle-t-elle d'un coup, et deux photographes sautent dans une voiture, direction les locaux de la police judiciaire ; un *car-shoot*, c'est réussir à prendre des clichés d'un futur gardé à vue, planqué à l'arrière d'une voiture. Elle s'y connaît, en la matière. Dans son bureau trône une gigantesque photo de son dernier mariage. Et partout, mais vraiment partout, des photos du couple Macron… Voilà ce qui nous amène.

François Hollande nous avait mis sur sa piste, d'une simple remarque : « Macron est ami avec Mimi Marchand. C'est intéressant… » Dans sa bouche, cette fréquentation, c'est surtout quasiment une marque d'infamie. Un temps, l'ancien président a suspecté Mimi Marchand d'avoir été à l'origine en janvier 2014 du « piège » de la rue du Cirque, lors de sa fameuse virée à scooter chez Julie Gayet. Le tout sur fond de réseaux sarkozystes, toujours eux… Aujourd'hui, il se contente de s'interroger sur la nature des liens qui l'unissent au couple Macron. De fait, une telle proximité, entre deux mondes si distincts, c'est sans doute inédit.

D'Alexandre Benalla à Sylvain Fort en passant par Marc-Olivier Fogiel, tous nos « grands » témoins ont attesté la force de cette étrange relation. Et Mimi ne se prive pas de la confirmer, avec une abondance de détails, produisant des SMS, restituant des conversations… On lui donne donc la parole, en lui pardonnant par avance quelques approximations. Car, pour l'essentiel, tout ce qui suit est vérifié.

Malheur, d'abord, à celui qui vient à s'en prendre au « patron », comme elle surnomme Macron. Ou à ses amis. Le 19 février 2020, *Paris Match* – déjà – publie en exclusivité des images de l'arrestation musclée de Piotr Pavlenski, cet activiste russe qui avait diffusé des vidéos intimes de Benjamin Griveaux. C'est que ce dernier fait partie du cercle. Surtout, ne pas y toucher. Même si, depuis, l'ambitieux Griveaux, que cette histoire malodorante a détruit, a dû se résoudre à quitter la vie politique…

« Et je sais d'office que ce mec n'est pas homosexuel, j'ai trop l'habitude. »

Une photo de l'interpellation de Pavlenski figure en bonne place dans le bureau de Mimi, aujourd'hui : « Ça, c'est moi ! » assume-t-elle. Le cliché avait été pris par un photographe de son agence, Sébastien Valiela – d'ailleurs poursuivi pour ces faits pour « recel de violation du secret professionnel » en juin 2021, sa patronne ayant à son tour été mise en examen des mêmes chefs le même mois –, déjà auteur de la photo de Hollande en scooter rendant visite à Julie Gayet.

Mimi Marchand, improbable trait d'union entre réseaux macronistes et sarkozystes. Il y en a d'autres, patience…

Entre Mimi et les Macron, tout débute en janvier 2016, raconte-t-elle, dans son langage bien à elle : « Tous les magazines sont comme des "oufs" à appeler les agences un peu spécialisées de filoche, on va dire, pour faire Macron avec son mec, "parce qu'il est homosexuel". Il se trouve, pour des tas de raisons, que je connais parfaitement ce milieu. Et je sais d'office que ce mec n'est pas homosexuel, j'ai trop l'habitude. C'est certain pour moi. On me met en commande, je refuse :

"Non, démerdez-vous, je ne travaillerai pas là-dessus, même si vous me donnez une garantie journalière, je ne vais pas me faire chier, parce que ce n'est pas vrai." Et il se trouve que ça commence à jardiner, comme on dit dans notre métier : "Oui, Macron, voilà, il a un mec, il est homosexuel, il est avec machin", ta ti, ta ta… »

Bref, la rumeur court, enfle, se développe. Elle gêne aux entournures les Macron, alors que le ministre de l'Économie met la dernière main à son dispositif de campagne présidentielle. C'est déstabilisant, une rumeur, ça colle aux basques, ça crée une image factice. Brigitte et Emmanuel Macron s'en ouvrent à Xavier Niel, qu'ils apprécient. Le patron de Free leur propose de rencontrer, chez lui, en toute discrétion, Mimi Marchand. Niel et Mimi se connaissent assez bien. Ils ont vécu la prison (Niel fut incarcéré un mois, en 2004, dans une affaire de recel d'abus de biens sociaux) et ont bénéficié, un temps, des services de la même avocate, Me Caroline Toby. Cela crée des liens, comme on dit. « Xavier Niel est un ami d'avant, quand il était pauvre, et moi, je le suis toujours, rigole Mimi. Parce que, quand il était à la Santé, moi, j'étais à Fresnes-femmes, une semaine, pour cette histoire de merde de *Voici*, de caisse noire, mais on s'en fout, j'ai eu un non-lieu. J'ai fait sept jours, c'était pas rigolo. Et il m'appelle, un jeudi. »

Peu de temps auparavant, l'homme d'affaires a donc accueilli, à son domicile du XVIe arrondissement, Brigitte Macron.

> Brigitte Macron : Je n'en peux plus, j'ai des paparazzis sur le dos vingt-quatre heures sur vingt-quatre, on ne peut plus partir en week-end…
>
> Niel : Tu sais, il y a quelqu'un qui, c'est vrai, adore Sarkozy, elle a bossé pour lui, mais je te

> propose de la rencontrer. Elle s'appelle Mimi, et si tu as un problème de paparazzis, en général, Mimi t'arrange le coup.

Brigitte Macron donne son feu vert, et Niel contacte donc illico Michèle Marchand, qui rappelle préalablement sa proximité avec Sarkozy, alors en course pour la primaire de la droite et donc potentiellement rival de Macron pour la présidentielle. Marchand restitue le reste de la conversation.

> Niel : Bon, Mimi, voilà, il faut que je te parle. Tu connais les Macron ?
> Mimi : Non, je ne les connais pas personnellement, mais je connais, oui…
> Niel : *Voici*, ils ont une série de lui avec un mec et tout, ils vont sortir la série…
> Mimi : Attends, je connais très bien cette histoire, Xavier, tout le monde est en commande sur ce bordel. Mais je n'y crois pas deux minutes.
> Niel : Écoute, est-ce que tu voudrais rencontrer Brigitte ?

Dès le lendemain, un vendredi, Mimi Marchand rencontre Brigitte Macron, dans le jardin parisien de Xavier Niel, à l'initiative du milliardaire, pour plus de confidentialité. Entre les deux femmes, le courant passe immédiatement. Même franchise, même génération. Et puis, Mimi connaît tout du showbiz, de ses grandeurs et de ses bassesses. Or, Brigitte Macron a conservé un côté midinette assez rafraîchissant. Elle se plaît en compagnie des célébrités qui défilent dans les dîners organisés à Bercy, de Johnny Hallyday à Line Renaud, en passant par les acteurs, tel Fabrice Luchini, les cinéastes, ou les rois du PAF.

Mimi, fidèle à sa réputation, attaque d'entrée. Le dialogue s'engage, sur des bases plutôt surréalistes.

> Mimi : Alors, je vous dis tout de suite, au cas où vous ne le sauriez pas, votre mari n'est pas du tout homosexuel.
> Brigitte Macron : Je le sais !
> Mimi : Je voulais vous le confirmer, quand même, parce que, bon… on m'a proposé le travail et je ne l'ai pas fait.
> Brigitte Macron : Oui, mais alors voilà, il paraît qu'il existe une série… Mon mari est très tactile, et il est possible…
> Mimi : Écoutez, vous savez quoi, vous prenez les agendas des quinze derniers jours, qui il a vu, où il a été, on peut faire dire n'importe quoi à des photos. Et je me renseigne.

La patronne de Bestimage a bien une idée. Organiser une séance faussement improvisée, donc « posée », avec les amis homosexuels de Macron. Pour déminer, façon provocation. Il y aurait Pascal Houzelot, Stéphane Bern, et même Mathieu Gallet, pourquoi pas. « Ça démonterait l'histoire », plaide Mimi Marchand. « Je ne sais pas, je vais voir, je vous tiens au courant », répond la future première dame.

Ce jour-là, on s'échange les 06. Mimi Marchand a mis un pied, voire deux, dans la plus étonnante aventure politique de la Ve République. Bien joué.

Elle rappelle Brigitte Macron quelques jours plus tard : « Écoutez, autant que je sache, mais je ne suis pas Citizen

Kane, il y a zéro photo – ou de photos trafiquées, ou ce que vous voulez – qui existe. » La madone des paparazzis a passé un peu de temps sur les agendas publics d'Emmanuel Macron. Scruté toutes les photographies en circulation. Agité son réseau tentaculaire. Elle indique à Brigitte Macron : « J'ai regardé les agendas et tout. La seule chose, c'est qu'il sort à un moment de l'hôtel des Entrepreneurs, il avait eu un rendez-vous ou je ne sais pas quoi, un soir, avec Julien Denormandie, qui est plus grand qu'Emmanuel, je pense, et comme il fait toujours, Emmanuel, il l'embrasse, et apparemment il lui appuie sur la tête pour le faire monter dans la voiture. Le geste tendre qui ne veut rien dire. » Brigitte Macron s'enquiert : « C'est la seule chose ? »

« Ce couple n'a pas d'amis. C'est des gens qui se sont construits tous les deux. Ils se suffisent totalement à eux-mêmes. »

Mimi Marchand va jusqu'au bout de ses investigations, déjeune avec ses amies, les patronnes des rédactions des hebdomadaires *people*, qui lui doivent bien souvent une partie de leur chiffre d'affaires. Elle comprend, à cette occasion, que le couple Macron possède un potentiel indéniable. La rumeur homosexuelle écartée, il flotte désormais un parfum de succès éditorial autour de cette histoire si romanesque. La différence d'âge, la propension de Brigitte Macron à se vêtir court et moulant, le sourire *Ultra Brite* du futur candidat, l'attrait de la nouveauté… Cela sent bon, tout ça. Un jour, justement, Brigitte Macron décroche son téléphone et appelle sa nouvelle amie : « Emmanuel, il aimerait bien te rencontrer. » Dans la foulée, un dîner est organisé à Bercy.

L'affaire est lancée. Et Mimi Marchand, une sorte d'éponge, qui « sent » les gens comme personne, jusqu'à se rendre indispensable, va devenir une composante essentielle du dispositif macronien. Elle a déjà tout saisi de Macron : « Vous avez vraiment l'impression que ça devient votre pote, avec des guillemets, parce que ces gens-là n'ont pas d'amis. Sachez ça. Ce couple n'a pas d'amis. C'est des gens qui se sont construits tous les deux. Ils se suffisent totalement à eux-mêmes, et c'est très important. C'est très rare, un couple comme ça. Et ça porte. » Elle intègre l'équipe des proches de Macron, avec les Sibeth Ndiaye, Benjamin Griveaux, Ismaël Emelien. Les convertis de la première heure. Elle en parle encore avec des trémolos dans la voix : « On marchait sur l'eau. On était une vraie bande qui allions avec ce couple. » Les premières photos de Macron, vraiment estampillées Bestimage, sont prises à la Mutualité, le 12 juillet, pour le lancement parisien du mouvement En Marche !

On sait bien, dans l'équipe de communication resserrée autour de Macron, que Mimi Marchand a des intérêts financiers dans cette campagne. Mais après tout, si l'on peut contrôler le flux des photos, avec une vraie professionnelle qui saura trier entre les bons clichés, flatteurs, et les mauvais, ceux où l'on fait son âge – Brigitte, surtout… Le couple Macron part en vacances, à Biarritz, à l'été 2016. Dans un appartement banal. « À ce moment-là, il n'y a aucun *deal* financier », assure Mimi Marchand. Elle leur passe un coup de fil : « Ce serait bien de vous faire, là… » Olivier Royant, le patron de *Paris Match*, décédé depuis, est un intime des Macron. Il les contacte, obtient leur accord pour que l'hebdo ait l'exclusivité. Le couple est censé sortir se promener, à l'heure du déjeuner. « C'est OK pour les photos, dit Brigitte Macron, mais on ne veut pas voir le photographe. »

Ça, elle sait faire, Mimi. C'est même toute sa vie.

Des clichés sont pris, dehors, sur la plage ; d'autres quand Macron pose sur sa terrasse, en train d'écrire son livre. Rien de bien folichon, *a priori*. Le dimanche soir, Mimi Marchand reçoit toutes les photos, choisit les meilleures. Elle tombe en arrêt sur l'une d'elles, car elle a l'œil, et le bon. C'est le cliché devenu culte où le couple Macron marche sur la plage, elle en maillot de bain, lui en caleçon. Mimi Marchand rappelle Olivier Royant : « Putain, quand même, le maillot de bain, cette bonne femme, elle est génialement foutue, il n'y a pas une retouche à faire, il y a un paquet de bonnes femmes de quarante ans qui voudraient être gaulées comme elle. Moi, je pense qu'il faudrait passer cette photo. »

« On va se prendre des seaux de merde sur la gueule. »

Plusieurs possibilités de couverture de *Paris Match* sont retenues. Dont celle de Brigitte Macron en maillot de bain. Elles sont envoyées au couple Macron, qui devra faire son choix final. Eh oui, une image, ça se construit. Et, bien souvent, les journalistes n'ont pas leur mot à dire.

Mimi Marchand, une énième fois, appelle les Macron. Elle a le « patron » en ligne, elle veut le convaincre. Tout pour le maillot de bain.

> Mimi : On y va ! Tu es marié avec une bonne femme magnifique, et merde aux cons ! Mais tu fais comme tu veux. Mais moi, je te dis que c'est ça, la couv'.
> Macron : Je te rappelle.

Dix minutes plus tard, nouvelle conversation téléphonique. Le ministre cède : « C'est la couv'. » Derrière, en fond sonore, Brigitte Macron renâcle : « Je ne veux pas, il n'en est pas question ! » Mimi Marchand insiste : « Je vous dis que c'est ça, la couv', je vous le dis, c'est très important. » Macron a le dernier mot : « Vas-y. »

Le 11 août 2016, *Paris Match* paraît et affole illico les réseaux sociaux. Brigitte Macron, 63 ans alors, en amazone, marche sur la plage de Biarritz, au bras de son homme de 39 ans, short de bain et polo Ralph Lauren. Le titre, du genre laudatif : « Vacances en amoureux avant l'offensive ». Superbe, moderne. Gonflé.

« On va se prendre des seaux de merde sur la gueule », s'inquiète pourtant Emmanuel Macron. « Pas du tout, on vous popularise et on vous peoplise », répond la patronne de Bestimage. « Tu as raison, j'assume », concède finalement le ministre de l'Économie. Le numéro fait un carton, en termes de ventes, mais aussi de buzz. Il fallait oser, et on peut compter sur Mimi Marchand pour cela. Surtout, elle a fait ses preuves, sur ce coup. Désormais, elle intègre le cercle de confiance ; mais, en plus, son avis compte. Elle a un doute, cependant : Macron va-t-il vraiment tenter de conquérir l'Élysée ? Et comment gérer cette éventualité, quand on est, comme elle, l'amie intime de Carla Bruni-Sarkozy ?

Mimi Marchand, on le répète, a de solides accointances avec l'ex-président de droite, lui-même souvent bien « soigné » par *Paris Match*, comme par *Le Journal du Dimanche* d'ailleurs. L'ancien chef de l'État, ami avec Arnaud Lagardère, est membre du conseil de surveillance du groupe éponyme, propriétaire de ces deux journaux, et même son futur administrateur.

Craignant cet été 2016 d'être écartelée entre les Macron et les Sarkozy, Mimi tente de se renseigner. « Je ne peux rien te dire », lui chuchote Brigitte Macron. Tout est prêt, en vérité, depuis longtemps, mais c'est une chose de se mettre en scène à la « une » de *Paris Match*, c'en est une autre de dévoiler son plan de bataille politique.

Mimi Marchand est encore là, devant Bercy, le 30 août 2016, lors de la démission de Macron du gouvernement. Elle est prévenue, également, la veille de sa déclaration de candidature à l'élection présidentielle, le 16 novembre. Peu après, ça tombe bien, Fillon triomphe de Sarkozy lors de la primaire de la droite : elle n'aura pas de cas de conscience à trancher. « Je vais faire la campagne », intime-t-elle aux Macron. Qui donnent alors une seule consigne à leur équipe de cerbères : « Mimi, elle est là, on a confiance en elle comme en nous-mêmes, il n'y a aucun problème, il n'y a aucun souci. » Et c'est parti. Une belle culbute financière à la clé, les photos exclusives se revendent très cher : « Je ne suis pas payée pour, s'agace Mimi Marchand. On paie nos voyages, tout… » Mais tous ceux qui ont suivi la marche triomphale des Macron vous diront qu'il y avait Bestimage… et les autres.

Accès privilégié garanti.

Il n'y aura aucune zone d'ombre dans le mariage. Au total, dix-sept couvertures (!) de *Paris Match*, toutes affichées dans les couloirs de l'agence de photos. Une quasi-exclusivité de fait sur les clichés privés, car l'équipe de Mimi Marchand a aussi su se rapprocher des enfants de Brigitte Macron, leur arranger des coups. « On était là-bas au Touquet, on a fait plein de photos qui ne sont que pour eux, raconte Mimi Marchand. On leur a fait d'ailleurs, après la campagne, un livre perso, pour eux, de toutes les photos avec les enfants. » Sympa. Décidément, c'est un métier, ce qui n'exclut pas l'existence d'une vraie relation affective, aussi. Et puis, Mimi a le jugement sûr. Y compris quand il faut écarter des clichés peu valorisants : « C'est moi qui faisais un choix, vous avez des attitudes quand vous êtes une femme, si vous êtes comme ça, explique-t-elle gestes à l'appui, ça fait des pliages. Là, je la jette, la photo. Mais on n'a jamais retouché des photos de Brigitte. C'est faux. » Les mauvaises langues du microcosme sont loin d'en être persuadées.

Une image idéale, peu à peu, s'installe, le récit parfait d'un couple atypique. Avec Mimi Marchand, comme d'ailleurs avec les rares journalistes qu'il tolère, Emmanuel Macron poursuit un but, assumé. Immortaliser une aventure politique, l'enjoliver, si besoin. Et la contrôler, de A à Z. La communication, meilleur antidote à l'information…

Et qu'importe si les photographes de presse, parfois, s'offusquent de leur mise à l'écart. Ils savent bien, eux, que derrière le sourire et l'œil qui frise, il existe, caché, un deuxième aspect de Macron. Entre eux, ils appellent cela « le regard du tueur », celui évoqué par Cambadélis, et parfois ils arrivent à le capter, fugitivement, au détour d'une estrade, à la sortie d'un meeting.

Encore faut-il être bien placé pour l'obtenir… Nous pouvons en témoigner : spectateurs par hasard d'une visite des époux Macron, le 4 août 2021, à la Fondation Carmignac, sur l'île de Porquerolles, nous avons vu les gardes du corps du chef de l'État interdire aux visiteurs de prendre des photos ou des vidéos du couple présidentiel, qui arpentait pourtant un lieu public !

Les Macron ont apprivoisé, puis dompté le système médiatique : « Ils ne sont pas bêtes, ils ont compris », convient Mimi Marchand. Tout du moins, jusqu'en juillet 2018. « L'affaire Benalla a tout foutu en l'air ! » s'énerve la septuagénaire. Elle l'aimait bien, pourtant, l'ex-garde du corps d'Emmanuel Macron. « Il ne m'a jamais fait aucun avantage, jure-t-elle. Ni à moi ni à mes photographes, soyons très clair. Mais on a vu ce mec, toute la campagne, bosser. Il se serait fait couper les mains et les pieds pour Emmanuel et Brigitte. C'est un couteau suisse, il arrangeait des bidons, les mecs qui avaient eu des accidents, il récupérait les caisses... »

Alexandre Benalla, ce costaud barbu avec un casque qui, le 1er mai 2018, moleste des manifestants un peu trop agressifs, place de la Contrescarpe, à Paris. Son malheur, c'est, d'abord, qu'il ne fait pas partie des forces de l'ordre, mais du cabinet présidentiel, et, surtout, que la scène a été filmée ; il le sait. Dès le lendemain, il contacte Mimi Marchand, il la connaît depuis la campagne 2017 ; s'il en est une qui peut le tirer de cette embrouille, c'est bien elle. « Il me dit : "Voilà, il y a une vidéo" ; donc, dès le 2 mai, il sait qu'il y a cette vidéo qui tourne. » Comment s'en sortir ? Autre question, qui nous intéresse beaucoup : Mimi Marchand est-elle missionnée, là aussi, par le « patron », qui apprécie grandement son garde du corps ?

« Benalla, je l'ai vu pleurer ; je partais en vacances, et je lui ai donné les clés de la maison. »

« C'est de la merde ! répond crûment la paparazzi. Je lui ai dit : "Dès qu'il rentre, le 'patron', tu montes le voir, tu lui racontes tout, tu vas te faire démonter la gueule et tu lui dis : 'Mimi a dit qu'il faut communiquer maintenant.'" Ils n'ont fait que des conneries... Ça m'a fait une peine folle. Et je me suis auto-saisie de cette histoire. » Il n'empêche, elle a longtemps été suspectée d'avoir orchestré le départ de Benalla de son appartement assiégé par les... paparazzis. Un comble.

Mise au point de la femme d'« affaires » : « On ne l'a pas aidé à partir, on n'a pas transporté de coffres... Oui, c'est vrai, je reconnais – je l'ai dit aux poulets –, il a habité deux jours chez moi, parce qu'ils étaient à la rue, lui et sa femme ; le mec, je l'ai vu pleurer ; je partais en vacances, et je lui ai donné les clés de la maison, même mon mari n'était pas au courant. » En vrai *baby-sitter*, elle a même été surprise aux côtés de Benalla par le photographe du *Monde* venu prendre des clichés du *body guard* déchu peu après qu'il nous a accordé sa première interview, fin juillet 2016…

On insiste : Macron a-t-il joué un rôle ? Lui a-t-il demandé de prendre soin d'« Alex », dont il était si proche ? « Jamais de la vie, jure Mimi Marchand. D'abord, il ne me l'aurait pas demandé. Non, il n'est pas comme ça. S'il me l'avait demandé, je l'aurais fait deux fois à la vérité, mais il ne me l'a pas demandé. »

Mauvaise mayonnaise que cette histoire, quand même. Qui se termine mal. Benalla est renvoyé pour « violences volontaires » devant le tribunal correctionnel, et ses liens avec Mimi Marchand se sont depuis distendus. Elle n'a pas apprécié qu'il montre à des journalistes des SMS échangés avec le « patron ». Elle a donc bloqué ses numéros. Tout en essayant d'éviter les vagues menaçant de la submerger, elle aussi. En effet, à la suite du scandale, ses opposants internes se font un plaisir, à l'Élysée, de saper ses positions. Elle qui, tous les jeudis, venait au « Château » débriefer les événements médiatiques passés et à venir, la voici devenue indésirable.

On ne périt jamais que par ses passions. Car c'est une simple photo qui avait déjà préfiguré la disgrâce de la septuagénaire. Un cliché où on la voit, au printemps 2017, impériale, faire le V de la victoire, dans le bureau… du tout nouveau chef de l'État. Sacrée revanche pour une ex-taularde – garagiste, quand même. Et grosse maladresse, aussi.

Elle raconte : « C'est une saloperie qui est parue dans *Le Canard* et dans *Le Point*. Brigitte m'appelle, en juin 2017 : “Chic, il fait super beau, on dîne tous dans le jardin de l'Élysée", elle nous fait visiter, et là, elle dit : "Tiens, Mimi, assieds-toi au bureau", et je dis : "Non, je ne m'assiérai jamais au bureau", et je suis derrière le bureau et je fais ça [*le V de la victoire, avec les doigts*]. Et c'est le maître d'hôtel qui prend mon portable et qui fait cette photo, d'accord ? Cette photo, je l'envoie à mes enfants, mes petits-enfants, et je leur dis : "Mimi présidente", et je rigole. Je pense qu'on a pris la photo dans mon téléphone. »

Voilà donc Mimi Marchand exfiltrée du dispositif. On la prie de se faire discrète. Elle s'exécute. Sans trop d'états d'âme. Car, finalement, c'est sa vie. On la vire par la porte ? Elle reviendra par la fenêtre. « On a continué le même business », s'amuse-t-elle d'ailleurs.

Car elle a fréquenté, encore, l'Élysée. Comme en mars 2019, à l'occasion d'une petite cérémonie pour saluer le départ des « mormons », les Emelien et Cie. Elle est invitée, bien sûr. En pleine folie des Gilets jaunes, et alors que le ministre de l'Intérieur, Christophe Castaner, vient d'être flashé, le samedi 9 mars, dans une boîte de nuit, au bras d'une jeune femme. Le contexte est incandescent. Macron s'approche d'elle.

Elle rapporte la discussion :

> Macron : Tu montes dans mon bureau, tu vas me raconter Castaner…
>
> Mimi Marchand : Castaner, ne crois pas une seconde que c'est moi, ça m'aurait fait rigoler, mais tu vois bien, il y avait dix iPhones.
>
> Macron : Tu étais au courant ?
>
> Mimi : Oui, j'étais au courant dès le mardi. Qu'est-ce que je fais ? Je t'appelle ? Pour te dire que ton ministre est en train de se la faire belle en

boîte de nuit ? Le mec, il ne fait que des conneries. Tu veux que je passe pour celle qui… Alors je ne t'appelle pas. J'ai fermé ma gueule, et voilà.

Ils sont toujours restés en contact. Constant. Comme lors de l'été 2020, passé au fort de Brégançon, quand des photos prises par des paparazzis s'apprêtent à montrer – dans *Voici* – le président juché sur un scooter des mers, pendant que le Liban fait face à une tragédie – l'explosion d'un stock de nitrate d'ammonium sur le port de Beyrouth, responsable de 207 morts. Qui appelle-t-on, dans ce cas-là ? Mimi Marchand, bien sûr. Qui restitue l'échange avec le « patron ».

Macron : Tu es au courant des photos ?
Mimi : Le lundi, j'ai été au courant que, comme d'habitude, vous vous êtes fait piner, et, bien entendu, toujours par la même agence. Vous ne faites jamais attention, donc… Ça sortira vendredi.
Macron : Non, il faut faire bloquer la série.
Mimi : Je ne suis pas Bill Clinton !
Macron : Qu'ils ne la passent pas, je vais leur donner une série.
Mimi : Écoute, je crois que je ne peux pas, ça me paraît mission impossible.
Macron : C'est pour ça que je te le demande.

L'échange a bien eu lieu. Les SMS détenus par Mimi Marchand – on les a lus – en font foi. Mimi, elle a l'enthousiasme contagieux, alors il faut l'écouter, trier, hiérarchiser, prendre de la distance. Et en revenir aux faits, documentés si possible. « C'est ta mission », lui dit, texto, le président, en joignant une photo de lui juché sur un scooter des mers : « Ça, c'est cadeau… »

Mais, pour une fois, Michèle Marchand va échouer dans sa « mission ». Les photos d'un Macron bronzé et hilare paraîtront bien dans *Voici*, alors qu'au même moment les reporters d'actualités le filment en voyage dans un Liban en proie à la désolation. Le poids des maux, le choc des photos. Mais les Macron n'en tiennent pas rigueur à Mimi, ils lui doivent déjà tant. « Ce sont des gens formidables, parce qu'ils ne me doivent rien, réfute-t-elle. Ils savent que je me suis pris des coups et des coups. » Un brin nostalgique, elle évoque les temps de la conquête, en 2016-2017 : « Mais ce n'est plus comme avant… » C'est vrai. Pour Macron aussi. Le temps de la traîtrise est passé.

Gouverner, c'est autre chose.

II
Le néant

Chapitre 11

Le « nouveau monde »

« Là où on pensait que Macron était le "nouveau monde", il est le dernier avatar de l'ancien régime. »
Olivier Faure, premier secrétaire du PS

On l'enregistre, avec nos téléphones portables, alors il fait de même.

La confiance règne.

Jean-Louis Borloo est du genre soupçonneux, même à l'automne 2020, alors qu'aucun danger politique ne le guette.

L'ancien ministre de Jacques Chirac (2002-2007), puis de Nicolas Sarkozy (2007-2010), nous reçoit, accepte de tout nous raconter, mais exige de ne pas être cité entre guillemets. Prudent à l'extrême. On ne le refera pas, à 70 ans. S'il prend la parole, ce sera avec ses propres mots, quand il le voudra. Il va tout de même nous parler, plus d'une heure, à sa façon, inimitable, à la limite de l'intelligible, parfois, mais ne nous y trompons pas : il est l'un des hommes les mieux informés de Paris. Qui n'a pas déjeuné, goûté, dîné, pris un verre, avec « Jean-Louis », pour le recruter, ou être adoubé, en n'étant guère plus avancé, à l'issue du rendez-vous ? « Jean-Louis, c'est une savonnette », nous disait de lui son ami Thierry Solère, ancien député (LR), longtemps loquace avec nous, mais aux abonnés absents depuis que l'ancien porte-parole de François Fillon est devenu conseiller d'Emmanuel Macron.

C'est surtout un grand blessé de la politique que nous rencontrons. Il nous a justement semblé être le guide parfait pour ouvrir la seconde partie de notre enquête. Après tout, seul l'« ancien monde » peut vraiment décrire le nouveau, qui prétendait le supplanter. Avec le général Pierre de Villiers, il partage le désolant privilège d'avoir été l'un des premiers à encaisser le choc de ce « nouveau monde » macronien. Humiliés, dispersés, ventilés ; à l'été 2017 pour Villiers, au printemps 2018 pour Borloo. Depuis, ces deux hommes, fiers mais dévastés, se sont reconstruits. Le général accumule les succès d'édition et les conférences bourrées de fans, quand Borloo, pour sa part, fourmille d'idées et d'ambitions cachées. Tous deux nourrissent secrètement une envie de revanche, et une haine tenace – mais calfeutrée – envers le locataire de l'Élysée.

Il leur arrive, souvent, de déjeuner ensemble. Ils ont fait le même constat, qu'ils répètent à l'envi : « Macron ne supporte pas un autre public que le sien », serinent-ils, dans un bel ensemble, après avoir revisité leurs déboires. Pierre de Villiers, alors chef d'état-major des armées, a été « démissionné » le 19 juillet 2017, après quelques jours d'une dispute publique avec le nouveau président, Emmanuel Macron, sur fond de rabotage des budgets militaires.

Borloo a donc connu la même vexation, un peu plus tard, le 22 mai 2018. À l'Élysée, là aussi devant quelques centaines d'invités, venus pour écouter Macron et ses décisions urgentes pour la banlieue. « Que deux mâles blancs ne vivant pas dans ces quartiers s'échangent l'un un rapport, l'autre disant : “On m'a remis un plan”… Ce n'est pas vrai. Cela ne marche plus comme ça », assène méchamment le président. Ricanements dans la salle. L'humoriste controversé Yassine Belattar, alors omniprésent dans l'ombre de Macron, au risque de la courtisanerie, jubile. Voilà Borloo catapulté, à son tour, à la maison de retraite des dinosaures politiques, après avoir pourtant mis tout son poids, depuis plusieurs mois, dans la gestation d'un ambitieux plan pour sauver – du moins ce qui peut encore l'être – les quartiers sensibles. *Exit* donc Borloo, à son tour mis à la casse. « Ils ont dépassé toutes les limites, s'emporte depuis l'ancien ministre de la Ville, en petit comité. Ils n'ont plus de pudeur. Il n'y a plus de contre-pouvoir ! »

L'objet de son courroux, c'est évidemment Macron, et par extension tous ses soldats, inféodés de nature, gonflés de leur propre importance, si récente.

Le fameux « nouveau monde ».

L'histoire du « plan Borloo » mort-né, c'est donc celle du macronisme balbutiant, et la révélation publique d'un autoritarisme tatillon, incroyablement vertical, totalement solitaire. Le tout sur fond d'adulation pour le « Grand Leader », qui ne se démentira jamais. Comme si Macron, après avoir cheminé, courbé, toutes ces années, sous les radars, pouvait enfin apparaître au grand jour, dévoiler son vrai visage, après son élection.

Ce « nouveau monde », c'est d'abord le royaume d'un monarque.

L'affaire Borloo débute vraiment le 6 août 2017, sous la forme d'un manifeste des maires, de toutes tendances, paru dans *Le Journal du Dimanche*. Les élus s'y indignent de la suppression de 300 millions d'euros de crédits destinés initialement aux collectivités territoriales. Ils proclament l'« état d'urgence », après quelques alertes déjà bien identifiées dans les banlieues françaises, au second semestre 2017 : la suppression massive des « emplois aidés », et la baisse des aides pour le logement (APL), décidées par Macron, ont crispé les territoires. Le compte n'y est plus. Parmi les signataires de la tribune, un activiste, Jean-Philippe Acensi, proche de Borloo. Cet ancien footballeur préside l'association « Bleu Blanc Zèbres », créée par l'écrivain Alexandre Jardin.

Un ex-ami de Macron…

« C'est comme s'il avait cligné des yeux en même temps que les miens, respiré mon air et été oxygéné par ma pensée. »

Lui ne se fait pas prier pour raconter son pas de deux initial avec le président. Autre avantage, Alexandre Jardin nous permettra au passage de confirmer les confidences non assumées de son copain Borloo. L'écrivain est un agité congénital. Toujours prompt à sauter sur la moindre initiative citoyenne ; c'est ainsi qu'il a créé le réseau des « faiseux » : des élus, mais aussi des anonymes, un brin idéalistes – voire perchés –, désireux d'agir concrètement pour le bien collectif.

Sa rencontre avec Macron date du printemps 2014. À l'époque, le ministre de l'Économie se constitue, lui aussi, son propre réseau, mais dans son seul intérêt. Le carnet d'adresses de Jardin l'intéresse ; l'écrivain est donc convié, comme beaucoup, un samedi, à Bercy. Il ressort quasi enamouré du bureau ministériel. Là encore, comme tant d'autres avant lui. « C'est comme s'il avait cligné des yeux en même temps que les miens, respiré mon air et été oxygéné par ma pensée, il était d'un enthousiasme débordant », se souvient Jardin, séduit par ce conquistador magnétique. Il lui déroule ses revendications, réclame un big-bang démocratique, à base de mesures immédiates : refinancer les interdits bancaires, faciliter le transport des chômeurs, etc. Et s'impatiente, assez vite : il n'obtient aucune réponse concrète de l'équipe de Macron.

Pourtant, on lui propose de tenir le discours d'ouverture du grand raout d'En Marche !, le 12 juillet 2016, à la Mutualité. « Il cherchait des acteurs, dans un scénario », analyse *a posteriori* Alexandre Jardin, qui observe, à l'œuvre, le grand ordonnateur de la conquête : Ismaël Emelien. C'est ce conseiller de l'ombre qui met en musique la partition. L'écrivain, qui a le sentiment d'être « utilisé », argumente, prévient l'équipe du quasi-candidat : « Je vais dire que je ne me rallie pas, je vais poser des conditions et poser des questions ! » Intrigant propos liminaire. Macron se fait-il un peu trop confiance ? « Ça ne me pose aucun problème », rétorque en tout cas le futur président.

Le 12 juillet, Jardin prend la parole. Devant une assistance médusée. Il tient ses promesses, lui. Son discours n'est pas exactement celui d'un militant d'En Marche !, il joue une vraie fausse note dans l'orchestre macronien, et exige des actes réels.

Macron apprécie peu : « Je le vois se décomposer, raconte Jardin. À sa façon, c'est-à-dire en souriant. Et je me dis : "Il est dingue, qu'est-ce qu'il a cru ?" Et je fous le camp. » Plantant là l'état-major du futur candidat. De toute façon, tout le monde aura rapidement oublié cet impair, pensent les partisans de Macron, d'autant que leur leader a su enflammer la salle, littéralement transportée.

Mais le ministre de l'Économie ne sait pas rester sur un échec. Il recontacte Jardin, fin août 2016, quelques heures avant sa démission, balancée à Hollande. Il envoie un SMS : « Je me barre du gouvernement, allons vers la lumière ! » Un tantinet mystique. « C'était un truc exalté, un peu télé-évangéliste », se rappelle Jardin. Mais sûrement pas l'acte de décentralisation voulu par l'écrivain et ses amis. Tant pis. Il conserve ses distances.

Jusqu'à l'automne 2017, dans la foulée de l'appel des maires paru début août dans *Le JDD* qui lui rappelle tellement ses propres doléances. Il accompagne le groupe informel qui se met en place, phosphore, propose. Borloo est de la partie, désormais. Les élus l'ont contacté, et l'ancien ministre chiraquo-sarkozyste s'est senti investi d'une mission. Sauver les banlieues, c'est son truc, depuis son premier plan, en 2005, qui a laissé de vraies traces dans le paysage urbain français. D'autant que Macron, fin 2017, a su rebondir sur la tribune des maires. Il a rencontré Borloo, topé là. C'est Jacques Mézard, ministre de la Cohésion des territoires, qui a organisé l'entrevue. « Est-ce que tu peux nous aider ? » s'enquiert le chef de l'État. Réponse de Borloo : « Je ne veux surtout pas être payé, je ne veux pas de mandat, pas de statut, je file simplement un coup de main à mes amis maires. » Les deux hommes s'accordent sur la répartition des rôles, Macron remercie même publiquement Borloo d'« avoir remis les gants » ; et voici l'ex-patron du parti radical qui emménage dans un bureau débusqué dans les étages du ministère de Mézard.

« Je ne veux pas te mettre dans la merde. »

Quand Borloo travaille, il ne fait pas semblant.

Ses idées prennent forme, il structure l'équipe. Il se souvient d'une mobilisation extraordinaire, transpartisane. D'un bel élan démocratique et politique. Même s'il sent bien quelques freins dans la machine. Belattar, par exemple, qui n'a pas son pareil pour s'engouffrer dans le sillage des présidents. Après avoir soutenu Hollande, il s'est rapproché de Macron et oppose une grosse force au travail de Borloo.

On l'a contacté : pas de réponse. Des fuites alimentent la presse : ce plan en gestation coûterait ainsi la bagatelle de 48 milliards d'euros, assurent certains médias. Borloo laisse dire, même si c'est faux.

Au bout de quelques mois, un rapport voit le jour : 164 pages, dix-neuf programmes, pour un vrai bouleversement.

Ce n'est pas encore le plan Marshall, mais enfin, cela reste un projet très ambitieux pour ces « quartiers », comme sont désormais pudiquement baptisées les banlieues difficiles. Un plan dont aurait bien besoin Marseille, une ville à la dérive, bien plus que de cette visite présidentielle ultra-médiatisée à la rentrée 2021, après une énième série de sanglants règlements de comptes. Et qui inspira un commentaire sévère de l'ex-ministre de l'Intérieur Gérard Collomb, déplorant le 3 septembre sur LCI que Macron ait « écarté de manière un peu cavalière les idées qu'il proposait », assurant qu'il s'agissait là d'une erreur.

Évidemment, Borloo transmet son rapport à Macron, le 26 avril 2018, avant toute diffusion. Il le confie, aussi, au Premier ministre Édouard Philippe. Il s'agit de « déminer », d'éviter de placer le président devant d'impossibles choix. Mais Macron avalise l'ensemble, selon Borloo.

> Borloo : Je ne veux pas te mettre dans la merde…
> Macron : C'est extraordinaire, génial !

Une interview paraît dans *Le Monde*, où Borloo affirme ses ambitions, et quelques certitudes. Survient le 22 mai 2018. Le président installe à l'Élysée le Conseil présidentiel des villes, une vague instance regroupant des habitants, entrepreneurs, responsables associatifs et autres acteurs locaux. Sont aussi invités nombre de ministres.

Et Borloo, donc, convoqué directement par Macron.

Il se rend au palais, confiant. Assez fier, aussi. Il a peu dormi, révisé son plan jusqu'à la dernière minute. Il attend, impatiemment, de connaître les mesures reprises, et accessoirement les compliments d'usage à son endroit. Il n'aura droit ni aux unes, ni aux autres, sinon à la qualification péjorative de « mâle blanc ». Pas question, assure Macron, d'annoncer un énième « plan banlieue »… Plutôt que des tours qui enlaidissent tant de quartiers populaires, c'est du passé politique qu'il faut faire table rase. Et ce passé, Borloo en est l'un des plus éminents représentants…

Pour l'ancien maire de Valenciennes, c'est un traquenard, une gifle. Et une authentique humiliation. Abasourdi, Borloo regagne comme un automate les locaux de sa société de consultant, en déclinant toute demande d'interview. Il veut comprendre, multiplie les coups de téléphone. Aucun de ses interlocuteurs n'a d'explication. Gérard Collomb, ministre de l'Intérieur, lui lance : « Explique-moi ce qui s'est passé… » Réponse de Borloo : « C'est à toi qu'il faut le demander, pas à moi ! » Jusqu'au Premier ministre, Édouard Philippe, qui s'interroge, lui aussi. Borloo lui rétorque sur le même ton : « Qu'est-ce que tu veux que je te dise ? C'est vous qui étiez avec lui ! »

« Il n'y avait personne ayant vécu,
juste des promotions de crânes d'œuf. »

Alexandre Jardin assiste à la débâcle. Il a senti le vent tourner, pourtant. Le 21 mai, il avait appelé Borloo, lui déconseillant de se rendre à l'Élysée. Le lendemain, il tente d'abord de pousser son ami à la contre-attaque médiatique : « Jean-Louis, merde, c'est important. Tu vas au 20 heures ! » Mais Borloo est inquiet du climat dans les cités, il ne veut pas être accusé de jouer avec le feu. « Jean-Louis s'est couché, regrette de son côté Alexandre Jardin. Et ça, je ne l'ai pas compris. »

C'est pourtant simple, au fond, et l'illustration de la différence entre un pur politique et un simple activiste. Borloo scrute les sondages, se sait populaire, s'imagine un avenir, et pour cela il convient de ne pas trop fâcher le roi. Tant pis s'il faut, du coup, avaler des couleuvres, et attendre un signe. Qui ne viendra pas. Car l'entourage de Macron n'a que faire de ces vestiges d'une autre époque. Eux sont de la nouvelle génération, ils savent, ils sentent le futur.

Croient-ils.

Jardin a étudié le profil des nominations de conseillers, au cœur de l'exécutif. Il en tire un sentiment amer : « En gros, il n'y avait personne ayant vécu, juste des promotions de crânes d'œuf. La boutique est toujours tenue par l'appareil d'État. » Borloo abonde. « Ce sont les fermiers généraux qui ont pris le pouvoir », cingle-t-il souvent en petit comité. Borloo pointe la technocratie, les gens de Bercy, qui comptent et recomptent, rétifs à la moindre prise de risque politique. Il en veut à Macron, bien sûr. À tous ses serviteurs qui ont pris, ensuite, un malin plaisir à s'essuyer les pieds sur le paillasson Borloo. Très vite, il s'est fait son avis sur le chef de l'État, et à force d'en parler, lors de déjeuners, de dîners, ça remonte au sommet. « Macron n'aime pas l'échange, assure-t-il à ses amis. Ça l'inquiète. Ça reste un collé à Normale Sup, il n'a pas confiance en lui. »

Rien de tel pour énerver Macron.

Les diplômés de HEC, l'ENA, l'ESSEC, l'IEP, et autres acronymes désignant les plus grandes écoles, peuplent les couloirs du pouvoir. Comme toujours. Sans doute plus qu'avant. Mais, cette fois, ils sont escortés de politiques souvent jeunes et suffisants, ou alors expérimentés mais… insuffisants.

« Je pense qu'il y a une très mauvaise compréhension du fonctionnement du pays », nous explique François Baroin, convaincu que les tenants du « nouveau monde » recyclent en réalité de vieilles recettes, totalement périmées. Il dénonce ainsi « un logiciel du fonctionnement de l'État qui a quarante ans d'âge ; je pense que ces mecs, ils ont quarante ou cinquante ans de retard, parce qu'ils pensent qu'ils sont à la tête d'un État qui a tous les pouvoirs ; c'est un État qui n'a plus de pouvoir, qui est obèse à Paris et qui est squelettique dans les territoires. Donc, ils pensent qu'en appelant un préfet et en disant : “Le taux de chômage, si vous pouvez me régler ça dans les quinze jours…” Ça ne marche plus comme ça, ça n'a jamais marché comme ça. Je pense que c'est le fonctionnement du logiciel qui est très, très dépassé. Je pense qu'ils ont une conception du pouvoir qui est quand même, par nature, ultra-centralisée ».

Comme si les « quadras technos » parvenus au faîte du pouvoir parisien se trouvaient confrontés à un univers, souvent banlieusard ou rural, qu'ils connaissent mal, au mieux, ou méprisent, au pire. Sans jamais appliquer un modèle participatif qu'ils appellent pourtant de leurs vœux. « Macron fait une politique libérale, insiste Stéphane Le Foll, ancien ministre socialiste de l'Agriculture. Le “nouveau monde”, mais avec ses vieilles recettes. Rien de neuf. Supprimer l'ISF, supprimer la taxe d'habitation, que des trucs basiques. Il ne restera de Macron qu'une politique traditionnellement libérale, sans aucune mesure novatrice. Aucune. L'assurance chômage, par exemple, c'est la même réforme que Chirac. »

Macron et ses amis réussissent au moins l'impossible, en ce début de quinquennat : mettre d'accord les ennemis irréconciliables du parti socialiste. « Là où on pensait que Macron était le “nouveau monde”, il est le dernier avatar de l'ancien régime, cingle devant nous Olivier Faure, le patron du PS. Il n'y a aucune originalité dans la politique qu'il conduit, ni dans la façon dont il pense le monde. » Tandis que François Hollande y va, en privé, de ses commentaires ravageurs sur les actes solitaires et brutaux de son successeur : « C'est un gouvernement de puceaux ! Et quand vous êtes puceau, vous voulez montrer que vous connaissez les filles… D'où les actes d'autorité ! C'est immature. »

Jean-Louis Borloo, Pierre de Villiers : mêmes combats, finalement.

Et mêmes défaites.

François Baroin

L'élu

Il s'interroge, à voix haute, devant nous. Sans tabou, ni interdit.

François Baroin, lui aussi, bute sur l'« énigme » Macron. Il s'en méfie, surtout.

« C'est curieux, quand même, un homme qui n'a pas d'amis, qui n'a pas de famille, et qui n'a pas d'enfants », lâche le patron des maires de France, éternel candidat putatif de la droite à la présidentielle, qui ne craint pas de se risquer sur le terrain glissant de la vie privée. Il poursuit son raisonnement : « On a compris qu'Emmanuel Macron s'était brouillé avec ses parents, avait au fond assez peu d'amis, qu'il était très solitaire et n'avait pas d'enfants. Et quand on voit la manière dont il exerce le pouvoir, la théorie de l'ancien monde et du nouveau monde, c'est : "La France est une page blanche, j'arrive, la télé est en couleurs depuis que j'y passe." On voit bien un cynisme dans le fonctionnement, le traitement des ministres, avec un *turn-over* au gouvernement absolument hallucinant, et son entourage n'est pas composé d'amis ou de fidèles. » Baroin insiste, au cas où il ne se serait pas fait suffisamment comprendre : « Et il n'a pas d'enfants, et ça, c'est tout à fait respectable, mais ça donne aussi une idée de la descendance, de la transmission, de la succession. »

Baroin, l'homme du terroir, ou l'anti-Macron ; le maire de Troyes, lui, vénère ses amis, choie sa progéniture, goûte ses loisirs, et vit dans le culte de ses ascendances, personnelles et politiques.

Il est l'élu.

Dans tous les sens du terme : alors qu'il représente, à travers l'AMF, les quelque 35 000 maires de l'Hexagone, les principaux cadres de sa famille politique le considèrent comme « le meilleur d'entre eux », désolés que leur poulain se braque devant l'obstacle présidentiel.

Car François Baroin est un homme pétri de doutes, aussi. Cela fait partie de son charme, incontestablement. Souvent, il oscille. Il ne faut pas s'y méprendre : il sait généralement ce qu'il souhaite, ce qu'il désire accomplir. Mais le 2 décembre 2020, quand nous le rencontrons, dans ses locaux de l'Association des maires de France, dont il devait quitter la présidence en novembre 2021, il se questionne intimement.

« *Should I stay or should I go ?* » Rester dans sa bonne ville de Troyes, dont il est le maire épanoui depuis vingt-cinq ans, ou tenter l'épreuve présidentielle en 2022, et ses aléas, contre Macron ? On le connaît depuis toujours, on a le même âge, 55 ans, il a été journaliste, ministre chiraquien, il est sarko-compatible, et il a toujours su user de cette image, qui lui colle à la peau, d'« élève doué mais paresseux », si utile pour louvoyer entre les ego.

En cette fin d'année 2020, donc, il oscille. Tout le pousse pourtant à défier Macron, au printemps 2022. Sa famille politique, qui l'attend toujours comme le Messie, ses amis, le sens du vent… Mais il renâcle.

Ne s'exprime pas. Laisse dire. Avec nous, il se lâche un peu.

Avant de parler de Macron, de nous permettre de progresser dans notre quête, il nous explique sa démarche au sein des Républicains, qui se sont tant entre-déchirés, sur fond de haines entrelacées. Macron, de toute façon, est très présent, en arrière-plan, dans sa décision de laisser sa place – momentanément ? – dans la course à l'Élysée. Son élection lui a filé un vrai coup de blues. Tous ses repères ont disparu, d'un coup. D'où cette volonté de repli sur soi.

« Je pense qu'il y a une relève, nous explique-t-il. C'est bien de permettre à cette relève de voir de quelle manière elle peut s'organiser de façon intelligente, et puis, la route est longue. Là, pour 2022, je considère que les conditions ne sont pas réunies pour moi. Quand je vois Biden à 78 ans, ça ne veut pas dire qu'en fonction de la manière dont je vais poursuivre ma construction et me reconstruire, je ne serai pas en situation de regarder ce qui se passe pour le pays. Ce n'est pas… je ne ferme pas la porte définitivement à cette perspective-là… » Bref, il n'ira pas. Sauf si, finalement, il y va, bien sûr. Du Baroin tout craché.

Il devait publier un livre, il pourrait enchaîner les émissions politiques, multiplier les prises de position publiques… Mais il préfère la chasse, les relations sociales et humaines, sa ville, le football. La vie, en somme. Il aime les mots de Sartre, dans *Les Mots*, justement. « Je suis atrocement banal, dit Sartre, après deux ou trois pages, raconte Baroin. Non, les conditions politiques pour être candidat de la droite sont probablement réunies, à cause de mon parcours, de ma loyauté, de ma fidélité, mais elles ne le sont pas totalement à 100 %. Les conditions d'incertitude et la manière dont ça s'organise, et l'état du pays… C'est une chose d'être un bon candidat pour le parti, mais je me fous de mettre mon nom sur les plaquettes de bouquins d'histoire, "a été candidat à l'élection présidentielle" ; le seul truc qui m'intéresse, c'est d'être candidat pour gagner. »

Il utilise la vieille métaphore sarkozyste à propos de ses ambitions présidentielles, « y penser ou pas en se rasant » : « Je me suis toujours rasé en pensant : "Putain, ne te coupe pas", et après je suis passé au rasoir électrique, et je suis revenu au rasoir manuel, et c'est plutôt sur le thème : "Il ne faut pas te couper." Si Macron est *out*, et s'il n'y a personne, et qu'il y a certitude que Le Pen… et si tout le monde dit : "Putain, tu dois y aller", voilà… »

Là, dans ces conditions extrêmes, par grand froid politique, il pourrait forcer sa nature, dont l'ambition n'est évidemment pas exclue. Ni l'opportunisme, une qualité décisive dans cet univers. Il s'amuse : « Si Macron me passe un coup de fil en me disant : "Je n'en peux plus…" Moi, je reste loyal et fidèle à ma famille politique – ça, c'est clair et net. Alors, je ne veux pas donner de leçons, j'ai fait un choix, il est douloureux pour certains, y compris pour quand même la très grande majorité ; et puis c'est mon choix, par définition, il est respectable, et c'est une décision qui est personnelle. Je me mets à la disposition de ma famille politique. »

« Le "en même temps", c'est vraiment "tout et son contraire". »

À ses côtés, la directrice de son cabinet/bras droit, Aurore Mouysset, s'étouffe. Baroin est enfin sorti de l'ambiguïté, devant deux journalistes. À son détriment ? On la rassure ; ses propos sont sous embargo, jusqu'à la publication de notre livre. Et puis, qui sait, un an plus tard – à l'automne 2021, donc –, tout aura changé… Baroin sera peut-être redevenu LA solution à droite ! Même si les succès électoraux de Xavier Bertrand, Valérie Pécresse ou Laurent Wauquiez, lors des régionales de juin 2021, lui laissent peu d'espace, désormais.

Mais nous étions d'abord venus l'interviewer sur le sujet Macron. Nous devinions que, comme nous, il devait se sentir désemparé devant l'indéchiffrable rébus politique que constitue le macronisme. Cette nouvelle ère incarnée par l'ancien banquier de chez Rothschild. Après tout, ne pourrait-il pas s'estimer ringardisé par l'épatante jeunesse du président ? Baroin a plusieurs casquettes : maire, donc, mais aussi avocat. Fin 2020, on le disait également en négociations avancées pour rejoindre la banque Morgan Stanley. Le carnet d'adresses d'un ancien ministre de l'Intérieur, des Finances, du Budget, de l'Économie et même de l'Outre-mer, ça se monnaie. Cher.

On ne s'était pas trompés. Baroin nous a éclairés.

Lui aussi s'est donc trouvé pris dans une forme de désarroi, au printemps 2017, avec l'avènement de Macron. « Son élection a été un choc pour moi, reconnaît-il. Elle a marqué sûrement une fin de quelque chose… C'était la fin d'un modèle. Les conditions de son avènement, les réseaux sociaux, les médias en boucle… Ce n'est pas mon truc. » Baroin est le pur produit de l'école Chirac, il a été député à 27 ans, au gouvernement à 29 ans. Il a grimpé très jeune l'escalier politique, sans rien oublier des étapes obligées : une municipalité, un siège à l'Assemblée… Au contact des gens, empathique, quitte à se faire houspiller par l'électeur moyen. « J'ai fait un parcours, j'ai coché toutes les cases, approuve-t-il. Pour moi, le "en même temps", c'est vraiment "tout et son contraire". Il faut se reconstruire sur autre chose, pas ce sur quoi j'ai vécu pendant vingt-cinq ans. »

Macron, il en a entendu parler très vite. C'est aussi à cela que l'on reconnaît les professionnels de l'entrisme. Dès 2011. Alors que Macron le banquier conseille déjà le candidat socialiste François Hollande, Macron l'opportuniste fait circuler son CV dans le Tout-Paris. 2011, c'est aussi l'année où François Baroin passe du cinquième au sixième étage, à Bercy. Il remplace Christine Lagarde – partie prendre la tête du Fonds monétaire international – comme ministre de l'Économie. Il doit reformer un cabinet, à l'approche d'un G20, en pleine crise. Il cherche un numéro deux pour son équipe, déjà dirigé par un banquier, Didier Blanquy. « Il me sort quelques CV d'inspecteurs des finances, rapporte Baroin, il fallait décider en quarante-huit heures. On avait eu un échange où il m'avait parlé de Macron, et il m'avait dit : "J'ai un type vachement bien, brillant, qui pourrait faire l'affaire" ; je crois qu'il était chez Rothschild encore à l'époque. Ce poste-là l'intéressait. Son CV était sur ma table. » Mais Baroin ne verra jamais Macron, *in fine*. Il optera pour un autre profil. Qui sait ce qu'il se serait alors passé ? Le banquier de Rothschild aurait aussi bien pu être aspiré et placé en orbite sarkozyste. Mais il a su résister aux appels du pied du pouvoir d'alors ; il a été écarté sur ce coup, sans même le savoir.

Le sens d'un destin.

Les deux hommes se parlent une première fois, quand Macron intègre le cabinet élyséen de François Hollande, à la mi-2012. Il s'agit de recaser Didier Blanquy, l'ex-dircab. Macron, au téléphone, donne du « Monsieur le Ministre » à Baroin, se décarcasse. Nommé ensuite à Bercy, en 2014, devenu lui aussi ministre, Emmanuel Macron reçoit François Baroin, tout neuf patron de l'AMF : les réformes socialistes plaisent assez peu aux élus de France, qui voient leurs dotations baisser. « J'étais venu lui faire une démonstration sur le caractère récessif des mesures de réduction spectaculaire de l'argent qui était alloué aux collectivités locales. Et on avait passé une heure : il a été charmant, charmeur, sympathique, disponible, à l'écoute. »

Les deux hommes vont continuer à se croiser, sans jamais vraiment sympathiser. Derrière les sourires de façade, Macron reste sur ses gardes. Après tout, Baroin est dans la course pour l'élection de 2017, à droite, puisqu'il compose un ticket avec Nicolas Sarkozy. Le maire de Troyes assiste finalement, décontenancé, à la conquête de l'Élysée par cet apprenti politicien qu'il n'a pas vu venir.

Comme toutes les sphères, politique, médiatique ou économique.

« Comment on peut faire confiance à un type qui trahit la confiance de celui qui l'a fait ? »

« Pour tout vous dire, je n'ai jamais cru à Macron, presque jusqu'à son élection, admet Baroin. Et j'ai quand même trente ans de vie politique, je pense avoir une bonne compréhension du pays. Je ne pouvais pas imaginer que quelqu'un qui devait tout à son président puisse lui-même imaginer qu'il soit candidat et qu'il crée les conditions pour que son président, qui l'a nommé, qui l'a fait, qui lui a donné son existence, sa crédibilité, sa surface... Après, chacun a sa construction. »

Manifestement, le maire de Troyes a une autre conception des rapports humains, même en politique. Ses rivaux à droite moquent bien souvent le peu d'allant de Baroin, sa bonhomie nonchalante. Alain Juppé, lui, ne le supporte pas, les deux hommes sont brouillés à vie.

Mais, chez LR, Baroin n'a semble-t-il jamais été pris en défaut sur ses valeurs, celles d'une droite humaniste et gaulliste. Et sur son rapport au chef. Filial. « Macron, dit-il, je ne l'ai pas épargné, parce que, franchement, je trouvais ça incroyable. D'abord, ce qu'il fait à son président. Je me suis dit : "Comment on peut faire confiance à un type qui trahit la confiance de celui qui l'a fait ?" C'est un modèle qui n'est pas le mien, c'est un modèle dont je me méfie. »

Surtout, bien plus que l'homme, le maire de Troyes va détester les arguments de campagne déployés par Macron.

« Franchement, cet horrible terme d'"ancien monde", qui est d'une prétention incroyable, d'une arrogance hallucinante… Par moments, je me disais : "Qu'est-ce qu'il raconte ?" Mais je voyais bien que ça commençait à monter, donc je me suis dit : "Il y a sûrement un problème avec nous." Il a quand même éveillé les consciences, il a sûrement raison sur les partis politiques, qu'on est en train de s'effondrer, comme un soufflé, sur nous-mêmes. Mais je montais en puissance et en volume sonore au fur et à mesure de la campagne. »

Jusqu'à une interview accordée au *Parisien*, le 1er avril 2017, où Baroin utilise le terme qui rend fou de rage, immanquablement, le futur président de la République : « Macron, c'est du populisme mondain ! » Macron déteste être qualifié de « populiste ». Et de « mondain », encore plus. Mais Baroin touche juste. Et se crée un ennemi.

Baroin raconte : « Je crois qu'il a dit : "Quelle bande de 'oufs'." Il était furieux, racontant : "Moi, j'aime bien Baroin, mais ce qu'il a dit est inacceptable." En fait, on touchait au cœur de la réalité… J'avais dit "mondain", parce que je trouvais quand même que c'était une petite coterie. Et donc, là, évidemment, c'était la guerre à outrance. Je suis allé au bout, j'ai essayé de dissuader Édouard Philippe, Bruno Le Maire… »

Baroin a compris que le banquier Macron avait lancé une OPA inamicale sur son parti de cœur. La saison des grands débauchages et des petites trahisons – à moins que ce ne soit l'inverse – est ouverte. Il réagit, trop tard. Lui qui a voté Macron au second tour sans états d'âme, afin d'écarter le risque Le Pen, fait le voyage du Havre, pour discuter avec Édouard Philippe, que les rumeurs donnent favori pour Matignon. « Je suis allé le voir en disant : "On a le droit de croire à ce projet, mais on n'a pas le droit de tirer dans le dos de ses amis." Il y avait trop de rumeurs, ça remontait trop. Et je ne le sentais pas très à l'aise, il n'avait peut-être pas toutes les garanties non plus. Il me dit : "J'entends, je comprends ce que tu me dis, je te remercie de ta démarche, je vais y réfléchir..." J'ai compris, mais il m'a quand même appelé dans les cinq minutes qui ont suivi sa nomination à Matignon. » Baroin est alors le chef de file à droite pour les élections législatives. Il a un combat à mener.

> Baroin : Tu ne vas pas me proposer un truc, quand même ?
> Philippe : J'en rêve, mais non, non.
> Baroin : Écoute, tu as fait ton choix, on mène la campagne, et puis...

Baroin l'affirme, la tentation de gagner le camp Macron ne l'a jamais effleuré. « J'étais quand même au cœur de la primaire *via* le ticket avec Sarko, rappelle-t-il. Ça n'a pas marché. Je m'étais programmé pour être Premier ministre, j'avais une idée du calendrier, des hommes... Je n'étais certainement pas programmé pour autre chose. Et puis après, honnêtement, j'ai tapé fort, et ça s'est antagonisé assez vite. » Au fond de lui, l'élection de Macron l'a sérieusement bousculé. Baroin lâche même, publiquement : « J'ai fait mon temps ! » Il quitte les joutes parlementaires, sans regret. Il admire l'artiste Macron, au passage : « C'est l'exploit d'un homme, audacieux, courageux. On dit souvent dans ce métier que le manque de bol est une faute professionnelle. Lui, il a été un ultra-professionnel, puisqu'il a eu une addition de coups de bol hallucinante. »

« Il fait un discours interminable, les mecs se barrent parce qu'ils ont des trains à prendre. »

Le voici donc simple avocat, désormais, aux côtés de son ami Francis Szpiner. Ça l'amuse, et ça rapporte, aussi. La mairie de Troyes l'accapare, il faut gérer la remontée en Ligue 1 de l'ESTAC, le club de foot local, et puis la saison de la chasse va s'ouvrir, bref… il est vraiment temps de passer à autre chose.

« Nous, on est de purs politiques, dit-il. Donc, voilà, une fois que le combat est terminé, il est derrière, il y a un mec, il est élu, il a la légitimité, bonne chance à lui. Et on ne veut pas le gêner, on ne veut pas l'aider, on discute. » Macron, dans les premiers temps, affiche d'ailleurs son intention de travailler avec les élus. Un discours en parfaite contradiction avec ses actes. Trois mesures, notamment, font vite tiquer les maires : ponction sur leurs finances, reformatage des emplois aidés, puis des aides pour le logement (APL). « En l'espace d'une semaine, au mois de juillet, se souvient Baroin, on se retrouve avec trois annonces, non préparées, non discutées, sans aucun contact : le type vient au Sénat, annonce son truc et se barre, puis plus rien. Si c'est ça, la méthode de dialogue, de concertation, de discussion… On se regarde avec Larcher et on dit : “Bon, on n'a peut-être pas bien compris, et puis c'est le début, ça va se corriger, il y a un congrès au mois de novembre, il va falloir discuter.” On était conscients qu'on allait se faire tondre, et on ne voulait pas en plus applaudir et remercier. »

À l'approche du Congrès des maires de France, une étape obligatoire pour tout président de la République, François Baroin se rend tout de même à l'Élysée pour exposer les doléances des élus. Il pense y rester une demi-heure.

L'entretien, avec Emmanuel Macron et Alexis Kohler, son secrétaire général, va durer trois fois plus longtemps. La discussion est tendue. Voire véhémente. Puis se calme. Baroin quitte le palais, en lançant cette invitation au chef de l'État : « Écoute, en tout cas, tu es le bienvenu au congrès ! » Tutoiement de rigueur.

Le 23 novembre 2017, Emmanuel Macron est accueilli par 15 000 maires en fureur, réunis Porte de Versailles. Il est sifflé et hué pendant vingt minutes, et cela même pendant son discours. Il ne se démonte pas : « Vous pouvez être en désaccord, fait-il. Pendant la campagne, beaucoup de candidats aimaient faire siffler les opposants. J'ai été abondamment sifflé, peut-être même l'un des plus sifflés… Donc, les sifflets ne m'ont jamais beaucoup étourdi. » Et le président déroule son argumentaire. Longuement. Très longuement. Baroin est aux premières loges. « Il fait un discours interminable, les mecs se barrent parce qu'ils ont des trains à prendre, il voit la salle se vider, il commence à se crisper, il l'a très, très mal vécu. Il s'est dit : “Ces gens, je n'en obtiendrai rien.” Il n'a pas osé aller jusqu'à l'affrontement. On n'est jamais allés jusque-là. Mais, clairement, il n'a pas aimé ce congrès. Clairement, il n'a pas aimé les conditions. Clairement, il n'a pas aimé l'accueil et, clairement, il en a tiré les conséquences. Parce qu'il s'est passé la même chose avec les régions et Hervé Morin… » Et ensuite les départements, avec l'ex-ministre chiraquien Dominique Bussereau.

Le vieux continent politique fait de la résistance.

Quelques mois plus tard, rebelote. Toutes les fédérations des élus claquent la porte de la Conférence nationale des territoires, en juin 2018. « La grande œuvre de Macron, s'amuse Baroin, c'est d'avoir enfin réussi depuis 1982 à rassembler les régions, les départements et les communes de France. » Contre lui.

Il y aura aussi l'épisode des 80 kilomètres-heure, puis la taxe carbone, et enfin les Gilets jaunes. Comme si ce nouveau pouvoir, si centralisé et tellement distant, devait se heurter à la réalité, pour, au moins, accepter d'écouter. Baroin va voler au secours d'un président mal-aimé. « Et nous, on joue le jeu. On a coopéré. D'ailleurs, on a toujours coopéré. Même si on s'en est mis plein la tête ! »

Les partisans-courtisans de Macron notent, eux, à cette occasion, la capacité du chef de l'État à se mettre au niveau de ses concitoyens, son empathie. Pour Baroin, qui a vu à l'œuvre Chirac, Sarkozy et Hollande, trois bêtes politiques dans leur genre, il ne faut pas s'y tromper. Quand Macron vous regarde, il se contemple, en réalité : « Macron, il vient de nulle part, et donc il donne le sentiment de croiser votre regard pour vous imposer et être bien sûr que vous cédez à son charme. Sauf qu'il y a plein de gens qui ne cèdent pas à son charme. Et ça, pour lui, je pense que c'est un océan d'incompréhension. Je pense qu'il a du mal, à la fin d'un entretien, et que c'est pour ça peut-être que ça dure aussi longtemps : il ne comprend pas pourquoi on ne cède pas à son charme. Tout simplement parce qu'on n'est pas d'accord avec ce qu'il dit, parce que son charme n'opère pas tout le temps, et puis parce que sa force de conviction n'est pas pleine et entière. Donc, ça peut fonctionner, ça ne retire aucune de ses qualités, mais ce n'est pas là où l'impression de sa sincérité se dégage le plus. »

Et Baroin de se risquer au jeu des comparaisons : « Sarkozy, on s'en est mis plein la tête, mais, à la fin des fins, j'ai retravaillé avec lui, parce que c'était un bon patron, qui avait un cap, et, contrairement à ce qu'on dit, il était tout sauf caractériel. Il était extrêmement zen, extrêmement calme. C'est vraiment une personnalité qui gagnait à être connue. Je ne sais pas si Emmanuel Macron est quelqu'un qui gagne à être connu. »

Il assure ne pas lui tenir grief d'avoir mis la droite à terre. Ni d'avoir braconné dans son jardin. « Il a essayé de dynamiter la droite, mais, en fait, il n'a pris que des gens qui étaient inconnus, donc, en fait, il n'a pas siphonné... Darmanin n'existait pas vraiment, il arrivait dans le paysage. Le Maire, il a fait 2 % à la primaire, donc c'était quand même une bande à la casse... »

« C'est un être attaché par rien, à rien ni personne, un être lesté par aucune contrainte. »

Non, ce qui l'a désolé, c'est d'avoir vu son ami d'enfance, Jean-Michel Blanquer, rallier le camp macroniste.

« C'est mon pote de foot, dit-il. On était en CM2, on jouait dans la cour de récré, et on ne s'est jamais quittés. C'est mon frère, on a vécu des épreuves qui m'ont touché, on est liés par quelque chose qui a un rapport à tout sauf à la politique. »

Il nous regarde, amusé : « Comme, j'imagine, vous deux... »

Il poursuit sur son copain Blanquer : « Tout peut arriver, il peut même être ministre de Macron, ça ne changera rien à l'intensité de nos relations. J'aurais préféré de très loin que nous gagnions la présidentielle, que je sois Premier ministre et qu'il soit le ministre de l'Éducation nationale dans un gouvernement de droite. Je pense que d'abord il aurait été plus heureux, il aurait mené certainement une politique encore plus audacieuse. » Baroin s'emballe, à cet instant. Presque ému. « J'aurais préféré qu'on le fasse ensemble ; ça, ça restera sûrement un regret éternel. Mais quand on annonce sa nomination, oui, franchement, j'ai une larme à l'œil, c'est une histoire d'hommes. »

Pour autant, il n'a jamais été dupe, assure-t-il.

« Je lui ai dit : “C’est formidable”, et je le pensais profondément, en connaissant par cœur ses idées, que c’était formidable pour le pays. Après, Macron le choisit parce qu’il sait qu’on est très potes, et ça, c’est un clou à enfoncer, et qu’au fond, dans l’esprit de Macron, ce qui est bien, c’est quand même de *spliter* toutes les amitiés qui peuvent exister ici ou là. Parce qu’il y a ça aussi, c’est : après moi le déluge, table rase, y compris de quelque chose que je ne peux pas maîtriser. Il veut être en contrôle. Il ne contrôlera jamais la relation entre Blanquer et moi. »

Finalement, c’est son anti-portrait que dessine Baroin, quand il s’exprime sur la complexion intellectuelle si particulière dont il convient sans doute d’être doté lorsqu’on guigne l’Élysée : « Macron a pour lui, au fond, toutes les qualités qui sont nécessaires pour ce type de job à l’heure actuelle. C’est un être attaché par rien, à rien ni personne, un être lesté par aucune contrainte, à l’exception de sa relation avec son épouse, qui semble être structurante dans la construction de cet homme. Mais je pense que tous ces éléments font que, voilà, il est mieux armé, paradoxalement, parce qu’il n’est protégé par rien, ou qu’il n’est lesté par rien, et il n’a pas ces contraintes. »

Tout l’inverse d’un Baroin. Qui en revient à sa décision de renoncer, au moins provisoirement, à son ambition présidentielle : « Macron a une part de responsabilité naturellement dans toutes les décisions qu’une partie de ma génération est amenée à prendre. Il faut se reconstruire, faire ou voir autre chose, en tout cas, on ne peut pas vivre sur les bases d’avant. » Jusqu’à guider son comportement pour 2022 ? « Oui, c’est un élément. Assez important. »

Macron a déstabilisé le système politique français, ses hommes et ses femmes. Baroin nous le confirme, avec sa part de sincérité. Pour cette génération, il y avait, au cœur de leur combat politique, du contenu, des dogmes, des egos, des guerres à mener. Des idées à imposer. Tout cela constituant un terreau, rassurant. Qu'ils ne retrouvent plus. Désormais, ils errent.

Et se replient, dans l'espoir, à l'instar de Baroin, que le monde nouveau dont on leur a rebattu les oreilles se dégonfle comme une baudruche.

Chapitre 12
L'IMPOSTURE

« Personne n'a pleuré au patronat quand il a été élu ! »
Geoffroy Roux de Bézieux,
patron du Medef

Une gageure. Que nous redoutions.

Depuis le début de notre enquête, on le savait, il nous incombait une tâche ardue, mais essentielle : sonder les « cerveaux » du macronisme, en tout cas ses théoriciens supposés, voire autoproclamés. David Amiel (29 ans) et Ismaël Emelien (34 ans) ont été les conseillers du chef de l'État durant la première partie du quinquennat. Deux « premiers de cordée » au parcours sans tache (hypokhâgne, Normale Sup, Sciences Po, etc.), figures emblématiques de la *start-up nation* vendue aux Français en 2017. Le premier n'a pas retourné nos messages, le second a poliment, par SMS, préféré « décliner [notre] proposition ».

Aucune importance : juste après leur départ de l'Élysée, les deux inséparables ont signé en mars 2019 un « manifeste[1] », considéré comme l'ébauche d'une théorie du macronisme, rebaptisé pour l'occasion « progressisme ».

1. *Le progrès ne tombe pas du ciel*, Fayard, 2019.

De fait, la lecture de ce court ouvrage (162 pages) s'est révélée parfaitement instructive, mais sans doute pas dans le sens voulu par ses auteurs, tant ce texte résume à merveille la vanité – dans les deux sens du terme – de la pensée macroniste. Truffé de truismes, généralités, lapalissades, bons sentiments et autres vœux pieux, le livre enfile les lieux communs avec une constance troublante. Florilège : « Il est plus difficile pour les progressistes d'exercer le pouvoir que de le conquérir » ; « Le progressisme doit dire ce qu'il est et où il va » ; « Riches et pauvres se croisaient jadis dans les mêmes immeubles [...]. Aujourd'hui, ils ne se voient même plus » ; « Ce qui compte à nos yeux : offrir à chacun un chemin qui lui soit propre » ; « Pour que l'égalité des chances progresse, ils serait nécessaire que l'héritage culturel soit mieux partagé » ; « Le fétichisme du diplôme a fait perdre toute substance à l'école » ; « Le progressisme doit faire preuve, toujours et partout, d'une forme de politesse civique » ; « L'administration doit en priorité accroître les possibles des échelons inférieurs », etc., etc.

Derrière l'inanité du propos se dessine tout de même, en creux, à défaut d'une idéologie, une stratégie électorale, celle dont Macron a usé et abusé pour conquérir le pouvoir et, surtout, dans l'espoir de le conserver : faire imploser les oppositions. Au terme de leur ouvrage, les deux têtes pensantes de la macronie le formulent explicitement : dans le nouveau paysage politique qu'ils appellent de leurs vœux, « il n'y aura plus de ligne de front identifiée ». Leur conclusion est éclairante. Divisant les électeurs entre « optimistes » – comprendre les modérés, forcément ralliés à Macron – et « pessimistes » – les populistes, à savoir les extrêmes de gauche comme de droite –, ils écrivent ceci : « Le plan de marche des progressistes est le suivant : convaincre les optimistes pour conquérir le pouvoir (c'est ce qu'il s'est passé en France en 2017) ; exercer ce pouvoir pour ouvrir des "possibles" aux pessimistes (c'est ce qui est en train de se passer en France) ; faire enfin valoir aux yeux des pessimistes que leur situation a vraiment changé. Alors les progressistes auront gagné. » Et condamné l'idée même d'alternance politique, pourtant respiration indispensable à toute société démocratique – d'où l'obsession d'Emmanuel Macron à désigner Marine Le Pen et l'extrême droite, parfaits repoussoirs, comme ses seuls adversaires, quitte à jouer avec le feu…

Signée Olivier Faure, une *punchline* résume tellement bien le sentiment général : « La gauche s'est endormie avec Rocard le 7 mai 2017, et elle s'est réveillée avec Giscard le 8 mai ! »

Pour la plupart des personnalités interrogées pour les besoins de cette enquête – et même jusqu'à certains de ses supporters –, Emmanuel Macron, c'est d'abord l'histoire d'une imposture idéologique, celle d'un homme présenté comme l'incarnation parfaite du progressisme de gauche, mais dont la politique menée depuis son élection semble s'inscrire dans la plus pure tradition de la droite libérale ; du moins jusqu'à la pandémie du Covid-19 qui, pour le coup, a temporairement rendu obsolètes les grilles de lecture idéologiques traditionnelles.

Premier secrétaire du parti socialiste depuis 2017, Olivier Faure fait, à cette aune, figure d'observateur privilégié. Chargé d'un rôle ingrat, celui de sauver – liquider ? – ce qui reste du PS, souvent raillé pour son manque d'envergure, l'homme gagne à être connu. En bon ancien « hollandais » – même si les deux hommes sont en froid depuis 2017, Olivier Faure fut entre 2000 et 2007 le directeur adjoint du cabinet de François Hollande, alors lui-même à la tête du PS –, c'est un excellent analyste de la vie politique française. Et l'un des procureurs les plus implacables du macronisme. Nous l'avons longuement interrogé, à deux reprises.

Au départ, il le reconnaît lui-même, Faure a plutôt vu d'un bon œil le surgissement sur la scène politique de Macron, alors perçu par lui « un peu comme un ovni ». Il fait vraiment la connaissance du personnage en 2014, une fois celui-ci nommé ministre de l'Économie, découvrant alors « un type brillant, séduisant, incontestablement intelligent, qui donne le sentiment de vouloir faire, et ça, ça me plaît plutôt, je me dis : en voilà un qui n'est pas juste là pour occuper la place. Même si je ne comprenais pas quelle était sa propre ligne ».

« Au fond, il n'est proche de personne,
il est proche de lui-même. »

Au fil des mois, les interrogations de Faure vont croissant. Fin 2016, il va trouver l'ambitieux ex-ministre, qui a entre-temps créé son propre mouvement, En Marche !, afin de sonder ses intentions. En vain, on l'a vu.

Sur le fond, Macron se montre tout aussi déroutant. « Pour moi, tu es un social-libéral, j'ai du mal à te cerner », lui lance franchement, un jour de 2016, Olivier Faure. « Je ne suis pas ça ! » s'indigne Macron en retour. « Donc, je me dis : peut-être que ce type-là va se révéler être le fils spirituel de Michel Rocard et de Paul Ricœur, puisque c'est ce qu'il raconte, poursuit Faure. C'est en tout cas, à ce moment-là, ce que je veux croire, et donc on a des conversations au cours desquelles je lui pose des questions très simples, en lui demandant ce qu'il est, en fait. Et je lui dis : "Je veux savoir où tu vas, et, en gros, est-ce que tu es un libéral libertaire ?" Et il me répond à ce moment-là qu'il n'est pas un libéral libertaire, que c'est une caricature qu'on fait de lui, que ce n'est pas ce qu'il est, etc. »

Au lendemain de la victoire de Macron le 7 mai 2017, Faure pense « qu'il va partir plus à gauche, j'espère encore qu'il se rappelle d'où il vient. Ce qui me fait prendre conscience, c'est la nomination d'Édouard Philippe. Je comprends qu'il est parti très loin : c'est un libéral. Même si je crois qu'au fond il n'est proche de personne, il est proche de lui-même ».

Le déroulé du quinquennat va achever de convaincre Faure : le nouveau président de la République est parfaitement ancré à droite, et encore plus à lui-même.

« C'est le seul président de la République qui, en à peine deux ans, a réussi à changer de rhésus sanguin, résume-t-il. En fait, il commence avec un rhésus qui est "gauche moins", enfin, c'est son électorat, et c'est ce qu'il laisse entendre de lui-même, parce qu'il doit se faire élire, non seulement face à Marine Le Pen, mais aussi face à François Fillon, qu'il doit doubler, donc il a besoin des voix de la gauche. Et, deux ans plus tard, on le découvre avec un rhésus qui est "droite plus" ! » Conclusion de Faure, empruntée au cinéaste Jean Renoir : « Macron, c'est la grande illusion. »

Féru d'arts martiaux, Olivier Faure avoue avoir été désarçonné et même trompé par les contorsions idéologiques d'Emmanuel Macron, qui a su, comme un judoka d'expérience, retourner la force de ses adversaires contre eux-mêmes. Les poids lourds du PS se sont retrouvés au tapis sans avoir le temps de comprendre ce qui leur arrivait…

« Pendant l'élection présidentielle, se rappelle Faure, Macron dit : "Angela Merkel a sauvé l'honneur de l'Europe." Je me dis : c'est vrai, Angela Merkel, toute conservatrice qu'elle soit, a été la femme qui a ouvert ses portes aux réfugiés syriens. Donc, je pense qu'il y a quelque chose qui peut s'écrire avec quelqu'un comme ça. Et quand je vois le même qui produit une loi pour restreindre les possibilités aux demandeurs d'asile de défendre leur droit au refuge, le même qui refuse d'ouvrir les ports français à l'*Aquarius*, je me dis que ce type n'a aucune conviction. On découvre que c'est un homme qui n'a pas d'histoire, qui ne s'inscrit dans aucune histoire collective. Et donc il est forcément, en permanence, à la godille. En fait, je le voyais président-philosophe, en quelque sorte, et je pensais que ce serait un piètre politique, au sens le moins noble du terme, c'est-à-dire politicien. C'est tout l'inverse ! C'est un homme sans vision, mais qui a une forme de génie tactique, puisqu'il est effectivement, le premier à avoir changé d'électorat en cours de mandat, ce qui était sans doute le rêve noué par d'autres dans d'autres quinquennats, mais lui, il l'a réussi. Je ne vois là pas de génie particulier ; il est l'enfant de son temps. Comme il est sans attache, qu'il n'y a pas de corde de rappel… » Un président, surtout, accusé d'attiser le brasier extrémiste. « Ce qu'il a fait de pire, c'est qu'il a posé l'extrême droite en alternative principale », affirme ainsi Olivier Faure.

Pour Faure, on s'en doute, le compte n'y est pas : « Macron a fait des trucs qui lui ont permis de satisfaire une part de sa clientèle électorale. Mais est-ce qu'on peut dire qu'il a été un grand président, au sens où il aurait réussi les grands travaux d'Hercule ? Bah non, il n'a rien réussi du tout. En fait, au bout d'un an, il avait les Gilets jaunes. Au bout de deux ans, il a réussi à mettre les gens dans la rue et à obtenir un mouvement social parmi les plus longs de ce pays. Et enfin, sur la gestion de la crise sanitaire, économique et sociale, il est dans l'improvisation permanente. »

S'il réfute les thèses des conspirationnistes de tout acabit voyant dans l'élection de Macron le fruit d'un complot des têtes pensantes de la finance mondiale, Olivier Faure constate néanmoins que, « de fait, il est devenu leur meilleur candidat. Je pense qu'ils ont d'abord misé sur Fillon. Puis ils ont vu Fillon s'écrouler, donc ils ont ensuite misé sur Macron ». Il ajoute, accusateur, qu'il aimerait « découvrir ceux qui ont financé la campagne d'Emmanuel Macron. Parce qu'il part de rien ; contrairement aux autres formations politiques qui ont leur trésor de guerre, lui, il part de zéro, *nada*, et donc, pour arriver à financer une campagne, qui a été onéreuse et qui n'a pas eu à rougir de la comparaison avec les autres, on sait bien qu'il y a eu de l'argent qui est tombé, et il n'est pas tombé du camion. Il y a des gens qui comprennent très bien où sont leurs intérêts ».

« Les "premiers de cordée", c'est une idéologie absolument insupportable, à l'encontre de la gauche. C'est un politicard, Macron. »

Les confidences du premier secrétaire du PS nous ont donné envie d'aller sonder quelques (ex-)éléphants du parti créé par François Mitterrand il y a un demi-siècle. Pour vérifier si ce subit glissement, d'un progressisme humaniste et bienveillant, revendiqué comme tel en tout cas, vers un positionnement nettement plus « droitier » et opportuniste, avait été observé par tous.

Le faux-semblant Macron a-t-il mystifié d'autres personnalités que Faure ?

Une chose est certaine : de Ségolène Royal – « Je ne suis pas sûre que, pour Macron, ce clivage gauche-droite ait un sens » – à Jean-Marc Ayrault – « Sa politique, c'est "et de droite, et de droite", c'est évident » –, le chef de l'État semble faire l'unanimité… contre lui. Michel Sapin, qui l'exècre, a la dent encore plus dure. « Macron n'est pas un homme de gauche, assure-t-il, il ne sait pas ce que c'est d'aller conquérir des électeurs de gauche, ce n'est pas un orateur, ses meetings étaient caricaturaux, plus de la moitié de ses électeurs sont des électeurs hollandais ! Ils ne pouvaient pas voter pour quelqu'un qui disait : "C'est de la merde, ce qui a été fait", alors ils votent pour celui qui a été ministre, afin de porter au moins une partie de cet héritage. » Inutile de demander à l'ancien collègue de Macron à Bercy si ce dernier a trompé son monde : « Oui, mais à ce point-là, c'est inédit ! s'enflamme-t-il. Je suis très dur avec Macron, il mène une politique extrêmement dommageable. Les "premiers de cordée", c'est une idéologie absolument insupportable, à l'encontre de la gauche. C'est un politicard, Macron. »

Plus nuancé sur la forme, Jean-Christophe Cambadélis, prédécesseur d'Olivier Faure à la tête du PS (2014-2017), n'est pas beaucoup plus charitable sur le fond avec l'ancien ministre de l'Économie, dont il a suivi de près l'ascension au cours du quinquennat Hollande. « Macron a des idées, mais pas d'idéologie, résume "Camba". Il est culturellement d'un centre droit de province. Ce qui l'a structuré politiquement, c'est le rapport Attali. Il est encore là-dessus. Macron avait un projet politique, il a vu que la gauche était "opéable", c'est le réflexe du banquier, il a vu où était la trésorerie, qu'il y avait des actifs à prendre, il l'a pris par le progressisme qu'il a abandonné le jour où il a voulu. Il n'a pas besoin de troupes, il est autosuffisant, il bouffe des notes, il les digère. Mais il ne connaît absolument pas la France. »

S'il a pris du champ avec le marécage politique français, Benoît Hamon, envoyé au front, ou plutôt à l'abattoir, lors de la présidentielle de 2017 par un parti socialiste en voie d'implosion, a une vision plutôt acérée du « cas Macron ». Il représente politiquement tout ce qu'il ne supportait plus au sein de sa famille politique. « La réalité, affirme le fondateur du mouvement Génération.s, c'est que Macron, du rapport Attali au président qu'il est, est une créature assez chimiquement pure sur les questions économiques, sur les questions de la responsabilité individuelle, l'approche philosophique qu'il a de la liberté… On découvre Macron, mais quand on parle avec lui, moi je n'ai jamais vu un Arlequin qui dissimulerait ce qu'il est réellement. Et jamais un homme de gauche, jamais ! J'ai cru, et je ne le crois plus, qu'intellectuellement, philosophiquement, c'était un humaniste. Mais ce n'est pas un président humaniste. Se désintéresser à ce point, être indifférent à ce point aux violences sociales, aux conséquences parfois inhumaines de ce qu'il fait sur la question des migrants, sur les allocations chômage, les ordonnances sur l'entreprise… Il fait partie de ces gens qui sont dans l'abstraction ; on peut se revendiquer du peuple, aimer les foules, mais ne pas aimer les gens. »

L'ancien conseiller en communication du président Hollande, Gaspard Gantzer, l'avoue : lui a été plus que « troublé » lors de la seconde partie du quinquennat. « Non pas par la nomination comme Premier ministre de Jean Castex, mais par l'arrivée de Camille Pascal comme conseiller à Matignon. Là, franchement, je me demande bien par quel canal ça a pu arriver. Camille Pascal dit qu'il connaît très bien Castex. Mais quand même, on est dans la droite costaud, là. »

On a poursuivi notre plongée dans les entrailles de cette gauche accusée d'avoir enfanté le « monstre » Macron en rendant une petite visite à Didier Guillaume, longtemps hiérarque du PS, passé comme beaucoup de ses ex-collègues socialistes en macronie, au point d'avoir récupéré le maroquin de l'Agriculture entre 2018 et 2020 : « Est-ce que c'est une politique qui a trahi les idéaux du début ? Je ne crois pas un instant que ce soit le cas. Par contre, les électeurs de gauche se sentent trahis par la façon dont cette politique est menée. Moi, je comprends que les électeurs de gauche et les responsables politiques de gauche puissent se sentir trahis. »

« Macron restera comme le président des riches et le président des villes. »

Et Guillaume de préciser sa pensée, dénuée de langue de bois : « Je pense vraiment que l'APL et les contrats aidés étaient une énorme connerie, c'est la première faute originelle de ce quinquennat, ça a marqué tout le monde et fait dire aux gens de gauche que Macron n'est pas de gauche. Macron restera pour tout le quinquennat, jusqu'au bout, quoi qu'il se passe, et quel que soit le résultat de la prochaine présidentielle, comme le président des riches et le président des villes. »

Le chef de l'État appréciera.

Éphémère ministre de l'Écologie de Macron, de septembre 2018 à juin 2019, François de Rugy a lui aussi rallié l'aventure macroniste en 2017. Il se souvient de ses premières discussions avec Macron, et notamment du refus de ce dernier de participer à la primaire de la gauche en 2016 (au contraire de Rugy, crédité au final de 3,9 % des voix seulement). « Il me dit ceci, nous raconte François de Rugy : “Je ne veux pas être le candidat de la gauche. Même si je gagnais la primaire de gauche, je serais estampillé le candidat de la gauche. Et moi, je veux vraiment transcender, je veux faire ce pont entre la gauche et la droite. Et je veux m'adresser à des électeurs, pour certains, qui ont sans doute une sensibilité de gauche, mais, pour d'autres, qui ont une sensibilité de droite ou du centre. Et donc, si je fais ça, je vais trop me caler sur le flanc gauche.” Or, sa popularité, en tant que ministre de l'Économie, était quand même fondée là-dessus, sur l'idée que ce qu'il faut, ce n'est pas tellement regarder si une idée est considérée comme de gauche ou comme de droite, mais est-ce qu'elle est efficace ou pas. »

D'après l'ancien cadre d'Europe Écologie-Les Verts (EELV), à l'image de Sarkozy – énième point commun entre les deux hommes –, « Macron aime bien dire qu'il faut rester mobile. Ça, je l'ai constaté quand j'étais ministre, en étant à ses côtés, lui étant président. Il continue à penser ça. C'est-à-dire, ça, pour le coup, ce n'est pas de la tactique électorale, c'est vraiment ce qu'il pense, qu'en politique il ne faut pas rester figé, arc-bouté sur des choses. Ça ne veut pas dire qu'il n'a pas de convictions ».

Et le patron des patrons, qu'en pense-t-il ?

Geoffroy Roux de Bézieux, en contact régulier avec l'Élysée – « Moi, mon officier traitant, c'est plutôt Kohler, qui, lui, est disponible », persifle-t-il –, est bien en peine, semble-t-il, de définir la doctrine macronienne. « Je ne sais pas si on peut l'appeler progressiste », commence-t-il. En revanche, Roux de Bézieux « ne dirai[t] pas que c'était le candidat du patronat ». De fait, le CAC 40 était totalement acquis à la candidature Fillon. Avant de se rallier, *in fine*, au « progressisme libéral » *made in Macron*. Le patron du Medef ajoute aussitôt, dans un petit sourire : « Maintenant, personne n'a pleuré au patronat quand il a été élu ! Il y a quand même eu une espèce de divine surprise : un président jeune, qui parle anglais, qui est "au fait" du monde du business et des technologies, élu en France, dans un pays qui est au fond assez à droite sur le plan régalien, mais assez à gauche sur le plan économique… Il y a quand même presque une contradiction dans cette affaire. C'est plus inespéré qu'autre chose. »

C'est le bon terme : « inespéré ».

Plus approprié, à l'évidence, que « progressiste ».

Aurélien Pradié

L'imprécateur

Surtout, ne pas lui parler du progressisme *made in Macron*. Il s'en étranglerait. Aurélien Pradié, jeune député LR du Lot, a croisé le chef de l'État. À deux reprises, au moins. Ça lui a suffi pour se faire une opinion. Tranchée.

C'est dans son département d'élection, plus précisément à Souillac, le 18 janvier 2019, qu'Aurélien Pradié, numéro deux de LR, rencontre pour la première fois Emmanuel Macron. Le chef de l'État, alors en plein « tour de France » dans le cadre du Grand Débat destiné à mettre un terme à la crise des Gilets jaunes, fait étape ce jour-là dans cette petite ville commerçante peuplée d'un peu plus de 3 000 habitants.

D'emblée, le contact ne passe pas. Intuitif et tactile, Pradié éprouve immédiatement un malaise presque physique en présence du chef de l'État.

« Je trouve qu'il a une poignée de main qui vous emporte, son regard n'est pas un regard qui vous regarde, sa gestuelle est insincère au possible. Oui, il transpire l'insincérité et l'emprise », résume-t-il. Il insiste sur le regard présidentiel, qu'il aura l'occasion de croiser une seconde fois, quelques mois plus tard. « C'était à la messe anniversaire de la mort de Georges Pompidou, en avril 2019, précise-t-il. J'étais à la messe parce que je suis passionné de Pompidou, j'étais deux rangs derrière lui, il est venu me serrer la main, il a fait le tour, et je trouve qu'il a un regard… Il se regarde lui-même, il ne vous regarde pas. Il a une poignée de main qui est une poignée de main collante. Alors, tout ce que je dis paraît très con, c'est peut-être de la psychologie de comptoir… Mais il se trouve que quand vous passez quinze ans en politique, le truc que vous repérez le plus facilement, ou qui vous passionne le plus, c'est le contact. »

Dès janvier 2019, Pradié se forge une conviction – partagée par nombre de nos témoins : « Cet homme est *fake.* » Un personnage faux, ou construit, au choix.

À moins qu'il ne soit simplement l'homme de son temps, le premier représentant de la « post-politique » ; logique, à l'ère de la « post-vérité », où les faits ont moins d'importance que les émotions ou les opinions personnelles.

Pradié revient à cette réunion de janvier 2019, deuxième étape du Grand Débat voulu par le président. Des Gilets jaunes se sont donné rendez-vous dans la petite ville du Lot pour manifester, mais ils ne peuvent s'approcher du chef de l'État : un important dispositif policier a été déployé pour faire barrage aux contestataires. Dans la salle, face à des centaines d'habitants et d'élus locaux, Macron fait le *show*, rodant ce qui va devenir la marque de cette « tournée » hors norme. Manches retroussées, sans note, il disserte, analyse, plaisante, répond à toutes les questions, bluffant même nombre de ses adversaires par sa connaissance encyclopédique de chaque circonscription, mais aussi par sa résistance physique. Pradié, lui, n'est pas impressionné.

Au contraire.

« Souillac, pour moi, était un moment physiquement insupportable, dit-il. Je trouve qu'il y avait un acte d'écrasement. Cette idée, au fond : vous venez et vous écoutez le prince pendant six heures… Vous ne pouvez pas vous lever pour aller pisser, vous écoutez, et même si vous posez une question, elle dure vingt secondes. Et nous, les parlementaires, nous ne pouvions pas en poser, de questions. »

Aurélien Pradié, visiblement marqué par cette journée, insiste : « C'était une mise en scène invraisemblable. Il retire sa veste pour se mettre en bras de chemise alors qu'il n'y a aucune raison, parce qu'il ne fait pas plus chaud que ça… Il l'a fait dès le début, et il y a des collègues avec qui je m'énerve, parce qu'ils disent en le voyant enlever sa veste : "Ah, c'est génial." Qu'est-ce qui est génial ? "Oui, tu as vu, il est simple." Il ne fait pas plus chaud qu'au début, il se pose cinq minutes pour enlever sa veste, retrousser ses manches, délicatement, doucement, pour que ceux qui ne l'auraient pas vu le voient bien. Je trouve que ça pue à tous égards l'insincérité. »

« Vous venez au contact : avec des centaines de CRS, ce n'est pas très compliqué. »

Tout de même, Pradié ne peut-il rien concéder au chef de l'État, saluer au moins la performance physique ? Pas question, rien ne trouve grâce à ses yeux.

« Oui, il a une prostate qui lui permet de tenir pendant cinq heures, ironise-t-il. OK, il a transpiré. Oui, il a une capacité de mémorisation phénoménale, OK. Ça va. Je suis très intolérant face à l'extase qu'on peut avoir. À l'époque, ça ne valait pas que pour Macron, d'ailleurs : je me suis engueulé avec quelques-uns de mes collègues, on parlait du style d'Édouard Philippe. C'est quoi, le style d'Édouard Philippe ? Et on me parle de la manière dont ses costards sont taillés et de ses boutons de manchette. Et ça, ça m'insupporte. C'est tout. Donc, cette espèce de fausse performance physique, je n'ai aucune admiration pour ça. Le type qui fait les trois-huit, qui se lève à 3 heures du matin, toute sa vie, pour aller bosser dans des frigos, oui : là, je suis admiratif de sa capacité physique et mentale à supporter ça. Que le président de la République, qui n'a à s'occuper de rien d'autre que de sa vie politique, qui n'a pas beaucoup de sujets matériels à gérer, puisse passer cinq ou six heures à débattre… »

Pradié et Macron vont avoir un court échange, tendu, au cours de la réunion de Souillac. Lorsqu'il lance à l'assistance, tel un matamore : « Vous voyez, moi, je viens au contact des Français », le président rencontre le regard du député Pradié, ceint de son écharpe tricolore et dont la moue dubitative ne lui échappe pas. « Oui, moi, monsieur le Député, je viens au contact », insiste Macron. La réplique de Pradié fuse : « Oui, vous venez au contact : avec des centaines de CRS, ce n'est pas très compliqué. » Le sourire du chef de l'État se crispe. « Je vois l'irritation dans son regard, et il passe tout de suite à autre chose, poursuit Pradié. Là, un type comme Sarko aurait chauffé, comme tout le monde, et on aurait eu une explication. Voilà, un truc humain, quoi… »

Dans l'univers aseptisé de la politique française, où règnent la langue de bois et les éléments de langage, difficile de ne pas s'intéresser à un homme capable de vous lâcher : « Je ne sais pas si c'est tactiquement intelligent de vous dire ça, je n'en sais rien ; à chaque fois que je dis ce que je pense, je réfléchis généralement après, pour savoir si ça va me rendre service ou si ça ne va pas me rendre service. »

Cet homme, c'est donc Aurélien Pradié, secrétaire général des Républicains. On voulait le rencontrer parce qu'il est jeune, sans fard, et qu'il croit encore à la politique, et aux vertus du dissensus. Pourquoi n'avait-il pas, lui aussi, succombé à l'étrange séduction exercée par ce « nouveau monde » et son créateur ?

Il a lâché cet aveu juste après avoir tenu devant nous – une fois de plus – des propos d'une grande dureté visant le chef de l'État : « Pour moi, Macron, c'est une poupée de cire. Voilà, je lui trouve un air de poupée de cire, de marionnette laquée, avec le même type de regard. »

C'est peu dire que Pradié ne supporte pas Macron. Il l'abhorre, le vomit. Il voit en lui un « enfant gâté de la politique », un être « intellectuellement immature » et « déconnecté des réalités locales », un homme qui « n'en a jamais bavé », dont la doctrine se résumerait à « un vide abyssal »… « Macron, c'est typiquement le genre d'univers que je ne connais pas et que je n'ai pas envie de connaître », dit-il encore.

Une telle détestation, c'en est presque irrationnel.

Pradié exècre surtout ce que l'actuel président de la République représente, en tout cas à ses yeux. Durs, excessifs, jugeront certains, ses propos n'en sont pas moins argumentés. Ils synthétisent, certes crûment, ce que nombre de nos interlocuteurs nous ont confié au cours de cette enquête au long cours. Au point de faire d'Aurélien Pradié le procureur en chef du macronisme et de son leader.

Pourtant, le remuant député du Lot en convient : il n'a pas vu spécialement d'un mauvais œil l'élection d'Emmanuel Macron, en 2017. « Au début du mandat, rien politiquement ne devait me pousser à le détester », se souvient-il. Pradié observe donc avec une relative bienveillance les premiers pas de ce président presque aussi jeune que lui (le député est né en 1986, neuf ans après le chef de l'État). « Macron, rappelle-t-il, je ne sais pas si c'était un espoir de droite ou de gauche, mais il a été élu sur un double espoir. Le premier, c'était le dépassement des clivages ; le deuxième, celui de la transformation de la société. Il a incarné quelque chose d'enthousiasmant, on ne peut pas le contester. »

Pourtant, Aurélien Pradié va vite déchanter, ses espoirs vont être brutalement douchés.

Mais n'allons pas trop vite. Avant d'entrer dans le vif du sujet, faisons les présentations. Encore peu connu du grand public, Aurélien Pradié fait partie, au sein de LR, de la « jeune garde » promue par Christian Jacob, désireux de redonner un peu d'oxygène à son parti, menacé d'asphyxie – avec la complicité active d'Emmanuel Macron…

« Moi, je viens du Lot, je n'ai pas fait les grandes écoles, je ne viens pas du microcosme politique », annonce tout de go ce parlementaire détonnant. De fait, issu d'un milieu modeste, marqué par l'AVC subi en 2007 par son père, depuis paraplégique, Pradié abandonne rapidement après son bac ses études de droit et décide l'année suivante, sans argent ni diplôme, de se lancer en politique. À 22 ans, il est élu, sous les couleurs de l'UMP, ancêtre de LR, au conseil général du Lot, bastion historique de la gauche : sur les trente et un conseillers généraux, il est le seul de droite ! Lui qui a le goût du combat va être servi : le bouillonnant élu se cogne violemment à ses collègues de gauche.

« C'est une imposture, et c'est une imposture coupable, parce qu'elle est méprisante. »

Proche de la Droite populaire de Guillaume Peltier, son ascension est météorique : élu plus jeune maire du département en 2014 lorsqu'il emporte haut la main la mairie de Labastide-Murat, il devient conseiller régional d'Occitanie deux ans plus tard avant d'être élu à la surprise générale député de la 1re circonscription du Lot en juin 2017, au nez et à la barbe du candidat En Marche ! pourtant arrivé en tête au premier tour. En juin 2021, il a connu sa première déconvenue, obtenant seulement 12,3 % des suffrages, au premier tour, lors des élections régionales.

Manifestement, l'aventure macroniste désole Pradié chaque jour un peu plus. Au fait, le macronisme justement, est-il capable, lui, de le définir ? « Pour moi, c'est une imposture, et c'est une imposture coupable, parce qu'elle est méprisante, tranche-t-il. Je suis très tolérant à l'égard de ceux qui n'ont pas mes idées, y compris les plus durs, pour peu que je comprenne qu'il y a une authenticité. Mais je ne supporte rien moins que le cynisme ou la plasticité. Cette espèce de capacité à prendre sur soi, ménager la chèvre et le chou, c'est quelque chose que je déteste profondément. Oui, le macronisme, c'est une imposture. Mais ça, ce n'est pas grave. Toute imposture, on peut s'en remettre, et on tombe le masque ; mais, derrière cette imposture-là, il y a une idéologie, celle de l'arrogance, avec ceux qui ont réussi et ceux qui ne sont rien, où ceux qui ont réussi vont devoir expliquer comment vivre à ceux qui ne sont rien. »

En fait, Pradié n'est pas loin de considérer le macronisme comme un symptôme, celui d'une France dépolitisée et même désidéologisée. Pradié a beau être jeune, il a une conception à l'ancienne de son métier, car, il insiste, c'en est un : « C'est un apprentissage, un cheminement humain. » Il pense même qu'« on ne fait pas de politique si on n'a pas une blessure profonde, quelque part. Il faut qu'il y ait un truc béant qui fasse que vous faites de la politique pour panser cette blessure-là. Pour moi, c'est juste le ressort fondamental. Et si vous n'avez pas ça, vous basculez dans ce qu'il y a de pire en politique, une forme de cynisme et de détachement. Il faut apprendre tout ça. Je pense que la mission d'élu local est une mission d'humilité fondamentale. Moi, j'y ai tout appris, y compris mes convictions. Mes combats sur les violences conjugales, elles viennent de mon mandat d'élu local. Elles viennent de ma rencontre, au premier jour de l'exercice de mon mandat de maire, qui ne m'a jamais quitté, et qui ne me quittera jamais ».

Même le côté disruptif mis en avant par Emmanuel Macron, prélude à l'avènement supposé d'un « nouveau monde » enfin débarrassé des vieux politiciens et de leurs rentes de situation, exaspère Aurélien Pradié, pas loin de hurler à la supercherie.

« L'idée que vous réussissez sans le parcours traditionnel, ça a du sens quand vous êtes hors du système, juge-t-il. Or, la plus grande des impostures, c'est d'imaginer qu'Emmanuel Macron soit hors du système. Il est un pur produit du système ! C'est pour ça que je consens à dire qu'une de ses réussites, c'est d'avoir fait oublier ça. Il a réussi à expliquer qu'il était hors de tout intérêt, de tout lien… Emmanuel Macron est l'archétype du président de la République qui n'est pas libre, parce que, dans son parcours, il s'est soumis progressivement à des aliénations qui ne sont pas des fidélités personnelles, qui ne sont pas des fidélités humaines. Dans son parcours à la banque, il s'est soumis à des liens qui aujourd'hui le tiennent. »

« Bernard Arnault appelle son ami Emmanuel en disant : "J'ai besoin qu'on me rende un service" ? »

Aurélien Pradié ne se contente pas de généralités, il cite des exemples. Ainsi, il pointe le psychodrame autour du rachat de Suez par Veolia, dans lequel des proches de Macron se sont entremis, ou encore l'intervention de l'exécutif, *via* une étonnante lettre du ministre des Affaires étrangères Jean-Yves Le Drian au soutien de Bernard Arnault, dans l'affaire du projet d'absorption de Tiffany par LVMH…

« L'épisode qu'on connaît sur Veolia est un scandale absolu qui n'est lié qu'à l'histoire professionnelle d'Emmanuel Macron et aux liens qu'il a pu nourrir par le passé, je le dis en l'assumant totalement », affirme ainsi Pradié. Le député du Lot fait notamment allusion aux révélations de *Marianne*, fin 2020 puis début 2021, sur de possibles immixtions de l'Élysée dans cette affaire.

Quant à l'épisode Tiffany-LVMH, il est selon Pradié « absolument révélateur de ce qui peut tenir Macron comme un fil à la patte. Ce sont les liens d'intérêts qu'il a toujours connus dans la banque d'affaires, qui était son métier. Ce n'est pas un métier opérationnel, c'est un métier d'influence, c'est pour ça qu'ils sont rémunérés. Donc, c'est un renvoi d'ascenseur à l'égard de ceux qui sont les puissants ».

Persuadé qu'il y avait entourloupe, Pradié a tenté d'obtenir une commission d'enquête parlementaire sur l'affaire LVMH. En vain, il s'est même fait rabrouer par certains de ses collègues députés. « Je me suis fait allumer sérieusement parce qu'on m'expliquait, d'abord, que ce n'était pas de mon niveau, et qu'on ne comprenait pas bien ce qu'un député du Lot venait foutre là-dedans », confie-t-il dans son style imagé.

« J'ai juste observé le fait que l'État se soit mis au service d'un intérêt privé, reprend-il. Moi, je n'ai ni d'intérêt avec Pinault, ni d'intérêt avec Arnault. Juste cet élément-là est pour moi absolument révélateur de ce qu'est Emmanuel Macron, et de l'idée qu'il se fait du pouvoir. Je pense que, notamment, son passage dans la banque d'affaires a créé ça. Il faut comprendre que c'est quand même un microcosme qui est, pardon pour le mot, à la limite de la consanguinité. Ils fréquentent les mêmes restaurants, ils vont en vacances aux mêmes endroits, ils se cooptent de la même manière… Et moi, j'ai un problème avec ça, j'ai toujours détesté les cercles. Et eux, ils ne fonctionnent que *via* ces cercles-là. Quand j'ai posé la question, j'ai dit aux collègues : comment ça se passe, dans un milieu comme ça ? Bernard Arnault appelle son ami Emmanuel en disant : “J'ai besoin qu'on me rende un service” ?... »

Emmanuel Macron prisonnier de son passé de banquier d'affaires, entravé par ses relations dans le monde de la finance, n'est-ce pas une vision un peu caricaturale, voire complotiste, du personnage – et de sa politique ? Aurélien Pradié ne le pense pas une seconde. Il en est convaincu, le président de la République est le représentant d'une « caste », celle des privilégiés. Quitte à tenir un discours alarmiste aux accents… révolutionnaires. « Ce que je vous dis, ça pourrait paraître un discours de gauchiste », sourit-il d'ailleurs. Plutôt inattendu en effet dans la bouche du numéro trois des Républicains, nostalgique de Pompidou et Chirac !

« J'ai le sentiment qu'Emmanuel Macron a une vision injuste de la société, martèle-t-il. Je la relie assez facilement à ce sentiment de supériorité, cette arrogance… » Il revient sur cette phrase qui l'a, dit-il, « terrifié », lorsque Macron opposa, en juillet 2017, « les gens qui ont réussi et les gens qui ne sont rien ». « Cette expression est pour moi disqualifiante, gronde Pradié. On ne fait pas de politique quand on est capable de prononcer cette phrase. Ce n'est pas du parler *cash*, c'est de la suffisance, de l'arrogance. Dès ce moment-là, je vois qu'il y a une vision injuste de la société. Mais je pense que les Français ont désormais intégré qu'il y avait une insincérité chez le personnage. Et que cette insincérité allait de pair avec l'arrogance et l'injustice dont j'ai parlé. »

Dans son bureau de l'Assemblée nationale, Aurélien Pradié semble sincèrement remonté. Sa colère contre l'exécutif, et tout particulièrement le président Macron, ne paraît pas feinte. Et si vous voulez lui gâcher définitivement sa journée, rien de plus facile : branchez-le sur ses « camarades » de LR tentés de céder aux sirènes macronistes.

« Je n'ai aucune indulgence envers la lâcheté en politique, s'empourpre-t-il immédiatement. C'est, avec l'insincérité, ce que je ne supporte pas. Je ne sais pas si des Christian Estrosi, des Guillaume Larrivé, mesurent à quel point, en dehors de se faire du mal à eux-mêmes – mais ça, c'est leur affaire –, ils dégradent la politique. Il ne faut pas s'étonner que des députés se fassent traiter sur les marchés de connards, d'enfoirés, pour ne pas dire autre chose… Quand on se comporte comme un enfoiré, on se fait traiter d'enfoiré ! Dans l'histoire politique de notre pays, il y a de grands personnages, je vais en prendre deux : Georges Marchais et Philippe Séguin. Les deux n'ont pas eu de parcours politiques plus grands parce qu'ils ne se sont jamais perdus, ils ne se sont jamais trahis eux-mêmes, et ils n'ont jamais trahi leur famille politique. Aujourd'hui, ce sont deux personnalités politiques qui sont incroyablement considérées et respectées par les Français. Même pour Marchais par les gens de droite, et pour Séguin par les gens de gauche. C'est ça qui fait le respect du politique, c'est cette fidélité-là. »

Pradié rendant hommage à l'ancien secrétaire général du Parti communiste français… Finalement, le disruptif n'est peut-être pas celui qu'on croit.

Chapitre 13

L'IMPÉRITIE

« C'est vrai, Macron est un très mauvais DRH. »
Aurore Bergé, députée LRM

Juin 2019. Il est grand temps, pour la macronie, d'investir un candidat pour bouter Anne Hidalgo hors de Paris ; cette maire socialiste est honnie par Emmanuel Macron, depuis 2015 et leurs démêlés à l'occasion de sa loi pour la croissance et des débats sur le travail le dimanche. Une commission nationale d'investiture doit bientôt trancher le sujet. Bien sûr, des réunions au sommet sont également organisées ; Paris, c'est la mère de toutes les batailles, donc l'Élysée s'en mêle.

Le député Pierre Person, haut cadre de LRM et ex-conseiller de Macron, nous raconte la réunion qui décide du sort de Benjamin Griveaux, le favori de la course. Cette scène en dit beaucoup, sur l'incapacité de Macron à se déjuger, ou, plus précisément, à bien juger les hommes. « Macron ne sait pas s'entourer. Il n'y a pas plus anti-manager que Macron, il ne sait pas manager », confirme son conseiller officieux, le consultant Alain Minc. Si l'on cherche un cas d'école, l'exemple Griveaux mérite que l'on s'y attarde.

Nous voici donc au cœur de la réunion de désignation. « Le président dit : “Est-ce que Benjamin Griveaux, ça gagne ?” rapporte Person. Il se retourne vers moi, parce qu'il se doutait que j'étais l'un de ceux qui étaient le moins enclins à soutenir une telle candidature, et il me pose la question, à une tablée où il y a Grangeon (conseiller de Macron), Guerini (patron de LRM), etc. Moi, je suis numéro deux du mouvement depuis six mois et j'avais été dézingué largement par Griveaux et par les membres du gouvernement issus de la bande de la Planche… Je suis un peu gêné, parce que répondre au président : “Non, ça ne gagne pas”, c'est m'“antagoniser” avec le numéro un, donc là, je ne réponds pas. Guerini, lui, assure : “Oui, oui, bien sûr, ça gagne.” Et là, Macron repose une deuxième fois la question : “Mais Benjamin Griveaux, est-ce que ça gagne ?” Je mange mon plat, j'ai la tête dans mon assiette. »

Person ne veut pas se mouiller, il sait bien que le moindre de ses propos sera jugé à l'aune de ses inimitiés. « Je ne veux pas répondre à cette question, nous confirme-t-il. Et finalement je suis obligé de répondre, parce qu'il pose une troisième fois la question. Et je dis : “Monsieur le Président, quel que soit le candidat, dans l'état actuel, ni Benjamin Griveaux, ni Hugues Renson, ni personne ne gagne Paris.” On est en juin 2019, c'est là où Anne Hidalgo est au plus bas, quand elle avait vraiment les articles les plus mauvais. Et même dans cet état, ça ne gagnait pas. »

Macron, selon le récit de Person, marque alors un temps d'hésitation, ses plans menacent de s'effondrer ; Hidalgo, il faut la terrasser, histoire de régler un compte personnel bien sûr, mais aussi parce que sa défaite serait la preuve ultime que le macronisme peut s'inscrire durablement dans le paysage politique hexagonal, jusqu'à en devenir l'horizon indépassable comme l'a rêvé le duo Amiel-Emelien…

Person relate la fin de la scène : « Il me dit : “Pourquoi ? Comment on fait ?” Et je réponds : “Écoutez, monsieur le Président, il va y avoir un problème de légitimité entre trois candidats, et moi, tous les retours que j'entends sur Benjamin Griveaux, c'est que ça va être très difficile, parce qu'il a sa personnalité, qu'il est porte-parole du gouvernement, et c'est quand même, à mon sens, un boulet qu'il va traîner, parce qu'il incarne la majorité, et les Parisiens sont toujours dans une attitude d'opposition au pouvoir central.” Et c'est là où le président dit à la tablée : “Est-ce qu'on ne ferait pas des primaires citoyennes, s'il y a un problème de légitimité ?” Et là, tout de suite, j'ai vu Guerini et Grangeon disant : “Non, ce n'est pas possible, c'est une erreur ; d'ailleurs, vous-même, monsieur le Président, vous avez rejeté les primaires !” Et le président dit : “Non, je n'ai pas rejeté les primaires, je me suis mis en dehors du cadre des primaires ; je n'ai jamais considéré que les primaires, c'était un mauvais outil.” Ça a été la *bronca*, en fait, de Guerini et de Grangeon, pour torpiller cette idée qu'on puisse légitimer un candidat à Paris par un autre biais que la commission nationale d'investiture. On savait pourtant que la commission allait choisir Benjamin Griveaux ; les gens qui étaient dans la commission nationale d'investiture ont été écrasés par un truc, qui était l'exercice de la légitimité rabâché par Benjamin Griveaux depuis deux ans. »

La suite est connue : l'irruption du lunaire Cédric Villani, le refus du mathématicien d'accepter le verdict de la commission d'investiture et sa décision de se présenter en candidat dissident. La gestion – catastrophique – de l'épisode relèverait, à en croire Person, moins d'un « mauvais choix » que d'un « non-choix » présidentiel. Ces deux options débouchent, de toute façon, sur un phénomène largement observé en macronie : la désignation des mauvaises personnes, au mauvais endroit. On est en droit, aussi, de s'interroger sur le niveau du personnel politique à disposition.

De ce point de vue, rien de vraiment neuf finalement sous le soleil macronien, puisque ce système perdant a été analysé, démonté, voilà plus de cinquante ans, dans un ouvrage resté célèbre. Publié aux États-Unis en 1969, le livre, écrit par deux intellectuels canadiens, Laurence J. Peter et Raymond Hull, fait toujours référence aujourd'hui. Il théorise une règle ne souffrant guère d'exception et dont le nom a donné son titre à l'ouvrage : *Le Principe de Peter*.

Le concept est simple : dans une hiérarchie, tout employé a tendance à s'élever à son niveau d'incompétence. Corollaire : avec le temps, tout poste sera occupé par un employé incapable d'en assumer la responsabilité.

« Griveaux a fait quand même pas mal d'erreurs, comme Sibeth Ndiaye en a commis. »

Ce postulat quasi scientifique, il semble avoir été inventé pour décrire le pouvoir macronien. Personnalités sans envergure, erreurs de casting, choix incompréhensibles… Des gaffes de Nathalie Loiseau au fiasco Benjamin Griveaux à Paris en passant par les états d'âme d'Agnès Buzyn, les conflits d'intérêts d'Éric Dupond-Moretti ou le manque de rayonnement d'un Stanislas Guerini, plus souvent qu'à son tour, La République en Marche s'est trouvée… en panne. La faute à un mouvement politique construit de toutes pièces au service d'un homme, et qui aura pâti d'un cruel manque d'incarnation(s), pour ne pas dire de compétences. En refusant d'assumer ce rôle de « chef de meute » du parti majoritaire habituellement dévolu au chef de l'État, Emmanuel Macron est probablement le premier responsable de cette situation, sans doute inédite sous la Ve République.

Peu suspecte d'antimacronisme, Aurore Bergé, présidente déléguée du groupe LRM à l'Assemblée nationale, l'admet d'ailleurs sans peine – et non sans arrière-pensée, tant elle aimerait être promue : « C'est vrai, Macron est un très mauvais DRH. Mais un peu comme Sarko. C'est des gens qui ont du mal à virer. C'est des gens qui ont du mal, à un moment, à faire les bons choix politiques. » Ennuyeux, tout de même, lorsqu'on exerce les plus hautes fonctions à la tête de l'État.

Cas emblématique, le psychodrame autour de la désignation de Griveaux comme candidat de la majorité à Paris illustre ce talon d'Achille du président. Cofondateur dès 2015 du mouvement « Les Jeunes avec Macron », Person, qui a pris ses distances avec la direction de LRM en septembre 2020, est inépuisable sur le sujet. « Vous savez, commence-t-il lorsqu'on évoque la candidature malheureuse de Griveaux à Paris, beaucoup des choses qu'on attribue au président en termes de choix individuels, en grande partie, ne le sont pas. » Alors porte-parole du gouvernement, Griveaux avait démissionné en mars 2019 afin de se consacrer à sa campagne en vue d'obtenir l'investiture de LRM pour la municipale parisienne programmée un an plus tard – prévu en mars, le scrutin fut décalé au mois de juin du fait de la crise du coronavirus.

À en croire Person, « Benjamin Griveaux était le premier à dire : "J'ai la légitimité du président de la République pour Paris", mais ce n'était pas vrai ! Il avait une légitimité du fait qu'il était l'un des premiers acteurs, qu'il a fait valoir à tout le monde, aux médias, aux militants ». De la même manière, selon lui, « le président n'est pas intervenu entre Aurore Bergé et Christophe Castaner », en septembre 2020, au moment où ils se disputaient la présidence du groupe LRM de l'Assemblée – finalement raflée par l'ancien maire de Forcalquier.

S'agissant de Griveaux, insiste Person, « c'est plus le choix d'un clan qui est celui de la "bande de la Planche" – notamment avec Grangeon à sa tête, qui a beaucoup fait pression auprès du président –, que le choix du président. Macron, d'ailleurs, ne tranche quasiment jamais, ou au dernier moment ». Person se souvient des ambitions peu discrètes de Griveaux, porté par le raz de marée En Marche ! annoncé dans la capitale pour les législatives de juin 2017 : « Il n'était pas élu député que, avant la fin de la campagne présidentielle, il disait : "Mon but, c'est de dézinguer Hidalgo"... Les scores sont mirifiques à Paris, on est dans certains arrondissements à 40 % au premier tour, enfin c'est dingue, et Griveaux se dit : "Bon, c'est chose faite, c'est une rente, deux ans après je fais un copier-coller de l'élection, et j'ai les mêmes résultats." En fait, entre 2017 et 2019, il pense plus à la conquête de Paris, qui est pour lui aussi une capacité à avoir une base de repli existante pour construire sa carrière politique personnelle, qu'à être un politique en fonction. »

Person le concède toutefois : « Griveaux a été un bon porte-parole à certains égards », mais c'est pour ajouter immédiatement : « Griveaux a fait quand même pas mal d'erreurs, comme Sibeth Ndiaye en a commis, qui ont amoindri, ou en tout cas entaché, l'image que le président avait. Et Macron, il est en relatif détachement, vous le voyez rarement aller voir l'individu et lui secouer les puces en lui disant : "Là, tu as merdé." Non, il n'est pas comme ça. Moi, je pense qu'on a été relativement cléments avec certaines erreurs qui ont été commises au début du quinquennat. »

Indulgent avec ceux qui ont cru en lui dès le départ, individualiste par essence, Emmanuel Macron, en bon libéral, est partisan, dans la gestion des hommes comme en économie, du « laisser faire, laisser passer » cher au marquis de Gournay, réformateur de l'économie française au début du XVIIIe siècle.

Adepte jusqu'à l'excès de la sélection naturelle, Macron fait, « en même temps », preuve d'« une très forte fidélité aux gens qui se sont inscrits dans ses pas à la première heure, ajoute Person. Cela peut aller d'Alexandre Benalla à Richard Ferrand. On voit bien le rapport qu'il a aussi avec des gens comme Stéphane Séjourné et avec moi. Je pense qu'il est très reconnaissant, et d'ailleurs ça explique beaucoup sa relation avec François Bayrou. Moi, j'ai été toujours un peu dur avec François Bayrou, en disant qu'il en demandait toujours trop, qu'il était donneur de leçons, parfois, sans nous aider à construire quelque chose de collectif, et qu'il était plutôt sur la construction de sa propre maison, le Modem, plus que dans la construction d'une maison commune. Mais je vois bien le regard que Macron a sur François Bayrou : il considère que s'il est à ce poste-là, c'est grâce à François Bayrou. Et donc, jusqu'au bout, il aura une relative clémence à son égard ».

« Castaner, c'est un gâchis humain, personnel, politique. »

La suite du feuilleton municipal parisien sera dans la même veine que les épisodes précédents : cataclysmique. De l'élimination de l'ex-porte-parole du gouvernement pour cause de *sextape* à son remplacement en catastrophe par Agnès Buzyn, contrainte et forcée, en pleine crise du Covid, de quitter son ministère de la Santé, la campagne de LRM à Paris fut un véritable calvaire. Complètement dépassée, auteure de propos au minimum imprudents dans *Le Monde* laissant entendre qu'elle avait prévenu l'exécutif du péril sanitaire à venir, Buzyn, attaquée de toutes parts, hésita même à jeter l'éponge, au profit de Stanislas Guerini, avant de se raviser. Le tout pour finir l'élection à une humiliante troisième place, avec à peine 13 % des suffrages et même pas la possibilité pour elle de siéger au Conseil de Paris… Écœurés, Griveaux comme Buzyn ont refusé de revenir pour nous sur cet épisode si cruel.

Un énième fiasco qu'Aurore Bergé tient à relativiser. Non, martèle-t-elle, les choix de Macron n'ont pas été systématiquement des erreurs de casting. « Collomb a été un bon ministre de l'Intérieur, soutient-elle. Castaner, c'est un gâchis humain, personnel, politique, mais ça a été un exceptionnel maire et ça a été aussi un très bon ministre de l'Intérieur. » C'est oublier un peu vite que Collomb a quitté la place Beauvau au bout d'un an, à la suite de l'affaire Benalla, ou encore qu'il provoqua à la fois la stupéfaction et la consternation en tenant des propos incroyablement alarmistes, témoignant d'une impuissance dérangeante, à son départ du ministère en octobre 2020 : « Aujourd'hui, c'est plutôt la loi du plus fort qui s'impose, des narcotrafiquants, des islamistes radicaux, qui a pris la place de la République. […] Aujourd'hui, on vit côte à côte ; je crains que demain on ne doive vivre face à face. »

Quant à Castaner, son passage place Beauvau aura été escorté de multiples boulettes, renforçant son image de dilettante, de l'annonce à tort d'une attaque de l'hôpital de La Pitié-Salpêtrière par des manifestants à ces photos de lui en boîte de nuit en pleine crise des Gilets jaunes jusqu'à ses propos maladroits en octobre 2019 sur l'assaillant de la préfecture de police de Paris, présenté comme n'ayant « jamais présenté de difficulté comportementale », et ce en contradiction avec l'enquête…

Là encore, Aurore Bergé s'inscrit en faux. « C'est lié à la vie politique, à ce qu'elle a toujours été ; vous connaissez un quinquennat où il n'y a pas eu de crashs personnels ?

lance-t-elle. Moi, ce que je trouve assez incroyable, c'est qu'il y a une présomption plus forte qui pèse sur nous que sur les autres quinquennats ou sur les autres partis, comme s'il y avait une présomption d'incompétence qui pesait sur nous, une présomption d'opportunisme absolu, etc. Enfin, je ne crois pas qu'on ait remplacé que des gens irremplaçables ! Je n'ai pas l'impression qu'on ait abaissé le niveau de la politique. Je n'ai pas l'impression qu'on bosse moins que ceux qui étaient là avant nous. Est-ce que, après, dans toutes celles et ceux qui ont émergé, qui ont été élus, qui ont été nommés, est-ce qu'il y a eu des erreurs de casting ? Oui, parce que c'est humain, la politique, donc il y a des gens qui se révèlent comme n'étant pas au niveau politique, humain ou technique. »

« On n'aime pas faire des erreurs, on est de bons élèves. »

Élu député du Val-d'Oise en 2017 sous les couleurs de La République en Marche, le transfuge du PS Aurélien Taché a une vision beaucoup plus négative du fonctionnement du parti majoritaire, qu'il a d'ailleurs fini par quitter en 2020.

« Il y avait un manque d'envie, de tout le monde, juge-t-il à propos des cadres du parti. Et Emmanuel Macron, lui, il s'en foutait. Je pense même qu'il voyait ça d'un œil un peu… il se méfiait. Vous savez, il faut quand même reprendre son parcours, depuis le départ. Il s'est dit : en fait, ces partis politiques sont des machines à perdre. Et donc, recréer des étages intermédiaires, avec des lieutenants, des gens qui vont avoir, du fait de la légitimité de scrutins internes, leur mot à dire sur ce qui se passe, je pense qu'il voit ça comme un danger, parce que lui-même en a fait les frais, alors qu'au départ il voulait sincèrement jouer le jeu. Et du coup, lui, il crée son truc en dehors et il réussit comme ça. Personne n'a envie de construire un parti, les gens ont eu juste envie d'être dans l'aventure macronienne, soit en étant ministre, soit en étant ceci, soit en étant cela. »

Par intérêt personnel ou par adulation pour Macron ?

« Les deux, tranche Taché. D'abord, il y en a qui étaient trop vieux et qui n'avaient pas envie de rejouer à ça : Ferrand, Castaner… Ce n'est pas à 50 balais, où on est en fin de carrière… On veut être ministre, on n'a pas envie de recréer un parti – ça, c'est un truc de jeunes. Et les jeunes en question l'étaient un peu trop pour le faire directement eux-mêmes. Donc, il y a un manque d'envie, et je pense qu'il y a une censure aussi, au départ. Comme il n'y a pas de mission claire de Macron, et qu'en macronie, s'il n'y a pas de mandat clair de Macron, personne ne bouge son petit doigt, personne n'y va franchement. Je pense que Macron est trop marqué par ce qu'il a vu en hollandie, mais il n'avait qu'à se rappeler le quinquennat Sarko : c'étaient des personnalités fortes, ils étaient fidèles au chef, et ça grandissait l'ensemble. C'est dommage d'avoir tout le temps cherché à ne pas avoir le moindre risque, pour avoir le champ et les mains complètement libres. Même si le type est suffisamment brillant pour ça, c'est un piège, parce que même s'il dort trois heures par nuit, même si c'est le plus intelligent et tout, c'est quand même la Ve République et, à un moment, vous ne pouvez pas tout gérer tout seul. C'est ça que je ne comprends pas dans son raisonnement. Je me doute de la manière dont il raisonne, mais c'est à mon avis une erreur, parce qu'à terme… Vous n'êtes pas omniscient, vous ne pouvez pas tout faire tout seul, et donc, oui, il veut toujours mettre des gens, effectivement, qui ne portent rien, et qui, en termes de compétence, peuvent parfois quand même être interrogés… »

Rencontré avant sa chute brutale, Benjamin Griveaux ne faisait mystère ni de son assurance – « On n'aime pas faire des erreurs, on est de bons élèves », pérorait-il –, ni du culte du chef régnant à En Marche ! Macron ? « Une pépite, un diamant brut, ce n'est qu'une fois par génération qu'on a ça », s'enflammait-il. Évoquant les débuts de l'aventure, il se faisait encore lyrique à l'égard du président : « Il a un talent incroyable, il est intelligent, il a un courage… On risquait quand même tous de finir avec une balle dans la nuque dans le caniveau, dans cette affaire ! On ne peut pas demander à la société française de prendre des risques, sans nous-mêmes en prendre un peu. Le rôle des responsables est de le montrer : on abandonne tous des situations confortables, on y va ensemble, et on verra bien. »

Autre personnalité contestée de la macronie, Sibeth Ndiaye. Conseillère presse à l'Élysée (2017-2019), puis porte-parole du gouvernement (2019-2020), elle a multiplié les faux pas, gaffes et autres maladresses. Mais elle a toujours conservé la confiance du chef de l'État, dont elle s'occupait déjà de la communication à Bercy, ceci explique cela. Elle aussi juge qu'« on ne peut pas comprendre Emmanuel Macron si on ne peut pas comprendre son rapport à la liberté. Donc c'est quelqu'un qui ne supporte pas d'être entravé, qui considère que la liberté, le concept, est consubstantielle à son être, sa manière d'être, son caractère… ».

Inutile de chercher plus loin d'où vient le fameux darwinisme prêté au chef de l'État. Macron, synthétise Ndiaye, c'est « comment on donne sa liberté aux individus de se réaliser eux-mêmes, sans doute nourri de son parcours philosophique. Il disait énormément, quand il était ministre : “Moi, je suis libre par rapport à ça, je peux faire autre chose, je ne suis pas contraint par le système…" Et, d'ailleurs, il avait énormément choqué le landerneau politicien en disant : je refuse de suivre le *cursus honorum* du parfait élu qui consiste à avoir fait ses classes comme assistant parlementaire, à grimper les échelons, de conseiller départemental, puis régional, puis choper la suppléance d'un parlementaire sur le déclin dont on espère que, la fois d'après, on chopera la "circo". Il a toujours dit, toujours revendiqué cette liberté de faire autre chose que de la politique, et donc de ne pas être enfermé dans la justification… D'où le fait qu'il revendique énormément cette liberté de dire : moi, je peux m'en aller, je peux faire autre chose, je suis maître et libre, je suis maître des horloges et de ma vie ». Mais beaucoup moins de ses troupes…

Nathalie Loiseau

La gaffeuse

S'il fallait retenir une seule erreur de casting…

Tout commence par un grand éclat de rire, comme souvent avec Nathalie Loiseau. À peine installés au café *L'Avenue* où elle nous avait fixé rendez-vous, on a d'emblée posé nos conditions habituelles : l'entretien serait *on the record*, et enregistré. Elle a pouffé : « De toute façon, je préfère faire du *on* ; la dernière fois que j'ai fait du *off*, ce n'était pas une bonne idée ! », allusion à des propos polémiques tenus devant des journalistes en juin 2019 dont elle avait un peu naïvement pensé qu'ils ne seraient pas rendus publics. Elle est comme ça, Nathalie Loiseau, nature, primesautière, désinhibée – légère, disent ses détracteurs ; et affable, aussi.

À première vue, l'une des grandes brûlées de la macronie semble avoir parfaitement digéré ses mésaventures, qui ont entaché son crédit et celui du pouvoir en place, en entretenant les accusations d'amateurisme visant l'exécutif macroniste.

Désignée à la surprise générale – et un peu contre sa volonté – tête de liste LRM-Modem aux élections européennes de mai 2019, celle qui avait été propulsée deux ans plus tôt ministre chargée des affaires européennes aura subi un bizutage plutôt violent. Inconnue du grand public, réputée gaffeuse, souvent présentée, à l'instar de sa page Wikipédia, comme « peu charismatique », Nathalie Loiseau a vécu une campagne éprouvante. La page qui lui est dédiée sur l'encyclopédie en ligne, elle ne fait d'ailleurs pas mine de l'ignorer : « Elle est dégueulasse », soupire-t-elle.

Avant d'ajouter : « Je m'en fous complètement. »

On a du mal à la croire, quand même ; d'ailleurs, lorsqu'on lui demande si cette réputation peu flatteuse d'être une personnalité terne, voire falote, ne l'a pas blessée, elle concède : « Ah si, sur le moment, si… Mais quand vous passez un certain cap en politique, si vous n'avez pas vos blessures de guerre, vos égratignures rituelles, il faut passer de l'autre côté. Il y a ceux que ça abat, c'est fait pour ça de toute façon, c'est un milieu darwinien et malthusien, il faut qu'il y ait le moins de monde possible pour que la concurrence soit la moins dure possible. On essaie de tester si vous résistez. Il y en a plein qui sortent et qui disent : "Bon, bah, si c'est ça, je m'en vais…" »

Les critiques ont été d'autant plus pénibles à vivre qu'elles émanaient souvent de son propre camp. « Ah oui, surtout, sinon ce n'est pas drôle ! » ironise-t-elle, dans un nouveau gloussement. « Au sein de la majorité, je n'avais pas le sentiment d'avoir marché sur les pieds de quelqu'un pour devenir la tête de liste, ajoute Loiseau. Après, le fait de venir de ce qu'on va appeler le centre droit, ça ne faisait sans doute pas plaisir à ceux qui venaient de gauche, ou à ceux qui venaient d'un autre centre droit que les juppéistes. Oui, sans doute. Ce n'est pas grave… »

Décidément, Nathalie Loiseau insiste un peu trop sur son indifférence supposée aux avanies auxquelles elle a dû faire face. On lui parle d'Agnès Buzyn, ministre de la Santé parachutée par LRM, en pleine crise du Covid, dans la course à la mairie de Paris après l'élimination surréaliste de

Benjamin Griveaux piégé par une *sextape*, et qui elle aussi a été décriée, voire moquée ? Elle a une moue dubitative : « Je pense que c'était très différent. D'abord, François Bayrou l'avait proposée pour être elle-même tête de liste aux européennes, et elle n'a pas voulu. Et elle m'a fait le siège pour que moi, je dise oui. Même si elle était sans doute flattée qu'on ait pensé à elle, mais elle n'a pas voulu. Ensuite, elle savait que, sur les municipales, elle avait le soutien du même Bayrou. Elle arrivait sur les ruines fumantes de la campagne de Benjamin. Après, qu'il y ait une violence un peu particulière vis-à-vis des femmes, oui, je confirme. On n'a jamais dit de François Hollande qu'il n'avait pas de charisme. » On a beau lui objecter que l'ancien président socialiste a précisément été attaqué sur ce terrain-là, elle n'en démord pas : « Pas tant que ça. Oui, il y a un traitement particulier des femmes en politique. Il y a plein de mecs qui pensent qu'on n'a pas notre place dans ce monde. »

« Comment il va, le petit frisé ? »

Diplomate de formation – elle a passé un quart de siècle au ministère des Affaires étrangères –, Nathalie Loiseau, 57 ans, a en revanche parfaitement trouvé sa place dans la haute fonction publique, cumulant les postes prestigieux. Qu'on en juge : benjamine entre 1993 et 1995 du cabinet d'Alain Juppé, son inspirateur, au ministère des Affaires étrangères, elle est propulsée porte-parole de l'ambassade de France aux États-Unis, en pleine crise irakienne, au début des années 2000, puis directrice générale de l'administration du Quai d'Orsay, avant d'être nommée en octobre 2012 patronne de l'ENA, l'élitiste école où Macron étudia de 2002 à 2004. Elle restera en poste jusqu'en juin 2017, période durant laquelle cette catholique pratiquante a une

« révélation ». Elle raconte : « Déçue qu'Alain Juppé ne sorte pas vainqueur de la primaire de la droite, je ne reconnais pas mes idées et mes valeurs dans ce que porte François Fillon, je décide de partir dans la campagne de Macron. »

Ni une ni deux, Loiseau contacte un membre de l'équipe de campagne à qui elle lance : « Je n'entends pas beaucoup de voix de femmes, et pour moi c'est contre-intuitif pour le plus moderniste des candidats. » Deux heures plus tard, Nathalie Loiseau est reçue au QG de campagne, et tombe immédiatement, ironie de l'histoire, sur… deux femmes, Sibeth Ndiaye et Marlène Schiappa. Elle est cooptée sans difficulté : son CV en fait une belle « prise » pour En Marche !, mouvement en manque de figures et de cadres d'envergure. Drôlement, c'est son fils cadet, 11 ans, qui va rencontrer, avant elle, le candidat Macron ! Elle se fait un plaisir de relater l'épisode.

« Macron, raconte Loiseau, habitait à l'époque rue Cler, dans le VIIe, et mon dernier fils le croise, il était avec des copains. "C'est Macron ! – Oh, tu crois ? Tu es cap d'aller le voir ?" Il y va et, du haut de ses 11 ans, il lui dit : "Monsieur Macron, bonjour, c'est vraiment bête que je n'aie pas 18 ans, parce que sinon, je voterais pour vous. Mais ce n'est pas grave, parce que maman est dans votre campagne, et je suis trop fier." Et donc, quelques jours plus tard, Macron me dit : "Comment il va, le petit frisé ? – Pardon ? – Oui, celui qui est trop fier pour sa maman…" C'est mon premier contact avec Macron, c'est rigolo. » Et révélateur, Nathalie Loiseau en convient : « Je trouve ça chaleureux, genre : la mère de famille dont on se souvient du fils… Ça marche, c'est très immédiat, c'est classique. Et, pour l'avoir fréquenté depuis, ce n'est pas feint. Il est comme ça, il a besoin de ça, c'est sa nature. Ce n'est pas fabriqué. Ça me fait penser à la rapidité avec laquelle on parlait à Chirac… »

Séduite par l'homme, Loiseau, en européenne convaincue, l'est surtout par son programme. Le « dépassement » cher au futur président, « ça parle », comme elle le dit elle-même, à cette haut fonctionnaire habituée à servir l'État aussi bien sous Mitterrand, sous Chirac ou sous Hollande. « J'étais intéressée par ce que Macron portait comme proposition politique, dans un moment où je pensais qu'il était là où je me trouvais moi, résume-t-elle. C'est-à-dire une volonté de réforme, d'ouverture et d'inclusion, notamment pour donner leur chance aux jeunes issus de l'immigration. »

Quant au slogan attrape-tout « et de droite et de gauche », emblème du macronisme originel, Nathalie Loiseau dit y avoir adhéré immédiatement. « Je ressentais, et je ressens toujours, le fait qu'il y a beaucoup de sujets qui ne peuvent plus se résumer d'une manière aussi simple qu'auparavant, analyse-t-elle. Son discours sur le séparatisme, beaucoup disent : "Ça a aspiré, ou ça va aspirer, le fonds de commerce de la droite." Sauf que c'est un discours de gauche ! Cette obsession républicaine, cette obsession de la laïcité, de ce point de vue-là, je me sens de gauche. Et sur la nécessité de réforme économique, de laisser davantage de place à l'initiative, peut-être que je suis plus à droite. Oui, ça faisait longtemps que ça m'agaçait, ça faisait longtemps que je pensais que Chirac était dans cette ambivalence – pas au début de sa carrière : au début, il était quand même tout à fait à droite… Et, d'ailleurs, il ne m'intéressait pas plus que ça ; mais, après, vous voyez bien qu'il y a eu la campagne de 1995 sur le thème de la fracture sociale, etc. Ça faisait aussi partie de sa conviction… »

La référence à Jacques Chirac n'est pas neutre : fondamentalement de droite – malgré une jeunesse durant laquelle il fraya avec le Parti communiste français –, le fondateur du RPR enfourcha habilement, lors de sa première campagne présidentielle victorieuse, en 1995, certaines thématiques chères à la gauche... qu'il s'empressa d'oublier une fois élu. Lorsque l'on pointe justement les convictions pour le moins fluctuantes de Macron, Loiseau semble bien en peine elle-même de les définir. « Alors, tente-t-elle vaguement, il a une passion pour la culture politique, pour l'histoire politique, il adore écouter les acteurs politiques des décennies précédentes... D'où le fait qu'il voie Sarko, ce n'est pas que pour des raisons tactiques, ça l'intéresse. Ça l'intéresse d'avoir le récit de tel ou tel événement, de tel ou tel basculement, c'est quelque chose dont il se délecte. Oui. Pour essayer de comprendre, pour essayer d'embrasser la complexité de la société française. »

Comme un homme contraint de prendre, en accéléré, des cours de rattrapage de « France », ce pays qu'au fond il ne connaît pas vraiment, malgré sa faculté impressionnante à mémoriser les caractéristiques de chaque circonscription électorale.

« Vous n'y êtes pas du tout, vous allez entrer au gouvernement ! »

Effrayée à la perspective de voir Marine Le Pen s'installer à l'Élysée, Loiseau s'investit à fond fin 2016 dans la campagne présidentielle d'Emmanuel Macron au moment de la primaire de la droite, quitte à contrarier Alain Juppé, dont elle était très proche. Mais la défaite du maire de Bordeaux face à François Fillon lui évitera un choix cornélien.

Chargée des questions internationales dans l'équipe de campagne, Loiseau se rapproche chaque jour un peu plus de Macron, dont elle découvre une facette inattendue, mais si caractéristique du personnage. « Ce qui m'a plus frappée, dit-elle, c'est la façon qu'il a d'aspirer ce que vous avez en vous et qui peut l'intéresser à un moment donné. Vous passez une demi-heure avec lui, dans une voiture, dans un train, dans un avion à attendre, et il va vous pomper ce que vous pouvez lui apporter. Il ne va généralement pas vous dire exactement ce qu'il en pense sur le moment, et puis vous savez que ça va turbiner, et que ça va ressortir d'une manière ou d'une autre. »

Loiseau comprend vite le fonctionnement de l'« aspirateur » Macron, elle fait régulièrement part au candidat de ses remarques *via* la messagerie WhatsApp, messages auxquels il répond rarement. « L'important, c'est qu'il les lise, quand même, le défend-elle. Et puis il y en a, c'est emmerdant, je suis à peu près sûre qu'il ne va pas y répondre, mais ce n'est pas fait pour qu'il réponde. »

Macron élu, Loiseau assiste lointainement à la formation de la première équipe d'Édouard Philippe, juppéiste comme elle. Un événement inattendu va la propulser au gouvernement : menacés par les juges, François Bayrou, garde des Sceaux, et Marielle de Sarnez, ministre déléguée aux Affaires européennes, sont exfiltrés en catastrophe de l'équipage gouvernemental. Loiseau est alors pressentie pour succéder à Sarnez. « Mon nom avait circulé, mais ce n'est pas moi qui l'avais fait circuler, assure-t-elle. C'était dans la tête de certains, j'imagine, la fois d'avant. C'est toujours un truc désagréable, parce que vous n'avez rien demandé, on ne vous a pas appelée, et vous le lisez dans les journaux… »

Convoquée par Philippe, elle se dit disponible pour le poste, avant de passer un « grand oral » devant le président, à qui elle lance : « Écoutez, pour moi, c'est Noël, et si ça ne se fait pas, ce n'est pas grave, parce que c'est déjà formidable que vous pensiez à moi. – Vous n'y êtes pas du tout, vous allez entrer au gouvernement », lui rétorque Macron. Embarrassée et circonspecte, Loiseau rappelle à son interlocuteur la faiblesse de son poids politique. « Vous n'avez vraiment pas compris : si je vous dis que vous entrez au gouvernement, vous entrerez au gouvernement ! » martèle, presque agacé, le nouveau chef de l'État.

Et la voilà intronisée ministre des Affaires européennes, un poste prestigieux, une promotion inespérée surtout, pour une femme plus habituée – et à l'aise – à l'ombre de la haute administration ou des cabinets ministériels. Afin de ménager la susceptibilité d'Édouard Philippe, elle prend l'habitude de le mettre systématiquement en copie des notes qu'elle fait parvenir *via* WhatsApp au président.

« Françoise Nyssen, elle en a pris plein la gueule. »

Très vite, Loiseau, même si elle ne se sent pas forcément légitime, prend ses marques, sympathise avec plusieurs ministres, dont Nicolas Hulot et Françoise Nyssen, venus comme elle de la société civile. Mais elle est aussi proche de purs politiques, issus de la droite également, tels Gérald Darmanin ou Sébastien Lecornu. Et de Didier Guillaume, son voisin de Conseil des ministres. « Il était assis à côté de moi, j'adorais le déconcentrer, j'adorais attraper des fous rires au moment où il devait parler, c'est un peu con, mais enfin, bon », raconte-t-elle avec sa fraîcheur coutumière.

Moins charitables, certains poids lourds de la macronie, ne la jugeant pas à la hauteur, ironisent sur son nom, usent de sobriquets faciles pour la désigner : la voici qualifiée de « poids plume » et autres « cervelle de Loiseau »… Consternant et méchant, à l'image de la vie politique, parfois.

« Il y avait un handicap de notoriété, convient-elle. Édouard [*Philippe*], entre nous, était totalement inconnu, et le restait. Alors, c'est la poule et l'œuf, parce que vous, dans votre profession, vous écrivez “Macron, Macron, Macron”… Est-ce aussi que c’est parce que nous, on ne savait pas rayonner ? Mais, pour avoir vécu à l’étranger, notamment aux États-Unis, on a un rapport au chef de l’État en France que les Américains n’ont pas, parce que c’est un État fédéral, parce que c’est aussi une entreprise où l’esprit individuel est poussé au niveau de la religion. On peut en penser ce qu’on veut, mais le résultat, c’est que l’hyper-attention sur une personne n’est pas la même. En France, il y en a trop. »

Du coup, les ministres inexpérimentés comme elle, ou Françoise Nyssen, bombardée à la Culture, se trouvent particulièrement exposés. « Françoise Nyssen, elle en a pris plein la gueule », résume-t-elle sans fard. Elle précise toutefois : « Je venais du Quai d’Orsay, c’est un ministère que je connaissais par cœur. C’était beaucoup plus facile, il fallait que je fasse mes classes en politique, mais les fonctionnaires de mon ministère ne pouvaient pas me balader. »

Entre une personnalité discrète et un portefeuille globalement ignoré du grand public, la ministre des Affaires européennes reste sous les radars médiatiques. Cela ne l’empêche pas d’avoir la sympathie du « Chef », au point que celui-ci lui confie la délicate mission de mener la liste de la majorité aux élections européennes du printemps 2019. « Si le président me voulait comme tête de liste, et pas quelqu’un qui sortait de la politique intérieure, dit-elle, c’est parce qu’il voulait qu’il y ait une vision européenne. Il m’a dit : “De toute façon, pour le programme, je vous laisse faire, puisque je sais ce que vous pensez, et de toute façon on pense pareil, donc allez-y.” Les autres s’étaient coché une case d’élection, soit pour se mesurer, soit pour trouver un poste. L’Europe, ils n’en avaient rien à foutre ; leur programme, c’était d’être contre. Donc, dans les débats, c’était onze contre un. Ça, c’était écrit d’avance. »

Elle démissionne en mars du gouvernement pour préparer le scrutin du 26 mai. Un cadeau empoisonné, tant la campagne va virer au chemin de croix pour Loiseau, projetée violemment en pleine lumière, sans soutien ou presque. Elle comprend vite que, avec Macron-le-Darwinien, il lui faudra se débrouiller seule. « Il ne faut pas demander à un chef de l'État de gérer, il n'a pas le temps, le défend-elle aujourd'hui. Et, comme beaucoup de gens très intelligents, ce n'est pas quelqu'un qui gère forcément les gens, parce qu'il pense que tout le monde est aussi intelligent, libre, convaincu de son destin que lui. Disons que ce n'est pas quelqu'un qui va vous accompagner dans votre parcours, parce que personne ne l'a accompagné. » À plusieurs reprises, épinglée par des médias qui n'ont pas leur pareil pour repérer les « maillons faibles », Loiseau s'entend répondre par le chef de l'État, en guise de réconfort : « Vous prenez pour moi. »

« Ce qui était globalement vrai, assure Loiseau. Donc, il savait qu'il m'avait envoyée dans la lessiveuse… » Elle précise aussitôt : « On dit : "Ce n'est pas un bon DRH." Mais ce n'est pas son boulot ! Je sais ce que c'est, une journée d'un président de la République. Et je ne vois pas comment on peut être DRH en étant chef de l'État. »

Journalistes, adversaires politiques comme mauvaises langues de LRM, tous se régalent en tout cas des maladresses de l'ingénue tête de liste. Ses premières interventions médiatiques se révèlent catastrophiques. « Au premier débat, je n'étais pas bonne, c'était le premier débat de ma vie. Oui, je n'étais pas bonne », reconnaît-elle.

La tête d'affiche devient tête de Turc. Perdue dans un univers qui lui est totalement étranger, Loiseau finit même par se faire recadrer par Macron lui-même. « Il m'a reproché, et il avait raison, d'avoir écouté les communicants, il m'a dit : "Foutez-les dehors ! Soyez comme je vous connais, ce sera beaucoup mieux." Je ne savais pas si ce serait beaucoup mieux, mais ce qui est vrai, c'est que cette campagne, je l'ai mal commencée, bien sûr. Juste parce que je n'en avais jamais fait, et que la première campagne de votre vie, vous la faites à un niveau national, juste après les Gilets jaunes, excusez-moi, c'est une phase d'adaptation. Et au départ, oui, j'ai écouté tous ceux qui avaient un avis sur comment je devais m'habiller, me coiffer, quelles lunettes je devais mettre et comment je devais parler… Et, du coup, vous n'êtes pas vous-même, vous n'êtes pas naturelle et ça ne passe pas. On vous dit : “Oh, la vache, c'est toi que le président a choisie…”, tout le monde vous met une pression d'enfer. “Il faut que tu fasses ceci, il faut que tu fasses ça”, et vous vous dites : oui, sûrement, puisque je ne l'ai jamais fait. Et donc, vous êtes ballottée de l'un à l'autre, avec leurs idées définitives sur la phrase que vous prononcez, le ton que vous employez… Et, au bout de quinze jours, j'ai envoyé tout le monde à la benne, effectivement. »

Trop tard : partie sur de mauvaises bases, la campagne de Loiseau patine, elle frôle même la sortie de route à plusieurs reprises. Les sondages qui plaçaient initialement la liste LRM en tête sont inquiétants, la voilà menacée par le RN, or Macron a mis un point d'honneur à devancer l'extrême droite le soir du 26 mai. Mais sa candidate multiplie les boulettes. De sa déclaration de candidature ratée face à Marine Le Pen sur France 2 aux informations du site Mediapart révélant que, alors étudiante à Sciences Po, elle avait candidaté sur une liste d'extrême droite, en passant par cette déclaration sur France Culture où elle confie avoir eu « l'impression d'être une Romanichel » à son arrivée à la tête de l'ENA, sans compter ce jour où elle croit bon d'utiliser l'expression de « *Blitzkrieg* positif » pour illustrer sa campagne…

Un vrai festival.

Certes, on ne lui passe rien, mais tout de même…

Sentant le désastre se profiler, le chef de l'État est contraint de prendre en main lui-même la campagne, jusqu'à imposer sa seule photo sur les affiches en lieu et place de celle de sa tête de liste – tout un symbole. Macron doit colmater les brèches qu'il a lui-même provoquées. Car, après tout, Loiseau, c'est lui qui l'a désignée. « Si ça n'avait pas été lui, je ne sais pas qui ça aurait été, sourit-elle. Ce n'était pas mon idée, puisque j'ai dit non d'abord. Et j'ai passé beaucoup de temps à lui proposer beaucoup de gens. Il se marrait, il comptait le nombre de noms que je proposais ! » Sans surprise, le 26 mai 2019 au soir, la liste conduite par Nathalie Loiseau échoue à la deuxième place, avec 22,41 % des suffrages exprimés et 21 élus, devancée par celle du Rassemblement national (23,33 % des voix et 22 sièges). Ce n'est pas la bérézina redoutée, loin de là, mais l'échec est réel, le pari de devancer l'extrême droite a été perdu. Envoyée au casse-pipe, Loiseau s'est… brûlé les ailes pour s'être frottée d'un peu trop près à l'incandescence d'une campagne nationale.

Elle tente de donner le change, mais on sent percer une forme d'amertume quand elle repense aux conditions de sa désignation, cette lancinante impression d'avoir été poussée au feu par Macron et de s'y être jetée… à reculons. « Il m'a appelée plusieurs fois, et j'ai dit non plusieurs fois, ressasse-t-elle. Et puis, la dernière fois, j'ai dit : “Je crois que je sais pourquoi je suis dans ce bureau…” Et il m'a dit : “Il serait temps ! De toute façon, avec tout ce temps que vous avez attendu, ça ne peut plus être que vous.” Et puis, personne ne voulait y aller… » Elle se souvient d'avoir alerté le chef de l'État sur le risque que son profil de haut fonctionnaire pouvait faire courir à ses couleurs. « J'avais dit à Macron, se rappelle-t-elle : “Je te préviens, Marine Le Pen, au premier jour, elle va dire que je suis techno. Ça va rester : techno, techno, techno… J'ai pu avoir vécu dans des endroits où elle n'a jamais foutu les pieds, j'ai pu avoir fait des trucs dans ma vie qu'elle n'imagine pas un quart de seconde, ça n'a pas d'importance. Elle va dire 'techno', et ça va rester 'techno'. Et on n'y fera rien." Et c'est vrai, c'est resté. »

« S'ils commencent à me faire chier, je vais partir... »

Choix par défaut plus que choix du cœur pour cette campagne européenne, Nathalie Loiseau dissimule de moins en moins son acrimonie au fur et à mesure de l'entretien. « Macron a été présent durant votre campagne ? » lui demande-t-on. « Pas beaucoup », réplique-t-elle, laconique.

Soulagée de voir son calvaire se terminer ce 26 mai 2019 au soir, Nathalie Loiseau n'est pourtant pas au bout de ses mauvaises surprises. À peine élue, sa nature gaffeuse revient au galop. Le 13 juin, avant même son entrée en fonction comme eurodéputée, elle est contrainte de renoncer à prendre la présidence du groupe centriste au Parlement européen, puis celle de la délégation des députés européens LRM, postes pour lesquels elle était pourtant pressentie. En cause, une nouvelle série de maladresses, dont ces fameux propos supposés restés *off* tenus devant une poignée de journalistes français. Se croyant à l'abri, Loiseau se lâche gaiement, défouraillant sur ses futurs collègues européens, y compris certains de ses alliés ! L'ancien Premier ministre belge Guy Verhofstadt, dirigeant du groupe Alde (dont LRM fait partie) ? C'est un « vieux de la vieille qui a des frustrations rentrées depuis quinze ans ». Sophie in 't Veld, députée néerlandaise, qui vise elle aussi la présidence de l'Alde ? « Ça fait quinze ans qu'elle perd toutes les batailles qu'elle mène. » Manfred Weber, candidat à la présidence de la Commission ? Un « ectoplasme » qui « n'a jamais rien réussi ». Jean Arthuis, eurodéputé LRM, n'est pas oublié : « Un homme aigri », tranche Loiseau.

Le journal belge *Le Soir* s'empresse de relater ces confidences explosives, provoquant une tempête, à Bruxelles comme à Paris. « Je salue l'intelligence politique de Nathalie Loiseau. Entrée prometteuse en politique », grince dans un tweet l'« aigri » Jean Arthuis. Dans la panique, Loiseau parle d'abord d'« une pure invention », avant de faire machine arrière et de reconnaître avoir tenu les propos incriminés.

« C'était un piège », regrette-t-elle aujourd'hui lorsqu'on la ramène à ses déclarations choc, rapportées « par un mec qui n'était pas là. Et ce journaliste n'a pas cherché à savoir auprès de moi si ce qu'on avait dit était vrai, pas vrai, complet, pas complet, exagéré, pas exagéré… Donc, c'était un piège. Quelqu'un qui était là s'est dit : tiens, je vais filer ça à quelqu'un d'autre, comme ça, pas vu pas pris, et je lui fous une peau de banane dans les pieds… »

La candide Loiseau est une nouvelle fois la cible des moqueries, évidemment. Heureusement, assure-t-elle, le président Macron la soutient dans cette nouvelle épreuve. « Oui, oui, il m'a appelée juste après, révèle-t-elle. Parce que tout le monde m'est tombé sur la gueule avec énormément de violence. Et je lui ai dit : “S'ils commencent à me faire chier, je vais partir pour faire autre chose.” Et il m'a dit : “Je crois que ce n'est pas une bonne idée.” Et c'est tout. Et il me dit : “C'est forcément un piège.” Évidemment… »

Nathalie Loiseau, plutôt que de se morfondre, a tenté de crever immédiatement l'abcès après cet incident qui a menacé de virer au scandale diplomatique – un comble pour l'ancienne haut fonctionnaire du Quai d'Orsay.

« Cette histoire, moi, je l'ai percée tout de suite avec tous les gens qui étaient concernés, raconte-t-elle. Je suis allée les voir chacun, en disant : “Que j'aie une grande gueule, ce n'est pas nouveau ; ce que je pense de toi, tu le sais déjà. Donc, tu peux décider que tu me détestes, ce sera dommage, mais tu peux décider que tu t'en fous, ce sera mieux. Tu fais comme tu veux, mais autant qu'on en parle." En politique, tout le monde sait qu'on n'est pas amoureux les uns des autres vingt-quatre heures sur vingt-quatre… »

Victime d'un système pervers, ces « vraies-fausses » confidences non assumées dont politiques et journalistes font un peu trop souvent leur miel, Nathalie Loiseau jure qu'on ne l'y reprendra plus. « Vous n'aimez pas le *off*, moi non plus, nous lance-t-elle. Vous savez comme moi que les politiques font du *off* tous les jours, tout le temps. Et à Bruxelles autant qu'à Paris. »

Désormais à la tête de la sous-commission Sécurité et Défense du Parlement européen, un poste nettement moins exposé, Nathalie Loiseau assure avoir « beaucoup appris » de ses expériences malheureuses. « J'ai une grande gueule, parfois je fais des blagues débiles, mais maintenant j'en fais moins en public ! » rigole-t-elle.

Elle est restée en contact avec Emmanuel Macron, avec qui elle discute régulièrement, « tous les dix jours à peu près ». Ils échangent des conseils. « Et parfois de grosses conneries ! » s'esclaffe Nathalie Loiseau. La routine, pour elle.

Chapitre 14

La toute-puissance

« Macron a l'arrogance du premier de la classe,
du mec qui a toujours été le meilleur. Il a réussi
le coup du siècle, ça te donne un ego incroyable.
C'est l'un de ses problèmes, il y a un isolement
dans lequel il se complaît. »

Daniel Cohn-Bendit,
ex-député européen écologiste

Un an, déjà. Douze mois d'un pouvoir macroniste triomphant.

« *Winter is coming* », forcément.

L'illusion va s'estomper.

Un premier signe aurait pu nous alerter, après le limogeage brutal du général de Villiers, deux mois à peine après l'élection de Macron. Le 19 octobre 2017, le préfet de la région Auvergne-Rhône-Alpes, Henri-Michel Comet, tient lui aussi son discours d'adieu, devant la presse et ses anciens subordonnés. On le sent ému et désemparé : « Vous, les agents de la fonction territoriale, vous êtes obligés de déployer des politiques nationales dont les injonctions ne sont pas toujours cohérentes », lance-t-il, avant d'enchaîner, la voix étouffée par un sanglot : « Ma vie préfectorale s'achève sous vos yeux. Mon uniforme pourra aller au feu. » Incroyable.

Dix jours plus tôt, il a été viré par son ministre, Gérard Collomb, au motif que ses services avaient libéré trop tôt un délinquant, arrêté en situation irrégulière : Ahmed Hanachi, soupçonné d'être l'auteur de l'attentat de la gare Saint-Charles, à Marseille (deux morts, le 1er octobre 2017). C'est l'honneur d'un préfet qui est jeté au feu. Contacté, M. Comet, reconverti dans le privé, n'a pas souhaité nous rencontrer. Pourtant son histoire, édifiante, illustre la violence d'État, feutrée, à la mode Macron.

Dix mois plus tard, le 18 juin 2018, c'est un président encore immaculé, sans cicatrices apparentes, qui se déplace au Mont-Valérien, en banlieue parisienne, pour célébrer l'appel du général de Gaulle. Un collégien s'époumone dans l'assistance : « C'est la lutte finale… », avant de s'écrier : « Eh, j'déconnais, ça va, Manu ? » Réplique immédiate du chef de l'État : « Non, je ne suis pas ton copain. – Pardon, désolé, monsieur le Président », fait le jeune garçon. Le président n'en a pas fini : « Tu es là, dans une cérémonie officielle, tu te comportes comme il faut. Donc tu m'appelles "monsieur le Président de la République" ou "monsieur". D'accord ? Voilà. » Puis il ajoute : « Et tu fais les choses dans le bon ordre. Le jour où tu veux faire la révolution, tu apprends d'abord à avoir un diplôme et à te nourrir toi-même, d'accord ? Et, à ce moment-là, tu iras donner des leçons aux autres… »

De retour à Paris, Macron croise le chemin du producteur de théâtre Jean-Marc Dumontet, l'un de ses proches depuis la campagne présidentielle de 2017. L'homme de spectacle a vu la séquence ; il lui reproche d'y être allé un peu fort, tout de même. Devant les caméras de LCI, qui plus est. Macron a alors cette repartie cinglante : « Mais vous déconnez, Jean-Marc ! Je ne veux pas finir comme Hollande ! »

Tout Macron, en tout cas le Macron de cette époque-là, est résumé dans cette réponse. Morgue, orgueil, rudesse. Avant lui, pense-t-il, c'était la chienlit, l'indécision comme mode de gouvernance, et une absence caractérisée d'autorité. La récréation politique est terminée. La France s'est dotée d'un patron à sa tête, qu'on se le dise. Mais les pleins pouvoirs, cela peut vous donner ce dangereux sentiment de toute-puissance, surtout quand aucune épreuve ne vous a encore endurci. 308 députés macronistes ont investi le Palais-Bourbon, en juin 2017, dans un bel ensemble. Aucune lézarde n'apparaît encore dans l'édifice parlementaire. Ils sont aux ordres, alignés tels des « petits pois », comme disait Sarkozy, lorsqu'il s'en prenait au supposé conformisme de la magistrature.

Pourtant, dans l'entourage du président, ils sont quelques-uns, déjà, à déchanter, à redouter les dégâts d'une *hubris* débridée. Le député LRM Aurélien Taché décrypte ce qui se trame alors au cœur du pouvoir macronien : « Tous ceux qui avaient été dans la campagne ont été mis de côté très, très vite, et ceux qui avaient réussi à rester à l'Élysée ont été marginalisés et contraints de partir. Jean Pisani-Ferry, dès le début, il se fait virer ; Quentin Lafay, il reste six mois ; Marc Ferracci… Tous ces gens-là sont virés, ou sont mis dans des positions subalternes. Et donc, à la fin, il ne reste plus que des préfets, des gens de droite, des gens très classiques… »

Le cercle de confiance se rétrécit, quand l'autorité s'épanouit. Le président s'isole. Tout en savourant le pouvoir total qui est le sien.

Même le bienveillant Daniel Cohn-Bendit, autre récent converti, observe avec inquiétude l'ambiance se tendre. Le pays est fragile, il le sent. Mais ce président semble habité par son propre personnage : « Quand on veut arriver si haut, il faut être tueur, assure “Dany”. Déblayer le terrain. Les grands gentils n’y arrivent pas. Macron a l’arrogance du premier de la classe, du mec qui a toujours été le meilleur. Il a réussi le coup du siècle, ça te donne un ego incroyable. C’est l’un de ses problèmes, il y a un isolement dans lequel il se complaît parce que, pense-t-il, “je réussis”. Pour gouverner, ça pose d’énormes problèmes. »

« Vous n’en avez rien à foutre des gens ! »

Il reste bien quelques lieutenants assez expérimentés pour tenter de raisonner le président. Mais, s’ils s’autorisent à donner leur opinion, sont-ils pour autant écoutés ? Leur France imaginée n’est pas la France. Dumontet n’hésite pas à donner de la voix. Souvent, Macron use du second degré ; en petit comité, il s’amuse de ses propres défauts. « Je suis un affectif », ose-t-il ainsi, un soir. Réplique immédiate du producteur de théâtre : « Pas du tout, Emmanuel ! Vous n’en avez rien à foutre des gens. Vous n’écoutez personne ! » C’est vrai. Et faux, aussi. Car Macron semble nourrir de vrais sentiments envers ceux qui ont rapidement cru en lui, les Richard Ferrand, François Sureau, François Patriat.

Mais pour les autres…

Quentin Lafay, jeune et brillant rédacteur de ses discours les plus remarqués, n’a tenu que quelques mois à l’Élysée. Dégoûté. On l’a rencontré, mais il ne souhaite pas être cité. Trop risqué. La campagne, il l’a vécue comme une trajectoire scintillante. Depuis, il est amer ; peut-être le sentiment de s’être fait manipuler. Déjà, lors de la conquête, il n’avait guère apprécié que Macron rejette systématiquement toute idée un peu gauchisante : « Écoutez, les enfants, le pays est à droite ! » répétait le candidat, en boucle. Lafay y croyait, pourtant. À tort. Il aurait dû se méfier, savoir interpréter l'une des expressions favorites de Macron : « Je fais mon miel. » Comment mieux exprimer l'absence de colonne vertébrale idéologique ?

On en est donc là, à l'été 2018, lorsque éclate l'affaire Benalla.

Alexandre Benalla, c'est ce chargé de mission nommé à l'Élysée, en mai 2017, à l'âge de 25 ans seulement, et dont les prérogatives touchent essentiellement à la sécurité du chef de l'État. C'est un parfait « couteau suisse », le type que l'on appelle pour débrouiller toute affaire un peu délicate. Macron l'a pris sous son aile, durant la campagne. Jusqu'à l'imposer au palais présidentiel. Et Benalla s'est senti, lui aussi, très important, d'un coup. Il dérange, agace, veut réorganiser la sécurité présidentielle, court-circuite les grands pontes de la police, s'arroge quelques privilèges. Comme celui d'aller, le 1er mai 2018, en tenue de policier qu'il n'est pourtant pas, interpeller violemment des manifestants un peu énervés, place de la Contrescarpe, à Paris.

Pas de chance, la scène est filmée, et le conseiller de l'Élysée vite identifié. Le soir même, par les policiers, les vrais.

Le 18 juillet 2018, Benalla accède à la postérité, en « une » du *Monde*. Le nervi est démasqué, les images ont fuité. Avis de tempête à l'Élysée. Pourtant, Benalla avait, dès le 2 mai 2018, été convoqué par sa hiérarchie, et mis à pied, avec suspension momentanée de son salaire de 6 000 euros mensuels. De quoi éteindre un potentiel incendie, *a priori*. C'est qu'au palais présidentiel, de Macron au simple conseiller de base, il règne une certaine assurance, l'heure n'est pas aux doutes ; après tout, n'a-t-on pas relégué les médias à l'écart ? On ne se méfie pas : une vidéo traîne, certes, mais il suffit de la dissimuler, pense-t-on. Et on ne s'inquiète pas plus des facilités accordées à Benalla : voiture de fonction, badge d'accès à l'Assemblée nationale… Tout cela restera sous la ligne de flottaison, c'est évident.

Les révélations de presse, à la mi-juillet, mettent donc le feu à l'Élysée. Le 24 juillet, Macron réagit, à sa façon, bravache : « S'ils cherchent un responsable, c'est moi et moi seul. C'est moi qui ai fait confiance à Alexandre Benalla. C'est moi qui ai confirmé la sanction. Ça n'est pas la république des fusibles, la république de la haine. On ne peut pas être chef par beau temps. S'ils veulent un responsable, il est devant vous. Qu'ils viennent le chercher. Je réponds au peuple français. » Martial et fier-à-bras. Fanfaron, même. Les 308 députés de la majorité semblent rassurés, le patron tient la boutique.

Nous réalisons ensuite, fin juillet, pour *Le Monde*, la première interview d'Alexandre Benalla. Sacré personnage. L'homme est habile. Il raconte si bien, à travers son attitude, la macronie première époque, ce mélange d'autorité, de certitude de son destin, de confiance innée. À 26 ans, il paraît tellement sûr de lui, déjà : « En fait, tout à l'Élysée est basé sur ce que l'on peut vous prêter en termes de proximité avec le chef de l'État. Est-ce qu'il vous a fait un sourire, appelé par votre prénom, etc. C'est un phénomène de cour », nous relate-t-il alors. Et il enchaîne : « Je n'ai pas le melon. La vérité, c'est que ma nomination à ce poste, ça a fait chier beaucoup de gens. » Le scandale ? « C'est une façon d'attraper le président de la République par le colbac. J'étais le point d'entrée pour l'atteindre, le maillon faible. Au bout d'un an, il y a des inimitiés qui se créent. »

Bref, aucune contrition, même si Benalla traverse des moments délicats. Chez ces gens-là, on assume, par gros temps.

On se sent protégé, aussi.

Mais la tempête est vraiment sévère, les parlementaires de l'opposition se déchaînent, et si les observateurs s'étripent en public sur le statut de cette histoire – affaire d'État ou de cornecul, dérive systémique ou individuelle ? –, le pouvoir vacille. L'affaire Benalla expose au grand jour les failles du système Macron. Et le chef de l'État déteste que l'on éclaire un peu trop crûment les coulisses de son pouvoir. Il va donc falloir trouver, vieille recette, un bouc émissaire.

Et pourquoi pas un préfet ?

« Patrick, vous allez le virer ? »

C'est ici qu'apparaît Michel Delpuech, le parfait sacrifié. Préfet de police de Paris depuis avril 2017, il apprend, le soir du 1er mai 2018, la présence d'un Benalla casqué et très actif, place de la Contrescarpe. Pire, il découvre que des images vidéo ont été tournées, et qu'elles ont été transmises à l'Élysée par trois fonctionnaires de la préfecture de police ; elles parviennent notamment entre les mains du conseiller spécial de Macron, le discret et influent Ismaël Emelien, qui va tenter ensuite de refiler le mistigri au préfet. « Il aurait sans doute bien aimé qu'on récupère le truc », confie Delpuech à ses proches. Il a de la bouteille. Il s'en émeut. Appelle très vite son collègue de toujours, Patrick Strzoda, directeur du cabinet du président de la République. « Patrick, vous allez le virer ? » questionne-t-il, persuadé que le sort de Benalla est scellé. Ce n'est pas le cas. Benalla va même revenir à l'Élysée, sa suspension effectuée, presque comme si de rien n'était.

Delpuech, de son côté, signale les faits à la justice. Une enquête préliminaire est ordonnée. Mais l'affaire ne fait que commencer.

Le 23 juillet, entendu par la commission d'enquête de l'Assemblée nationale, ce haut fonctionnaire à la carrière sans tache se risque à porter un jugement subjectif sur les échauffourées du 1er mai et le rôle joué par Benalla : « Fondamentalement, dit-il, ces événements résultent de dérives individuelles inacceptables, condamnables, sur fond de copinage malsain. » Le terme est lâché. « Copinage malsain » : de quoi fâcher le pouvoir. Il ne le sait pas encore, mais Delpuech vient de signer son acte de décès professionnel.

Lui aussi, nous l'avons rencontré. Mais lui non plus ne veut pas s'exprimer publiquement. Décidément, l'exécutif fait peur. Toutefois, sur la base de nos investigations, on peut ici l'affirmer : Delpuech a d'abord payé pour sa franchise. Et son refus de couvrir les actes litigieux de quelques représentants du pouvoir. « Oui, oui », nous concédera-t-il seulement, du bout des lèvres. La vengeance d'État prendra simplement un peu de temps. Quelques mois. À l'automne 2018, les Gilets jaunes déferlent sur Paris, jusqu'à menacer le périmètre sacré du pouvoir, aux abords de l'Élysée. Les plus excités d'entre eux saccagent même l'Arc de Triomphe. Le préfet Delpuech parvient, tant bien que mal, sans trop de dommages collatéraux, à contenir la marée jaune. Mais il ne donne pas assez de gages, en haut lieu. Il n'est pas jugé fiable ; on le suspecte d'ailleurs, depuis l'affaire Benalla, d'alimenter la presse en informations dérangeantes. Si la vidéo a fuité, cela vient forcément de la préfecture de police, laisse entendre la macronie à la presse.

Un soir de janvier 2019, c'est justement un journaliste de sa connaissance qui appelle le haut fonctionnaire : « Michel, je suis désolé, j'apprends que vous allez être viré cette semaine ! » Delpuech, un peu abasourdi, raccroche, puis va aux renseignements. Il contacte son ministre, Christophe Castaner. Qui dément. Patrick Strzoda, à son tour, réfute fermement la nouvelle. Delpuech rappelle donc le journaliste, qui lui confie avoir tenté de confirmer la « rumeur » à l'Élysée. Où on lui aurait répondu : « Si, si, il faut l'écrire ! » Quelques semaines plus tard, le

21 février 2019, le préfet rencontre incidemment le chef de l'État, lors du traditionnel dîner du CRIF (Conseil représentatif des institutions juives de France). Macron lui tient un discours rassurant : « Merci pour ce que vous faites, je compte sur vous, et surtout ne tenez pas compte de tout ce que vous pouvez lire dans les journaux. » C'est que la petite musique de la disgrâce continue à résonner, dans Paris.

« Au fond, il aura eu une année,
jusqu'à l'affaire Benalla, et puis à partir de là
ça a commencé à partir en vrille. »

Le dimanche 17 mars, une dépêche AFP parle de « défaillances » dans le système opérationnel prévu pour absorber la « vague jaune ». Cette fois, Delpuech a compris. On le mène en bateau, et le naufrage est proche. Il rencontre, le lendemain, Christophe Castaner, place Beauvau : « Écoutez, pour moi, rien n'est décidé, lui assure le ministre de l'Intérieur. On va voir à l'Élysée tout à l'heure. J'ai mis ma démission dans la balance. » Cela fait toujours plaisir. « C'est tout à votre honneur, monsieur le Ministre », répond Delpuech. Qui se sait malgré tout condamné. « Mon sort était scellé, depuis Benalla, pour des raisons très politiques », confiera-t-il ensuite en boucle à ses amis.

De fait, la sentence tombe. Delpuech est « remercié » dans les heures qui suivent. Avec, tout de même, les égards dus à son passé. « Tu auras un grand corps », lui confirme Strzoda. Et Michel Delpuech se retrouve illico bombardé conseiller d'État, *via* un décret officiel, en service extraordinaire, pour quatre ans.

À 66 ans.

Un an plus tard, il reverra le président Macron, lors des obsèques de l'ancien sénateur socialiste Michel Charasse. Le chef de l'État a fait un détour, exprès, pour le saluer. Eux deux, ils savent.

Que dit cette histoire Benalla ? Aucun membre important de l'entourage de Macron n'a été vraiment inquiété par la justice : ni Ismaël Emelien, ni Alexis Kohler, ni Patrick Strzoda, malgré les efforts très intéressés des élus d'opposition. Le pouvoir a été chahuté, mais, en définitive, l'affaire débouche sur le simple renvoi en correctionnelle de l'ex-chargé de mission. En revanche, pour la macronie, elle sonne la fin de l'innocence, symboliquement. Tout à la fois la démonstration d'une maîtrise exacerbée des pleins pouvoirs, mais aussi la révélation d'une extrême vulnérabilité.

« Au fond, il aura eu une année, jusqu'à l'affaire Benalla, et puis à partir de là ça a commencé à partir en vrille », analyse l'avocat d'affaires Jean-Michel Darrois, l'un de ceux qui ont « créé » Macron première mouture, et ont continué à le voir, ensuite. « Il n'avait pas encore, peut-être, l'expérience, l'épaisseur… Au fond, il vient de province, mais manifestement il est devenu beaucoup plus parisien que provincial. »

Une scène a marqué profondément Darrois, 70 ans, onctueux personnage du Paris des élites. Il était présent, avec son épouse Bettina Rheims, à l'Élysée, le 14 mai 2017, lorsque Emmanuel Macron s'est vu remettre les clés du palais. « On était le long d'un cordon, avec quelques copains. Pas tous, il n'y avait pas les Rothschild, et Macron avait raison, il ne fallait pas faire venir David, qui a parfaitement compris. » Il entend une sorte de brouhaha, se retourne. « Il y avait une espèce de bloc de jeunes gens, fiers, c'était normal, joyeux, mais qu'on sentait arrogants, physiquement on sentait ça, rejetant tous les vieux cons.

Donc, voilà, ceux qui l'entouraient, ils avaient su comment l'aider à conquérir le pouvoir, mais alors après, pour l'exercer, c'est autre chose… »

Nombre d'entre eux vont rester engoncés dans leur assurance atavique. De vrais godelureaux. D'autres vont s'éveiller à la réalité du pays. Comme Aurélien Taché : « Le charme s'évanouissait, je reprenais conscience, le charmeur de serpents avait cessé sa danse… Et là, vous vous réveillez, et vous vous dites : "N'importe quoi…" » Et le député du Val-d'Oise, aujourd'hui en rupture de ban avec LRM, de conclure par une métaphore footballistique : « Sarkozy, pour lui, la politique, c'est du foot. Et comme il sait que c'est lui le meilleur, il joue avant-centre, et de toute façon il peut vous passer le ballon, vous allez lui rendre à un moment pour qu'il marque le but. Macron, lui, il joue au tennis, et vous êtes son ramasseur de balles… »

« Il a éliminé toute l'équipe, autour de lui, qui l'a porté au pouvoir. »

S'il en est une qui sait tout cela, c'est bien Brigitte Macron. On peut moquer son côté midinette, rire de sa fascination pour la boule à facettes parisienne, mais l'épouse du chef de l'État n'ignore rien de la tragi-comédie qui se joue, dans l'arrière-cuisine du pouvoir. L'essayiste Alain Minc peut en témoigner. Un jour de l'hiver 2018-2019, il se rend à l'Élysée. La salle des fêtes vient d'être rénovée, à grands frais : 500 000 euros de travaux, alors que les Gilets jaunes grondent sous les fenêtres du palais…

Brigitte Macron le prend à part.

S'ensuit un dialogue instructif.

Brigitte Macron : Viens, je vais te montrer ma salle des fêtes.
Minc : Je la connais, la salle des fêtes.
Brigitte Macron : Mais si, viens, viens.

Ils s'éloignent, foulent la moquette grise, deux tonnes de laine teinte en Belgique, et tissée à la manufacture royale d'Aubusson. Une œuvre d'art, à 300 000 euros. La première dame semble avoir besoin de s'épancher.

Brigitte Macron : Qu'est-ce que tu en penses ?
Alain Minc : Ici, à part lui et toi, il faut virer tout le monde.
Brigitte Macron : Il t'écoute, il t'écoute…
Alain Minc : Non, il m'entend. Et toi, il t'écoute ?
Brigitte Macron : Non, moi, il ne m'entend, ni ne m'écoute !

Brigitte Macron, férue de lettres classiques, a peut-être vu aussi *La Guerre des étoiles*. Mais oublié cette scène où le héros de la saga politico-spatiale, Luke Skywalker, en fâcheuse posture, s'adresse au gélatineux seigneur Jabba le Hutt : « Il suffit que je m'absente un moment pour qu'ils aient tous la folie des grandeurs ! » La réponse du conseiller du très gras seigneur ne traîne pas : « Sa Haute Magnificence, le Grand Jabba le Hutt, a décidé d'en finir… » Les conseillers des premiers temps vont tous être exfiltrés. « Il a éliminé toute l'équipe, autour de lui, qui l'a porté au pouvoir en 2017, constate Julien Dray, l'un de ses parrains en politique. Quand on regarde tous les personnages, ils sont tous partis les uns à la suite des autres.

Je sais qu'il y a eu un gros conflit à l'intérieur de l'Élysée, que Brigitte Macron était même un peu isolée, et que les jeunes… Il n'élimine pas les gens tout de suite : il les élimine tranquillement, méthodiquement, pour que ça ne devienne pas des mecs qui lui en veulent après. »

À l'Élysée, comme au gouvernement, voire à l'Assemblée, la toute-puissance a été érigée en mode de fonctionnement. Les préfets, les élus ? De simples pions.

Pierre Person

Le « dépité »

Il fait partie des pions. Mais il est lucide, enfin. Sur les dérives du macronisme.

Ses impasses, surtout.

Quand nous le rencontrons, fin 2020, Pierre Person, député – dépité ? – LRM de Paris, vient de claquer la porte de la direction du parti présidentiel. Agacé. Person, 32 ans, est un pur politique, biberonné au PS, élevé dans le culte de la chose publique, persuadé, aussi, que les idées guident les hommes. C'est là que le bât blesse.

Mais, d'abord, pourquoi consacrer un portrait à ce quasi-inconnu des Français ? Parce qu'il a contribué, plus qu'aucun autre, à créer l'armée des Marcheurs. Les 308 députés de juin 2017, c'est lui. Et puis, aussi, parce qu'il a constaté les dégâts occasionnés par les autres, les conseillers-technos, les Emelien, Griveaux, etc. La toute-puissance néfaste du début de quinquennat, il en porte encore les stigmates.

Enfin, Person fait partie d'une espèce assez rare, ceux qui ont bravé les consignes de l'exécutif pour nous parler. Il n'en fait d'ailleurs pas mystère, lorsque nous le rencontrons, au café *Pierre*, dans le Paris de moins en moins populaire et de plus en plus « bobo », en octobre 2020, alors que le deuxième confinement s'apprête à figer la France. Des consignes de discrétion ont été passées par le premier cercle macroniste, manifestement : « Il y a des gens qui, globalement, disent que ce n'est pas très utile de vous parler », sourit le parlementaire, savourant sa litote. « Ils ont demandé à l'Élysée, reprend-il, et on leur a dit : "Manipulez ça avec précaution…" »

Lui a une vraie culture politique. À l'orée des années 2000, Pierre Person fait partie de la bande dite de Poitiers, avec les Sacha Houlié, Stéphane Séjourné… Des jeunes gens bien mis, proches du PS, intelligents, épris d'une politique sociale, relativement éloignés de l'opportunisme bon teint de l'autre bande originelle du macronisme, celle de la rue de la Planche à Paris, les Griveaux, Taquet, O, Guerini, tous fans du dieu DSK et de son socialisme décomplexé. Ne croyez pas ceux qui vous vanteront la belle unanimité du macronisme, sur fond de progressisme. Il existe aussi au sein de LRM des tendances irréconciliables – il n'y a même que ça.

Person quitte le PS en 2012. Il rencontre pour la première fois Macron en mars 2015. Au moment où le ministre de l'Économie se bat pour sa loi sur la croissance et l'activité. Le jeune homme se rend au Sénat pour discuter avec son ami Stéphane Séjourné, alors conseiller du ministre. « Macron vient pour la séance de reprise de 21 h 30 et, avant d'entrer dans l'hémicycle, il discute avec son équipe ; Stéphane m'inclut dans la discussion. Je n'ai pas vraiment d'échange avec lui, mais ça me permet de voir à peu près le personnage. J'avoue que je reste assez séduit de ce qu'il fait, de tout ce qu'il dit, et je m'intéresse plus à ce qu'il propose. » Il le revoit ensuite en juin 2015 et, déjà, Macron est en pré-campagne, dans un non-dit assez peu discret. Séduction à 360 degrés, réceptions à tous les étages de Bercy… Il se passe quelque chose.

« Il fait ses conférences citoyennes, se souvient Person, il invite à Bercy trois cents personnes ou sur les réseaux sociaux pour faire une heure et demie de *one man show* où il répond à toutes les questions à la volée, ce n'est pas cadré, il est capable de vous parler de la santé comme du code minier avec une précision bluffante. C'est le premier truc des balbutiements pro-Macron, il y a une interrogation, une envie. » La conquête est lancée, et Person plutôt appâté.

« Je pense qu'il m'a pris pour un dingue, qui était toujours dans ses basques. »

Ce sont des moments précieux, ébouriffants d'un point de vue intellectuel, où la doctrine est censée s'ébaucher. À l'époque, Person, juriste et consultant, travaille dans le secteur privé, il élabore des systèmes d'information pour les services secrets, tout en donnant des interviews pour BFMTV, puisqu'il gère un site internet relayant l'activité du ministre Macron ; il coordonne à partir de juin 2015 une structure dénommée « Les Jeunes avec Macron »... « J'étais schizophrène, admet Person, et je ne faisais même plus mon boulot de manière cohérente. » Il se documente, lit les premiers ouvrages retraçant l'étendue des réseaux Macron, pour mieux appréhender le phénomène. « J'ai contacté beaucoup de ces réseaux-là, en disant : “Je suis un jeune militant, et on aurait besoin d'aide pour aider aussi le candidat pendant la présidentielle qui va venir.” »

Encore une fois, le doute n'est pas permis : la fusée Macron est sur la rampe de lancement, et il faut être aveugle comme un cénacle de vieux socialistes pour ne pas comprendre ce qui se trame. C'est ainsi que Pierre Person tombe sur le millionnaire Henry Hermand, compagnon de route de Michel Rocard et soutien financier du couple Macron à titre privé. « On s'entend très bien, rapporte le militant, et je me lie d'amitié avec Henry Hermand, qui essaie lui-même d'avoir un pied aussi dans la campagne, en tout cas d'aider le candidat. Il nous laisse un bureau pour que je puisse travailler sur la structuration du parti. » Mais, déjà, les difficultés surgissent. Le mélange originel du macronisme n'est pas homogène. Le vieux mécène socialiste ne supporte pas l'entourage du candidat, les Griveaux, Emelien et consorts.

Hermand refuse de financer ce parti embryonnaire, et ses drôles de représentants. « En fait, Henry Hermand, il n'a jamais donné, il était un peu énervé par les Ismaël Emelien, etc., qu'il considérait comme étant des donneurs de leçons qui enfermaient le président », explique Person. Il sourit.

Puis affine son propos : « Et il n'avait pas forcément tort ! »

Mais Hermand décède, en novembre 2016. Person assiste aux obsèques, à l'église Saint-Sulpice, où se presse du beau monde. Dont Macron. Les deux hommes se croisent. « Je pense qu'il m'a pris pour un dingue, qui était toujours dans ses basques », s'amuse Person. Ils se parlent. Person a besoin de financements, pour sa micro-structure, Les Jeunes avec Macron. Il est mal tombé. « Je ne suis pas paternaliste, lui fait le candidat. Vous avez créé votre boutique, je ne vais pas prendre le contrôle dessus, tout le monde dirait que ce n'est pas normal, et moi-même je l'aurais pensé. »

Le mouvement prospère, en dépit du détachement affecté par Macron, il se développe avec ses propres moyens. En septembre 2017, il comptera même 22 000 militants. « On s'est imposés dans le mouvement En Marche !, parce que ce mouvement avait ce qu'En Marche ! n'avait pas, c'est-à-dire la structuration militante. En six, huit mois, on a réussi à avoir des cadres sur tout le territoire, et puis on travaillait aussi sur le fond, on essayait de faire fonctionner les idées. Macron, dans une logique un peu darwinienne, a laissé les deux structures cohabiter ensemble. »

La bande de Pierre Person devient incontournable, est de toutes les réunions. Les différentes strates cohabitent, tant bien que mal. En vouant un même culte au « Grand Leader », Emmanuel Macron. Même si les personnalités et les parcours se situent parfois aux antipodes. Pas grave, pensent-ils, on réglera cela plus tard… « Beaucoup ne voulaient pas qu'on soit dans la campagne, notamment des proches d'Ismaël Emelien », assure Person. Qui n'en a cure. « Tout ça s'est réuni dans la dernière ligne droite de la campagne, dit-il. Je suis devenu conseiller politique de Macron, et je suis sorti de l'organisation militante que j'avais créée. »

En somme, les divergences politiques et personnelles ont été gommées, le temps d'une campagne conquérante. Mais les matrices n'en font jamais qu'à leur tête, elles finissent par reprendre leur place. En politique, on est aussi le produit d'un appareil, quel qu'il soit. Entre la ligne Emelien-Griveaux et celle défendue par Person – entre autres –, peu de similitudes, si ce n'est l'envie de bousculer l'ordre établi. Mais Person n'accepte pas les *a priori* de ses collègues de bureau. « Ismaël Emelien était persuadé que les corps intermédiaires, tels que la CFDT, la CGT ou FO, c'est des gens qui ne parlent plus aux Français, et donc qui peuvent être écartés d'une discussion. » Grave erreur, témoignant d'une méconnaissance profonde des mécanismes qui régissent le pays. Mais, en mai 2017, dans le TGV fonçant à toute allure sur l'Élysée, il est encore possible de faire le voyage dans le même compartiment politique.

Et puis, la victoire acquise, il convient de gagner les élections législatives. Les qualités d'organisateur et de concepteur de Person vont vite se révéler indispensables. Il met en place, dit-il, « les productions mathématiques et scientifiques qui permettaient de s'assurer qu'on ait une majorité absolue ». Il s'occupe de tout, surtout du casting des candidats. « Il faut être quand même clair, c'est à partir du tableur Excel que j'ai constitué et de quelques entretiens très stricts, avec les candidats, qu'on a réussi à faire émerger une majorité. » En juin 2017, ce sont donc des députés estampillés « Excel », c'est-à-dire choisis d'une manière très rationnelle, quasi entrepreneuriale, qui envahissent le Palais-Bourbon. Une autre erreur majeure. L'humain a peu de place dans l'affaire. Comme les compétences politiques.

Un curieux fourre-tout.

« On était absolument arrogants,
on considérait que l'Assemblée
était une chambre d'enregistrement. »

« Vous aviez tout, convient Person, lui-même élu à Paris. Des gens qui avaient des propos très, très durs sur la politique, d'autres qui n'avaient absolument pas de sens politique, qui ne savaient même pas ce que c'est que d'être député… c'était fascinant. Il y avait des agrégats mathématiques, parce que le problème du vote Macron, en 2017, c'est qu'on ne savait pas sur quoi il était basé. Donc, grâce aux sondages régionaux de l'IFOP, j'ai désagrégé en fonction de deux choses, un de la trajectoire du vote de 2012 et des régionales de 2015, plus la sociologie des personnes qui y habitaient, et donc tout ça me permettait d'avoir des listes des circonscriptions plutôt favorables. Ce qui m'a permis aussi d'avoir un bon accord avec le Modem, qui avait des chiffres un peu moins pertinents... »

Ce logiciel, Person assure l'avoir créé à partir de centaines d'heures de labeur. Il revendique la paternité de cette « majorité dans une campagne présidentielle qui n'a été faite que par deux gugusses, c'est-à-dire Séjourné et moi ». Le président fraîchement élu y va de ses commentaires, il arbitre *in fine*, quand il y a un choix à faire.

Tout cela donne 308 députés LRM, au début de l'été 2017, une majorité confortable et hétéroclite, issue donc d'un tableur Excel et d'orientations politiques parfaitement disparates. C'est presque un miracle, dans ces conditions, que le parti présidentiel ait tenu aussi longtemps, sans se fissurer. La morgue tient lieu de ciment. « On arrive à l'Assemblée, raconte Person, on était absolument arrogants, on considérait que l'Assemblée était une chambre d'enregistrement. »

Sans parler d'une forme d'idolâtrie rarement démentie envers le démiurge-président. Il ne s'en trouve pas un(e) pour manifester une quelconque indépendance de pensée ou d'action. « Parce que je pense qu'il y a un réflexe de sur-loyauté à l'égard du président, constate *a posteriori* Person ; dans la mesure où vous vous exprimeriez, c'est quasiment faire acte de déloyauté. Penser, à certains égards, peut être considéré comme étant déloyal. C'est-à-dire, si vous avancez une idée, une proposition, si elle n'est pas dans le moule collectif, dans l'extrême pureté, finalement, de la parole originelle, vous pourriez être considéré comme étant déloyal. »

La presse est particulièrement pointée du doigt. Accusée de déformer la pensée originelle, si tant est qu'elle existe, et de ne s'intéresser qu'aux coulisses. « Quand on est arrivés à l'Assemblée, on nous a dit : "Attention, les médias, ce n'est pas une bonne chose." Richard Ferrand le premier. Globalement, ça dénote qu'une partie de notre sensibilité ne s'est pas saisie de la possibilité de faire de la politique, d'exister, notamment dans un rapport de forces avec les gens de droite. »

Pierre Person stigmatise, aujourd'hui, le « en même temps » macronien. « Parce qu'en fait, autour du président, vous avez plusieurs bandes. Vous avez plutôt les gens de droite, qui se pressent de plus en plus. Vous avez les restes d'une forme de bande de la Planche, qui s'est conçue dans une loyauté, à la fois de collaborateurs, mais aussi avec une volonté d'exister politiquement, donc, tous les ministres, d'Adrien Taquet en passant par Cédric O, etc., où beaucoup se sont fait, quand même, la courte échelle, pour presser le président d'être nommés au gouvernement. On n'a jamais eu autant de conseillers qui sont aujourd'hui membres de l'exécutif, et qui pourtant n'ont jamais été élus par qui que ce soit. Et puis, vous avez les anciens proches de la campagne… »

Comme une sorte de millefeuille politique, et l'on sait à quel point ce type de pâtisserie peut, au final, vous peser sur l'estomac. Sans compter une carence qui, au fil du temps, devient béante, trop évidente : le débat intellectuel, qui foisonnait autour du Macron première mouture, s'est progressivement tari. D'ailleurs, sollicités, les Philippe Aghion, Jean Pisani-Ferry et autres Patrick Weil ont successivement décliné nos demandes d'entretiens. Nous les savions acrimonieux, déçus, désappointés, comme tant de contributeurs de la première heure. L'impression tenace d'avoir été détroussés par un jeune premier aux airs angéliques, prêt à beaucoup pour se faire élire.

« On va dire qu'on n'a jamais réussi à trouver une place à nos intellectuels, estime Person. Il faut être honnête. Ils ont été dans la campagne de 2017, et c'est vrai qu'on n'a pas réussi ensuite à leur trouver une place dans le dispositif, parce que, comme le parti ne pensait pas, et comme au gouvernement vous êtes dans l'action mais vous n'êtes pas dans la réflexion à long terme, nos intellectuels, ils se sont sentis en arrière-plan. »

Ils ne se sont pas retrouvés, non plus, dans la mise en œuvre du programme présidentiel de 2017, qui a obéi à une ligne parfaitement pragmatique – opportuniste, pour dire les choses moins poliment. Person raconte ainsi les tergiversations qui ont débouché, finalement, sur un programme uniquement bâti pour gagner. « Le programme présidentiel de 2017, il a été érigé après un choix entre trois moutures. Il y avait une mouture totalement disruptive, qui prévoyait un régime institutionnel différent, avec un angle social qui était très fort sur la dépénalisation du cannabis, un angle économique avec un contrat unique, enfin, une refonte globale d'objets politiques très, très forts. » C'était celui-là, le vrai propos macronien, élaboré après d'âpres débats intellectuels et politiques. « Et puis vous aviez une deuxième mouture qui était intermédiaire, et une troisième mouture qui est en fait celle qui a été adoptée. Quasiment mon unique déception pendant la campagne présidentielle, ça a été le choix du programme. » Pas exactement un détail, tout de même…

« Alexis Kohler, reprend Person, d'un point de vue économique et budgétaire, a dit : “Le premier programme, ce n'est pas possible, on ne pourra pas le faire.” Gérard Collomb a ajouté : “Le premier programme, ce n'est pas possible : politiquement, on ne peut pas le faire. Tu es dans une campagne présidentielle où, là, tu es dans une dynamique ascendante, ne commets pas d'erreur en proposant des trucs qui sont trop disruptifs, il faut que tu surfes aujourd'hui sur la vague, et que tu ne commettes pas d'impairs en ayant une proposition qui soit trop forte et qui braque une partie de ton électorat." Donc, en fait, on a choisi la ligne la plus conservatrice à la ligne plus allante qui était la nôtre. »

« C'était une erreur absolue de posture. »

Il faut bien faire des choix. Mais ceux-ci, trop souvent, sont annonciateurs des déceptions à venir. Des désaccords en germe. Pierre Person a fini par quitter, en septembre 2020, son poste de délégué général adjoint de LRM. Trop usé par le vide politique quasiment théorisé, dit-il, par l'entourage du chef de l'État. Avant de démissionner, il a prévenu, *via* Telegram, le président. Qui ne l'a pas dissuadé. Fidèle à ce dogme de la liberté individuelle dont il se veut le chantre. Depuis, le député a pris du recul. Il s'est recentré, il a pris le temps d'analyser les erreurs commises. À présent, il fait de la politique. Enfin.

Et accuse : « La jeune garde de Macron a contribué à incarner cette forme d'arrogance, de certitude absolue : les bagnoles diesel, les masques… Je me rends compte que la certitude absolue qu'on avait, parce qu'on était élus avec 25 % des voix, et qu'on considérait qu'on était majoritaires, et qu'on pouvait d'un seul coup d'un seul appliquer l'intégralité du programme sans l'aval des partenaires sociaux, sans l'aval des élus locaux, etc., ça a été une bêtise absolue. C'était une bêtise qui était renforcée, à mon avis, par la Ve République et notre pratique du pouvoir, mais enfin ça a contribué à s'aliéner en fait 75 % du corps électoral. C'était une erreur absolue de posture. »

Person en veut à la garde rapprochée du président qui n'a pas su, pense-t-il, protéger son chef de cette suffisance d'État : Emelien, Kohler, Ndiaye, Griveaux… « À mon avis, accuse-t-il, ils ont une part d'immense responsabilité dans les travers qu'on décrit à l'égard du président, oui, parce que la pratique du pouvoir est exercée aussi par ces membres du gouvernement pendant le début du quinquennat. Je pense qu'il y a une partie de son entourage qui n'a pas contribué à l'aider. Beaucoup de ses conseillers, parfois, ont porté sa parole, alors que ce n'était pas sa parole. Ça, c'est clair et net. Je l'ai vu. J'ai eu des messages directs ou indirects qui m'ont été transmis par certains de ses conseillers à l'époque, et parfois ils s'attribuaient un rôle qui n'était pas le leur, et d'ailleurs ils diffusaient des messages qui n'étaient pas ceux du président. Vraiment. Et c'était assez fascinant. »

Certains virages, au tout début du règne macronien, auraient pu être mieux négociés. L'épisode de l'*Aquarius*, ce bateau chargé de migrants que l'on n'a pas laissé accoster sur les côtes françaises, reste une cassure.

« Vous avez l'*Aquarius*, vous avez Benalla, et puis, après, il y a une décorrélation de toutes les réformes structurelles, parce qu'elles ont été scandées notamment par des ministres plus techniques que politiques, qui n'ont pas du tout imprimé dans l'opinion publique… »

D'où sa prise de distance, à l'automne 2020, et ces critiques, qu'il veut constructives. Car, étonnamment, Person croit encore en Macron : « Il a une analyse politique qui est plutôt au-dessus de la plupart de ses lieutenants. » Il estime d'ailleurs que rien n'est perdu. Que les pleins pouvoirs et la fatuité peuvent aussi générer une réflexion, et même, pourquoi pas, un changement d'attitude, une remise en cause.

Person est un incorrigible optimiste.

Chapitre 15

L'AVATAR

« Moi, je ne l'ai jamais dit, mais je le dis à vous : il y a le Macron et… les microns ! »

Erik Orsenna, académicien

À l'été 2020, tout juste lauréate du concours d'entrée à Normale Sup, la fille de Vincent Monadé, encore président du Centre national du livre (CNL), a envoyé à son père une photo du livret d'accueil de la prestigieuse école de la rue d'Ulm où sont recensées les caractéristiques de chaque promotion, année après année.

Taquins, d'anciens élèves y ont notamment écrit ceci : « 1998 : Emmanuel Macron a échoué une seconde fois au concours d'entrée. »

Commentaire amusé de Vincent Monadé à propos des étudiants de l'École normale supérieure (ENS) : « Ça les fait beaucoup rire. Eux. Lui, je ne sais pas ! » Si l'on se fie aux témoignages de certains membres de son entourage, *a priori*, le sujet n'amuse pas du tout le chef de l'État, très attaché à sa réputation d'éternel premier de la classe – et de cordée –, mais plus encore à son image de président-philosophe, d'intellectuel pétri d'histoire au-dessus des contingences politiciennes, d'homme d'État imbibé de culture comme la

France n'en aurait plus connu depuis Georges Pompidou (1969-1974), lui-même normalien…

N'en déplaise aux panégyristes d'Emmanuel Macron, la réalité semble un peu moins flatteuse. Si personne ne saurait mettre en doute les brillantes études, la vivacité intellectuelle ou la fulgurance des intuitions du président de la République, ils sont nombreux à s'interroger sur sa tendance à multiplier les références aux grandes figures de l'histoire et de la culture françaises dans la lignée desquelles il aimerait manifestement s'inscrire. Ainsi, son goût immodéré pour les commémorations de personnalités politiques hexagonales contemporaines disparues – au cours de son mandat, il a célébré avec faste la mémoire de De Gaulle, Pompidou, Giscard et Chirac – et ses références récurrentes aux personnages majeurs de l'histoire de France, de Napoléon à Jeanne d'Arc, ont donné le sentiment que ce bambin de la politique, en s'inscrivant symboliquement dans les pas de ces prestigieux prédécesseurs, espérait accéder comme par procuration à cet enracinement après lequel il court vainement depuis son intronisation au sommet de l'État.

Sans succès, à en croire la majorité des personnalités du monde de la culture interrogées pour les besoins de notre enquête.

On en revient à Vincent Monadé et au « traumatisme originel », cet échec à Normale Sup. L'ex-patron du Centre national du livre souligne « cette obsession de dire l'Histoire [qu'il] constate dans son mandat ». « Or, assure Monadé, un président n'a pas à la dire, l'Histoire. C'est un historien qui a à la dire. Le président, c'est évident, il doit dire à la nation les grandes dates, mais il ne tranche pas l'Histoire. Mais la volonté d'incarner une sorte de père de la nation, elle est chez lui évidente. Et cette obsession de dire l'Histoire, à mon avis, elle parle de ça aussi. » Et Monadé, désormais secrétaire général des éditions Héloïse d'Ormesson, d'ajouter : « Cette obsession, elle parle aussi du fait qu'il n'a pas eu Normale Sup, et qu'il y a quand même une faille : "Je ne l'ai pas eue." Je connais la faille narcissique, je vis la même, je l'ai vécue pendant trente ans ! »

C'est donc à l'aune de cette « faille narcissique » qu'il faudrait lire les multiples références et appels du pied présidentiels à ce monde de la culture auquel il rêverait secrètement d'appartenir. « Sous Macron, il y a une sensibilité [pour la culture] de l'Élysée, c'est très net, beaucoup plus que sous François Hollande, note Monadé. Il y a des rencontres avec des personnalités culturelles très régulières, qu'elles soient privées, publiques, à travers des déjeuners, des dîners avec des personnalités de la vie culturelle et notamment du monde de l'écrit. » Car, à en croire Monadé, le chef de l'État est « un gros lecteur », mais « au sens de l'"honnête homme", celui qui a tous les classiques dans sa bibliothèque et qui s'en contente. Il n'y a pas de pas de côté, dans le domaine du fantastique, de la science-fiction, du polar – il dit lui-même que le polar l'ennuie, ça ne l'intéresse pas. Il lit encore énormément, des essais philosophiques, et aussi de la littérature, mais classique, ou passée par le tamis universitaire, le roman français, mais validé par les prix, par l'université ou par l'histoire ».

Monadé, qui connaît son Balzac sur le bout des doigts, pense que la clé du personnage est à chercher chez l'auteur de *La Comédie humaine*. « Emmanuel Macron, il vient de rien, il vient de nulle part, assure-t-il. C'est un provincial qui est arrivé. C'est Rastignac, en fait. Ce n'est pas Lucien de Rubempré de *Splendeurs et misères des courtisanes*, non, c'est Eugène de Rastignac : il y arrive, parce qu'il a de l'acharnement. »

Les références de Christophe Prochasson sont moins littéraires et davantage historiques. Le président de l'École des hautes études en sciences sociales (EHESS), conseiller

Éducation de Hollande à l'Élysée de 2015 à 2017, s'avoue d'ailleurs bien en peine de rapprocher l'actuel chef de l'État d'une figure de notre histoire. « Quand on fait ce genre de choses, c'est généralement avec un objectif politique dans la tête, assure-t-il. Ça a été : Macron, le nouveau de Gaulle ; il y a eu aussi Napoléon… Évidemment, ça aide à construire un personnage historique que de le comparer à d'autres qui l'ont précédé, mais, en l'occurrence, cela n'a pas de sens, tout simplement. »

« Macron, au fond, c'est le président du non-lieu. »

Et lorsqu'on a l'idée d'assimiler Emmanuel Macron à un avatar, soit chacune des incarnations de Vishnou, l'une des divinités de la religion hindoue, Prochasson ne dément pas. « Oui, c'est ça, approuve-t-il. C'est un homme qui correspond à son temps, qui est la production de son temps, c'est-à-dire d'un temps qui ne va pas très bien. Je pense que nous sortons d'une longue séquence historique, aussi bien sociale, économique, culturelle, que politique, qui nous a donné nos repères, nos façons de penser, etc., et on n'arrive pas encore à bien se repérer là-dedans, à s'identifier. » Christophe Prochasson conclut, faisant écho sans le savoir au diagnostic de Vincent Monadé sur l'homme venant « de nulle part » : « Je pense que c'est l'homme de ce non-lieu. Voilà, je dirais ça : Macron, au fond, c'est le président du non-lieu. »

À vouloir être partout, on se retrouve le plus souvent nulle part.

Prochasson, qui a étudié le « cas Hollande », a mesuré la distance le séparant de son successeur. « Je crois que Hollande, c'est un homme, et je le dis avec affection, qui croit modérément aux idées. Il dit : "Il faut bien calmer les intellos, leur donner quelques idées de temps en temps, on peut les écouter, mais bon, au fond, ce n'est pas là que ça se joue." Macron, en revanche, il aime ça, on a le sentiment qu'il aime les idées. Mais c'est le complexe du khâgneux. Il aime bien faire des dissertations, à mon avis trop longues, d'ailleurs ! Voilà, il aime faire du *name dropping*, il aime montrer qu'il a [des références]... Je pense qu'il aimerait bien être l'auteur d'un traité politique. Je ne serais pas surpris que, de temps en temps, le soir, dans ses insomnies, il rêve à une axiomatique qui définirait sa théorie du pouvoir, notamment fondée sur le dépassement des clivages des anciens. »

Pratiquer le *name dropping*, citer par cœur les grands auteurs, s'inscrire dans la filiation de personnages historiques majeurs, n'est-ce pas d'abord le reflet d'un vernis culturel superficiel ? Emmanuel Macron ne donne-t-il pas le sentiment de ne pas avoir le sens de l'Histoire ? « Ça, je suis tout à fait d'accord, abonde Prochasson. Je pense que c'est un homme qui n'a... Il a l'histoire de Stéphane Bern, si vous voulez, ou de Philippe de Villiers, c'est-à-dire l'histoire épique... Il est sur le registre d'une histoire nationale un peu ringarde, spectaculaire, et mobilisable d'ailleurs pour des buts politiques. »

Christophe Prochasson s'arrête un temps ; il voudrait tant pouvoir, lui aussi, définir ce président... indéfinissable. « Macron, synthétise-t-il finalement, c'est une culture historique qui s'est débarrassée du tragique. S'agissant de sa génération, c'est important de prendre conscience que cette classe politique-là est une classe politique d'après-guerre. C'est quand même important, au regard de l'histoire de longue durée, de ne pas avoir vécu la guerre en France. »

Mardi 13 octobre 2020, 15 heures, face à un graffiti de Bansky mettant en scène une femme allongée, nous pénétrons dans une charmante petite maison du XIIIe arrondissement de Paris, où l'écrivain Erik Orsenna a élu domicile à la fin des années 1990. À l'image de son propriétaire, le cadre est chaleureux et original. Le pavillon sur deux étages a du chien, entre la verrière qui fuit, de gigantesques statuettes maliennes, la table recouverte de beaux livres, et un piano... Qui mieux que l'hôte de ces lieux baignés de culture pouvait évoquer l'« intellectuel Macron », dont il a observé mais aussi soutenu l'ascension ?

« La nation France n'est pas seulement un cocktail de Notre-Dame et de start-up. *»*

Conseiller culturel du président Mitterrand dont il était la plume, Orsenna fait la connaissance de Macron en 2007-2008, au moment de la commission Attali – ils en étaient tous les deux membres.

Le contact passe bien entre les deux hommes. Orsenna est vite intégré dans le cercle macronien, participe le samedi aux réunions « conspiratives » organisées à Bercy à partir de 2014 par le nouveau ministre de l'Économie, aux côtés de Thierry Pech, Pierre Villeroy de Galhau, Philippe Grangeon... Orsenna est rapidement séduit par le dynamisme et la modernité de Macron, qui tranche avec l'ambiance régnant à l'époque à l'Élysée, qualifiée par l'écrivain de « crépusculaire ». « J'avais tellement envie de sortir de l'impuissance hollandaise », ajoute-t-il. Vient ensuite 2016, et la décision de Macron de pousser dans le fossé ce président qui l'a fait, pourtant. Orsenna s'inscrit en faux : « On dit "trahison", mais c'est une trahison sur une base de suicide ! Donc, on ne trahit pas quelqu'un qui s'est suicidé ! »

Lui aussi admet volontiers avoir succombé au sortilège décidément irrésistible de Macron, mais sans être dupe. « Qu'est-ce que c'est qu'un séducteur ? C'est quelqu'un qui, pendant le temps de la séduction, vous fait croire que vous êtes seul au monde. Et puis, quelqu'un d'autre arrive, forcément, un autre sujet. Alors vous n'êtes plus seul au monde. Alors vous êtes triste, forcément », décrit-il. Adoubé par Macron, Orsenna s'habitue à recevoir des SMS qui réveillent sa femme à 2 heures du matin. Logiquement, l'écrivain fournit des notes au candidat Macron pour nourrir ses discours de campagne, participe à ses meetings… De quoi jauger la personnalité de cet homme politique d'un genre – apparemment – nouveau. « Tout bien réfléchi, dit Orsenna, il me semble ne pas aimer les intermédiaires. Ni les temps intermédiaires, ni les corps intermédiaires. Il aime l'Histoire, le temps très long, Jeanne d'Arc, Napoléon…, comme Stéphane Bern. Et il adore bien sûr la modernité. Mais la nation France n'est pas seulement un cocktail de Notre-Dame et de *start-up.* »

Son poulain élu, Orsenna, qui a fait partie des *happy few* invités à célébrer à *La Rotonde* la victoire annoncée, déchante rapidement. Il ne peut s'empêcher de comparer le nouveau locataire de l'Élysée à Mitterrand qui, lui, « connaissait la France ». « De même, ajoute l'écrivain, Macron se méfie au fond des maires, des syndicats. Il les voit comme les adversaires de ces réformes jugées nécessaires par lui pour s'adapter à la marche du monde. En un mot, il juge insupportable, et néfaste, la lenteur : il pense que sa vie lui a prouvé que seule la vitesse est vraie. À l'image de Napoléon, le destin est fait pour être forcé. »

« Il n'y a personne pour le tempérer ? » lui oppose-t-on.

« Regardez son cabinet, cingle-t-il : des clones du chef, choisis parce qu'il les juge "les meilleurs". Mais aucune biodiversité. Ils sont sa Grande Armée. Toujours Napoléon… »

Dans le collimateur de l'auteur de multiples best-sellers, les conseillers du président. « Moi, je ne l'ai jamais dit, mais je le dis à vous : il y a le Macron et les microns ! »

En homme de lettres, Erik Orsenna a décidément le sens de la formule et des bons mots, y compris ceux qui fâchent.

Restait, pour tenter de cerner ce président supposé philosophe, à en sonder un vrai. Francis Wolff, par exemple, prof à Normale Sup et grand spécialiste d'Aristote.

« Le fameux "en même temps", juge-t-il, certains diraient qu'il peut être aristotélicien, on l'a retrouvé encore un petit peu dans le discours autour de la laïcité et du séparatisme. Ça, c'est l'image populaire d'Aristote et du moyen terme, puisqu'on résume souvent l'éthique aristotélicienne à l'idée que la bonne conduite, c'est celle du moyen terme, celle qui ne tranche pas entre les extrêmes. » Mais, pour Wolff, le plus important est à chercher ailleurs, du côté de cette déconnexion avec nombre de Français de celui qui, à tort ou à raison, incarne les élites.

« Je crois que le mouvement qui me paraît très significatif du macronisme, puisqu'il en est l'opposé, le négatif et le complémentaire, c'est le mouvement des Gilets jaunes, constate le philosophe. Il est d'autant plus violemment anti-Macron, plus encore que violemment anti-"tout ce qu'on veut", en tout cas pas tellement contre le patronat, mais contre la personne de Macron, que le chef de l'État apparaît comme une espèce de despote éclairé, c'est-à-dire la définition classique du philosophe en politique, en fait. »

Mais pourquoi Macron, l'autoproclamé philosophe, susciterait-il ce rejet dans un pays tombé amoureux du normalien Pompidou et toujours fasciné par le lettré Mitterrand ?

« Cela ne fonctionne pas pour Macron, reconnaît Francis Wolff. Il y a sûrement des raisons extérieures, c'est ce qu'on a dit de son arrogance, c'est-à-dire la suffisance de l'intellectuel qui sait, par opposition au peuple qui ignore tout, ne comprend pas… Je ne pense pas en effet que Macron bénéficie de cette aura prêtée aux gens de lettres, qu'on prêtait même à Giscard, obligé de passer à *Apostrophes* pour parler de Maupassant. »

S'agissant des figures philosophiques desquelles on pourrait être tenté de rapprocher le président de la République, pas plus que celle d'Artistote, Wolff n'entend convoquer la mémoire de Friedrich Nietzsche, dont le mantra « Deviens ce que tu es » a pourtant tout pour séduire Macron.

« Le plus probable, c'est que le macronisme, c'est l'action et l'opportunisme. »

« Je ne crois pas du tout qu'il y ait du nietzschéisme chez Macron, tranche Wolff. Bien entendu, poursuivi par les événements, il est forcément plus pragmatique qu'il n'aurait voulu l'être, il a voulu appliquer, sans doute, certaines idées *a priori* à la situation française, et bon, voilà, il a été rattrapé, comme très souvent, par l'Histoire. Non, je crois que c'est un vrai libéral, au sens pas du tout forcément péjoratif du terme. C'est-à-dire qu'il croit vraiment au pouvoir de l'émancipation des individus. Je pense que c'est très profond chez lui. Certains diraient : un social-libéral, c'est-à-dire qu'il pense réellement que si on libérait la société de tout ce qui l'entrave, on libérerait par conséquent les forces individuelles, de telle sorte qu'on aurait une société juste si elle était parfaitement méritocratique. Alors, à la suite de ça, les inégalités sociales sont justes si elles reflètent le fait que chacun a pu librement choisir son destin. Et donc, les inégalités injustes, c'est ce qu'il appelle les inégalités de destin, donc école pour tous à 3 ans : ça, c'est typiquement, j'allais dire, du bon macronisme. Le rejet du plan Borloo, au contraire de ce qu'il avait dit, c'est : avec les vieilles recettes, on continue d'alimenter l'idée qu'il faut colmater par des subventions les quartiers défavorisés, alors qu'il faudrait libérer les individus de leurs entraves, etc. »

« Il y a une vision que le progrès inéluctable, depuis le XVIIIe siècle, va vers une émancipation de l'individu, conclut Wolff. Ça, je crois que c'est très profond chez lui. De là à dire qu'il est utopiste ou qu'il a une utopie, je ne le pense pas. Le plus probable, c'est que le macronisme, c'est l'action et l'opportunisme. »

Macron ne pourrait donc être rattaché à aucun penseur d'envergure, aucune personnalité intellectuelle marquante ? Francis Wolff laisse passer un long silence. « Difficile à dire… Peut-être la tradition personnaliste, tente-t-il. Je ne sais pas si c'est un grand penseur, mais… Peut-être certains penseurs de la tradition libérale, comme Montesquieu ou Adam Smith… Mais non, franchement, je ne vois pas. Je crois que Macron, c'est du modernisme, c'est pour ça que je cherchais du côté du XVIIIe. Non, vraiment, comme je l'ai dit, il y a quelque chose du despote éclairé. » Pas sûr que le qualificatif emporte l'enthousiasme du chef de l'État, titulaire d'une maîtrise et d'un DEA, dont les mémoires d'études furent dédiés à Hegel et… Machiavel.

Le théoricien florentin selon qui « gouverner, c'est faire croire ».

Stéphane Bern

Le bouffon

D'abord, n'y voir aucun signe de mépris. Le qualificatif de « bouffon » n'a rien d'injurieux ; Stéphane Bern, l'un des animateurs favoris des Français, est d'abord et simplement cet être gai, spirituel, qui divertit à merveille son président-monarque d'ami. Il a d'ailleurs une curieuse manie, qui amuse apparemment beaucoup Macron : il affuble de « surnoms horribles » – selon ses propres termes – les ministres du pouvoir macronien.

L'actuelle ministre de la Fonction publique, Amélie de Montchalin, par exemple, méchamment rebaptisée Amélie « de mon machin » par Bern. Emmanuel Macron adore. « Il me dit : "Comment tu l'appelles ?!" Ça le fait rire et, en même temps, il me dit : "Tu exagères" », s'esclaffe l'animateur. Élisabeth Borne, ex-ministre de la Transition écologique, a aussi droit à son aimable sobriquet : « Un jour, on survole la France, je vois des éoliennes partout, et je dis : "Tu as vu, Élisabeth Bornée, tu as vu tout ce qu'elle a fait ? Regarde la beauté du pays…" Ça le fait marrer. »

Tout souverain a son amuseur, son saltimbanque ; celui d'Emmanuel Macron s'appelle donc Stéphane Bern. Lui aussi, du coup, a droit à son surnom dans les allées du pouvoir, il sonne comme une évidence : « le bouffon du roi ».

Entre un président « jupitérien » aux références aussi récurrentes qu'ambiguës à la monarchie et l'expert incontesté des familles royales auxquelles il voue une fascination parfois dérangeante, l'alliance allait de soi, finalement.

Quand le futur chef de l'État, encore ministre de l'Économie, explique en juillet 2015 dans le magazine *Le 1*, qu'« il y a dans le processus démocratique et dans son fonctionnement un absent ; dans la politique française cet absent est la figure du Roi, dont je pense fondamentalement que le peuple français n'a pas voulu la mort », celui qui fut, sur France Inter, le producteur de l'émission… *Le Fou du Roi*, longtemps membre de La Nouvelle Action royaliste, revendique, pour sa part, sa foi dans la monarchie – constitutionnelle, certes.

Manifestement, le « nouveau monde » a parfois des relents d'Ancien Régime.

La complicité entre les deux hommes n'est pas feinte : outre leur côté iconoclaste, chacun trouve chez l'autre ce qu'il cherche – ou ce qui lui manque. Fasciné par les grands de ce monde, Bern se délecte de la fréquentation des puissants, surtout les monarques éclairés. Quant à Macron, mettre en scène sa proximité avec une star du petit écran lui permet de se rapprocher de cette « France éternelle des terroirs » dont Bern se veut le porte-parole, mais aussi de bénéficier d'un vernis culturel que l'animateur *people*, féru d'histoire (royale) dont il dispense les bienfaits dans de grandes émissions populaires, lui apporte sur un plateau.

Et tant pis si cette idylle fait hurler les « vrais » historiens, vent debout depuis septembre 2017 et l'annonce par l'Élysée que le président avait décidé de confier à Bern une « mission de préservation du patrimoine ». Accusé de promouvoir une vision à la fois superficielle, restrictive et *in fine* réactionnaire de l'histoire, à travers sa fascination pour les têtes couronnées, Bern, à peine nommé par Macron, a subi les foudres des spécialistes. Par exemple de la part de l'historien Nicolas Offenstadt. Maître de conférences à l'université Paris-I-Sorbonne, il reproche immédiatement à Bern, dans un entretien à *L'Obs*, de porter une « vision de l'histoire étriquée et orientée », signe du triomphe de l'« histotainment ». « Emmanuel Macron, ajoute Offenstadt, choisit de confier un dossier aussi capital à quelqu'un qui n'a strictement aucune compétence en la matière. C'est désastreux. C'est une vraie gifle adressée aux professionnels qui travaillent dans l'ombre sur ces thématiques. » Le maître de conférences conclut : « Stéphane Bern ne s'est jamais caché. Il a toujours indiqué qu'il aimait "l'ordre et la monarchie", et qu'il était partisan du "roman national", qui n'est rien d'autre qu'une fiction identitaire faite de héros et d'épisodes forts, mais idéalisés. »

L'historien prenait pour exemple la valorisation systématique et exclusive, dans son émission *Secrets d'Histoire*, sur France 2, des châteaux et des églises, présentés comme seuls représentants du patrimoine historique hexagonal. Tout aussi sévère, Loïc Artiaga, maître de conférences à l'université de Limoges, balançait ce tweet assassin, à peine la nomination de Bern révélée : « La vision du patrimoine qu'il incarne est nécessaire au processus de transformation de la Nation en une marque. »

« Même Alexis Corbière est aujourd'hui obligé de reconnaître que je fais du bon boulot. »

D'autant que, rapidement, le duo Bern-Macron se distingue par quelques erreurs historiques plutôt gênantes. Par exemple, lors d'une visite commune du château de Monte-Cristo, le 16 septembre 2017, à l'occasion des Journées du Patrimoine. Face à une classe de CM2, l'animateur évoque l'ordonnance de Villers-Cotterêts, signée en 1539 par François Ier et supposée, à en croire Bern, avoir « fait du français la langue officielle ». « Si nous parlons tous français, c'est grâce à l'ordonnance de Villers-Cotterêts », professe-t-il devant les écoliers. Macron, imprudemment, renchérit : « À ce moment-là, dans son château, le roi a décidé que tous ceux qui étaient dans son royaume devaient parler le français. » Une belle séquence digne de « L'histoire pour les nuls »… ou plutôt « par les nuls ». Car, comme le relève rapidement sur Twitter l'historienne Mathilde Larrère, spécialiste des révolutions et de la citoyenneté à l'université Paris Est, « l'édit n'impose en aucun cas le français comme langue aux populations du royaume ». De fait, la fameuse ordonnance de Villers-Cotterêts visait uniquement les « actes légaux et notariés », qui avaient désormais vocation à être rédigés en français et non plus en latin. Mais le texte n'imposait en aucun cas le français comme langue vernaculaire. « Ce que vous tentez d'attribuer à François Ier, c'est la Révolution qui l'impose », tance l'historienne ; une précision loin d'être neutre s'agissant de deux hommes si nostalgiques, semble-t-il, de l'époque royale.

De tout cela, Stéphane Bern, sourire permanent aux lèvres, n'a cure. Il balaie les critiques, forcément mal intentionnées : « Il y a eu un procès en sorcellerie au début, parce que les gens pensaient que j'avais sauvé le trône et l'autel ! Oui, j'ai un passé : à 17 ans je n'étais pas trotskiste, mais royaliste, donc, évidemment, ça m'a poursuivi ! On pensait que j'allais restaurer les églises et les châteaux, et puis, quand on a vu que je soutenais le patrimoine industriel, ouvrier, les choses de peu d'importance… Même Alexis Corbière est aujourd'hui obligé de reconnaître que je fais du bon boulot. Je sais que ça doit lui arracher la gueule, à Alexis, mais ça se passe bien ! »

Bern préfère mettre en avant la réussite du Loto du patrimoine, initiative inspirée par la Loterie nationale créée en 1539 par… François Ier – décidément –, et dont il a convaincu le chef de l'État de la pertinence. « Macron a soutenu la Mission Patrimoine et, honnêtement, c'est l'un des rares succès de ce quinquennat, plastronne l'animateur. Pardon de le dire, mais, en termes de culture, on a fait d'abord en sorte qu'il y ait 614 millions d'euros de plan relance pour le patrimoine, puis, en deux ans, on a récolté 90 millions pour sauver deux cents monuments. Donc, les gens voient ce qu'on a fait de l'argent du Loto. »

Macron et Bern ont sympathisé en 2014, alors que le premier venait d'être nommé à Bercy. L'anecdote est connue : en voiture, l'animateur manque d'écraser, à la sortie du Sénat, le nouveau ministre de l'Économie, les bras encombrés de dossiers. Macron reconnaît le conducteur et lui lance : « Ah, Stéphane Bern, ma femme vous adore, donnez-moi votre numéro, on adore *Secrets d'Histoire*, est-ce qu'on pourrait dîner avec vous ? »

Rendez-vous est pris, un premier dîner est organisé à Bercy, où sont conviées d'autres figures des médias, Marc-Olivier Fogiel, Claire Chazal… À l'insu de François Hollande, le ministre de l'Économie, déjà les yeux braqués sur l'Élysée, constitue alors son réseau, dont Stéphane Bern va devenir une pièce maîtresse. « Des gens qu'il voulait rencontrer discrètement, j'ai pu les lui faire rencontrer chez moi », confie ainsi pudiquement ce dernier, qui sympathise particulièrement avec Brigitte. Mais attention, Bern prévient : « Je ne suis pas un courtisan, comme je dis toujours : j'ai rencontré la reine d'Angleterre, elle m'impressionne plus que le président de la République ! »

Au fil des mois, d'abord par petites touches, de façon implicite, puis ouvertement, Macron finit par dévoiler ses ambitions présidentielles à son nouveau confident, lui-même convaincu du potentiel de ce ministre hyperactif. « Je lui disais, raconte Bern : “Je suis sûr que si tu te présentes, tu te feras élire.” Et il me disait : “Bon, mais tu es sûr ?”… »

Un jour, Macron lui lance : « Moi, je ne veux pas le pouvoir pour le pouvoir, je pense qu'il faut réformer le pays, je me donne cinq ans pour le faire, je ne suis pas là pour dix ans. Et après je retournerai dans l'anonymat, dans mon corps d'origine, ou je ferai autre chose, du marketing, de la finance, peu importe… » Traduction, un brin naïve, de Bern : « C'est-à-dire qu'à aucun moment il ne se dit que c'est un plan de carrière de faire de la politique. En tout cas, c'est ce qu'il disait. Maintenant, après, le pouvoir change les gens, j'imagine… »

Quoi qu'il en soit, constate rapidement Bern, ça se bouscule à Bercy, où les soirées du couple Macron sont un *must* à ne pas manquer. « À tous les dîners, rapporte Bern, il y avait un jour des grands patrons, des animateurs, des gens de la télé, de la presse écrite, il y avait tout le monde… Avec le recul, c'était un peu étrange, il y avait beaucoup plus de gens de culture que François Hollande n'en côtoyait lui-même : des chanteurs, des acteurs, on les voyait à Bercy, beaucoup plus qu'à l'Élysée. Donc, moi, je sentais qu'il tissait un réseau. » Macron profite de celui de l'animateur, qui lui organise des dîners avec les grands de ce monde, du prince Albert de Monaco aux Premiers ministres luxembourgeois ou belge.

Bern se dit surtout impressionné par la force de travail du futur président : « On dînait, on partait du dîner il était 23 h 15-23 h 30, et il allait dans son bureau, jusqu'à pas d'heure ! Je n'ai jamais vu un mec bosser autant. » Habitué de ces réceptions d'un autre temps, où les vieilles familles aristocratiques toisent les élites, vulgaires, forcément vulgaires, de la bourgeoisie, Stéphane Bern observe en expert le bal parfaitement réglé de Brigitte et Emmanuel Macron. Ou comment le couple de « roturiers » d'Amiens adopte à la vitesse grand V tous les codes de la haute société.

Bern : « Il y a un truc qui m'a fasciné, quand même, chez les Macron, je n'ai vu ça que chez les royaux… C'est un système incroyable. Par exemple, dans un dîner, ils vont repérer tout de suite chez les couples l'homme ou la femme qui est plus en retrait, et immédiatement, la méthode, c'était que Brigitte Macron allait les chercher : "Et vous, madame, qu'est-ce que vous faites ?", "quels sont vos projets ?", "comment vous voyez les choses ?", "quelles sont vos activités ?", etc. Systématiquement. Je vous dis, je n'ai vu ça que chez les royaux. La princesse Anne [*membre de la famille royale britannique*] dit toujours : "J'ai trente secondes pour convaincre la personne que c'est elle que j'ai envie de rencontrer, et qu'elle représente quelque chose." Et c'est fascinant…

Presque en adoration, Stéphane Bern assure, au risque de la contradiction, que, derrière ce côté artificiel, le chef de l'État n'est en rien *fake*, y compris sur le plan culturel, là où ils sont nombreux à pointer une connaissance superficielle, à la manière d'un Sarkozy dévorant sur le tard livres et films de référence pour pallier en catastrophe un sérieux déficit de connaissances… « Je pense que Macron est très intelligent, s'enthousiasme Bern. Il est très cultivé, il a une culture livresque incroyable, une culture musicale… C'est quelqu'un qui lit énormément, qui écoute et joue de la musique. Il joue très bien du piano, le président. »

De la même manière, l'animateur se dit persuadé que Macron a une vraie culture historique. En tout cas, proche de la sienne : « Il a une vision de la France qui est une France millénaire. Ce n'est pas une France qui est née en 1789, si vous voyez ce que je veux dire ! » On voit bien, en effet.

Un paradoxe, voire une aporie de plus pour un homme dont le livre-programme pour la présidentielle 2017 s'intitulait *Révolution*... Bern en convient, ces références permanentes – et positives – à la France des rois dans les discours du chef de l'État, « c'est peut-être ce qui m'a plus séduit chez lui, parce que je sentais qu'il avait cette veine-là ».

« Ah, ça, ils ont la cuisse ferme, mais pour le reste, le cerveau n'est pas plein. »

Définitivement macronphile, le plus royaliste des animateurs note encore : « Il a dit, dans un discours incroyable, que la France, elle était au-delà des siècles, qu'elle avait traversé tous les régimes... Il a une vision charnelle de l'histoire de France. » Observateur privilégié du couple présidentiel, Bern se dit fasciné par le rapport du chef de l'État avec son épouse, qu'il qualifie de « fusionnel ». « Je le pense, et elle me le dit tout le temps : sans elle, il ne tiendrait pas. C'est sa confidente, il ne termine jamais une journée sans lui parler, à 2 heures, 3 heures du matin... Elle me dit : "Parfois, j'ai envie de dormir, mais..." Voilà. Vous voyez, ils tiennent grâce à ça. C'est un couple, il n'y a pas l'épaisseur d'une feuille de papier à cigarette entre eux. »

En revanche, l'homme qui souffle à l'oreille du couple présidentiel n'a pas de mots assez durs pour les conseillers du « souverain », jugés bien trop technocrates : « Ils ne connaissent rien, ils ne connaissent même pas le protocole, ils ne connaissent même pas ce pour quoi on les paie. Moi, j'étais fasciné. C'est pour ça que je me tiens à distance d'eux. Au fond, il est beaucoup plus disruptif que tous ceux qui l'entourent. Mais il faut dire qu'ils n'ont pas de culture, ils ont 20 ans... Ah, ça, ils ont la cuisse ferme, mais pour le reste, le cerveau n'est pas plein ! Ce que j'entends, c'est que, dans les réunions préparatoires, ils disent : “Là, je ne suis pas d’accord”, et, devant le président, ils rampent. »

Stéphane Bern se montre soudain beaucoup moins dithyrambique avec le pouvoir en place, et celui qui l’incarne.

« Il n’y a pas de macronisme, il y a des ambitions personnelles, cingle-t-il. D’abord parce que Macron, il a cassé tout le système politique, il a cassé la gauche, cassé la droite. Et donc, il n’y a plus de partis, il y a des individualités. Cela correspond à l’air du temps, aussi, l’individualisme est partout, ça a exacerbé les ambitions personnelles. Mais, malheureusement, le macronisme a permis à des gens qui n’avaient pas beaucoup d’envergure intellectuelle, et qui n’étaient pas très doués, de trouver une enveloppe qui leur permettait d’avancer, quitte à se faire élire à l’Assemblée ou ailleurs. Et c’est parfois un vrai problème. » À en croire Bern, Macron serait parfaitement « conscient de la médiocrité qui l’entoure ». « Mais vous voyez, analyse-t-il, c’est un sentimental. Un ministre m’a raconté une histoire : Jacqueline Gourault [*ministre de la Cohésion des territoires*] donne une interview désastreuse dans *Le Monde*, et Macron s’énerve devant un de ses collègues, en disant : “Ce n’est pas possible, elle n’a rien compris.” C’était sur la réforme territoriale. “Elle n’a rien compris”, répète-t-il, et il sort du train, *Le Monde* sous le bras. Il voit la ministre, et il lui dit : “Elle est très bien, votre interview dans *Le Monde*.” Je ne sais pas si c’est pour ne pas lui faire de la peine, vous voyez… »

À l’heure de faire le bilan de l’action de ce président pour qui il a tant d’affection, sans doute – ceci explique cela – le plus monarque de la Ve République depuis François Mitterrand, Stéphane Bern, contre toute attente, nous confie éprouver une forme de désenchantement. « Ma déception, regrette-t-il, c’est qu’il n’a pas réussi à faire ce que je croyais, c’est-à-dire l’union nationale. Il n’y est pas parvenu, alors qu'il y a des gens de gauche et des gens de droite dans son gouvernement. »

Après tout, un vrai souverain n'est-il pas censé être au-dessus des partis, et réunir le peuple autour de son auguste personne ? « C'est le sort des monarchies que leur prospérité dépende du caractère d'un seul homme », rappelait Voltaire.

Chapitre 16

L'INCOMPRÉHENSION

« Macron n'a rien compris ! Quand il parle des premiers de cordée, il sait qu'il en fait partie. Il n'est crédible qu'auprès d'eux, ces têtes de cordée sont des gens tellement caricaturaux... »

Bernard Tapie, homme d'affaires

Ils s'y sont mis à trois pour lui expliquer la France.

Celle des Gilets jaunes.

Pour donner au roi Macron les clés d'une sortie de crise, à l'hiver 2018-2019, quand son trône vacillait.

Que la plèbe grondait.

D'abord, l'homme d'affaires Bernard Tapie. Il a fréquenté, discrètement, le palais présidentiel, ces dernières années, et distillé quelques messages dont il a le secret, lors de la crise des Gilets jaunes. Surtout, ne pas être aperçu à l'Élysée, quand on est un paria, en raison de soucis judiciaires à répétition. Depuis François Mitterrand, Bernard Tapie a visité l'Élysée sous tous les présidents, sauf François Hollande. Il n'a pas dérogé à la règle, sous Macron, malgré un état de santé plus que chancelant. Chaudement recommandé par Xavier Niel ou Alain Minc. Avec de tels parrains, Emmanuel Macron, fasciné par le parcours il est vrai hors norme de l'ancien ministre et patron de l'OM, ne pouvait qu'accepter le principe de rendez-vous secrets. Et c'est ainsi que Tapie lui aurait été d'un grand secours, pendant la crise.

Lui, le millionnaire et businessman, semble avoir su trouver les mots pour raconter ces singuliers contestataires venus d'une France inconnue – en tout cas de la macronie. Il a notamment décrit la composition hétéroclite des ronds-points tenus par les manifestants, avec ces femmes privées de pensions alimentaires. « Je l'ai vu à l'Élysée, et avec beaucoup de précautions : en cachette, etc. », nous confirme en mars 2021 un Bernard Tapie de plus en plus affaibli par le cancer qui le ronge, mais toujours aussi combatif, dans son hôtel particulier de la rue des Saints-Pères. « Je lui ai dit : "Vous allez mourir…" » – politiquement s'entend. Sauf à l'écouter, lui qui a toujours conservé une incontestable connexion avec le peuple. Depuis, Macron n'a eu de cesse de le soutenir, dans son combat contre le cancer. Tapie nous raconte ainsi sa première venue à l'Institut Gustave Roussy de Villejuif. « J'ai vu le directeur, il m'a dit qu'il avait reçu un message de Brigitte Macron, à mon propos, disant : "Prenez soin de lui, il est important pour la France." » « Nanar » avait la larme à l'œil. Comme souvent depuis que le « crabe » l'a frappé.

Après Bernard Tapie vint le tour de Nicolas Sarkozy.

L'ex-chef de l'État est d'excellente humeur, ce vendredi 23 novembre 2018. Il déjeune avec son nouvel ami, Emmanuel Macron, cet homme qui a su le flatter, pas comme ce malappris de Hollande. Dans quelques heures, Macron doit s'envoler pour l'Argentine. Le samedi précédent, des milliers de Gilets jaunes ont défilé en France pour la première fois, protestant notamment contre la hausse des prix du carburant, liée à la taxe carbone voulue par le gouvernement. Déjà, la suppression de l'impôt sur la fortune, puis surtout la réglementation routière abaissant la vitesse maximale à 80 kilomètres-heure, avaient déclenché une colère populaire sourde. Là, c'est une tout autre tempête qui gronde, et cette manifestation initiale, violente, en annonce d'autres. Nicolas Sarkozy sent mal l'affaire – il n'est pas le seul. Lui mesure peut-être mieux que d'autres, expérience oblige, l'incompréhension de son successeur face à cette France des « gueux » qui hurle sa révolte. Il lui enjoint de prendre très vite la mesure de la crise, en annonçant des concessions fortes, pour calmer l'ire ambiante. Et lui conseille de revoir le dispositif sécuritaire. D'autres « capteurs » du président Macron font remonter des messages identiques à l'Élysée.

En vain. Et, le 1er décembre 2018, c'est l'escalade : des milliers de manifestants déferlent sur les Champs-Élysées et mettent à sac l'Arc de Triomphe, place de l'Étoile. Des heurts violents, entre les plus enragés des Gilets jaunes et des policiers à la matraque leste, sont filmés en direct par les chaînes d'information. Le monde a les yeux dardés sur cette situation quasi insurrectionnelle, le journal espagnol *El Pais* titrant même : « Paris brûle. » À l'Élysée, c'est un désarroi total. Comment dialoguer avec d'improbables leaders, type Éric Drouet ou Maxime Nicolle, dont les revendications vont de la démission de Macron à la mise en place d'un référendum d'initiative citoyenne ? Ce jour-là, la préfecture du Puy-en-Velay est également incendiée. Le 4 décembre, en visite en Haute-Loire pour constater les dégâts, Macron est sifflé, conspué. Menacé.

Du jamais vu.

C'est au tour d'Alain Juppé d'entrer en scène. *Via* Alain Minc, l'essayiste et conseiller officieux du président. L'ancien Premier ministre de Jacques Chirac en connaît un rayon sur les crises populaires ; l'une d'elles lui a même coûté son poste de Premier ministre, en 1997. Il s'en ouvre à Minc, lors d'un déjeuner.

Juppé : Il faut augmenter le SMIC !
Minc : Pardon, toi, augmenter le SMIC ?!
Juppé : Je te le dis, il faut augmenter le SMIC. En 1968, on n'hésite pas.
Minc : Bon…
Juppé : Explique-lui…

De fait, en mai 1968, le SMIG, ancêtre du SMIC, avait bondi de 35 %, après les accords de Grenelle, afin de ramener le calme dans le pays. Cinquante ans plus tard, le 10 décembre 2018, Emmanuel Macron promet une hausse de 100 euros du salaire minimum, espérant mettre fin aux samedis de violences.

Mêmes causes, mêmes réponses.

Convoquons les conseillers officieux. Les meilleurs connaisseurs du pouvoir. Jacques Attali a, comme toujours, une explication dans sa besace : « J'ai comparé l'élection de Macron à la Révolution française ; dans la Révolution, il y a eu deux étapes. La première, c'est le dégagisme soft, où la noblesse s'est entendue avec les bourgeois pour sauver sa tête et l'essentiel, mais ça n'a pas suffi au peuple. Et il y a eu le dégagisme hard. Donc j'ai dit à Macron : "Si vous n'y prenez pas garde, vous êtes le dégagisme soft, et vous aurez le dégagisme hard." Les Gilets jaunes incarnent cette demande de dégagisme. Pourquoi ? C'est un président inconnu, mais du même monde, qu'il incarne de manière paroxystique. Il aurait fallu dès le début répondre à cette demande d'empathie. »

Son *alter ego* juppéo-sarkozyste, Alain Minc, dans les coulisses du pouvoir depuis si longtemps lui aussi, abonde : « Son problème, c'est le peuple, oui. Comme c'était le problème de Giscard. En plus, même s'il n'a pas le passé grand-bourgeois de Giscard, parce qu'il est du milieu petit-bourgeois, il n'empêche qu'il représente les élites, même physiquement. » Enfin, voici Robert Zarader, autre conseiller de l'ombre, plus lointain, mais au jugement acéré : « Pour moi, il y a un fil conducteur : c'est le premier président confiné qu'on a : il connaît sa femme à 15 ans, les écoles, l'ENA, la banque, l'Élysée, ministre, président de la République. À quel moment il a pu… À quel moment il est sorti ? »

Comprenez : à quel moment est-il « sorti » de son univers, combien de fois a-t-il été en prise directe avec ceux que l'on surnomme de manière parfois méprisante les « vraies gens » ? Comment se défaire de cette apparence qui joue contre lui, de ce passé qui le parque dans le camp de l'élite ?

À défaut de sentiments, Macron annonce donc des mesures, tel le retour de la défiscalisation des heures supplémentaires (merci Sarkozy), et, surtout, la mise en œuvre d'un « Grand Débat national ». Des cahiers de doléances sont mis en place dans les mairies qui acceptent de jouer le jeu, pendant que les manifestations décroissent, petit à petit. Lentement, la marée jaune reflue. Au total, plus de 3 millions de personnes auront défié le gouvernement, durant ces mois de folle intensité, pour, tout de même, plus de 4 400 blessés, dans les deux camps.

« On ne peut pas vraiment faire bien de la politique si on n'aime pas sincèrement les autres. »

Cette période en dit beaucoup sur l'incapacité d'un pouvoir, non seulement à comprendre un mouvement populaire spontané, mais aussi à trouver les réponses adéquates, le bon ton. Comment parler au peuple, quand on ne le connaît pas ? Les syndicats, méprisés depuis le début du quinquennat, proposeront même leur intercession, tel Laurent

Berger, pour la CFDT, qui militera pour « un pacte social de conversion écologique », puis un Grenelle, plus large. Sans succès. Fin de non-recevoir de l'exécutif.

Daniel Cohn-Bendit, bien informé au cœur du pouvoir macronien, se souvient d'un épisode marquant. Notamment de l'entêtement d'un Édouard Philippe, rétif devant la proposition de Laurent Berger. Pourtant, Philippe Grangeon, alors conseiller officieux de Macron, s'est mis d'accord avec le Premier ministre pour que celui-ci, le 6 décembre 2018, lors de son intervention au 20 heures de TF1, réponde positivement à la main tendue par le leader de la CFDT. Le chef de l'État est d'accord. Les éléments de langage sont pesés, assumés. Et, finalement, Philippe n'en fera rien. Il est « borné », grognera Grangeon. Déconfit.

François Baroin, président LR de l'Association des maires de France (AMF), tacle sévèrement le président : « Les Gilets jaunes ? Macron est à poil. Les institutions sont vraiment menacées, et il ne lui reste que nous. On ne peut pas vraiment faire bien de la politique si on n'aime pas sincèrement les autres. »

À force de s'approcher du vide, voire de le produire, on peut sombrer dans le gouffre.

François de Rugy, alors ministre de la Transition écologique, tente à l'époque de faire entendre sa voix apaisante. Mais inaudible. Un jour, en pleine crise, après avoir imposé son ton calme et rassurant à la télévision, Brigitte Macron le félicite : « Ah, je t'ai vu à la télévision, François. Je ne sais pas comment tu fais pour rester calme malgré toutes ces attaques. » Il lui rétorque : « Tu sais, moi, j'ai un peu l'expérience, parce que j'ai fait des réunions de quartier, par exemple, dans ma ville de Nantes, avant même d'être député, quand j'étais adjoint au maire. Et, parfois, il y avait des gens qui me traitaient de bon à rien ou qui me disaient :

“Vous aurez un mort sur la conscience”, simplement parce que je proposais l'aménagement d'une rue. »

Malgré sa particule, et son air distant de Droopy propret, François de Rugy s'est confronté, depuis longtemps, à l'agressivité populaire, pas toujours raisonnée ; il a appris à l'anticiper, à la maîtriser. Et, surtout, à la comprendre. « Je considère qu'à ce moment-là, notre pays a vraiment vacillé sur ses bases, on n'est pas passés loin du chaos, assure-t-il aujourd'hui. Ça, je pense qu'on l'a sous-estimé. Macron ne veut pas trop le dire comme ça, il n'aime pas dramatiser les situations. Mais lui, il n'a pas cette expérience que moi, comme d'autres, peuvent avoir. »

Le premier secrétaire du PS, Olivier Faure, par ailleurs élu local (il est député de Seine-et-Marne depuis 2012), sait aussi ce qu'implique la politique en termes de terrain, d'approche humaine. « Pour la première fois, on est face à un président qui ne connaît ni son pays ni ceux qui l'habitent, lâche-t-il. Je pense qu'Emmanuel Macron, du haut de ses 39 ans quand il est élu président, il connaît mieux les capitales européennes, il a été plus souvent en week-end à Barcelone, à Madrid, à Lisbonne ou je ne sais où, qu'il n'a été en Lozère, dans le Cantal, en Ardèche ou dans la Creuse. En fait, il va découvrir progressivement le pays qui l'a élu… derrière des cordons de CRS ! » Et il poursuit son admonestation : « N'importe quel élu en France, même sans avoir un parcours personnel, intime, qui l'ait conduit à connaître toutes les strates de la société française, il y est confronté de manière hebdomadaire, parce qu'on est en permanence avec des gens qui nous attrapent par le colbac et qui nous disent ce qu'ils vivent. »

Bien sûr, ces opposants politiques ont beau jeu de pointer les manques d'un président élevé dans la ouate de la bonne bourgeoisie, éduqué chez les jésuites, nourri aux grands textes, à la philosophie, doté d'un parcours si rectiligne : Sciences Po, ENA, Inspection des finances, banque Rothschild, Élysée, Bercy… La voie royale, qui ne pouvait que le mener au trône. Mais le constat reste implacable : rien dans cet itinéraire doré sur tranche ne préparait Macron à sentir battre le pouls d'un pays contradictoire et complexe ; une intelligence supérieure, cela ne suffit pas à construire un rapport charnel aux territoires et à ses habitants. L'ancien Premier ministre Manuel Valls, longtemps élu dans l'Essonne, tente sur ce point de relativiser les critiques : « On n'est plus dans le même monde. Hollande était un élu de terrain, de Corrèze. Il n'a pas pu se représenter. Fillon est tombé sur des affaires minables. Donc, moi, je veux bien, mais ces politiques-là ont failli. Moi, je pense qu'on a besoin d'expérience, mais pas forcément de mettre la main au cul des vaches. Alors, je pense que le grand reproche qui peut être fait à Macron, la grande critique, c'est qu'il n'a pas réglé les grandes crises. Son élection était à la fois le symptôme de la crise politique et la solution. Et, au fond, il ne la règle pas, elle s'est accrue. »

Pire, les erreurs initiales, celles du début du quinquennat, expliquent, aussi, la flambée de la fin de l'année 2018. D'autant qu'autour de Macron il n'y a que des macronlâtres, qui s'extasient, par exemple, sur sa connaissance encyclopédique de la carte électorale du pays. François Patriat, sénateur de la Côte-d'Or, se souvient : « Il est élu le 7 mai 2017. On croit tous qu'il ne connaît pas la France. On prépare les législatives. On est tous restés sur le cul ! Il connaissait toutes les circonscriptions de France… On est sortis de là, on s'est dit : "Putain, c'est Mitterrand, il connaît toutes les circonscriptions…" » Sauf que digérer la géographie de la France, et ses 577 circonscriptions administratives, c'est autre chose que connaître intimement le pays, ses désirs, ses frustrations et ses foucades. « Les conneries, c'est pas lui. Il était contre la taxe APL, contre les 80 kilomètres-heure… », le défend Patriat.

Qui, alors ? Cet entourage si persuadé de vouloir le bien commun, de détenir LA solution, quitte à l'imposer plus qu'à la proposer ? « Je pense que, eux, ne comprennent pas la France », argumente Robert Zarader, en évoquant les conseillers du « prince »… « Ils ne la comprennent pas, et vraiment, pour la plupart d'entre eux, ils ne la connaissent pas, développe le communicant. Et ce qui s'est passé du point de vue de Macron, c'est qu'il a totalement perdu ce qui avait fait sa force en tant que ministre de l'Économie. Il était dans la micro-économie, qui s'adressait à la vie des gens. Et là, le macronisme présidentiel ne s'est plus adressé aux gens, mais il a agressé leur vie. Et ce passage, il le paie assez cher. »

Émilie Cariou, députée LRM jusqu'en 2020, devine rapidement ce schisme en préparation. Son parcours mérite le détour. Elle est élue de la Meuse, elle a vécu en Seine-Saint-Denis, elle connaît ses administrés, en particulier ceux qui n'ont pas voté pour elle. Les délaissés, les oubliés, c'est son quotidien. Ce décalage, elle nous dit l'avoir « senti dès l'été 2017 ». Avec l'une des premières mesures du gouvernement Philippe : « En août 2017, ils pondent un décret pour supprimer les emplois aidés, sauf que, dans les zones comme chez moi… il y a 154 communes, et pas de recettes fiscales, et donc, en fait, les emplois aidés, ça a permis de donner du boulot à des gens qui sont vraiment très, très éloignés de l'emploi, parce que ce sont des accidents de vie. Là, j'envoie un message à Macron – je n'ai pas envoyé beaucoup de SMS à Macron : en trois ans, j'ai dû en envoyer trois –, et je lui dis : “On ne peut pas faire ça.” » Spécialiste incontestée de la lutte contre l'optimisation fiscale et les paradis fiscaux, sympathisante du parti socialiste, cette femme énergique de 50 ans au langage *cash* a fait une grande partie de sa carrière au ministère de l'Économie et des Finances, œuvré en cabinets ministériels sous François Hollande, avant de quitter le PS et d'être élue à l'Assemblée, sous les couleurs d'En Marche !, en juin 2017. Trois ans plus tard, elle claque la porte du parti majoritaire, dénonçant la dérive droitière de l'exécutif. Elle a fini par demander l'« asile politique » chez les députés non inscrits.

« Il y a deux France, constate-t-elle. Il y a la France des grandes métropoles, qui a plein de recettes fiscales, et il y a la France qu'on appelle la diagonale du vide, qui a dévissé et qui a un retard de vingt ans de développement sur l'autre France. Chez moi, le réseau routier, c'est le même que quand j'étais gamine, en fait. Il n'y a pas Internet, il y a des zones blanches partout… »

A-t-elle reçu un retour présidentiel à ses alertes ? « Non. Il ne me répond jamais », regrette-t-elle. Et ça a continué de plus belle : baisse des APL, les 80 kilomètres-heure, la CSG, la réforme de la SNCF… Il n'est pas question ici d'applaudir ou de contester le bien-fondé de ces mesures, ce n'est pas notre rôle, simplement d'expliquer d'où elles viennent, et ce qu'elles provoquent. Les impôts ont beau baisser, avec la suppression notamment de la taxe d'habitation, les Français de la « diagonale du vide » se sentent relégués. La faute à un décalage, et à une attitude.

« Quand je vois qu'il a mis toute sa confiance en des gens comme Darmanin, Lecornu… Tout ça, c'est de la sarkozie pure souche, soupire Émilie Cariou. Macron mène une politique de droite, OK, dont acte, et dans ce cas, moi, je ne suis plus là-dedans, c'est tout. » « Là-dedans », c'est-à-dire au sein du dispositif majoritaire, cette figure de l'aile gauche y aura joué le rôle d'« emmerdeuse » trois ans durant, avant de fuguer en mai 2020 pour participer, avec d'autres « dissidents » de LRM, à la fondation de l'éphémère groupe

Écologie Démocratie Solidarité (EDS), puis, quelques mois plus tard, de rejoindre le groupe des Nouveaux Démocrates (ND) aux côtés d'Aurélien Taché, également en rupture d'En Marche !.

« En fait, remarque-t-elle, Macron, ce n'est pas qu'il veut défendre une classe – bon, maintenant, on peut se poser la question ! –, mais c'est surtout qu'il ne veut pas placer la France dans un écart concurrentiel vis-à-vis des autres États européens et du monde. Et sa politique économique, elle est fondée là-dessus. » Elle se souvient, une fois Macron devenu ministre de l'Économie en 2014, d'avoir « poussé » pour taxer les multinationales accusées d'éluder l'impôt en déclarant leurs dividendes dans des pays sous-fiscalisés, et de s'être heurtée à cette fin de non-recevoir du locataire de Bercy : « Non, ça, de toute façon, soit ça se fait au niveau européen, soit ça ne se fait pas du tout. »

Donc, ça ne se fera pas du tout.

Particulièrement sensible au thème des inégalités sociales, cette femme issue de la gauche de la gauche, militante dans les années 1990 de l'association anti-FN « Ras l'Front », en pointe dans la lutte contre les discriminations et le racisme, notamment en Seine-Saint-Denis où elle a vécu une dizaine d'années, dénonce aussi « le revirement de Macron sur ces sujets-là, je trouve que c'est là qu'il y a la pire trahison, en fait. Quand je vois que maintenant il a une ligne très dure là-dessus, qu'il mène une loi "Séparatismes", qu'il laisse des ministres comme Darmanin et Blanquer s'exprimer d'une manière que je trouve irresponsable, parce que ça crée des clivages dans notre société, et en plus ça justifie certaines violences racistes, je ne comprends pas du tout ».

Traitée, comme elle le dit elle-même, en « pestiférée », la députée de la Meuse a donc quitté en mai 2020, sans regrets apparemment, LRM, ce parti devenu au fil des ans une authentique auberge espagnole. « Parce qu'ils ont refusé délibérément de créer un corpus idéologique au sein de La République en Marche », pense Cariou. « D'après ce que m'a dit mon collègue Aurélien Taché, en fait, il y a eu vraiment la volonté de ne pas le faire, de ne pas créer de corpus. Macron, je pense, ne veut pas, car un corpus, ça peut être contraignant, vous vous référez à une idéologie… Macron, il veut piloter comme il le souhaite. »

Ainsi s'expliquerait la nomination à Matignon, après Édouard Philippe, de l'incolore Jean Castex. « Ce Castex, persifle-t-elle, qui sort de nulle part, qui ne connaît même pas ses propres députés, parce qu'il était LR… C'est un mec LR pure souche, avec ses territoires et ses territoires… Enfin, je suis désolée, mais nous, on connaît mieux les territoires que lui ! » Elle stigmatise encore tous ces députés LRM « soumis », « l'absence de poids politique des ministres », ces macronistes accusés d'avoir « donné une vision très pro-business »… « En fait, conclut-elle, ils ont voulu faire une France uniquement tournée vers le business. Et ça ne correspond pas au modèle français, même certaines personnes de droite le disent… »

« C'est une bagnole conduite sur un terrain glissant, avec du brouillard, et il a des lanternes. »

Les déclarations sans filtre de ce président « déconnecté » tel que le dépeint Cariou – « le pognon de dingue », « ceux qui réussissent et ceux qui ne sont rien », trouver un emploi en « traversant la rue » – n'aident pas à la compréhension mutuelle, c'est peu de le dire. Le patron du PS abonde. « Le problème de Macron, avec ses phrases à l'emporte-pièce, c'est qu'il ne comprend pas, juge Olivier Faure. Il le fait parce qu'il ne saisit pas le moment, il balance ses phrases, pour le coup, vraiment de son propre cru, il n'y a pas de *speech writer*, il est sans filtre. Et quand il est sans filtre, on s'aperçoit qu'en fait, pensant qu'il est très *mainstream*, il ne perçoit pas qu'il est en train de dire une énormité. » Même Bernard Tapie en convient, à sa façon, abrupte : « Macron n'a rien compris ! Quand il parle des premiers de cordée, il sait qu'il en fait partie. Il n'est crédible qu'auprès d'eux, ces têtes de cordée sont des gens tellement caricaturaux qu'on sait qui ils sont, comment ils pensent... »

Du coup, pour lever l'hypothèque pesant sur son avenir présidentiel, Macron va tout jouer sur son talent de séducteur. Ou de bonimenteur, au choix. Le « Grand Débat national », soutenu par Philippe Grangeon, son conseiller spécial, revenu à l'Élysée pour apporter son expérience sociale, va lui permettre de renverser la table. Il joue « tapis », diraient les amateurs de poker. Il « prend son risque », serineront ses fans. Les observateurs s'inquiètent, décrivent alors un palais présidentiel aux abois, sans ligne directrice : « C'est une bagnole conduite sur un terrain glissant, avec du brouillard, et il a des lanternes », résume Stéphane Fouks, patron de Havas et familier de Macron.

À l'hôtel Matignon, on méprise ouvertement le mouvement des Gilets jaunes, comme en témoigne Marlène Schiappa, alors secrétaire d'État à l'Égalité : « La consigne, c'était : “Ne parlez pas aux Gilets jaunes.” La consigne de Matignon, c'était : “Laissez ça, ça va s'arrêter.” Je me souviens, c'était le 17 novembre, c'est la veille de mon anniversaire... Moi, je me fais un peu engueuler, parce que je vais voir des Gilets jaunes. J'organise une rencontre en préfecture de Sarthe, parce que je veux comprendre, en fait, ce qu'ils veulent, tout simplement. » Les députés LRM semblent pareillement dépassés, d'autant qu'eux sont directement en butte aux angoisses des contestataires, à leurs débordements, aussi.

Aurore Bergé, présidente déléguée des députés LRM, campait sur une ligne très dure, en 2018. « Je considérais qu'on aurait dû discréditer ce mouvement, parce qu'un mouvement qui, finalement, accepte qu'il y ait un mort dès sa première semaine de mobilisation, et qu'il y ait eu des actes racistes, antisémites et homophobes, c'est un mouvement avec lequel on ne peut pas parler, normalement. Et puis il y a eu un autre choix qui a été fait, certains sont partis dans des délires absolus. Quand on dit qu'on ne connaît pas le pays… Ça veut dire que j'ai besoin d'être escortée par un Gilet jaune pour comprendre ce qu'est la France ? C'est débile. Enfin, ça, je trouvais que c'était affligeant. »

Mais, à partir du moment où le président décide de parcourir les territoires, lors de grand-messes télévisées, de se coltiner heures de débats, à discuter du moindre lampadaire mal situé, les élus de la majorité présidentielle doivent suivre le mouvement. Parfois contraints et forcés : « Pour le coup, je suis totalement dans l'erreur, admet lucidement Aurore Bergé. Au départ, je ne pensais pas que ce truc allait prendre. Vraiment pas. Je suis consciente de m'être plantée là-dessus. Ça a été un exercice passionnant, vraiment, et qui a permis de faire sortir de chez eux des gens qui ne seraient jamais venus, pour le coup. J'ai vu dans ma permanence des gens qui ne seraient jamais venus à des réunions politiques, ça a permis de créer beaucoup plus de mixité. »

Une sorte de simili-concorde nationale s'installe doucement. Macron est-il un Culbuto, toujours bousculé, jamais renversé ? Un Mandrake, magicien hors pair ? Ou encore un Fregoli, roi du transformisme ? Un peu tout cela, peut-être. Voici en tout cas le chef de l'État embarqué dans un tour de France, une sorte de marathon démocratique et surtout médiatique. À partir du 15 janvier 2019, il va participer lui-même à onze débats locaux. Il tient son assistance, répond à toutes les questions, même les plus anecdotiques. Un exercice assez bluffant de maîtrise. Même François Baroin doit s'incliner : « J'ai dit à tous les maires de France : “On se met à la disposition de l'État pour organiser la remontée des informations des Français, pour que le président de la République puisse y puiser ce qui sera éventuellement utile et nécessaire…” » Pour le patron de l'Association des maires de France (AMF), une seule certitude : « Il vaut mieux ça que la catastrophe. Et la catastrophe, c'est des institutions qui sont tellement secouées que cela pourrait être la police, ou alors l'armée, qui tire contre les manifestants. Cette catastrophe n'est pas loin sur l'Arc de Triomphe, elle n'est pas loin sur les premiers samedis, on est très conscients que les gens qu'on voit sur les ronds-points, c'est vraiment une catégorie de public que nous connaissons et que nous aidons, que nous accompagnons, mais on est conscients que ça peut basculer du mauvais côté. Et on est d'abord et avant tout des républicains. »

Baroin, en bon chiraquien, apprécie le spectacle d'un président qui se rend au chevet de ses patients-citoyens. « Il est courageux, il ne faut pas lui retirer cette qualité. Alors, on met sur le courage le fait d'accepter d'aller croiser le regard avec des opposants, des adversaires ; d'autres diront que c'est une forme de morgue… Il aime la castagne, il ne s'est pas planqué, il n'a pas mis la distance. L'exercice, en tout cas, sur la première partie, était plutôt très, très réussi. Il était tellement à la rue, quand même… Donc, il redresse la barre. Il corrige le truc. J'étais très circonspect, mais je dois dire qu'avec le recul, c'était une bonne idée. Je pense que ça a servi quand même de filtre, de purge d'expression pour des gens qui ne voulaient pas renverser la table. » Manuel Valls, lui aussi, admire l'artiste : « Il mouille sa chemise, c'est une qualité, il y va… Comme on l'a tous fait. Enfin, pas tous, mais on a été nombreux à faire ça. Mais lui, il est président de la République, et il y va. »

Plus de 10 000 réunions sont organisées sur le territoire, près de 2 millions de contributions sont recueillies sur un site internet dédié. Et, le 25 avril 2019, Emmanuel Macron annonce de nouvelles mesures, coûtant plus de 10 milliards d'euros. Il y a de tout : des baisses d'impôts, la réindexation des petites retraites sur l'inflation, la création de maisons de service public, la baisse du seuil pour déclencher un référendum d'initiative partagée, la prise en compte du non-versement des pensions alimentaires (réclamée par Tapie et Schiappa), etc. Deux heures et demie d'une conférence de presse où alternent promesses et propositions concrètes. Les Gilets jaunes restent frustrés, mais le feu qui couvait s'est doucement éteint. C'était le but.

« Macron, c'est un con, et on vient te le dire. »

Est-ce suffisant ? Olivier Faure n'y croit pas : « C'est toute la différence entre le bachotage et l'apprentissage ; j'ai fait pendant des années du porte-à-porte dans toutes les campagnes électorales, et j'ai vu ce qu'il y a derrière la porte. Parce que c'est toujours pareil : on voit la façade, ça vous donne une idée de ce qu'est la France, mais quand on franchit le palier, et puis quand après on franchit le seuil de la porte, et que derrière la porte il y a des gens qui vous ouvrent, et qui vous installent dans le salon, et que le salon, c'est une table en formica, qu'il y a juste une télévision à écran plat et qu'il n'y a rien d'autre, il n'y a pas un livre, il n'y a pas un papier, il n'y a pas un crayon, il n'y a rien, en fait, sinon, des gens qui sont vingt-quatre heures sur vingt-quatre sur leur chaîne de télé… Ça ne vous dit pas la même chose que quand vous avez un immeuble qui paraît correct de l'extérieur, mais où derrière, peut-être, vous allez pousser la porte, vous allez voir des sacs d'immondices, parce qu'il y a des gens qui ne sortent jamais la poubelle… Enfin, ça, c'est ces réalités-là auxquelles on est confronté, et auxquelles Macron, lui, n'a jamais été confronté. Et donc, forcément, son histoire personnelle, on ne peut pas lui en vouloir, il est né dans une famille aisée – et tant mieux pour lui, personne ne le lui reprochera –, mais rien, dans son parcours, ne l'avait amené à côtoyer autre chose, et lui-même n'a pas, dans son parcours de vie, en fait, été confronté à quoi que ce soit. Donc, forcément, ça donne un président qui est hors sol, et qui n'a pas de réflexes. »

Autrement dit, ce n'est pas un « Grand Débat national », ou même onze, qui vont remplacer une sensation, de l'ordre de l'indicible, cette capacité à « saisir » un pays un peu comme un maquignon qui, à la simple vue d'une pièce de bétail, saurait en évaluer le prix et l'avenir.

François Patriat, le plus régional des grognards macroniens, ne dit pas autre chose. Avec ses mots à lui. « Les Gilets jaunes, je les promène encore tous les samedis dans mon jardin, sourit-il. Ils continuent à être là, parce que moi, je suis pour Macron, et ils me disent : “Macron, c'est un con, et on vient te le dire.” On est dans un pays gris. On a un pays où les Français n'aiment pas leurs élites. Ils n'aiment pas les gens qui réussissent. Et je pense que Macron incarne beaucoup l'élite, la réussite. Pompidou était banquier. C'est marrant, Macron cumule à la fois les défauts qu'on reprochait à Pompidou et les défauts du mec qui arrive trop vite, en même temps. Donc, il a ce double handicap : il a connu la finance et l'ENA. Et, de l'autre côté, il a une fulgurance que les gens ne comprennent pas. Il y a cette rancœur qui vient à la fois d'en haut et d'en bas contre l'intelligence, la fulgurance. »

Macron s'est sorti – seul – avec brio du bourbier dans lequel il s'était lui-même enfoncé, mal entouré, mal conseillé. À la mi-2019, il se croit paré pour affronter la suite, l'avenir.

Les réformes. En particulier celle sur les retraites. Essentielle. A-t-il tiré les leçons, presque historiques, administrées par ses concitoyens revêtus de leurs vestes fluorescentes ? Alain Minc voit une lueur d'espoir dans la recomposition gouvernementale de l'été 2020, marquée par les arrivées d'Éric Dupond-Moretti et de Roselyne Bachelot : « Maintenant ça va mieux, avec son gouvernement. Il y a un quota Gilets jaunes, c'est bien. »

François Patriat

Le talisman

Les Gilets jaunes, il les connaît, il les fréquente. Ce sont ses électeurs, ceux d'avant, quand il était député.

À 78 ans, il sait raconter la France rurale mieux que personne ; il est du genre à vous tutoyer dans la minute, avenant, l'allure d'un vieil oncle malin et désinhibé, extirpé d'un film avec Gabin ; et, pour autant, il symbolise le macronisme originel aux yeux du microcosme parisien.

Singulier paradoxe.

François Patriat, sénateur de la Côte-d'Or, a le sens de la formule et des rapports humains, il connaît la tectonique des plaques du pays profond, quand les troupes du chef de l'État peinent à en saisir l'essence. Il est le talisman humain du président ; son rebouteux, à l'occasion, quand il s'agit de guérir les plaies politiques. Nous le rencontrons, à deux reprises, en 2019 puis 2020. À chaque fois, l'interview est à la fois aisée et décousue, on passe du mérite des vélos Lapierre au général de Gaulle, mais enfin il y a, dans ces rendez-vous, une vraie part d'humanité.

Voire, osons le mot, de sincérité.

C'est pour cela que nous souhaitions tant interroger le vieux socialiste, encarté depuis 1974, compagnon de route de Michel Rocard, ministre de Lionel Jospin et, au soir de sa vie politique, meilleur disciple d'Emmanuel Macron. Il a d'abord décliné nos demandes d'interview, s'est fait désirer, il sait bien qu'il a tendance à trop en dire… Pourtant, il incarne, sans forcément s'en rendre compte, ce qui manque tant au macronisme. « Il faut avoir le contact, dit-il. Moi, je crois qu'il faut de la lucidité, de l'humilité, de la proximité, et de l'engagement. Voilà. » Quatre mots, pour définir une authentique passion de la politique, à l'ancienne. Patriat s'est engagé sans hésiter en faveur de Macron, mais le macronisme le laisse encore dubitatif…

Il suffit de l'écouter raconter sa dernière campagne électorale, quand tout le monde le donnait perdant, lors des élections sénatoriales de septembre 2020. Au rebut, le vieux Patriat, disaient les spécialistes. Y compris au sein de sa propre famille ; politique, mais pas seulement. « Mes enfants m'ont dit : "Papa, c'est dommage, c'est con, c'est le coup de trop, tu vas finir sur un échec, tu vas être malheureux", et mon épouse me dit : "Pourquoi tu y vas ? Arrête, fais autre chose." Non, j'y vais, avec quelque panache, parce que je suis plutôt provoc' et plutôt joueur ; je vais leur montrer qu'on peut être vieux, soutenir Macron et baiser tout le monde. »

« Moi, j'ai un pois chiche, toi, tu as un melon dans le cerveau… »

Du Patriat dans le texte. Qui va donc sillonner sa campagne, dont il connaît les moindres recoins, depuis le temps qu'il arpente le territoire. « J'ai commencé le 4 juillet, à raison de dix maires par jour, pendant soixante-dix jours, sans arrêter. Je partais le matin à 6 h 30 de chez moi. On a fait la campagne à trois : ma collaboratrice, qui s'était mise en congé, un copain qui conduisait la voiture, et moi. Je n'ai pas vu un Marcheur pendant ma campagne. Pas un.

Je faisais aussi la campagne le dimanche, en vélo, j'allais voir les maires qui étaient à moins de trente kilomètres de chez moi… » C'est que François Patriat est un fou de cyclisme, il possède deux vélos, des Lapierre, donc, et il se fiche absolument des commentaires moqueurs quand on le voit débouler en cuissard. Il s'en sert, en fait. Aux élus récalcitrants à lui apporter leur vote, il tient un discours simple, rapport à son âge, notamment : « Je leur ai dit : "Vous savez, je ne suis pas un perdreau de l'année, je suis plus près de saint Pierre que de Saint-Tropez." »

À l'Élysée, on s'inquiète pour le vieux soldat. Et s'il menait la bataille de trop ? Emmanuel Macron lui propose un poste de conseiller politique, à ses côtés. Lui qui avait juré vouloir virer tous les « vieux » du palais… Il est prêt à se dédire, pour l'homme-talisman. La réponse de Patriat ne tarde pas : « Qu'est-ce que tu veux que je sois ton conseiller politique ? Moi, j'ai un pois chiche, toi, tu as un melon dans le cerveau… Je ne vais pas être ton conseiller politique, je suis lucide. Je ne vais pas aller à l'Élysée… mon cul… Et puis tu m'appelles tous les soirs à une heure du matin pour me dire : "Comment tu sens les choses ? Est-ce que tu as vu le maire d'Albi ?" Alors… »

Non, une sinécure parisienne, même sous les ors élyséens, très peu pour Patriat. Qui croit en sa victoire. C'est la vertu des vieux combattants, qui savent poignarder et embrasser, dans le même temps. Le 27 septembre 2020, il est réélu, de justesse, déjouant tous les pronostics. Triomphe.

Au Sénat, il retrouve son poste de chef de file de la majorité présidentielle, dans un cénacle dominé par la droite. « Les centristes sans couilles », comme il les surnomme, il les a mangés pour son quatre-heures, et revoilà le vieux parlementaire lancé pour son dernier tour de piste. À la grande joie de Macron. Son premier fan.

Ces deux-là, ne vous avisez pas de les imaginer brouillés un jour. François Patriat n'est pas Gérard Collomb, autre grognard historique, désormais aux oubliettes. Non, Macron-Patriat, c'est du solide. « De ces soixante-dix dernières années, on retiendra de Gaulle, Mitterrand et Macron », assure carrément le sénateur. Il aurait pu suivre son ami-ennemi local, François Rebsamen, maire socialiste de Dijon, dans un prudent mouvement de repli, à la fin des années Hollande. Mais Patriat a ses certitudes sur l'ancien président de la République : « Hollande, c'est : “Tous les dossiers s'accumulent, je ne les traite pas, il y en a la moitié qui vont bien se régler naturellement.” Il n'a pas imprimé sur les choses. C'est un faux gros, un faux rond, il n'a pas d'affect. »

Tout le contraire d'un Macron, jure-t-il, qu'il a rencontré pour la première fois fin 2015, à Beaune. Le ministre de l'Économie vient découvrir un nouveau modèle de lunettes connectées, fabriquées par la société française Atol. François Patriat est aux premières loges. Intrigué par le phénomène politique naissant. « Il prend conscience de son destin à ce moment-là, estime le sénateur. Il me dit : “Est-ce que tu penses qu'on veut à nouveau d'une alternance stérile ? Gauche/droite ? On n'a pas le bon cap, il faut changer de paradigme, faire une politique de l'offre.” Il me serre la main, me regarde dans les yeux, et c'est fini, je suis son meilleur ami. » Pourtant, il en a vu passer, de jeunes ambitieux. Mais, ce jour-là, c'est comme une révélation.

Patriat rejoint la cohorte des hypnotisés.

« Je ne doute pas de sa séduction innée, c'est du cynisme que j'aime, ose-t-il. Il a des couilles : on va y arriver ! L'abruti de chanteur Antoine [*longtemps vitrine publicitaire d'Atol*] n'est pas là, Adriana Karembeu est là, perchée et magnifique, je me dis que les gens vont venir la voir. Emmanuel arrive, il occupe toute la place. Selfie sur selfie. Adriana ?

Éclipsée. Emmanuel a pris conscience, lors de ces déplacements, du magnétisme qu'il avait, et du retour du peuple. »

François Patriat est immédiatement conquis.

Un coup de foudre politique.

Et du pain bénit pour le ministre de l'Économie, déjà tout à sa conquête, mais qui manque cruellement de troupes d'expérience. Il retrouve Patriat quelques jours plus tard, du côté de Chalon-sur-Saône. « En plein bordel El Khomri [*la loi Travail*], 300 personnes qui l'attendent, se rappelle le sénateur. Il sort de la bagnole et va discuter avec eux. Il veut les convaincre. Il a une volonté maladive de convaincre qu'il a raison. Tout cela est christique ! »

Et puis, on l'a compris, Macron sait y faire avec les anciens. À LRM, les mauvaises langues – il y en a autant que dans les « vieux » partis – susurrent que s'il avait échoué en politique, il aurait fait un merveilleux directeur d'ehpad.

Depuis des temps immémoriaux, François Patriat est surnommé « Fanfan ». Chaque nuit ou presque, le sénateur de la Côte-d'Or aura donc droit à son texto personnalisé, tout droit venu de Bercy : « Comment tu sens les choses, mon Fanfan ? » Et ça marche. Ce début de compagnonnage se cristallise réellement le 23 août 2015, juste avant le raout habituel des socialistes à La Rochelle. En guise de hors-d'œuvre, les réformistes du PS se retrouvent à Pessac-Léognan. L'invité d'honneur est Emmanuel Macron. Un spectacle à lui tout seul. « Il fait un show le matin, on était 200, raconte Patriat. Une démarche messianique, comme si on était les premiers apôtres, et lui le Christ sur la colline, en train de prêcher. Je me considère comme un apôtre ; saint Pierre, c'est Richard Ferrand ; Judas… c'est Gérard Collomb ; saint Jean, c'est Christophe Castaner. Et moi, c'est saint Luc. Il nous dit : “La France est confrontée à cinq défis, climatique, terroriste, travail, numérique, immigration. Il faut y répondre sur le plan européen.” Sans papier, quarante minutes. *Standing-ovation.* Je me suis dit : “Putain, c’est du Rocard compréhensible, j’ai déchiffré le manuscrit de la mer Morte, il dit exactement ce que je pense.” Je pensais qu’on allait faire un courant Macron au PS. »

Un courant ? Quelle plaisanterie ! Patriat n’a pas encore saisi que le pur-sang Macron galope pour sa propre écurie.

Le 6 avril 2016, le ministre de l’Économie se rend à Amiens pour lancer officiellement son mouvement En Marche ! Avec un aplomb vertigineux, il a sciemment menti à Hollande, à plusieurs reprises, les yeux dans les yeux, en expliquant au chef de l’État que ce mini-parti pourrait lui servir pour sa propre réélection, qu’il n’avait aucun souci à se faire, que jamais lui-même ne serait candidat contre son président…

« Dès qu’ils voient les journalistes, c’est crucifix et gousses d’ail ! »

« L’art n’est pas un mensonge », assurait Flaubert. Avec Macron, la réciproque n’est pas vraie.

À Patriat, Macron dit ceci : « Tu ne viens pas à Amiens, j’ai promis à Hollande que ce ne serait pas un truc politique ! » Évidemment, François Patriat se déplace en Picardie. Discrètement. Et se rend à la cathédrale : « J’ai mis un cierge à la cathédrale d’Amiens. Ma mère faisait comme ça, donc j’ai fait comme elle. »

Le cierge a produit ses effets miraculeux, semble-t-il. Un an plus tard, le 7 mai 2017, Emmanuel Macron est élu président de la République. Ses proches investissent fièrement l’Élysée. Patriat reste planqué, à sa place. Dans le décor, certes, mais juste posé, de passage. « Tous ceux qui se sont baptisés les “mormons”, vous savez, qui entraient à l'Élysée, moi, je n'ai pas voulu entrer avec eux, bras dessus bras dessous, en faisant la photo de l'équipe de France… »

Macron s'est fait seul, s'appuyant sur plusieurs cercles construits patiemment. Patriat en a conscience, c'est la force de l'expérience : il n'est qu'un rouage d'une machine tout entière conçue pour assouvir les seules ambitions du chef, dont l'entourage le laisse, au minimum, circonspect. Il aime bien les conseillers Ismaël Emelien et Sylvain Fort, pourtant. Mais à part eux… Les autres, il déteste leur rapport lointain au pays, leurs « certitudes » forgées dans les meilleures écoles, leur mépris des médias. « Dès qu'ils voient les journalistes, regrette-t-il, c'est crucifix et gousses d'ail ! » Il n'en a cure, au fond, il suit son chemin, il a suffisamment joué au golf avec François Mitterrand, assez pratiqué le cyclisme, pour savoir qu'à la fin, ce sont les plus opiniâtres qui gagnent. En plus, il a un atout : il ne réclame aucune faveur. Il a passé l'âge. « Emmanuel, je lui ai dit : “Je ne veux rien, je me ferais damner pour toi.” Je lui avais dit : “Ne prends pas Collomb, Mézard, Hulot. Arrivé au gouvernement, Collomb était déjà fatigué ! Et Mézard, aussi suffisant qu'insuffisant… Mézard et Collomb, c'est une connerie, c'est Toutânkhamon et Akhenaton. Ce n'est pas la peine, regarde les têtes qu'ils ont. Ils ont des têtes de pommes fripées.” »

De fait, ni l'un ni l'autre n'ont tenu la distance. « J'ai toujours pensé qu'il serait Judas, Collomb, répète-t-il. Il ne s'est jamais trop impliqué avec nous. Collomb, il avait une relation particulière, directement avec Emmanuel Macron. Il ne venait pas trop aux réunions. Non, il est venu quand il a su qu'il était ministre. »

Il est tout aussi sévère à l'égard des « mormons », d'ailleurs, dont il avait prédit la courte durée de vie. « C'est sûr, la faiblesse qu'on a souvent évoquée à propos de Macron, c'est que, dans son entourage, il n'a pas de gens costauds.

C'est vrai, il n'y en a pas. » Patriat relativise tout de même. Depuis quarante ans qu'il écume les couloirs du pouvoir… « Qui est autour de Hollande quand il arrive ? Personne, c'est de la deuxième division. Je rigole un peu. C'est comme si moi je voulais être Premier ministre ! »

Le sénateur septuagénaire accepte quand même d'intégrer le bureau exécutif de LRM. Il découvre un nouvel univers, fait de numérique, de tableurs, de boucles de mails, gavé d'anglicismes, calqué sur le *business model* de l'entrepreneuriat… Le parti politique se veut horizontal, décentralisé… Dématérialisé, il est finalement virtuel. Artificiel. « Quand j'arrive au mouvement, chaque lundi soir, je me dis : "Qu'est-ce que j'ai de commun avec eux ?" Ils croient tout savoir, parlent sur tout ; je ne parle pas, parce que j'ai peur de parler comme un vieux con. Je me dis que je vais me retirer, ils me prennent pour un vieux con. »

Et, de fait, Patriat va finalement quitter le bureau exécutif, las de ne pas être écouté ou, plus simplement, pris en compte. Combien, à LRM, auraient d'ailleurs parié sur sa victoire aux sénatoriales, en septembre 2020 ? Très peu, c'est certain. « J'ai 78 ans, résume-t-il, je ne suis pas l'image du macronisme, je suis l'apôtre du macronisme. Je suis élu depuis 1981, j'ai écumé tous les mandats, toutes les fonctions, je fais de la politique, je ne fais que ça, j'adore ça. Je ne me suis pas enrichi, je n'ai pas un rond, je n'ai rien, je m'en fous », conclut le sénateur avec sa gouaille coutumière.

Il vit de petits plaisirs, se réjouit d'attentions prodiguées par le couple Macron. Il conserve sur son téléphone portable les messages enflammés envoyés par le président de la République. Comme celui-ci : « Merci infiniment pour cette journée, mon Fanfan. Inoubliable. Je t'embrasse. » Ou encore ceux-là : « Bravo et merci, Fanfan. Prends des forces, le combat sera rude » ; « Merci infiniment pour cette journée et cette soirée, mon Fanfan, inoubliable. Vraiment merci mille fois, je reviens avec Brigitte. Et surtout, on avance, on les aura, je t'embrasse ».

« Les cadeaux qu'il fait aux patrons aujourd'hui, c'est insupportable… »

Ça lui parle, cette chaleur humaine, même surjouée, qu'il a tant recherchée chez Hollande, par exemple, sans jamais la trouver. Il aime aussi ce ton de vainqueur, seul contre tous. Il cite, systématiquement, cette nuit de la fin de l'été 2016 où il a failli trouver la mort, sur l'autoroute, au volant de sa Mercedes. Il gît dans les décombres de sa voiture, sérieusement blessé mais sauvé par ses sept airbags, quand le téléphone sonne. C'est Macron, encore ministre de l'Économie.

Le dialogue qui s'engage est surréaliste.

Macron : Comment tu sens les choses ?
Patriat : Emmanuel, je suis en train de mourir, sur l'autoroute.
Macron : T'es où ?!
Patriat : Sur l'autoroute, entre Dijon et…
Macron : Raccroche.

Patriat poursuit : « Il était blanc comme un œuf, on m'a raconté. Il appelle Marisol Touraine [*ministre de la Santé*], l'Intérieur… Il est venu me voir à l'hôpital. Treize fractures, treize semaines d'hosto. » Depuis, il ne comprend pas que l'on dépeigne Macron en être froid, cynique, opportuniste. Il n'a que des souvenirs empreints d'empathie, de rapports humains sincères et directs.

Comme cette nuit du 7 février 2019, en Bourgogne, après quelques jours consacrés par Macron à une sorte d'« itinérance mémorielle » – le terme fait encore rire aujourd'hui Patriat, d'ailleurs. Le sénateur, bon vivant, sait comment contenter son président préféré. Il le conduit, loin des caméras, à la Cuverie des Ursulines, un lieu de rêve pour tout amateur de bon vin. Une bonne partie de la nuit est vouée à la dégustation du Clos Vougeot 1949, c'est un dîner aux chandelles, à Nuits-Saint-Georges, dans l'une des plus belles caves du monde. Il y a là quelques ministres, des viticulteurs du (grand) cru, trente-cinq personnes au total. Quelques photos sont prises, que Patriat prend toujours plaisir à exhiber. Tout ce joli monde se quittera très tard. Et Brigitte Macron n'aura de cesse de remercier, le lendemain, Patriat, pour cet instant de grâce. Précisant au passage qu'Emmanuel Macron avait bien entendu repris le travail à 7 heures du matin, comme si de rien n'était, histoire de confirmer une énième fois son incroyable résistance physique et d'entretenir le mythe du « surhomme ».

Ces temps-ci, François Patriat envisage de consacrer tout son temps libre à la réélection de Macron ; il a même milité pour qu'un président puisse, en France, effectuer trois mandats successifs. C'est vous dire s'il apprécie son grand homme. Lui n'est pas déçu par ce quinquennat – une rareté. Les promesses initiales ? « Je pense qu'il les a tenues, assure-t-il, en ce sens qu'on a pris des mesures de gauche qu'aucun des gouvernements de gauche n'a osé prendre avant, mais qu'elles passent derrière les mesures de droite qui choquent les gens de gauche, et c'est pour ça qu'ils sont déçus. » Il émet quand même un bémol : « Mais, par contre, les cadeaux qu'il fait aux patrons aujourd'hui, c'est insupportable… »

Quand on a été socialiste depuis toujours, normalement, il en reste quelque chose. Il voit bien que les épreuves ont éreinté son champion, dilapidé une grande partie du capital politique qu'il avait su accumuler en si peu de temps : « Tous les éléments, la terre, l'eau, l'air, nous fondent dessus en même temps, philosophe le sénateur, et ça, personne ne l'a jamais affronté. Ce que j'espère, c'est que les Français auront ce sentiment que, dans la pire des tempêtes, il a tenu la barre. »

Récemment, Patriat s'en est ouvert à Brigitte Macron : si le chef de l'État a pu compter sur ses « apôtres », il va lui falloir, à présent, dénicher des « généraux ». Patriat ne se voit pas dans ce rôle, il a passé l'âge, et en a-t-il seulement jamais eu les compétences ? Il préfère rester ce vestige de l'« ancien monde », capable de survivre au nouveau, voire de lui donner quelques leçons bienvenues. Surtout, il ne veut pas gêner son ami Macron. Et puis, quelle alternative ? « Comparer Xavier Bertrand à Macron, c'est comparer Raon-l'Étape [*petit club de football amateur français*] au Barça ! » lance-t-il. Parfois, aussi, il a cette petite moue, il baisse le ton, confesse quelque déception : « Maintenant, je suis plus lucide qu'avant ; maintenant, je regarde, je vois les erreurs. Pour moi, c'est difficile de le dire. Je le dis quand même, mais… Avant, j'étais macronlâtre. Je le suis toujours, mais je le suis différemment aujourd'hui. Il y a des choses qu'il a voulues, les retraites, les Gilets jaunes… »

Il nous raccompagne, après deux heures d'entretien, et il nous lâche, devant l'escalier du Sénat : « On est entre cyclistes, hein, vous ne me fâchez pas avec Macron… »

Pas de risques : saint Luc a fait un beau vieillard, il a eu le temps de rédiger les actes des apôtres ; et il n'a jamais trahi le Christ.

Chapitre 17

L'INSUFFISANCE

« LRM ? Ça n'existe pas ! Parce qu'ils sont mauvais. Je n'ai jamais vu un parti présidentiel, avec des représentants dans les grandes villes, faire des scores aussi humiliants. »

François Baroin, maire LR de Troyes

L'aphorisme est signé Jacques Attali, expert en sentences définitives – et en présidents de la République : « Macron n'a pas été élu grâce à un parti, il a créé un parti parce qu'il a été élu. »

En une phrase, l'ancien conseiller de François Mitterrand a parfaitement résumé, et exécuté, La République en Marche, une machine de Turing politique, un mouvement politique totalement indéchiffrable, à l'image de son créateur. Pour la première fois sous la Ve République, le président de la République est contraint de se reposer sur un parti à la fois largement majoritaire à l'Assemblée nationale et pourtant à peu près inexistant sur le plan idéologique, dépourvu de figures charismatiques et, enfin, sans aucune implantation locale – les scrutins de 2020 et 2021 l'ont illustré jusqu'à la caricature, LRM ayant réuni 2,22 % des suffrages au premier tour des municipales, puis à peine 7 % aux régionales !

Une anomalie résumée crûment par le maire de Troyes, François Baroin : « LRM ? Ça n'existe pas ! » Suivi par le communicant Robert Zarader, ex-conseiller officieux de Macron : « Le parti En Marche !, je pense que c'est une blague, ça ! C'est une fiction. Je pense que Macron, il s'en fout, de ce qu'il s'y passe. » Logique, à en croire l'ancien premier secrétaire du PS Jean-Christophe Cambadélis, pour qui « Macron, c'est l'anti-parti ».

« En Marche !, c'est un échec absolu, ça n'existe pas en termes de parti, ça n'existe pas en termes d'implantation, ça n'existe pas en termes de convictions, renchérit le député (LR) Éric Ciotti. Il n'y a pas un fil conducteur. Il y a de tout, des centristes, des types qui votent à l'extrême gauche... C'est une auberge espagnole. »

Auberge espagnole, parti-croupion, radeau de la *Méduse*... Force est de constater que le mouvement inventé en 2016 par Emmanuel Macron attire les références peu flatteuses. Historiens, politologues, personnalités de gauche comme de droite, et même cadres de LRM, rares sont ceux prêts à voler au secours d'un mouvement aussi diaphane que ses dirigeants.

Même Daniel Cohn-Bendit, pourtant fervent soutien du chef de l'État, en convient : « Ce que Macron a raté complètement, c'est En Marche ! » Paraphrasant, mais oui, le très droitier Éric Ciotti, l'ancien soixante-huitard évoque lui aussi un « échec absolu ». « Macron, précise-t-il, avait un instrument extraordinaire, nouveau, et, une fois président, il a eu ce côté typiquement français : arrêtez de me casser les pieds avec cette histoire de parti, de machin... Il n'avait pas envie de s'emmerder avec les contradictions d'En Marche ! » Obsédé par les déboires de François Hollande, dont le mandat a été entravé par les « frondeurs », Emmanuel Macron a clairement fait le choix d'un « parti-godillot » dont le seul dénominateur commun est l'allégeance inconditionnelle au chef, le culte de la personnalité poussé à l'extrême.

En macronie, l'horizon est vertical.

« Macron a un leadership incontestable, résume l'ancien Premier ministre Manuel Valls, mais dispose d'un parti qui n'a aucune assise locale, aucune idéologie, aucune ligne, et qui est une coquille vide, qui n'existe pas. Qui connaît Guerini, et même Castaner ? Même Richard Ferrand, un président de l'Assemblée de bonne tenue, mais qui n'est pas connu des gens ? Les ministres qui sont connus s'appellent Bruno Le Maire, Gérald Darmanin… »

« Moi, je parle mieux la poésie araméenne que le Guerini moyen. »

Philippe de Villiers ne dit pas autre chose : « En Marche !, c'est rien ! Le genre Guerini, Griveaux, pfff… C'est un concours de circonstances. » « Ça me rappelle mon frère, Bertrand, sourit le souverainiste vendéen. Il avait une phrase géniale à l'époque où Ségolène Royal parlait de la démocratie participative, il disait : "La démocratie participative est portée par tous les recalés du suffrage universel." Et en fait, quand vous regardez le macronisme électoral, ce ne sont que des gens qui n'auraient jamais été élus au suffrage universel s'il n'y avait pas eu une houle dans la foulée de la présidentielle. »

De fait, le « président-Jupiter » n'a jamais caché le peu d'estime dans lequel il tenait les formations politiques, et le raisonnement vaut manifestement pour son propre mouvement. Ainsi, lorsque l'on demande à Baroin pourquoi les cadres de LRM n'ont jamais réussi à créer un parti digne de ce nom, la réponse fuse : « Parce qu'ils sont mauvais ! Parce qu'ils ont un mépris pour les partis politiques. Parce que les candidats aux municipales [*de 2020*] étaient souvent des types qui avaient été battus une fois, deux fois, trois fois, et qui trouvaient, avec l'étiquette En Marche !, l'espoir d'être élus… » Pour le président de l'Association des maires de France (AMF), « ils ont calqué le résultat de la présidentielle, puis celui des européennes, sur les municipales. Je n'ai jamais vu un parti présidentiel avec des représentants dans les grandes villes faire des scores aussi humiliants. Jamais ».

Des dirigeants inexpérimentés, un leader indifférent, des cadres venus d'horizons politiques divers, voire opposés, un cadre idéologique évanescent… Évidemment, la greffe n'a pas réussi à prendre – comment aurait-elle pu ?

Ciotti, encore : « J'écoutais à la tribune un député, il avait un tel discours, je me disais : "Tiens, celui-là, je ne le connais pas, il est aux Insoumis." C'était le discours des Insoumis, il n'y avait rien à redire, Mélenchon aurait pu dire la même chose… et il a été élu avec l'étiquette En Marche ! Et il y a à côté un Thierry Solère [*ex-LR*]… Enfin, bon, il y a de tout, quoi. Il y a surtout une grosse dose d'opportunisme là-dedans. »

Émilie Cariou, elle, venait du parti socialiste, avant de rejoindre Macron en 2017. « Nous, les députés, les seules lignes qu'on avait, c'était le programme présidentiel, puisqu'on n'a pas de parti qui ait créé un corpus idéologique », déplore aujourd'hui la députée de la Meuse, qui a rendu sa carte du mouvement en 2020 pour fonder à l'Assemblée le groupe Écologie Démocratie Solidarité (EDS). « Il n'y a jamais eu de discussions politiques au sein du groupe En Marche !, assure-t-elle. Les réunions de groupe, c'étaient des réunions complètement vides, en fait. J'ai fait beaucoup plus de politique en cinq mois d'EDS qu'en deux ans et demi d'En Marche ! »

À peu près aussi perdus qu'un parlementaire d'En Marche !, nous nous sommes tournés vers François Patriat. « En Marche !, j'y ai adhéré, mais le mouvement, c'est zéro ! » lance d'emblée le patron des sénateurs LRM. Hilare, il ajoute : « Chez nous, c'est comme la *surprise party* chez les adultes : la surprise, c'est qu'il n'y a pas de parti ! »

Pour Patriat, l'explication est simple : « Emmanuel n'aime pas les partis, il ne voulait pas de parti. Moi, je lui dis : il faut en faire un. Mais la vision d'Emmanuel, c'est : pas de parti, et une équipe autour de lui. Donc on a un mouvement qui n'a pas de réalité. Les Marcheurs, ils cliquent, mais ils ne veulent rien foutre ! Pour les gens, LRM, c'est quoi ? C'est rien. Il n'y a pas d'identifiant. Moi, mon identifiant en Côte-d'Or, c'est Macron, je suis macroniste, mais je n'incarne pas un parti. »

L'ancien ministre de l'Agriculture de Lionel Jospin n'épargne pas au passage le patron du mouvement présidentiel, Stanislas Guerini. « Moi, je parle mieux la poésie araméenne que le Guerini moyen, ironise-t-il. Ce que je veux dire par là, c'est que j'écoute Stan' et, au bout de cinq minutes, je décroche. Il fait un propos introductif de vingt minutes à chaque bur' ex' [*bureau exécutif*] : au bout de trois minutes, je regarde mon téléphone. »

Dépossédé d'une partie de ses troupes et de ses cadres par En Marche !, le parti socialiste a de bonnes raisons d'en vouloir à Emmanuel Macron et à son mouvement, créé *ex abrupto* au printemps 2016. On peut compter sur son premier secrétaire, Olivier Faure, pour renvoyer un peu plus le parti présidentiel dans les limbes. « En Marche !, c'est une coquille vide, et Emmanuel Macron s'en contrefiche », tranche Faure. Le député de Seine-et-Marne prend pour exemple sa circonscription, où se sont présentées des listes La République en Marche lors des municipales de 2020 : « C'était en fait à chaque fois des ex de droite ou de gauche, et si on devait faire leurs parcours personnels, ce serait assez facile, c'étaient en fait des gens – je vais être méchant deux secondes – qui n'avaient pas réussi à s'imposer par leur talent dans leur formation initiale et qui donc ont cherché à contourner les vieilles structures, en se disant qu'ils seraient emmenés par le courant porteur, et donc, d'un seul coup, ils pourraient, par la bonne grâce de leur appartenance à La République en Marche, trouver un destin électoral. Pour beaucoup d'entre eux, ça n'a pas été le cas, ils se sont fait éliminer dans les grandes largeurs, parce qu'ils n'avaient rien à raconter. En fait, ils ont revendiqué 400 000 adhérents à l'époque, mais ils n'ont jamais eu plus de 30 000 votants. Non, ça n'existe pas. Ça n'existe nulle part… En fait, j'essaie de ne pas être insultant, donc je ne veux pas les enfoncer. »

Qu'est-ce que ce serait…

Si peu de voix se font entendre pour défendre le parti présidentiel. Et, comme si cela ne suffisait pas, nombre de députés ont quitté le navire majoritaire. Agacés par l'incapacité de ce mouvement à se structurer ou, pire, décontenancés par les embardées idéologiques du chef de l'État, tellement amoureux du contre-pied qu'il en finit par dribbler ses partenaires. Ce sont les plus déçus.

Pour prendre le seul exemple du ministère de l'Intérieur, on ne passe pas impunément des ex-socialistes Collomb ou Castaner au sarkozyste Darmanin…

Le député de Paris Pierre Person a quitté bruyamment la direction de LRM en 2020. Lui pointe directement la responsabilité d'Emmanuel Macron dans la déréliction du mouvement qu'il a créé. « Macron, c'est un homme qui n'aime pas les partis, rappelle-t-il. Le président, pendant toute sa construction politique, ça n'a pas été un militant qui s'est construit dans une logique partisane, qui s'est dit qu'il allait gravir les échelons… D'ailleurs, en 2015-2016, il se pose la question, non pas de créer un mouvement avant En Marche !, mais plutôt une fondation ; certains pensent à imaginer un truc un peu hybride, et ce n'est qu'en 2016 qu'on se dit qu'on ne va pas faire un parti politique, mais un mouvement. Aussi parce qu'on ne voulait pas que la hollandie et les pro-Valls nous mitraillent, qu'ils disent qu'on crée un parti uniquement comme une machine de guerre pour gagner un combat personnel. »

C'est pourtant exactement ce qu'il s'est produit.

« Stanislas Guerini, je pense qu'il n'est pas fait pour être chef de parti. »

« Je pense, poursuit Person, que le parti était là pour solidifier d'un point de vue idéologique la recomposition politique. Et force est de constater que ça n'a pas marché. Parce que, en fait, le parti a toujours été vu, notamment par ses dirigeants, Stanislas Guerini le premier, comme étant un outil qui devait faire simplement la transcription verticale de la ligne gouvernementale. Même pas simplement du président de la République, c'était, en fait, le copier-coller des réformes gouvernementales, c'était un sous-porte-parole du gouvernement. C'est un peu dur, mais c'est un peu ça, et jamais on ne s'est dit : “Le parti va ériger une doctrine.” On est incapables de dresser une vision du monde qui serait, même pas “progressiste”, parce qu'en fait je n'aime pas du tout ce terme, c'est une valise vide, mais l'espace central un peu modéré. Et le parti a sa part de responsabilité là-dedans, parce qu'on va arriver en 2022 et, idéologiquement, je pense qu'on est à poil, on n'a pas de structuration idéologique. »

Person en revient à Macron, à son désintérêt affiché pour son parti, et à la ligne politique qu'il était supposé incarner : « Quand le candidat est devenu président, il s'est dit :

“Je vais me mettre au-dessus.” Peut-être qu’il aurait pu missionner ses dirigeants pour leur dire : “Il faut que vous construisiez ça…” » Il évoque aussi les erreurs de casting, notamment le choix de porter Stanislas Guerini à la tête du mouvement présidentiel. « Il n’est pas conçu pour ça, et il n’avait pas envie de faire ça, tranche Person. Stanislas Guerini, je pense qu’il n’est pas fait pour être chef de parti, ce n’est pas une méchanceté que de dire ça, simplement je pense qu’il serait meilleur ministre à Bercy qu’il ne l’est président d’un parti, parce que c’est un peu la quintessence de ce qu’on ne fait pas ou de ce qu’on fait mal. Il ne fait pas de politique. »

Au-delà des insuffisances individuelles, Person constate que « le parti n’a jamais ouvert aucun débat sur la politique industrielle ou sur plein d’autres trucs, comme le social. Ce n’est pas une critique, mais on était proches de légaliser ou dépénaliser le cannabis en 2015, et aujourd’hui on érige l’amende forfaitaire comme étant l’alpha et l’oméga de la politique de lutte contre les drogues ! Le parti n’a jamais eu une position là-dessus, le parti n’a jamais dit ce qu’il faut faire, ni sur le Covid, ni sur l’âge pivot pour les retraites ». L’explication est assez simple à trouver : agrégat de personnalités venues de tous les horizons politiques, En Marche ! n’a aucune homogénéité idéologique, ce dont convient sans peine Pierre Person.

« En gros, résume-t-il au moment de dresser le profil-type d’un électeur LRM, je dirais 50 % de sociaux-démocrates, 25 % plutôt de sociaux-libéraux, un peu de centre libéral d’un point de vue économique, et puis vous avez des libéraux conservateurs, vous en avez 20 ou 25 %… et, d’ailleurs, on retrouve bien notre majorité, des gens comme Roland Lescure, Laurent Saint-Martin, etc., qui sont des sociaux-libéraux : ils sont sociaux sur les valeurs de la famille et tout ce qui a trait à la société, et ils sont totalement libéraux d'un point de vue économique. Vous avez des sociaux-démocrates, plutôt comme moi, qui sont, quand même, assez interventionnistes, et assez libéraux sur le social, et puis vous avez quand même des conservateurs, ce qui fait qu'on a réussi à attirer parfois des gens comme Agnès Thill, ou des gens qui ne sont pas pour la PMA, contre la GPA, qui rechignent à voter les deux semaines supplémentaires pour l'avortement, etc. »

Un bel inventaire à la Prévert.

Maniant la litote, Person concède que cet assemblage hétéroclite « peut créer du flou sur la ligne politique. Après, c'est là où le parti normalement a son rôle, c'est là qu'il doit ériger des sensibilités qui permettent en fait de s'affronter et de tracer une ligne. Mais ça n'a jamais été une volonté ».

Lui aussi en rupture de ban avec le parti majoritaire, Aurélien Taché juge qu'« En Marche ! a été d'abord et avant tout un pragmatisme à tout crin, un utilitarisme, une espèce de transposition du monde de l'entreprise et de la culture managériale à la politique, et n'a pas été la redéfinition d'un espace politique qu'on aurait pu imaginer, comme un parti démocrate, libéral de gauche, ou quoi que ce soit ».

La construction d'un corpus idéologique ? Il semble simplement que personne n'y ait jamais pensé. Ou plutôt que Macron ne l'ait jamais voulu.

Sans doute parce qu'il n'y avait aucun intérêt.

Ministre de l'Agriculture entre 2018 et 2020, l'ancien socialiste Didier Guillaume tient à relativiser. « Je vais vous dire un truc, nous lance-t-il : est-ce que Les Républicains, ça existe ? Est-ce que le parti socialiste, ça existe ? Est-ce qu'Europe Écologie, ça existe ? Oui, il y a des instances, il y a un bur' ex', il y a des trucs comme ça, mais je pense que tout le monde se fout des partis politiques aujourd'hui. Honnêtement, est-ce qu'un parti politique aujourd'hui – je ne devrais peut-être pas dire ça – va servir à quelque chose ? Moi, j'aime bien distribuer les tracts, mais on ne les distribue même plus, ça se fait sur les réseaux sociaux. À quoi sert un parti politique aujourd'hui ? Est-ce qu'il y a encore un citoyen dans un département à qui on va dire : "Réunion vendredi, à 19 h 30, salle annexe de la mairie de Châtellerault ou de Trifouilly-les-Oies, on va parler de..." ? Personne ne vient. Et puis : "À la fin, rendez la clé au secrétaire de mairie, entassez les chaises", etc. C'est fini, tout ça. C'est fini. »

« Je sais bien qu'il n'y a pas de parti, c'est pour ça, d'ailleurs, que j'en ai quitté la direction. »

D'autres parviennent encore à s'y retrouver, à maîtriser l'art consommé de la godille politique. François de Rugy se veut carrément indulgent. Logique, président de l'Assemblée nationale puis ministre de l'Écologie au début du quinquennat Macron, le député de la Loire-Atlantique a de bonnes raisons de chercher des excuses au parti présidentiel. « Le mouvement En Marche ! a été créé pour porter son fondateur à la présidence de la République, c'est un cas unique dans l'histoire de France, rappelle-t-il. Après, il est possible qu'on soit entré dans une ère politique où les mouvements, finalement, naissent et meurent assez rapidement. » Dans la galaxie politique française, La République en Marche ferait figure d'étoile filante ? Même Aurore Bergé, restée fidèle à Macron mais moins à son parti (elle a quitté en septembre 2020 ses fonctions de porte-parole et de membre du bureau exécutif), n'est pas loin de le penser.

« Est-ce qu'on assumera ou pas de transformer ce qu'est un parti politique ? » s'interroge cette transfuge de l'UMP/LR, tendance Juppé. « On l'avait fait en campagne, reprend-elle, mais on n'a pas su le faire au pouvoir, de manière évidente, parce qu'on n'a pas cherché à développer une matrice idéologique. Parce que l'idéologie, pour tous les partis politiques aujourd'hui, est devenue un gros mot, à part pour La France insoumise, et c'est une erreur, parce que je pense que les gens ont profondément besoin de repères, et les repères, tu les as avec des marqueurs politiques très clairement identifiés. »

S'agissant de la responsabilité d'Emmanuel Macron dans la défaillance de son propre parti, Aurore Bergé l'évacue d'une phrase : « Je pense que ce n'est pas sa culture politique. » Pour préciser aussitôt : « C'est de moins en moins la culture politique des Français, qui n'identifient plus les partis. Adhérer à un parti, ça ne veut plus dire grand-chose, aujourd'hui. Avoir sa carte d'un parti, ça ne veut même plus rien dire. » Poussée dans ses retranchements, la députée des Yvelines concède l'évidence : « Je sais bien qu'il n'y a pas de parti, c'est pour ça, d'ailleurs, que j'en ai quitté la direction à la rentrée 2020, parce que j'ai considéré que ça n'avait plus vraiment de sens. »

Plus optimiste, Thomas Cazenave, délégué interministériel à la transformation publique de novembre 2017 à 2019, avant d'échouer à conquérir la mairie de Bordeaux en 2020, malgré une alliance avec le maire sortant LR Nicolas Florian, veut croire que le temps joue pour La République en Marche. « Elle s'impose progressivement, tente-t-il de se persuader. En Gironde, par exemple, on a 200 élus locaux maintenant. Bon. C'est nouveau : ils n'y étaient pas avant, maintenant on en a. C'est un mouvement très jeune. En revanche, il faut assumer qu'on est un parti politique. On est là pour avoir des élus locaux. Et donc, c'est étape après étape qu'on réussit à s'enraciner. Donc, je ne peux pas laisser dire que c'est une coquille vide qui n'est nulle part. »

Pour défendre la macronie, on peut toujours compter sur Sibeth Ndiaye. Longtemps membre du parti socialiste, l'ancienne porte-parole du gouvernement (2019-2020) affiche le zèle des convertis. Questionnée sur la faiblesse du parti présidentiel, elle se souvient d'un Macron, avant d'accéder à l'Élysée, acquérant « petit à petit la conviction que les Français eux-mêmes ne se reconnaissent plus dans cet échiquier politique. Il y a un truc qui le marque, c'est le jour où quelqu'un lui dit – je crois que c'est un sondeur : "Mais vous savez, en fait, en France, il y a moins d'un électeur sur trois qui se reconnaît dans un parti politique." Et lui, il a cette intuition du pays que personne n'a à ce moment-là… ».

Chez les Romains, il était inconcevable de partir à la guerre sans consulter au préalable les augures, ces prêtres chargés de décrypter les phénomènes naturels afin d'y lire des présages. Ces augures étaient les interprètes des volontés du maître des signes, un certain… Jupiter. Notre augure à nous, c'est le sondeur Jérôme Fourquet, brillant théoricien de l'« archipélisation » du pays.

À propos du parti présidentiel, qui a lui-même tout de l'archipel idéologique, il ose une analogie audacieuse : « On peut comparer cela à Silvio Berlusconi, qui a émergé en Italie sur les décombres de la démocratie chrétienne ; c'était un parti-firme, la marque Berlusconi. Signe des temps de cette décomposition, le nombre de députés En Marche ! qui ont jeté l'éponge : il y en a 70, soit 20 %, c'est une hémorragie sans précédent. Brune Poirson, une figure emblématique du début du quinquennat, elle s'en va, d'une façon très désinvolte. Les vieilles machines, les logiques d'allégeance, tout cela a éclaté. C'est comme le slogan de McDo : "Venez comme vous êtes" : si ça ne me plaît pas, je me barre. Les Gantzer, Villani, dont plus personne ne parle… Toute cette génération a ces codes-là, en se disant : "Si Macron a pu le faire, moi aussi." Plus besoin de troupes, juste des entrepreneurs de la politique. On se souvient de Spaggiari et du casse de Nice, mais il n'y en a qu'un qui l'a fait ! »

Albert Spaggiari, le roi des braqueurs de banque, est mort ruiné, le 8 juin 1989, à 56 ans, alors qu'il se trouvait en exil, en Italie, après douze années passées à fuir.

Et à se grimer, de crainte d'être démasqué.

François Bayrou

Le tuteur

François Bayrou, c'est connu, a une très bonne opinion de lui-même. Beaucoup moins des autres, en particulier de ses alliés de LRM.

À peine l'avons-nous salué, dans les locaux de son parti rue de l'Université, à Paris, où il nous accueille le sourire aux lèvres, qu'il met un point d'honneur à justifier sa réputation : « Je crois que personne ne connaît mieux ma pensée que moi-même, et je ne reconnais pas à grand monde la capacité de la formuler mieux que je ne la formule. » Nous venions d'indiquer au patron du Mouvement démocrate (Modem) que, allergiques à la langue de bois, nous ne faisions pas relire nos entretiens, raison pour laquelle nous les enregistrions afin d'en garantir une restitution exacte.

Il n'a pas aimé.

« Dans ce cas, pas d'interview », nous a-t-il répondu sèchement, ajoutant, pour faire bonne mesure : « Je prétends que je sais écrire mieux que des journalistes débutants. » Certes, sa remarque nous a spectaculairement rajeunis, mais l'entretien partait clairement sur de mauvaises bases, et menaçait même de tourner court. Finalement, un compromis a été trouvé : nous avons accepté, exceptionnellement, le principe de lui soumettre ses citations, lui s'engageant en retour à ne les modifier que sur la forme. Cette concession nous a semblé nécessaire. Écrire un livre sur Emmanuel Macron sans recueillir le fond de la pensée de François Bayrou nous paraissait inimaginable. Nous n'avons pas regretté cette dérogation à nos principes : le leader centriste a tenu parole et n'a modifié – à la marge – qu'une toute petite partie de ses propos, ou plus exactement leur formulation.

Macron-Bayrou, c'est à la fois l'histoire d'une évidence et d'un malentendu. Une évidence, car le premier est venu occuper le positionnement singulier du second sur l'échiquier politique hexagonal ; un malentendu, car, s'il lui conserve son estime, le patron du Modem, qui rêvait de fondre la galaxie centriste en un seul mouvement, a rapidement découvert que le leader d'En Marche ! avait pour seul projet politique sa propre fortune, et s'était servi de lui comme d'un simple marchepied pour le pouvoir. Pas facile à avaler pour ce grand orgueilleux, autoproclamé « faiseur de présidents » ; pas forcément à tort, d'ailleurs...

Qu'importe, il continue à se comporter en tuteur ; accolé à Macron, il lui permet de croître, sans trop crouler sous le poids des ennuis. À l'occasion, il dispense ses conseils, assez peu écoutés, il faut bien l'admettre : de l'instillation de la proportionnelle à la vaccination obligatoire en passant par le report des régionales, ses principales recommandations ont été superbement ignorées par Macron tout au long du quinquennat.

À l'origine de la chute de son ennemi préféré Nicolas Sarkozy, en 2012 – ce qu'il tient manifestement à nous rappeler puisqu'il a ajouté ceci à ses propos, une fois relus : « Je vous rappelle que j'appelle à voter pour lui [*François Hollande*], prenant ainsi un plus grand risque qu'aucun homme politique ait pris sous la Ve République » –, François Bayrou a ensuite joué un rôle majeur dans l'élection de Macron, cinq ans plus tard, en se désistant avant le premier tour en sa faveur.

Mais reprenons depuis le début, c'est-à-dire il n'y a pas très longtemps. Car c'est seulement en juillet 2016 que Bayrou découvre celui qui est encore ministre de l'Économie. Profitant du passage du Tour de France à Pau, dans le fief de Bayrou, les deux hommes conviennent, à l'initiative de Macron, de se rencontrer lors d'un dîner confidentiel, à l'abri des regards.

Cela part mal : « J'ai été très fâché, parce que le dîner prétendument secret était dans *Le Figaro* le lendemain matin ! » s'indigne encore aujourd'hui le fondateur du Mouvement démocrate. « Ça a une signification politique que je ne voulais absolument pas donner à cette rencontre, justifie-t-il. Moi, je préparais ma candidature, cela a d'ailleurs été le cas jusqu'au mois de février. Et donc j'étais d'absolue bonne foi, et j'ai été très, très fâché. Très. J'ai la religion du secret. Je pense qu'on ne peut rien faire si on est incapable de garder un secret. Et ce mécontentement, ça a coloré notre première rencontre et nos premiers mots. » Sous ses dehors bonhommes, Bayrou a un côté psychorigide, dont Macron, qu'il tance immédiatement, fait alors l'expérience. « Il me jure ses grands dieux que ce n'est ni lui, ni son équipe, soupire Bayrou, pour le moins dubitatif. Il y a toujours le préfet qui était au courant. Mais le préfet parlant au *Figaro*, ça paraît curieux… »

Si Bayrou n'y avait aucun intérêt, son hôte, qui préparait sa sortie du gouvernement et son envol présidentiel, avait tout à gagner à afficher sa proximité avec le leader centriste. Politicien expérimenté (quarante ans de carrière, plusieurs fois ministres de l'Éducation dans les années 1990), le maire de Pau ne s'en cache pas, il voit avec une certaine contrariété ce bizuth en politique venir sans vergogne lui piquer son jouet. « Parce que cet espace-là, l'espace du centre, j'ai mis vingt ans à le construire, à le défendre seul contre tous. Avec un tronçon d'épée à la main et nos faibles forces, les forces de notre famille politique, à l'époque tout à fait limitées », dit-il d'une voix où perce l'amertume.

On pense à la confidence du politologue Jérôme Fourquet, nous glissant, en juin 2021 : « Bayrou est arrivé dix ans trop tôt ; avant, le pays n'était pas mûr. » Le patron du Modem a planté les graines, Macron s'est occupé de la récolte.

« J'ai défriché le terrain, confirme le tuteur Bayrou, filant la métaphore agricole. Je l'ai labouré, j'ai planté la vigne, on l'a sarclée, on l'a taillée, et voilà que quelqu'un que je ressens à l'époque comme venu de nulle part, ou plus exactement venu de l'univers que je n'aime pas... »

« J'étais absolument déterminé à me présenter, même si je ne l'avais pas dit. »

Cet univers, c'est celui « de la technocratie, des affaires, de l'argent, résume-t-il. Ce que je ressentais comme le monde de Strauss-Kahn, pour simplifier. Et ce n'est pas l'univers que j'aime. Ma stupéfaction a été de voir que lui, il n'est pas du tout de cet univers-là. Plus que des préjugés, je croyais avoir des certitudes ».

La confiance n'est pas franchement de mise au cours de ce premier dîner, où chacun se garde bien de dévoiler ses cartes. « Je n'avais pas besoin d'être méfiant, la manœuvre était évidente », corrige Bayrou, sourire en coin. Les deux hommes ne se revoient plus, ensuite. Macron quitte le gouvernement, prélude à son aventure présidentielle. Bayrou prend alors publiquement ses distances. « J'ai des propos qui sont sévères à son endroit », résume-t-il. Pourtant, les deux hommes ne manquent pas d'occasions de se croiser : ils fréquentent le même bistrot, rue Cler, chic artère parisienne du VIIe arrondissement où, pure coïncidence, ils disposent chacun d'un pied-à-terre.

Pour autant, le contact avec les Marcheurs n'est pas totalement rompu. Bayrou a un interlocuteur majeur, Gérard Collomb, alors maire de Lyon, qui a quitté sans le moindre état d'âme un paquebot socialiste aux allures de *Titanic*, au début de l'été 2016, pour s'arrimer au hors-bord macroniste.

« Les seuls échanges que j'ai commencé à avoir avec l'univers Macron, raconte Bayrou, c'est avec Gérard Collomb, qui m'a dit : "Il faut qu'on parle, quand même." Je lui ai dit : "Oui, je suis d'accord pour parler." Et on a eu plusieurs rencontres avec Gérard Collomb, au mois de janvier 2017. C'est Collomb qui prépare le terrain, sur un mode – qui, d'ailleurs, a été trahi après : "OK, on n'est pas ensemble, OK, tu es fâché et tu ne sens pas cette trajectoire, mais on peut parler quand même, on ne sait jamais." Et j'étais de cet avis. »

Le madré Bayrou reste toutefois circonspect, à l'époque. Et, surtout, très contrarié.

« J'étais très en arrière de la main par rapport à Macron, pour une raison qui n'est pas très noble, c'est que ce terrain politique, cette vigne, je l'ai plantée, entretenue, fait fructifier, à la force du poignet et dans une grande solitude, répète-t-il encore. Et il y a quelqu'un qui arrive et qui prétend y faire la vendange. C'est absolument désagréable. Et je l'ai très mal vécu. J'ai vécu toute cette période naturellement comme l'annonce d'un assaut. »

Or, à cette date, il nous le confie, François Bayrou était bel et bien déterminé à retenter sa chance à la présidentielle, après ses échecs au premier tour en 2002 (6,84 %), 2007 (18,57 %) et 2012 (9,13 %). À près de 66 ans, il sent que c'est le scrutin de la dernière chance. « Je n'avais pas fait d'annonce, mais toute ma trajectoire, c'est ça, opine-t-il. J'étais absolument déterminé à me présenter, même si je ne l'avais pas dit. Pour une raison précise : la primaire Juppé. Parce que si Juppé avait été choisi, probablement aurais-je fait affaire avec lui. » En cas de victoire de Sarkozy, en revanche…

« Sarkozy continue la guerre de Troie contre moi, résume-t-il. Moi, j'ai fini la guerre de Troie depuis longtemps. On s'est opposés, il a été battu. Il m'a fait battre tant qu'il a pu, il a été battu. C'est la vie. Mais moi, je n'ai aucune rancœur à l'égard de Sarkozy ; je suis simplement, absolument, complètement rebelle à sa vision politique. Parce que sa vision politique, c'est la loi du plus fort, et je déteste cette vision, et sa stratégie politique est tout entière fondée sur : faire s'opposer les gens les uns aux autres. Avec une certaine différence de style, ce n'est pas loin de la ligne de Trump : désignons des ennemis, et le fait que ces ennemis soient ciblés, et violemment ciblés, ça va nous amener des amis. Et dans l'opinion politique française : les plus forts, les plus riches, les plus *succesfull*, comme on dit. Son idée de la réussite du pays, et de la réussite dans le pays, c'est la réussite matérielle, c'est l'argent, et ce n'est pas la mienne. Mais bon, je n'ai absolument aucune acrimonie personnelle, je suis simplement définitivement hostile à sa manière de voir les choses. Et qui continue, parce qu'il reprend éternellement les mêmes agressions. Il me déteste ; moi, je n'ai pas de détestation. » Juste du mépris.

C'est quelques jours avant Noël 2016 que Bayrou commence à envisager une alliance avec Macron. Il a un souvenir précis : « Je suis à la terrasse d'une brasserie qui est au coin de la rue de Grenelle et du boulevard de La Tour-Maubourg. Je prends un café, il fait un très joli soleil, et je viens d'entendre, les jours précédents, plusieurs déclarations de Macron, qui ressemblent de manière troublante à ce que je pense en profondeur. Notamment des phrases sur la bienveillance. Et je me suis remémoré à ce moment quelque chose d'extrêmement important pour moi, qui est le moment où j'ai perdu l'élection présidentielle de 2007 – où je ne l'ai pas gagnée, cette élection présidentielle de 2007, comme on voudra. Et ce moment, il est très identifié, c'était un peu plus d'un mois avant le premier tour, et Michel Rocard hésite à me rejoindre. Comme vous le savez, il n'avait pas que des sentiments positifs à l'égard de Ségolène Royal, et quand je monte dans les sondages, jusqu'à dépasser 20 %, on s'est vus plusieurs fois avec Michel Rocard – en secret, et ça n'a pas filtré –, chez lui, dans les Yvelines, avec sa femme, dont Rocard disait qu'elle avait toujours voté pour moi. Elle est béarnaise, de surcroît. Et il a failli venir, ou il a hésité, et puis il n'est pas venu. Et dix ans plus tard, comme je voyais la gauche en capilotade, une alliance avec Fillon impossible pour des raisons de fond, puisqu'il s'est mis à développer un programme qui est le contraire de ce que je crois, et Macron être visiblement soutenu par des courants d'opinion qui étaient proches de moi… »

Bayrou passe immédiatement un coup de fil à son double, sa confidente de toujours, Marielle de Sarnez (dont le décès, en janvier 2021, l'a laissé inconsolable) : « Écoute, on ne va pas faire la guerre de Cent Ans avec Macron, il ne faut pas écarter l'idée qu'on puisse un jour s'entendre avec lui », lance-t-il à la députée européenne. « Je suis d'accord avec ça », lui répond-elle. « J'avais fixé notre déclaration de candidature autour du 20 février, commente Bayrou. J'étais prêt, pas à me rallier à lui, j'ai toujours refusé le terme de “rallier”, mais à m'allier avec Macron. »

Bayrou entame donc des négociations avec Collomb. En jeu, la clé de répartition des investitures pour les législatives, et la place du chef centriste dans le futur dispositif gouvernemental. Sans fausse modestie, le leader du Modem ne fait pas mystère de ses ambitions : Matignon. « Il n'y avait qu'un poste qui m'aurait intéressé, approuve-t-il. Il y avait une logique à tout ça. Et, dans mon esprit, c'était clairement ça ou rien. » Collomb prend note, sans s'engager.

La discussion vient ensuite sur le nombre de députés susceptibles d'être concédés, en cas de victoire de Macron, par En Marche ! au Modem.

« Écoute, c'est très simple, lance Bayrou à Collomb, on regarde les sondages le jour où on fait un accord, et on répartit à la proportionnelle les sièges. Ça engage Macron, ça m'engage moi, c'est simple comme bonjour, comme ça il n'y a pas besoin de négociations. »

« Le jour même, il passe de 17 à 24 %, et il n'en a plus jamais bougé. Je le savais. »

À en croire Bayrou, Collomb « tope là ». « Il me rapporte l'accord explicite de Macron. Je le connais bien, Collomb, depuis longtemps, j'ai confiance en lui. Et puis, qu'est-ce qu'on peut proposer de plus logique qu'un tel accord ? Et donc, on est dans cet esprit-là. Je n'ai pas vu Macron pendant toute cette période, et je n'ai eu aucune négociation, aucun marchandage… » On aurait aimé recueillir la version de Gérard Collomb, mais l'ex-ministre de l'Intérieur a décliné par SMS en ces termes : « J'ai lu vos livres et je les ai aimés, mais j'ai compris à leur lecture toute la vertu du silence. »

À cette date, Bayrou continue de se méfier du « super techno » déterminé à lui rafler sa part de marché, conquise avec les dents, année après année. D'autant, il le concède sans difficulté, qu'il a « le sentiment d'une opération Strauss-Kahn *bis* »… « Avec, ajoute-t-il, la même complaisance des milieux d'affaires, dont je croyais que Macron était complice. Ou l'incarnation. J'ai compris après que tel n'était pas du tout le cas. » Bayrou précise toutefois : « Qu'ils l'aient utilisé, il n'y a aucun doute dans mon esprit. Et réciproquement : les deux se sont utilisés. »

Quarante-huit heures avant sa grande conférence de presse prévue au siège du parti, le 22 février 2017, François Bayrou, qui a déjà pris sa décision – seule la fidèle Marielle de Sarnez est dans la confidence –, va prendre le petit déjeuner chez son voisin de la rue Cler. Le maire de Pau reste évasif : « Je lui demande comment il sent les choses. On parle. Mais j'étais absolument décidé à ne rien dire, et lui avait compris que je ne dirais rien. Je ne voulais pas du tout demander, parce que l'orgueil est des deux côtés dans cette affaire. *Grosso modo*, il m'a dit : "Bon, vous me direz ce que vous pensez." Je lui ai dit : "Oui, OK..." » Finalement, juste avant sa déclaration à la presse, Bayrou appelle Macron pour fixer les conditions de son soutien, notamment une loi sur la moralisation de la vie publique – de quoi rire jaune rétrospectivement... Macron accepte sans rechigner. Il sait le soutien de Bayrou décisif, à un moment où sa cote de popularité commence à s'effriter. De fait, le ralliement spectaculaire de Bayrou se révélera un tournant majeur de la campagne. « Le jour même, il passe de 17 à 24 %, et il n'en a plus jamais bougé ; je le savais », pérore, pas peu fier, l'ancien ministre de l'Éducation.

Reste à savoir le sort qui lui sera réservé. Malgré son envie de Matignon, Bayrou assure ne pas réclamer le poste à Macron. « Jamais ! s'exclame-t-il, vexé. Je n'ai jamais de ma vie pratiqué le marchandage. Parce que je trouve que c'est dévalorisant. Je pratique le marchandage quand je fais les courses, quand je suis au *souk*. Mais jamais en politique. Parce que, un, c'est dévalorisant et, deux, ça ne marche jamais. »

Pourtant, ce titre de Premier ministre, le président du Modem le guigne ouvertement.

« Je pensais qu'il y avait une logique à ce que je le sois, et que j'aurais bien fait le job, redit-il sans fausse modestie. Mais c'est lui qui est président de la République, et je n'ai jamais confondu les rôles. Et c'est un type que je respecte, parce qu'il a quelque chose que les autres n'ont pas. Je le lui ai dit très souvent : il y a des tas de gens qui croient que, pour être numéro un en politique, c'est mieux quand on a été numéro deux, que c'est une ascension, un *cursus honorum* comme on le disait dans la Rome antique. Or, ce n'est pas vrai. Il y a des gens qui sont faits pour être numéro deux, et des gens qui sont faits pour être numéro un. Lui est fait pour être numéro un. » Et Bayrou, pour rester dans le clair-obscur, manifestement. Même si ça lui déplaît profondément.

Alors, il doit s'incliner, renoncer à Matignon. Il sait ne pas faire le poids face à la tornade Macron, qui apporte fraîcheur et dynamisme à la vieille classe politique française dont il est un emblématique représentant.

« Ferrand, Delevoye, tous les mecs du système qui voulaient des places pour eux et la totalité du pouvoir. »

« Macron, il n'est pas de son âge, dit-il curieusement. Je me trompais quand je lui disais : "Vous êtes trop jeune." Je me trompais, parce que je croyais qu'il avait son âge. Or, il n'avait pas son âge. Mais ce qui est vrai, c'est qu'il n'avait pas l'expérience politique qui lui aurait permis d'éviter de nombreux pièges. » Par exemple, cette célébration à *La Rotonde*, au soir du premier tour marqué par la qualification de Macron, dont la victoire face à Marine Le Pen au second ne semble faire aucun doute. Conviés, François Bayrou et Marielle de Sarnez déclinent poliment. « Ça ne se fait pas. Un soir comme celui-là, pour nous, ce n'est pas le moment de la fête », tance Bayrou, allusion à la présence de l'extrême droite au second tour, comme une réplique du séisme du 21 avril 2002.

Macron élu deux semaines plus tard, il faut préparer les législatives, et mettre en œuvre l'accord passé en janvier avec Collomb. « On est absolument prêts avant l'investiture, raconte Bayrou ; trois ou quatre jours avant, on déjeune avec Macron en tête-à-tête, et il a sous la main gauche une pile de chemises bleues, celles des investitures. » L'affaire est vite réglée, à en croire le Béarnais.

« On a fait l'accord un quart/trois quarts, explique-t-il. Un quart de 577 circonscriptions, ça représente 144 circonscriptions. Et Macron a sous la main la pile des 115 circonscriptions déjà attribuées, il en reste donc 29 à trouver. Et je dis : "Ce n'est pas un problème. 29 ? On va prendre les plus mauvaises, voilà." Et c'était fait. » Enfin, presque.

Car, le lendemain matin, c'est la douche froide. Présente au siège d'En Marche ! où le secrétaire général du mouvement, Richard Ferrand, doit annoncer la liste des investitures, Marielle de Sarnez manque de défaillir. Elle appelle en catastrophe François Bayrou. Le dialogue est court.

> Sarnez : Tu ne sais pas, Ferrand vient de l'annoncer, on nous donne 16 circonscriptions, au lieu de 144 !
> Bayrou : Ce n'est pas grave, on va faire la guerre ! Tu rentres, et je publie un communiqué en disant que nous ne sommes engagés en rien par les investitures.

C'est violent, les dirigeants du Modem n'ont rien vu venir. Ils ne se sont pas méfiés, ni de Collomb, ni de Macron, pas plus de Ferrand, dont le parcours sinusoïdal aurait pu les alerter. À la gauche du PS, jusqu'à frayer avec les « frondeurs » durant le quinquennat Hollande, il a été le premier parlementaire socialiste à passer avec armes et bagages au centre droit, en l'occurrence dans le camp macroniste, en 2016, anticipant l'implosion de son parti de toujours.

Mais il y a plus grave pour Bayrou, encore outré quatre ans après. « Leur équipe a sous-entendu que ce n'était pas grave, qu'ils pouvaient payer, nous donner de l'argent pour compenser ! » révèle-t-il. En Marche ! aurait dédommagé financièrement le Modem pour se faire pardonner de priver le parti centriste des circonscriptions promises ? On a peine à y croire – Richard Ferrand n'a pas souhaité confirmer ou démentir. Et pourtant…

« Vous savez, explique doctement le président du Modem, un député, ça vaut 40 000 euros par an à peu près : pour le parti qui l'a fait élire, c'est ce que ça rapporte en part de financement. Donc, il suffisait de nous compenser. Donc, pour cent députés, ça fait 4 millions d'euros. Ils ont proposé ça à Marielle, ce qui n'est pas la chose la plus fine. Elle en a été tellement blessée… Ils nous proposaient de l'argent, à nous, qui avons ferraillé pendant vingt ans, pendant qu'ils étaient au chaud, au PS, ou à l'UMP… Ils disent : on vous compensera au nombre des députés que vous n'aurez pas. Et là, je dis à Marielle : “Tu rentres, et je publie ce communiqué, en disant que nous ne sommes engagés en rien par les investitures.” Et nous nous mettons en ordre de marche pour présenter des candidats dans toutes les circonscriptions. Je suis revenu vers Macron : silence. En fait, il est évident qu'ils avaient convaincu Macron que si on me donnait la clé de la majorité, c'était une menace insupportable. C'est-à-dire que je ferais du chantage, que je voudrais diriger le pays… »

Mais qui sont ces « ils » ? Bayrou désigne sans rechigner les coupables : « Ferrand, Delevoye, tous les mecs du système qui voulaient des places pour eux et la totalité du pouvoir. »

Scandalisé par cette « manœuvre », qu'il qualifie de « trahison », Bayrou se met en situation de présenter des candidats contre LRM dans toutes les circonscriptions : « Borloo m'appelle et me dit : "Je viens avec toi." Donc, on était prêts. Et on y serait allés, et c'est pour ça qu'ils ont cédé. » De fait, LRM est en marche… arrière. Le Modem obtient gain de cause. Enfin, presque.

« Pas sur tout, nuance en effet Bayrou, puisqu'on aurait dû avoir 88 députés, et on en a eu seulement 50. Mais la différence n'est pas mince : à 16, ça veut dire que vous n'existez pas. À 50, vous êtes le troisième groupe à l'Assemblée. Mais ça n'enlève pas le fait que l'accord a été trahi. Dans mon esprit, je ne l'ai jamais oublié. »

Si le leader centriste en veut d'abord à l'entourage de Macron, il ne dédouane pas pour autant totalement le président de la République. « Il laisse faire. Naturellement, le chef n'est pas au courant ; naturellement, ça devait être la faute de ses collaborateurs… », ironise-t-il.

Mais l'affaire va laisser des traces. Quasiment au sens propre du terme : furibard, le jour de l'investiture du nouveau président, Bayrou manque d'en venir aux mains avec Ferrand, à qui il aurait volontiers fait tâter de son poing. « Je suis plutôt rugby », opine le maire de Pau, qui confirme l'incident : « On a en effet failli se battre physiquement, Ferrand et moi ; je l'avais eu au téléphone la veille au soir, avec, comment dirais-je, une certaine… vigueur, un certain élan ! Je lui ai dit tout ce que je pensais de ces attitudes-là. Il n'a pas aimé et, au pot, nous nous sommes croisés, on a échangé trois phrases, et il a fallu que des amis s'interposent. Voilà. Je ne supporte pas ce genre de trahison. Surtout quand on vient de faire élire un président de la République. Il ne vous a pas échappé que je fais de la politique depuis un certain temps, donc j'en ai vu beaucoup. Mais des comme ça, pas souvent. Pas souvent… »

Occupé à gérer les investitures, François Bayrou doit aussi accomplir son propre destin. Édouard Philippe nommé à Matignon, il comprend définitivement qu'il va devoir ravaler ses ambitions, non sans aigreur. Mais Emmanuel Macron sait trouver les mots… Bayrou : « Il me dit : "Écoutez, il n'y a pas eu de grand garde des Sceaux depuis Badinter, j'ai besoin de vous." Il me prend dans le sens du poil. Il fait appel aux grands sentiments. Et, en plus, je savais, moi, que la justice allait mal, qu'il y avait des choses à faire, qu'on pouvait essayer de reconstruire un équilibre. Donc, je me suis laissé faire. Parce que vous voyez bien qu'il y a un problème très profond dans le monde de la justice. Est-ce que la justice est un contre-pouvoir, ou est-ce que c'est un pouvoir impartial ? C'est une grande question. Pour moi, ça devrait être un pouvoir impartial. Les perquisitions chez la totalité des membres du gouvernement qui ont eu quelque chose à voir avec le Covid, ce n'est pas la justice. Qui peut penser qu'il y a eu une note disant : "C'est très grave, mais n'en parlons pas" ? Qui peut le croire ? Et encore faudrait-il que cela ait influé sur le fait que l'on ne s'est pas préparés. Tout ceci n'a aucun sens. Des centaines de policiers mobilisés… »

On comprend l'ire de Bayrou : à peine nommé garde des Sceaux, le voici rattrapé par l'affaire des assistants parlementaires européens du Modem – qui lui vaut d'être mis en examen depuis décembre 2019 pour « complicité de détournement de fonds publics ». Y voit-il la conséquence de son bras de fer avec la macronie au moment des investitures ? Il élude, mais le sous-entendu est assez transparent : « On a eu ce premier affrontement tout de suite. Et puis, il y a eu des affaires qu'on nous a cherchées… Elles ne sont peut-être pas venues par hasard… Le hasard est un grand maître. »

Sur le fond du dossier judiciaire, Bayrou ne décolère pas. « Les affaires d'assistants parlementaires, pour moi, il n'y a rien de répréhensible dans ces affaires-là, ou alors c'est toute la République depuis cent cinquante ans qu'il faut mettre en cause ! s'emporte-t-il. Comment tant et tant de jeunes politiques sont entrés dans la carrière ? Voyez le nombre de ceux qui ont été assistants parlementaires dans leur vie… Si vous faites la liste, vous en trouverez deux cents parmi les hommes politiques. Fabius lui-même : il écrivait les discours de Mitterrand. Hollande et Ségolène Royal, ils étaient embauchés à l'Élysée pour aller faire campagne, l'un en Corrèze et l'autre dans les Deux-Sèvres. Vous, vous n'écrivez jamais tout ça, donc on fait comme s'il y avait un crime là-dedans. Alors que, pour moi, il n'y a rien de répréhensible. »

« Je pense que, pour l'essentiel, ils se trompent. Leur vision du monde n'était pas la bonne. »

Une chose est sûre : dès l'ouverture de l'enquête judiciaire, en juin 2017, cette affaire d'emplois potentiellement fictifs a coûté à François Bayrou son poste au gouvernement, mais aussi à son amie Marielle de Sarnez, alors ministre aux Affaires européennes.

Redevenu un électron libre, François Bayrou, aujourd'hui âgé de 70 ans, observe d'un œil plutôt bienveillant la trajectoire d'Emmanuel Macron. En effet, s'il est très remonté contre son entourage, Bayrou ménage en revanche le chef de l'État lui-même. « Il a des qualités exceptionnelles, assure-t-il, faisant notamment allusion au Grand Débat. Parce que tenir tout seul pendant huit heures de temps face aux requérants de toute nature, de tous les élus locaux jusqu'aux Gilets jaunes – moi, j'ai fait ça à Pau, cinq grands débats à cette période, il y a même eu un article dans *Le Monde* –, eh bien, il faut le faire. » Pour Bayrou, pas de doute, « Macron est à la hauteur ». Il n'en est pas de même, manifestement, de la jeune garde macronienne, les Ismaël Emelien et autres David Amiel, notamment.

« Ses conseillers, je ne les connais pas, je n'ai certes pas été convaincu par leur livre, tacle Bayrou. Alors, si vous me dites qu'ils disaient tous les jours du bien de moi au président de la République, peut-être ne vous croirai-je pas, parce que, forcément, ils ont dû considérer que je risquais d'avoir une influence, disons excessive, en tout cas pas la leur… Je n'ai jamais parlé avec eux. Rarissimement. Je pense que, pour l'essentiel, ils se trompent. Leur vision du monde n'était pas la bonne. »

Quant au parti En Marche !, Bayrou acte son échec, froidement. « Un parti politique, c'est quatre choses, déclare-t-il. Un, c'est une doctrine, une philosophie, une vision du monde, une idéologie – les quatre termes s'emploient, ça veut dire la même chose. Deuxièmement, c'est une *affectio societatis* : "Il est des nôtres", ça veut dire un goût pour être ensemble. Troisièmement, c'est un enracinement, un réseau. Dans chaque région, une présence, légitimée par les élections. Et, quatrièmement, c'est un leader. Si vous n'avez pas les quatre, vous tombez. »

En privé, le chef centriste se montre plus féroce. « Les leaders d'En Marche !, c'est quoi ? confiait-il récemment. La majorité d'entre eux, c'est des socialistes. Formés au MJS, pire encore, à l'UNEF et au MJS ! Mitterrand disait : c'est l'école du vice. Ils viennent de là. On revient toujours à la source. Donc, ils ont tendance à importer ces manœuvres dans le système. »

Malgré tout, lorsqu'on demande à François Bayrou si, au terme de ce quinquennat, il considère l'aventure macronienne comme une réussite, il répond sans hésiter par l'affirmative. Sans doute parce qu'il estime que, même par procuration, ce succès, c'est d'abord le sien.

« J'ai défendu devant tous les Français une idée qui leur apparaissait comme lunaire, qui était : "Les deux partis dominants, ils sont pourris de l'intérieur, ils sont vermoulus, ils vont s'écrouler, et entre les deux il y a une majorité pour la France." Je répète ce que j'ai dit pendant quinze ans. Cette intuition, personne ne la trouvait valide. À l'époque, tout le monde me disait : "Bon, alors d'accord, vous pourrez être élu président, mais après vous n'aurez pas la majorité, vous n'avez pas de sortants." Et on a prouvé avec Macron que non seulement c'était possible, mais que c'était le sens de l'histoire. Et que les deux tours jumelles, le PS et l'UMP, elles étaient mortes, écroulées. Et que l'espace du centre était l'espace dominant de la vie politique française. Oui, c'est un succès formidable, pardon de dire ça. »

Il sera beaucoup pardonné à François Bayrou, incapable de tenir rigueur à l'homme qui, en préemptant son espace politique, lui a définitivement barré la route de l'Élysée. Un tuteur, c'est pratique, solide, protecteur. Et un jour, à force de ployer, ça casse, et on s'en débarrasse.

C'est même fait pour ça.

Chapitre 18

La suffisance

« C'est ça, le vrai problème de ce quinquennat : le pouvoir est dans les mains d'une caste de sachants qui n'ont aucun contrôle, aucune vue du territoire, mais qui pensent qu'entre eux ils peuvent faire la pluie et le beau temps. »

Didier Guillaume, ex-ministre macronien

Dimanche 28 juin 2020, salle des fêtes, à l'Élysée.

En formation réduite, le clan habituel est présent ; les résultats des élections municipales tombent, dans une ambiance sépulcrale. Tous plus décevants les uns que les autres, pour LRM. Macron enrage. Seule consolation : Édouard Philippe est réélu maire du Havre, assez confortablement, au second tour, avec 58,8 % des suffrages. L'écran TV diffuse des images, en direct du Havre, avec un Premier ministre souriant, triomphant, même. Macron s'approche du téléviseur et lâche, féroce et implacable : « Il faut qu'il bouge, lui. »

Les membres de l'équipe présidentielle, mais aussi certains proches, comme le producteur de théâtre Jean-Marc Dumontet, sont surpris. Que veut dire le chef de l'État ?

Envisage-t-il de se séparer du locataire de Matignon, au bout de trois ans ? Ou vient-il, simplement, d'exprimer son agacement sur une situation qui n'a que trop duré ?

Tous, à cet instant, savent que les jours de Philippe à Matignon sont comptés. Et, surtout, que Macron a décidé de s'émanciper d'une forme de tutelle. Le chef de l'État pourrait, à cet instant, paraphraser Lady Diana : « Nous étions cinq dans ce mariage… » Trop de pesanteurs, de lourdeurs, de freins, dans l'attelage formé par deux purs technos, Édouard Philippe et le directeur de son cabinet, Benoît Ribadeau-Dumas, à qui il faut ajouter Marc Guillaume, secrétaire général du gouvernement, et Alexis Kohler, secrétaire général de l'Élysée.

Cinq énarques, si l'on additionne Macron.

Mais le chef de l'État est fait d'un bois différent. Il aurait pu et même dû imposer son style, infiniment libre, en particulier aux trois conseillers d'État. Trois hommes d'une rare efficacité, mais issus du même moule, hyper-classique, clairement situés à droite de l'échiquier politique. Le goût du risque, très peu pour eux, ou alors faut-il qu'il soit mesuré, calculé, contrairement à Kohler, l'ex du Trésor, qui a appris à composer avec son patron, depuis les années passées ensemble à Bercy. Tous ses ministres ont répété à Macron la phrase fétiche de l'hôte de Matignon : « Il y a un process », répète sans cesse, Philippe.

Or, au fond, Macron « n'est prisonnier que de lui-même », comme nous le dit l'un de ses conseillers officieux, Jacques Attali. Surtout pas de ses collaborateurs. Les *process*, ça va un moment. Il a trop attendu, il le sait, multiplié les erreurs de jugement, depuis trois ans. Lui n'est jamais meilleur que dans le mouvement, quitte à froisser, à envoyer paître.

Quelques exemples ? Prenez cette scène, rapportée par François de Rugy, alors ministre de la Transition écologique :

« Un jour, Macron a dit à la table du Conseil des ministres : “Le déremboursement de l’homéopathie, c’est vraiment une connerie.” Et là, il y a Agnès Buzyn [*ministre de la Santé, qui a imposé le non-remboursement de l’homéopathie*] qui se décompose. Et elle me dit peu de temps après : “Je ne sais pas quoi en penser. Est-ce que ça veut dire que tout est abandonné ?”… » Non, c’était juste une réflexion personnelle du président. Il faut s’y habituer.

Le climat, et l’actrice Marion Cotillard qui lui mord les mollets ? « Elle me fait chier, Cotillard », assène-t-il à Dumontet, qui joue ensuite les médiateurs. Cela donnera la Convention citoyenne sur le climat. Et ces journalistes accrédités, désireux de retrouver leur salle de presse à l’Élysée ? « Ah non, jamais ! Ils me font chier… », dit-il encore à Dumontet, toujours démineur en chef.

Plus provocateur que jamais, il s’exprimera, ensuite, sur le média en ligne Brut, dans l’hebdo de la droite extrême *Valeurs actuelles*, ou auprès des youtubeurs dans le vent, Carlito et McFly, les rois des anecdotes. Jamais là où on l’attend, toujours à défier les habitudes, à narguer les conformismes.

Il est ainsi fait. Sans filtre et sans attaches, à la fois intuitif et réfléchi, le feu et l’eau. « Une Spontex, s’amuse Dany Cohn-Bendit. Ouvert et technocrate… en même temps. Le problème est qu’il est tombé dans le piège… » Un « piège » ? Il lui aura effectivement fallu trois ans pour s’extraire de la gangue technocratique. « C’est ça, le vrai problème de ce quinquennat, estime Didier Guillaume, ministre de l’Agriculture de 2018 à 2020 : le pouvoir est trop dans les mains d’une caste de sachants qui n’ont aucun contrôle, aucune vue du territoire, mais qui pensent qu’entre eux ils peuvent faire la pluie et le beau temps. » L’épisode 2019-2020 de la loi sur les retraites aura été la démonstration d’un désaccord de fond.

Cela dit, Macron ne peut s'en prendre qu'à lui-même. N'a-t-il pas choisi, dès mai 2017, de s'entourer de clones ?

« Il a compris où l'entraînaient les forces des groupes qui l'entouraient. »

C'est Christophe Castaner, ex-ministre de l'Intérieur, qui résume le mieux l'affaire. On lui parle de cette bande qui entoure Macron, au tout début, assemblage hétéroclite de jeunes bien nés aux dents longues et de purs produits de la formation des élites. Tous les mêmes, en fait. Son allié du Modem, le madré François Bayrou, l'a compris dès les premiers instants. Macron s'est senti corseté. « Oui, je crois vraiment qu'il l'a été, nous confie Bayrou. Il ne le dit pas, mais moi, je sais qu'il l'a été. » Très tôt, François Bayrou s'est méfié d'Édouard Philippe. Il l'a signifié en ces termes à Macron : « Je lui ai dit deux choses : "Un, ce n'est pas votre ligne politique. Et deuxièmement, le jour où vous l'avez nommé, vous avez un rival." Ça se passera forcément dans une confrontation. Parce que les profils sont trop semblables. Édouard Philippe, Macron ne le connaissait pas. Et donc, j'imagine que c'est Kohler qui l'a introduit. » Bayrou croit avoir convaincu le président de modérer l'augmentation de la CSG et de rétablir une partie de l'ISF ? À peine a-t-il le dos tourné, embarqué dans un avion pour Pau, que les phrases prévues, discutées en amont, disparaissent du discours présidentiel. C'est bon, il a compris. Il va falloir guerroyer.

Les techniciens ont pris la main.

Même Jupiter doit composer avec la technocratie.

« Et ce n'est pas Philippe qui allait payer l'addition, c'était le président de la République, assène Bayrou. Je ne sais pas qui, mais ils l'ont entraîné sur une position à la fois meurtrière pour l'avenir et contraire à la campagne électorale qu'il avait faite. » Le leader centriste y voit « l'influence de ceux qui l'entouraient et qui pesaient là-dessus. Ils se sont dit que c'était le moment ou jamais ». Mais Macron a dû se réveiller, avec les Gilets jaunes, puis les manifestations sur les retraites. « Il a compris, en partie, où l'entraînaient les forces des groupes qui l'entouraient, continue Bayrou. Parce que la technostructure autour de lui a considéré que son élection était une divine surprise, et qu'on allait pouvoir faire *ne varietur* ce qu'on n'avait pas pu faire jusque-là. Alors, il faut comprendre. Vous vous retrouvez à la tête de l'État, sans parti, sans relais, et il y a dix décisions à prendre tous les jours. Et vous avez un tout petit nombre d'hommes de confiance, avec qui vous avez fait les aventures du pouvoir avant, du temps de Bercy. C'est sécurisant, parce qu'ils ne font pas d'erreurs techniques, ils ne font pas d'erreurs juridiques. Et Alexis Kohler est l'homme de confiance de Macron, parce qu'il ne fait pas d'erreurs. La marge est faible entre leur faire confiance et s'en remettre à eux. »

À l'Assemblée nationale, dans la majorité, on tente pourtant, dès le début du quinquennat, de se défaire de la férule technocratique. Du moins, les éléments les plus politiques, comme l'ex-juppéiste Aurore Bergé : « Je sais que beaucoup de gens se plaignaient de Ribadeau-Dumas. Il pouvait être très dur, mais au moins ça tournait. Après, il faut dire qu'on se fritait fortement. » Elle fustige quand même « ces gens irremplaçables et jamais remplacés, qui se protègent, une espèce de sentiment de caste, qui existe et qui n'est pas qu'un sentiment. Et, pour le coup, on a été élus contre ça, mais on ne l'a pas fait ». Son collègue Aurélien Taché les voit à l'œuvre, ces premiers de la classe parfaitement déconnectés, ils peuplent les cabinets des ministres, dès les premiers jours du quinquennat : « On s'est fait avoir tout de suite, parce qu'on a perdu la guerre des cabinets, rapporte-t-il. Il y avait du côté de l'entourage de Macron l'idée que de toute façon il y avait une assemblée assez à gauche, et donc il fallait un gouvernement et des cabinets qui le seraient quand même un peu moins, pour équilibrer. »

Toujours cette tendance très macroniste à ménager la chèvre et le chou – comprendre, la gauche et la droite.

Au sommet de l'État, le ménage à cinq s'est installé. Les déjeuners à l'Élysée réunissent Macron et Philippe, mais aussi leurs bras droits respectifs, Alexis Kohler et Benoît Ribadeau-Dumas. Les décisions prises sont ensuite transcrites et suivies par le secrétaire général du gouvernement, Marc Guillaume.

Très proche de Macron, le conseiller Alain Minc voit le mécanisme infernal se mettre en place : « Macron ne se rend pas compte qu'il a un bloc de trois mecs en face de lui, qui pensent tous les trois pareil, parce qu'ils pensent tous les trois "techno". Et il est tout le temps minoritaire. Et même si vous êtes le chef, ce n'est pas pareil. Et, en plus, il s'en méfie. Mais là, il leur a donné le pouvoir. » Le communicant Robert Zarader, longtemps familier de Macron, renchérit : « Macron était constamment minoritaire. Il était un contre trois. » Ajoutez donc à cela la présence constante, quasi obsédante, de Marc Guillaume, le secrétaire général du gouvernement. Un véritable chef de la gare de triage des décisions ministérielles, un haut fonctionnaire autoritaire, aussi, un peu trop gonflé de son immense compétence, et même accusé de sexisme par une enquête du *Monde*… Il devra d'ailleurs quitter son poste en juillet 2020 à la demande du nouveau Premier ministre, Jean Castex.

C'est l'ancien Premier ministre socialiste Manuel Valls qui l'avait désigné à ce poste. « Avec Marc Guillaume, la machine tourne à fond, estime Valls. C'est tellement vrai que l'Élysée se vide progressivement de sa substance. »

En tout cas, au niveau de la prise de décision politique. Car, pour le reste, le quatuor fonctionne à plein régime ; le cinquième homme, Macron, leur a accordé toute sa confiance. « À mon avis, ils ont eu une part d'immense responsabilité dans les travers qu'on décrit à l'égard du président, assure le député Pierre Person, ex-numéro deux de LRM. Ce n'était pas tant le président, mais plutôt Alexis Kohler, qui tranchait. » Didier Guillaume est formel : « Je pense que le poids de Ribadeau et de Kohler a été très fort. Très, très fort. Ça, c'est absolument sûr. Le vrai problème dans ce pays, c'est : est-ce qu'il est possible que le politique dirige le pays, ou est-ce que c'est les technocrates ? » Il peste contre le pouvoir décisionnel conféré à ce quatuor, élu par personne, qui a de fait dirigé la France et que Macron, par conviction ou impuissance, a laissé faire.

> *« Je pense qu'on est face à des gens qui n'ont jamais vécu à moins de 2 000 euros par mois. »*

Bien sûr, le président a donné l'impulsion. Mais, *in fine*, c'est la *dream team* Philippe-Kohler-Ribadeau-Guillaume qui tranche, ordonne. Décide. Didier Guillaume, pur politique venu de la France profonde – aucun lien de parenté avec l'ex-secrétaire général du gouvernement –, peut en témoigner. « Le poids du secrétaire général du gouvernement est plus important que n'importe quel ministre, dit-il. Celui qui fait la pluie et le beau temps dans un gouvernement, bien souvent, pour les ministres de base – je ne parle pas pour les deux ou trois stars –, c'est le secrétaire général du gouvernement. Il peut revenir sur les décisions d'un ministre, ce qui est absolument scandaleux. » Il a, en tête, un exemple précis, significatif, relatif aux coopératives agricoles. « Je valide les décisions, et puis c'est le secrétaire général du gouvernement qui considère que ce n'est pas la bonne décision, et qui en met une autre à l'arbitrage ! » s'agace-t-il. Avant de conclure son réquisitoire : « Il faut que ces gens-là comprennent qu'ils sont aux ordres des politiques, et pas l'inverse. Aujourd'hui, on n'est pas de la même caste qu'eux. Il y a d'un côté les gueux et de l'autre côté ceux qui ont fait les grandes écoles. »

De fait, Marc Guillaume en a crispé plus d'un. Comme François de Rugy : « Il n'a pas contribué à transformer l'administration, ça, je peux en témoigner, nous dit-il. Il a été un gardien du temple très solide et très fermé. Bon, il a été changé, mais enfin, on l'a remis à un poste important… » Remercié brutalement par Jean Castex, successeur d'Édouard Philippe en juillet 2020, le puissant et contesté Marc Guillaume a été nommé préfet de Paris et d'Île-de-France. Il y a en effet pire comme sanction…

C'est lors des grandes crises que l'on comprend la puissance cachée de cette technocratie, celle qui peut envoyer le pouvoir dans le mur, à force de certitudes trop ancrées, de privilèges quasi héréditaires, de codes non partagés. Émilie Cariou, ex-députée LRM, croit, elle, que Macron n'est pas si différent du quatuor : « Je pense qu'ils sont alignés, en fait. Je pense aussi qu'on est face à des gens qui n'ont jamais vécu à moins de 2 000 euros par mois », cingle-t-elle. Difficile de lui donner tort. Et cela s'est particulièrement vu après la crise des Gilets jaunes, lors de l'épisode de la réforme des retraites, fin 2019.

Tout remonte en réalité à septembre 2017, quand Emmanuel Macron nomme Jean-Paul Delevoye haut-commissaire à la réforme des retraites. L'ancien président Nicolas Sarkozy s'étrangle. Quand il rencontre Macron, il ne mâche pas ses mots : « Delevoye est incapable de faire ça ! » assène-t-il à son successeur. Qui ne tient pas compte de l'avertissement. Parmi ses rares proches à pouvoir se targuer d'un indéniable sens politique, François Patriat, sénateur de la Côte-d'Or, n'a pas de mots assez durs, lui aussi, pour dénigrer celui qu'il surnomme « le bouddha gominé ». En réunion interministérielle, les quolibets volent bas. Personne ne comprend grand-chose au jargon un peu trop technocratique employé par l'ancien ministre chiraquien. Marlène Schiappa se rappelle notamment un séminaire où elle interpelle le haut-commissaire : « Delevoye était venu nous présenter son truc. Moi, je me souviens de lui avoir dit : "Excuse-moi, mais je ne comprends pas en quoi c'est gagnant par rapport à la situation actuelle. Qu'est-ce que va gagner ma grand-mère ? Peut-être que je suis stupide, je ne parle pas bien le langage que vous parlez, mais je ne comprends pas en fait pourquoi c'est mieux." Et Delevoye m'explique que ce n'est pas forcément mieux, mais que c'est différent, et que c'est un autre mode de calcul. Et après, tout le monde part dans les trucs hyper techno… » Bref, une usine à gaz incompréhensible, sauf pour les bac + 15 – et encore.

« Une très grande majorité des ministres était contre cette réforme. »

Pourtant, c'est bien ce texte qui est mouliné, puis présenté aux « corps intermédiaires » honnis, dont le seul apport est purement symbolique. Le quatuor est parfaitement raccord : cette réforme doit être à la fois systémique, profonde, avec un barème de points, et paramétrique, avec un « âge pivot » pour le départ à la retraite. Petit souci : Emmanuel Macron n'est pas sur cette ligne.

Pourtant, il cède, comme en témoigne François de Rugy : « Quand il y avait les réunions à quatre, donc Ribadeau-Dumas, Édouard Philippe, Alexis Kohler, Emmanuel

Macron, le président se retrouvait parfois à un contre trois. Notamment sur la réforme des retraites. Ce n'est pas un petit sujet. Moi, je peux témoigner que, sur la réforme des retraites, il était vraiment un partisan de cette réforme de grande ampleur systémique, comme on dit, et qui ne soit pas paramétrique » – c'est-à-dire basée sur le seul recul de l'âge de départ à la retraite. C'est ennuyeux, cette dissonance au sommet. Car les divergences au sein de l'exécutif sont vite connues des élus de base. Cela fait tache.

C'est peut-être sur cette réforme que la poigne de la technocratie s'est le mieux fait sentir. On aurait bien aimé en discuter avec Jean-Paul Delevoye, mais il nous a répondu ceci : « Je ne suis pas la bonne personne [*sic*], j'ai pris distance et recul. » Il aurait pu nous donner son point de vue sur cette scène : lors de l'un des derniers Conseils des ministres auxquels assiste François de Rugy, un débat est organisé autour des retraites. « Une très grande majorité des ministres était contre cette réforme, constate Rugy. C'était très frappant. Pour diverses raisons, souvent pour des raisons internes à leur ministère. Dans tous les ministères, ça allait faire des remous. » Le Premier ministre prend alors la parole. Sans fioritures : « Édouard Philippe dit ouvertement : “Moi, je suis plutôt pour des mesures paramétriques…” », rapporte Rugy C'est évidemment le président de la République qui clôt l'affaire. « Il prend la parole à la fin, poursuit Rugy. Et il dit : “J'y tiens énormément. Et pas de paramétrique : moi, je veux une réforme systémique. Et si jamais il doit y avoir des éléments paramétriques, on les fera après.” C'était un vrai choix politique. Ce qui montre aussi qu'un président, tout président de la Ve République qu'il soit, il n'est pas non plus tout-puissant. »

Le 5 décembre 2019, les syndicats, notamment à la SNCF, font savoir leur opposition ; les conditions d'un conflit social de grande ampleur sont parfaitement réunies. Une grève violente s'instaure. En véritable juppéiste, Édouard Philippe, droit dans ses souliers marron, tient bon. Le 11 décembre 2019, le Premier ministre s'exprime officiellement : il y aura bien un âge pivot, ce sujet qui cristallise toutes les oppositions. C'est la seule manière, à ses yeux, de venir à bout du déficit chronique du système des retraites en France.

À l'Élysée, ils sont quelques-uns à tiquer. Une nouvelle équipe est arrivée pour succéder aux « mormons » des premiers temps. Philippe Grangeon, 62 ans, syndicaliste de toujours, socialiste de tempérament, est devenu, en février 2019, le conseiller spécial du président de la République. Joseph Zimet, haut fonctionnaire, a repris en main la communication du chef de l'État à l'automne 2019. Les deux hommes s'entendent bien. Et pensent la même chose de la technocratie. Ils estiment qu'elle encalmine la force réformatrice du président. Zimet a trouvé un surnom pour le quatuor de technocrates qui gouverne la France. Il l'appelle le quatuor « Alban Berg », du nom de cet ensemble à cordes autrichien, absolument parfait, sans jamais la moindre fausse note, qui a longtemps régné sur la scène musicale. C'est beau, c'est très beau, mais on s'ennuie, un peu comme Coluche dans son sketch sur la mer. Techniquement parfait, humainement mortifère.

Grangeon, dans l'affaire, fait office de contrebassiste, celui qui vient dérégler le bel ensemble.

Il sent bien que l'affaire est dévastatrice, tant les syndicats se sentent – à juste titre – méprisés. Observateur privilégié de l'affrontement, Dany Cohn-Bendit, proche à la fois de Macron et de Grangeon, compte les points : « Grangeon, il a essayé, c'était difficile, parce qu'il était l'opposant à Édouard Philippe sur beaucoup de choses. Il voyait les choses différemment. Et les difficultés à faire basculer Macron plutôt dans son sens que dans le sens d'Édouard

Philippe, c'était un bras de fer fatigant. Sur l'histoire des retraites, c'était évident. »

On a bien sûr tenté d'obtenir la version des faits de Grangeon. « Je rechigne en cours de mandat à me livrer à cet exercice d'introspection », nous a indiqué le conseiller, pourtant parti à la retraite en septembre 2020. Édouard Philippe, lui non plus, n'a pas souhaité nous répondre. Quand il y a intérêt, le maire du Havre sait être prolixe, à condition de maîtriser totalement sa communication.

En tout cas, il y a bel et bien eu un combat, feutré mais musclé, au sommet de l'État. Dany Cohn-Bendit, par exemple, a inondé de textos le président de la République. Un dialogue franc, comme disent pudiquement les diplomates.

> Cohn-Bendit : C'est de la folie. Édouard Philippe t'emmène dans un mur.
> Macron : Écoute, on a tout calculé, c'est dans le projet Delevoye.
> Cohn-Bendit : Tu ne passeras tes retraites que si tu trouves un accord avec Laurent Berger. Le reste, c'est du cinéma.

Peine perdue. Alain Minc raconte la suite : « Et puis les technos reprennent la main. Et donc Philippe fait son grand discours au Conseil économique et social, et il lui impose l'âge pivot. Tous ceux qui lui ont dit que l'âge pivot, c'était une folie, à commencer par le seul homme sur lequel il pouvait s'appuyer, qui était Berger… Ça vous montre à quel point sont dures les relations avec Matignon. »

D'autres proches du duo Macron-Philippe ont une vision des choses un peu plus nuancée. Notamment Marlène Schiappa, à l'époque secrétaire d'État, qui évoque plutôt une cécité collective. Ou une couardise partagée. « Je trouve que c'est facile aussi de dire : "Édouard Philippe est nul, il est enfermé", etc. Quand on est ministre et qu'on a des responsabilités, personne n'ose dire son avis. On fait un séminaire sur les retraites. Et voilà, en gros, personne ne prend position contre. Personne ne dit qu'il faut supprimer cette réforme. »

Reste qu'un an après les Gilets jaunes, voilà une nouvelle empoignade sociale qui vient, encore une fois, illustrer le fossé qui se creuse entre les élites dirigeantes d'obédience macroniste et le citoyen de base. Les vacances de Noël permettent à l'exécutif de reprendre ses esprits. Minc, toujours lui, bombarde de textos le président. Celui-ci, par exemple : « Soit tu changes Philippe tout de suite, soit tu lui donnes un ordre public lors de tes vœux. » Le 31 décembre 2019, Emmanuel Macron appelle publiquement le gouvernement et les syndicats à trouver un « compromis rapide ».

« La nature profonde d'Édouard Philippe, c'est d'être un conseiller d'État. »

Le 7 janvier 2020, le Premier ministre annonce la mise en place d'une conférence de financement, organisée avec les syndicats. De la poudre aux yeux, mais un début de dialogue. Nouveau texto de Minc à Macron. « Pour que le président se fasse obéir, c'est un peu long », persifle le conseiller officieux.

Réponse du président : « Tu n'imagines pas combien ça a été dur ! »

Le rapport de forces en est à ce stade, en cette période bouleversée par l'apparition du Covid-19. La réforme des retraites, c'était une évidence dès le départ, ne peut, en aucune manière, déboucher sur un consensus. Le 29 février 2020, Édouard Philippe a recours à l'article 49.3 de la Constitution pour imposer « sa » loi, si peu voulue et donc si mal défendue par ses troupes. Ce 49.3, c'est une concession accordée par Macron à son Premier ministre, parce que, en face, le quatuor « Alban Berg » a repris de plus belle, jouant sa partition, dans une superbe harmonie. La technocratie est à son faîte. Mais l'orchestre va bientôt… déchanter.

Il a omis ce détail : Macron est un être hybride, changeant, pour ne pas dire velléitaire ; capable, par exemple, de rabrouer en public François de Rugy, un jour où celui-ci célèbre les vertus de la décentralisation, sur fond de crise des Gilets jaunes : « Non, non, François, je te le dis, il n'y aura pas de vague de décentralisation avec moi. On voit qu'en France, ce qui compte, c'est que l'État soit un État unitaire, qui tienne, parce qu'il y a toujours des tendances à la sécession. » Constat clair. Suivi d'une tournée des maires, et de promesses, justement… de décentralisation !

Emmanuel Macron, l'homme (politique) invisible, est décidément insaisissable.

Et cela ne cadre absolument pas, évidemment, avec la rationalité d'une tutelle technocratique, que le chef de l'État va faire voler en éclats, au lendemain du 28 juin 2020 ; une défaite politique, une de plus, lors des élections municipales.

Ce jour-là, il comprend. Qu'il n'a d'autre choix que de s'émanciper. Le lendemain, c'est justement jour de fête pour les conventionnaires pour le climat, qui s'attendent à recevoir des gerbes de fleurs et de compliments dans les jardins de l'Élysée, pour clore leurs travaux. Édouard Philippe, tout frais auréolé de son succès au Havre, est de la partie. 146 propositions – sur 149 – sont retenues pour être retranscrites dans une future loi. Les citoyens y croient encore. Le Premier ministre, parfaitement opposé au principe de la Convention, en tout cas rétif à donner trop de pouvoirs participatifs aux citoyens, fait la moue. Mais le plus important n'est pas là. Philippe est à peine considéré, c'est tout juste d'ailleurs s'il trouve la sortie de l'Élysée, il erre seul, parmi les citoyens lambda, sans son staff. Son règne prend fin, il le pressent. Macron n'a eu que peu d'égards pour lui, ce jour-là. À tel point que le producteur Jean-Marc Dumontet va alors envoyer un texto quasi comminatoire au chef de l'État : « Mais traitez-le ! » Au sens politique, cela signifie : prenez soin de lui…

Sans savoir que, dans l'esprit de Macron, le sort de Philippe est déjà tranché. Le 3 juillet, le Premier ministre n'a d'autre choix que de remettre la « démission » de son gouvernement. Acceptée. Jean Castex est nommé à sa place dans la foulée. *Exit* le quatuor d'élite. Philippe retourne au Havre pour se mettre « en réserve de la République » selon la formule consacrée, Ribadeau-Dumas fait ses cartons, Marc Guillaume est viré dix jours plus tard. Trois conseillers d'État sur le carreau. Seul l'inoxydable car inféodé Alexis Kohler survit à la « purge ». Macron a repris les rênes. Le fil de son destin. C'est lui qui prendra les risques, désormais. À sa façon.

Reste une question. Fallait-il mieux gérer Édouard Philippe ? Lui montrer un peu plus d'attention ? Il a fallu que le maire du Havre quitte Matignon pour qu'il puisse avoir le privilège de déjeuner, pour la première fois, seul à seul avec le président de la République ! « La nature profonde d'Édouard Philippe, c'est d'être un conseiller d'État, estime François Baroin. Il est, au regard de l'histoire de trois années à Matignon, très responsable des bûches qui ont été mises dans la cheminée sur les Gilets jaunes, très responsable d'une partie de la dégradation des relations avec les collectivités locales, et très responsable de l'affaire des retraites. Donc, c'est quand même beaucoup… Alors, ce qui le sauve, c'est sa sortie. Et c'est la sortie qui a été décidée par Macron, qui l'annonce la veille pour le lendemain, ce qui montre qu'il n'en a rien à faire, et, même s'ils ont travaillé trois ans ensemble, il l'a traité un peu comme un balai… »

En le virant, d'une manière assez cavalière, Macron aurait donc libéré un Édouard Philippe devenu depuis, contre toute attente, l'homme politique le plus populaire de France. Ce qui n'est jamais très rassurant pour un président déterminé à se représenter.

Pourtant, Alain Minc est persuadé que Philippe ne sera pas un nouvel « Édouard », comprendre Balladur trahissant Chirac en 1995 : « Je pense que Philippe est un type moralement bien. C'est pour ça que je suis persuadé que Philippe ne se présentera pas, il ne fera jamais à Macron le coup de Macron à Hollande. Philippe est beaucoup moins intelligent que Macron, et il est beaucoup plus moral. »

Sur la place de Paris, il en est un qui ne partage pas cette thèse. C'est Gaspard Gantzer, expert ès trahisons, pour avoir longtemps conseillé François Hollande et assisté aux premières loges à son exécution en place publique. Par Macron, justement. Il révèle cette anecdote, qui en dit long : « Quand j'apprends en mai 2017 la nomination officielle d'Édouard Philippe, je dis à Hollande : "C'est quand même étonnant que ce soit Édouard Philippe ; quand ça va se terminer, il sera candidat à la présidentielle contre Macron." Et Hollande me dit : "Oui, c'est drôle. Écoute, je vais en parler à Macron au moment de la passation de pouvoirs." Alors il a dit à Macron : "Édouard Philippe, tu le connais, mais tu n'as pas peur qu'à un moment donné il s'affranchisse ?" Et là, Macron lui aurait répondu – il me l'a confirmé : "Non, il me doit tout, il n'osera jamais." »

Soit, très exactement, ce qu'avait dit Hollande, publiquement, en 2016, à propos de Macron.

Marlène Schiappa

L'opportuniste

À peine débarquée place Beauvau, elle a réquisitionné le bureau du secrétaire général du ministère de l'Intérieur. Elle est ainsi, Marlène Schiappa : elle s'impose, sans gêne.

Suffisante et insuffisante, disent ses détracteurs.

Elle nous reçoit, souriante. Méfiante, aussi. Des amis viennent de lui offrir une paire de Doc Martens neuve, elle va donc les tester, ce soir, en cette maussade fin d'automne 2020. À ses côtés, un conseiller inquiet, du genre intrusif mais efficace, complète ses réponses, surtout quand le sujet devient sensible et qu'il convient d'éviter les impairs.

Le numéro semble rodé.

En à peine cinq ans, elle est passée d'un statut d'obscure adjointe socialiste au maire du Mans, Jean-Claude Boulard (décédé en 2018), à celui de ministre déléguée à la Citoyenneté, omniprésente dans les médias. Elle ne sera plus jamais anonyme. Ça lui convient très bien, apparemment.

Tout cela par la grâce d'un seul homme, Emmanuel Macron.

« Il a un truc magnétique, admire-t-elle. Il a quelque chose de… je vais dire une phrase que je vais regretter, il a un truc un peu Madonna, un peu Lady Di, vous voyez ? On peut dire Jésus, on peut dire une star ! »

Rencontrer Marlène Schiappa s'imposait. Il nous fallait, dans notre casting de témoins, des membres du gouvernement, si possible des fans transis. Autant l'avouer, nombreux ont été les ministres à nous battre froid. Dans le meilleur des cas, nous avons obtenu une fin de non-recevoir courtoise et personnalisée (Gérald Darmanin, par exemple : « Malheureusement, je dois décliner. Désolé de ma réponse tardive »). Tous les autres, moins polis ou plus peureux, ont obéi, au choix, aux consignes de silence, ou à leur propre instinct de conservation.

Schiappa, elle, nous a reçus, très vite. Sans fioritures, ni fritures. Elle maîtrise son discours. Son cas est intéressant. Parce qu'elle a su, mieux qu'aucun autre ministre, slalomer entre les « mormons », les technos, les gens de Matignon première mouture, les médias… tout en conservant un lien unique avec le couple Macron, dont elle partage l'opportunisme absolu.

Elle n'est d'aucun univers. C'est sa force.

« Mais ça ne va pas de faire ça, on est en deuil de François Hollande, c'est dégueulasse… »

Sa première rencontre avec Macron remonte au 25 juillet 2016, à Laval. Marlène Schiappa, alors adjointe au maire à l'égalité hommes-femmes, s'occupe aussi du numérique pour la ville du Mans. Elle obtient le label « French Tech » pour sa ville. Et c'est Macron qui va le lui remettre, alors qu'il est déjà dans les starting-blocks pour sa propre ascension politique. Il ne le sait pas, mais il a déjà une fan devant lui ; socialiste, elle est « en même temps » référente pour En Marche ! dans la Sarthe. « Il a fait une arrivée de rock star, il y avait Axelle Lemaire sur scène qui parlait, qui était sa secrétaire d'État au Numérique… », se souvient-elle.

Lemaire est vite virée du micro. Macron ne la supporte pas. Au point, lors de son discours, de citer… Fleur Pellerin comme la vraie initiatrice du numérique en France ! Mais, de tout cela, Schiappa n'a cure. Elle obtient un selfie collectif, pour sa délégation, avec sa « rock star ». Et se présente, au passage. « Ah oui, je vois très bien ce que tu fais, bravo, c'est super, on a besoin de toi… », répond le ministre. Qui démissionne du gouvernement, un mois plus tard.

La deuxième rencontre, celle qui décide de tout, se déroule le 25 octobre 2016. Cette fois, celui qui n'est pas encore officiellement candidat à l'élection présidentielle se déplace au Mans, où il a droit à la totale : un petit tour en tramway, avec supporters à gogo, visite de l'association montée par Marlène Schiappa, « Maman travaille »… Et Macron repart avec, dans sa mallette, l'un des livres écrits par la jeune femme, 33 ans à l'époque, qu'elle lui a offert, dans un bar. La suite ? Tout va très vite. Schiappa envoie une longue note de dix pages à Julien Denormandie, le cerveau de la pré-campagne, toujours sur le sujet hommes-femmes. Elle est conviée au QG parisien, s'incruste dans le dispositif. Tout en demeurant dans le collectif municipal socialiste, au Mans.

Lequel vole en éclats, le 1er décembre 2016.

Ce jour-là, François Hollande annonce qu'il ne se représentera pas à l'élection présidentielle. Stupeur et quelques tremblements d'extase, au Mans, où Schiappa participe le jour même à un conseil municipal. « Hollande annonce qu'il ne se présente pas, raconte-t-elle. On a des alertes SMS, tous, sur nos portables, et là, je me lève de ma place et je sors mes tracts En Marche !, je fais distribuer dans le conseil municipal des bulletins d'adhésion, et je dis : "Votez Macron, votez Macron, puisque vous n'avez plus de candidat, maintenant vous en avez un, votez Macron, votez Macron !" Et voilà. Et donc, la moitié des élus de gauche disent : "Oui, pourquoi pas, c'est vrai", et l'autre moitié : "Mais ça ne va pas de faire ça, on est en deuil de François Hollande, c'est dégueulasse…" »

Aucune gêne chez Marlène Schiappa. Pas trop le genre de la maison. « Hollande n'est pas un bon candidat, en fait, tranche-t-elle. Et lui-même l'observe, puisqu'il ne se présente pas. Donc, je n'ai pas de sujet avec ça, et après, moi, je ne crois pas du tout à "quelqu'un t'a fait". Je suis un peu mystique, mais je crois au destin, et je pense que la personne Emmanuel Macron aurait de toute façon fait quelque chose. Je pense qu'il a même rendu service à François Hollande, qui ne voulait absolument pas que Manuel Valls se présente et qui, au début, n'était pas hostile à Emmanuel Macron, d'ailleurs. »

« Dès qu'on avait quelqu'un de droite, on le prenait et on ne le lâchait plus. »

Bref, Schiappa fonce. Elle a su faire émerger son thème de prédilection, et eu le flair de s'attirer les bonnes grâces de Brigitte Macron. Tout un art, on vous l'a dit. À tel point qu'une fois Macron élu chef de l'État, elle n'imagine pas être écartée de l'aventure.

Elle se raccroche à de petits signes. Comme ce clin d'œil que lui adresse Emmanuel Macron, lors de la traditionnelle et empesée réception rituellement organisée à l'Hôtel de Ville de Paris en l'honneur de l'élection du nouveau chef de l'État. Elle s'y voit si bien, au gouvernement. Mais le coup de fil tarde. « J'en avais vraiment marre qu'on me demande si j'allais être appelée », se souvient-elle. Les jours qui suivent, elle enchaîne un déplacement à Matignon, pour rencontrer Édouard Philippe, un échange téléphonique avec Alexis Kohler… Et enfin le coup de fil décisif de Macron, qui lui dit, selon ses souvenirs : « Je t'appelle pour te dire que je vais te nommer au gouvernement, ton engagement pendant la campagne était vraiment remarquable, et merci pour tout ce que tu as fait, j'ai besoin que tu sois avec nous au gouvernement, je vais te nommer sur l'égalité femmes-hommes, je compte sur toi. »

Cette fois, Schiappa tient son graal. Et qu'importe si le Premier ministre vient de LR. Au contraire. Le PS, elle n'en pouvait plus : « Une réunion de section au parti socialiste, c'est quand même super glauque, dit-elle. C'est une petite salle, où il y a douze personnes qui râlent les unes contre les autres, que l'un est investi et pas l'autre, et qui ne sont jamais contentes. » À la commission d'investiture des futurs députés LRM, où elle siège, les profils type Édouard Philippe sont donc rares et recherchés : « On n'avait que des candidatures de gens qui venaient du PS, qui venaient de la gauche ; alors, dès qu'on avait quelqu'un de droite, on le prenait et on ne le lâchait plus, on l'investissait directement, parce que ça nous faisait un quota de droite. »

Elle dit s'être parfaitement entendue avec le Premier ministre, jusqu'à son départ, au printemps 2020 : « Il y a plein de sujets où on se dit qu'Édouard Philippe, c'est un peu un gauchiste, en fait. C'est un mec, quand on lui parle des valeurs familiales, il dit : "Je ne sais pas ce que ça veut dire, les valeurs familiales", il est très libertaire ! »

Mais ce n'est pas trop son sujet. Elle préfère coller aux basques du couple Macron. Jamais en retard d'un compliment, potentiellement sincère : « Quand vous parlez avec le président, vous avez l'impression d'être une personne très intéressante, très brillante, la personne la plus importante, il est vraiment dans l'instant présent », dit-elle. Pour preuve : il ne sort jamais son téléphone portable, quand il reçoit un visiteur, affirme-t-elle. Il se consacre à 100 % à son interlocuteur. « Il n'est pas *fake*, je pense qu'on peut être *fake* une heure, on ne peut pas être *fake* sur une telle durée », tente-t-elle de se rassurer. Elle lui donne du « Monsieur le Président », et s'assure que ses prises de position à elle sont vite portées à la connaissance de l'épouse du chef de l'État. « Je pense qu'il n'y a personne qui parle vraiment de manière *cash* et qui soit écouté par le président, à part Brigitte Macron, qui, elle, est en capacité de lui dire : "Ah, non, là, tu ne fais pas ça", et qui a vraiment un rôle important, je pense, d'abord sur l'équilibre personnel et l'équilibre familial, mais aussi d'orientation sur un certain nombre de sujets – elle a beaucoup plus de sens politique qu'elle ne le fait voir. »

Donc, il vaut mieux l'avoir de son côté.

« Il y a des ministres qui n'ont pas réussi à incarner quelque chose. »

Schiappa participe pleinement, dès le début du quinquennat, à cette forme d'arrogance tant reprochée à la garde rapprochée du président. « Notre méthode, revendique-t-elle, c'est d'être rapides, d'être pragmatiques, d'avoir secoué ce pays qui est trop lent, qui est trop bureaucratique, etc. Donc, oui, au début, on se dit : "On va faire les choses très vite." Et on va agir vite, parce que le problème de ce pays, c'est aussi la lenteur. »

Premier coup d'arrêt avec l'apparition dans le paysage hexagonal de citoyens en colère déguisés en jaune, à la fin de l'année 2018. Schiappa, avec un sens indéniable de l'instant, comprend assez vite, en dépit des prudences de Matignon, que l'orage risque de durer, de tout emporter. Alors, elle les rencontre. Se rend même dans l'émission un peu trash de l'animateur Cyril Hanouna, s'attirant un flot de critiques. Mais elle souhaite dialoguer. « Je veux comprendre, en fait, ce qu'ils veulent, tout simplement, dit-elle. C'est ce que j'ai fait pendant dix ans dans mon association, d'aider des mères de famille en galère. Et, d'ailleurs, c'est pour ça que je veux rencontrer Ingrid Levasseur, et d'autres femmes qui sont sur les ronds-points. » Ça ne plaît pas à Matignon, notamment à Benoît Ribadeau-Dumas, le directeur du cabinet du Premier ministre. Après, elle en est revenue, des Gilets jaunes : « Moi, quand j'ai cinquante Gilets jaunes chez moi, à minuit, qui me crient : "Salope, descends, on va te crever !", devant mes enfants, ils ne viennent pas avec des revendications… Ils ont juste envie de déverser une haine… »

Elle surfe sur le moment, et profite même d'une émission télé pour envisager un retour de l'ISF… À rebours de la *doxa* macroniste ! Pas grave. Elle sait tout à la fois flatter l'électeur de base et parler au macroniste convaincu. C'est un atout, même si elle gaffe et irrite. Elle ne le dira pas, mais elle sent bien que le pouvoir est hors sol, parfois, comme surgi d'une planète très éloignée. Macron, déconnecté ? Elle botte en touche : « Je pense qu'il s'entoure de gens qui, eux, ont une grande expérience, qui ont vraiment les pieds dans la boue. Il y a énormément de gens qui lui écrivent, et il ne répond pas toujours à tout le monde, mais il lit tout. » Elle sait, bien sûr, à qui imputer les errances de l'exécutif : « Je pense qu'il y a la pesanteur du système et de l'administration… il y a une force d'inertie incroyable. Le système est créé pour ne rien bouger, et pour s'auto-générer. » Donc, elle le court-circuite. Ce damné système, si aisé à condamner. Quitte à encaisser quelques vilaines électrocutions. « Les gens qui ont bossé à Matignon, quand je passais à la télé, au début, ils se mettaient tous dans un bureau et ils regardaient comme ça, genre apeurés, en se disant : "Oh, mon Dieu, qu'est-ce qu'elle va dire, qu'est-ce qui va se passer ?" » s'amuse-t-elle. Il y a eu quelques épisodes un peu violents. Comme quand Schiappa s'est fendue d'une lettre de soutien aux Femen, les activistes féministes, dans le cadre de l'un de leurs procès. « M. Ribadeau-Dumas était très mécontent », se rappelle-t-elle, en souriant.

Elle a parfaitement conscience d'avoir créé des jalousies, tant les ministres, en général, n'ont pas su exister, d'un point de vue médiatique. Elle dit : « Il y a des ministres qui n'ont pas réussi à incarner quelque chose, mais qui ont fait quand même… Pénicaud [*ministre du Travail*], par exemple, je ne connais pas son cas particulier, mais je voudrais parler objectivement, c'est vrai qu'elle n'a pas incarné, mais elle a fait quand même des choses importantes ! Nathalie Loiseau, elle n'a pas fait un si mauvais score aux européennes. Mais on n'a pas d'histoire commune, forcément, donc c'est difficile de créer… » Schiappa regrette l'incapacité de ce pouvoir à communiquer clairement : « Jean-Claude Boulard [*maire PS du Mans de 2001 à 2018*] nous disait : “Le saucisson, c'est plus facile à avaler en tranches que d'un seul coup.” Et donc, ce n'est pas la peine de balancer toutes les annonces d'un coup. Et, en fait, c'est une erreur qu'on a beaucoup faite, je trouve, dans les premières années, parfois même un peu maintenant, d'ailleurs ; c'est d'arriver avec la solution sans avoir posé le problème. On arrive, et parce que nous, on a travaillé le truc, ou parce qu'on est convaincus, sûrement pour plein de bonnes raisons, qu'il y a tel problème, on va arriver avec la solution. On va rénover le Code du travail et on va faire ça. OK, mais pourquoi, en fait, quel est le projet, quel est le problème actuel ? »

Cela dit, elle est prête, déjà, à rempiler pour 2022. Elle ne parvient pas à se souvenir d'un instant où Macron l'aurait, un minimum, déçue. « Non, honnêtement, c'est sincère, je suis toujours bluffée. En fait, il a une capacité incroyable à retourner une situation qui a l'air désespérée et perdue. Et ça, honnêtement, il ne l'a pas perdu. Et c'est ce qui fonde aussi ma confiance, et celle aussi de beaucoup d'autres macronistes, c'est le fait de se dire que même quand nous, on se dit : “Bon, là, c'est mort”, il arrive toujours à trouver le truc et à faire du judo et à renverser la situation. Et ça, franchement, je pense qu'il l'a encore. » Elle se prend, parfois, à s'imaginer à l'Élysée, dans le fauteuil présidentiel – un cauchemar plus qu'un rêve, à l'en croire : « Plusieurs fois, en me mettant à sa place, quand on voit qu'il a son portrait piétiné dans d'autres pays, je me dis qu'il a peut-être dû se dire parfois : “Putain, j'ai 40 ans, je pourrais avoir une carrière incroyable dans une entreprise où tout le monde m'adorerait, je pourrais partir en week-end peinard avec ma femme, et qu'est-ce que je fous là ?” Honnêtement, il a fait plus de sacrifices qu'il n'a eu de bénéfices personnels à être président de la République. »

Seule contrariété : s'il venait à Macron l'idée de lâcher l'affaire, il n'y aurait pas grand monde, pense-t-elle, pour piloter l'avion. « Il n'y a personne derrière, c'est-à-dire que le jour où le président décide qu'il fait sa petite valise et qu'il va prendre une petite pause et faire le tour du monde avec sa femme… le jour où le président s'en va, il n'y a personne pour être président à sa place. » Ou alors, éventuellement, une ancienne maire adjointe du Mans : « L'espace politique, ça se prend », dit-elle.

Elle saura faire.

Chapitre 19

LA FAUTE

> *« Est-ce qu'on aurait pu éviter des morts ?*
> *Ah oui ! C'est clair, bien sûr ! Je pense*
> *qu'on a sacrifié 400 morts par jour. »*
> *Karine Lacombe, infectiologue*

À perte de vue, des cartons.

Parfaitement rangés, étiquetés, disposés de façon très militaire, dans de vastes hangars.

Et dans ces cartons, des millions de masques.

Nous sommes le mercredi 2 juin 2021, et les trois magistrats-enquêteurs de la Cour de justice de la République (CJR) n'en croient pas leurs yeux. Cette perquisition dans le bâtiment « PN3S » de Santé publique France, situé dans l'enceinte de l'établissement de ravitaillement sanitaire des armées, à Marolles (Marne), est décidément surprenante. Passe encore que ces stocks stratégiques soient gardés par quelques salariés manifestement peu impliqués. Mais les juges ne s'attendaient pas à découvrir ainsi la preuve physique de l'incurie de l'administration Macron dans un domaine aussi sensible.

Les équipements de protection individuelle (EPI), valables cinq ans officiellement, ont une durée de vie réelle bien plus longue. Au choix, il convient donc, par temps de crise, de les distribuer, ou, quand tout va bien, de les détruire lorsqu'ils sont périmés, à la condition impérative de reconstituer le stock intégral immédiatement. Là, rien de tel. Tout a été fait en dépit du bon sens. Entre improvisation, désordre et irresponsabilité, la gestion des entrepôts de Marolles illustre de manière très concrète celle de la crise sanitaire par l'exécutif.

« Les masques, c'est le péché originel, comme le nuage de Tchernobyl, on s'en souviendra toujours », rappelle William Dab, à la tête de la Direction générale de la santé (DGS) entre 2003 et 2005.

Pour repérer les masques chirurgicaux, FFP2 et autres équipements usés, il suffit pour les juges d'utiliser le système informatique, qui allonge automatiquement leur délai de péremption au 31 décembre 2099. C'est comme cela qu'on les retrouve, dans ce fatras organisé. Il y en a des centaines de milliers. Et une évidence s'impose pour les enquêteurs, au vu des dates de livraison dûment enregistrées : une bonne partie de ces masques auraient pu, et même dû, être distribués début 2020, quand les morts s'accumulaient déjà, faute de protections : en effet, ces masques n'étaient alors tout simplement pas périmés ! Ils pouvaient être mis en service, sans aucun danger, pour combler la pénurie, au moins pour le personnel soignant. Et donc sauver des vies. Comme nous le confirme aujourd'hui Didier Houssin, successeur de William Dab à la Direction générale de la santé en 2005 (et jusqu'en 2011), « l'affaire des masques est lourde. Des proches de victimes peuvent dire : “Si on lui avait donné un masque, elle ne serait peut-être pas morte” ».

Clair. Tranchant. Atterrant.

À Marolles, pendant ce discret transport de justice, des clichés sont pris par les greffiers ; archivés, ils viendront garnir le copieux procès-verbal relatant la visite de la CJR.

Et alourdir, un peu plus, le dossier d'instruction, qui comprenait déjà plus de 60 tomes au début de l'automne 2021 !

Depuis le 7 juillet 2020, et sa saisine du chef d'« abstention volontaire de combattre un sinistre », la commission d'instruction de la CJR empile les auditions, les perquisitions ; elle monte son dossier, méticuleusement, comme savent si bien le faire des magistrats expérimentés, indépendants, d'autant plus sereins qu'ils sont souvent au bord de la retraite. Seule la CJR est habilitée à enquêter sur des faits susceptibles d'être reprochés aux ministres pendant l'exercice de leurs fonctions. Trois personnalités politiques sont nommément visées par les différentes plaintes centralisées à la Cour de justice : l'ancien Premier ministre Édouard Philippe, l'ex-ministre de la Santé Agnès Buzyn, et son successeur, à compter de février 2020, Olivier Véran, toujours en exercice. C'est peu de dire que l'enquête avance.

Les juges, malgré les obstacles politiques et administratifs, ont accumulé des éléments matériels troublants. Détachés de leurs autres missions, confortés par leur hiérarchie, ils ont toute latitude pour pousser leurs investigations. Ils ont ainsi mis la main sur des échanges de courriels entre Olivier Véran et son directeur général de la Santé, Jérôme Salomon, lesquels trahissent une réelle improvisation à haut niveau dans la mise en œuvre des mesures liées aux différentes vagues du virus. Ce qui, fatalement, engendrera par la suite un retard conséquent dans la gestion de la crise. Ils détiennent des documents prouvant que, très tôt, le gouvernement s'est rendu compte que les masques manquaient. Et plutôt que de l'expliquer à la population, le choix a été fait d'insister sur l'utilité relative de ces mêmes protections individuelles, à rebours des recommandations scientifiques.

Ils ont également saisi des échanges entre Agnès Buzyn et le même Salomon, où la ministre en exercice s'en prend en des termes injurieux à un ancien cadre de la Santé, accusé de trop en dire aux médias, sur le thème des masques, notamment.

Les magistrats disposent de très nombreux témoignages qui viennent, tous, étayer leur enquête : par exemple, le cas de Jacques-Olivier Dauberton, officiellement chargé de la sécurité sanitaire au cabinet d'Agnès Buzyn, est pointé. Les témoins auditionnés peinent à identifier le rôle de ce médecin généraliste sans qualification particulière… et pourtant nommé pour prévenir les crises graves.

Les magistrats, du coup, ont choisi d'étendre leur saisine initiale.

Et de passer à l'offensive.

Ils ont, dans un premier temps, au début de l'été 2021, convoqué Agnès Buzyn aux fins d'une éventuelle mise en examen, pour des faits d'« abstention volontaire de combattre un sinistre », mais aussi de « mise en danger de la vie d'autrui ». Ce nouveau chef de poursuite est la marque de l'accélération de leur enquête. Et de la gravité des faits reprochés à l'exécutif. L'ex-ministre, présumée innocente, ne s'est pas présentée à son audition. Les magistrats ont ensuite convoqué une seconde fois Agnès Buzyn. Le 10 septembre 2021, celle-ci a finalement été mise en examen par les juges pour « mise en danger de la vie d'autrui », et placée sous le statut de témoin assité s'agissant des faits d'« abstention volontaire de combattre un sinistre ». Olivier Véran devait, à son tour, être entendu par les magistrats… C'est une certitude : la justice va s'inviter dans la campagne présidentielle.

Car dans l'esprit des magistrats, comme dans celui des enquêteurs travaillant sous leur contrôle, une conviction fait son chemin : le gouvernement pourrait bien avoir fauté, dans sa gestion de la crise. Est-ce pour autant imputable à Emmanuel Macron ? Lui ne peut être poursuivi, en raison de l'immunité s'attachant à la fonction présidentielle. Une immunité qui s'étend manifestement à ses conseillers : selon nos informations, plusieurs d'entre eux se sont réfugiés derrière ce paravent bien commode pour décliner les demandes d'auditions formulées par la CJR.

C'est que l'enjeu est essentiel. Il y a eu l'affaire Benalla, les Gilets jaunes, puis les manifestations liées à la réforme des retraites. Mais, parmi les quatre plaies du quinquennat, c'est bien évidemment la gestion de la crise sanitaire qui submerge tout. Ce genre de boulet judiciaire, on le traîne longtemps, comme une marque d'infamie. À la fin de l'été 2021, plus de 113 000 Français étaient décédés du Covid-19 – un chiffre sans cesse en augmentation, au fil du temps, par l'effet des cancers repoussés, des examens médicaux différés, des maladies longues ; et l'on s'y habitue, tristement.

« Et moi, quand j'étais au pouvoir, il y avait combien de masques ? »

Les magistrats de la CJR, eux, refusent de s'y faire. D'accepter tout fatalisme. Il leur revient de trouver des éléments de preuve caractérisant cette absence d'anticipation, de prévention, fût-elle volontaire ou non. Ils veulent même aller plus loin, semble-t-il : au-delà de l'affaire des masques, ils voudraient enquêter sur le processus de la prise de décision au sein du pouvoir, notamment la mise en œuvre très retardée du troisième confinement, au début du printemps 2021. Pour cela, il leur faut obtenir l'accord du ministère public, afin d'étendre le champ temporel de leur saisine, et de couvrir ainsi toute la période de crise. Bien sûr, ils ont déjà compilé tous les rapports consacrés à la gestion de la pandémie produits au cours de l'année 2021. Ils sont très accusateurs.

Nous aussi, nous les avons tous lus. Et relus. Depuis le début de la crise, il apparaît que la gestion des équipements de protection, et les mensonges successifs du gouvernement

Philippe, entérinent l'hypothèse de la responsabilité du pouvoir. Plus que jamais, gouverner, c'est prévoir.

Il ne faut pas s'y tromper : les anciens présidents de la République, voyant le danger judiciaire arriver, se sont tous enquis de leurs bilans respectifs, en matière de masques. Ainsi Nicolas Sarkozy s'est-il renseigné auprès de Philippe Juvin, l'un de ses proches, professeur de médecine renommé (il est chef des urgences de l'hôpital Georges-Pompidou) et maire LR de La Garenne-Colombes (Hauts-de-Seine). « Et moi, quand j'étais au pouvoir, il y avait combien de masques ? » l'a-t-il questionné. Rassuré, enfin, quand il a su le chiffre : 1,7 milliard de protections en stock, en 2009. Contre seulement… 97 millions de masques, en 2017. Se sont ensuite ajoutés la désorganisation du système de tests, la décision tardive de confiner, notamment début 2021, et enfin le retard à l'allumage de la vaccination.

Nous avons publié, en mai 2020, dans les colonnes du *Monde*, une longue enquête en cinq volets, qui a provoqué la colère de l'exécutif – nous y mettions en lumière le désarmement progressif du pays, la responsabilité des politiques, la gestion calamiteuse des masques, notamment sous Macron avec la destruction d'un stock de protection, pourtant utilisable, en pleine crise du Covid-19 –, mais aussi l'intérêt des magistrats. C'est ainsi que nous avons été entendus en février 2021, comme témoins, par la Cour de justice de la République. Nous avons répondu à toutes les questions des trois juges, tout en refusant, pour des raisons déontologiques, de transmettre les nombreux documents confidentiels exhumés lors de notre enquête. Mais on se doutait que les magistrats de la CJR avaient d'autres moyens pour les récupérer – d'ailleurs, selon des sources judiciaires, ils l'ont fait, depuis.

Le premier rapport important a été réalisé par l'Assemblée nationale, et rendu public le 2 décembre 2020.

Trans-partis, il dresse un état saisissant de la situation. « La réduction des stocks stratégiques de l'État semble s'être opérée dans l'indifférence ou l'ignorance du pouvoir politique », accuse le document. Quant au calendrier de la crise, il met en évidence des décisions « tardives », prises « au pied du mur » par le gouvernement. Alors que les premières alertes ont été données dès janvier 2020, il faudra attendre le 16 mars 2020 pour que le confinement soit annoncé, en urgence.

Une semaine après l'Assemblée, c'est la deuxième salve, tirée cette fois par le Sénat. Les élus du palais du Luxembourg dénoncent, eux, trois failles dans la gestion de la crise : « défaut de préparation », « défaut de stratégie », « défaut de communication ». L'affaire des masques, décidément emblématique, est là encore pointée : « le symbole d'une impréparation lourde de conséquences [...], alimentant le désarroi [...] des soignants ». Selon les sénateurs, le fiasco des masques a été « sciemment dissimulé par le gouvernement durant la crise », et ce « en toute connaissance de cause [...]. Plusieurs responsables politiques et sanitaires ont, à plusieurs reprises, nié aveuglément la pénurie des EPI [*équipements de protection individuels*], minimisé grandement la responsabilité des pouvoirs publics en la matière et présenté une version déformée de la chronologie des faits ».

« La gouvernance de la crise a souffert de défauts majeurs. »

Puis, le 18 mai 2021, c'est au tour de l'épidémiologiste suisse Didier Pittet de remettre à l'exécutif son propre travail. En véritable expert indépendant, il a recours à un baromètre extrêmement fiable, l'excès de mortalité, pour pointer les ravages de la crise dans l'Hexagone. « Au 1er mars 2021, la France figurait dans le groupe des pays très affectés [...]. Avec 1 332 décès par million d'habitants, elle se situe nettement au-dessus de la moyenne européenne (1 092 décès) », note-t-il. En d'autres termes, nous avons été touchés plus que d'autres, en Europe, et les décisions prises – ou non – par l'exécutif ont joué un rôle prépondérant pour aboutir à cette situation regrettable. « La dynamique et la gravité de l'épidémie ont été sous-estimées (systèmes de surveillance, mauvaise compréhension des signaux) et le niveau de la préparation opérationnelle à ce type de crise pandémique (stocks stratégiques, dispositifs de tests, organisation de la crise) s'est révélé insuffisant [...]. La gouvernance de la crise a souffert de défauts majeurs », tance Didier Pittet. De mai à octobre 2020, ajoute l'expert, « la réaction à l'évolution de l'épidémie a été tardive et inadaptée [...]. Les confinements de mars et surtout de novembre 2020 ont été instaurés tardivement au regard des informations disponibles ».

Que faut-il conclure de cette avalanche de déclarations, chiffres, comparaisons, projections et autres constats ? Qu'il y a bien eu une faillite générale de l'État, puisque les élus, les juges, comme les experts indépendants et... les journalistes enquêteurs, parviennent à la même conclusion. Mais, de la responsabilité politique à l'implication pénale, le chemin est long. Dans tous les cas, les intéressés bénéficient évidemment, comme tout citoyen, de la présomption d'innocence.

Les proches de Macron, eux, n'ont de cesse de marteler l'effet protecteur du « quoi qu'il en coûte », ce soutien abondant à l'économie décidé par le président de la République. Comme de rappeler l'efficacité de la politique de tests gratuits, la volonté de laisser les écoles ouvertes, la prise en compte des délabrements psychiques liés aux confinements, ou encore la mise en place accélérée de la couverture vaccinale, après tout de même des semaines de tâtonnements. Certes. Mais...

Est-ce suffisant pour exonérer les membres de l'exécutif, et leur chef en particulier, de leurs responsabilités ? Nous avons interrogé plusieurs scientifiques de renom, pour tenter de comprendre la gestion, finalement très opaque car hyper-personnelle, de la crise du Covid-19 par le chef de l'État. De fait, nul, aujourd'hui, ne peut contester que Macron a bien impulsé, dans le secret du Conseil de défense, mû par ses seules intuitions – pertinentes, forcément pertinentes –, les principales décisions prises pour limiter les ravages du virus. Jusqu'à offrir une imprudente caution toute présidentielle au fantasque Didier Raoult, professeur Nimbus dont les très contestés « travaux » ont fait hurler la communauté scientifique, en lui rendant visite à Marseille le 9 avril 2020. Puis en décrédibilisant par la suite le Conseil scientifique – pourtant créé par ses soins –, à force d'ignorer ses recommandations, trop restrictives à ses yeux.

Nous avons choisi cinq témoins incontestables : deux anciens DGS, Didier Houssin et William Dab, qui ont eu à gérer des situations de crise ; deux médecins en activité, l'infectiologue Karine Lacombe et l'urgentiste Philippe Juvin (par ailleurs élu Les Républicains, il faut le rappeler). Et enfin, pour répondre aux critiques, un membre du Conseil scientifique, le très politique professeur en médecine infectieuse Yazdan Yazdanpanah.

En revanche, Jean-François Delfraissy, président du Conseil scientifique, n'a pas souhaité nous répondre : « Le Conseil scientifique Covid-19 est là pour éclairer l'action du politique, pas pour juger de son action, nous a-t-il écrit par mail, le 26 mai 2021. Je le dis depuis le début de la crise : la décision, dans une grande démocratie comme la nôtre, relève des politiques et non des scientifiques. » La décision, oui. Mais les éléments qui y président doivent-ils également être frappés, « dans une grande démocratie comme la nôtre », du tampon « secret-défense » ? En macronie, la réponse est positive, et tant pis pour le bon peuple contraint d'avaliser des mesures essentielles dont il ne connaît ni les tenants, ni les aboutissants… Le souverain s'occupe de tout, il suffit de lui faire confiance. « Dormez, braves gens, dormez en paix », chantaient les guets nocturnes dans les rues de Paris au Moyen Âge.

Décidément rompu à la langue de bois, Delfraissy consent à ajouter : « Les politiques, qui sont élus, prennent en compte des éléments sanitaires, et également sociétaux et économiques. » Difficile de faire plus vague. Son collègue, le professeur Arnaud Fontanet, pourtant omniprésent sur les plateaux de télévision, a préféré lui aussi garder ses réflexions pour lui.

S'ils ne souhaitent pas s'épancher publiquement, une chose est sûre : les membres du Conseil scientifique ont très mal vécu les différents camouflets que le pouvoir leur a assenés. Instituée le 11 mars 2020 pour éclairer la décision politique, leur instance s'est heurtée à la gestion très personnalisée voulue par Macron. Il y avait clairement un « conseil » de trop, entre le Conseil de défense, réuni de manière confidentielle autour du président, et le Conseil scientifique, peuplé de médecins à la parole débridée.

« Si on racontait ces histoires aux Français… On ne couvrait même plus nos morts ! »

Mi-août 2021, c'est un 65e Conseil de défense sanitaire qui s'est ainsi tenu à l'Élysée. Au programme, l'extension du pass sanitaire. À la manœuvre, Emmanuel Macron, entouré de ministres clés comme Olivier Véran (Santé), Jean-Michel Blanquer (Éducation) ou Gérald Darmanin (Intérieur). Le format est toujours le même, depuis le début de la crise, avec, en règle générale, la présence en sus du

Premier ministre, Jean Castex. Depuis l'été 2020, c'est à lui que revient ensuite la charge d'annoncer les – mauvaises – nouvelles, en direct, sur les chaînes d'info. Un processus hyper centralisé, aux antipodes d'une vraie transparence démocratique, puisque l'on ne sait rien de ce qui s'est réellement tramé en amont à l'Élysée. Aucune consultation des partis politiques, des corps intermédiaires, ou alors vraiment au dernier moment. Didier Houssin, en première ligne lors de l'épidémie H1N1, en 2009, se montre dubitatif : « Le Conseil de défense ? On avait fonctionné différemment, en 2009, avec un centre interministériel de crise. Là, j'ai eu l'impression qu'on est vite passés à un niveau supérieur, autour du président. Le président n'a plus de filet ; on peut y voir de l'imprudence, ou du courage… » Houssin a piloté auprès de son ami Castex le déconfinement, il est donc tenu à une forme de devoir de réserve. Ce qui n'est pas le cas de William Dab, son prédécesseur à la DGS. « Le choix du Conseil de défense est très particulier : c'est couvert par le secret, il n'y a pas de compte rendu, pas de traçabilité des décisions, donc on ne pourra pas apprendre de cet épisode. C'est un choix présidentiel », nous dit clairement Dab.

Les proches du chef de l'État avancent, pour expliquer la mise sur pied de cette structure, la volonté de gagner en efficacité. Pas si évident. « Le Conseil de défense ne permet pas d'aller vite, tacle Dab, car les décisions ont fini par être prises, mais trop tard. Le troisième confinement, début 2021, par exemple. La troisième vague était devant nous en janvier, le Conseil scientifique l'a dit et écrit, or il arrive plus d'un mois après. Je ne vois pas le gain de précocité. Il y a une perte d'efficacité. »

Quant à l'idée d'associer les élus à la prise de décision, brandie par l'exécutif, on en est resté au stade de l'intention, selon Philippe Juvin, maire de La Garenne-Colombes, et candidat à la primaire de la droite pour la présidentielle de 2022. « Il y a toujours eu une parole descendante, Macron a toujours dit : “Il faut discuter avec tout le monde”, mais il ne l’a jamais fait », déplore le médiatique professeur de médecine originaire du charmant village d’Ucciani, en Corse-du-Sud. « En tant que maire, on apprend tout soit par le *Journal officiel*, soit par BFM ou par la conférence de presse ! s’exclame-t-il encore. Et, le lendemain, le préfet nous convoque et nous dit comment faire... » Tout se décide en comité plus que restreint, au gré des sondages, des mouvements d’opinion, mais surtout des humeurs et des lectures matinales du président. « Les gens qui travaillent avec lui m’ont expliqué que, en gros, il ne veut pas perdre de temps en discutailleries, déplore Juvin. Au Conseil de défense, il y a trois mecs qui disent ça ? OK, il appuie sur un bouton, et puis ça roule. Mais moi, je pense qu’on ne fait plus la guerre comme ça aujourd’hui. »

« Le Conseil scientifique est très désabusé. Il y a eu un divorce avec la science. »

Le professeur a en tête des épisodes peu glorieux. Cette parole publique non suivie d’effets. Ce début de crise où il fallait se muer en Géo Trouvetou, pour dénicher des masques, des blouses... Juvin : « Si on racontait ces histoires aux Français... On ne couvrait même plus nos morts ! Nous avons été en rupture de tout ! De masques, de tests, et donc même de housses mortuaires... Moi, j’ai été, en catastrophe, en chercher trois à l’hôpital de Nanterre avec ma voiture, pour les déposer dans une clinique le lendemain. »

Mais il fallait rassurer la population, quitte à enjoliver la situation, voire à travestir les faits. La France « n’a jamais été en rupture de masques », assure par exemple le chef de l’État, en mai 2020, sur BFMTV. Contre l’évidence.

Macron, capitaine solitaire d'un navire en perdition. Sans boussole. « C'est un honnête homme du XVIIIe qui veut tout savoir, mais il n'est pas inintéressant d'avoir fait quelques études, ironise Juvin. C'est un fonctionnement d'homme seul, qui a des visions. Sa majorité ne dépend que de lui. Or, la démocratie, c'est le dissensus. »

Ce fameux « dissensus », qui permet de faire émerger d'autres réalités, d'envisager des modes de traitement alternatifs de la crise, il existait, pourtant, au sein de cette autre structure, créée *ad hoc*, elle aussi : le Conseil scientifique. Où les débats étaient âpres, mais éclairés par la science. D'ailleurs, tout au long de l'année 2020, c'est d'abord le Conseil scientifique qui va donner le ton. En publiant régulièrement ses avis, avec un Delfraissy ultra-présent dans les médias, précis, didactique. Et puis, très vite, le pouvoir va lui demander de se taire. De différer la publication de ses avis. « Ça m'a choqué, que les avis du Conseil scientifique ne soient pas publiés », regrette William Dab. Notamment à l'automne 2020, où, après un été de tous les délires/plaisirs, le virus s'apprête à terrasser la France, une nouvelle fois. Le professeur Delfraissy le sait, le sent. Il alerte l'exécutif. En pure perte. « On les a empêchés, témoigne William Dab. J'ai eu de nombreux échanges avec Fontanet, il a clairement mal vécu ce qui s'est passé. Delfraissy a essayé, ça s'est retourné contre lui, notamment en septembre 2020. Les données étaient claires, à l'époque, avec un temps de doublement des cas en quatre jours : 5 000 cas chaque jour, puis 10 000 et enfin 40 000, fin octobre. C'était écrit en septembre, l'arrivée de cette deuxième vague. Delfraissy s'est fait engueuler. J'en ai parlé avec lui, et d'autres membres. Le Conseil scientifique est très désabusé. Ils ont également mal vécu l'épisode de janvier-février. Il y a eu un divorce avec la science. »

Au sein du Conseil, bien cornaqué par une communicante tatillonne, chacun s'est passé le mot. Surtout, ne pas mettre en cause l'autorité politique. Parler, oui, mais si possible pour ne rien dire.

Le professeur Yazdan Yazdanpanah, membre dès le départ de l'instance, emploie donc des termes policés, à propos des décideurs : « Au départ, ils nous ont suivis, plus qu'ensuite, glisse-t-il. Le gouvernement, au début, il ne connaissait rien du tout. On leur envoyait nos avis, et c'est eux qui publiaient, et parfois ça prenait un certain temps. Ils ne nous ont pas empêchés de nous exprimer, on avait une parole libre ; et, d'ailleurs, je ne suis pas sûr que Delfraissy se soit fait engueuler par eux. »

Il faut dire que ce satané Conseil scientifique avait deux gros défauts, aux yeux de Macron : il recommandait quasi systématiquement la solution du confinement et, en outre, il était poreux. À chaque avis en passe d'être publié, Delfraissy et Cie l'envoyaient en premier lieu à leurs amis scientifiques. Ne cherchez pas plus loin la cacophonie médiatique, avant chaque décision prise par le pouvoir. Juvin en témoigne : « Delfraissy m'envoyait les avis en me disant : “Ce n'est pas public, tu les gardes pour toi”, et c'était publié trois semaines plus tard ! Et pourquoi ? Eh bien, c'est la volonté de contrôler les choses. » Même son de cloche du côté de l'infectiologue Karine Lacombe : « Delfraissy m'a pas mal téléphoné, pour me dire : “Voilà, il y a un avis qui va sortir demain”, il m'informait des décisions. Je ne me suis jamais sentie en porte-à-faux avec ce qui sortait du Conseil scientifique, on est de la même école. Toutes leurs propositions étaient basées sur la science et la raison, plus que sur l'économie. » Delfraissy, et c'est sans doute à mettre à son crédit, échangeait régulièrement avec ses pairs. D'où l'impression, très vite, de déranger. Lacombe constate : « Le Conseil scientifique mis à l'écart ? Oui, dès que Jean-François Delfraissy avait un avis, il me l'envoyait, mais ensuite ça mettait deux ou trois semaines à sortir, à être rendu public ! Il m'a dit : "C'est une décision de Macron", parce qu'ils n'étaient pas d'accord. »

Des fuites inacceptables pour le pouvoir macronien, habitué à verrouiller la communication. Surtout, il y a eu, au cours de l'année 2020, un point de bascule, où les aspects sociétaux et économiques l'ont emporté sur la vision purement médicale et sanitaire. La professeure Lacombe, pourtant pas une exaltée, en veut au chef de l'État : « Ma théorie, c'est que Macron a senti, cru, qu'une partie de la population, surtout l'extrême droite mais aussi la droite, ceux qui l'attaquaient, eh bien, c'était très fléché politiquement ; et donc il a senti que s'il fallait faire un effort dans un but électoral, c'était sur ces gens-là. Donc, à partir de novembre-décembre 2020, il nous a laissés de côté pour se concentrer sur cette fraction. Avec des conséquences concrètes, comme de ne pas reconfiner fin janvier 2021, le fait de mettre en place des demi-mesures qui ont contenté des tas de gens. »

« Les faits ont donné tort à Macron. »

Il faut en effet se souvenir du psychodrame du mois de janvier 2021.

Le 29, le Conseil scientifique pond un avis très clair, recommandant « un confinement strict sur une période de quatre semaines à partir de début février (vacances scolaires) », afin de « ramener la circulation du virus autour de 5 000 contaminations journalières » et de « ralentir la pénétration du variant VOC et probablement du variant sud-africain ». « Un confinement strict en février permet de gagner du temps », explique encore le Conseil scientifique. Le jour même, le Premier ministre Jean Castex, apparemment très agacé, n'annonce pourtant que des demi-mesures, restreignant les déplacements ou encourageant le télétravail. Clairement à l'encontre des recommandations de l'avis du Conseil scientifique qui, du coup, ne sera publié que le… 24 février 2021. Un mois plus tard.

C'est Emmanuel Macron qui, ce jour-là comme tous les autres, a imposé sa volonté, son intuition, et son *timing*. S'est-il fourvoyé ?

Assurément, à en croire William Dab : « Les faits ont donné tort à Macron, accuse-t-il. Il faut prendre des mesures très rapidement, très fortes, pendant peu de temps. J'ai été choqué ; après le refus de Macron, il y a eu le discours : "Chaque jour sans confinement est un jour de gagné." 400 morts par jour, c'est un Airbus qui se crashe tous les jours ! On est sur une gestion libérale de l'épidémie, sauf que ça ne marche pas. » Et l'ancien DGS, qui fut professeur de gestion de crise sanitaire au Conservatoire national des arts et métiers (CNAM), au même titre que… l'actuel DGS Jérôme Salomon, d'ajouter, gravement : « Il y a une personnalisation du pouvoir qu'on a vue à l'œuvre, comme dans d'autres dossiers d'ailleurs, avec le refus des corps intermédiaires. C'est une vision impériale de la présidence de la République, surtout en situation d'incertitude. Cela a coûté des vies, je suis persuadé de cela. Il y a eu beaucoup de choses évitables, des milliers de victimes évitables. Quand une courbe épidémique franchit le point d'inflexion, c'est fini, vous avez perdu le contrôle. La première vague, on aurait pu confiner plus tôt. Après, on a été systématiquement en retard. »

À sa décharge, Macron, quoi qu'il fasse, aurait été critiqué. Il s'en remet aux décisions du Conseil scientifique, comme au début de la crise ? Cela est vécu comme une démission du politique. Il passe outre ses recommandations, ainsi qu'il l'a fait ensuite ? Cela signifie qu'il est irresponsable.

À la fin du printemps 2021, William Dab a en tout cas passé de longues journées à développer son propos devant les magistrats de la CJR. En revenant particulièrement sur le désastreux épisode de janvier 2021, et le rejet de l'avis du Conseil scientifique. « Fin janvier, le Conseil explique à Macron que le variant anglais change la donne, que c'est une deuxième épidémie, qu'il faut repartir sur des mesures fortes, nous détaille-t-il. Il y a alors une cassure, un bris de confiance entre le Conseil scientifique et le président. Depuis, le Conseil ne fonctionne qu'en autosaisine, il ne répond plus aux questions qu'on ne lui pose pas. »

Voilà, aussi, l'une des raisons pour lesquelles les juges de la CJR souhaitent pouvoir enquêter au-delà de leur périmètre initial. Pousser leurs investigations jusqu'au troisième confinement. Même s'ils risquent de se heurter au silence du Conseil de défense, et aux décisions du président, frappées de l'immunité attachée à ses fonctions.

« La première fois, c'est donc une erreur ;
la deuxième fois, c'est une faute. »

William Dab conclut sa charge : « Ils me prennent pour un ennemi ou un vilain petit canard, mais je n'ai pas de comptes à régler avec eux. Il faut distinguer les erreurs des fautes. La première partie de l'épidémie, on est dans l'erreur, et à partir du mois d'août 2020, quand le taux de reproduction repasse au-dessus de 1, le système se remet dans une négation du risque. La première fois, c'est donc une erreur ; la deuxième fois, c'est une faute. »

Rencontrés pour les besoins de nos enquêtes, les anciens présidents Nicolas Sarkozy et François Hollande n'ont eu de cesse, eux aussi, de critiquer devant nous, mais *mezzo voce* en public, la stratégie sanitaire de leur successeur.

Tout en lui reconnaissant des circonstances atténuantes, et une vraie volonté de protéger le tissu économique et social, ceci expliquant cela. « Tu sais, le pouvoir, c'est difficile », lancera ainsi Sarkozy à son ami Philippe Juvin, un jour où celui-ci s'agaçait des atermoiements de l'exécutif.

Juvin, justement. Le patron des urgences de l'hôpital Pompidou avance, pour justifier sa colère, une étude produite par l'institut économique Molinari. Rédigé par les experts Cécile Philippe et Nicolas Marques, ce rapport on ne peut plus sérieux démontre, chiffres à l'appui, que la stratégie « Zéro Covid protège mieux populations et économies ». Ce qui va à l'encontre des déclarations du camp macroniste. « Les pays qui poursuivent la stratégie Zéro Covid ont eu un recul de l'activité moindre au second trimestre 2020 (– 4,5 % par rapport au second trimestre 2019) par rapport aux pays du G10 qui ont laissé la circulation virale prendre de l'ampleur jusqu'à saturation du système de santé (– 11,7 %) », écrivent les économistes en avril 2021. Si l'on compare l'Hexagone aux pays de l'OCDE ayant opté pour le Zéro Covid, le nombre de morts y est 42 fois plus élevé ! D'autres études, toutefois, relativisent l'efficacité de la stratégie Zéro Covid. « Je crois que Macron a essayé de nier la vérité scientifique, pour des raisons politiques, certifie Juvin. Il ne voulait pas reconfiner. Mais les 500 morts par jour montrent qu'on a eu tort. Est-ce qu'on aurait pu les éviter ? Oui, bien sûr. Vous confinez le 1er janvier au retour des vacances, par définition vous n'avez pas 500 morts par jour. Avec une autre gestion de la crise, on aurait eu moins de morts ; la gestion scientifique a laissé la place à une gestion médiatique. »

Le professeur Juvin s'indigne aussi de l'autre gâchis, celui des malades déprogrammés, ces patients qu'il verra vite revenir dans son service, la santé dégradée, faute d'avoir pu devancer ou traiter la maladie qui les ronge. Il sait malheureusement trop bien de quoi il parle, intimement. « Ma mère, dit-il, on lui a diagnostiqué un cancer en juin 2021, alors qu'on aurait pu le trouver en février, mais l'examen n'a pas pu avoir lieu. J'ai une cousine qui est en train de mourir à 30 ans, avec un retard de trois mois dans la prise de diagnostic. On va avoir une mortalité très importante pendant les années à venir. »

Et c'est bien ce coût humain qui attriste Karine Lacombe. « Est-ce qu'on aurait pu éviter des morts ? Ah, oui ! C'est clair, bien sûr ! Je pense qu'on a sacrifié 400 morts par jour par ce type de décisions. Si on avait confiné fin janvier, pour quatre à six semaines, comme on le demandait, bien sûr qu'on aurait eu moins de morts. On a eu le sentiment qu'ils assumaient 400 morts par jour, et nous on a crié dans le vide en fait, on n'a pas été entendus par le gouvernement. Mais tout a été fait pour nous faire croire que les décisions prises ont été les bonnes, “parce qu'on s'en sort bien, parce que l'on peut revivre normalement”, tout ça… Mais à quel prix ! Au prix de vies humaines ? »

« Une vision libérale et électoraliste. »

L'infectiologue ne supporte plus le discours ambiant, celui que l'on pourrait retrouver avant la fin de l'année 2021, en cas de retour de flamme du virus et de ses variants, Delta, Mu ou autres. Le très efficace « Un jour de confinement en moins, c'est un jour de gagné », asséné par le gouvernement comme un seul homme ? Karine Lacombe aimerait pulvériser ces éléments de langage répétés en boucle, jusqu'à l'écœurement : « Le non-confinement de janvier a causé des milliers de morts, parce qu'on a quand même un nombre de morts qui est très élevé, on l'a vu avec les données européennes : depuis octobre 2020, la France est le seul pays (de l'UE) à avoir une surmortalité constante, on est restés constamment en surmortalité depuis le mois d'octobre. » C'est d'ailleurs ce que démontre, aussi, le rapport Pittet. Une surmortalité jamais démentie, en particulier dans les classes sociales les plus défavorisées. L'infectiologue de l'hôpital Saint-Antoine met cela, elle aussi, sur le compte d'une gestion très politique et totalement personnalisée de la crise : « C'est une vision libérale et électoraliste. La perspective de l'élection présidentielle est un élément majeur. Les premiers de cordée devaient tirer les autres, mais dans la queue, pendant la crise, on a vu les personnes les plus âgées, les personnes dans une situation économique et sociale difficile. C'est une vision utilitariste de la population. »

Son collègue Yazdan Yazdanpanah, du Conseil scientifique, tente de relativiser, lui. « L'exécutif a pris un risque. Mais, dans une période de crise, il est impossible de ne pas prendre de risques. Il n'y avait pas de bonnes solutions, que des mauvaises », dit-il, en ne cachant pas son scepticisme quant à l'avenir. Pour reprendre les termes de cette expression que le chef de l'État affectionne particulièrement, Macron, donc, a « pris son risque ».

S'est-il laissé griser, au fil des mois, par ses thuriféraires, ces adeptes énamourés se relayant dans les médias pour dépeindre avec dévotion un président omniscient, un *deus ex machina* qualifié par eux de « meilleur épidémiologiste de France » ? A-t-il succombé à son péché mignon, cette *hubris* qui le conduit souvent à penser qu'entre sa grande intelligence et sa capacité de travail herculéenne, quel que soit le sujet, il « sait » ?

In fine, un chiffre reste, entêtant, au moment de juger la gestion de la crise par Macron : 115 362 décès au 10 septembre 2021. Comparé à d'autres pays, cela reste un échec majeur, quand bien même aucun responsable politique ne se hasarderait à dire qu'il aurait fait mieux.

De quoi conforter William Dab, lui qui aime à citer cette phrase du général américain Douglas MacArthur : « Les batailles perdues se résument en deux mots : trop tard. »

Les plus cyniques des macroniens notent, eux, que les courbes de popularité placent Macron à un zénith rarement atteint par un président en fin de mandat. N'est-ce pas là l'essentiel ? Et puis, confronté au variant Delta, ce président n'a-t-il pas su imposer le « pass sanitaire », et tant pis si l'exécutif doit composer avec une fronde protéiforme qui conteste avec violence les décisions du pouvoir. Pour le politologue Jérôme Fourquet, ces dizaines de milliers de morts ne pèseront que d'un poids relatif, à l'heure de glisser son bulletin de vote dans l'urne, au printemps 2022. « Il y a une majorité de mécontents de sa gestion du Covid, des masques, des tests, des vaccins..., nous explique-t-il. Mais le cerveau humain ne se souvient que de la dernière séquence. L'accélération des vaccins, la comparaison avec les autres pays, le "quoi qu'il en coûte"... Après, il peut y avoir une chronique judiciaire, mais je ne pense pas qu'il le traîne comme un boulet. »

Pourtant, les chiffres, et les études, sont têtus. Le 18 juin 2021, dans un article très documenté, notre collègue du *Monde* Nathaniel Herzberg a établi, au terme d'une longue enquête, qu'en retardant à début avril 2021 les mesures coercitives réclamées par les scientifiques fin janvier, Macron a alourdi le bilan de la pandémie en France : plus de 14 600 décès, près de 112 000 hospitalisations, dont 28 000 en réanimation, environ 160 000 cas de Covid long supplémentaires... Commentaire de Dab, sur cette enquête : « La CJR devrait en être saisie ! »

Les macroniens ont crié à la supercherie médiatique, à la caricature. Et à la volonté de nuire. Certaines familles des victimes du Covid n'en pensent pas moins de l'exécutif.

Christophe Lannelongue

Le sacrifié

Il est, à sa façon, lui aussi l'une des victimes du Covid… mais surtout du macronisme. Un jour, lors d'une réunion de l'Agence régionale de santé (ARS) du Grand Est, Christophe Lannelongue a servi ce laïus à ses subordonnés : « Vous savez, la devise du Mossad, c'est simple : "Il veut te tuer ? Lève-toi et tue-le." C'est ça, le mental qu'il faut avoir. » Il a pu certes choquer, dans le monde feutré de la haute administration, où les références aux méthodes musclées des services secrets israéliens ne sont pas courantes.

Mais il s'en moque.

Christophe Lannelongue a été formé à la dure, à l'école de Pierre Joxe notamment, alors ministre de l'Intérieur de François Mitterrand (1984-1986, puis 1988-1991). Il était l'un des jeunes membres de son cabinet. « Je fais partie des gens qui sont des fanatiques, nous dit-il. Les fanatiques, quand il y a la crise, ils ne pleurent pas. Ils sont au contraire agressifs… » À 67 ans, il s'apprête à prendre sa retraite. Après avoir dirigé deux ARS, depuis 2016, fréquenté les cabinets ministériels – souvent de gauche –, été viré par Charles Pasqua, de retour au ministère de l'Intérieur, en 1993, et encore, sous le quinquennat Hollande, par Marisol Touraine, pour cause de divergences sur les maternités. En clair, pour nombre de ses collègues, c'est un casse-pieds patenté – pour rester poli.

Il fait aussi partie d'une espèce pas si rare, finalement. Celle des victimes de l'autoritarisme de Macron – rappelez-vous les préfets Delpuech ou Comaret – qui ont su retourner la situation à leur avantage. En décembre 2020, le Conseil d'État a jugé que le gouvernement d'Édouard Philippe avait commis une faute administrative en limogeant Lannelongue du jour au lendemain, le 8 avril 2020, pour avoir, encore une fois, dit trop fort « sa » vérité. Laquelle n'était, en fait, que « la » vérité. Pensez donc, en pleine pandémie, le 3 avril 2020, Lannelongue confirme officiellement que le plan de suppression de 174 lits et de 598 postes va se poursuivre au centre hospitalier régional universitaire de Nancy (CHRU). Alors que l'on pousse les murs pour trouver des lits en catastrophe ! « La trajectoire restera la même en faisant le pari du développement de la chirurgie ambulatoire et de la rationalisation des installations en passant de sept sites à un seul… », indique ainsi, dans une audioconférence, le patron de l'ARS. Il assume encore ce message, plus d'un an plus tard, même s'il le sait tout à fait décalé, sur le plan politique, au regard de la communication macronienne. « Je suis un restructurateur. Ce qui ne va pas en France, c'est que l'hôpital public a dérivé. Mais ce message n'était pas audible en période d'épidémie, ça, c'est mon erreur de communication », convient-il.

Et de sourire : « Je sais, ce n'est pas très socialiste de dire cela… »

Il est recadré immédiatement par son ministre de tutelle, l'ambitieux Olivier Véran (qui n'a jamais donné suite à nos sollicitations), puis viré brutalement cinq jours plus tard, la porte-parole du gouvernement, Sibeth Ndiaye, se chargeant de l'exécution sommaire : « Nous considérons qu'il est important que les hauts fonctionnaires appliquent toutes les recommandations qui sont édictées pour la politique nationale en matière sanitaire. Il convient que, pour une bonne conduite des politiques publiques, il puisse y avoir de la fluidité entre l'échelon national et l'échelon local. »

Macron et Véran ne pouvant avoir tort, c'est donc l'« échelon local » qui saute. Sans préavis. De toute façon, dès 2019, Lannelongue craignait de ne pas pouvoir conserver son poste bien longtemps. La secrétaire générale du ministère ne lui avait-elle pas dit, sans trop de ménagements : « Tu ne passeras pas Noël » ?

« On va crever comme des chiens… »

Il avait bien cru, pourtant, démentir ce sombre présage. Vaine prétention.

« J'ai été prévenu le mercredi matin, au moment où démarrait le Conseil des ministres ; un simple coup de fil, de deux minutes », se souvient Lannelongue. Qui confirme : « Mais j'étais sur la sellette depuis un an. La ministre, Agnès Buzyn, qui était une amie, m'avait dit, en mai 2019 : "Ils veulent ta peau, en urgence. Je ne comprends pas, je n'ai rien à te reprocher, mais ça vient de l'Élysée." » La ministre de la Santé lui envoie même un mail, le 28 janvier 2020. Un message destiné à rassurer le directeur général de l'ARS, quand les rumeurs d'éviction se font encore plus pressantes. « Cher Christophe. Je m'en occupe. On arrête ce délire, orchestré par Marie Fontanel et qui a sa propre inertie… », lui écrit Buzyn.

Qui est donc cette Mme Fontanel, à l'immobilisme si actif ? Elle a été la conseillère santé de Macron à l'Élysée, à partir de mai 2017, avant de devenir en 2020 la représentante permanente de la France au Conseil de l'Europe. Une promotion expresse, pour celle qui a fréquenté Macron sur les bancs de l'ENA, et dont le mari n'est autre qu'Alain Fontanel, chef de file de… LRM à Strasbourg. Dans l'affaire, Lannelongue n'aura été qu'un pion de belle envergure, un gêneur au sein du « clan des Alsaciens » qui entoure et protège le chef de l'État : on y trouve bien sûr Alexis Kohler, secrétaire général du palais présidentiel, et Patrick Strzoda, le directeur du cabinet de Macron. Tout un petit monde qui se connaît bien, se soutient et, surtout, n'a pas beaucoup apprécié l'activisme échevelé de Lannelongue dans un dossier de regroupement de cliniques, à Strasbourg. L'affaire a bousculé les notables locaux. « Jusqu'au bout, Agnès Buzyn a considéré que j'étais victime d'une fatwa des Strasbourgeois… », assure l'ancien patron de l'ARS, qui pense exactement la même chose.

Mais, en virant sans égards Christophe Lannelongue, le pouvoir s'est fait un ennemi du genre redoutable. Expert en gestion de crises, notamment sanitaires, le haut fonctionnaire s'est trouvé une nouvelle mission : démontrer, de manière factuelle, à quel point l'exécutif a failli dans son combat contre le Covid-19. Face aux commissions d'enquête, parlementaires et autres, mais aussi devant nous, Lannelongue fait désormais office de témoin à charge. Et il a conservé un certain nombre de documents. Comme, par exemple, ce compte rendu d'une réunion tenue le 14 février 2020, avec le Centre de crise sanitaire (CCS), une instance du ministère de la Santé. Il y figure, en toutes lettres, ce constat, qui laisse un goût amer, quelque 115 000 morts plus tard : « Actuellement dans une phase de préparation d'une vague épidémique / Scénario avec forte probabilité que ça arrive en France, avec impact médical et sociétal plutôt fort / Scénario du pire (pandémie) n'est pas retenu actuellement. » Il n'est bien sûr pas évident de caractériser une pandémie, mais la France n'est clairement pas en train de se préparer à traiter un tel fléau, alors que les premiers cas sont recensés dans le pays, depuis des semaines…

Lannelongue peste, envisage le pire, et il ne se prive pas de faire remonter ses craintes. Les premiers cas de Covid surviennent dans sa région, en Alsace, avec des taux de surmortalité effrayants, le pic étant atteint le 23 mars 2020. Le directeur général de l'ARS est encore en poste, pour quelques jours. Enfin, si l'on peut dire. Rescapé d'un cancer du poumon, il a mis en place un télétravail généralisé, qu'il s'applique à lui-même. Il est confiné à Paris, mais les réunions s'enchaînent, avec ses 700 fonctionnaires. Il faut gérer le pire. « On va crever comme des chiens », craint-il. Il s'en ouvre à Jean Rottner, le président (LR) de la région Grand Est. « Ce sont vraiment les plus de 85 ans qui ont été "nettoyés" », explique-t-il encore, sans précautions de langage excessives. « On a pris de nous-mêmes d'énormes initiatives, multiplié par trois la capacité des lits de réanimation, on a commandé 10 millions de masques, transféré 350 patients », raconte-t-il.

Il s'est déjà fait remarquer pour son franc parler, lors d'une réunion conviant les grands pontes de la santé. « C'était un bordel sans nom », se souvient-il. Alors, pendant cette réunion, Lannelongue se lâche : « On a un problème, ce n'est pas qu'on est train de se tirer une balle dans le pied, non, on se tire une balle en plein cœur ! On ne protège pas les soignants, et si on n'a pas les soignants, on va avoir des milliers de morts ! Et on va crever à cause des conneries des bureaucrates de centrale… », assène-t-il.

La « centrale », voire le « central », c'est le ministère de la rue de Ségur, la Direction générale de la santé, Santé publique France, toutes ces entités qui, comme dans un bal kafkaïen parfaitement orchestré, se renvoient courageusement la balle, à Paris, en pleine pénurie de masques et d'équipements pour les soignants. Le directeur général de la Santé, Jérôme Salomon (lui aussi a décliné nos demandes d'entretien), se sent visé. La réunion à peine terminée, Raymond Le Moign, directeur du cabinet de Véran, appelle en privé Lannelongue. « Tu ne peux pas t'exprimer comme ça ! Traiter de bureaucrate de centrale ton ami Salomon ! » lui aurait jeté Le Moign. Dès lors, les jours de Lannelongue sont comptés.

Lui, de son côté, comprend mieux, à l'occasion de cette crise, ce qu'est le macronisme appliqué au terrain. « C'est une vision perchée, ce n'est pas une vision opérationnelle », accuse-t-il. « Et ça aussi, c'est une faiblesse de Macron : Salomon est lié à lui, depuis la campagne présidentielle. C'est de la gestion Benalla, une gestion clanique, qui n'est pas fondée sur les outils du management professionnel. »

« Véran a raconté des saloperies sur mon compte. »

Le 25 mars 2020, le président de la République se rend à Mulhouse, pour visiter l'hôpital militaire de campagne bâti à la hâte. C'est l'époque où le chef de l'État se dit « en guerre » contre le coronavirus, le confinement strict est de rigueur et, d'ailleurs, cela fonctionne. « Le confinement a bloqué le démarrage de l'épidémie, d'une manière extrêmement puissante, confirme l'ex-patron d'ARS. En quinze jours, elle ralentit. » Mais Christophe Lannelongue n'est pas présent, lors de ce déplacement présidentiel. Il n'y avait de toute façon pas de place pour lui dans l'avion du chef de l'État. Les trois heures de train, en pleine pandémie, pour figurer sur la photo… bof. Qui plus est, il a vécu une alerte médicale, qui l'a contraint à se rendre à l'hôpital. Olivier Véran l'a d'ailleurs appelé, alors qu'il se trouvait encore sur le parking de l'Hôtel-Dieu, à Paris. Lannelongue en a profité pour réclamer des masques, encore et toujours. Il n'empêche, les critiques se font entendre, dans l'entourage présidentiel : « Ils disent que j'étais planqué, lâche, pas courageux, que je dirigeais depuis Paris parce que j'avais peur d'aller sur le terrain », se désole aujourd'hui Lannelongue. Qui reconnaît : « C'était une erreur de ma part, de ne pas être là, je crois que j'aurais pu faire passer des messages », concède aujourd'hui le haut fonctionnaire.

Il en veut à ses anciens amis du parti socialiste : « Véran a raconté des saloperies sur mon compte, assure Lannelongue ; je le sais, car j'ai plein d'amis députés. Il disait que j'avais pété un câble, qu'il fallait me virer parce que je faisais n'importe quoi, etc. C'est vrai de Véran, mais aussi de Macron, cette incapacité à reconnaître leurs erreurs. » Il se souvient de Véran jurant, à propos de la politique allemande de tests tous azimuts et de leurs chiffres enviables : « Les Allemands, ils trichent ! », ou de Salomon lâchant, à propos des Italiens et de leurs difficultés : « Les Italiens, ce sont des joueurs de guitare. » Ça l'a marqué. « Les Allemands sont bourrés de défauts, lance Lannelongue, mais ils ont une qualité énorme : ils ne trichent pas ! »

Le 8 avril, qu'il paie ses erreurs de communication, sa trop grande franchise, ou son absence en région, Lannelongue est donc remercié, sèchement. « J'ai été viré, regrette-t-il. Le message qui est envoyé dans toute l'organisation, c'est que ceux qui ouvrent leur gueule, on s'en débarrasse. » Depuis, donc, il règle ses comptes. Mais avec des éléments précis, qu'il déballe, à longueur d'auditions. Après tout, un retour d'expérience, ça pourrait servir à cela, à éviter de reproduire des erreurs. Mortelles. Il a une conviction – il n'est pas le seul : le pilotage a été défaillant, car il reposait sur l'allégeance totale au *lider maximo*.

Infaillible, forcément infaillible.

« Ce qui caractérise le pilotage de Macron, mais aussi de Véran, c'est le culte du chef, approuve Lannelonge. Et, autour du chef, des gens assez faibles, et des ministres faibles. Et ce n'est pas parce qu'il m'a viré que je dis ça. » Il a dû gérer des périodes délicates, lui aussi. Des attentats terroristes, par exemple. En vieux routier de l'État, il a cru discerner quelques lignes de faiblesse ayant abouti à une gestion critiquable de la crise sanitaire. Il y a, déjà, ce qui ne relève pas du chef de l'État directement, mais de l'administration : « Une absence d'anticipation, note-t-il. On a été confrontés à un pouvoir central qui était inerte, sourd, parce qu'il n'avait pas pris la mesure du Grand Est. Et cette faiblesse, elle rejoint aussi les défauts de pilotage du président, une forme de croyance naïve que, au fond, il suffit de décider, et on va avoir des résultats. Or, ça ne marche pas comme ça. C'est lié à son expérience : Macron ne connaît pas l'administration. »

Souvent, en France, les vertus du volontarisme, fût-il présidentiel, se fracassent sur l'autel de l'immobilisme, notamment administratif.

Lannelongue poursuit son argumentation : « Macron a la conviction qu'il suffit d'être rationnel ; or, la politique, c'est des choix de valeurs, et aussi la négociation avec des acteurs de terrain très autonomes. » Pourtant, il a pu apprécier certaines qualités unanimement reconnues au président, lors d'une visite à Épernay, le 14 novembre 2019. Macron est venu constater sur le terrain la progression de ses idées, la meilleure prise en compte des « objets de la vie quotidienne » des Français, ces marqueurs basiques, du prix des lunettes au plan vélo. Lannelongue est bluffé par l'intelligence, la réactivité du président, qui ne ménage pas les fonctionnaires conviés à discuter avec lui. Lannelongue se fait d'ailleurs un plaisir d'utiliser ses propres facilités à communiquer pour établir un lien avec Macron.

Il a même droit à un « Merci, monsieur Lannelongue ».

Mais il n'est pas dupe pour autant. « Macron est l'héritier d'une défiance, qui est qu'au fond les fonctionnaires sont des empêcheurs de tourner en rond, et donc il faut court-circuiter les responsables centraux. » Du coup, il insiste sur ce point : « Ce qui a manqué le plus dans le leadership de Macron, c'est une vision managériale, moderne, de ceux qui sont sur le terrain. Macron, contrairement à ce qu'il veut bien laisser croire, quand il dit qu'il est l'homme du changement, c'est tout le contraire : c'est l'homme du passé. »

Depuis son éviction, Lannelongue a été recasé à l'IGAS. Il ne se plaint pas. « Je ne vais pas cracher dans la soupe. J'ai bien aimé ce métier, très franchement. » Il a pu relire, aussi, *L'Étrange Défaite*, de Marc Bloch, l'ouvrage de cet officier, mais surtout immense historien, qui tenta de comprendre la bérézina française de 1940. « En un mot, alors que nos chefs ont prétendu renouveler la guerre de 1915-1918, les Allemands faisaient celle de 1940 », écrivait Bloch. Près d'un siècle plus tard, l'ex-patron de l'ARS du « front de l'Est » parle, lui, d'une « culture de l'arrogance ».

Avec une même issue, tragique.

Chapitre 20
Le pacte

« On ne peut pas s'approcher du pouvoir de l'argent ou du politique impunément. »
Patrice Amar, magistrat du PNF

Insistant, le bruit, un temps, a couru dans Paris.

Bernard Tapie, depuis son lit de douleur, aurait conseillé à Emmanuel Macron de nommer Éric Dupond-Moretti au ministère de la Justice. L'homme d'affaires de 78 ans dément vigoureusement, dans son style : « N'importe quoi ! Dupond-Moretti, il a une grande gueule, mais pas de couilles ! », une énième allusion à ses propres déboires judiciaires, lui qui aurait aimé rencontrer une justice plus compréhensive, plus à l'écoute… du pouvoir, et surtout de ses propres arguments.

Quoi qu'il en soit, l'avocat d'assises Éric Dupond-Moretti a bien été nommé garde des Sceaux le 6 juillet 2020, et c'est peu de dire que son catapultage place Vendôme a stupéfié les observateurs attentifs du monde judiciaire. L'avocat le plus puissant de Paris, Jean-Michel Darrois, par ailleurs l'un des « protecteurs » du jeune Macron, n'en est toujours pas revenu : « Dupond-Moretti, c'est un type formidable, d'accord, mais il ne connaît que les assises ; c'est la partie la plus symbolique de la justice, mais ce n'est pas la plus importante… Ce n'est pas un choix habile. Macron tente le même coup que Mitterrand avec Tapie… » Et l'on sait, avec le recul du temps, comment tout cela s'est terminé. La boue et le déshonneur, Tapie étant contraint de démissionner au bout de quelques semaines du fait d'ennuis judiciaires, déjà.

Le 1er juillet 2021, trois juges de la Cour de justice de la République ont d'ailleurs passé leur journée à perquisitionner le bureau ministériel de Dupond-Moretti. Le récit circonstancié de ce transport de justice vaut le détour. C'est d'abord un ministre sans cravate, quasi dépenaillé, mais surtout dépourvu du moindre masque de protection, en contravention avec les règles en vigueur, qui accueille vertement les juges, leur reprochant par exemple, sans aucune preuve, d'être de collusion avec les médias.

Il en connaît au moins deux personnellement : les anciennes présidentes de cours d'assises Janine Drai et Catherine Schneider, qui ont eu à ferrailler avec le garde des Sceaux, quand il écumait les juridictions comme avocat et n'avait de cesse de s'en prendre aux magistrats. Il ne les apprécie pas, et leur fait bien comprendre. Mais elles ont leur masque de protection, elles, comme leur collègue Bruno Lavielle, car encore une fois, son port reste exigé, en milieu fermé.

Durant les longues heures que dure la perquisition, entre les perçages de coffre-fort à la meuleuse et les tris de documents, il va y avoir, en présence de nombreux témoins (avocats, fonctionnaires, magistrats, etc.) de grands moments de tension. Comme lorsqu'une greffière entend distinctement le ministre, très énervé, insulter, *mezzo voce*, Janine Drai et Catherine Schneider. Elle rapporte ce fait aux juges, mais faute d'autres témoins… Le pire va survenir lorsqu'une greffière entreprend de compulser les rendez-vous du ministre. Celui-ci s'approche de la fonctionnaire, jusqu'à lui intimer, brutalement, de cesser le tri. On est proche de l'intimidation physique. Il faudra l'intervention des magistrats pour calmer les ardeurs belliqueuses de Dupond-Moretti, éructant et postillonnant… Contactés, les avocats du garde des Sceaux ont démenti le déroulement du moindre incident, de même que le non-port du masque par leur client. Ce climat d'affrontement, on le retrouvera, quelques semaines plus tard, au moment de la convocation, puis de la mise en examen de Dupond-Moretti pour « prise illégale d'intérêts » – il reste bien entendu présumé innocent. L'on ne sait encore, à cette heure, si l'incrimination pénale résistera *in fine* à l'épreuve des faits découverts par les juges, mais la question des conflits d'intérêts mis au jour reste prégnante. D'autant plus que le garde des Sceaux a réclamé, par le truchement de ses conseils, la suspension de l'information judiciare.

S'il était un personnage de bande dessinée, Éric Dupond-Moretti camperait un parfait Schtroumpf grognon. Ou, mieux encore, la version masculine de Karaba, la sorcière du film *Kirikou*, éternellement de mauvaise humeur à cause d'une maudite épine fichée dans son dos… Le tempétueux avocat semble de fait perpétuellement en colère. Contre les magistrats, qu'il méprise, contre les journalistes, qu'il exècre – mention spéciale pour les journalistes d'enquête, qu'il vomit –, et de manière générale contre cette époque où « on-ne-peut-plus-rien-dire-ni-rien-faire ».

Sa nomination comme garde des Sceaux, mais aussi ses premiers actes, dont nous révélons les dessous, jettent une lumière crue sur une facette méconnue du macronisme : cette proximité dérangeante avec les réseaux sarkozystes…

« Dupond » a défendu en 2019 Patrick Balkany, l'ami historique de Nicolas Sarkozy, poursuivi pour fraude fiscale. Un crash retentissant : délaisser les assises, son terrain de chasse, où l'on se « contente » de convaincre les jurés, pour les tribunaux correctionnels, où il s'agit de faire du droit devant des juges professionnels, ce n'était pas forcément l'idée du siècle. Côté politique, aussi, il a dû ravaler sa fierté : il a cru pouvoir défier Xavier Bertrand, rival potentiel d'Emmanuel Macron en 2022, dans son fief des Hauts-de-France, à l'occasion des régionales de juin 2021, mais là encore l'expérience a viré au fiasco, ses rodomontades ont tourné à vide, la liste LRM sur laquelle il figurait en bonne place a pris un bouillon monumental…

Si l'on en croit la plupart des commentateurs, la nomination surprise de Dupond-Moretti place Vendôme à l'été 2020 aurait obéi à une logique simple, la même qui a prévalu au moment de nommer la populaire Roselyne Bachelot au ministère de la Culture : casser l'image un peu trop techno du précédent gouvernement dirigé par Édouard Philippe, en envoyant un clin d'œil appuyé aux populistes, dans un contexte post-Gilets jaunes.

L'explication se tient, mais elle est au minimum incomplète. Les dessous de son parachutage à la chancellerie suggèrent que sa nomination pourrait avoir répondu à des motivations beaucoup moins avouables. Plusieurs sources fiables nous l'ont assuré : en confiant ce poste clé à une personnalité aussi clivante, Emmanuel Macron a tenu à envoyer un signal fort à Nicolas Sarkozy ; un lien étrange semble les unir depuis l'élection en mai 2017.

Bien que se réclamant d'une gauche populaire, Dupond-Moretti, dont le cabinet d'avocat est florissant, est compagnon de poker de Me Hervé Temime, autre cador du barreau ardent défenseur des « puissants », aux honoraires aussi impressionnants que son hostilité aux « fouineurs », qu'ils soient policiers, juges ou journalistes. « Dupond » a surtout pour intime un certain Thierry Herzog, avocat historique et ami « à la vie, à la mort » de Nicolas Sarkozy. De joyeuses tablées aux concerts VIP de Johnny Hallyday, les deux copains se donnent, depuis des années, du « gros » à longueur de SMS, communiant dans le même culte de l'amitié virile et animés d'un mépris identique envers les magistrats – entre autres.

À cette aune, les premiers actes du nouveau garde des Sceaux se sont révélés particulièrement instructifs. Notamment la gestion ahurissante de l'affaire du PNF (Parquet national financier), un modèle de conflit d'intérêts « à ciel ouvert »... Bien sûr, nous avons sollicité par SMS, le 25 septembre 2020, un entretien avec le garde des Sceaux ; il ne nous a jamais répondu. Même silence assourdissant du service de presse du ministre de la Justice, contacté par mail en juillet 2021.

Mais voici les faits, d'abord.

Le 30 juin 2020, peu avant son arrivée au gouvernement, Éric Dupond-Moretti, encore avocat, dépose plainte avec son camarade Thierry Herzog pour « atteinte à l'intimité de la vie privée » et « violation du secret professionnel ». Un article du *Point* vient de révéler que le Parquet national financier (PNF), alors dirigé par Éliane Houlette, avait mené, de 2014 à 2019, des investigations « parallèles » afin d'identifier la source susceptible d'avoir alerté Nicolas Sarkozy de sa mise sur écoute dans le cadre de l'affaire libyenne. La surveillance téléphonique opérée sur les téléphones de l'ancien président avait mis au jour des faits susceptibles d'être qualifiés de corruption et de trafic d'influence à la Cour de cassation – l'affaire, révélée par nos soins dans les colonnes du *Monde* le 7 mars 2014, a débouché sur la sévère condamnation en mars 2021 de Nicolas Sarkozy, de Thierry Herzog et du magistrat Gilbert Azibert, qui ont tous fait appel et restent donc présumés innocents.

Scandalisés de découvrir que leurs « fadettes » (facturations téléphoniques détaillées) avaient été vérifiées par le parquet financier, Mes Herzog et Dupond-Moretti y voient surtout un cadeau du ciel, une occasion inespérée d'affaiblir cette juridiction spécialisée, créée début 2014 par François

Hollande et qu'ils soupçonnent d'être instrumentalisée – comprendre, d'avoir fait de Sarkozy une cible. Dès le 25 juin 2020, sur LCI, Dupond-Moretti se lâche, accusant les magistrats du PNF de recourir à des « méthodes de barbouzes ». « Il y en a ras-le-bol de ces juges qui s'affranchissent de toutes les règles au nom de la morale publique, tonne le tribun. Il faut vraiment qu'un beau jour on donne un grand coup de pied dans la fourmilière. » Ce « beau jour » ne va pas tarder à se lever.

« Le détournement de pouvoirs auquel s'est livré sans vergogne M. Dupond-Moretti. »

En attendant, Nicole Belloubet, encore garde des Sceaux, diligente dans l'urgence une première enquête interne auprès de l'Inspection générale de la justice (IGJ) pour évaluer le fonctionnement du PNF et le bien-fondé de l'ouverture de l'enquête préliminaire ayant visé les sources possibles de Sarkozy – l'enquête « n° 306 », dans le jargon très administratif du PNF.

Une démarche, avec le recul, parfaitement assumée auprès de nous par Nicole Belloubet. « Après l'article du *Point*, j'ai demandé un rapport à la procureure générale de Paris [*Catherine Champrenault*], supérieure hiérarchique de Mme Houlette, à qui elle a demandé elle-même un rapport – vous savez qu'elles se détestaient, toutes les deux. Mme Champrenault me remet un rapport fin juin où elle me dit qu'il y a eu des choses qui ne sont pas claires. »

Les conclusions du document remis à la garde des Sceaux par la procureure générale, dont nous avons pu prendre connaissance, indiquaient précisément ceci : « Il n'en reste pas moins que la durée de l'enquête préliminaire ouverte le 4 mars 2014 pour être clôturée par une décision de classement prise le 4 décembre 2019 peut susciter des interrogations. »

« Du coup, reprend Belloubet, suite à ce rapport, je demande le 1er juillet à l'Inspection générale de la justice un rapport de fonctionnement sur cette situation, mais je marche sur des œufs : déjà les syndicats rouspètent en disant que s'intéresser à la procédure, c'est empiéter sur l'indépendance des juges ; je ne partage pas leur opinion, mais un débat s'engage là-dessus, et six jours après je m'en vais. »

Les conclusions de l'Inspection, rendues le 15 septembre 2020, ne relèveront aucune faute individuelle. Mais, entre-temps, le contexte a sacrément changé à la chancellerie, avec l'arrivée durant l'été de Dupond-Moretti place Vendôme.

À peine installé dans le fauteuil de garde des Sceaux, le désormais ex-avocat, qui avait juré ses grands dieux qu'il ne serait jamais ministre, prend rapidement ses aises. Malgré les protestations des syndicats de magistrats, qui vivent sa promotion comme une pure provocation (l'USM, majoritaire, évoque même « une déclaration de guerre »), il se glisse non sans plaisir dans son costume ministériel, découvrant même les joies du port de la cravate.

Notabilisé, « Dupond » ?

Ce serait mal connaître le personnage. Certes, peu après sa prise de fonctions, il se résout, contraint et forcé, à retirer sa plainte contre le PNF. Mais, le 18 septembre 2020, il annonce le déclenchement d'une enquête pré-disciplinaire de l'Inspection générale de la justice – prélude à une éventuelle saisine du Conseil supérieur de la magistrature (CSM). Il cible, y compris publiquement, l'ex-patronne du PNF, Éliane Houlette (partie à la retraite en avril 2019), et surtout deux de ses remuants adjoints, Ulrika Delaunay-Weiss et Patrice Amar. Un duo réputé pour sa pugnacité ; deux magistrats, surtout, en première ligne dans le suivi des multiples procédures visant Nicolas Sarkozy.

« Ce qui a posé un problème, c'est ce que Dupond a fait, c'est-à-dire demander un rapport disciplinaire à l'Inspection, et surtout en nommant les trois magistrats en cause », nous confie Nicole Belloubet, qui a dû s'expliquer sur ces faits, en qualité de témoin, devant la Cour de justice de la République en juin 2021.

L'enquête de l'Inspection générale, à laquelle nous avons eu accès en exclusivité, se révèle accablante… pour ses initiateurs. Non contente de mettre hors de cause les magistrats visés, elle fait apparaître la situation intenable de celui qui l'a exigée, Éric Dupond-Moretti lui-même. Si le garde des Sceaux n'a donc pas souhaité donner suite à nos sollicitations, il a déjà eu l'occasion de faire connaître publiquement son point de vue. Ainsi, le 1er octobre 2020, dans l'émission *C à Vous* sur France 5, il déclarait : « Un conflit d'intérêts, c'est quand on est juge et partie. J'ai été partie puisque j'ai déposé une plainte, je ne suis plus partie, je n'ai jamais été juge dans cette affaire. » Des éléments de langage restitués au mot près à plusieurs reprises, par exemple une semaine plus tard, sur RMC, au micro de Jean-Jacques Bourdin : « Le conflit d'intérêts, c'est quand on est juge et partie. Moi, j'ai été partie. Je me suis désisté et je ne serai pas juge. »

À en croire leur mémoire en défense, remis à l'Inspection le 17 novembre 2020, Mes Marie Lhéritier et François Saint-Pierre, conseils du vice-procureur Patrice Amar et de la procureure adjointe Ulrika Weiss, voient les choses bien différemment. Les deux avocats mettent directement et gravement en cause le garde des Sceaux, l'accusant explicitement d'avoir profité de sa fonction de ministre pour régler son compte au PNF et, surtout, d'avoir agi pour celui de Nicolas Sarkozy. Ils dénoncent fermement « le détournement de pouvoirs auquel s'est livré sans vergogne M. Dupond-Moretti, portant une atteinte sans précédent depuis un lointain passé à l'indépendance de la justice et à l'intégrité des magistrats qui la servent ».

Mes Lhéritier et Saint-Pierre rappellent le contexte dans lequel s'inscrit l'enquête réclamée par le nouveau garde des Sceaux : le procès de MM. Sarkozy, Herzog et Azibert devait s'ouvrir le 23 novembre 2020, « l'accusation devant être soutenue par des magistrats du Parquet national financier, c'est-à-dire peu après » le déclenchement de la procédure disciplinaire visant Amar et Weiss. « L'enquête administrative allait donc être menée pendant ce procès correctionnel, écrivent les deux avocats. Une telle concordance des temps n'est pas due au hasard [...]. Elle résulte d'une volonté délibérée du ministre de la Justice, M. Dupond-Moretti, de tenter de déstabiliser les magistrats du Parquet national financier à la veille de ce procès, en mettant en cause leurs collègues sans aucun motif valable, afin de satisfaire des intérêts personnels et partisans. »

« Sauver Nicolas Sarkozy d'une possible condamnation qui aurait mis à mal ce projet d'alliance politique. »

Les conseils des deux magistrats financiers observent que l'enquête administrative les visant a été formellement ouverte par la directrice du cabinet du garde des Sceaux, Véronique Malbec, alors qu'un ministre « ne peut déléguer les pouvoirs que lui confère la loi, mais seulement sa signature ». À cela, à en croire les avocats, une seule raison : « Tenter de dissimuler les graves conflits d'intérêts qui empêchaient à l'évidence M. Dupond-Moretti de prendre lui-même cette décision ». Et Mes Lhéritier et Saint-Pierre d'appuyer là où ça fait mal : « M. Dupond-Moretti aura donc été successivement le plaignant, puis le décisionnaire de l'enquête administrative, sachant qu'il aurait ensuite à décider de saisir le Conseil supérieur de la magistrature d'une poursuite disciplinaire, puis finalement d'une sanction professionnelle à l'encontre de ces magistrats du Parquet national financier : le conflit d'intérêts était flagrant. »

Ce n'est pas tout, à lire le tandem de pénalistes : « Le conflit d'intérêts de M. Dupond-Moretti s'est aggravé par l'affichage de sa constante amitié pour son confrère Thierry Herzog lors de la parution au mois d'août 2020 d'un reportage publié par le journal *Paris Match*. Éric Dupond-Moretti a revendiqué son droit à sa vie privée, bien que le texte de cet article et les photos qui l'illustrent démontrent sa complaisance avec ce journal. » Pour les défenseurs d'Ulrika Delaunay-Weiss et de Patrice Amar, la complicité entre MM. Dupond-Moretti et Herzog doit absolument s'analyser dans le contexte du procès Sarkozy-Herzog-Azibert. « Le fait pour M. Dupond-Moretti, ministre de la Justice, de déclencher une procédure administrative pré-disciplinaire à l'encontre de l'ex-cheffe du PNF et des deux magistrats qui y avaient conduit une phase de l'enquête préliminaire n° 306 […] était de nature à déstabiliser le Parquet national financier à la veille de ce procès, et à le décrédibiliser dans l'opinion publique. »

Évoquant un article du *Monde* du 11 octobre 2020 (« Emmanuel Macron et Nicolas Sarkozy, partenaires particuliers ») de nos collègues Sarah Belouezzane, Olivier Faye, Alexandre Lemarié et Solenn de Royer, consacré aux relations privilégiées entretenues par le chef de l'État avec son anté-prédécesseur et susceptibles de les avoir conduits à nouer un pacte politique pour 2022, les avocats concluent : « Dans cette hypothèse, M. Dupond-Moretti aurait été instrumentalisé pour déstabiliser le Parquet national financier, non pas tant pour aider son ami Me Herzog que pour sauver

Nicolas Sarkozy d'une possible condamnation qui aurait mis à mal ce projet d'alliance politique. »

Dans le même registre, François Saint-Pierre et Marie Lhéritier pointent une autre initiative du garde des Sceaux pour le moins discutable : le 18 septembre 2020, soit au moment même où il déclenchait une enquête contre le PNF, le ministre de la Justice chargeait l'ancien bâtonnier de Marseille Dominique Mattei de réunir une commission afin d'« examiner et faire toute proposition sur l'étendue des garanties de la protection du secret professionnel » des avocats. Il justifiait son initiative en ces termes : « Le déroulement de certaines enquêtes préliminaires conduit à la mise en œuvre de mesures d'investigation. » L'allusion à l'affaire des fadettes, mais aussi au dossier Azibert-Herzog-Sarkozy, est évidemment transparente…

« Éric Dupond-Moretti nous a fait comprendre qu'il allait déposer plainte contre le PNF. »

Au surplus, la composition de cette instance, révélée tardivement, a fait bondir les conseils des deux magistrats financiers. Ils écrivent ceci : « Quelle ne fut pas notre surprise, à la lecture de la liste des membres de cette commission, présidée par le bâtonnier Mattei, assisté de son confrère Luc Febraro, présentés tous deux par Thierry Herzog comme des "potes de toujours" d'Éric Dupond-Moretti dans le reportage *people* de *Paris Match* du mois d'août 2020 qui lui était consacré avec sa compagne, mais aussi de Jacqueline Laffont, l'avocate de Nicolas Sarkozy, et d'Hervé Temime, celui de Me Herzog. » « Une démonstration de népotisme, c'est-à-dire (pour la bonne compréhension de ce terme par M. Dupond-Moretti) d'exercice d'une fonction publique à l'avantage de ses propres parents ou amis », ironisent Mes Lhéritier et Saint-Pierre.

Ce n'est pas tout : aux côtés de François Cornut-Gentille, Éric Dupond-Moretti était également, jusqu'à son arrivée place Vendôme, le conseil d'Alexandre Djouhri, richissime homme d'affaires poursuivi pour son rôle dans l'affaire du possible financement occulte de Nicolas Sarkozy par l'ancien dictateur libyen Muammar Kadhafi. Lors de l'une de ses auditions devant l'Inspection générale de la justice, Ulrika Delaunay-Weiss, qui suivait alors, avec Patrice Amar, le dossier libyen au PNF, a révélé avoir reçu, à leur demande, les avocats de Djouhri à la fin de l'année 2018. L'intermédiaire, alors réfugié à Londres, était visé par un mandat d'arrêt international délivré par les juges d'instruction en charge de l'affaire libyenne. « Éric Dupond-Moretti nous a fait comprendre qu'il allait déposer plainte contre le PNF, qui avait osé soutenir une demande d'extradition de son client sur la base d'un mandat d'arrêt dont il soutenait qu'il contenait des informations mensongères ; en substance, il nous accusait d'être complices d'un faux », s'est émue la magistrate. Avant de rappeler, pas mécontente : « Alexandre Djouhri a été extradé et mis en examen en France, la totalité de la procédure d'extradition a été validée. »

La situation était tellement intenable, les protestations si vives, que Matignon fut contraint, le 23 octobre 2020, de prendre un décret interdisant au garde des Sceaux – destinataire des rapports internes de son administration sur les affaires dites « signalées », c'est-à-dire sensibles – d'avoir à connaître des dossiers « relatifs à la mise en cause du comportement d'un magistrat à raison d'affaires impliquant des parties dont il a été l'avocat ou dans lesquelles il a été impliqué », pas plus que des « affaires dont il a eu à connaître en sa qualité d'avocat ou dont le cabinet Vey [*son associé*] a à connaître ».

Un recadrage en forme d'aveu.

Du coup, c'est à Jean Castex lui-même que revint la responsabilité de suivre la procédure administrative diligentée par son garde des Sceaux contre le PNF. Or, Castex est, lui aussi, notoirement proche de Nicolas Sarkozy, dont il fut, à l'Élysée, successivement le conseiller aux affaires sociales (novembre 2010-février 2011), puis le secrétaire général adjoint (février 2011-mai 2012). Ou quand un conflit d'intérêts en chasse un autre…

« Les répercussions professionnelles sur ce magistrat sont réelles. »

D'ailleurs, Castex a manifesté un zèle étonnant pour poursuivre à son tour de sa vindicte le Parquet national financier. Qu'on en juge : le 4 février 2021, l'Inspection générale de la justice blanchit sans ambiguïté Patrice Amar et Ulrika Delaunay-Weiss. S'agissant du premier, les investigations n'ont, selon l'Inspection, « pas permis d'objectiver, dans le suivi de cette enquête [*la procédure visant à identifier une éventuelle "taupe" sarkozyste*] un quelconque manquement aux principes déontologiques auxquels tout magistrat est soumis ». « De même, ajoute l'IGJ, s'agissant de sa manière de servir, aucun manquement ne peut être relevé contre ce magistrat dont les qualités humaines, les compétences techniques, l'aisance oratoire et la capacité à s'inscrire dans le lien hiérarchique ont été très majoritairement saluées. »

La conclusion de l'Inspection est sans ambiguïté : « La mission constate que ce parquetier investi et performant dans le traitement des procédures économiques et financières a, au cours de ses années de fonction au PNF, été victime d'une défiance et d'une mise à l'écart par sa cheffe de parquet [*Éliane Houlette*], à laquelle s'est ajoutée la publicité inhabituelle de cette enquête administrative. Les répercussions professionnelles sur ce magistrat sont réelles. » En clair, loin d'avoir fauté, Patrice Amar apparaît surtout comme une victime.

Pas aux yeux du pouvoir.

Car, quelques semaines plus tard, le 26 mars précisément, Matignon fait savoir que le Premier ministre entend passer outre les conclusions de l'Inspection ! Le même jour, le directeur des services judiciaires de la chancellerie, Paul Huber, placé sous l'autorité du garde des Sceaux, informe Amar par courrier que « le Premier ministre a décidé d'engager des poursuites disciplinaires à [son] encontre et a saisi le Conseil supérieur de la magistrature en ce sens ». De fait, simultanément, Castex écrit au CSM afin de réclamer des sanctions contre Éliane Houlette et Patrice Amar, susceptibles d'avoir manqué à leurs devoirs « de loyauté et d'impartialité ». S'agissant de Patrice Amar, « la mission d'inspection n'a relevé aucun manquement à l'encontre de ce magistrat », concède d'abord Castex, bien obligé de rappeler les conclusions du rapport de l'IGJ, totalement favorables au parquetier. « Cependant, ajoute le Premier ministre, le dossier laisse apparaître des atténuations à ces appréciations favorables dont l'ampleur me paraît justifier qu'elles soient soumises à l'appréciation du Conseil supérieur de la magistrature. » Le 16 avril, nouveau désaveu pour l'exécutif : le CSM regrette que Castex « ne lui dénonce pas de faits motivant des poursuites disciplinaires contre M. Amar [...] mais lui demande de réaliser des investigations ».

Et l'instance d'administrer une leçon de droit au locataire de Matignon : « Une enquête ne peut intervenir qu'après saisine du Conseil dénonçant des faits motivant les poursuites disciplinaires, qui, en l'espèce, fait défaut. »

Qu'à cela ne tienne : cinq jours plus tard, Castex saisit l'instance disciplinaire du CSM en détaillant les supposées fautes imputables à Amar. Il est notamment reproché à ce dernier d'avoir manqué de loyauté à sa supérieure, Éliane Houlette. Surtout, s'appuyant sur le témoignage devant l'Inspection de l'actuel chef du PNF, Jean-François Bohnert, le magistrat est accusé de ne pas avoir toujours porté « un regard neutre et objectif » sur ses dossiers.

Une appréciation loin d'être anecdotique quand on sait que Patrice Amar assurait au parquet financier le suivi des principales procédures visant Nicolas Sarkozy !

Lorsque l'on demande à Nicole Belloubet s'il n'y a pas eu une volonté de son successeur et du Premier ministre Castex de s'acharner sur des magistrats « gêneurs », elle peine à dissimuler son embarras : « Hmm, hmm… Je ne suis pas obligée de commenter, là ?! » Elle ajoute : « Ils ont fait un choix, avec sans doute cette idée de bien marquer la responsabilité des magistrats, que Dupond était censé incarner, en fait. »

Pour Belloubet, « Dupond est le genre de profil qui nécessairement plaisait à Macron, ça lui permettait de donner un côté médiatique à la composition du gouvernement. Et puis, c'était un avocat, donc on faisait un contre-pied à ce qui a souvent été considéré comme le corporatisme de la magistrature. Après, est-ce que ce choix-là n'allait pas d'emblée poser problème ? Eh bien oui, évidemment ! Les gens qui étaient à côté de moi au moment de l'annonce du gouvernement étaient absolument effondrés, excessivement effondrés. Dupond-Moretti a une volonté de bien faire, mais avec évidemment tout ce qu'il a porté avant et qui n'était pas qu'amabilités à l'endroit des magistrats… »

Et lorsque l'on évoque devant elle les amitiés très sarkozystes de son successeur place Vendôme, susceptibles de nourrir les soupçons, elle ne nie pas : « Oui, oui, oui… Tout ça, c'est certain. Et donc, avant qu'il ait posé le moindre acte, il est certain que les magistrats ne pouvaient réagir que négativement. » Délaissant définitivement sa prudence légendaire, l'ancienne ministre confirme aussi que voir le Premier ministre, lui-même ancien collaborateur de Sarkozy, prendre personnellement l'affaire en main, n'est pas sans poser question. « Oui, glisse-t-elle dans un nouveau rire nerveux. En même temps, c'est la conséquence du conflit d'intérêts [*de Dupond-Moretti*], mais oui, c'est un peu troublant… » De la même manière, Nicole Belloubet a été stupéfaite de constater qu'il a fallu trois mois et demi pour que son successeur accepte de se déporter des dossiers dont il avait eu à connaître en sa qualité d'avocat. « Je ne comprends pas pourquoi ils ont mis autant de temps, ils n'ont pas vu le "truc" tout de suite, je pense, ils n'ont pas vu l'ampleur que ça pouvait prendre, juge-t-elle. Ce n'est qu'après, parce qu'il y a eu des erreurs dans le com' et dans les décisions qui ont été prises, que le conflit d'intérêts est monté. »

En cet automne 2021, le CSM n'a pas encore rendu ses conclusions. Elles n'inquiètent pas les conseils de Patrice Amar. En revanche, ces derniers se sont réjouis de la décision spectaculaire prise le 16 juin 2021 par la commission de la Cour de justice de la République de mettre en examen Dupond-Moretti pour « prise illégale d'intérêts ». Comme un énième *remake* de l'arroseur arrosé…

Selon l'avocat du garde des Sceaux, Me Christophe Ingrain, lors de son audition, il n'aurait « pas été expliqué » à son client « les raisons pour lesquelles la commission d'instruction a considéré que les indices graves et concordants étaient réunis. Ce mépris pour ses droits s'inscrit dans la continuité des anomalies que nous avons constatées depuis le début de cette procédure ».

À la sortie de son interrogatoire, le ministre, visage crispé, a en tout cas fait mine d'afficher sa sérénité : « On me reproche d'avoir saisi l'Inspection générale de la justice composée de magistrats indépendants à la suite de procédures initiées par ma prédécesseure Nicole Belloubet. » « Avant de saisir l'Inspection générale de la justice, j'ai consulté mes services et en particulier le bureau de déontologie des services judiciaires [*qui*] m'a demandé de saisir l'Inspection, ce que j'ai fait », a-t-il ajouté.

À son arrivée à la CJR, Dupond-Moretti avait gratifié la presse de cette saillie : « Le ministre de la Justice n'est pas au-dessus des lois, mais il n'est pas non plus en dessous. » Coïncidence ? L'argumentaire est un copier-coller des déclarations récurrentes de Nicolas Sarkozy lorsqu'il subit les foudres de la justice – ça lui arrive souvent, ces dernières années. En mars 2018, réagissant sur TF1 à sa mise en examen dans l'affaire libyenne, l'ancien chef de l'État avait par exemple déclaré : « Je ne suis pas au-dessus des lois, ni en dessous… »

« Sarkozy a été très sensible à la considération que Macron lui a donnée. »

La CJR avait été saisie par trois syndicats de magistrats et l'association anti-corruption Anticor. Outre l'affaire des fadettes, les plaignants reprochent au garde des Sceaux d'avoir ouvert une autre enquête administrative contestable, cette fois à l'encontre du juge Édouard Levrault. Or, avant de devenir ministre, Éric Dupond-Moretti avait été le conseil d'un des policiers poursuivis par ce magistrat, alors en poste à Monaco, et dont l'avocat avait vivement critiqué les méthodes.

Voici donc l'homme au sommet de l'institution judiciaire lui-même poursuivi par ces « maudits » juges – une première sous la Ve République –, soupçonné d'avoir usé et abusé de ses fonctions pour voler au secours de ses puissants amis.

Mais qui imagine un seul instant le garde des Sceaux mis en examen ?

Fidèle à sa réputation, Dupond-Moretti, avec le plein soutien d'Emmanuel Macron, a traité cette mise en examen par le dédain et exclu de démissionner, enterrant de fait la « jurisprudence Balladur » voulant qu'un ministre quitte son poste lorsqu'il est aux prises avec la justice – *a fortiori* lorsqu'il est garde des Sceaux !

Cette affaire permet en tout cas d'envisager une autre lecture du rapprochement entre Macron et Sarkozy, intervenu dès l'élection de l'ancien ministre de l'Économie, et notamment illustrée par la montée en puissance de Gérald Darmanin, aujourd'hui ministre de l'Intérieur, comme près de vingt ans avant celui dont il fut le protégé et reste l'ami, Nicolas Sarkozy. De nombreux témoins rencontrés dans le cadre de notre enquête ont insisté sur la convergence d'intérêts – et parfois de réseaux – unissant les deux hommes, unis par ailleurs dans un même mépris, dont l'importance n'est pas à négliger, à l'égard de François Hollande. Copain de promo de Macron à l'ENA et ancien conseiller en communication du président Hollande, Gaspard Gantzer en est convaincu, « ce sont les deux qui devaient trouver leur compte dans cette relation : Macron, parce qu'il a tenté la triangulation, il a voulu montrer qu'il était proche de Sarkozy pour attirer à lui une partie de l'électorat de droite ; Sarkozy, certainement parce que ça devait le faire marrer par rapport à Hollande ! Et peut-être, après, parce que Nicolas Sarkozy pense au fond de lui qu'un président de la République peut encore avoir une prise sur la justice. Et puis, Macron est un séducteur exceptionnel, et je pense que

Sarkozy a été très sensible à la considération que Macron lui a donnée ».

Olivier Faure pense aussi que les deux hommes « se manipulent » mutuellement. « Chacun utilise la popularité de l'autre pour essayer de se renforcer mutuellement ; à la fin, qui gagne, je ne sais pas », s'interroge le premier secrétaire du PS. « C'est drôle parce que Sarko, il est très intelligent, et il pense qu'il instrumentalise Macron ; or je pense que c'est faux, c'est même le contraire, c'est Macron qui joue avec Sarko ! » croit savoir de son côté le communicant Robert Zarader, soutien de Macron.

Ils sont nombreux, à l'image de Manuel Valls, à considérer que le chef de l'État est surtout déterminé à « neutraliser » un possible rival. « Il est évident que Sarko est utilisé pour l'empêcher », nous confie ainsi l'ancien Premier ministre. « Il ne faut pas exclure que Macron vise au bout du compte comme timbale le soutien de Sarkozy pour la présidentielle », ajoute Gantzer.

En l'absence de candidat « naturel » à droite, l'hypothèse n'est pas si farfelue.

Pas de quoi rassurer les magistrats du parquet financier. Ces derniers se reconnaîtront sans doute dans ce sombre constat, teinté d'amertume, émis par Patrice Amar, le 8 janvier 2021, devant l'Inspection générale de la justice : « On ne peut pas s'approcher du pouvoir de l'argent ou du politique impunément. »

Et encore moins des deux à la fois.

Ulrika Delaunay-Weiss

La cible

Nicolas Sarkozy la voue aux gémonies, Éric Dupond-Moretti la menace de ses foudres, donc Emmanuel Macron a nécessairement entendu parler d'elle, et sans doute pas en bien… Avec de tels ennemis, Ulrika Delaunay-Weiss pourrait s'inquiéter pour sa carrière de magistrate. Elle semble sereine, pourtant. Combative, surtout. Comme toujours. Chaleureuse et joviale en privé, cette blonde élancée aux fines lunettes rectangulaires se métamorphose en procureure redoutable une fois qu'elle se glisse dans la robe rouge et noir des membres du parquet.

Visée, tout comme son homologue du Parquet national financier (PNF) Patrice Amar et son ancienne patronne Éliane Houlette, par une enquête de l'Inspection générale de la justice (IGJ), Ulrika Delaunay-Weiss a finalement été blanchie, mais sa colère n'est pas retombée. Même si elle ne sous-estime pas l'hostilité d'Éliane Houlette, elle est surtout scandalisée de voir l'exécutif s'acharner à vouloir sanctionner son ami Patrice Amar, et est convaincue d'avoir été avec son collègue victime d'une *vendetta* du pouvoir, et plus précisément d'un pacte faustien unissant macronistes et sarkozystes.

Le 4 janvier 2021, lors de sa première audition devant l'Inspection générale, jamais rendue publique jusqu'ici, la magistrate a fait des déclarations plutôt véhémentes, tellement à son image. « Sur la base d'un dossier totalement vide, on veut déchirer publiquement notre robe de magistrat, salir notre honneur et, à travers nous, affaiblir l'institution que nous servons, a-t-elle lancé. C'est grave et inédit ! On a tordu les faits, manipulé une institution, violé la séparation des pouvoirs, et ce, au plus haut niveau de l'État. Pour des intérêts privés et politiques. »

Magistrate depuis 1995, Ulrika Delaunay-Weiss a fait toute sa carrière au parquet. Son dossier administratif en témoigne : tout au long de son parcours, de la section des mineurs du tribunal de Melun à son arrivée au PNF près de vingt ans plus tard, elle a suscité les louanges à peu près unanimes de ses collègues comme de ses supérieurs chargés de la noter. Ses évaluations successives sont dithyrambiques : « digne de confiance », « organisatrice hors pair », « dynamique », « loyale »… « Elle est incontestablement promise à un brillant avenir professionnel », prédisait même le procureur de Créteil en 2005. De fait, elle est promue, en 2009, à la tête du parquet de Compiègne, où elle reçoit à nouveau des éloges, le procureur général d'Amiens la félicitant par exemple d'avoir, dès son arrivée, « réorganisé en quelques mois son parquet, modernisé sa politique pénale et réussi à faire régner une ambiance parfaite au sein de son équipe ». Elle hérite aussi de quelques ennuis, notamment des menaces de mort. Pas de quoi décourager la jeune femme, attirée par les dossiers sensibles.

Elle est servie avec sa nomination, comme procureure adjointe, au tout nouveau et prestigieux Parquet national financier, début 2014. Les choses se gâtent rapidement ; ses rapports avec la patronne du PNF, la très contestée Éliane Houlette, sont exécrables. « Malgré l'implication de Mme Delaunay-Weiss au cours des premières années du PNF, la procureure de la République financier [*Éliane*

Houlette] a, dès la fin de l'année 2015, manifesté des signes de défiance à son égard qui se sont traduits par une mise à l'écart progressive », souligne l'Inspection générale de la justice en conclusion de son enquête interne, en février 2021, qualifiant au passage la magistrate d'« exemplaire » et même d'« irréprochable ». L'IGJ va jusqu'à écrire qu'Ulrika Delaunay-Weiss a été « ostracisée » par sa supérieure, accusée d'avoir multiplié à son encontre les mesures « vexatoires », notamment un contrôle tatillon de son assiduité au moment où la procureure adjointe traversait dans sa vie privée une épreuve particulièrement douloureuse…

« Éliane Houlette avait des attitudes blessantes, parfois d'humiliation, de mépris à l'égard de collègues. »

Lors de ses auditions du mois de janvier 2021 devant l'Inspection, la parquetière s'en est prise vivement à son ancienne cheffe, au « fonctionnement clanique », « dépassée par les faits », « autoritaire » ou encore initiatrice d'« une politique de harcèlement » à son égard.

« Éliane Houlette a fait une fixation sur ma présence physique au PNF, a témoigné la magistrate. Elle a commencé à contrôler heure par heure ma présence […]. À partir de là, j'ai été bombardée de mails. Elle avait des attitudes blessantes, parfois d'humiliation, de mépris à l'égard de collègues. »

Car Ulrika Delaunay-Weiss n'est pas seule à subir les foudres d'Éliane Houlette. Avec sa grande copine, Ariane Amson, et Patrice Amar, avec qui elle va gérer des années durant les dossiers les plus explosifs du PNF, en particulier ceux visant Nicolas Sarkozy ou ses proches (affaire libyenne, scandale Azibert, dossiers Guéant, Kazakhgate…), elle résiste. Ces trois magistrats constituent au fil des ans l'avant-garde d'un front « anti-Houlette » au sein du parquet financier, où l'ambiance est de plus en plus délétère. La compétence d'Éliane Houlette est clairement mise en doute par plusieurs de ses subordonnés, exacerbant encore la susceptibilité de la patronne du PNF.

Pourtant à la retraite depuis 2019, Éliane Houlette n'a pas voulu déférer aux convocations de l'Inspection générale de la justice ; elle n'a pas non plus donné suite à nos sollicitations. Son avocat, Jean-Pierre Versini-Campinchi, nous a fait savoir par SMS que sa cliente « ne souhait[ait] pas s'entretenir avec [nous] du PNF, du président Macron ou de tout autre sujet ».

Face à l'Inspection, Ulrika Delaunay-Weiss, comme Patrice Amar, s'est sentie prise en étau : d'un côté, les attaques de sa hiérarchie, un « flicage permanent », ce traitement « déplacé, vexatoire et humiliant, totalement infantilisant », comme elle l'a qualifié lors de ses auditions ; de l'autre, les pressions apparues en marge du traitement des dossiers visant Nicolas Sarkozy. C'est le développement de ces procédures judiciaires, elle n'en doute pas, qui a entraîné le déclenchement de poursuites disciplinaires. Et tout particulièrement cette fameuse enquête préliminaire « n° 306 » destinée à identifier la « taupe » susceptible d'avoir prévenu Nicolas Sarkozy de sa mise sur écoute et qui a provoqué la fureur d'Éric Dupond-Moretti. Accusés à la fois d'avoir laissé traîner cette enquête cinq années durant (de 2014 à 2019) et de l'avoir dissimulée, Ulrika Delaunay-Weiss et son compère ont été totalement mis hors de cause par l'Inspection générale de la justice. « La mission a constaté que cette enquête a suivi un traitement ordinaire », a relevé l'IGJ en février 2021. Contrairement aux affirmations d'Éric Dupond-Moretti, dont les fadettes – ainsi que celles de plusieurs autres avocats – ont été analysées dans le cadre de cette procédure, celle-ci « n'était pas placée sous le sceau du secret », conclut l'Inspection.

« Nous sommes au cœur d'une vaste manipulation, qui n'a que pour objet de servir ces intérêts privés et politiques. »

Quant à sa lenteur, elle s'expliquerait par « des aléas identifiés », en l'occurrence « des services de police dont la surcharge et la faiblesse récurrente des effectifs les mettent en grande difficulté pour accomplir leur mission ». L'affaire susceptible de saper la réputation du parquet financier a donc accouché d'une souris… Ou plutôt, elle est revenue en pleine face de ses inspirateurs, au premier rang desquels figure Éric Dupond-Moretti.

Lors de sa deuxième audition devant l'Inspection générale de la justice, le 5 janvier 2021, Ulrika Delaunay-Weiss n'a pas pris de gants pour décrire l'attitude du garde des Sceaux. « Éric Dupond-Moretti agit en plein conflit d'intérêts, a-t-elle asséné. Un décret le dessaisit de cette procédure et donc acte ce conflit d'intérêts, mais il est toujours ministre et donc toujours soutenu au plus haut niveau du pouvoir exécutif. Visiblement, le PNF dérange. » Évoquant l'enquête conduite par l'Inspection, la magistrate s'est dite convaincue que « son déclenchement traduit une conjonction entre les intérêts privés de M. Dupond-Moretti, c'est-à-dire ses amitiés, et les intérêts politiques à la tête de l'exécutif dans la perspective des futures élections présidentielles ». Difficile d'être plus explicite !

Avant sa première audition devant l'Inspection, le 4 janvier, Ulrika Delaunay-Weiss, toujours placardisée au PNF malgré le départ à la retraite d'Éliane Houlette, avait rappelé les lourdes conséquences engendrées par cette histoire, « aux relents d'affaire Dreyfus » selon elle. « À compter du 1er juillet 2020, s'est-elle émue, j'ai été totalement empêchée d'exercer mon métier du fait d'une interférence inédite du pouvoir exécutif pour empêcher le fonctionnement normal du service dans lequel je suis affectée depuis le 1er février 2014. Cette situation m'a empêchée de travailler, de vivre, de respirer, de penser, et a représenté une véritable déflagration. »

Fidèle jusqu'au bout à sa réputation de casse-cou, l'intrépide procureure adjointe a attaqué de front l'exécutif. « À compter du 18 septembre 2020, jour où mon nom a été publiquement jeté en pâture par mon ministre, mes vies professionnelle et personnelle ont été suspendues », a-t-elle lâché. Rapprochant son cas de celui de Patrice Amar, elle a ajouté, dans une allusion transparente aux procédures concernant Nicolas Sarkozy : « Ceux qui nous visaient ont donc, pour partie, atteint leur but qui était, à travers des attaques nominatives, de nous anéantir d'abord en tant que magistrats, puis en tant que personnes. Pour ce qui nous concerne tous les deux, les dossiers dont nous avons eu la charge, ou dont nous avons encore la charge, depuis le 1er février 2014 expliquent cela, en grande partie. La collusion entre des intérêts privés et politiques, ainsi que le calendrier judiciaire devant la 32e chambre, expliquent le reste. » Pour rappel, c'est cette chambre du tribunal de Paris qui a été chargée, du 30 novembre au 10 décembre 2020, de juger Nicolas Sarkozy dans l'affaire Azibert.

Grave, la magistrate a conclu devant ses pairs : « Je souhaite que vous ayez conscience, comme moi, que nous sommes au cœur d'une vaste manipulation, qui n'a que pour objet de servir ces intérêts privés et politiques. »

En octobre 2016, la publication des propos de François Hollande – dans notre livre sur son quinquennat – accusant la justice d'être « une institution de lâcheté » avait fait scandale.

Son constat, loin d'être totalement infondé finalement, ne s'applique clairement pas à Ulrika Delaunay-Weiss. Cible peut-être.

Mais mouvante. Et non consentante.

Chapitre 21

Le néant

« Qu'est-ce qui va rester après Macron ?
Je ne sais pas… »
Marlène Schiappa, ministre

Le macronisme existe – du moins sont-ils quelques-uns à y croire.

L'ennui, c'est que personne ne l'a rencontré…

Pas nous, en tout cas. Et ce n'est pas faute d'avoir cherché, au cours de plusieurs années d'investigations poussées.

Directeur du cabinet d'Emmanuel Macron à Bercy, Thomas Cazenave le reconnaît bien volontiers : « On ne peut pas définir le macronisme sans parler de l'efficacité. De là à le définir complètement… En revanche, l'idée qu'on ait besoin dans ce pays d'une force progressiste centrale, moi, je le crois plus que jamais. »

Déjà, l'apparence d'une nuance.

« Oui, c'est un peu le problème », concède « Dany » Cohn-Bendit, lorsqu'on lui indique que le macronisme semble devoir se résumer à une aventure individuelle. « Parce qu'un ancrage politique, c'est plus long, plus qu'un quinquennat, justifie l'ancien leader soixante-huitard, toujours macroniste de cœur. C'est tellement nouveau, ce qu'il voulait faire, ça a révolutionné tellement la culture politique, qu'on peut dire qu'il n'était pas à la hauteur, mais aussi que le mur était très, très haut. » Tout bien réfléchi, aux yeux de Cohn-Bendit, Macron, effectivement, « n'a pas été à la hauteur ». « Pas comme président, s'empresse-t-il de corriger, mais dans la conception de l'acte du quotidien politique, d'une force politique, d'un ancrage dans le pays. » Le macronisme serait donc moins une mystification qu'un concept novateur ? Cohn-Bendit approuve... du bout des lèvres. « Oui... enfin, je crois », hésite-t-il. « La possibilité du macronisme, tente-t-il, c'est que son idée du "en même temps", de surmonter ce droite-gauche qui paralyse la politique en France, eh bien, je crois que ça sera... il peut le faire avec un deuxième mandat. S'il s'y met complètement et s'il fait un nouveau tri des personnalités capables, justement, d'organiser cela. Ce que je veux dire, c'est : oui, la France a besoin de cette force politique. » Bref, Dany rame. Comme tous ceux qui tentent de donner une substance intellectuelle à un concept si flou. Comme chez le serpent, la colonne vertébrale du macronisme semble n'être que circonvolutions.

« L'opportunisme, il est consubstantiel à la politique, il ne faut pas se mentir. »

On a eu l'idée d'aller toquer à la porte de Marlène Schiappa. Mauvaise pioche. La ministre chargée de la citoyenneté nous confie d'abord ceci : « Oui, je pense qu'on peut parler de macronisme. » Souci : après réflexion, elle se révèle incapable de le définir. « Qu'est-ce qui va rester après Macron ? Je ne sais pas... », avoue l'ingénue ministre déléguée.

Plus expérimenté, le député LRM François de Rugy se montre logiquement un peu plus convaincant. « Le macronisme ? Je crois que c'est ce mouvement central, pro-européen, attaché à la démocratie, estime l'ancien ministre de l'Écologie. Il y avait une hésitation, ça, il faut le dire, d'Emmanuel Macron sur la question de la laïcité. Sans doute qu'à l'origine Emmanuel Macron est d'une culture politique plus proche finalement de la culture anglo-saxonne sur ces questions-là ; il l'a plus ou moins esquissé, d'ailleurs, dans certains discours, avant d'être président. Mais il s'est plutôt rallié, dans la pratique du pouvoir, à l'affirmation de la laïcité comme valeur protectrice de notre démocratie, de nos valeurs. » On ne saurait mieux définir la plasticité du chef de l'État, chasseur d'idées hors pair, capable de braconner sur toutes les terres politiques pourvu qu'elles soient giboyeuses.

Nous avons alors décidé de dégainer notre joker, l'ineffable patron des sénateurs LREM, François Patriat. S'il y a des remèdes à la gueule de bois, lui fait figure d'antidote à la langue de bois. Quand il ne sait pas, eh bien, il ne fait pas semblant ! « Le macronisme n'est pas une pensée universelle, croit-il, ce n'est pas une pensée opportuniste non plus, c'est une pensée adaptée au… je veux dire, c'est une pensée… c'est une pensée qui correspond à un moment donné de l'histoire de ce pays. Tocqueville répondrait très bien à tout ça, aujourd'hui. » Hélas, l'auteur de l'ouvrage de référence *De la démocratie en Amérique* est mort il y a plus de cent cinquante ans ; alors, convoquer la mémoire du brillant philosophe-ministre-politiste ne nous sera pas d'une grande aide…

Venue des rangs juppéistes, Aurore Bergé est l'une des (rares) révélations, côté majorité, du quinquennat. Si nombre de ses camarades ont bien du mal à résumer la doctrine de leur mouvement, la présidente déléguée de LRM à l'Assemblée paraît un peu plus à l'aise. L'ancienneté, sans doute, elle qui a adhéré dès l'âge de 16 ans, en 2002, à l'UMP, ce qui lui confère aussi un indéniable talent pour endosser les habits des autres. Et de tracer les « trois fondamentaux » du macronisme : « Un pilier européen, très clair : tous les partis sont traversés par les tiraillements sur la question européenne ; nous, s'il y a bien un sujet sur lequel jamais on ne s'est engueulés, divisés, c'est celui-là. Ensuite, il y a un pilier libéral. Ainsi, sur les questions de société, on continue à avancer ; on l'a fait sur la révision des lois de bioéthique, par exemple, sur la question de la PMA, l'adoption, l'IVG… Par ailleurs, un libéralisme économique, avec des réformes, en matière de droit du travail notamment, qui ont été assumées, et que tout le monde a votées sans aucune, mais aucune espèce de difficulté. Sur la baisse des impôts, ça a été pareil. Enfin, je pense qu'il y a désormais une clarté sur la question régalienne, et beaucoup vous diraient d'ailleurs que, sur les questions d'immigration, le président a été beaucoup plus à droite qu'Édouard Philippe. Et plus de clarté aussi aujourd'hui sur les valeurs républicaines, avec le projet de loi sur la question de la laïcité et la lutte contre l'islamisme. Donc, je pense que ça fait trois piliers où on est de plus en plus affirmés, crédibles, clairs. Et ça, ça fait la cohérence d'une voie politique qui n'existe pas ailleurs. »

Et si l'on se hasarde à faire observer à Aurore Bergé que le macronisme peut aussi et d'abord être lu comme une addition d'opportunismes – et d'opportunistes –, elle évacue l'argument sans états d'âme : « L'opportunisme, il est consubstantiel à la politique, il ne faut pas se mentir. Quelqu'un qui fait de la politique, qui s'est engagé, qui est élu ou qui a l'ambition de l'être, et qui oserait dire qu'il n'a pas d'ambition ou qu'il n'est pas opportuniste, soit il est mauvais, soit il est malhonnête. »

Au fur et à mesure de notre enquête aux apparences de portrait chinois s'est dessiné un homme en phase avec l'idéologie libérale, au sens européen plus qu'américain du terme, un *deus ex machina* surtout, seul ciment d'un mouvement plus liquide que solide. Un homme, enfin, capable de s'adapter en permanence aux circonstances en fonction de ses intérêts, en somme un parfait pragmatique, pour ne pas dire un pur cynique. « Oui, approuve l'ex-macroniste Aurélien Taché. Ce qui prédomine, c'est un fond de convictions libérales. Mais ce n'est pas quelqu'un de suffisamment idéologue, et de suffisamment politique, pour véritablement faire passer ça avant les considérations très pragmatiques, très tactiques. C'est ce qui ressort de toute cette aventure. »

Il fallait encore nous tourner vers les « pères » du phénomène, Jacques Attali et Alain Minc. À en croire l'ancien conseiller de François Mitterrand, le macronisme n'a rien d'une hallucination collective : « C'est une modernisation de la circonstance, pro-européenne, très engagée, libérale et optimiste, avec le sentiment que le succès des uns entraîne le succès des autres. Ça correspond au centre droit d'une France moderne, qui n'est pas forcément toute la France réelle, même s'il a quand même beaucoup appris, parce qu'il s'est beaucoup promené, il a vu ce que c'est que la France des campagnes, il a vu beaucoup de choses qu'il ne connaissait pas. »

De son côté, Minc considère le macronisme comme « l'Europe avant tout. Plus une pointe de fierté gaulliste, du style : je tiens tête à Trump et Poutine. Et en politique intérieure, c'est la politique de tout le monde, c'est l'économie sociale de marché ».

Voilà pour les gardiens du temple macroniste. Sont-ils convaincants ? Pas vraiment ; la plupart ne sont d'ailleurs pas convaincus eux-mêmes. Sans le moindre *a priori*, nous avons pourtant interrogé tous nos grands témoins pro-Macron, mais ils ont été bien en peine de délimiter les contours de la fluctuante pensée macroniste. Du côté des « anti », en revanche, les convictions sont parfaitement établies…

François Hollande débarque avec la demi-heure de retard réglementaire – ça lui fait au moins un point commun avec son successeur. Il est un peu plus de 20 h 30, ce mardi 18 mai 2021, lorsque nous l'accueillons pour un entretien portant sur son successeur.

« Il n'a pas d'amis, c'est un aventurier. C'est Rastignac sans lien avec personne, sauf avec lui-même. »

Président de la République contesté, François Hollande a en revanche toujours fait l'unanimité, même chez ses adversaires, sur un point : sa capacité à analyser avec acuité les soubresauts de la vie politique française.

Quasiment parvenus au terme de notre (en)quête en ce printemps 2021, nous avions bien besoin d'un expert pour nous aider à mettre des mots sur cette impression étrange que nous avons ressentie toutes ces années en tentant de saisir l'essence du macronisme ; ce sentiment, c'est celui éprouvé par l'alpiniste chevronné qui, croyant vaincre enfin un sommet réputé inaccessible, débouche sur une paroi ouvrant sur un vide abyssal. Le néant.

Mais Hollande est prudent. Il ne veut pas donner de leçons. Publiquement, en tout cas. Il ne souhaite donc plus s'exprimer officiellement, juste fournir des clés de compréhension, des pistes. Il nous renvoie d'ailleurs à une phrase qu'il avait prononcée, devant nous, il y a quelques années, au début du présent quinquennat. Et qu'il assume toujours. Macron ? « Il n'est rien ! C'est un déguisement successif. Il est tout à la fois, successivement. Un transformiste ! À court terme, c'est une habileté, et un tempérament. Mais à long terme c'est destructeur, car, qu'on soutienne ou s'oppose, on a besoin de compréhension, d'avoir un cadre de référence. La seule manière pour lui de s'en sortir est que rien ne puisse exister hors Le Pen. »

L'impénétrable Emmanuel Macron – comme son indissociable substantif, le macronisme – serait donc une chimère, cet animal fantastique de la mythologie grecque composé d'une tête de lion, d'un corps de chèvre et d'une queue de dragon. Le dictionnaire Larousse précise les acceptions modernes du terme : « Être ou objet bizarre composé de parties disparates, formant un ensemble sans unité ; projet séduisant, mais irréalisable ; idée vaine qui n'est que le produit de l'imagination ; illusion ».

À l'époque, François Hollande nous avait décidément mis sur la voie. « Macron n'a aucune conviction, assurait-il. Je l'ai découvert après. Il faut se sortir de l'idée et du fantasme que Macron, c'est l'homme du grand capital et qu'il est un libéral modernisateur. C'est une personnalité sortie de nulle part, portée par l'envie de réussir, ne sachant pas s'il allait dans cette direction. Il n'a pas d'amis, c'est un aventurier. C'est Rastignac sans lien avec personne, sauf avec lui-même. »

À cette aune, le macronisme serait l'autre nom de l'opportunisme, un mouvement inclassable, et pour cause, guidé par un leader caméléon : chevènementiste dans sa jeunesse, ultra-libéral et mondialiste avant 2017, étatiste et souverainiste après la crise du Covid-19 ; conseiller et ministre de l'Économie d'un président socialiste, puis chef d'État confiant (par deux fois) Matignon et les postes clés de ses gouvernements successifs à des personnalités de droite ; premier à féliciter Angela Merkel d'avoir accueilli un million de réfugiés syriens en 2015, avant de dénoncer trois ans plus tard les « faux bons sentiments » sur les questions migratoires ; contempteur après les attentats de 2015 d'une France ayant « une part de responsabilité » dans le djihadisme hexagonal dont elle aurait constitué le « terreau », pour finalement déclarer, en 2020, la guerre au « séparatisme islamiste » sur notre territoire, etc., etc.

Macron l'impalpable, Macron ou le passe-muraille du XXIe siècle. Un « roi Sommeil » qui aurait anesthésié la sphère politique française.

Il pourrait reprendre à son compte le fameux aphorisme d'Edgar Faure, ancien président du Conseil sous la IVe République où les accommodements idéologiques étaient la norme : « Ce n'est pas la girouette qui tourne, c'est le vent. » On repense à cette confidence finalement prémonitoire de Rachida Dati nous confiant, en mai 2017, juste après l'élection du nouveau président : « Sarko disait toujours : quand on est immobile, on devient une cible. Donc il faut être en mouvement. » De ce point de vue-là, l'élève Macron a dépassé le maître Sarkozy dont il est proche, et c'est tout sauf un hasard.

« Le macronisme, c'est de l'ordre de la tactique militaire, ce n'est pas de l'ordre de l'idéologie politique. »

Membre d'En Marche ! de 2017 à 2020, Aurélien Taché reprend à son compte l'idée d'un homme et d'un parti totalement plastiques, amovibles à la demande.

L'importance d'être inconstant, en quelque sorte…

Taché va jusqu'à reprendre, sans le savoir, les termes utilisés par Rachida Dati. « Si le macronisme est définissable, estime le député du Val-d'Oise, c'est sur cette espèce de culte pour le mouvement, ce côté fluctuant, indiscernable, ce pragmatisme. Certains d'entre nous disaient : "La politique, c'est une guerre de mouvement. Dès que tu campes sur une position, les autres t'assiègent." Donc, si ça existe, le macronisme, c'est de l'ordre de la tactique militaire, ce n'est pas de l'ordre de l'idéologie politique. »

Loin d'être une doctrine, ou même une stratégie, le macronisme serait donc une méthode. D'une redoutable efficacité. Ce sont les fameux commandements macroniens : « en même temps », « et de droite et de gauche », versions modernes de l'aphorisme absurde du célèbre comique des années 1950, Pierre Dac : « Tout est dans tout, et réciproquement. »

Éric Ciotti n'a rien d'un humoriste, mais le député (LR) de Nice n'en partage pas moins la conviction d'avoir affaire avec Macron à un politicien sans scrupule ni charpente idéologique. « Le macronisme n'existe pas, c'est une absence de convictions, d'idées, une mise en scène et une communication permanentes », résume-t-il.

Encore plus à droite qu'Éric Ciotti, le souverainiste Philippe de Villiers, fasciné puis écœuré par Emmanuel Macron, est tout aussi abrupt. « Le macronisme, c'est l'esprit du temps, mais ça, c'est le mondialisme, en fait. » Le Vendéen s'interroge à haute voix devant nous : « Du macronisme, qu'est-ce qu'il va rester ? Sur le plan électoral, rien, mais alors rien : où sont les élus locaux ?! Et sur le plan idéologique, c'est l'échec. »

À l'autre bout du spectre, Patrick Kanner, ministre (PS) des Sports de 2014 à 2017, qui a côtoyé Macron dans les gouvernements Valls et Cazeneuve, ne dit pas vraiment autre chose, finalement. « Quand il n'y aura plus Macron, il n'y aura plus de macronisme, assène le président du groupe socialiste au Sénat. Il n'y a pas de colonne vertébrale idéologique, pas de passé, c'est du coup par coup. »

Même l'ancien Premier ministre socialiste Manuel Valls, dont les relations avec le président de la République se sont réchauffées après une période de glaciation, doit en convenir : « Macron existe, mais pas le macronisme. Il y avait sans doute du macronisme au début, mais le macronisme a laissé la place à Macron. Le macronisme, en fait, ce n'est que le reflet des contradictions de la société française. Donc, vous ramez à la godille. »

La plupart de nos interlocuteurs le jureraient, le macronisme ne saurait survivre à son créateur, puisqu'il se confond avec lui.

« Le macronisme, c'est Macron. Et le macronisme mourra avec Macron. »

Certains redoutent pourtant que l'aventure macronienne, « le casse du siècle » selon Ciotti, ne donne des idées à des mercenaires de la politique d'un genre nouveau. À défaut d'avoir accouché d'un courant de pensée, l'actuel chef de l'État aurait enfanté un drôle de monstre, dépeint en ces termes par le premier secrétaire du PS, Olivier Faure : « Ce que je crains qu'il reste du macronisme, c'est une manière de faire de la politique, et donc que d'autres s'en inspirent, aient envie de devenir les Macron de demain. Que des gens, ayant perçu qu'il y avait une masse centrale, centriste, de centre droit ou de centre gauche, une espèce de masse corruptible, cherchent à s'en emparer systématiquement et essaient de reproduire le schéma macroniste. C'est ça qui risque de rester. »

Franchement embarrassé, Faure se concentre, cherche à déterrer ne serait-ce que les limbes d'une théorie dans la novlangue macroniste où les mots-valises recouvrant des concepts fumeux dignes de l'abstraction figurative en peinture sont légion : « résilience », « peurs obsidionales », « rémanence », « disruption », « ipséité »…

« Qu'est-ce qui restera après lui ? Je n'en sais rien, finit par nous lâcher Faure en écartant les bras en signe d'impuissance. En fait, déjà, même avec lui, on a du mal à se rendre compte de ce que c'est, le macronisme ! Vraiment, votre question me laisse très perplexe. »

Elle provoque la même moue interrogative chez l'« ex-futur espoir » de la droite républicaine, François Baroin. Finalement, après quelques secondes de réflexion, le putatif présidentiable rend son verdict, plutôt sévère. « Le macronisme, résume-t-il, sur le plan politique, c'est à mi-chemin entre la politique du chien crevé au fil de l'eau sur un certain nombre de sujets – c'est le cas dans les relations avec les territoires, ce qui est une grave faute politique – et le cynisme à l'état pur, parce qu'au fond, les 2,2 % qu'En Marche ! fait aux municipales, Macron, il n'en a rien à faire ! » Et pour cause, explique le maire de Troyes : « Le macronisme, c'est Macron. Et le macronisme mourra avec Macron. Et ça se recyclera sur d'autres courants de pensée. »

Valls, quant à lui, trouve des circonstances atténuantes au chef de l'État, tout de même. « Je ne regrette pas d'avoir voté pour lui, assume-t-il. Il incarne le pays. C'est-à-dire qu'il y a des gens qui le détestent, qui le haïssent. Hollande était méprisé. Les gens avaient tiré le rideau. Pas Macron. Macron, ils le craignent. Il est là, il incarne la fonction. Pour un type qui n'avait pas vingt ans de vie politique derrière, il est quand même assez costaud. »

Il lui reconnaît, aussi, d'avoir donné un vernis intellectuel à la fonction. Valls aime théoriser. Disserter. Il trouve, en Macron, ce qu'il n'a jamais pu discerner chez Hollande : « Il a une capacité intellectuelle, il peut construire des discours… Une partie du discours des Mureaux avait de la gueule. »

Il goûte peu, en revanche, cette table rase faite du passé, cette tendance prononcée à remiser aux oubliettes les efforts de ses prédécesseurs – surtout le dernier en date, qui pourtant l'a fait. « Je trouve qu'il y a un manque de reconnaissance sur le passé, abonde Valls. Ça, je le dis avec un peu de nostalgie. Y compris vis-à-vis de Hollande, plus que vis-à-vis de moi. Le traitement de gens comme Borloo ou Hollande… L'élégance en politique, ça peut être utile, mais ce n'est pas forcément indispensable. »

Et un dernier petit tacle, tout de même, pour finir : « Les réformes, c'est très loin de ce que l'on pouvait imaginer. Parce que, honnêtement, sur l'économie, Macron bénéficie énormément de ce qu'on avait fait. »

C'est sans doute vrai. Mais tout le monde l'a oublié.

Macron a consciencieusement atomisé la gauche avant de réserver le même sort à la droite, brouillant au passage les pistes et repères traditionnels qui structuraient la vie politique française depuis les débuts de la Ve République. Il a même fini par dérouter la grande majorité des électeurs, totalement perdus dans ces zigzags idéologiques – il ne faut sans doute pas chercher plus loin l'une des raisons majeures de l'abstention phénoménale observée lors des régionales et départementales du printemps 2021.

Il a fait le vide. Littéralement. Sciemment.

Nous revient alors en mémoire cet aveu décomplexé de Benjamin Griveaux, nous lançant, triomphant, à l'aube du quinquennat : « La vraie différence, c'est qu'elles sont plurielles, désormais, les oppositions. Énorme différence. Et ça change tout. »

De fait, en émiettant cyniquement l'opposition en de multiples blocs « irréconciliables », Emmanuel Macron a rompu l'équilibre naturel de la Ve République – régime loin d'être parfait par ailleurs – qui voyait la droite et la gauche se succéder régulièrement au pouvoir, produisant des alternances nécessaires à la respiration démocratique.

Cette « archipélisation » du paysage politique, dont Macron a largement favorisé l'accélération, avait été brillamment diagnostiquée par le politologue Jérôme Fourquet, en 2019, dans son ouvrage *L'Archipel français*[1]. On ne pouvait d'ailleurs conclure cette plongée dans les entrailles du macronisme sans consulter le directeur du département « opinions et stratégies d'entreprise » de l'institut de sondages IFOP, lui qui sonde les âmes hexagonales depuis dix ans. « On voit que pour l'instant le macronisme, hormis Macron lui-même, n'a pas d'incarnation dans le pays », relève devant nous Jérôme Fourquet. Et s'il devait absolument définir le courant de pensée auquel rattacher le parti présidentiel, Fourquet dirait que « c'est le dénominateur commun de toute une partie de nos élites politiques et administratives. En gros, c'est ce qu'on apprend à l'ENA : la nécessité des réformes, notre avenir passe par l'Europe, il faut un certain degré d'humanisme et de progressisme en matière sociétale, etc. Pour moi, c'est une idéologie du cercle de la raison. C'est l'idéologie d'Alain Minc ». Pour Fourquet aussi, le macronisme a peu de chances de perdurer au-delà de Macron. « Non, je n'y crois pas, tranche-t-il. Alors, le cercle de la raison est toujours là, mais il faut retrouver quelqu'un pour l'incarner. » Et s'agissant du jeu dangereux joué par le président avec l'extrême droite, Fourquet le résume en ces termes : « Il dit : "C'est moi ou le chaos", c'est à la fois un constat et une prophétie auto-réalisatrice… » Le dirigeant de l'IFOP insiste pour le rappeler, Macron, plus que théoriser une offre politique, a d'abord profité des circonstances. « Il y a eu un mouvement de tectonique des plaques, explique-t-il. Macron s'est dit : "La porte est vermoulue et, avec un bon coup d'épaule, tout va tomber. Là où il y a des forces de l'ancien monde, je les dépèce." Oui, c'est un dépeceur. »

« Macron, conclut Fourquet, est seul face au peuple. La plupart des ministres sont inconnus, Castex est choisi car il

1. Éditions du Seuil, 2019.

n'a pas une forte incarnation… La loi sur le non-cumul des mandats a coïncidé avec la victoire des macronistes, castés sur CV avec entretien d'embauche, du coup les députés sont aussi d'illustres inconnus. Il est l'enfant du néant, mais il l'a aussi créé. Le néant, qui peut déboucher sur le chaos. Cinq ans de Macron encore ? Que restera-t-il ? Un champ de ruines… »

Fourquet, qui connaît ses classiques cinématographiques, va jusqu'à convoquer Sergio Leone, l'empereur du western spaghetti, à travers une réplique fameuse tirée du film *Il était une fois la Révolution*. « Il y a un type avec de la dynamite dans sa veste, prête à péter, raconte Fourquet, et il dit à un autre qui le menace avec un pistolet : "Si tu appuies sur la gâchette, tu me descends, et si tu me descends, je tombe. Et tu vois, si je tombe, les cartes de ce pays ne sont plus valables…" »

Surtout les cartes électorales.

Épilogue

Macron ? Le macronisme ?

Finalement, c'est encore le phare intellectuel du chef de l'État, le philosophe Paul Ricœur, qui en parlait le mieux, lorsqu'il écrivait ceci, prophétisant, sans le savoir, l'avènement de son disciple : « Le temps n'a pas d'être, puisque le futur n'est pas encore, que le passé n'est plus et que le présent ne demeure pas. » Comme en écho, Anatole France avait, lui, ces mots définitifs : « Ce que nous ignorons n'est pas. À quoi bon nous tourmenter pour un néant ? »

Si le « présent » est insaisissable, si l'inconnu n'existe pas, pourquoi donc, après tout, s'inquiéter de ce *no man's land* politique voulu par l'actuel président de la République ?

Peut-être parce que, en politique plus qu'ailleurs, le vide a rarement vocation à le rester. Et qu'il finit généralement par être rempli par les extrêmes, l'Histoire en témoigne suffisamment, hélas.

Les élections départementales et régionales de juin 2021 sont venues donner un coup de semonce en forme de sévère – et ultime ? – avertissement. Taux de participation, au second tour : 34,6 % ! Contre 58,4 % six ans plus tôt... Deux Français sur trois se sont désintéressés d'un rendez-vous électoral majeur.

Historique, et alarmant.

Bien sûr, le pouvoir s'est réfugié derrière le paravent commode de la crise sanitaire. Les Français n'auraient pas eu envie de voter, enivrés par le déconfinement, le retour des libertés… Un peu court. Et puis, il y a autre chose : le mouvement présidentiel a réuni à peine 7 % des suffrages. Pour le parti largement majoritaire à l'Assemblée nationale, un fiasco là encore sans équivalent sous la Ve République.

Comment ne pas faire le rapprochement entre le néant politique, voulu et organisé par l'actuel chef de l'État, et celui constaté dans les urnes ? En s'échinant à rendre caducs les anciens clivages, en débauchant indifféremment à gauche et à droite à tour de bras, en empruntant, au gré de ses intérêts successifs, à toutes les grandes familles idéologiques, y compris l'extrême droite (à l'image de Gérald Darmanin reprochant à Marine Le Pen, dans une sortie surréaliste sur France 2 en février 2021, d'être « un peu molle » sur la question de l'islam), Emmanuel Macron n'a pas seulement déstabilisé les partis traditionnels, il a surtout rendu la donne politique parfaitement illisible, et ainsi largement contribué à durablement détourner les Français de ce « jeu » démocratique dont ils ne comprennent plus les règles. Et pour cause : Macron, qui s'enorgueillit *ad nauseam* de « prendre son risque », s'est en fait comporté comme un joueur de bonneteau, ne dégainant jamais la carte attendue afin de mystifier à coup sûr ceux qui se risqueraient à le défier.

Le raisonnement vaut également au moment d'évaluer le bilan du président. Là encore, le brouillard, savamment entretenu, est de mise, entre un pouvoir se vantant d'avoir réformé le pays comme jamais, et la réalité des faits, implacable.

On a consulté le remarquable site « luipresident.fr », tenu par l'École supérieure de journalisme de Lille et parrainé par *Le Monde*, une sorte de baromètre de l'action réelle du chef de l'État : à l'été 2021, sur 401 promesses de Macron, 68 avaient été tenues... Évidemment, là encore, on objectera que la pandémie a entravé l'action présidentielle. Certes. Mais tout de même, pour un candidat qui promettait la « Révolution » dans son livre-programme, on est loin du compte ; très loin, même.

Au moins, cette longue enquête, dont nous ressortons à la fois étourdis et édifiés, n'aura pas été inutile. Elle nous aura permis de mieux comprendre la séquence politique totalement inédite qui s'est déroulée, en France, ces cinq dernières années. Un chef de l'État, si brillant soit-il, à la fois transformiste et illusionniste, si peu préparé, si mal entouré aussi, ne pouvait pas jouer les hommes providentiels impunément.

Au terme de ce curieux voyage en macronie, où nous avons parfois eu le sentiment de traquer des fantômes, la vérité nous est donc enfin apparue, déstabilisante. Comme dans *La Lettre volée* d'Edgar Poe, tout était sous nos yeux, depuis le départ, mais encore fallait-il le voir : le macronisme – ou son créateur, c'est la même chose – est l'autre nom de l'opportunisme, il n'existe pas en tant qu'objet politique.

Peut-être, d'ailleurs, aurions-nous dû, dès 2016, enquêter plus avant, plus intimement, sur un homme capable, quand même, de partir de ses initiales pour nommer son mouvement politique ; qui, de De Gaulle à Hollande en passant même par Sarkozy, aurait osé succomber à un tel péché d'orgueil ?

Les Français, en 2017, ont voté pour un hologramme, comme Macron s'est lui-même qualifié lors d'un meeting en 2017 ; du coup, nous avons longtemps poursuivi un leurre.

On laissera le dernier mot à son prédécesseur, parce qu'il a placé le satellite Macron en orbite, ce dont il ne se remettra sans doute jamais vraiment. Au final, son constat, aux allures de réquisitoire, est limpide : « Il y a un mécontentement sourd qui est là ; mais, comme il n'y a pas de débouché politique… on est dans le néant. »

Nous sommes prêts à le parier : pour Emmanuel Macron, un ancien président ne devrait (vraiment) pas dire ça…

« Citoyens,

Ne perdez pas de vue que les hommes qui vous serviront le mieux sont ceux que vous choisirez parmi vous, vivant votre propre vie, souffrant des mêmes maux. Défiez-vous autant des ambitieux que des parvenus ; les uns comme les autres ne considèrent que leurs propres intérêts et finissent toujours par se considérer comme indispensables. Défiez-vous également des parleurs, incapables de passer à l'action ; ils sacrifieront tout à un discours, à un effet oratoire ou à un mot spirituel. Évitez également ceux que la fortune a trop favorisés, car trop rarement celui qui possède la fortune est disposé à regarder le travailleur comme un frère.

Enfin, cherchez des hommes aux convictions sincères, des hommes du Peuple, résolus, actifs, ayant un sens droit et une honnêteté reconnue. Portez vos préférences sur ceux qui ne brigueront pas vos suffrages ; le véritable mérite est modeste, et c'est aux électeurs à choisir leurs hommes, et non à ceux-ci de se présenter. Nous sommes convaincus que si vous tenez compte de ces observations, vous aurez enfin inauguré la véritable représentation populaire, vous aurez trouvé des mandataires qui ne se considéreront jamais comme vos maîtres. »

Hôtel de Ville de Paris, 25 mars 1871. Le Comité central de la Garde nationale (Commune de Paris)

Les personnes listées ci-dessous n'ont pas souhaité s'exprimer ; ou donné suite à nos sollicitations :

- Philippe Aghion
- David Amiel
- Bernard Arnault
- Gabriel Attal
- Roselyne Bachelot
- Claude Bartolone
- Clément Beaune
- Yassine Belattar
- Odile Benyahia-Kouider
- Marguerite Bérard
- Laurent Berger
- Xavier Bertrand
- Philippe Besson
- Laurent Bigorgne
- Jean-Michel Blanquer
- Vincent Bolloré
- Laurent Bon
- Jean-Marc Borello
- Gilles Boyer
- Laurent Burelle

– Agnès Buzyn
– Grégoire Chertok
– Jean-Pierre Chevènement
– Gérard Collomb
– Henri-Michel Comet
– Christian Dargnat
– Gérald Darmanin
– Jean-Paul Delevoye
– Jean-François Delfraissy
– Julien Denormandie
– Éric Dupond-Moretti
– Ismaël Emelien
– Marc Ferracci
– Richard Ferrand
– Gilles Finchelstein
– Bernard Fixot
– Manuel Flam
– Arnaud Fontanet
– Paula Fortezza
– Jean Gaborit
– Étienne Gernelle
– Jean-Marie Girier
– Philippe Grangeon
– Marc Guillaume
– Anne Hidalgo
– Sacha Houlié
– Nicolas Hulot
– Laurent Joffrin
– Lionel Jospin
– Anne-Laure Kiechel
– Alexis Kohler
– Mathieu Laine
– Gérard Larcher
– David Layani

– Bruno Le Maire
– Marine Le Pen
– Sébastien Lecornu
– Axelle Lemaire
– Pierre-René Lemas
– Bernard-Henri Lévy
– Gilles de Margerie
– Philippe Martin
– Jean-Luc Mélenchon
– Charles Michel
– Amélie de Montchalin
– Arnaud Montebourg
– Aquilino Morelle
– Françoise Nyssen
– Cédric O
– Laurent Obadia
– Agnès Pannier-Runacher
– Thierry Pech
– Frédéric Péchenard
– Sylvie Pélissier (veuve d'Henry Hermand)
– Jérôme Peyrat
– Édouard Philippe
– Thomas Piketty
– Martine Pinville
– Jean Pisani-Ferry
– Brune Poirson
– Line Renaud
– Benoît Ribadeau-Dumas
– Sylvie Rocard
– Bruno Roger-Petit
– David de Rothschild
– Stéphane Séjourné
– Marc Simoncini
– Leila Slimani

- Thierry Solère
- Bernard Spitz
- Dominique Strauss-Kahn
- François Sureau
- Najat Vallaud-Belkacem
- Sébastien Veil
- Sibyle Veil
- Olivier Véran
- Cédric Villani
- Pierre de Villiers
- Patrick Weil
- Serge Weinberg

Remerciements

Nous aimerions tellement exprimer notre profonde gratitude en évitant les mots convenus…

Parce que, encore une fois, nous avons pu compter sur le soutien sans faille de l'« équipe » Fayard, de l'indispensable Damien Bergeret à la sagace Sandie Rigolt.

Un petit mot, aussi, pour la délicieuse Anne Schuliar, assistante de haut vol : sans elle, comment ferions-nous ?

Mais il nous faut avant tout, après une année parfois délicate sur tous les plans, dire à Sophie de Closets, la patronne de Fayard, à quel point nous lui sommes reconnaissants pour son soutien constant, son affection sincère, sa fidélité totale.

Tout auteur devrait pouvoir compter sur une telle éditrice, qui est d'abord une belle personne et, désormais, une amie.

L'avocat Christophe Bigot nous a, comme d'habitude, éclairés de son prodigieux savoir en matière de droit de la presse.

Mille mercis aussi à Marie Gouin, dont le carnet d'adresses ne connaît pas d'horizon.

Merci aussi bien sûr à Jérôme Fenoglio, Philippe Broussard et Caroline Monnot, du *Monde*, pour la confiance et la liberté qu'ils nous accordent.

Merci, encore, à tous nos proches pour leur soutien constant : Élodie, Lisa, Marie-Paule, Marie-Agnès, Paule, Dominique, Florence, André, Daniel, Nicolas, Antoine, Stéphane…

Merci, enfin, à toutes celles et à tous ceux qui ont bravé les consignes élyséennes pour nous éclairer, nous aider.

Et, donc, vous aider.

Table des matières

Partie I. Le traître

Partie II. Le néant

Des mêmes auteurs

Apocalypse. Les années Fillon, Fayard, 2020
La Haine. Les années Sarko, Fayard, 2019
Inch'Allah. L'islamisation à visage découvert. Une enquête Spotlight en Seine-Saint-Denis (direction), Fayard, 2018
« Un président ne devrait pas dire ça... » Les secrets d'un quinquennat, Stock, 2016
La Clef. Révélations sur la fraude fiscale du siècle, Stock, 2015
Sarko s'est tuer, Stock, 2014
French corruption, Stock, 2013
L'homme qui voulut être roi, Stock, 2013
Sarko m'a tuer, Stock, 2011

De Fabrice Lhomme

L'Affaire Bettencourt. Un scandale d'État (avec Fabrice Arfi et la rédaction de Mediapart), Don Quichotte éditions, 2010
Le Contrat. Karachi, l'affaire que Sarkozy voudrait oublier (avec Fabrice Arfi), Stock, 2010
Renaud Van Ruymbeke. Le juge, éditions Privé, 2007
Le Procès du Tour, Denoël, 2000

Composition et mise en pages
Nord Compo à Villeneuve-d'Ascq

Cet ouvrage a été imprimé en France par
CPI Bussière
Z.I. rue Pelletier Doisy
18200 Saint-Amand-Montrond (France)

pour le compte des Éditions Fayard
en septembre 2021

Fayard s'engage pour l'environnement en réduisant l'empreinte carbone de ses livres. Celle de cet exemplaire est de :
1,1 kg éq. CO_2
Rendez-vous sur www.fayard-durable.fr

N° d'édition : 79-9891-6/01 - N° d'impression : 2060650